W0014093

TONI MORRISON

Paradies

Deutsch von Thomas Piltz — Roman

Rowohlt

Die Originalausgabe erschien 1997
unter dem Titel «Paradise» bei Alfred A. Knopf,
New York

*Der Verlag dankt Professor Dr. Anne V. Adams
für ihren kenntnisreichen Rat und ihre
engagierte Hilfe.*

1. Auflage September 1999
Copyright © 1999 by Rowohlt Verlag GmbH,
Reinbek bei Hamburg
«Paradise» Copyright © 1997 by Toni Morrison
Alle deutschen Rechte vorbehalten
Umschlaggestaltung Walter Hellmann
Satz Janson PostScript, PageOne
Gesamtherstellung Clausen & Bosse, Leck
Printed in Germany
ISBN 3 498 04391 9

Lois

Vielfältig und verführerisch sind die Gestalten
so vieler Sünden
und Ausschweifungen
und schändlicher Leidenschaften
und flüchtiger Vergnügungen,
denen die Menschen sich ergeben,
bis sie ernüchtert sind
und emporsteigen zu ihrem Ruheplatz.
Und dort werden sie mich finden,
und sie werden leben,
und der Tod hat keine Macht mehr über sie.

Ruby

DAS WEISSE MÄDCHEN erschießen sie zuerst. Mit den anderen können sie sich Zeit lassen. Kein Grund zur Eile hier draußen. Siebzehn Meilen sind es bis zu einem Ort, den neunzig Meilen vom nächsten trennen. Die Verstecke sind zahllos in diesem Klosterbau, aber sie haben Zeit; der Tag hat gerade erst begonnen.

Sie sind zu neunt, mehr als das Doppelte an Zahl wie die Frauen, die sie vertreiben oder töten sollen, und für beides sind sie bestens ausgerüstet: mit Stricken und einem Kreuz aus Palmwedeln, mit Handschellen, mit Reizgas samt schützenden Sonnenbrillen und mit blitzenden, eleganten Schußwaffen.

Sie sind noch nie so weit ins Kloster vorgedrungen. Einige von ihnen haben ihre Chevrolets vor der Veranda geparkt, um sich einen Bund Pfefferschoten zu holen, oder sie waren in der Küche, wo sie eine Gallone Grillsauce erhielten. Aber nur wenige haben die Korridore, die Kapelle, den Lehrsaal, die Schlafräume zu Gesicht bekommen. Jetzt werden alle alles sehen. Und zum Schluß auch den Keller, dessen Schmutz sie an das Licht bringen werden, das bald den Himmel über Oklahoma blank putzen wird. Vorerst aber sind sie verwirrt von ihren eigenen Kleidern – haben plötzlich das Gefühl, falsch angezogen zu sein. Doch wie hätten sie in der Morgendämmerung eines Julitages ahnen können, daß es hier im Inneren dieses Baus so kalt sein würde? Ihre T-Shirts, ihre Arbeitskittel, ihre buntgemusterten Hemden ziehen Kälte an wie Fieber. Diejenigen, die in ihren Arbeitsschuhen gekommen sind, sind vom Donner ihrer Schritte auf den Marmorböden genervt, die Turnschuhträger von der Stille. Und dann ist da die Pracht von allem. Nur die beiden, die Krawatten angelegt haben, scheinen hierher zu passen, und einem nach dem anderen wird bewußt, daß dieses Haus, ehe es zum Frauenkloster wurde, das Phantasieschloß eines Betrügers war: ein Herrenhaus, in dem rosige und cremefarbene Marmorböden übergehen in Teak; in dem Marienglas das Licht vergangener Tage sammelt und Muster auf Wände wirft, die vor fünfzig Jahren abgewaschen und gekalkt wurden. Die reichverzierten Armaturen in den Badezimmern, die den Nonnen ein Greuel waren, sind durch bewährte, schlichte Wasserhähne ersetzt worden, aber die pompösen Wannen und Waschbecken, die auszubauen zu teuer gekommen wäre, verharren in kaltem Protz. Alles, was dem Betrüger lieb und teuer gewesen war und entfernt werden konnte, ist entfernt worden, vor allem im Speisesaal, der von den Nonnen in ein Schulzimmer verwandelt wurde, in dem einst verstummte Arapahomädchen saßen und sich im Vergessen übten.

Jetzt durchsuchen bewaffnete Männer die Räume, in denen Makrameekörbe neben flämischen Kandelabern schweben; in denen Christus und seine Mutter, von Weinstöcken umrankt, aus Nischen hervorleuchten. Die Schwestern vom Heiligen Kreuz haben all die Nymphen herausgebrochen, aber noch immer schlingen sich Marmorlocken aus Nymphenhaar um die Weinblätter und kitzeln die Reben. Die Kälte wird spürbarer, je tiefer die Männer in das Gebäude eindringen. Sie nehmen sich Zeit, sie spähen und lauschen, sie sind auf der Hut vor der weiblichen Tücke, die sich hier verbirgt, und sie registrieren den Hefe-und-Butter-Geruch quellenden Teigs.

Einer von ihnen, der jüngste, dreht sich um und zwingt sich, in die Zukunft des Traums zu schauen, in dem er sich befindet. Die erschossene Frau, ausgestreckt auf hartem Marmor, winkt ihm mit den Fingern zu – so sieht es jedenfalls aus. Also ist alles in Ordnung mit seinem Traum, abgesehen von der Farbe. Niemals zuvor hat er in solchen Farben geträumt: prunkendes Schwarz, aus dem ein wilder Spritzer Rot hervorbricht, daneben fiebriges, fettes Gelb. Wie die Kleider einer Frau, die leicht zu haben ist. Der Mann an der Spitze hält inne, hebt seine linke Hand, um die Schatten, die ihm folgen, zum Stehen zu bringen. Sie stokken, zügeln ihren Atem, variieren freundlich ihre Griffe um Kolben und Knäufe von Gewehren und Pistolen. Der Mann an der Spitze wendet sich nach ihnen um und teilt sie mit Handzeichen ein: ihr beide dort hinüber in die Küche; zwei andere nach oben; zwei weitere in die Kapelle. Für sich selbst, seinen Bruder und den, der zu träumen glaubt, hat er den Keller reserviert.

Gewandt und gelassen, ohne ein Wort zu verlieren, trennen sich die Gruppen. Vorhin, als sie das Tor des Klosters aufschossen, waren sie ganz aufgekratzt gewesen angesichts ihres Auftrags. Doch ihre Opfer sind nichts anderes als Trümmerschutt: Menschenabfall, der manchmal in den Raum zurückdrängt, nachdem man ihn zur Tür hinausgefegt hat. Und deshalb ist das Gift jetzt einsetzbar. Daß die erste Frau, die weiße, erschossen worden ist, hat es geklärt wie Butter: oben das reine Öl des Hasses, das unten in seiner ganzen Härte stockt.

Draußen steht der Nebel hüfthoch. Bald wird er silbrig werden und Regenbogen im Gras bilden, niedrig genug für spielende Kinder, und dann wird ihn die Sonne wegbrennen und Weiten voller Bartgräser enthüllen und vielleicht die Spuren von Hexen.

Die Küche allein ist größer als das Geburtshaus eines jeden dieser Männer: die Decke hoch wie ein Scheunendach, an der Wand mehr Regale als in Aces Lebensmittelladen. Der Tisch ist mindestens vierzehn Fuß lang, und man sieht gleich, daß die Frauen, hinter denen sie her sind, überrascht wurden. An einem Ende stehen ein Milchkrug und vier Schüsseln mit geschrotetem Weizen. Am anderen Ende ist jemand beim Gemüseschneiden unterbrochen worden: Schalotten, aufgehäuft wie eine Handvoll grüner Konfetti, liegen neben leuchtenden Karottenscheiben, und die Kartoffeln, geschält und unzerteilt, sind weiß wie Knochen, feucht und frisch. Fleischbrühe siedet auf einem Herd, der mit seinen acht Kochstellen groß genug wäre für ein Restaurant. Auf einem Bord unter der großen stählernen Abzugshaube schwellen ein Dutzend Brotlaibe. Ein Stuhl ist umgestürzt. Es gibt keine Fenster.

Der eine Mann bedeutet dem anderen, die Speisekammer zu öffnen, während er selbst zur Hintertür geht. Sie ist geschlossen, aber nicht abgesperrt. Als er hinausblickt, sieht er eine alte Henne und stellt sich vor, wie ihr geschwollenes, blutiges Hinterteil verehrt worden ist für die monströsen Eier, die es ausstieß – unförmige, mißgestaltete Schalen mit zwei oder drei Dottern darin. Aus dem Hühnerstall weiter hinten dringt leises Gestammel; junge Hähne, die sich tapfer in die Nebel des Hinterhofs hinauswagen, werden verschluckt und tauchen wieder auf und verschwinden wieder und spähen mit ihren Scheibenaugen nach nichts anderem als einem Frühstück. Keinerlei Fußabdrücke zeichnen den Schlamm zwischen den Steinstufen. Der Mann schließt die Hintertür wieder und gesellt sich zu seinem Partner in der Speisekammer. Gemeinsam mustern sie staubige Einweckgläser und die Reste dessen, was im vorigen Jahr eingemacht worden ist: Tomaten, grüne Bohnen,

Pfirsiche. Schlapp, denken die Männer. Der August steht vor der Tür, und diese Frauen hier haben ihre Gläser noch nicht einmal sortiert, geschweige denn ausgewaschen.

Er zieht den Suppentopf vom Feuer. Seine Mutter hat ihn in einem Topf gebadet, der nicht größer war als dieser hier. Ein Luxus in der Grashütte, in der sie geboren wurde. Das Haus, in dem er jetzt lebt, ist groß und bequem, und das Dorf hat allen Glanz der Welt, verglichen mit seinem Geburtsort, der in fünfzig Jahren von den Füßen auf den Bauch heruntergekommen war. Von Haven, einer Traumstadt im Territorium Oklahoma, zur Geisterstadt Haven im Bundesstaat Oklahoma. Befreite Sklaven, die 1889 den aufrechten Gang pflegten, lagen 1934 auf den Knien, und 1948 krochen sie auf dem Bauch durch den Dreck. Und deshalb sind sie jetzt hier in diesem Kloster. Um sicherzustellen, daß sich so etwas niemals wiederholt. Daß nichts, sei es von innen oder außen, diesen einzigen ausschließlich schwarzen Ort zersetzt, der all die Mühe wert ist. Alle anderen, die er kennt oder von denen er gehört hat, haben sich weißen Siedlungen unterworfen oder sind geschluckt worden – oder sie sind, wie Haven, geschrumpft zu Spuren: zu Grundrissen, erahnbar noch in verändertem Graswuchs; ins Negativ gebleichten Tapeten hinter glaslosen Fenstern; aufgestemmten Schulzimmerböden, durch die sich schon stattliche Bäume zum Glockentürmchen hocharbeiten. Aus den tausend Einwohnern von 1905 waren 1934 fünfhundert geworden. Dann zweihundert und schließlich achtzig, als der Baumwollanbau zusammenbrach oder die Eisenbahngesellschaften ihre Schienen anderswo verlegten. Aus der Selbstversorgung durch die eigene Landwirtschaft, die einst auch für große Familien ausgereicht hatte, wurde ein Zubrot, das immer kleineren Parzellen abgewonnen werden mußte, geteilt bei jeder Hochzeit eines Sohnes und dann wiederum für dessen Kinder, bis die Eigentümer der verbleibenden Bruchstücke, soweit sie nicht längst das Weite gesucht hatten, jedes Angebot eines weißen Spekulanten akzeptierten – so begierig waren sie darauf, wegzukommen und anderswo neu anzufangen. In einer großen Stadt vielleicht oder auch in einer kleineren, wie es schon genügend gab.

Doch er und die anderen, Kriegsveteranen sie alle, hatten eine andere Vision. Sie liebten Haven, wie es gewesen war, liebten die Idee dahinter und ihre Ausstrahlung, und sie nahmen dieses Gefühl mit sich, hegten und hätschelten es zwischen Bataan und Guam, zwischen Iwo Jima und Stuttgart und faßten endlich den Entschluß, es noch einmal zu versuchen. Er streicht über die Abzugshaube, bewundert ihre Konstruktion und Mächtigkeit. Sie ist genauso lang wie der gemauerte Ofen, der einst in der Mitte seines Heimatstädtchens stand. Als sie aus dem Krieg heimgekehrt waren, zerlegten sie ihn und schleppten die Ziegel, die Schamottsteine und die Eisenplatte zweihundertvierzig Meilen weit nach Westen – weit weg vom alten Stammesgebiet der Creek, das ein witziger Regierungsmensch als «herrenloses Land» bezeichnet hatte. Er erinnert sich an die Feier, die sie abgehalten hatten, als das eiserne Maul des Ofens wieder einzementiert wurde und die abgewetzten Buchstaben darunter wieder blank poliert zu lesen waren. Er selbst hatte mitgeholfen, zweiundsechzig Jahre Kohlenstaub und Tierfett abzubürsten, bis die Worte so hell leuchteten wie 1890, als sie neu waren. Und wenn es auch weh getan hatte, niederzureißen, was ihre Großväter aufgebaut hatten, so war das gar nichts im Vergleich dazu, was sie selbst durchgemacht hatten und was ihnen noch bevorstehen mochte, wenn sie nicht den Neubeginn wagten. Als neue Gründerväter, die gegen eine ganze Welt gekämpft hatten, konnten und wollten sie nicht ärmlicher dastehen als die Alten Väter, die eine ganze Welt überlistet hatten. Die sich nicht von Gefahren und nicht von der Ungunst der Natur davon hatten abhalten lassen, Haven aus dem Boden zu stampfen, und die genau wußten, womit sie ihren Triumph krönen sollten: einem Ofen. Rund wie ein Schädel und unergründlich wie die Sehnsucht. Sie lebten in oder neben ihren Planwagen, sie kochten Schrot am offenen Feuer, sie schnitten Stroh und Büffelgras, um sich warm zu halten, aber das war es, was die Alten Väter als erstes taten: Sie opferten den Großteil ihrer Kraft, um den mächtigen, makellos konstruierten Ofen zu errichten, der ihnen Nahrung gab und zugleich ein Denkmal war für das, was sie getan hatten. Als er vollendet war – jeder bleiche Ziegel perfekt ausgerichtet, der Rauchfang breit und ragend, Rost und Haken sauber eingefügt, der Luftzug mit der Klappe gut geregelt, die Feuertür dicht –, da trat der Eisenhändler in Aktion. Aus Faßreifen und stumpfen Äxten, aus Wasserkesseln und verbogenen Nägeln schmiedete er eine Tafel, fünf auf zwei Fuß groß, und mauerte sie direkt unterhalb des großen Ofenmauls ein. Bis heute ist nicht klar, woher er die Worte auf der Tafel hatte. Irgendwo aufgeschnappt vielleicht, oder auch erfunden, oder sie waren ihm eingeflüstert worden, während er, zusammengerollt über seinen Werkzeugen, in einem der Planwagen schlief. Er hieß Morgan, und keiner konnte wissen, ob er sich die Wörter, die er in das Eisen trieb, ein halbes Dutzend waren es vielleicht, selbst ausgedacht oder ob er sie geklaut hatte: Worte, die ihnen zuerst wie ein Segen erschienen; dann wie ein Fluch; und endlich wie die Verkündigung, daß sie verloren hatten.

Der Mann starrt auf das Spülbecken in der Küche. Er geht zu dem langen Tisch und greift nach dem Milchkrug. Erst schnuppert er daran, dann führt er ihn mit seiner Linken, denn in der rechten Hand hält er die Pistole, an die Lippen und trinkt mit so langen, abgemessenen Zügen, daß der Krug zur Hälfte geleert ist, ehe er den Geruch des Wintergrünöls bemerkt.

Ein Stockwerk höher gehen zwei Männer den Flur hinunter und inspizieren die vier Schlafräume, an deren Türen Namensschilder mit Klebstreifen befestigt sind. Der erste Name, mit Lippenstift gemalt, heißt Seneca. Der nächste, Divine, ist mit Tinte in Großbuchstaben geschrieben. Sie wechseln wissende Blicke, als sie feststellen, daß beide Frauen nicht, wie normale Leute, in einem Bett, sondern in Hängematten geschlafen haben. Außer diesen und einem schmalen Schreibtisch oder einem Beistelltischchen gibt es keine weitere Möblierung. Auch keine Schränke mit Sachen zum Anziehen, denn schließlich trugen die Frauen immer nur schmuddelige Sackkleider und dazu nichts, was man guten Gewissens als Schuhe hätte bezeichnen können. Aber andere seltsame Dinge sind mit Klebstreifen und Nägeln an die Wand gepinnt oder lehnen in der Zimmerecke: ein Kalender von 1968, auf dem verschiedene Daten (4. April, 19. Juli) mit einem großen X markiert sind; ein Brief, mit Blut geschrieben, aber so verschmiert, daß man seine satanische Botschaft nicht entziffern kann; ein astrologisches Diagramm; ein Filzhut, der schräg auf dem Plastikhals eines weiblichen Torsos sitzt; und nirgends in all diesen Räumen, die einst Christen – na ja: zumindest Katholiken – beherbergten, auch nur die Spur von einem Kruzifix. Was die beiden Männer jedoch am meisten beunruhigt, ist das Bündel von Babyschuhen, das, von einer Schnur zusammengehalten, an einem Kinderbett im letzten Schlafraum hängt, den sie betreten. Ein Beißring, rissig und verhärtet, baumelt zwischen den winzigen Schuhen. Mit einem Blick bedeutet der eine Mann seinem Partner, sich die vier weiteren Schlafräume auf der anderen Seite des Flurs vorzunehmen. Er selbst nähert sich dem Bukett aus Babyschuhen. Was hofft er zu finden? Weitere Beweise? Er weiß es selbst nicht. Blut? Eine winzige Zehe vielleicht, die in einem weißen Kalbslederschühchen hängengeblieben ist? Er läßt den Sicherungshebel seiner Waffe hin- und hergleiten, dann schließt er sich der Durchsuchung auf der anderen Seite des Flurs an.

Hier sehen die Zimmer normal aus. Verwahrlost zwar – in dem einen ist der Boden mit verkrusteten Tellern, schmutzigen Tassen bedeckt und das Bett unter einem Berg von Kleidungsstücken begraben, ein anderes verblüfft mit zwei Schaukelstühlen voller Puppen und ein drittes mit einem Verhau und einem Geruch, wie ihn nur eine starke Trinkerin hinterlassen haben kann –, aber wenigstens normal.

Er hat einen bitteren Geschmack im Mund, und obwohl er weiß, daß dieser Ort verseucht ist, spürt er in seiner Brust einen überraschenden Peitschenhieb von Mitleid. Was, so fragt er sich, muß in diese Frauen gefahren sein? Wie konnten ihre schlichten Gemüter solche Dinge aushecken: abartigen Sex, Gaunereien und die heimliche Folter von Kindern? Hier draußen in der grenzenlosen Weite, versteckt in einem alten Herrenhaus, wo niemand sie behelligen, niemand ihnen zu nahe kommen konnte, brachten sie es fertig, die Werte so gut wie jeder Frau in Frage zu stellen, die er kannte. Das Geld für den Wintermantel, das sein Vater über zwei Ernten hinweg heimlich angespart hatte. Das Leuchten in den Augen seiner Mutter, als sie über den Seehundkragen des Mantels strich. Die Überraschungsparty, die er und seine Brüder zum sechzehnten Geburtstag einer ihrer Schwestern schmissen. Hier aber, keine zwanzig Meilen entfernt von einer friedliebenden, geordneten Gemeinde, gab es Frauen, die anders waren als alle Frauen, die er gekannt oder von denen er gehört hatte. Hier, ausgerechnet hier. Isoliert und einzigartig, konnte das Dorf, in dem er lebte, zu Recht stolz auf sich sein. Es hatte kein Gefängnis, und es brauchte auch keins. Kein Verbrecher war jemals aus ihm hervorgegangen. Mit den ein oder zwei Leuten, die sich danebenbenommen, ihren Familien Schande gemacht oder das Bild der Bewohner von ihrem Ort gefährdet hatten, war man schon klargekommen. Ganz gewiß gab es keine Schlampe, kein leichtlebiges Mädchen hier, und er wußte auch genau, warum. Von Anfang an hatten sich die Bürger in seinem Dorf frei und beschützt gefühlt. Eine Frau, die keinen Schlaf fand, konnte jederzeit aufstehen, sich einen Schal um die Schultern legen und sich im Mondschein auf die Stufen vor der Haustür setzen. Und wenn ihr danach war, konnte sie auch in den Garten oder auf die Straße hinausgehen. Ohne Lampe und ohne Angst. Ein Zischen oder Rascheln am Straßenrand ließ ihr Herz nicht schneller schlagen, denn was immer es auch sein mochte, das dieses Geräusch verursachte, es war nicht hinter ihr her. Nichts im Umkreis von neunzig Meilen sah in ihr ein mögliches Opfer. Sie konnte so langsam dahinschlendern, wie sie wollte, und dabei an Kochrezepte denken oder an den Krieg oder an Familiendinge, oder sie wandte den Blick zu den Sternen und dachte an gar nichts. Ohne Lampe und ohne Angst konnte sie ihrer Wege gehen. Und wenn aus einem Haus abseits der Straße ein Licht leuchtete und das Geschrei eines von Magenkrämpfen geplagten Babys ihre Aufmerksamkeit erregte, so konnte sie zu dem Haus hingehen und leise nach der Frau rufen, die drinnen das Kind zu beruhigen suchte. Zu zweit mochten sie dann des Babys Bauch massieren, es abwechselnd schaukeln oder versuchen, ihm ein wenig Sprudel einzuflößen. Sobald das Kind ruhiger geworden war, saßen sie vielleicht noch einen Augenblick beisammen und tauschten den neuesten Klatsch aus, wobei sie ihr Kichern unterdrückten, um niemanden aufzuwecken.

Danach konnte sich die Frau entscheiden, ob sie, erholt und zum Schlafen bereit, in ihr Haus zurückkehren wollte oder ob sie lieber immer weiter die Straße hinunterging, an weiteren Häusern vorbei, an den drei Kirchen vorbei, an dem Pferch vorbei, in dem das Schlachtvieh gemästet wurde. Immer weiter, über die Grenzen des Dorfes hinaus, denn nichts da draußen sah sie als mögliches Opfer an.

An den Enden des Flurs befinden sich zwei Badezimmer. Jeder der beiden Männer betritt eines davon, und keiner von ihnen beißt dabei die Zähne zusammen, denn sie glauben, auf alles gefaßt zu sein. In einem Badezimmer, dem größeren, sind die Wasserhähne viel zu klein und schäbig für das mächtige Waschbecken. Die Badewanne ruht auf den Rücken von vier Meerjungfrauen; ihre Schwanzflossen sind weit gespreizt, um der Wanne Halt zu geben, und ihre Brüste bilden Bogen, die die Last verteilen. Die Bodenfliesen darunter sind flaschengrün. Eine Schachtel mit Binden steht auf dem Spülkasten der Toilette, daneben ein Eimer mit besudelten Abfällen. Klopapier ist keins zu sehen. Nur einer der Spiegel ist nicht mit kalkgrauer Farbe übermalt worden, und von diesem hält der Mann sich abgewandt. Er will sich nicht selbst dabei sehen, wie er Frauen und ihren Ausscheidungen nachspürt. Erleichtert verläßt er rückwärts den Raum und schließt die Tür. Erleichtert läßt er seine Pistole sinken.

Im Erdgeschoß vergessen zwei Männer, ein Vater und sein Sohn, zu lächeln, obwohl ihnen, als sie die Kapelle betreten, erst nach einem Lächeln zumute ist. Denn es ist wahr: Götzenbilder wurden hier verehrt. Winzige Männer und Frauen in weißen Kleidern mit Umhängen in Gold und Blau stehen auf kleinen Brettern, die in Wandnischen eingelassen sind. Sie halten kleine Kinder oder gestikulieren, und ihre ausdruckslosen Gesichter spiegeln Unschuld vor. Zu ihren Füßen haben unverkennbar Kerzen gebrannt, und genau wie Reverend Pulliam gesagt hat, wurden ihnen anscheinend auch Lebensmittel geopfert, denn zu beiden Seiten der Tür stehen kleine Schalen bereit. Wenn das alles vorbei war, würden sie Reverend Pulliam sagen, daß er ganz richtig gelegen hatte, und Reverend Misner würden sie ins Gesicht lachen.

Es gab unversöhnliche Gegensätze zwischen den Kirchengemeinden am Ort, aber in allen dreien fand sich eine solide Mehrheit, die diese Aktion für nötig hielt. Tut, was ihr müßt. Weder mit diesem Kloster noch mit den Frauen darin konnte es so weitergehen.

Ein Jammer. Früher einmal war das Kloster ein guter, wenn auch ferner Nachbar gewesen, umgeben von Maisfeldern, Büffelgras und Klee, erreichbar nur über einen unbefestigten Feldweg, der von der Straße aus kaum zu erkennen war. Das in ein Frauenkloster verwandelte Herrenhaus war schon lange vor der Siedlung dagewesen, und die letzten Arapahomädchen hatten die Internatsschule schon verlassen, als die fünfzehn Familien eintrafen. Das war vor fünfundzwanzig Jahren gewesen, als noch alle ihre Träume größer waren als die Menschen, die sie träumten. Eine Straße, gerade wie ein Prägestock, wurde durch die Dorfmitte gezogen und an einer Seite mit einem gepflasterten Bürgersteig versehen. Sieben Familien hatten mehr als zweihundertfünfzig Hektar Grund, drei besaßen fast fünfhundert. Bald bekam die Straße einen richtigen Namen, und ein Mann namens Ossie organisierte zur Feier des Tages ein Pferderennen. Aus ihren Armeezelten, aus halbfertigen Häusern, von frisch gerodeten Feldern kamen die Menschen und brachten mit, was sie gerade hatten. Was lange verstaut gewesen war, wurde hervorgekramt und dazugepackt, was frisch zur Hand kam: Gitarren und späte Melonen, Haselnüsse, Rhabarberkuchen und eine Mundharmonika, ein Waschbrett und Lammbraten und Reis mit Peperoni, Lil Green, «In the Dark», Louis Jordan und seine Tympany Five, selbstgebrautes Bier und Murmeltierfleisch, gegart im eigenen Saft. Die Frauen schlangen sich bunte Tücher um den Kopf; die Kinder bastelten sich Hüte aus Mohnblumen und Schlinggewächsen. Ossie schickte zwei Pferde ins Rennen, einen Zwei- und einen Vierjährigen, beide schnell und so hübsch wie junge Bräute. Die übrigen Teilnehmer waren nur Statisten: der Schecke von Ace, das alte Fliegengewicht von Miss Esther, alle vier Ackergäule und die Stute von Nathan und dazu ein halbwildes Pony, das am Flußufer graste und keinen Besitzer zu haben schien.

Die Reiter debattierten so lange, ob mit oder ohne Sattel geritten werden sollte, daß stillende Mütter sie endlich aufforderten, entweder auf der Stelle aufzusitzen oder mit ihnen zu tauschen. Männer redeten sich über Vorgaben die Köpfe heiß und plazierten freigebig ihre Vierteldollarwetten. Als die Pistole losging, rannten nur drei Pferde in die vorgesehene Richtung. Der Rest schlug sich seitwärts in die Büsche oder machte sich über die Bauholzstapel vor den unfertigen Häusern davon. Die Frauen standen auf der Wiese und kreischten, als das Rennen endlich in Gang kam, und ihre Kinder tanzten quiekend im hohen Gras, das ihnen bis an die Schultern reichte. Das Pony ging zuerst durchs Ziel, aber weil es nach einer Viertelmeile seinen Reiter abgeworfen hatte, wurde Nathans Fuchsstute zum Sieger erklärt. Das kleine Mädchen mit den meisten Mohnblumen im Haar durfte das Siegesband überreichen, an dem Ossies

Verwundetenabzeichen baumelte. Der siegreiche Reiter war sieben Jahre alt damals, und er strahlte, als hätte er das Kentucky Derby gewonnen. Und heute steckte er irgendwo im Keller eines Klosters und hielt Ausschau nach schlimmen Frauen, die offensichtlich schon damals, als sie, eine nach der anderen, hier ankamen, keine echten Nonnen gewesen waren und dies auch gar nicht vorgetäuscht hatten. Irgendeinem anderen Kult gehörten sie an, so glaubten alle, ohne etwas Näheres zu wissen. Aber es war auch nicht wichtig, etwas zu wissen, denn jede dieser Frauen hatte immer noch, wie einst die alte Mutter Oberin und deren Bedienstete, Lebensmittel verkauft, eine Soße fürs Barbecue, gutes Brot und die schärfsten Pfefferschoten der Welt. Für gutes Geld bekam man eine purpurdunkle Traube schwarzer Pfefferschoten oder auch ein daraus zubereitetes Relish, und was die schiere Schärfe anbelangte, stand das eine dem anderen nicht nach. Das Relish hielt jahrelang, wenn man gut darauf aufpaßte, und obwohl viele Käufer versuchten, die Samen selbst anzupflanzen, gediehen diese Pfefferschoten nirgendwo sonst als im Klostergarten.

Komische Nachbarn, sagten die meisten, aber doch harmlos. Mehr als harmlos, manchmal waren sie sogar hilfreich. Sie nahmen Verirrte bei sich auf oder Leute, die einfach nur Ruhe suchten. In frühen Berichten war von Freundlichkeit die Rede und von sehr gutem Essen. Aber jetzt wußte jeder, daß das alles eine Lüge gewesen war, eine Fassade, eine sorgsam inszenierte Ablenkung von dem, was tatsächlich vorging. Als der Ernstfall offensichtlich war, trafen sich Abgesandte der drei Kirchengemeinden beim Ofen, weil sie sich nicht einig werden konnten, in welcher Kirche, wenn überhaupt in einer, man sich versammeln sollte, um darüber zu beraten, was nun zu tun war, da die Frauen alle Warnungen in den Wind geschlagen hatten.

Es war ein geheimes Treffen, aber die Gerüchte liefen schon seit mehr als einem Jahr um. Greuel, von denen immer häufiger gemunkelt worden war, nahmen die Gestalt von Tatsachen an. Eine Mutter wurde von ihrer kaltblikkenden Tochter die Treppe hinabgestoßen. Vier mißgebildete Kinder kamen in einer einzigen Familie zur Welt. Töchter weigerten sich, das Bett zu verlassen. Bräute verschwanden in den Flitterwochen. Zwei Brüder schossen sich am Neujahrstag gegenseitig nieder. Fahrten zum Arzt für Geschlechtskrankheiten in Demby waren gang und gäbe. Und was sich in diesen Tagen beim Ofen abspielte, war nicht zu glauben. So mußten die neun Männer, die sich dort versammeln wollten, erst all die anderen mit ihren Schrotflinten verscheuchen, ehe sie sich in den Lichtkegeln ihrer Taschenlampen hinsetzen und die Sache in die Hand nehmen konnten. Die Beweise, die sie seit der schrecklichen Entdeckung im Frühjahr zusammengetragen hatten, ließen sich nicht länger leugnen: Die eine Gemeinsamkeit, die alle diese Katastrophen miteinander verband, war im Kloster zu finden. Und im Kloster waren diese Frauen.

Der Vater geht durch den Mittelgang und späht in die Bankreihen rechts und links. Er streut einen Lichtfächer aus seiner Black-&-Decker-Lampe unter alle Sitze. Die Knieschemel sind hochgeklappt. Beim Altar hält er inne. Der fahle gelbe Schimmer eines Fensters schwebt über ihm im Halbdunkel. Alles hier sieht verschmutzt aus. Er geht zu einem Tablett mit kleinen Gläsern, das an der Wand befestigt ist, um nachzusehen, ob Überbleibsel von Speiseopfern zu finden sind. Abgesehen von Ruß und Spinnweben sind die Gläser leer. Vielleicht sind sie nicht für Nahrungsmittel, sondern für Münzen. Oder für Abfall? Im dreckigsten liegt ein Kaugummipapier. Doublemint.

Er schüttelt den Kopf und geht zurück zu seinem Sohn

am Altar. Der Sohn deutet auf etwas. Der Vater leuchtet an die Wand unter dem gelben Fenster, in dem sich, gerade zu erahnen, die Sonne ankündigt. Der Umriß eines mächtigen Kreuzes wird sichtbar. Blank wie frische Farbe ist die Stelle, an der einmal ein Jesus hing.

Die Brüder, die sich den Keller vornehmen, waren einmal identisch. Obwohl sie Zwillinge sind, sehen sie einander heute weniger ähnlich als ihre Ehefrauen. Der eine ist glatt und beweglich und raucht Te-Amo-Zigarren. Der andere ist zäher, gröber, aber er verbirgt sein Gesicht, wenn er betet. Beide jedoch haben große, unschuldige Augen, und beide sind jetzt so entschlossen, da sie vor der abgesperrten Tür stehen, wie sie es 1942 waren, als sie sich zur Armee meldeten. Damals suchten sie einen Ausweg – raus aus einem Leben, in dem alles geschuldet und nichts ihr Eigentum war. Heute wollen sie rein. Damals, in den Vierzigern, hatten sie nichts zu verlieren. Heute erfordert alles ihren Schutz. Von Anfang an wußten sie, als sie ihre Gemeinde gründeten, daß Isolation noch nicht Sicherheit garantierte. Starke und entschiedene Männer wurden gebraucht, wenn verirrte oder ziellose Fremde nicht einfach nur durchfuhren, ohne mehr als einen Seitenblick für das verschlafene Nest übrig zu haben, in dem es im Abstand einer Meile drei Kirchen gab, aber nichts, was einem Reisenden nützlich sein konnte: keinen Diner, keine Polizei, keine Tankstelle, keine Telefonzelle, kein Kino, kein Krankenhaus. Manchmal, wenn die Fremden jung und besoffen oder alt und nüchtern waren, mochten sie drei oder vier farbige Mädchen erspähen, die am Straßenrand dahintrödelten. Die ein paar Meter gingen, dann wieder stehenblieben, wenn ihre Unterhaltung es erforderte; und weiterhüpften und wieder

Pause machten, um zu lachen oder um einander spielerisch in den Arm zu boxen. Die Fremden mochten beginnen, sich für die Mädchen zu interessieren. Drei Autos, sagen wir ein 53er Bel Air, grün mit cremefarbenem Interieur, Kennzeichen 085 B, Sechszylindermotor, doppelte Chromleiste an der Heckflosse, Powerglide-Automatikgetriebe mit zwei Fahrstufen; und, sagen wir, ein 49er Dodge Wayfarer, schwarz, mit einem Sprung in der Heckscheibe, Radverkleidungen, Servolenkung und Schachbrettgrill; und ein 53er Oldsmobile mit Kennzeichen aus Arkansas. Die Fahrer nehmen Gas weg, recken die Köpfe aus den Seitenfenstern und johlen. Ihre Augen werden schmal vor böser Absicht, während sie um die Mädchen herumfahren, ihre Wagen wenden, zurücksetzen, vor den Häusern Grassamen aus dem Boden mahlen und vor Aces Lebensmittelladen Katzen aufscheuchen. Sie kreisen die Mädchen ein. Deren Blicke starr werden, als sie zurückweichen und dabei ineinanderlaufen. Dann kommen, einer nach dem anderen, die Dorfbewohner aus ihren Häusern, aus Hinterhöfen, vom Baugerüst der Bank, aus der Viehfutterhandlung. Einer der Beifahrer hat seine Hose aufgeknöpft und stellt sich im Autofenster zur Schau, um den Mädchen Angst einzujagen. Die kleinen Herzen der Mädchen bleiben stehen vor Schreck, und weil sie ihre Augen nicht schnell genug schließen können, wenden sie blitzschnell die Köpfe ab. Aber die Männer, die zu Hilfe kommen, sehen genau hin, sie sehen die Sehnsucht in dieser militantesten aller Gesten, und sie lächeln. Lächeln gequält und widerwillig, denn sie wissen, daß dieser Mann spätestens von diesem Augenblick an, und bis zur Stunde seines Todes, allen Farbigen soviel Schaden zufügen wird, wie er nur kann.

Immer mehr Männer kommen aus den Häusern. Ihre Schußwaffen zielen auf nichts Bestimmtes, sie lassen sie locker gegen ihre Oberschenkel baumeln. Zwanzig Männer sind es, jetzt fünfundzwanzig. Sie kreisen die Autos ein, die die Mädchen umkreisen. Neunzig Meilen entfernt vom nächsten Telefon mit Notruf und neunzig Meilen von der nächsten Polizeimarke. Wäre es ein trockener Tag gewesen, so hätten die Staubfahnen hinter den Reifen sie alle hellbraun gemacht. So aber wurden nur ein paar Kiesel aus den Spuren gewirbelt, die sie hinterließen.

Die Zwillinge haben beide ein fabelhaftes Gedächtnis. Gemeinsam erinnern sie sich an jede Einzelheit von allem, was jemals passiert ist – egal, ob sie selbst dabei waren oder nicht. An die genaue Temperatur an jenem Tag, als die Autos die Mädchen einkreisten, und an die Ernteerträge jeder einzelnen Farm im County. Und nie haben sie die Botschaft, das Wesentliche einer Story vergessen, vor allem nicht bei jener Story, die alles beherrscht und die ihnen von ihrem Großvater erzählt wurde – dem Mann, der die Worte in das schwarze Maul des Ofens gelegt hat. Sie erklärt, warum weder die Gründer von Haven noch deren Nachfahren andere neben sich dulden konnten. Auf ihrer Reise, die sie aus dem Staat Mississippi und aus zwei Pfarrsprengeln in Louisiana nach Oklahoma führte, waren die 158 ehemaligen Sklaven auf keinem Fußbreit Boden zwischen Yazoo und Fort Smith willkommen. Wohlhabende Indianer und verarmte Weiße wiesen sie ab, Hofhunde verjagten sie, Huren und Hurenbälger in Arbeitercamps riefen ihnen Schmähungen nach, aber nichts von all dem konnte sie auf die aggressive Ablehnung vorbereiten, mit der sie sich in den Negersiedlungen konfrontiert sahen, die bereits im Aufbau waren. Die Schlagzeile eines Artikels im *Herald*, «Kommt gewappnet oder gar nicht», konnte doch wohl nicht ihnen gelten? Gewitzt, stark und willens, ihr eigenes Land zu bestellen, fühlten sie sich mehr als nur gewappnet – sie hatten eine Bestimmung. Es zog ihnen den Boden unter den Füßen weg, als sie erfuhren, daß sie nicht genug Geld mitbrachten, um den Bedingungen der «autarken» Negergemeinden zu genügen. Sie waren, kurz gesagt, zu arm, sie sahen zu abgerissen aus, um diese Siedlungen, die um schwarze Zuwanderer warben, auch nur betreten, geschweige denn dort leben zu dürfen. Diese demütigende Abfuhr, die sie von den Glücklichen erfuhren, veränderte die Temperatur ihres Blutes zweimal. Erst kochten sie vor Wut, als sie sich als Menschen beschrieben fanden, «denen Kneipen und Glücksspiele mehr bedeuten als ihr Heim, die Kirche und die Schule». Dann erinnerten sie sich an ihre außergewöhnliche Vergangenheit und wurden eiskalt. Was hitzige Entschlossenheit gewesen war, wurde zu einer kaltblütigen Obsession. «Sie kennen uns nicht, sie wissen nichts von uns», sagte einer von ihnen. «Wir sind frei wie sie, wir waren Sklaven wie sie. Wozu diesen Unterschied machen?»

Abgewiesen und vertrieben, änderten sie ihre Route und zogen westlich der ausgewiesenen Siedlungsgebiete und südlich von Logan County über den Canadian River in das Gebiet der Arapahos – sturer und stolzer nach jeder Niederlage, deren Einzelheiten sich dem fabelhaften Gedächtnis der Zwillinge einprägten: schmucklose Geschichten, wieder und wieder nacherzählt in düsteren Scheunen, im Licht des Sonnenuntergangs am Ofen, im Licht des Sonntagnachmittags bei den Gebetsversammlungen. Von den Sätteln der vier Banditen mit schwarzer Haut, die ihnen getrocknetes Büffelfleisch zu essen gaben, ehe sie ihnen die Gewehre raubten. Von der Lautlosigkeit der Windhose, die sich durch und um ihr Lager schlängelte. Den schlafenden Kindern, die, als sie erwachten, durch die Luft wirbelten. Dem schimmernden Fell der Pferde, auf denen die wachsamen Choctaws saßen. Zur Abendessenszeit, wenn es zu dunkel war für Arbeiten, die mehr als das Licht des Lagerfeuers brauchten, rezitierten die Alten Väter die Saga jener Reise: von Zeichen, durch die Gott ihnen den Weg gewiesen hatte – zu Wasserplätzen; zu den Creek-Indianern, bei denen sie ihre Arbeitskraft für Planwagen, Pferde und Weiderecht eintauschen konnten; und weit weg von elenden Prärienestern, die sich über fünfzig Meilen erstreckten, bevölkert von Präriehunden und satanischen Versuchungen wie lasterhaften Weibern ohne Habe und Gerüchten von Goldfunden im Fluß.

Für die Zwillinge war es diese Entdeckung – wie schmal der Pfad der Tugend sein konnte –, die ihrem Großvater die Worte für die Frontplatte des Ofens eingab. Nägel waren so kostbar, daß sie ihre Möbel mit Holzdübeln zusammenbauten, aber er opferte seinen ganzen Schatz an Zimmermannsnägeln und Haken, um etwas zu sagen, das wichtig war und bleiben sollte.

Sobald die Buchstaben an Ort und Stelle waren, aber noch ehe irgend jemand Zeit gefunden hatte, über die Worte nachzudenken, die sie bildeten, wurde gleich neben dem Ofen, der auf seine Inbetriebnahme wartete, ein freistehendes Dach errichtet. Auf Kisten und improvisierten Bänken versammelte sich die Bevölkerung von Haven, um zu reden, um nicht allein zu sein und um es sich bei frisch gebratenem Wild gutgehen zu lassen. Später, als die Büffelgraswiesen einem ansehnlichen Dorf Platz gemacht hatten, in dem es eine Hauptstraße und Holzhäuser, eine Kirche, eine Schule und einen Laden gab, trafen sich die Bewohner noch immer am Ofen. Sie spießten Perlhühner und ganze Rehe auf den Grill, sie wendeten die Rippenstücke und rieben eine Extraportion Salz in die Seiten des auskühlenden Kalbsbratens. Es war die Zeit des langsamen Garens, als man die Flammen so klein hielt, daß ein zwanzigpfündiger

Truthahn eine ganze Nacht brauchte und ein halber Ochse zwei Tage, bis er durchgebraten war. Wann immer in den Häusern geschlachtet wurde oder wenn die Lust auf frisches Wildbret aufkam, brachten die Menschen ihre Strecke zum Ofen und blieben manchmal dort hängen, um sich mit der Morgan-Familie über die richtigen Gewürze zu streiten und auch darüber, wie man am besten feststellte, wann das Fleisch «durch» war. Sie blieben hängen, um den neuesten Klatsch auszutauschen, um zu jammern, um lauthals zu lachen oder um im Schatten des Daches einen Kaffee zu schlürfen. Und jedes Kind in Rufweite mußte damit rechnen, herzitiert zu werden, um Fliegen wegzuwedeln, Holz zu hacken, den Arbeitstisch zu säubern oder mit dem Stampfblock die Erde festzuklopfen.

1910 gab es schon zwei Kirchen in Haven, dazu die Allgemeine Bürger-Bank, vier Klassenzimmer im Schulhaus, fünf Geschäfte für Textilien, Lebensmittel und Tierfutter – aber auf den Wegen zum und vom Ofen war weitaus mehr los als an all den anderen Orten. Keine Familie brauchte mehr als die einfachste Kochstelle, solange das Feuer im Ofen brannte, und es brannte ständig. Selbst noch im Jahr 1934, als überall in der Siedlung die Feuer ausgingen, als es so klar war wie die Sonne, daß alles Gerede von elektrischem Strom bloßes Gerede bleiben würde, daß Gasleitungen und Abwasserkanäle weiterhin nur in Tulsa zu bestaunen wären, brannte das Feuer im Ofen weiter. Bis zur großen Dürre vermißte keiner eine Wasserleitung, weil der Brunnen tief genug war. Als kleine Jungen hatten die Zwillinge sich von den Ästen der Pappel baumeln lassen, die sich über ihn neigten, um das Spiegelbild ihrer Füße im klaren Wasser zu bewundern. Oft und oft hatten sie von den blauen Kleidern und den Hüten erzählen gehört, die die Männer den Frauen vom Erlös der ersten Ernte oder der ersten Schafschur gekauft hatten. Und diese Aufregung, als das Klavier aus Saint Louis geliefert wurde, kaum daß der Boden der Zionskirche gelegt war. Sie stellten sich ihre Mutter als Zehnjährige vor, wie sie sich zusammen mit anderen jungen Mädchen schweigend um das Klavier drängte, verstohlen über die Tasten strich, einen Ton anschlug, ehe die Diakonin ihre Finger mit einem Klaps verscheuchte. Ihre klaren Sopranstimmen bei der Probe, wie sie «Er wird dich behüten» sangen – was Er offenkundig auch tat, bis Er es sich eines Tages anders überlegte.

Die Zwillinge waren 1924 geboren und hörten zwanzig Jahre lang, wie die vorangegangenen vierzig Jahre gewesen waren. Sie hörten genau zu, sie malten sich jede Einzelheit aus, und sie vergaßen nichts, denn jede Einzelheit war ein freudiger Schock für sie, erotisch wie ein Traum, erregend und von größerer Bedeutung, als es selbst der Krieg gewesen war, in dem sie gekämpft hatten.

1949, als junge, frisch verheiratete Männer, wußten sie, was die Stunde geschlagen hatte. Schon lange vor dem Krieg hatten die Bürger von Haven begonnen, ihre Siedlung zu verlassen, und wer jetzt noch nicht dabei war, seine Sachen zu packen, hatte es zumindest vor. Die Zwillinge sahen eine schwindende Nachkriegszukunft vor sich und fanden es nicht schwer, ihre Kumpels davon zu überzeugen, daß es zu wiederholen galt, was die Alten Väter ihnen 1890 vorgemacht hatten. Zehn Generationen hatten gewußt, was *dort draußen* auf sie wartete: Raum, der einst frei gewesen war und einladend, wurde rechtsfrei und bedrohlich, wurde zu einer Leere, in der das Böse, zufällig oder planvoll, zuschlug, wo und wann es wollte – dort hinter dem freistehenden Baum vielleicht oder hinter der Tür jedes beliebigen Hauses, wie bescheiden oder prachtvoll es auch war. *Dort draußen*, wo deine Kinder Zielscheibe des Spotts und deine

Frauen Freiwild waren und du selbst ausgelöscht werden konntest; wo Kirchengemeinden bewaffnet zum Gottesdienst kamen und jede Satteltasche einen Strick enthielt. *Dort draußen*, wo jedes Grüppchen weißer Männer eine Bürgerwehr sein konnte, war einer, der allein war, so gut wie tot. Aber die letzten drei Generationen hatten sie gelehrt und immer wieder neu gelehrt, wie man eine Siedlung schützte. Und so trugen die ehemaligen Soldaten, die so gut wie die ehemaligen Sklaven wußten, was zuerst kam, den Ofen ab und verluden seine Teile auf zwei Pritschenwagen, ehe sie noch damit begannen, ihre Betten abzubauen. Noch vor dem ersten Licht an einem Tag Mitte August kehrten fünfzehn Familien Haven den Rücken – und sie brachen nicht nach Muskogee oder nach Kalifornien auf, wie andere vor ihnen, oder nach Saint Louis oder Houston oder Langston oder Chicago, sondern zogen tiefer nach Oklahoma hinein, so weit weg, wie sie nur konnten, von dem Staub, der den von ihren Großvätern begründeten Ort bedeckte.

«Wie weit?» fragten die Kinder auf den Rücksitzen der Autos. «Wie lange noch?»

«Schon gut», beschwichtigten die Eltern. Die Stunden vergingen, und ihre Rede blieb immer gleich: «Recht bald. Bald sind wir da.» Als sie den Beaver Creek durch die Mündung eines Staates fließen sahen, der wie eine Pistole geformt war, als sein Wasser all die Hektar Grasland durchströmte, die sie von den zusammengelegten Abschiedsgeldern der Armee gekauft hatten (und billig dazu, nach den Wirbelstürmen von 1949), da war es endlich gut und recht und keinen Augenblick zu früh.

Hinter sich zurückgelassen hatten sie einen Ort, dessen einst so stolze Straßen von Unkraut überwuchert waren, bewacht von nur noch achtzehn Unbeirrbaren, die sich fragten, wie sie wohl zum Postamt kämen, wo vielleicht ein

Brief von längst fortgezogenen Enkeln auf sie wartete. Wo der Ofen gestanden hatte, dösten kleine grüne Schlangen in der Sonne. Wer hätte sich vorstellen können, daß fünfundzwanzig Jahre später, in einem brandneuen Dorf, ein Kloster die Schlangen, die Depression, den Steuereintreiber und die Eisenbahn in den Schatten stellen würde, was schiere Zerstörungswut betraf?

Jetzt zerschmettert der eine der Brüder, der immer den Anführer macht, mit dem Kolben seines Gewehrs die Kellertür. Der andere und ihr Neffe warten ein paar Schritte hinter ihm. Dann steigen alle drei die Stufen hinunter, wachsam und wißbegierig. Sie werden nicht enttäuscht. Was sie sehen, ist des Teufels Schlafzimmer, sein Badezimmer und sein dreckiger Laufstall.

Der Neffe wußte immer, daß seine Mutter ihre ganze Kraft aufgeboten hatte, um mitzuhalten. Sie hatte es geschafft, daß er das siegreiche Pferd reiten konnte, aber weiter reichten ihre Energien nicht. Nicht einmal so weit, daß sie an den Debatten Anteil genommen hätte, die über die Frage geführt wurden, wie man diesen Ort nennen sollte, wo sie mit ihren Brüdern und ihrem kleinen Sohn gelandet war. Drei Jahre lang war New Haven der aussichtsreichste Vorschlag gewesen, auch wenn sich einige für andere Namen stark machten – für Namen, so sagten sie, die nicht mit dem Makel jüngsten oder wiederholten Scheiterns behaftet seien. Veteranen, die im Pazifik gekämpft hatten, schlugen Guam vor, andere Inchon. Wer den europäischen Kriegsschauplatz kennengelernt hatte, brachte Namen ins Gespräch, die auszusprechen nur den Kindern Freude machte. Die Frauen hatten keine klare Meinung, bis die Mutter des Neffen starb. Ihre Beerdigung – die erste im Dorf – machte dem Hin und Her ein Ende, machte es überflüssig. Sie benannten den Ort nach einer der ihren, und keiner von den Männern erhob seine Stimme dagegen. Na gut. So sei es. Ruby. Ruby zum zweiten.

Das gefiel seinen Onkeln, die so ihre Schwester betrauern und den Freund und Schwager ehren konnten, der nicht aus dem Krieg heimgekehrt war. Doch der Neffe, der Ossies Verwundetenabzeichen gewonnen und von seinem Vater die Erkennungsmarke geerbt hatte, mußte bis ans Ende seiner Tage den Namen der Mutter auf Ortstafeln und Briefumschlägen lesen, und all diese traurigen Denkmale wurden größer als er selbst. Das Abzeichen, die Marke, die Zustelladresse warfen ihren Schatten über ihn. Die Frauen, die seine Mutter gekannt und gepflegt hatten, verhätschelten ihn als Rubys Sohn. Die Männer, die gemeinsam mit seinem Vater bei der Armee gewesen waren, bevorzugten ihn als den Sohn von Rubys Mann. Seine Onkel betrachteten ihn als einen der ihren. Als beim Ofen der Entschluß gefaßt wurde, war er dabei. Aber vor zwei Stunden, als sie das letzte Stück rotes Fleisch verschlungen hatten, klopfte ihm ein Onkel einfach auf die Schulter und sagte: «Kaffee haben wir im Wagen. Hol deine Flinte.» Was er auch tat, aber das kleine Palmwedelkreuz nahm er ebenfalls mit.

Es war vier Uhr früh, als sie aufbrachen. Es war gegen fünf, als sie ihr Ziel erreichten, denn um sich in der Dunkelheit nicht durch Scheinwerfer oder Motorengeräusch zu verraten, gingen sie die letzten Meilen zu Fuß. Sie stellten die Autos in einem Zwergeichendickicht ab, denn ungeschützt war der schwächste Lichtschein in dieser Landschaft meilenweit zu sehen. Wo die Spitzen von Fördertürmen über fünfzig Meilen unsichtbar blieben, wurde die Kerze auf dem Geburtstagskuchen entdeckt, sobald nur das Zündholz aufflammte. Eine halbe Meile vor ihrem Ziel hüllte sie Nebel bis zu den Hüften herauf ein. Sie erreichten das Kloster wenige Sekunden vor der Sonne, und es blieb ihnen ein Augenblick, um ein für allemal in ihrem Gedächtnis festzuhalten, wie das Gebäude über dem Boden schwebte, düster und bösartig, losgelöst von Gottes Erde.

Im Schulzimmer, das früher ein Speisesalon war und jetzt nur noch als Lagerraum für die Pulte dient, die an die Wand geschoben worden sind, ist der Blick frei. Die Männer aus Ruby drängen sich an seinen Fenstern. Nachdem alles, was sie im Kloster vorgefunden haben, nur Bestätigung für sie war, sammeln sie sich hier in diesem Raum. Sie, die Neuen Väter von Ruby, Oklahoma. Die Kälte, die sie empfangen hat, ist verflogen. Genauso der Nebel. Ihnen ist warm geworden, warm vor Anstrengung und von den nächtlichen Ausdünstungen der Rechtschaffenheit. Der Blick ist frei.

Ein Rennen. Das ist das einzige, was der Neffe denken kann. 400-Meter-Sprinterinnen oder Langstreckenläuferinnen auf der Drei-Meilen-Distanz. Die Köpfe von zweien sind so weit zurückgeworfen, wie es die Hälse nur erlauben. Geballt die Fäuste an pumpenden Armen, die sich nach der Ferne strecken. Eine andere hält ihren Lockenkopf gesenkt, rammt sich durch Luft und Zeit, greift mit einer Hand nach einem Siegesband, das es in ihrer Zukunft nirgends gibt. Ihre Münder sind aufgerissen, schlingen Atemluft in sich hinein und geben keine mehr heraus. Kein Fuß berührt den Boden, alle greifen weit aus über den Klee.

Jede eine Eva, tollkühn und schwarz, die von Maria nicht entsündigt ist, gleichen sie Hirschgeißen in panischer Flucht, einer Sonne entgegenspringend, die gerade den Nebel aufgelöst hat und nun mit ihrem heiligen Öl das Fell des Wildes salbt.

Mit Gott an ihrer Seite heben die Männer die Waffen und legen an. Für Ruby.

Mavis

DIE NACHBARN schienen sich zu freuen, als die Babys erstickt waren. Vielleicht, weil sie sich schon die ganze Zeit über den minzgrünen Cadillac aufgeregt hatten, in dem es passiert war. Natürlich taten sie alles, was von ihnen erwartet wurde, sie brachten zu essen, sie riefen an, um zu kondolieren, sie organisierten eine Sammlung. Aber das erregte Funkeln in ihren Augen ließ keinen Zweifel.

Als die Reporterin kam, saß Mavis in der Ecke des Sofas und wußte nicht, ob sie die Krümel der Kartoffelchips von den Nähten des Plastiküberzugs wegkratzen oder sie fester hineinstopfen sollte. Aber die Reporterin wollte zuerst das Foto machen lassen, und der Fotograf befahl Mavis, sich in die Mitte des Sofas zu setzen, mit den überlebenden Kindern zu beiden Seiten der untröstlichen, leidenden Mutter. Natürlich fragte die Reporterin auch nach dem Vater. Jim, nicht wahr? Der Name ist Jim Albright? Aber Mavis sagte, dem ginge es nicht gut, der könne jetzt nicht rauskommen, sie müßten ohne ihn loslegen. Die Reporterin und der Fotograf blickten sich vielsagend an, und Mavis dachte, sie wüßten wohl ohnehin, daß Frank – und nicht Jim – auf dem Rand der Badewanne saß und Seagram's aus der Flasche trank.

Mavis rutschte in die Mitte des Sofas und kratzte Kartoffelchipskrümel unter ihren Fingernägeln hervor, bis die anderen Kinder zur Stelle waren. Die «anderen Kinder» – das würden sie von nun an immer sein. Sal legte ihren Arm um die Hüften der Mutter. Frankie und Billy James quetschten sich rechts von ihr auf das Sofa. Sal zwickte sie, heftig. Mavis spürte sofort, daß ihre Tochter nicht etwa nervös oder kamerascheu war, denn sie zwickte ausdauernd und immer fester. Sals Fingernägel waren auf Blut aus.

«Das muß ja furchtbar für Sie sein.» Ihr Name, sagte sie, sei June.

«Ist es auch, M'am. Es ist furchtbar für uns alle.»

«Gibt es vielleicht irgend etwas, das Sie sagen wollen? Etwas, was andere Mütter wissen sollten?»

«M'am?»

June schlug die Beine übereinander, und Mavis sah, daß sie ihre hochhackigen Schuhe heute zum erstenmal anhatte. An den Sohlen war so gut wie überhaupt kein Schmutz. «Ich meine, irgendein Wort der Warnung, daß sie besser aufpassen, daß sie ihre Kinder nicht vernachlässigen sollen.»

«Tscha.» Mavis atmete tief durch. «Da fällt mir so direkt nichts ein. Glaub ich. Ich –»

Der Fotograf ging in die Hocke, verdrehte den Kopf, suchte nach seinem Bild.

«Damit diese schreckliche Tragödie wenigstens einen kleinen Nutzen hat?» Junes Lächeln war voller Traurigkeit.

Mavis straffte sich, um Sals Fingernägeln Widerstand entgegenzusetzen. Die Kamera machte klick. June setzte ihren Filzstift auf das Papier. Ein edles Teil war das. Mavis hatte noch nie etwas Ähnliches gesehen – brachte Tinte aufs Papier, aber ganz trocken, ganz ohne Kleckse. «Ich hab Fremden im Augenblick nichts zu sagen.»

Der Fotograf machte sich zum zweitenmal an der Jalousie des Vorderfensters zu schaffen; dann ging er zurück zum Sofa und hielt Mavis ein schwarzes Kästchen vors Gesicht.

«Ich verstehe», sagte June. Ihr Blick wurde sanft, aber dahinter funkelte es wie in den Augen der Nachbarn. «Mir ist klar, daß ich Ihnen einiges zumute, aber vielleicht können Sie mir einfach nur erzählen, was passiert ist? Unseren Lesern geht das ziemlich an die Nieren, schon weil es Zwillinge sind und überhaupt. Oh, und Sie sollten wissen, daß Sie jeden Tag in ihre Gebete eingeschlossen sind.» Sie ließ ihren Blick über die beiden Jungen und Sal gleiten. «Und ihr da natürlich auch. Sie beten für jeden von euch.»

Frankie und Billy James schauten hinunter auf ihre nackten Füße. Sal legte den Kopf auf die Schulter ihrer Mutter, ohne den Klammergriff in das Fleisch an Mavis' Hüfte zu lockern.

«Also, können Sie uns etwas erzählen?» June setzte ein Lächeln auf, das soviel bedeutete wie: «Tun Sie mir den Gefallen.»

«Tscha.» Mavis runzelte die Stirn. Diesmal wollte sie alles ganz klar machen. «Er mochte das Büchsenfleisch nicht. Ich meine, die Kinder essen's ja gern, aber er nicht. Bei der Hitze kann man nun mal nicht viel Fleisch im Haus haben. Einmal ist mir ein ganzes Schultersteak grün geworden, also bin ich los und hab den Wagen geholt und gedacht, nur 'n paar Weenies und, na ja, Merle und Pearl nehm ich mit. Erst war ich ja dagegen, aber er hat gesagt –»

«M-e-r-l-e?»

«Ja, M'am.»

«Sprechen Sie weiter.»

«Sie haben nicht geschrien oder sonstwas, aber er hat gesagt, er hat Kopfweh. Und ich versteh das. Wirklich. Man kann nicht erwarten, daß ein Mann von so 'ner Arbeit heimkommt und dann noch auf die Babys aufpassen muß, während ich losziehe und irgendwas Anständiges besorge, was ich ihm vorsetzen kann. So geht's wirklich nicht.»

«Also haben Sie die Zwillinge mitgenommen. Warum nicht auch die anderen Kinder?»

«Wir haben ein Wiesel im Hinterhof», sagte Frankie.

«Ein Waldmurmeltier», sagte Billy James.

«Schnauze!» Sal beugte sich vor und deutete über Mavis' Magen hinweg auf ihre Brüder.

June lächelte. «Wäre es nicht sicherer gewesen», fuhr sie fort, «wenn die anderen Kinder sich ebenfalls im Auto befunden hätten? Immerhin sind sie älter.»

Mavis schob den Daumen unter den Träger ihres BHs und hob ihn auf die Schulter zurück. «Ich hab ja mit nichts Schlimmem gerechnet. Higgledy Piggledy ist gleich da drüben. Ich hätte auch zum Tag-&-Nacht-Markt gehen können, aber da liegt das Zeug für meinen Geschmack zu lang im Regal.»

«Gut, dann haben Sie also die Neugeborenen im Auto gelassen und sind in den Laden gegangen, um ein Schultersteak zu kaufen –»

«Nein, M'am. Weenies.»

«Ach so. Wiener.» June schrieb eilig mit, aber es sah nicht so aus, als würde sie irgend etwas ausstreichen. «Was ich Sie nun eigentlich fragen wollte: Warum hat das denn so lange gedauert? Nur diese eine Sache kaufen?»

«Hat's nicht. Hat doch nicht lang gedauert. Bestimmt nicht mehr als fünf Minuten. Allerhöchstens.»

«Ihre Kinder sind erstickt, Mrs. Albright. In einem überhitzten Auto, dessen Fenster geschlossen waren. Sie haben keine Luft mehr bekommen. Man kann sich schwer vorstellen, daß so etwas nach fünf Minuten passiert.»

Es mochte Schweiß sein, aber der Schmerz war so heftig, daß es auch Blut sein konnte. Sie wagte es nicht, Sals Hand wegzuschlagen oder sich nur das geringste anmerken zu lassen. Statt dessen kratzte sie sich im Mundwinkel und sagte:

«Ich hab mich auch schon rumgequält damit, aber es kann einfach nicht viel länger gedauert haben. Ich bin rein und gleich in die Kühlabteilung und hab zwei Packungen Armours mitgenommen, ist ja teuer dort, aber ich hab nicht mal nach dem Preis geschaut. Klar gibt's billigere Sorten, die genausogut sind, aber ich war so in Eile, daß ich gar nicht geschaut habe.»

«Sie haben sich beeilt?»

«Aber ja doch, M'am. Er war stinksauer auf mich. Büchsenfleisch ist nichts, was man einem Mann vorsetzen kann, wenn er von der Arbeit kommt.»

«Aber Wiener?»

«Ich hab an Koteletts gedacht. An Koteletts hab ich gedacht.»

«Wußten Sie denn nicht vorher, daß Ihr Mann von der Arbeit kommt und was zu essen will, Mrs. Albright? Kommt er denn nicht jeden Tag nach Hause und will ein Abendessen?»

Sie ist wirklich ganz nett, dachte Mavis. So höflich. Hat sich nicht im Zimmer umgesehen oder auf die Füße der Jungs gestarrt. Ist auch nicht hochgeschreckt, wie dieses knallende Geräusch hinterm Haus war, gefolgt vom Rauschen der Klospülung.

Das Schnappen, mit dem der Fotograf seine Koffer schloß, klang laut, als die Toilettenspülung verstummt war. «Hab's im Kasten», sagte er. «War nett, Sie kennenzulernen, M'am.» Er beugte sich vor, um Mavis die Hand zu schütteln. Sein Haar hatte die gleiche Farbe wie das der Journalistin.

«Hast du auch genug vom Cadillac?» fragte June.

«Massig.» Er formte ein O aus Daumen und Zeigefinger. «Also dann. Benehmt euch, okay?» Er tippte sich an den Hut und war verschwunden.

Sal hörte auf, ihre Mutter in die Hüfte zu kneifen. Sie beugte sich vor und konzentrierte sich darauf, einen Fuß baumeln zu lassen, der nur hin und wieder Mavis' Schienbein traf.

Keiner im Zimmer konnte von dort, wo sie saßen, den Cadillac sehen, der direkt vor dem Haus parkte. Aber er war seit Monaten von allen Nachbarn gesehen worden, und jetzt konnte ihn jedermann in ganz Maryland betrachten, denn der Fotograf hatte mehr Bilder von ihm geschossen als von Mavis und ihren Kindern. Minzgrün war er. Salatgrün. Sah cool aus. Aber die Farbe konnte man in der Zeitung nicht erkennen. Was sichtbar sein würde, war die Größe, die Protzigkeit dieses Ortes, an dem Babys gestorben waren. Babys, die niemand mehr sehen würde, denn ihre Mutter besaß nicht einmal einen Schnappschuß von den beiden vertrauensvollen Gesichtern.

Sal sprang auf und kreischte. «Iiieh! Schau! Ein Käfer!» und stampfte ihrer Mutter auf den Fuß.

«Doch, M'am», hatte Mavis inzwischen gesagt. «Er kommt jeden Abend zum Essen nach Hause.» Wobei sie sich fragte, wie das wohl wäre: einen Mann zu haben, der jeden Tag nach Hause kam. Nicht nur zum Essen. Als die Reporterin gegangen war, wollte sie nachsehen, was Sals Fingernägel ihrer Hüfte angetan hatten, aber Frank lag immer noch im Badezimmer, wahrscheinlich eingeschlafen, und es schien ihr nicht ratsam, ihn zu stören. Sie überlegte, ob sie die Kartoffelchipskrümel von den Nähten der Plastiküberzüge wegputzen sollte, aber am sehnlichsten wünschte sie sich in den Cadillac. Es war nicht ihr Wagen. Es war seiner, aber Mavis liebte ihn wahrscheinlich mehr als er, und sie hatte ihn auch über den Verbleib des zweiten Satzes Autoschlüssel belogen, den sie angeblich verloren hatte. Dem Cadillac hatten die letzten Worte gegolten, die sie, schon in der Tür, an June gerichtet hatte: «Er ist aber gar nicht neu. Er ist drei Jahre alt. Ein fünfundsechziger.» Wenn sie gekonnt hätte, wäre sie zum Schlafen raus ins Auto gegangen, hätte sich auf den Rücksitz gekuschelt, genau dorthin, wo die Zwillinge gelegen hatten, die beiden einzigen Wesen, die gerne bei ihr waren und ihr keine Last bedeuteten. Natürlich ging das nicht. Frank meinte, sie solle den Cadillac lieber zeit ihres Lebens nicht mehr anfassen, geschweige denn fahren. Drum war sie nicht weniger erstaunt als alle anderen, als sie ihn stahl.

«Alles in Ordnung bei dir?» Frank war schon unter die Decke geschlüpft, und Mavis schreckte mit einem jähen Angstgefühl hoch, das sich rasch in die gewohnte Beklommenheit auflöste.

«Ich bin okay.» Im Dunkeln suchte sie nach irgendeinem Anhaltspunkt für seine Stimmung, versuchte sie zu erspüren, zu erschnuppern. Aber er war undurchschaubar, genau wie schon beim Essen am Abend nach dem Zeitungsinterview. Das perfekte Hacksteak (nicht zu locker, nicht zu fest – zwei Eier machten den Unterschied) mußte ihn milde gestimmt haben. Entweder das, oder er hatte sein Gleichgewicht gefunden: genug im Bauch, genug zur Hand. Auf jeden Fall war er bei Tisch umgänglich gewesen, sogar zu Scherzen aufgelegt, und die anderen Kinder waren geradezu frech. Sal hatte neben ihrem Teller Franks altes Rasiermesser aufgeklappt und stellte ihrem Vater immer neue Fragen, die alle mit «Ist es scharf genug, um …» begannen. Und Frank lieferte immer neue Antworten: «Um alles zu schneiden, vom Popel bis zum Knorpel», oder: «Um einer Wanze die Wimpern zu rasieren», was Sal mit prustendem Gelächter quittierte. Als Billy James seine Limo in Mavis'

Teller spuckte, sagte sein Vater nur: «Frankie, gib mir mal den Ketchup rüber, und du, Billy, hör auf, mit dem Essen deiner Mutter rumzuspielen, ja?»

Mavis glaubte nicht, daß sie lange brauchen würden, und wenn sie die vier beim Abendbrot beobachtete, wie sie miteinander scherzten und so, dann wußte sie, daß er es die Kinder tun lassen würde. Die Zeitungsleute würden sich eine reißerische Schlagzeile ausdenken, und June, «die einzige Frau beim *Courier*», würde eine Geschichte dazu schreiben, die ordentlich auf die Tränendrüsen drückte.

Sie bemühte sich, nicht zu erstarren, als Frank es sich auf der ächzenden Matratze bequem machte. Hatte er seine Shorts an? Wenn sie das herausbekäme, wüßte sie auch, ob er heute auf Sex aus war, aber wie sollte sie es herausbekommen, ohne ihn zu berühren? Als wollte er ihre Neugierde befriedigen, ließ Frank den Gummizug der Boxershorts gegen seinen Bauch klatschen. Mavis entspannte sich, erlaubte sich einen Seufzer, der hoffentlich wie ein Schnarchen klang. Noch ehe er verklungen war, wurde schon die Bettdecke weggerissen. Als er ihr das Nachthemd hochschob, warf er es über ihr Gesicht, und sie ließ sich diese Gnade gefallen. Sie hatte sich geirrt. Wieder einmal. Er würde erst das hier erledigen – und dann das andere. Sicher steckten die anderen Kinder hinter der Tür und kicherten, und Sals Augen waren so kalt und erbarmungslos wie in dem Augenblick, da sie von dem Unglück erfahren hatte. Ehe Frank ins Bett gekommen war, hatte Mavis von etwas Wichtigem geträumt, das sie zu tun hatte, aber sie konnte sich nicht mehr daran erinnern, was es gewesen war. Gerade, als es ihr einfallen wollte, hatte Frank sie gefragt, ob bei ihr alles in Ordnung sei. Jetzt sagte sie sich, daß tatsächlich alles in Ordnung war, denn diese wichtige Sache, die sie vergessen hatte, würde nie erledigt werden müssen.

Würde es schnell gehen, wie fast immer? Oder langsam, ein Herumgestocher bis zum Zusammenbruch in wortloser Ermattung?

Weder noch. Er drang nicht in sie ein, rieb sich nur an ihr zum Höhepunkt und kaute dabei, durch das Nachthemd über ihrem Gesicht, auf einem Büschel ihrer Haare. Sie hätte eine Puppe sein können, ein Seemannsliebchen.

Danach sprach er im Dunkeln zu ihr. «Ich weiß nicht, Mave. Ich weiß es einfach nicht.»

Sollte sie zurückfragen: Was denn? Was meinst du? Was weißt du nicht? Oder stumm bleiben? Mavis wählte das Schweigen, weil ihr plötzlich klar wurde, daß seine Worte nicht ihr, sondern den anderen Kindern galten, die draußen vor der Tür kicherten.

«Vielleicht», sagte er. «Vielleicht kriegen wir's wieder hin. Vielleicht auch nicht. Ich weiß es einfach nicht.» Er ließ ein tiefes Gähnen hören, dann: «Kann mir aber nicht vorstellen, wie.»

Sie wußte: Das war das Signal. Für Sal, für Frankie, für Billy James.

Den Rest der Nacht wartete sie nur noch, schloß keine Sekunde die Augen. Franks Schlaf war tief, und sie hätte sich (nachdem er sie weder erstickt noch stranguliert hatte) aus dem Bett stehlen und die Tür öffnen können, wäre nicht dahinter dieses Atmen zu hören gewesen. Sie war sicher, daß Sal dort kauerte – bereit, sich auf sie zu stürzen oder ihr die Beine wegzuziehen. Ihre Oberlippe wäre zurückgezogen und würde elfjährige Zähne entblößen, viel zu mächtig für ihren fauchenden Mund. Die Morgendämmerung, dachte Mavis, das war die entscheidende Stunde. Sicher war die Falle beschlossene Sache – aber vielleicht war sie noch nicht ausgelegt. Es würde höllischer Aufmerksamkeit bedürfen, sie zu erkennen, ehe sie zuschnappte.

Bei der ersten Ahnung grauen Morgenlichts ließ Mavis sich aus dem Bett gleiten. Wenn Frank jetzt aufwachte, war alles vorbei. Sie griff sich eine rote Caprihose und ein Daffy-Duck-Sweatshirt und schaffte es ins Badezimmer. Sie nahm einen schmutzigen BH aus dem Wäschekorb und zog sich hastig an. Kein Höschen, und sie konnte auch nicht ins Schlafzimmer zurück, um ihre Schuhe zu holen. Das große Problem war, am Zimmer der anderen Kinder vorbeizukommen. Die Tür stand offen, und obwohl kein Geräusch herausdrang, fröstelte Mavis, wenn sie nur daran dachte, sich ihr zu nähern. Links den Flur hinunter lag die kleine Küche mit der Eßecke, rechts das Wohnzimmer. Sie mußte sich entscheiden, wohin sie wollte, ehe sie an dieser Tür vorbeilief. Wahrscheinlich erwarteten sie, daß sie sich, wie immer, gleich zur Küche wenden würde, drum wäre es wohl besser, zur Vordertür zu spurten. Aber vielleicht rechneten sie auch damit, daß sie vom Gewohnten abwich, und die Falle war womöglich gar nicht in der Küche.

Plötzlich fiel ihr ein, daß ihre Geldbörse im Wohnzimmer lag, oben auf dem Fernsehschrank, der sich, als das Gerät kaputtgegangen war, zur Ablage für allen möglichen Krimskrams entwickelt hatte. Und der zweite Satz Autoschlüssel steckte in einem Riß im Innenfutter der Börse. Mit angehaltenem Atem, die Augen weit offen in der Dunkelheit, schlich Mavis an der offenen Zimmertür der anderen Kinder vorbei. Soviel Gefahr im Rücken setzte ihr zu wie Fieber – sie schwitzte und fror zugleich.

Tatsächlich war die Geldbörse dort, wo sie gedacht hatte, und an der Haustür lagen Sals Gummistiefel. Mavis packte die Börse, schlüpfte in die gelben Stiefel ihrer Tochter und entkam auf die Veranda vor dem Haus. Sie blickte nicht zur Küche zurück und sah sie niemals wieder.

Das Verlassen des Hauses hatte sie voll und ganz in Anspruch genommen. Erst als sie den Cadillac vom Bordstein weglenkte, wurde ihr klar, daß sie keinen blassen Schimmer hatte, was sie jetzt tun sollte. Sie schlug den Weg zu Pegs Haus ein. Zwar kannte sie die Frau nicht besonders gut, aber die Tränen, die Peg bei der Beerdigung vergossen hatte, waren nicht ohne Eindruck auf Mavis geblieben. Schon immer hatte sie sie näher kennenlernen wollen, aber Frank wußte stets zu verhindern, daß sich aus der Bekanntschaft eine Freundschaft entwickelte.

Die einzige Straßenlampe schien meilenweit entfernt, und die Sonne wollte nicht aufgehen, drum fiel es Mavis schwer, Pegs Haus zu finden. Als sie endlich am Ziel war, parkte sie auf der gegenüberliegenden Straßenseite, um auf mehr Tageslicht zu warten, ehe sie an die Tür klopfte. Pegs Haus war dunkel, die Jalousie am Panoramafenster noch geschlossen. Es war totenstill. Das hölzerne Mädchen im Petunienbeet, dessen Gesicht hinter einer frischen blauen Haube verborgen war, neigte eine Gießkanne, eine geschnitzte Entenfamilie reihte sich hinter ihm auf. Der Rasen, sauber eingefaßt und kurz geschoren, sah aus wie ein Musterteppich aus kostbarer Wolle. Nichts bewegte sich, weder die winzige Windmühle noch der Efeu drum herum. Nur der Johanniskrautstrauch an der Seite, der höher und älter war als Pegs Haus, bebte. Vom Luftauslaß der Klimaanlage durchgeschüttelt, tanzten seine Zweige und ließen Blüten und Knospen aufs Gras regnen. Wild sah das aus, wild, und Mavis' Puls raste im Gleichtakt. Die Uhr im Cadillac zeigte noch nicht mal auf halb sechs. Mavis beschloß, ein wenig herumzufahren und zu einer zivileren Zeit wiederzukehren. Um sechs vielleicht. Aber dann wären sie zu Hause auch schon aufgestanden, und Frank würde merken, daß der Caddy verschwunden war. Er würde bestimmt die Polizei rufen.

Von ihrer Dummheit bedrückt und verängstigt, bog Mavis hinaus auf die Straße. Nicht nur, daß jeder in der Nachbarschaft den Wagen kannte – heute würde auch noch ein Foto von ihm in der Zeitung sein. Als Frank ihn gekauft hatte und erstmals mit ihm vorfuhr, waren die Männer, die auf der Straße herumstanden, zusammengelaufen, hatten grinsend auf die Kühlerhaube geklopft und sich schnuppernd hineingebeugt und auf die Hupe gedrückt und gelacht. Sie hatten gelacht und immer wieder gelacht, weil der Besitzer dieses Wagens sich alle paar Wochen einen Rasenmäher leihen mußte; weil er keine Fliegengitter an den Fenstern hatte und keinen funktionierenden Fernseher; weil zwei der sechs Pfosten seiner Veranda vor drei Monaten weiß gestrichen worden waren und von den restlichen immer noch der vergilbte Altanstrich blätterte; weil er manchmal hinter dem Lenkrad des in Zahlung gegebenen alten Wagens übernachtet hatte – vor seinem eigenen Haus. Und die Frauen, die beobachteten, wie Mavis die Kinder zum Fast-food-Restaurant von White Castle fuhr und dabei auch an bewölkten Tagen eine Sonnenbrille trug, machten erst große Augen und schüttelten dann den Kopf. Als hätten sie von Anfang an gewußt, daß dieser Cadillac eines Tages in der Zeitung abgebildet sein würde.

Im Schneckentempo von zwanzig Meilen pro Stunde fuhr Mavis auf die Route 121, nunmehr dankbar für den Rest Dunkelheit, der sie beschirmte. Als sie am Kreiskrankenhaus vorbeikam, glitt ein Krankenwagen lautlos aus der Einfahrt. Ein grünes Kreuz im weißen Feld flammte alarmierend auf und wurde von den Schatten verschluckt. Fünfzehnmal war sie in diesem Krankenhaus gewesen, davon viermal, um ihre Kinder zur Welt zu bringen. Beim vorletzten Aufenthalt, als die Zwillinge geboren wurden, kam ihre Mutter aus New Jersey, um zu helfen. Drei Tage lang kümmerte sie sich um den Haushalt und um die anderen Kinder. Sobald die Zwillinge entbunden waren, fuhr sie zurück nach Paterson – Fahrzeit drei Stunden, glaubte Mavis sich zu erinnern. Also konnte sie selbst dort sein, noch ehe *Der geheime Sturm* begann, von dem sie den ganzen Sommer hindurch keine einzige Folge gesehen hatte.

Bei einer Fill-'n-Go-Tankstelle prüfte Mavis den Inhalt ihrer Geldbörse, ehe sie dem Tankwart Bescheid gab. Drei Zehndollarscheine steckten zusammengefaltet hinter ihrem Führerschein.

«Zehn», sagte sie.

«Gallonen oder Dollar, M'am?»

«Gallonen.»

Auf dem Nachbargrundstück sah Mavis das Fenster eines Frühstücks-Diners, in dem sich das Morgenlicht korallenrot spiegelte.

«Ist der Laden da offen?» rief sie über das Donnern der Lkws auf dem Highway hinweg.

«Ja, M'am.»

Immer wieder im Kies rutschend, ging sie zu dem Diner hinüber. Drinnen verzehrte die Bedienung hinter dem Tresen gerade eine Krabbenfrikadelle mit Hafergrütze. Sie bedeckte den Teller mit einem Tuch und tupfte sich die Mundwinkel ab, ehe sie Mavis einen guten Morgen wünschte und die Bestellung aufnahm. Als Mavis den Diner mit zwei Honigwaffeln und einem Pappbecher Kaffee verließ, fing sie in dem Spiegel, der an der Tür für Hires Root Beer warb, den spöttischen Blick der Kellnerin auf. Ihr Grinsen beunruhigte sie den ganzen Weg zur Tankstelle hinüber, bis sie beim Einsteigen in den Wagen ihre kanariengelben Füße sah.

Sie machte die Zapfsäule frei und parkte den Wagen hinter dem Diner; dort stellte sie ihr Frühstück auf dem Armaturenbrett ab und begann das Handschuhfach zu durchwühlen. Sie fand eine unangebrochene Halbliterflasche Early Times und eine weitere Flasche, die noch zwei Fingerbreit Scotch enthielt, dazu Papierservietten, einen Beißring, mehrere Schnippsgummis, ein Paar schmutzige Socken, eine Taschenlampe mit leerer Batterie, einen Lippenstift, eine Karte von Florida, mehrere Rollen Pfefferminzpastillen für frischen Atem und einige Strafzettel. Sie steckte den Beißring in ihre Geldbörse, raffte die Haare zu einem traurigen kleinen Pferdeschwanz zusammen, der hinter den Gummiringen wegstand wie ein Büschel Hühnerfedern, und schmierte sich den Lippenstift der fremden Frau über den Mund. Dann sank sie im Sitz zurück und schlürfte den Kaffee. Zu nervös, um Milch und Zucker zu verlangen, hatte sie ihn schwarz bestellt, und jetzt konnte sie sich nicht überwinden, noch einen dritten Schluck davon zu trinken. Der fremde Lippenstift grinste sie schmierig vom Rand des Pappbechers an.

Der Cadillac schluckte zehn Gallonen auf neunzig Meilen. Mavis überlegte, ob sie ihre Mutter anrufen oder einfach vor der Tür stehen sollte. Letzteres kam ihr klüger vor. Frank konnte seine Schwiegermutter jeden Augenblick anrufen, wenn er es nicht schon getan hatte. Es war sicher besser, wenn ihre Mutter wahrheitsgemäß sagen konnte: «Ich hab keine Ahnung, wo sie steckt.»

Nach Paterson dauerte es fünf Stunden, nicht drei, und sie hatte noch vier Dollars und sechsundsiebzig Cents in der Tasche, als sie das Ortsschild sah. Die Tankanzeige war am Ende des roten Bereichs.

Die Straßen sahen enger aus, als sie sie in Erinnerung hatte, und auch die Läden waren ganz andere. Die Blätter hier im Norden verfärbten sich bereits. Als sie unter ihnen entlangfuhr, durch den fleckigen Korridor, den sie bildeten, kam es ihr vor, als würde das Straßenpflaster vor ihr zurückweichen, statt unter der Haube zu verschwinden. Je schneller sie fuhr, desto mehr Straße hatte sie vor sich.

Eine Querstraße vor dem Haus ihrer Mutter blieb der Motor stehen, aber Mavis schaffte es, den Wagen noch über die Kreuzung und an den Bordstein rollen zu lassen.

Sie war zu früh da. Ihre Mutter würde nicht vom Kindergarten nach Hause kommen, ehe die Nachmittagskinder alle abgeholt waren. Der Türschlüssel lag nicht mehr unter dem Rentier, drum hockte Mavis sich auf die hintere Veranda und kämpfte sich aus den gelben Stiefeln. Ihre Füße sahen aus, als gehörten sie jemand anderem.

Frank war schon um halb sechs am Telefon gewesen, als Mavis gerade Pegs Johanniskrautstrauch betrachtete. Birdie Goodroe erzählte ihrer Tochter, daß sie einfach aufgelegt hatte, nicht ohne ihm vorher mitzuteilen, daß sie keinen blassen Schimmer hätte, wovon er eigentlich rede, und was zum Teufel er sich eigentlich einbilde, sie mitten aus dem Schlaf zu reißen. Sie war alles andere als erbaut, genau wie später, als ihre Tochter ans Küchenfenster klopfte und wie ein Gespenst aussah. Was sie ihr auch sagte, als sie die Tür öffnete: «Mädchen, du siehst ja aus wie ein Gespenst, was treibst du hier in diesen Kinderstiefeln?»

«Ma, laß mich erst mal rein, okay?»

Birdie Goodroes Kalbsleber reichte kaum für zwei. Mutter und Tochter aßen in der Küche, und Mavis war jetzt vorzeigbar – gewaschen, gekämmt, mit Aspirin abgefüllt und in ein sie locker umfließendes Hauskleid ihrer Mutter gewandet.

«Also gut, raus mit der Sprache. Nicht, daß ich's mir nicht denken könnte.»

Mavis wollte mehr von den zarten kleinen Erbsen und kippte den Topf, um zu sehen, ob noch welche übrig waren.

«Ich hab's nämlich kommen sehen, wirklich. Jeder hätte es kommen sehen», fuhr Birdie fort. «Ein Spatzenhirn hätte dafür ausgereicht.»

Da waren noch ein paar. Ein, zwei Eßlöffel voll. Mavis schob sie auf ihren Teller und fragte sich, ob es einen Nachtisch geben würde. Auf dem Teller ihrer Mutter waren noch ziemlich viele Bratkartoffeln übrig. «Willst du die aufessen, Ma?»

Birdie schob Mavis ihren Teller hin. Auch ein kleines Viereck Kalbsleber war noch übrig und ein Häufchen Zwiebeln. Mavis schaufelte alles auf ihren Teller.

«Du hast immer noch Kinder. Kinder brauchen eine Mutter. Ich weiß, was du durchgemacht hast, Honey, aber du hast noch andere Kinder.»

Die Leber war eine Offenbarung. Nie blieb bei ihrer Mutter ein Fetzen der eng anhaftenden Haut zurück.

«Ma.» Mavis wischte sich die Lippen mit einer Papierserviette ab. «Warum bist du nicht zur Beerdigung gekommen?»

Birdie straffte sich. «Hast du denn die Überweisung nicht bekommen? Und die Blumen?»

«Doch. Sind angekommen.»

«Dann weißt du, warum. Ich mußte mich entscheiden – entweder ein Zuschuß zur Beerdigung oder die Reise. Beides zusammen konnte ich mir nicht leisten. Ich hab dir das alles erklärt. Ich hab euch ganz offen gefragt, was ihr für besser haltet, und ihr habt beide gesagt: das Geld. Beide habt ihr das gesagt. Beide.»

«Sie werden mich umbringen, Ma.»

«Willst du mir das für den Rest meines Lebens vorhalten? Nach allem, was ich für dich und die Kinder getan habe?»

«Sie haben's schon versucht, aber ich bin entwischt.»

«Du bist alles, was ich noch habe, jetzt, wo deine Brüder tot sind, wo sie sich haben abknallen lassen wie, wie –» Birdie schlug auf den Tisch.

«Sie haben kein Recht, mich umzubringen.»

«Wie bitte?»

«Er läßt es die anderen Kinder machen.»

«Was denn? Was machen? Sprich lauter, ich hör nicht, was du sagst.»

«Ich sage, daß sie mich umbringen werden.»

«Sie? Wer denn? Frank? Wer ist ‹sie›?»

«Alle zusammen. Auch die Kinder.»

«Dich umbringen? Deine Kinder?»

Mavis nickte. Birdie Goodroe riß erst die Augen auf, dann stützte sie den Kopf auf die Hände und starrte in ihren Schoß.

Eine Weile verging, ohne daß sie ein Wort miteinander wechselten. Später, beim Abspülen, fragte Birdie: «Wollten dich die Zwillinge denn auch umbringen?»

Mavis sah ihre Mutter entsetzt an. «Nein! Nicht doch, Ma! Bist du verrückt geworden? Das sind doch Babys!»

«Schon gut. Schon gut. War nur 'ne Frage. Weißt du, es ist ziemlich ungewöhnlich, wenn jemand denkt, daß kleine Kinder –»

«Ungewöhnlich? Es – es – ist böse! Aber sie werden tun, was er sagt. Und jetzt sind sie zu allem bereit. Sie haben es schon versucht, Ma!»

«Wie denn? Was haben sie gemacht?»

«Sal hatte ein Rasiermesser, und alle haben sie gelacht und mich beobachtet. Mich Minute um Minute beobachtet.»

«Was hat Sal mit dem Rasiermesser gemacht?»

«Sie hatte es gleich neben ihrem Teller, und sie hat mich angeschaut. Alle haben sie mich angeschaut.»

Keine der beiden Frauen sprach noch einmal davon, denn Birdie sagte Mavis, sie könne nur und ausschließlich unter der Bedingung bleiben, daß sie niemals wieder von so etwas anfinge. Daß sie weder Frank, falls er sich noch einmal meldete, noch sonst jemandem von ihrer Anwesenheit erzählen würde, aber wenn sie noch ein einziges Mal das Wort «umbringen» in den Mund nähme, würde sie ihn sofort anrufen.

Eine Woche später war Mavis wieder unterwegs, aber diesmal verfolgte sie einen Plan. Tage zuvor hatte sie ihre Mutter mit dem Hörer in der Hand überrascht, in den sie mit gedämpfter Stimme sagte: «Besser, du kommst so bald wie möglich, und damit meine ich zack, zack!» Als Birdie in den Vorschulkindergarten aufgebrochen war, lief Mavis aufgescheucht im Haus herum und dachte nur: Geld, Aspirin, Farbe, Unterwäsche. Geld, Aspirin, Farbe, Unterwäsche. Alles, was sie vom Erst- und Zweitgenannten im Haus finden konnte, nahm sie an sich, die Schecks aus zwei braunen Behördenkuverts, die am Foto eines ihrer im Kampf gefallenen Brüder lehnten, und alle beiden Tablettenröhrchen von Bayer. Zwei Ohrklipps mit Rheinkieseln entnahm sie Birdies Schmuckschatulle, und die Autoschlüssel, die ihre Mutter so gut versteckt zu haben glaubte, stahl sie sich zurück. Dann kippte sie zwei Gallonen Rasenmäherbenzin in den Tank und fuhr los, um weiteren Sprit zu besorgen. In Newark fand sie ein Earl-Scheib-Farbencenter und verbrachte zwei Nächte im Schlafsaal des Christlichen Vereins junger Frauen, bis der Cadillac purpurrot lackiert war. Die draußen plakatierten neunundzwanzig Dollar galten, wie sich herausstellte, nur für normalgroße Wagen. Für den Caddy mußte sie schließlich neunundsechzig Dollar hinlegen. Die Unterwäsche und Gummischlappen kaufte sie bei Woolworth, und in einem

Wohlfahrtsladen erstand sie einen hellblauen Hosenanzug, bügelfrei, und einen weißen Rollkragenpulli aus Baumwolle. Genau das richtige für Kalifornien, dachte sie. Genau das richtige.

Mit einer nagelneuen Straßenkarte von Mobil, die neben ihr auf dem Beifahrersitz lag, rauschte sie aus Newark hinaus, der Route 70 entgegen. Je mehr vom Osten hinter ihr lag, desto glücklicher fühlte sie sich. Nur einmal hatte sie bisher diese Art von Glück verspürt, bei dem Raketenflug, den sie als Kind auf einem Rummel gemacht hatte. Als die Rakete in den Abgrund kippte, wurde ihr ganz schwummrig vor Vergnügen; und als sie wieder aufstieg und sich, immer langsamer werdend, dem Gipfelpunkt ihrer Flugbahn näherte, an dem sie alle auf dem Kopf stehen würden, war der Schauer intensiv, aber ganz still. Sie kreischte wie all die anderen Passagiere, aber in ihr war die wohlige Erregung, mit der man der Gefahr begegnet, wenn man sicher angeschnallt und von stabilem Stahl umgeben ist. Sal haßte die Rakete, genau wie die beiden Jungen, als sie Jahre später mit ihnen in den Vergnügungspark ging. Jetzt aber, auf der Flucht nach Kalifornien, war der Flug der Rakete mit ihr, konnte sie sich jederzeit zurückversetzen in den Rausch von damals.

Der Weg, den ihr die Karte zeigte, war schnurgerade. Sie brauchte nur den Anschluß zur Route 70 zu finden und konnte dann auf ihr bleiben bis Utah, wo es links ab nach Los Angeles ging. Später erinnerte sie sich, daß ihre Reise genauso verlaufen war – schnurgerade. Ein Bundesstaat folgte auf den anderen, genau wie es die Karte prophezeite. Als ihr Geldbestand auf ein paar Münzen zusammengeschmolzen war, mußte sie sich nach Anhalterinnen umschauen. Mit Ausnahme der ersten und der letzten konnte sie sich an die Reihenfolge der Mädchen nicht erinnern. Mädchen mitzunehmen war am einfachsten. Sie bedeuteten kein Risiko – hoffte sie jedenfalls –, sie halfen beim Tanken und beim Essen mit Geld aus und nahmen sie manchmal irgendwohin mit, wo man für die Nacht unterschlüpfen konnte. Sie verschönten die Bankette von Hauptstraßen und Kreuzungen, die Rampen von Brücken, die Zufahrten zu Tankstellen und Motels, bekleidet mit Jeans, die tief auf den Hüften hingen und an den Füßen weit ausgestellt waren. Haare flatterten offen im Wind oder ringelten sich zu Afros. Die weißen Mädchen waren am nettesten, die farbigen mußte sie mühsam auftauen. Aber alle berichteten ihr von der Welt vor Kalifornien. Hinter all dem wissenden Gemurmel, dem glokkenhellen Lachen, dem vielsagenden Verstummen wurde eine Welt sichtbar, die genau ihrem eigenen vorkalifornischen Leben entsprach – traurig, unheimlich, verrottet bis ins Mark. Die High-Schools waren Lasterhöhlen, die Eltern Dummköpfe, Johnson ein Fiesling, die Bullen Schweine, die Männer Ratten, die Jungs Arschlöcher.

Das erste Mädchen gabelte sie hinter Zanesville auf. In einem Diner am Straßenrand war's, wo die Ausreißerin auf der Bildfläche erschien. Sie saß da und zählte ihr Geld, und schon vorher war sie Mavis aufgefallen, als sie zur Toilette gegangen und erst nach geraumer Zeit in anderen Kleidern wieder rausgekommen war – einem Maxirock diesmal und einer weiten Bluse, die bis auf ihre Schenkel hinabreichte. Draußen auf dem Parkplatz kam das Mädchen dann ans Fenster auf der Beifahrerseite des Cadillacs gelaufen und fragte, ob es mitfahren könne. Als Mavis nickte, lachte sie erleichtert und riß sofort die Tür auf. Sie stellte sich vor – «Sandra, aber nenn mich Dusty» – und brachte für die nächsten zweiunddreißig Meilen ihren Mund nicht mehr zu. Ohne das geringste Interesse an Mavis zu heucheln, verspeiste Dusty zwei Mallomars-Riegel und plauderte dahin, hauptsächlich über die ursprünglichen Besitzer der sechs Hundemarken, die an ihrem Hals baumelten. Jungs aus ihrer jetzigen High-School-Klasse oder frühere Kumpels aus der Unterstufe. Mit zweien war sie gegangen – die anderen Marken hatte sie von den Familien erbettelt. Erinnerungsstücke. Die Besitzer alle tot oder vermißt.

Mavis erklärte sich bereit, durch Columbus zu fahren und Dusty am Haus ihrer Freundin abzusetzen. Es regnete leicht, als sie dort ankamen. Der Rasen war gerade gemäht worden, zum letztenmal in diesem Jahr. Dustys braungeflammter Haarfilz; der wunderbare Duft des frisch geschnittenen Grases im Regen; das Klingeln der Hundemarken; ein halber Mallo-Riegel: das waren die Erinnerungen, die Mavis von ihrem ersten Abstecher mit einer Anhalterin blieben. Alle anderen, mit Ausnahme der letzten, ließen sich in keine Reihenfolge bringen. War es in Colorado, wo sie einen Mann auf einer Bank auf einem Rastplatz unter Kiefern sitzen sah? Er aß langsam, ganz langsam, während er die Zeitung studierte. Oder war das früher gewesen? Die Sonne schien, aber es war frisch. Egal, irgendwo in der Nähe nahm sie jedenfalls das Mädchen mit, das ihr die Ohrklipps mit den Rheinkieseln klaute. Aber schon vorher – wohl in der Nähe von St. Louis? – öffnete sie die Beifahrertür für zwei Mädchen, die am Rand der Route 70 bibberten. Zerzaust vom Wind, die Armeeparkas bis übers Kinn gezogen, Lederpantinen und dicke graue Socken – sie wischten sich die Nasen, ohne dazu die Hände aus den Taschen zu nehmen.

Nicht weit, sagten sie. Nur ein paar Meilen außerhalb. Ihr Ziel entpuppte sich als leuchtendgrüner Friedhof, der belebt war wie ein Park. Reihen abgestellter Autos belagerten den Eingang. Menschengruppen und einsame Spaziergänger, tapfer dem Wind trotzend, mischten sich mit Schülern einer Kadettenanstalt. Die Mädchen bedankten sich bei Mavis, stiegen aus und rannten ein Stück, um sich einer Trauergesellschaft anzuschließen. Mavis verweilte noch, von der unnatürlichen Leuchtkraft des Grüns bezaubert. Dann erkannte sie, daß die vermeintlichen Kadetten in Wahrheit richtige Soldaten waren – aber jung, blutjung und so blank in den Gesichtern wie die Grabsteine, vor denen sie standen.

Irgendwann später las sie Bennie auf – die letzte ihrer Reisegefährtinnen, die ihr am sympathischsten war und die ihren Regenmantel und Sals Stiefel stahl. Bennie war hocherfreut, als sie erfuhr, daß Mavis ebenfalls direkt nach Los Angeles wollte. Sie selbst, Bennie, zog es dann noch weiter nach San Diego. Das Reden, ob viel oder wenig, war ihre Sache nicht: Bennie sang. Lieder von wahrer und enttäuschter Liebe und Erlösung; Lieder voll unerklärlicher Freude. Einige rührten zu Tränen, andere waren blühender Blödsinn. Hin und wieder sang Mavis mit, aber die meiste Zeit hörte sie nur zu und wurde dessen über einhundertzweiundsiebzig Meilen niemals müde. In Bennies Stimme war ein grandioser Schmerz, der jede dieser Meilen bezwang und verkürzte.

Nie wollte sie in den Raststätten am Highway essen. Wenn sie doch einmal dort einkehrten, weil Mavis darauf bestand, trank Bennie nur Wasser, während Mavis sich neben ihr mit überbackenen Toasts und Pommes vollstopfte. Zweimal dirigierte Bennie sie in Städte hinein, wo sie ein Farbigenviertel suchten, in dem man, wie Bennie sagte, «was Gesundes» zu essen bekam. Dort speiste sie langsam und ausgiebig, ließ sich Nachschläge geben und Beilagen auffahren und nahm immer etwas «über die Straße» mit. Sie achtete auf ihr Geld, schien sich aber keine Sorgen machen zu müssen und beteiligte sich immer an den Benzinkosten.

Mavis sollte nie erfahren, was Bennie in L.A. (bzw. San

Diego) vorhatte oder wen sie dort besuchen wollte. «Mal richtig rumflippen», war die einzige Antwort, die sie auf ihre Nachfragen erhielt. Und trotzdem verschwand Bennie schon irgendwo zwischen Topeka und Lawrence, Kansas, und mit ihr verschwanden Mavis' durchsichtiger Plastikregenmantel und Sals gelbe Stiefel. Was komisch war, denn die Fünfdollarnote, die Mavis noch besaß, klemmte unangetastet unter ihrem Gummiband am Getriebewahlhebel. Sie hatten in einer altmodischen Kneipe namens Hickey's ihr Barbecue mit Kartoffelsalat aufgegessen, und auch was Bennie für unterwegs mitnehmen wollte, lag bereits fertig eingepackt auf dem Tisch. «Ich kümmere mich drum», sagte Bennie und deutete mit einer Kopfbewegung auf die Rechnung. «Du kannst noch mal auf die Toilette gehen, ehe wir abdüsen.» Als Mavis wieder zurückkam, waren Bennie und ihre Über-die-Straße-Rippchen verschwunden.

«Woher zum Teufel soll ich das wissen?» war die Antwort der Kellnerin. «Trinkgeld hat sie mir auch keins dagelassen.»

Mavis fischte eine Vierteldollarmünze heraus und legte sie auf den Tresen. Im Auto wartete sie noch ein paar Minuten, ehe sie den Weg zurück zur süßen 70 zu suchen begann.

Die Stille, die Bennie im Cadillac zurückgelassen hatte, war unerträglich. Mavis ließ das Radio laufen, und wenn eines von Bennies Liedern erklang, sang sie mit und war traurig, daß sie nur einen Abklatsch zu hören bekam.

An einer Esso-Tankstelle schlug die Panik zu.

Als sie den Toilettenschlüssel zurückgab, fiel ihr Blick nach draußen. Unter den Neonlampen, die die Tanksäule bewachten, beugte sich Frank über die Frontscheibe des Cadillacs. Konnten ihm in zwei Wochen so viele Haare gewachsen sein? Und diese Klamotten: schwarze Lederjacke, das Hemd fast bis zum Nabel aufgeknöpft, Goldkettchen. Mavis bückte sich, und als der Tankstellenpächter sie komisch ansah, versuchte sie den Eindruck zu erwecken, sie wäre gestolpert. Nirgends ein Fluchtweg. Sie wühlte durch die Karten von Colorado im Verkaufsständer. Sie sah wieder hinaus. Niemand zu sehen. Wahrscheinlich parkt er in der Nähe, dachte sie, und wartet darauf, daß ich herauskomme.

Ich werde schreien, nahm sie sich vor, ich werde so tun, als wäre er ein Fremder, werde um mich schlagen, nach der Polizei rufen. Der Wagen war nicht mehr minzgrün, aber, mein Gott – das Kennzeichen war noch das gleiche. Sie hatte den Kfz-Schein. Aber was, wenn er den Brief vorlegen konnte? War der Wagen in der Fahndung? Sie konnte nicht länger stillstehen, und es gab kein Zurück. Mavis marschierte los. Sie rannte nicht. Sie stolperte nicht. Sie hielt den Kopf gesenkt, suchte in ihrer Börse nach einem Zwanzigdollarschein.

Als sie wieder im Wagen saß und auf den Tankwart wartete, um zu bezahlen, suchte sie durch die Heck- und Seitenscheiben die Umgebung ab. Nichts zu sehen. Sie zahlte und drehte den Zündschlüssel um. In diesem Augenblick erschien im rechten Außenspiegel ein Torso mit Lederjacke und offenem Hemd. Neon glitzerte auf goldenen Kettengliedern. Mit knapper Not gelang es ihr, den Cadillac in Schlangenlinien aus der Tankstelle zu steuern. In ihrer Panik wußte sie nicht mehr, worauf sie achten sollte. Welche Anschlußstelle? Rechts abbiegen in Richtung Süden? Nein, nach Westen. Wo kam sie wieder auf die 70? Jetzt fuhr sie nach Osten. Wo führte diese Ausfahrt hin?

Eine Stunde später rollte sie über eine Straße, auf der sie schon zweimal gefahren war. So schnell wie möglich bog sie von ihr ab und kam über eine schmale Brücke in ein Industriegebiet voller Lagerhäuser. Nebenstraßen waren ohnehin besser, sagte sie sich. Weniger Polizei, weniger Straßenlampen. Bei jedem Ampelhalt zitternd, schaffte sie es endlich aus der Stadt hinaus. Als es dunkel wurde, befand sie sich auf der Route 18, und sie fuhr immer weiter, bis im Tank nur noch Benzindämpfe übrig waren. Der Cadillac stöhnte nicht auf und stotterte nicht. Er blieb einfach stehen, mitten im Brunnen der Nacht, aus dem die Scheinwerfer einen zehn Meter langen Streifen Asphalt herausschälten. Mavis schaltete die Lichter aus und verriegelte die Türen. «Sei tapfer», flüsterte sie. Wie die Mädchen, die irgendwo ausrissen und irgendwo hinwollten. Wenn diese Mädchen den Mut hatten, einfach loszuziehen, in fremde Autos zu hüpfen, per Anhalter zu Beisetzungen zu fahren, in merkwürdigen Stadtvierteln nach Eßbarem zu suchen, dann konnte sie doch wohl im Dunkeln warten, bis der Morgen kam. Ihr ganzes Erwachsenenleben lang hatte sie nichts anderes getan, konnte am besten schlafen, wenn es hell war. Und überhaupt, sie war kein Teenager mehr, sie war siebenundzwanzig Jahre alt und Mutter von ...

Der Drink im Handschuhfach war keine Hilfe. Er verhinderte nicht, daß die Tränen bis zum Kinn hinabliefen und weiter über den Hals. Was er endlich bewirkte, war bewußtloser Schlaf.

Mavis erwachte mit einem pelzigen Gefühl im Mund, verwirrt und zerknittert, und sie wußte nur, daß sie rasenden Hunger hatte, weil die Sonne in ihrem Wassermelonenrot so eßbar aussah. Das stechende Blau des Horizonts rund um sie her versprach nichts außer einer Million Meilen vollkommener Leere.

Sie hatte keine Wahl. Sie erleichterte sich, wie sie es von Dusty gelernt hatte, und setzte sich dann wieder in den Wagen, um zu warten, bis ein anderer Autofahrer vorbeikam. Bennie war clever; sie brach nie irgendwohin auf, ohne eine prallvolle Büchse mit Verpflegung mitzunehmen. Mavis spürte, wie ihre Dummheit sich über sie stülpte wie eine Trockenhaube. Eine erwachsene Frau, die es nicht schaffte, quer durch das Land zu fahren. Die keinen Plan machen konnte, der länger als zwanzig Minuten vorhielt. Der man erzählen mußte, daß sie sich nach dem Pinkeln im Freien mit Blättern abwischen konnte. Zu hohl im Kopf, um ein Autofenster zu öffnen, damit die Babys Luft bekamen. Sie hatte keine Ahnung, warum sie vor den Goldkettchen, die auf sie zukamen, geflohen war. Frank hatte schon recht gehabt. Von Anfang an hatte er völlig recht gehabt, was sie anging: Sie war die dümmste Nuß auf Gottes weiter Erde.

Während sie wartete und kein Auto, kein Lkw, kein Bus in Sicht kam, döste sie immer wieder ein, schreckte aus Alpträumen hoch und döste weiter. Bis sie plötzlich hellwach war, sich aufsetzte und beschloß, nicht zu verhungern. Würden die Anhalterinnen einfach tatenlos herumsitzen? Wäre Dusty, wäre Bennie so lahm? Mavis faßte die Umgebung genauer ins Auge. Die Million Meilen vollkommener Leere war von fernen Baumreihen gesäumt. Und dort, war das nur Gras oder irgendein bebautes Feld? Jede Straße führte schließlich irgendwohin. Mavis griff nach der Geldbörse und suchte ihren Regenmantel, bis sie feststellen mußte, daß er verschwunden war. «Verdammt!» rief sie und knallte die Tür zu.

Für den Rest des Vormittags blieb sie auf der gleichen Straße. Als die Sonne am höchsten stand, bog sie in eine schmalere ab, weil es dort Schatten gab. Sie war noch asphaltiert, aber so eng, daß zwei sich begegnende Autos nicht aneinander vorbei konnten, ohne das Bankett zu benutzen. Als der Straße die Bäume ausgingen, sah sie links vor sich ein Haus. Es schien nicht groß, aber auch nicht weit weg zu sein, und sie brauchte eine ganze Weile, bis sie erkannte, daß nichts davon stimmte. Sie mußte sich durch endlose Maisfelder kämpfen, um hinzugelangen. Entweder hatte sie die Rückseite des Hauses vor sich, oder es fehlte ihm eine Zufahrt. Als sie näher kam, erkannte sie, daß das Gebäude aus Stein war – Sandstein vielleicht, aber vom Alter gedunkelt. Erst schien es auch keine Fenster zu haben, aber dann bemerkte sie den Anfang einer Veranda und sah die Lichtreflexe großer Fenster im Erdgeschoß. Rechts war auch eine Zufahrt auszumachen, die aber nicht zum Haupteingang führte, sondern hinter der Schmalseite des Hauses verschwand. Mavis hielt sich links. Das Gras vor der Veranda sah gepflegt aus. Raubtierklauen trugen die Kreuzblumenornamente beiderseits der steinernen Stufen. Mavis stieg hinauf und pochte an die Tür. Keine Reaktion. Sie ging um das Gebäude herum zur Seite mit der Zufahrt und sah eine Frau, die am Rand eines Gemüsegartens in einem Stuhl aus rötlichem Holz saß.

«Entschuldigen Sie die Störung», rief Mavis, mit den Händen einen Trichter um den Mund bildend.

Die Frau wandte ihr das Gesicht zu, aber Mavis konnte nicht erkennen, ob sie sie ansah. Sie trug eine Sonnenbrille.

«Entschuldigen Sie die Störung.» Mavis trat näher, konnte jetzt leiser sprechen. «Mein Wagen ist liegengeblieben, ein ganzes Stück weit von hier. Kann mir hier jemand helfen? Kann ich irgendwo telefonieren?»

Die Frau stand auf, raffte den Saum ihrer Schürze mit beiden Händen zusammen und kam auf Mavis zu. Unter der Schürze, die aus einer Art Segeltuch zu bestehen schien, trug sie ein gelbes Baumwollkleid mit kleinen weißen Blumen und Zierknöpfen. Die Schnürsenkel ihrer flachen Schuhe waren offen. Auf dem Kopf ein Strohhut mit breitem Rand. Die Sonne brannte heftig; ein plötzlicher heißer Windstoß bog die Krempe des Hutes um.

«Kein Telefon hier draußen», sagte sie. «Komm rein.»

Mavis folgte ihr in die Küche, wo die Frau Pekannüsse aus ihrer Schürze in eine Kiste neben dem Ofen kippte und den Hut abnahm. Ihre Haare waren zu zwei indianischen Zöpfen geflochten, die ihr bis auf die Schultern hinabhingen. Sie streifte die Schuhe von den Füßen und nahm die Sonnenbrille ab. Die Küche war groß, erfüllt von Düften und der Unordnung einer Alleinherrscherin. Den Rücken zu Mavis gewandt, fragte sie: «Bist du eine Frau, die trinkt?»

Mavis wußte nicht, ob das ein Angebot war oder ein Versuch, zu schnorren.

«Nein, bin ich nicht.»

«Keine Lügen in diesem Haus. Hier ist nur gut, was wahr ist.»

Verblüfft atmete Mavis in ihre hohle Hand. «Ach so. Ich hab da so einen Fusel von meinem Mann getrunken, ist schon eine ganze Weile her. Aber ich bin nicht das, was man eine Trinkerin nennt. Ich war nur, wie soll ich sagen, fix und fertig. So lange am Steuer, und dann kein Sprit mehr.»

Die Frau war damit beschäftigt, den Herd anzuzünden. Ihre Zöpfe fielen nach vorne.

«Ich hab vergessen, mich vorzustellen. Ich heiße Mavis Albright.»

«Nenn mich einfach Connie.»

«Ein Kaffee würde mir guttun, Connie. Wenn einer da ist.»

Connie nickte, ohne sich umzudrehen.

«Arbeitest du hier?»

«Ich arbeite hier.» Connie griff nach den Zöpfen vor ihrer Brust und legte sie sich über die Schultern.

«Ist irgend jemand von der Familie da? Ich hab ewig geklopft, ohne Erfolg.»

«Keine Familie. Nur sie ist oben. Könnte nicht aufmachen, wenn sie wollte. Will aber auch nicht.»

«Ich bin unterwegs nach Kalifornien. Kannst du mir vielleicht helfen, daß ich Benzin bekomme? Und daß ich hier wieder rausfinde?»

Die Frau am Herd seufzte, aber sie antwortete nicht.

«Connie?»

«Bin am Überlegen.»

Mavis sah sich in der Küche um, die ihr so groß vorkam, wie es die Cafeteria in der Junior-High-School gewesen war; sie hatte auch die gleichen hölzernen Schwingtüren. Die Zimmer hinter diesen Türen mußten zahllos sein, dachte sie sich.

«Macht's euch denn keine Angst hier draußen, so ganz allein? Rundrum hat's meilenweit keine Menschenseele.»

Connie lachte. «Was Angst macht, kommt nicht immer von draußen. Viel Angst kommt von innen.» Sie hob eine Schüssel vom Herd, drehte sich um und stellte sie vor Mavis hin, die voller Verzweiflung auf die dampfenden, von einem schmelzenden Stück Butter gekrönten Kartoffeln starrte. Der Alkohol, den sie noch immer im Blut hatte, verwandelte ihren Hunger in Übelkeit, aber sie sagte danke und ließ sich von Connie eine Gabel in die Hand drücken. Wenigstens versprach der Kaffeeduft, ihre Lebensgeister wieder zu wecken.

Connie setzte sich neben sie. «Vielleicht fahr ich mit dir mit.»

Mavis hob den Kopf. Zum erstenmal sah sie das Gesicht der Frau ohne Sonnenbrille. Schnell senkte sie den Blick wieder auf ihr Essen und stocherte mit der Gabel in der Schüssel herum.

«Wie fändest du das, wenn du und ich zusammen nach Kalifornien fahren würden?»

Mavis spürte, daß die Frau lächelte, aber sie konnte ihr nicht ins Gesicht schauen. Hatte sie sich die Hände gewaschen, ehe sie die Kartoffeln aufwärmte? Sie roch mehr nach Walnüssen als nach den Pekannüssen. «Und was wird aus deinem Job hier?» Mavis zwang sich, ein kleines Kartoffelstück zu kosten. Sehr salzig.

«Liegt das am Meer, Kalifornien?»

«Ja. Direkt an der Küste.»

«Wär nett, mal wieder Wasser zu sehen.» Connie hielt den Blick auf Mavis gerichtet. «Welle um Welle um Welle. Weites Wasser. Blau, blau, blau, stimmt's?»

«So sagt man. Das sonnige Kalifornien. Strände, Orangen ...»

«Vielleicht zu sonnig für mich.» Connie stand abrupt auf und ging zum Herd.

«Sonniger als hier kann's auch nicht sein.» Mit Butter, Salz und Pfeffer vermanscht, waren die Kartoffeln gar nicht so übel. Mavis aß immer schneller. «Man fährt meilenweit und findet nicht den kleinsten Klecks Schatten.»

«Stimmt», sagte Connie. Sie stellte zwei Kaffeetassen und einen Honigtopf auf den Tisch. «Gibt viel zuviel Sonne auf der Welt. Macht mich verrückt. Kann's nicht mehr haben.»

Ein Luftzug drang durch die offene Küchentür, vertrieb den Essensgeruch mit einem süßeren Duft. Mavis hatte erwartet, daß sie den Kaffee, sobald er fertig war, nur so herunterstürzen würde, aber nach den heißen, salzigen Kartoffeln war sie so angenehm gesättigt, daß sie warten konnte. Connies Beispiel folgend, ließ sie Honig vom Löffel in ihre Tasse laufen und rührte dann langsam um.

«Ist dir was eingefallen, wie ich an Benzin komme?»

«Warten mußt du. Vielleicht heute, vielleicht morgen. Immer kommen Leute, die was kaufen wollen.»

«Kaufen? Was denn?»

«Aus dem Garten. Oder Sachen, die ich koche. Sachen, die sie nicht selbst anbauen wollen.»

«Und irgendeiner von denen kann mich zu einer Tankstelle mitnehmen?»

«Bestimmt.»

«Und wenn keiner kommt?»

«Kommt immer einer. Irgendeiner kommt immer. Jeden Tag. Heute vormittag hab ich schon achtundvierzig Maiskolben und ein ganzes Pfund Pfefferschoten verkauft.» Sie klopfte auf die Tasche an ihrer Schürze.

Vorsichtig in die Tasse pustend, ging Mavis zur Küchentür und blickte hinaus. Als sie hier ankam, war sie so froh gewesen, jemanden im Haus vorzufinden, daß sie sich den Garten nicht näher angesehen hatte. Jetzt bemerkte sie hinter dem roten Stuhl Gemüsebeete, die sich parallel zu Blumenbeeten erstreckten oder von ihnen unterbrochen wurden. Hier und da wuchsen Kletterpflanzen, nicht in gerader Reihe, sondern auf kreisförmig angelegten, hoch aufgeschütteten Beeten. Irgendwo gackerten Hühner, die sie nicht sehen konnte. Ein Teil des Gartens, der ihr erst unkrautüberwuchert erschienen war, entpuppte sich als Melonenfeld, dahinter das große Reich des Mais.

«Das hast du nicht alles selbst gemacht, oder?» Mavis deutete in den Garten hinaus.

«Außer dem Mais», sagte Connie.

«Wow!»

Connie stellte die Frühstücksschüssel in die Spüle. «Möchtest du dich ein bißchen waschen?»

Die zahllosen Zimmer, die Mavis hinter der Schwingtür vermutete, hatten sie von der Frage abgehalten, ob sie sich irgendwo frisch machen könne. Hier in der Küche fühlte sie sich sicher; die Vorstellung, diesen Raum verlassen zu müssen, erfüllte sie mit Unbehagen. «Ich warte lieber, ob jemand vorbeikommt. Dann kann ich mich immer noch herrichten. Ich weiß, ich sehe ziemlich mitgenommen aus.» Sie lächelte und hoffte, daß der wahre Grund ihrer Weigerung nicht zu spüren war.

«Wie du willst», sagte Connie, die schon die Sonnenbrille aufgesetzt hatte und, Mavis auf die Schulter klopfend, in ihre abgetretenen Schuhe schlüpfte, um wieder vors Haus zu gehen.

Mavis erwartete, daß die große Küche nun, da sie allein war, ihre Heimeligkeit verlieren würde. Aber so war es nicht. Tatsächlich hatte sie sogar, am Rand ihres Gesichtsfelds, die Empfindung, daß der Raum voller – lachender? singender? – Kinder war, unter denen sich auch Merle und Pearl befanden. Sie preßte die Augen zusammen, um das Bild zu vertreiben, aber es wurde nur stärker. Als sie die Augen wieder aufschlug, war Connie zurück und zerrte einen 32-Liter-Korb über den Boden.

«Na los», sagte sie. «Mach dich nützlich.»

Mavis blickte skeptisch auf die Nüsse und schüttelte den Kopf, als sie die Nußknacker, Schälmesser und Schüsseln sah, die Connie zusammentrug. «Nein», sagte sie, «überleg dir was anderes, wo ich helfen kann. Diese ganzen Nüsse zu knacken würde mich wahnsinnig machen.»

«Würde es nicht. Probier's.»

«Mm-mh. Nichts für mich.» Mavis sah zu, wie Connie die Gerätschaften aufbaute. «Solltest du nicht ein paar Zeitungen unterlegen? Dann hast du's nachher schnell sauber.»

«Keine Zeitungen in diesem Haus. Auch kein Radio. Neuigkeiten erfahren wir nur, wenn sie uns jemand direkt erzählt.»

«Kein Schaden», sagte Mavis. «Es gibt sowieso nur schlechte Nachrichten heute. Und ändern kann man auch nichts dran.»

«Du läßt dich zu schnell entmutigen. Schau dir deine Fingernägel an. Fest und krumm wie Vogelkrallen. Perfekt für Pekannüsse. Fingernägel wie deine kriegen den Kern immer im ganzen raus. Wunderschöne Hände, und trotzdem sagst du, daß du nicht kannst. Daß es dich wahnsinnig macht. Mich macht's wahnsinnig, wenn so ideale Fingernägel zu nichts nütze sind.»

Später, als sie ihre plötzlich wunderschönen Hände bei der Arbeit beobachtete, erinnerte Mavis sich daran, wie ihre Lehrerin in der sechsten Klasse Bücher aufgeschlagen hatte: Wie sie die Buchdecke an einer Ecke gelüpft und mit den Fingern den Schnitt gestreichelt hatte, bis sie aufs Lesebändchen stieß; wie sie die Seiten liebkoste und die Fingerspitzen durch die Zeilen wandern ließ. Ein ganz weiches Gefühl in den Schenkeln hatte Mavis dabei bekommen. Jetzt, beim Schälen der Pekannüsse, bemühte auch sie sich, in ihren Bewegungen Zweckmäßigkeit mit Anmut zu verbinden. Connie war verschwunden, nachdem sie ihr die Arbeit schmackhaft gemacht hatte. Sie wolle «nach Mutter sehen», hatte sie gesagt. Während Mavis am Tisch saß und die Freude in sich einsog, die der Wind durch die offene Tür hereintrug, fragte sie sich, wie alt Connies Mutter wohl sein mochte. Nach dem Alter ihrer Tochter zu schließen mußte sie in den Neunzigern stehen. Und wie lange würde es wohl dauern, bis ein Kunde kam? War der Cadillac schon irgend jemandem aufgefallen? Und wenn sie, wo auch immer, zu einer Tankstelle gebracht werden würde – gäbe es dort eine Straßenkarte, die ihr den Weg zurück zur süßen 70 wiese? Oder auch zur 287? Dann würde sie in Richtung Norden fahren bis Denver, um schließlich nach Westen rüberzuschneiden. Mit etwas Glück konnte sie zur Abendessenszeit schon unterwegs sein. Ohne Glück würde sie sich auf jeden Fall am nächsten Morgen aufmachen. Endlich wieder auf der Straße und das Autoradio eingeschaltet, das ihr durch die von Bennie hinterlassene Stille geholfen hatte während der Stunden pausenlosen Fahrens – immer zwei Finger am Senderknopf, die ungeduldig nach dem besseren Song, der hübscheren Stimme suchten. Jetzt befand sich das Radio jenseits eines Maisfeldes, eine Straße hinunter und dann noch eine weitere. Ausgeschaltet. In dem Raum, den sein Klang füllen sollte, war ... nichts. Nur eine Leere, in der sie es ohne das tröstende Gerüst des Radioprogramms nicht aushalten konnte. Von dem Tisch aus, an dem sie saß und ihre geschäftigen Hände bewunderte, verbreitete sich die radiolose Leere wie ein stummes, unsichtbares Feuer, das sich selbst anfachte und nur die Geräusche seines Anwachsens von sich gab: das Knacken der Nußschalen, das Klacken der Kerne, die in der Schüssel landeten, das ewige Klangspiel der Kellen und Quirle an ihren Haken, das Wispern der Insekten, das Raunen des hohen Grases, die fernen Klagelaute der Maisstengel.

Friedvoll war das, und doch wünschte sie, Connie käme zurück, damit es nicht wieder von vorne losging – mit dieser Vision von singenden kleinen Kindern. Gerade als ihr Connies Abwesenheit zu lange zu dauern schien, hörte Mavis ein Auto auf dem knirschenden Kies. Dann ein Bremsgeräusch. Eine zufallende Tür.

«Hallo, altes Mädchen.» Eine weibliche Stimme, gutgelaunt, locker.

Mavis wandte sich zur Tür und erblickte eine dunkelhäutige Frau, die mit geschmeidigen, schnellen Bewegungen die Stufen heraufkam. Als sie jemand anderen sah als erwartet, blieb sie abrupt stehen.

«Oh. Verzeihung.»

«Schon gut», sagte Mavis. «Sie ist oben. Connie.»

«Ach so.»

Mavis bildete sich ein, daß ihre Kleidung sehr eingehend gemustert wurde.

«Oh, das ist ja köstlich!» sagte die Frau schließlich und trat näher an den Tisch. «Einfach köstlich!» Sie griff in die Schüssel mit den Nußkernen und nahm ein paar heraus. Mavis erwartete, daß sie sie kosten würde, aber sie ließ die Kerne wieder auf den Haufen zurückfallen. «Was ist Thanksgiving ohne einen Kuchen aus Pekannüssen? Rein gar nichts.»

Keine von ihnen hörte das leise Patschen der bloßen Füße, und da die Schwingtür sich geräuschlos öffnete, trat Connie in den Raum wie eine Geistererscheinung.

«Da bist du ja!» Die Schwarze breitete die Arme aus, und Connie fiel ihr zu einer langen, schwankenden Umarmung um den Hals. «Ich hab dieses Mädchen hier zu Tode erschreckt. War ja auch noch nie eine Fremde hier drinnen zu sehen.»

«Unsere erste», sagte Connie. «Mavis Albright – und das hier ist Soane Morgan.»

«Hi, Honey.»

«Morgan. Mrs. Morgan.»

Mavis' Gesicht lief warm an, aber sie lächelte tapfer und sagte: «Verzeihung. Mrs. Morgan», während sie die teuren Halbschuhe der Frau musterte, ihre hauchzarten Strümpfe, die wollene Strickjacke und das leichte Sommerkleid aus Seide, hellblau mit weißem Kragen.

Soane öffnete eine Häkeltasche. «Ich hab noch eine für dich», sagte sie und zog eine Flieger-Sonnenbrille heraus.

«Sehr gut. Ich hab nur noch eine übrig.»

Soane warf Mavis einen Blick zu. «Sie ißt Sonnenbrillen.»

«Nicht ich. Dieses Haus ißt sie auf.» Connie klemmte sich die Bügel hinter die Ohren und ging zur Tür, um die dunklen Gläser zu testen. Sie blickte direkt in die Sonne, und das «Ha!», das sie dabei ausrief, war voller Verachtung.

«Hat da jemand geschälte Nüsse bestellt, oder ist das deine Idee?»

«Meine Idee.»

«Gibt 'ne Menge Kuchen.»

«Gibt mehr als Kuchen.» Connie hielt die Sonnenbrille unter den Wasserstrahl der Spüle und rubbelte den Aufkleber herunter.

«Davon will ich nichts hören, also sag mir nichts. Ich bin wegen dem Du-weißt-schon da.»

Connie nickte. «Kannst du dem Mädchen hier Benzin für ihr Auto besorgen? Sie mitnehmen und dann hinbringen?» Sie wischte und wienerte die neue Brille trocken, spähte nach Flecken und Fusseln auf den Gläsern.

«Wo steht Ihr Wagen?» fragte Soane. Ihre Stimme klang erstaunt, als könne sie es nicht fassen, daß jemand in Gummischlappen, einer zerknitterten Hose und einem fleckigen Kindersweatshirt ein Auto besaß.

«Route achtzehn», sagte Mavis. «Zu Fuß hab ich stundenlang hierher gebraucht, aber mit dem Wagen ...»

Soane nickte. «Mach ich gern. Aber ich muß jemand anderen finden, der Sie zu Ihrem Wagen zurückbringt. Ich kann leider nicht, ich hab zuviel zu tun. Meine Jungs kommen beide auf Heimaturlaub.» Voller Stolz blickte sie Connie an. «Das Haus wird voll sein, eh ich's mich versehe.» Nach einer Pause: «Wie geht es Mutter?»

«Sie übersteht's nicht.»

«Bist du sicher, daß Demby oder Middleton nicht besser wäre?»

Connie ließ die Fliegerbrille in die Tasche ihrer Schürze gleiten und ging zur Speisekammer. «In einem Krankenhaus würde sie nur einen Atemzug tun. Der zweite wäre schon ihr letzter.»

Der kleine Beutel, den Connie oben auf einen Korb voller Nüsse gelegt hatte, hätte eine Bombe sein können. Auf der Sitzbank des Oldsmobiles zwischen Mavis und Soane Morgan plaziert, strahlte das stoffumhüllte Päckchen fühlbare Spannung aus. Soane faßte immer wieder hin, so als wolle sie sich vergewissern, daß es noch da war. Die unbeschwerte Unterhaltung in der Küche gehörte der Vergangenheit an. Soane war förmlich und wortkarg geworden, beantwortete Mavis' Fragen mit dem möglichen Minimum an Information und zeigte selbst keinerlei Neugier.

«Connie ist nett, nicht wahr?»

Soane sah Mavis an. «Ja. Das ist sie.»

Zwanzig Minuten waren sie unterwegs. Soane widmete jeder Kurve oder Kuppe, so leicht sie auch sein mochte, besondere Aufmerksamkeit. Sie schien nach irgend etwas Ausschau zu halten. Dann gelangten sie zu einer kleinen Tankstelle – eine einzige Säule mitten im Nirgendwo – und baten den Mann, der ans Fenster gehumpelt kam, um fünf Gallonen in einem Kanister zum Mitnehmen. Der Wunsch zog einen längeren Wortwechsel, gewürzt von Schweigepausen, nach sich. Der Mann wollte, daß Mavis den Kanister bezahlte; sie sagte, sie würde ihn zurückgeben, wenn sie mit ihrem Wagen käme, um vollzutanken. Er glaubte ihr nicht. Schließlich einigten sie sich auf ein Pfand in Höhe von zwei Dollar. Soane und Mavis fuhren weiter, bogen in eine neue Straße ein und hielten sich in östlicher Richtung, bis eine volle Stunde vergangen zu sein schien. Dann deutete Soane auf eine handbemalte hölzerne Ortstafel und sagte: «Da sind wir.» Auf der Tafel stand Ruby 360 Einw. und darunter Loge 16.

Das erste, was Mavis an der Siedlung auffiel, war die Stille, die dort herrschte, fast als wäre sie unbewohnt. Außer einer Tierfutterhandlung und einer Bank waren keine Läden oder Geschäfte zu sehen. Sie fuhren eine breite Straße hinunter, vorbei an weiten, sorgsam gepflegten Rasenflächen vor Kirchen und pastellfarbenen Häusern. Die Luft war von Düften erfüllt. Die Bäume waren jung. Soane bog in eine Seitenstraße ein, in der die Blumengärten größer waren als die Häuser und übersät mit Schmetterlingen.

In Soanes Wagen war der Geruch des Benzinkanisters stechend gewesen. Im Pick-up des jungen Mannes, wo er zwischen Mavis' Füßen festgeklemmt war, ließen sich seine Ausdünstungen nicht von all den anderen Gerüchen nach Klebstoffen, nach Ölen, nach Metall unterscheiden, von deren Zusammenwirken Mavis vielleicht schlecht geworden wäre, hätte der Fahrer nicht von sich aus das getan, worum Soane zu bitten sie sich nicht getraut hatte: das Radio einzuschalten. Der Diskjockey sagte die Nummern an, als wären die Sänger Mitglieder seiner Familie oder seine besten Freunde: King Solomon, Bruder Otis, Dinah Baby, Ike und das Tina-Girl, Schwester Dakota, die Temps.

Sie holperten dahin, und Mavis, jetzt bester Stimmung, freute sich an der Musik und an der kahlrasierten Stelle am Kopf des jungen Burschen. Obwohl er angenehmer war als Soane, hatte er nicht viel mehr zu sagen. Sie waren bereits mehrere Meilen von Ruby 360 Einw. entfernt und hörten die Nummer sieben der Top Twenty von *Jet Magazine*, als

Mavis plötzlich bewußt wurde, daß sie mit Ausnahme des Mannes an der Tankstelle keinen einzigen Weißen gesehen hatte.

«Gibt's denn keine Weißen in eurem Dorf?»

«Nein, keine, die hier wohnen. Manchmal kommen welche für Geschäfte.»

Als sie, unterwegs zum Cadillac, in der Ferne das ehemalige Herrenhaus vorbeiziehen sahen, fragte er: «Wie isses denn so da drin?»

«Ich war nur in der Küche», erwiderte Mavis.

«Zwei alte Frauen in so einem Riesending. Nicht in Ordnung, so was.»

Der Cadillac war unberührt, aber so heiß, daß der Junge vor und nach dem Aufschrauben des Tankdeckels seine Finger mit Spucke kühlte. Hilfsbereit, wie er war, ließ er auch den Motor für Mavis an und gab ihr den Rat, die Türen eine Weile offenzulassen, ehe sie einstieg. Es bedurfte keiner großen Überredung, ihn zum Annehmen eines Trinkgelds zu bewegen – Soane war beleidigt gewesen –, und schon fuhr er, begleitet von «Hey Jude» in seinem Radio, davon.

Als sie wieder hinter ihrem Lenkrad saß und sich im Luftstrom der Klimaanlage abkühlte, bedauerte Mavis, daß sie sich die Frequenz des Senders nicht gemerkt hatte, den der Junge im Pick-up hörte. Ergebnislos kurbelte sie die Skala rauf und runter, während sie den Cadillac zurück zu Connies Haus lenkte. Sie parkte ihn, und der Wagen, düster schimmernd wie ein frischer Bluterguß, blieb zwei Jahre lang dort stehen.

Die Sonne ging schon unter, als der Junge den Motor anließ. Auch hatte sie vergessen, ihn nach dem Weg zu fragen. Auch wußte sie nicht mehr, wo die Tankstelle mit ihrem Zwei-Dollar-Pfand lag, und wollte nicht im Dunkeln nach ihr suchen. Auch hatte Connie ein Huhn gefüllt und gebraten. Vor allem aber war es wegen Mutter, daß Mavis sich entschloß, im Haus zu übernachten.

All das Weiß im Zentrum war von blendender Helle. Es dauerte einen Augenblick, bis Mavis eine Form erkennen konnte, die sich zwischen den Kissen und den knochenbleichen Bettüchern herausschälte, und sie wäre vielleicht noch länger blind geblieben, hätte nicht eine gebieterische Stimme zu ihr gesprochen: «Was gibt's zu gaffen, Kind?»

Connie beugte sich über das Fußende des Bettes und faßte unter die Decke. Mit der rechten Hand hob sie Mutters Füße an, mit der linken schüttelte sie die darunterliegenden Kissen auf. «Zehennägel wie Rasierklingen», murmelte sie, als sie die Füße sanft wieder sinken ließ.

Sobald ihre Augen sich an das Helldunkel gewöhnt hatten, erkannte Mavis den Umriß eines Bettes, das viel zu klein war für eine kranke Frau – fast ein Kinderbett –, und in der umgebenden Schwärze eine Anzahl von verschiedenen Tischen und Stühlen. Connie griff sich etwas von einem der Tische und beugte sich wieder in den Lichtkreis, der die Kranke umgab. Mavis, die jede ihrer Bewegungen verfolgte, sah sie Vaseline auf die Lippen eines Gesichts auftragen, das bleicher war als das weiße Tuch, mit dem der Kopf der Frau umwickelt war.

«Es muß doch noch was geben, was besser schmeckt als dieses Zeug», sagte Mutter, nachdem sie mit der Zungenspitze über ihre eingefetteten Lippen gefahren war.

«Was zu essen», sagte Connie. «Wie wär's damit?»

«Nein.»

«Ein wenig Huhn?»

«Nein. Wen hast du da mitgebracht? Warum hast du jemanden hier reingebracht?»

«Ich hab's dir doch erzählt. Die Frau mit dem Auto, die Hilfe brauchte.»

«Das war gestern.»

«Nein, heute vormittag hab ich dir davon erzählt.»

«Jedenfalls vor vielen Stunden. Aber wer hat sie hier in mein Zimmer gebeten? Wer war das?»

«Na, wer schon. Du selbst warst es. Soll ich dir die Kopfhaut massieren?»

«Nicht jetzt. Wie heißt du denn, mein Kind?»

Aus der Dunkelheit, in der sie stand, flüsterte Mavis ihren Namen.

«Komm näher. Ich kann nichts erkennen, was nicht direkt vor meiner Nase ist. So muß es sein, wenn man in einer Eierschale lebt.»

«Glaub ihr nicht», sagte Connie zu Mavis. «Alles kann sie sehen, alles im Universum.» Sie zog einen Stuhl neben das Bett, setzte sich hin, nahm die Hände der Frau und begann, an jedem der gekrümmten Finger die Nagelhäute zurückzustreichen.

Mavis trat näher, in den Lichtkreis hinein; sie legte eine Hand auf das metallene Fußteil des Bettes.

«Ist jetzt alles in Ordnung? Läuft der Wagen wieder?»

«Ja, M'am. Alles bestens. Vielen Dank.»

«Wo sind deine Kinder?»

Mavis brachte kein Wort heraus.

«Früher gab es hier viele Kinder. Das war einmal eine Schule. Eine wunderbare Schule. Für Mädchen. Indianermädchen.»

Mavis sah Connie an, doch als diese ihren Blick erwiderte, schlug sie schnell die Augen nieder.

Die Frau im Bett lachte leise. «Ja, ja, das ist schwer», sagte sie, «in diese Augen zu blicken. Als ich sie herholte, waren sie so grün wie Gras.»

«Und deine waren blau», sagte Connie.

«Sind sie noch immer.»

«Das glaubst du.»

«Welche Farbe haben sie dann?»

«Wie bei mir – ausgebleichte Alte-Weiber-Farbe.»

«Gib mir einen Spiegel, mein Kind.»

«Tu's nicht.»

«Hier hab immer noch ich das Sagen.»

«Schon gut. Schon gut.»

Alle drei beobachteten, wie die braunen Finger sanft über die weißen strichen. Die Frau im Bett seufzte auf. «Schaut mich an. Da kann ich nicht mehr ohne Hilfe sitzen und bin hochnäsig bis zum letzten Augenblick. Gott muß sich kaputtlachen.»

«Gott lacht nicht, und Er spielt auch nicht.»

«Ja, ja, du weißt alles über Ihn, da bin ich sicher. Wenn du Ihn das nächste Mal triffst, dann sag Ihm, Er soll die Mädchen reinlassen. Sie drängeln sich vor der Tür, aber sie kommen nicht rein. Tagsüber macht's mir nichts aus, aber nachts stören sie meinen Schlaf. Gibst du ihnen gut zu essen? Sie sind immer so hungrig. Es ist doch mehr als genug da, oder? Nicht dieses gebackene Süßzeug, das sie so mögen, sondern ein gutes warmes Essen die Winter sind so kalt wir brauchen Kohle was für eine Sünde auf der Prärie Bäume zu verbrennen gestern ist der Schnee unter der Tür durchgeblasen worden quaesumus, da propitius pacem in diebus nostris Schwester Roberta schneidet die Zwiebeln et a peccato simus semper liberi kannst du nicht ab omni perturbatione securi ...»

Connie faltete Mutters Hände über der Bettdecke, stand auf und bedeutete Mavis, ihr zu folgen. Sie zog die Tür ins Schloß, und sie gingen hinaus auf den Flur.

«Ich hab gedacht, sie wäre deine Mutter. Ich meine, so wie du geredet hast, das klang, wie wenn sie deine echte Mutter wär.» Sie stiegen die breiten Stufen der Haupttreppe hinunter.

«Sie ist meine Mutter. Und deine Mutter auch. Wessen Mutter bist du?»

Mavis antwortete nicht, teils, weil sie nicht darüber sprechen wollte, und teils auch, weil sie darüber nachdachte, woher – in diesem Haus ohne elektrischen Strom – das Licht in Mutters Zimmer gekommen war.

Nach dem Abendessen mit dem gebratenen Huhn wurde Mavis von Connie in einen Schlafsaal geführt, in dem vier Betten standen. Sie wählte dasjenige aus, das am nächsten beim Fenster war, kniete sich darauf und blickte hinaus. Hätten statt des einen, der zu sehen war, zwei milchige Monde am Himmel gestanden, so wären sie ein Spiegelbild von Connies Augen gewesen. Unter ihnen lag eine saubergefegte Welt. Wertfrei. Rein. Reichhaltig. Ewig.

Kalifornien, welche Richtung?

Maryland, welche Richtung?

Merle? Pearl?

Der Junglöwe, der sie in dieser Nacht fraß, hatte blaue Augen und nicht braune, und er mußte sie diesmal auch nicht festhalten. Als er seine linke Pranke um ihre Schultern schlang, ließ sie willig ihren Kopf nach hinten sinken und gab ihre Kehle frei. Nichts in ihr wehrte sich gegen den Traum. Der Biß war saftig, aber sie verschlief ihn und Schlimmeres, bis der Gesang sie weckte.

Mavis Albright verließ das Kloster hin und wieder, aber sie kehrte immer zurück, drum war sie auch 1976 zur Stelle.

An jenem Julimorgen war sie sich seit Monaten der Spannungen bewußt, die zwischen dem Kloster und dem Dorf herrschten, und sie hätte ahnen können, daß der Morgennebel eine Truckladung heranschleichender Männer verbarg. Aber sie dachte an andere Dinge: an tätowierte Matrosen und an Kinder, die in smaragdgrünem Wasser badeten. Und erschöpft von den Vergnügungen der Nacht, wie sie war, ließ sie sich am Rand des Schlafs dahintreiben. Eine Stunde später, als sie die jungen Hühner aus dem Schulzimmer verscheuchte, roch sie Zigarrenrauch und eine winzige Spur von Aqua Velva.

Grace

ENTWEDER stand das Pflaster in Flammen, oder es waren Saphire in ihren Schuhen versteckt. K.D. hatte niemals eine Frau so tänzeln und schwänzeln gesehen, und er glaubte, daß es dieser Gang gewesen war, der all den Ärger ausgelöst hatte. Weder er noch seine Freunde, die beim Ofen herumlungerten, sahen sie aus dem Bus steigen, aber als der Bus wegfuhr, stand sie da – genau gegenüber auf der anderen Straßenseite, in so engen Jeans, auf so hohen Hakken, mit so großen Ohrringen, daß sie ganz vergaßen, über ihre Frisur zu lachen. Quer über die Hauptstraße kam sie auf sie zu, mit winzigen Schritten auf turmhohen Blockabsätzen, wie man sie seit 1949 nicht mehr gesehen hatte.

Sie ging schnell, als trippele sie über glühende Kohlen oder als schmerze sie irgend etwas, das vorne in ihren Schuhen stecken mußte. Sicher etwas Kostbares, dachte K.D., sonst hätte sie es doch entfernt.

Er trug die Schachtel mit den Pflegeutensilien durch das Eßzimmer. Schmale Stoffbahnen aus Spitze quollen aus einem Korb auf dem Beistelltisch. Tante Soane klöppelte wie ein Sträfling, unentgeltlich, unermüdlich, täglich; sie produzierte mehr Spitze, als irgend zu gebrauchen war. Hinter dem Haus erstreckte sich nach links der Garten, frei von Unkraut und liebevoll bepflanzt. K.D. wandte sich nach rechts zum Schuppen und ging hinein. Die Collies waren ganz aufgeregt, als sie ihn sahen. Er mußte Good zwischen seine Schenkel nehmen, um sie niederzuhalten. Die Ohren der Hündin lagen weich zwischen seinen Fingern, und er arbeitete behutsam mit dem kampfergetränkten Tuch. Die Zecken fielen ab wie Kaffeekörner. Er faßte Good mit der Hand unter die Schnauze; sie leckte ihm das Kinn. Ben, der andere Collie, hatte den Kopf auf seine Pfoten gelegt und sah zu. Das Leben auf Steward Morgans Ranch ließ die Hunde völlig verkommen. Zweimal im Jahr brauchten sie ein paar Tage in Ruby, wo K. D. sich um sie kümmerte. Er nahm die Fellbürste aus der Schachtel, fuhr tief durch Goods Haar, bürstete es aus und sang dabei in einem leisen Motown-Falsett einen Singsang, den er sich für sie ausgedacht hatte, als sie noch ein Welpe war. «Hey, mein Hund, sei brav, mein Hund, sei gut, mein Hund, mein guter Hund, mein kluger Hund, ein jeder braucht, so einen Hund, so gut-gut-gut wie meine Good-Good-Good.»

Good streckte sich vor Behagen.

Nur die, die's anging, würden heute abend zu dem Treffen kommen. Also alle, außer der einen, die alles ausgelöst hatte. Seine Onkel Deek und Steward, der Reverend Misner, Arnettes Vater und ihr Bruder. Sie würden über die Ohrfeige reden, aber nicht über die Schwangerschaft und ganz gewiß nicht über das Mädchen mit Saphiren in den Schuhen.

Mal angenommen, sie wäre nicht aufgetaucht. Angenommen, ihr Bauchnabel hätte nicht über den Bund ihrer Jeans geschielt oder ihre Brüste hätten geschwiegen, nur ein paar Sekunden lang geschwiegen, bis die Jungs gewußt hätten, was zu tun war – in welche Pose sie sich schmeißen sollten. Anderswo, wenn keine Mädchen bei ihnen herumgehangen wären, hätten sie's gewußt. Als Gruppe hätten sie sofort den richtigen Tonfall gefunden. Aber Arnette war dabei, die winselnde Arnette, und auch Billie Delia.

K. D. und Arnette hatten sich von den anderen abgesetzt. Um zu reden. Sie standen bei den Zwergeichen hinter den

Picknickbänken und -tischen und führten ein Gespräch, das schlimmer war, als er je geglaubt hatte, daß Worte werden könnten. Was Arnette sagte, klang so: «Tja, was willst du jetzt machen?» Was sie damit meinte, war: Ich gehe im September nach Langston, und ich will nicht schwanger sein und nicht abtreiben und nicht heiraten und mich nicht mies fühlen und meiner Familie nicht damit kommen. Er sagte: «Tja, was willst *du* jetzt machen?» und dachte: Du hast mich bei mehr Partys angemacht, als ich zählen kann, und als du mich endlich soweit hattest, hab ich dir nicht das Höschen runterziehen müssen, das hattest du längst für mich erledigt, drum ist das alles nicht mein Problem.

Sie hatten gerade begonnen, verhüllte Drohungen und unverhüllte Abneigung zu äußern, als der Bus losfuhr. Alle Köpfe schwangen herum, alle. Zum einen, weil sie niemals einen Bus in diesem Kaff gesehen hatten – Ruby war keine Station auf dem Weg irgendwohin. Zum anderen, weil sie neugierig waren, warum er überhaupt gehalten hatte. Was sie sahen, als der Bus verschwunden war, was da am Straßenrand zwischen dem Schulhaus und der Kirche zum Heiligen Erlöser stand, fesselte die Aufmerksamkeit von allen, die beim Ofen herumlungerten. Sie hatte keinen Lippenstift aufgetragen, aber schon aus fünfzig Metern Entfernung konnte man ihre Augen sehen. Das Schweigen, das sich herniedersenkte, schien nicht mehr weichen zu wollen, bis Arnette es unterbrach.

«Wenn dir so eine Schlampe lieber ist, dann ran an den Speck, Nigger.»

K. D. blickte auf Arnettes braves Hemdblusenkleid, auf die Ponyfransen vor ihrer Stirn und dann in ihr Gesicht: mürrisch, keifend, anklagend. Er schlug zu. Die Veränderung, die in ihren Zügen vorging, war den Aufwand wert.

Jemand sagte: «Autsch!», doch die Mehrzahl seiner

Freunde taxierte die jubilierenden Titten, die auf sie zukamen. Arnette lief davon; Billie Delia auch, doch als die gute Freundin, die sie war, warf sie noch einen Blick zurück und sah, wie sie sich zwangen, auf den Boden, in den strahlenden Maihimmel oder auf ihre Fingernägel zu starren.

Er war fertig mit Good. Ihr Bauchfell hätte noch ein wenig gestutzt werden können – anders war den Knötchen nicht beizukommen –, aber sie sah prächtig aus. K. D. nahm sich Bens Pelz vor und spielte dabei seine Verteidigungsstrategie gegenüber Arnettes Familie durch. Als er seinen Onkeln geschildert hatte, was vorgefallen war, hatten beide synchron die Stirn gerunzelt. Und wie ein Spiegelbild in der Bewegung, wenn schon nicht im Anblick, hatte Steward einen frischen Priem Blue Boy ausgespuckt, während Deek sich eine Zigarre ansteckte. So empört sie auch sein mochten – K. D. wußte genau, daß sie sich auf keine Lösung einlassen würden, die ihn oder die Zukunft des Morganschen Geldes einem Risiko aussetzte. Sein Großvater hatte die Zwillinge nicht von ungefähr auf die Namen Deacon und Steward taufen lassen. Und ihre Familie hatte nicht zwei Dörfer aufgebaut und gegen weiße Gesetze und rothäutige Creeks, gegen Banditen und schlechtes Wetter gekämpft, um tatenlos zuzusehen, wie Farmen, Häuser und eine Bank mit Pfandrechten an einer Tierfutterhandlung, einem Drugstore und einem Möbelladen in Arnold Fleetwoods Tasche verschwanden. Seit vor zwei Jahren die zerfetzten Knochen seiner Cousins unter die Erde gebracht worden waren, blieb K. D. – ihr Hoffnungsträger und ihr Sorgenkind – der letzte männliche Vertreter einer Linie, die einen Vizegouverneur, einen Vorsitzenden des staatlichen Rechnungshofs und zwei Bürgermeister hervorgebracht hatte. Sein Verhalten erforderte, wie immer, genaueste Beobachtung und entschlossenes Eingreifen. Oder würden seine

Onkel die Sache anders sehen? Vielleicht würde Arnettes Baby ein Junge, ein Großneffe der Morgans werden. Hätte ihr Vater Arnold dann irgendwelche Rechte, die die Morgans respektieren müßten?

Während er Bens Fell kraulte und Kletten aus den seidigen Haarsträhnen klaubte, versuchte K. D., sich in die Gedanken seiner Onkel zu versetzen – was schwierig war. So gab er den Versuch wieder auf und ließ sich in seinen Lieblingstraum gleiten. In dem diesmal aber Gigi und ihre jubilierenden Titten vorkamen.

«Hi.» Sie ließ ihren Kaugummi knallen wie eine Professionelle. «Bin ich in Ruby? Der Busfahrer hat gesagt, das hier wär's.»

«Yup. Yeah. Mm-hmm. Klar, isses.» Die lungernden Jungs sprachen wie mit einer Stimme.

«Hat's ein Motel hier?»

Da konnten sie nur lachen und fühlten sich sicher genug, sie zu fragen, was sie hier wolle und woher sie käme.

«Aus Frisco», sagte sie. «Und Rhabarberkuchen. Habt ihr Feuer für mich?»

Also würde der Traum in Frisco spielen.

Die Morgan-Männer hielten sich bedeckt, aber schon die Wahl des Ortes, an dem das Treffen stattfinden sollte, bereitete ihnen Unbehagen. Reverend Misner hatte es für besser gehalten, dem Protokoll Genüge zu tun und zu den Fleetwoods zu gehen, statt den frechen Frevel, der der Familienehre angetan worden war, noch dadurch zu verschlimmern, daß die Beleidigten ins Haus des Beleidigers gebeten wurden.

K. D., Deek und Steward hatten fleißig nickend im Wohnzimmer des Pfarrhauses gesessen und versöhnliche Grunzlaute von sich gegeben, aber K. D. wußte genau, was in den Köpfen seiner Onkel vorging. Er sah, wie Steward den Kautabak von Backe zu Backe wandern ließ und den Saft im Mund behielt. Bis jetzt war die Kreditgenossenschaft, die Misner begründet hatte, ein Hilfsverein auf Gegenseitigkeit gewesen, der bedürftigen Gemeindegliedern mit kleinen Darlehen beisprang und großen Langmut bei der Rückzahlung walten ließ. Eine Sparschweinchenbank, hatte Deek gesagt. Aber Steward hatte erwidert: Yeah – bis jetzt. Der Ruhm der Kirchengemeinde, die Misner verlassen hatte, um nach Ruby zu kommen, hing ihm noch immer nach: konspirative Treffen, um Unruhe zu säen; Konfrontationen mit dem weißen Gesetz statt schlauer Finten, die es zu umgehen suchten. Offensichtlich hegte er noch Hoffnung für einen Staat, der es fertiggebracht hatte, eine neue Fakultät für eine einzige Jurastudentin – ein schwarzes Mädchen – zu gründen, um an der strikten Rassentrennung festhalten zu können. Ganz unverkennbar glaubte er an die Möglichkeit eines Wandels, wo für einen anderen Schwarzen, einen Schüler, ein eigener Verschlag gleich neben dem Klassenzimmer errichtet worden war, in dem er ganz allein dem Unterricht folgen konnte. Das war in den Vierzigern gewesen, als K. D. noch an der Brust seiner Mutter hing, ehe sie mit ihren Brüdern, seinen Cousins und all den anderen Haven verlassen hatte. Jetzt, ungefähr zwanzig Jahre später, hörten sich seine Onkel jede Woche Misners Predigt an, aber wenn die Kirche aus war, rutschte jeder hinter das Lenkrad seines Oldsmobiles oder Impalas und wiederholte, was schon die Alten Väter immer wiederholt hatten: «Oklahoma – das ist eine Mischung aus Indianern, Schwarzen und dem lieben Gott; der Rest ist Viehfutter.» Zu ihrer Bestürzung neigte Reverend Misner dazu, Viehfutter wie Menschennahrung zu behandeln. Einem solchen Mann konnte man zutrauen, daß er seltsames Verhalten unterstützte; mit einem jungen Mädchen gemeinsame Sache machte; auf Fleetwoods Seite überlief. Ein solcher Mann, der sich sehenden Auges Geld durch die Lappen gehen ließ, konnte seine Schäfchen auf dumme Gedanken bringen. Zum Beispiel den, Zinsen zu vergleichen.

Andererseits waren die Baptisten die größte und auch einflußreichste Gemeinde am Ort. Drum achteten die Morgans sehr genau darauf, was Reverend Misner sagte, um dann abzuwägen, was sie als leicht zu ignorierende Empfehlung betrachten wollten und was eine Weisung war, die zu befolgen ratsam schien.

In zwei Autos legten sie die kaum drei Meilen zwischen Misners Wohnzimmer und dem Haus der Fleetwoods zurück.

Irgendwo in einer Stadt in Oklahoma bricht sich mittsommerliches Stimmengewirr an der sonnenüberglänzten Wasseroberfläche eines Schwimmbeckens. K. D. war einmal dort. Er war mit seinen Onkeln auf der Missouri-Kansas-Texas-Strecke unterwegs gewesen und wartete nun draußen auf der Straße, während sie in einem roten Backsteinbau ihren Geschäften nachgingen. Aufgeregte Stimmen erklangen ganz in der Nähe, und er ging hin, um nachzusehen.

Hinter einem Maschendrahtzaun sah er, von einem breiten, nahtlosen Saum aus Beton umgeben, eine grüne Wasserfläche. Heute weiß er, daß ihre Größe ganz normal war, aber damals schien sie sich bis zum Horizont zu erstrecken. Es kam ihm vor, als wären es Hunderte von weißen Kindern, die darin herumplanschten, und ihre Stimmen bildeten einen Wasserfall der reinsten Freude dieser Welt, einer Fröhlichkeit, die er so schmerzhaft empfand, daß ihm die Tränen kamen. Jetzt, als der Oldsmobile am Ofen wendete, wo Gigi ihren Kaugummi hatte platzen lassen, spürte K. D. wieder diese sehnsüchtige Erregung glitzernden Wassers und mittsommerlicher Stimmen von Badenden. Seine Onkel waren nicht erbaut gewesen, als sie ihn überall im Geschäftsviertel der Stadt suchen mußten, und auf dem ganzen Rückweg nach Ruby hatte er sich, erst im Zug und dann im Auto, ihre Vorhaltungen anhören müssen. Was damals ein geringes Opfer war und genauso heute. Die wütenden Eruptionen – «Welcher Teufel reitet dich in solchen Mist rein? Bleib bei deiner eigenen Altersgruppe. Was mußt du's überhaupt mit einer Fleetwood treiben? Hast du die Kinder von dem Jungen gesehen? Verdammt!» – hinterließen keine bleibenden Schäden bei ihm. Wie er das glitzernde Wasser schon gesehen hatte, so hatte er auch Gigi schon gesehen. Doch im Gegensatz zu dem Schwimmbad würde er dieses Mädchen wiedersehen.

Sie parkten Stoßstange an Stoßstange neben dem Haus der Fleetwoods. Als sie an der Tür klopften, begann jeder der Männer, nur nicht Reverend Misner, durch den Mund zu atmen, um vom Geruch der Krankheit, der im Haus herrschte, weniger zu spüren.

Arnold Fleetwood wollte nie wieder in einem windigen Zelt, auf einem Strohsack oder auf dem Fußboden schlafen. Drum richtete er in dem geräumigen Haus, das er sich an der Hauptstraße baute, vier Schlafzimmer ein. Drei davon wurden von ihm und seiner Frau sowie den beiden Kindern belegt, so daß ein Gästezimmer übrigblieb, das sie mit Stolz erfüllte. Als der Sohn, Jefferson, aus Vietnam zurückkam und seine Braut, Sweetie, mit in sein Bett nahm, blieb immer noch das Gästezimmer frei. Es wäre zum Kinderzimmer geworden, hätten die Kinder von Sweetie und Jeff nicht statt dessen ein Krankenzimmer benötigt. Wie die Dinge sich entwickelten, schlief Fleet mittlerweile auf einem Klappsofa im Eßzimmer.

Die Männer saßen auf makellosen Polstermöbeln und warteten, daß Reverend Misner von seinem Besuch bei den Frauen zurückkäme, die nirgends zu sehen waren. Beide Mrs. Fleetwoods opferten ihre ganze Energie, Zeit und Liebe für die Pflege der vier Kinder, die noch am Leben waren – bis jetzt. Fleet und Jeff, die für diese Hingabe so dankbar waren, wie sie sie mit Wut erfüllte, ließen die anderen ihre Scham spüren. Sich mit ihnen in einem Raum zu befinden, gar in ihrer Nähe zu sitzen, fiel schwer. Sich zu unterhalten noch schwerer.

K.D. wußte, daß Fleet seinen Onkeln Geld schuldete. Und er wußte, daß Jeff nichts lieber getan hätte, als jemanden umzubringen. Da er die Kriegsveteranenbehörde nicht umbringen konnte, mußte er sich an irgend jemand anderen halten. Alle waren erleichtert, als Misner wieder die Treppe herunterkam. Er lächelte.

«Tja. Also.» Er rieb die Hände aneinander, wobei er die Bewegung aus kleinen Drehungen der Schultern kommen ließ, als hätte er bereits einen Gegner k. o. geschlagen. «Die Damen haben versprochen, uns nachher Kaffee zu bringen, und dazu Reispudding, wenn ich recht gehört habe. Ich wüßte keinen besseren Grund, um anzufangen.» Er sah fast zu gut aus für einen Prediger. Nicht nur sein Gesicht und sein Kopf, sondern auch sein äußerst wohlgestalteter Körper riefen bei so gut wie jedem bewundernde Aufmerksamkeit hervor. Als der ernsthafte Mensch, der er war, betrachtete er seine unleugbare Schönheit als Gegengift gegen das Laster der Trägheit: Sie zwang ihn, achtsam mit seiner Gemeinde umzugehen und nichts als gottgegeben zu betrachten – weder die Verehrung der Frauen noch den Neid der Männer.

Niemand erwiderte das Lächeln, das der Reispudding auf seine Lippen gezaubert hatte. Er kam zur Sache.

«Lassen Sie mich die Lage schildern, soweit sie mir bekannt ist. Korrigieren Sie mich, Sie alle, wenn ich etwas mißverstanden habe oder auslasse. So wie ich es sehe, hat K.D. Arnette eine Kränkung, eine schwere Kränkung zugefügt. Also steht eins schon fest: K.D. hat ein Problem mit seiner Selbstbeherrschung und daher die Verpflichtung –»

«Ist er nicht 'n bißchen alt, um ausgerechnet bei einem jungen Mädchen die Selbstbeherrschung zu verlieren?» fiel ihm Jefferson Fleetwood ins Wort, der in einem niedrigen Sessel, am weitesten vom Licht der Lampe entfernt, seinen Zorn köcheln ließ. «Ich nenne so was nicht ‹die Beherrschung verlieren›. Ich nenne es ein Verbrechen.»

«Nun ja, in diesem einen Augenblick ist er gewiß übers Ziel hinausgeschossen.»

«Mit Verlaub, Reverend, Arnette ist fünfzehn.» Jeff blickte K.D. unverwandt in die Augen.

«Ganz genau», sagte Fleet. «Und sie ist seit ihrem zweiten Lebensjahr nicht mehr geschlagen worden.»

«Genau das scheint das Problem zu sein!» Steward, der für seine zündende Ausdrucksweise bekannt war, hatte von Deek den guten Rat erhalten, lieber still zu sein und ihm, dem Feingeist, die Verhandlung zu überlassen. Jetzt fuhr Jeff bei seinen Worten aus dem Sessel hoch.

«In meinem Haus wird niemand Schmutz über meine Familie ausgießen!»

«*Dein* Haus?» Steward ließ den Blick von Jeff zu Arnold Fleetwood wandern.

«Ich meine, was ich sage! Papa, ich glaube, es ist besser, wir brechen dieses Treffen ab, ehe noch Blut fließt!»

«Ganz genau», sagte Fleet. «Es ist mein Kind, von dem wir hier reden. Mein eigenes Kind!»

Nur Jeff war aufgesprungen, aber jetzt erhob sich auch Misner. «Meine Herren! Sachtesachtesachte!» Er breitete die Arme aus und brachte, die Versammlung überragend, seine Predigerstimme zum Einsatz. «Wir alle sind Kinder Gottes. Soll Gottes Schöpfung hier mit Füßen getreten werden?»

K. D. sah, wie Steward gegen den Drang ankämpfte, auszuspucken, und er stand ebenfalls auf. «Schaut», sagte er. «Es tut mir leid. Es tut mir wirklich leid. Ich würde gerne alles ungeschehen machen, wenn ich nur könnte.»

«Passiert ist passiert, Freunde.» Misner ließ die Arme sinken.

K. D. fuhr fort. «Ich respektiere Ihre Tochter –»

«Seit wann?« fragte Jeff.

«Ich hab sie immer respektiert, schon, wie sie so klein war.» K. D. hob seine Hand etwa auf Hüfthöhe. «Ihr könnt jeden fragen. Fragt doch ihre Freundin, Billie Delia. Billie Delia wird es bestätigen.»

Die Wirkung dieses Geniestreichs ließ keine Sekunde auf sich warten. Die Morgan-Brüder unterdrückten ein Grinsen, während sich den Fleetwoods, Vater und Sohn, die Nackenhaare sträubten. Billie Delia war das leichteste Mädchen im Dorf, und von Tag zu Tag verlor sie weiter an Gewicht.

«Hier geht's um keine Billie Delia», sagte Jeff. «Hier geht's darum, was meiner kleinen Schwester angetan worden ist.»

«Einen Augenblick», schaltete sich Misner ein. «Vielleicht bekommen wir die Sache besser in den Griff, K. D., wenn du uns erzählst, warum du es getan hast. Warum denn? Was ist vorgefallen? Hattest du getrunken? Hat sie dich irgendwie geärgert?» Er erwartete, daß seine direkte Frage einen Raum für Ehrlichkeit schaffen würde, in dem sich die Männer nicht mehr aufzuplustern brauchten, sondern sich verständigen konnten. Die plötzliche Stille, die seinen Worten folgte, überraschte ihn. Steward und Deek schneuzten sich gleichzeitig. Arnold Fleetwood starrte auf seine Schuhe. Irgend etwas, rätselte Misner, mußte da im argen liegen. Das peinvolle Schweigen lenkte ihre Aufmerksamkeit auf das leise Klappern von Absätzen über ihren Köpfen: Die Frauen eilten, halfen, holten, brachten – taten alles, was nötig war, um den Kindern zu helfen, die sich nicht selbst helfen konnten.

«Uns kümmert kein Warum», sagte Jeff. «Ich will wissen, was ihr tun wollt, um die Sache aus der Welt zu schaffen.» Bei dem Wort «tun» bohrte sich sein Zeigefinger in die Armlehne des Sessels.

Deek lehnte sich zurück und spreizte seine Beine noch weiter, als wolle er Grund und Boden umschlingen, die ihm ohnehin schon gehörten. «Was stellt ihr euch vor?» fragte er.

«Zuallererst muß er sich entschuldigen», sagte Fleet.

«Hab ich doch gerade», sagte K. D.

«Nicht bei mir. Bei ihr. Bei ihr!»

«Gut, Sir», sagte K. D. «Mach ich.»

«Nun gut», sagte Deek. «Das war Nummer eins. Was kommt als zweites?»

Jeff antwortete. «Und du erhebst niemals wieder deine Hand gegen sie.»

«Überhaupt nichts werd ich gegen sie erheben, Sir.»

«Gibt es ein Drittens?» fragte Deek.

«Wir müssen wissen, daß er es ehrlich meint», sagte Fleet. «Wir brauchen ein Zeichen, daß er's ehrlich meint.»

«Ein Zeichen?» Es gelang Deek, verblüfft zu wirken.

«Der gute Ruf meiner Schwester ist im Eimer, stimmt's?»

«Mm-hm. Das wird so sein.»

«Nichts kann ihn wiederherstellen, stimmt's?» In Jeffs Tonfall mischten sich Abscheu und Interesse.

Deek beugte sich vor. «Tja, ich weiß nicht. Man hört, daß sie aufs College gehen soll. Dann läßt sie das alles hinter sich. Vielleicht können wir ihr ein wenig ... unter die Arme greifen.»

Jeff brummte. «Dazu kann ich nichts sagen.» Er sah seinen Vater an. «Was meinst du, Papa? Würde das ...?»

«Müssen erst ihre Mutter fragen. Sie ist doch auch betroffen von der Sache. Mehr als ich vielleicht.»

«Na gut», sagte Deek, «warum besprecht ihr's dann nicht mit ihr? Und wenn sie einverstanden ist, kommt einfach bei der Bank vorbei. Morgen.»

Fleet kratzte sich am Kinn. «Kann aber nichts versprechen. Mable ist 'ne mächtig stolze Frau. Mächtig stolz.»

Deek nickte. «Da hat sie ja auch allen Grund zu, mit einer Tochter, die aufs College geht und überhaupt. Wir wollen nicht, daß dem irgendwas im Wege steht. Ist eine Ehre fürs Dorf.»

«Wann legt diese Schule denn los, Fleet?» Steward hob den Kopf.

«August, glaub ich.»

«Wird sie dann soweit sein?»

«Was soll das heißen?»

«Na ja», sagte Steward. «Bis August ist es lange hin. Jetzt haben wir Mai. Vielleicht überlegt sie sich's anders. Will noch bleiben.»

«Ich bin ihr Vater. Ich rücke ihr schon den Kopf zurecht.»

«Bestens», sagte Steward.

«Dann sind wir uns einig?» fragte Deek.
«Wie gesagt – ich muß mit ihrer Mutter reden.»
«Ist klar.»
«Sie ist der Schlüssel. Meine Frau ist der Schlüssel.»

Zum erstenmal an diesem Abend lächelte Deek offen: «Frauen sind immer der Schlüssel. Gott segne sie.»

Reverend Misner seufzte auf, als gäbe es wieder reine Luft zum Atmen. «Gottes Liebe wohnt in diesem Haus», sagte er. «Ich spüre das immer, wenn ich hierherkomme. Jedesmal.» Er richtete den Blick empor zur Decke, während Jefferson Fleetwood ihn mit schmerzerfüllten Augen ansah. «Wir erschauern vor Seiner Macht, aber wir dürfen uns auch Seiner Liebe nicht verschließen, denn sie ist es, die uns Stärke verleiht. Meine Herren. Brüder. Lasset uns beten.»

Sie senkten die Köpfe und lauschten gehorsam Misners wohlgesetzten Worten und dem Tipptappgetrappel der Frauen, die unsichtbar blieben.

Am nächsten Morgen war Reverend Misner überrascht, wie gut er geschlafen hatte. Bei dem Treffen mit den Morgans und den Fleetwoods am vorigen Abend hatte er sich alles andere als wohl gefühlt. Da war ein Grizzlybär in Fleetwoods Wohnzimmer – unsichtbar, lautlos, aber er lähmte jede Bewegung. Oben hatte er die Frauen zum Lachen gebracht – nun gut, zumindest Mable. Sweetie lächelte zwar, aber es war offensichtlich, daß sie seinen Neckereien nichts abgewinnen konnte. Ihre Augen waren immer bei den Kindern. Ein Rutschen, ein Kippen, ein Schnappen nach Luft – schon beugte sie sich über das Bettchen und sorgte mit raschen, routinierten Griffen für Erleichterung. Doch ihr Gesichtsausdruck hatte etwas Gönnerhaftes, als wolle sie ihm zeigen, daß es nichts gab, womit er sie amüsieren konnte: daß er es gar nicht zu versuchen brauchte. Erst als er sie bat, mit ihm gemeinsam zu beten, ging sie auf ihn ein. Senkte den Kopf, schloß ihre Augen, aber als sie ihn beim leisen «Amen» wieder ansah, hatte er das Gefühl, daß seine Beziehung zu dem Gott, zu dem er betete, ganz unverbindlich oder viel zu jung war und die ihre gültiger, uralt und fest besiegelt.

Mehr Glück hatte er bei Mable Fleetwood, die sich so über seinen Besuch freute, daß sie das Gespräch unnötig in die Länge zog. Und die Männer, die er zusammengerufen hatte, nachdem ihm der Vorfall beim Ofen zugetragen worden war, saßen unterdessen im Erdgeschoß und warteten – wie auch der Grizzlybär.

Misner zerwühlte sein Kissen und redete sich ein, daß die Sache einen befriedigenden Abschluß gefunden hatte. Die Wogen waren geglättet, eine Lösung war gefunden, der Frieden erklärt worden. So hoffte er jedenfalls. Bei den Morgan-Zwillingen hatte er immer den Eindruck, daß sie auf einer anderen Ebene ein zweites Gespräch miteinander führten – ein wortloses Zwiegespräch hinter den Worten, die jeder hören konnte. Sie traten auf wie ein Doppelwesen, aber Deek hatte irgend etwas an sich, das Misner argwöhnen ließ, er übernähme den Part seines Bruders mit – stütze ihn so, wie man ein lernschwaches Kind stützen würde. Arnolds beleidigte Miene war Selbstschutz: eine Maske, die jeder erwartete und die keiner ernst nahm. Jefferson war dünnhäutig wie eine Seifenblase. Aber es war K. D., der Misner am meisten irritierte. Viel zu schnell zum Einlenken bereit. Eine schleimige Entschuldigung. Ein verschlagenes Lächeln. Misner verachtete Männer, die Frauen schlugen. Und dazu noch eine Fünfzehnjährige! Was bildete K. D. sich eigentlich ein? Die Verwandtschaft mit

Deek und Steward schützte ihn natürlich, aber es fiel schwer, einen Mann zu mögen, der sich auf Beziehungen verließ. Unterwürfig gegenüber seinen Onkeln, brutal zu Frauen. Und dann, später am Abend, als er das Grillsteak mit Kartoffeln aufwärmte, das ihm Anna Flood zum Abendessen gebracht hatte, war Misner am Fenster gestanden, hatte hinausgeblickt und keinen anderen als K. D. gesehen, der am Steuer von Stewards Impala die Hauptstraße hinunterbrauste. Und dabei – er hätte es beschwören können – sein verschlagenes Lächeln lächelte.

Er war sicher, daß ihn diese bohrenden Gedanken für den größten Teil der Nacht wach halten würden, doch am Morgen erwachte er wie aus dem süßesten Schlummer. Was vielleicht an Annas gutem Essen lag. Aber noch immer grübelte er, wo K. D. wohl hingewollt hatte, als er auf der Hauptstraße aus dem Dorf rauschte.

Ein Mann und eine Frau, die bis in alle Ewigkeit vögeln. Wenn sich alle vier Stunden das Licht ändert, denken sie sich etwas Neues aus. Am Rand der Wüste vögeln sie im Rhythmus der Himmelsgezeiten von Arizona. Nichts kann sie aufhalten. Nichts will sie aufhalten. Das Licht des Mondes krümmt seinen Rücken; das Licht der Sonne wärmt ihre Zunge. Unübersehbar sind sie, nicht zu verfehlen, wenn man nur weiß, wo man sie suchen muß: gleich hinter Tucson an der Interstate 3, bei einem Kaff namens Wish. Man fährt durch den Ort, dann biegt man links ab. Wenn die Straße endet und die eigentliche Wüste beginnt, muß man zu Fuß weiter. Die Taranteln sind giftig, aber man kann nicht mehr fahren, weil kein Reifen das Gelände aushält. Eine Stunde, höchstens, und man sieht Liebe, die den Himmel zum Einsturz bringt. Manchmal zärtlich. Manchmal wild. Aber sie hören niemals auf. Nicht im Sandsturm und nicht, wenn das Thermometer bei 45 Grad hängenbleibt. Und wer geduldig ist und sie bei einem der seltenen Regenschauer in der Wüste überrascht, wird sehen, wie sich die Farbe ihrer Leiber verdunkelt. Aber sie treiben's immer weiter in diesem kostbaren, reinen Regen – die schwarzen Liebenden von Wish, Arizona.

Mikey beschrieb Gigi immer wieder, wie sie aussahen und wo man sie suchen mußte, gleich hinter seinem Heimatdorf. Sie hätten eine Touristenattraktion sein können, sagte er, man hätte sie dazu machen können, aber leider waren sie den Leuten aus der Gegend peinlich. Besorgte Methodisten gründeten ein Komitee, das sie in die Luft sprengen oder mit Zement zuschütten lassen wollte, aber nach ein paar Erkundungen im Vorfeld schlief die Sache wieder ein. Ihre Einwände beträfen nicht den Sex, ließen die Mitglieder des Komitees wissen, sondern die Perversität des Aktes, denn einige von ihnen glaubten nach besonders eingehender Betrachtung festgestellt zu haben, daß es sich um zwei Frauen handelte, die sich da im Staub liebten. Andere kamen nach ebenso eingehender Untersuchung (aus der Nähe und mit Feldstechern) zu dem Schluß, daß es zwei Männer waren – verdorben wie Gomorrha.

Mikey freilich hatte die einschlägigen Körperteile berührt und wußte aus erster Hand, daß es eine Frau und ein Mann waren. «Na und?» sagte er. «Schließlich haben sie's nicht auf dem Highway getrieben. Man mußte ganz schön weit weg von der Straße, um sie zu finden.» Mikey meinte, daß die Methodisten sie zwar loswerden, aber gleichzeitig auch behalten wollten. Daß selbst dieser Haufen von verklemmten Dumpfbacken, die sich lieber in die Hose schissen als einen feuchten Traum zu haben, insgeheim wußte, daß sie dieses Paar von Liebenden da draußen brauchten.

Auch wenn sie sich nie in ihre Nähe wagten, meinte Mikey, war es ihnen wichtig, daß es sie gab. Bei Sonnenaufgang, erzählte er, glühten sie kupferrot auf, und man wußte, daß sie die ganze Nacht bei der Sache gewesen waren. Zur Mittagszeit waren sie silbriggrau. Dann blau am Nachmittag, dann schwarz am Abend. Und immer, immer in Bewegung.

Gigi liebte es, diesen Satz von ihm zu hören: «Und immer, immer in Bewegung.»

Als sie getrennt wurden, bekam Mikey neunzig Tage aufgebrummt. Gigi wurde mit bandagiertem Handgelenk aus der Sanitätsstation entlassen. Alles ging so schnell, daß sie nicht mehr dazu kamen, sich irgendwo zu verabreden. Der Pflichtverteidiger kam raus und sagte: Keine Kaution – keine Bewährung. Sein Mandant müsse die ganzen drei Monate absitzen. Nachdem sie die Frist kalkuliert und drei Wochen U-Haft abgezogen hatte, bat Gigi den Anwalt, Mikey eine Botschaft zu überbringen. Die Botschaft lautete: «Wish, fünfzehnter April.»

«Wie bitte?» sagte der Anwalt.

«Richten Sie's ihm genau so aus. ‹Wish, fünfzehnter April.›»

Und was hatte Mikey zu ihrer Botschaft gesagt?

«‹Nur zu›», sagte er. «‹Nur zu.›»

Da war kein Mikey, da war kein Wish, da war keine Interstate 3, und niemand vögelte in der Wüste. Jeder, den sie in Tucson danach fragte, hielt sie für verrückt.

«Vielleicht ist der Ort, den ich suche, zu klein für die Karte», schlug sie vor.

«Dann frag bei der Polizei. Kein Kaff ist so klein, daß die's nicht kennen.»

«Die Felsengruppe liegt abseits der Straße. Sieht aus wie ein Pärchen, das sich liebt.»

«Von Eidechsen hab ich so was schon gesehen in der Wüste, Schätzchen.»

«Vielleicht sind's Kakteen?»

«Schon eher möglich!»

Sie lachten sich schief.

Nachdem sie mit dem Finger durch die Spalten des Telefonbuchs gefahren war, ohne im weiten Umkreis irgend jemanden zu finden, der Mikeys Familiennamen, Rood, getragen hätte, gab sie Mikey auf. Widerstrebend. Die ewige Paarung in der Wüste jedoch blieb ihr zeitlebens teuer. Unterhalb ihrer brennenden Träume von einer gerechten Gesellschaft, von einer Polizei auf seiten der Menschen und nicht der Macht – und diese Träume waren mächtiger als die Erinnerung, wie der Junge Blut in seine Hände gespuckt hatte –, brachen ihr die Liebenden in der Wüste das Herz. Mikey hatte sie nicht erfunden. Sie waren ihm vielleicht an den falschen Ort geraten, aber er hatte nur etwas heraufbeschworen, von dem sie schon ihr ganzes Leben lang gewußt hatte, daß es existierte ... irgendwo. Vielleicht in Mexiko. Und dort wollte sie jetzt hin.

Das Dope war stark, die Männer waren allzeit bereit, aber als zehn Tage vergangen waren, wachte sie auf und weinte. Sie rief in Alcorn, Mississippi, an, ein R-Gespräch.

«Setz deinen Arsch in Bewegung und komm heim, Mädchen. Hat sich die Welt denn jetzt genug gedreht für dich? Tot sind sie alle, King und noch einer von den Kennedys und Medgar Evers und ein Nigger namens X, Herr im Himmel, ich krieg's nicht mehr zusammen, wer noch alles, seit du weg bist, ganz zu schweigen von den Leuten hier bei uns erinnerst du dich an L. J. hat immer draußen im Ladenzentrum an der Route zwei gearbeitet kommt plötzlich am hellen Tag einer reingelatscht mit so 'ner komischen Pistole so was wie die hat noch keiner hier gesehen ...»

Gigi ließ den Kopf gegen die Gipswand neben dem Telefon sinken. Draußen vor der Bodega fuchtelte ein Angestellter mit einem langen Besenstiel hinter ein paar Kindern her. Kleine Mädchen. Hatten keine Unterhosen an.

«Ich komme, Opi. Ich komm heim. Bin schon unterwegs.»

Die meiste Zeit hatte sie beide Sitzplätze für sich. Platz, um sich auszubreiten. Zu schlafen. Alte Nummern von *Ramparts* zu lesen, die zusammengerollt in ihrem Rucksack steckten. Als sie den Santa Fe bestieg, war der Zug voll mit Luftwaffensoldaten in blauer Kluft. Später waren es Landwirtschaftshelfer, die die Abteile füllten. Aber als sie auf die Missouri-Kansas-Texas-Bahn wechselte, war immer reichlich Platz in den Wagen.

Der Mann mit dem Ohrring war nicht auf der Suche nach ihr. Sie war's, die ihn aussuchte. Nur, um jemanden zum Reden zu haben, der nicht in Polyester eingesargt war und der so aussah, als würde er auch mal was anderes rauchen als Chesterfields.

Er war klein, fast ein Zwerg, aber seine Klamotten waren schärfster Ostküsten-Schick. Sein Afro war sauber geschnitten, kein Zottelfell, und um den Hals trug er vergoldete Samenkörner, dazu einen passenden Knopf in seinem Ohr.

Sie standen nebeneinander an der Snackbar, die der Kellner hartnäckig als Speisewagen bezeichnete. Sie bestellte eine Cola ohne Eis und ein Brownie. Er bezahlte für einen großen Becher voll zerstoßenem Eis.

«Das dürfte nichts kosten», sagte Gigi zu dem Mann hinter dem Tresen. «Er sollte nichts zahlen müssen für den Becher.»

«Tut mir leid, M'am. Ich habe meine Anweisungen.»

«Ich hab kein Eis bestellt. Haben Sie mir vom Preis was abgezogen?»

«Natürlich nicht.»

«Gib dir keine Mühe», sagte der kleinwüchsige Mann.

«Es ist keine Mühe», erwiderte Gigi, dann wandte sie sich wieder an den Kellner. «Hören Sie mal, Sie können ihm doch das Eis geben, das ich umsonst bekommen hätte, okay?»

«Muß ich den Zugführer rufen, Miss?»

«Wenn Sie's nicht tun, dann tu's ich. Das ist ein umgekehrter Raubüberfall hier, der Zug beraubt den Fahrgast.»

«Geht schon in Ordnung», sagte der Mann. «Sind doch nur fünf Cents.»

«Es geht ums Prinzip», sagte Gigi.

«Fünf Cents sind kein Prinzip wert. Offenbar braucht der Bursche Geld. Hab ich Verständnis für.» Der kleine Mann lächelte.

«Ich brauche überhaupt nichts», sagte der Kellner. «Ich habe meine Anweisungen.»

«Hier ist noch eins», sagte der Mann und warf ein zweites Fünfcentsstück auf die Untertasse.

Gemeinsam verließen sie die Snackbar, Gigi funkelnd vor Wut, der Mann mit dem Ohrring lächelnd. Sie setzte sich, vom Mittelgang getrennt, neben ihn, um den Vorfall auszudiskutieren, während er auf den Eisstücken kaute.

«Gigi.» Sie streckte ihre Hand aus. «Und du?»

«Dice», sagte er.

«Reimt sich auf heiß, hm?»

«Auf Eis auch.»

Er berührte sie mit einer kühlen, kühlen Hand, und dann erzählten sie sich meilenweit Geschichten. Gigi faßte sogar Zutrauen genug, um ihn zu fragen, ob er jemals eine Felsengruppe gesehen oder davon gehört hätte, die so aussah wie ein Mann und eine Frau, die's miteinander trieben. Er lachte und sagte nein, aber er hätte von einem Ort gehört, wo es einen See mitten in einem Weizenfeld gab. Und dicht bei diesem See stünden zwei Bäume, die sich umarmten. Und wer sich zwischen ihre Stämme zwängte, auf eine ganz bestimmte Art und Weise, na ja, der würde eine Ekstase verspüren, wie sie kein anderes menschliches Wesen kannte oder sich vorzustellen vermochte. «Es heißt, danach sagt niemand mehr nein zu dir.»

«Jetzt sagt auch schon niemand nein zu mir.»

«Niemand? Ich meine wirk-lich nie-mand!»

«Wo ist dieser Ort?»

«Ruby. Ruby in Oklahoma. Mitten im Nirgendwo.»

«Warst du dort?»

«Noch nicht. Aber ich will's mir mal ansehen. Man sagt, dort gibt's den besten Rhabarberkuchen im ganzen Land.»

«Ich hasse Rhabarber.»

«Du haßt ihn? Dann hast du nicht gelebt, Mädchen. Dann hast du nichts vom Leben geschmeckt.»

«Ich bin unterwegs nach Hause. Meine Leute besuchen.»

«Wo's das für dich, zu Hause?»

«In Frisco. Alle meine Leute leben in Frisco. Ich hab eben erst mit meinem Großvater gesprochen. Sie warten schon alle auf mich.»

Dice nickte, aber er sagte nichts.

Gigi stopfte das Papier, in das der Kuchen eingewickelt war, in den leeren Pappbecher. Ich bin nicht verloren, dachte sie. Überhaupt nicht verloren. Ich kann meinen Opa besuchen oder wieder zurück an die Bay oder …

Der Zug wurde langsamer. Dice erhob sich, um seine Sachen aus der Gepäckablage über ihren Köpfen zu holen. Er war so klein, daß er sich auf die Zehenspitzen stellen mußte.

Gigi kam ihm zu Hilfe, und ihm schien das nichts auszumachen.

«Tja, hier steig ich aus. War nett, mit dir zu reden.»

«Mit dir auch.»

«Viel Glück. Paß auf dich auf. Halt dein Pulver trokken.»

Wenn die jungen Burschen, die vor einer Art Barbecue-Grill rumstanden, ihr gesagt hätten: Nein, das hier ist Alcorn, Mississippi, dann hätte sie es wahrscheinlich geglaubt. Die gleichen Frisuren, das gleiche Glotzen, das gleiche anzügliche, hinterwäldlerische Grinsen. Genau das, was ihr Großvater «flaches Land, wie's flacher nicht sein kann» nannte. Ein paar Mädchen waren auch da, die sich mit einem der Burschen zu streiten schienen. Jedenfalls waren sie keine große Hilfe, aber andererseits genoß sie die unverhohlene Geilheit, die ihren Rücken kitzelte, während sie sich straßenabwärts entfernte.

Erst drang ihr Sand, so fein wie Mehl, in die Augen und in den Mund. Dann zerzauste der Wind ihre Haare. Und schon hatte sie das Dorf hinter sich gelassen. Was die Einwohner großspurig Hauptstraße nannten, hörte einfach auf, und Gigi hatte gleichzeitig den Ortsrand und die wahre Mitte von Ruby erreicht. Der Wind, vollkommen lautlos, schien mehr vom Boden als vom Himmel zu kommen. Eben noch klapperten ihre Absätze auf dem Pflaster, schon wurden sie von herumwirbelndem Schmutz gedämpft. Zu beiden Seiten wogte hohes Gras wie Meeresdünung.

Vor fünf Minuten hatte sie bei einem Laden haltgemacht, der sich Drugstore nannte, um Zigaretten zu kaufen. Dort hatte sie erfahren, daß die Jungs am Grillofen die reine Wahrheit gesagt hatten: Es gab kein Motel hier. Und wenn es Kuchen gab, so wurde er jedenfalls nicht in einem Restaurant serviert, denn auch davon war nichts zu sehen. Außer den Picknickbänken bei diesem Barbecue-Dings gab es keinen öffentlichen Treffpunkt, wo man sitzen konnte. Rundherum sah sie nur verschlossene Türen und Fenster, hinter denen spaltbreit geöffnete Vorhänge blitzschnell wieder zugezogen wurden.

Ruby – nein danke, dachte sie. Mikey mußte ihr diesen lügnerischen Freak in den Zug geschmuggelt haben. Dabei wollte sie sich nur umschauen. Nicht nur nach dieser Sache im Weizenfeld. Sie wollte wissen, ob diese Welt irgend etwas anderes für sich sprechen lassen konnte (sei es als Fels, Baum oder Wasser) als Leichensäcke oder kleine Jungs, die Blut in ihre Hände spuckten, um sich nicht die Schuhe zu ruinieren. Also gut. Alcorn. Sie konnte genausogut in Alcorn, Mississippi, von vorne anfangen. Früher oder später mußte einer der Pick-ups, die sie vor der Saatgut- und Futtermittelhandlung gesehen hatte, von hier wegfahren. Auf Teufel komm raus würde sie mit an Bord sein.

Die Haare mit den Händen bändigend und gegen den Wind anblinzelnd, überlegte Gigi, ob sie an der Straße auf den Wagen warten oder zur Futtermittelhandlung zurückgehen sollte. Der Rucksack drückte auf ihre hohen Absätze, und wenn sie stehenblieb, blies sie der Wind fast um. Aber so plötzlich, wie er sich erhoben hatte, schlief der Wind wieder ein. In der Stille, die er hinterließ, hörte sie einen Motor, der immer näher kam.

«Na, unterwegs zum Nonnenkloster?» Ein Mann mit einem breitkrempigen Hut öffnete die Tür eines Lieferwagens.

Gigi warf ihren Rucksack auf den Sitz und kletterte hinein. «Nonnenkloster? Soll wohl ein Witz sein? Das fehlt mir gerade noch. Was ich brauche, ist jemand, der mich in der Nähe einer Bushaltestelle absetzt, einer *richtigen*, oder bei einem Bahnhof oder so was.»

«Da hast du Glück. Ich setz dich direkt auf die Schiene!»

«Super!» Gigi kramte in dem Rucksack zwischen ihren Knien herum. «Riecht alles neu hier.»

«Brandneu. Ihr zwei seid meine erste Fuhre.»

«Ihr zwei?»

«Muß noch mal anhalten. Es kommt noch ein Passagier dazu, der auch Zug fahren will.» Er grinste. «Ich heiße Roger. Roger Best.»

«Gigi.»

«Aber du fährst umsonst mit. Die andere muß zahlen.» Sein Blick löste sich von der Straße und schwenkte zum Fenster auf der Beifahrerseite. Unter dem Vorwand, die Landschaft zu betrachten, starrte er erst auf ihren Bauchnabel, dann ein Stück darunter, dann ein Stück darüber.

Gigi zog einen Spiegel heraus, brachte ihre windzerzausten Haare wieder halbwegs in Ordnung und dachte: Ja, bei mir ist alles umsonst. Na prima.

Und es stimmte. Genau wie Roger Best gesagt hatte, war die Mitfahrt gratis für die Lebenden. Die Toten kostete sie fünfundzwanzig Dollar.

Alle paar Augenblicke schob die Frau, die auf den Stufen zur Veranda saß, ihre Fliegerbrille in die Höhe, um sich die Augen auszuwischen. Einer der Zöpfe, die unter ihrem Strohhut steckten, fiel über ihren Rücken hinunter. Roger stützte sich auf sein Knie und sprach mit ihr – sehr lange, wie es Gigi schien –, dann gingen sie beide ins Haus. Als Roger herauskam, klappte er seine Brieftasche zu und zog die Stirn in Falten.

«Keiner da, der mir hilft. Vielleicht wartest du besser drinnen. Ich werd ’ne ganze Weile brauchen, bis ich die Leiche hier unten hab.»

Gigi fuhr herum, um hinter sich zu blicken, aber durch die Trennwand konnte sie nichts erkennen.

«Du lieber Gott. Scheiße! Ist das ein Leichenwagen?»

«Manchmal. Manchmal ist es auch ein Krankenwagen. Aber heute ist es ein Leichenwagen.» Er war jetzt ganz von seiner Aufgabe in Anspruch genommen. Keine Seitenblicke auf ihre Brüste mehr. «Um zwanzig nach acht muß ich sie auf dem Zug haben. Und das heißt, daß ich nicht *pünkt*lich, sondern *rechtzeitig* da sein muß.»

Mühsam, aber eilig kletterte Gigi aus dem Liefer- und Leichenwagen, und in Null Komma nichts war sie, um das Gebäude herum und über die breiten hölzernen Stufen zum Haupteingang hinauf, im Haus verschwunden. Er hatte von einem «Nonnenkloster» gesprochen, drum erwartete sie, daß gütige und strenge Frauen unter segelbootähnlichem Kopfputz in langen dunklen Gewändern durch die Gänge gleiten würden. Aber sie sah keine Menschenseele, und die Frau mit dem Strohhut war auch verschwunden. Durch einen marmorgetäfelten Vorraum gelangte sie in eine weitere Diele von doppelter Größe. Im Dämmerlicht sah sie Flure, die sich nach rechts und nach links erstreckten, und vor ihr setzten sich die breiten Stufen nach oben fort. Noch ehe sie sich entschieden hatte, wo sie hinwollte, tauchte Roger mit einem Blechgestell auf Rädern hinter ihr auf. «Kein Schwein da, das mir hilft, kein Schwein», murmelte er und ging zur Treppe. Gigi wandte sich nach rechts, lief auf einen Lichtspalt zu, der unter den Flügeln einer Schwingtür hervorleuchtete. Dahinter war der größte Tisch, den sie jemals gesehen hatte, in der größten Küche. Sie setzte sich an diesen Tisch, kaute auf ihrem Daumennagel und überlegte, wie schlimm es wohl sein würde, mit einer Leiche im Genick zu reisen. Sie hatte noch ein wenig Gras im Rucksack. Nicht viel, aber wohl genug, um zu verhindern, daß sie durchdrehte. Sie streckte die Hand aus und brach ein Krustenstück von einer Pastete ab, die vor ihr auf dem Tisch stand. Erst jetzt fiel ihr auf, daß überall Unmengen von Essen herumstanden, das meiste davon unberührt. Mehrere Kuchen, noch weitere Pasteten, Kartoffelsalat, ein ganzer Schinken, eine große Schüssel mit weißen Bohnen in Tomatensauce. Hier mußte es Nonnen geben, dachte sie. Oder das alles war noch von der Trauerfeier übrig. Plötzlich verspürte sie, wie ein geladener Trauergast, einen unbezähmbaren Hunger.

Gigi mampfte, lud immer neues Essen auf den Teller und schaufelte es gleichzeitig in sich hinein, als die Frau, jetzt ohne Strohhut oder Fliegerbrille, in die Küche kam und sich auf den kalten Steinfußboden legte.

Gigi hatte den Mund voll mit weißen Bohnen und Schokoladenkuchen, drum konnte sie nicht sprechen. Von draußen blökte Rogers Hupe. Gigi legte den Löffel weg, behielt aber den Kuchen in der Hand, während sie zu der Stelle ging, wo die Frau zusammengesunken war. Sie ging in die Hocke, wischte sich den Mund ab und sagte: «Kann ich Ihnen helfen?» Die Augen der Frau öffneten sich nicht, aber sie schüttelte verneinend den Kopf.

«Ist noch irgend jemand da, den ich rufen kann?»

Jetzt schlug sie die Augen auf, und Gigi sah nichts – nur einen kaum kenntlichen Kreis dort, wo der Rand der Iris verlaufen sollte.

«Hey, Mädchen. Kommst du jetzt?» Rogers Stimme klang dünn und weit weg hinter dem Bullern des Motors. «Ich muß den Zug erwischen. Und ich muß rechtzeitig da sein. Rechtzeitig!»

Gigi beugte sich tiefer hinunter, starrte in die Augen, die ihr keine Antwort gaben.

«Ich sagte, ist noch irgend jemand hier?»

«Du», flüsterte sie. «Du bist hier.» Jedes Wort kam auf einer Woge alkoholisierten Atems zu ihr getrieben.

«Hörst du mich? Ich kann nicht stundenlang warten!» warnte Rogers Stimme.

Gigi wedelte mit ihrer freien Hand vor dem Gesicht der Frau herum, um sich zu überzeugen, daß sie ebenso blind wie betrunken war.

«Laß das», sagte die Frau leise, aber verärgert.

«Oh», sagte Gigi. «Ich hab gedacht … Warum lassen Sie mich nicht einen Stuhl holen?»

«Ich fahr jetzt los, hörst du? Ich zische!» Gigi hörte, wie der Rückwärtsgang eingelegt wurde und der Motor aufjaulte.

«Meine Mitfahrgelegenheit haut ab. Was soll ich tun?»

Die Frau drehte sich auf die Seite und faltete die Hände unter ihre Wange. «Sei ein Schatz. Paß einfach auf mich auf. Ich hab seit siebzehn Tagen kein Auge mehr zugetan.»

«Wär da nicht ein Bett angesagt?»

«Sei ein Schatz. Sei ein Schatz. Ich mag nicht schlafen, wenn keiner da ist, der aufpaßt.»

«Hier auf dem Boden?»

Aber sie schlief schon. Atmete wie ein Kind.

Gigi stand wieder auf, sah sich in der Küche um und stopfte langsam weitere Kuchenstücke in sich hinein. Wenigstens waren jetzt keine Toten mehr im Haus. Das Geräusch des Leichenwagens wurde immer schwächer und erstarb schließlich ganz.

Von Angst, nicht von Triumph, sprach jede Einzelheit im Herrenhaus des Betrügers. Im Grundriß einer sprengstoffgefüllten Granate ähnlich, lief es an seinem nördlichen Ende, wo ursprünglich das Wohn- und das Eßzimmer lagen, zu einer tödlichen Spitze zu. Er mußte geglaubt haben, daß seine Verfolger von Norden kommen würden, denn alle

Fenster im Erdgeschoß drängten sich in diesen zwei Räumen zusammen. Als wären sie Aussichtsposten. Das südliche Ende beherbergte die stummen Zeugen seiner Sehnsucht: eine viel zu große Küche und ein Zimmer, in dem er den Vergnügungen der reichen Leute nachgehen konnte. Aus keinem dieser beiden Räume bot sich ein Ausblick, doch in der Küche war einer der beiden Eingänge des Hauses. Eine Veranda bog im Norden um die Spitze des Projektils, setzte sich an der Längsseite vor dem Haupteingang fort und endete am stumpfen Ende des Sprengkörpers – der nach Süden gewandten Seite. Nur aus den Schlafzimmern konnte man die Sonne aufgehen sehen, und nirgends im Haus fand sich eine Stelle, von der aus man ihren Untergang beobachten konnte. Das Licht im Inneren führte daher immer in die Irre.

Er mußte die Absicht gehabt haben, den Müßiggang in seiner Festung mit zahlreichen Gästen zu teilen: acht Schlafzimmer, zwei riesige Badezimmer, ein Keller voller Vorratsräume, die soviel Platz einnahmen wie das ganze Erdgeschoß. Und er wollte seine Gäste so umfassend unterhalten, daß tagelang keiner daran dächte, abzureisen. Sein Stil als Gastgeber war nicht raffinierter oder interessanter als er selbst – fast alles drehte sich um Essen, Sex und Spiele. Nach zwei Jahren Bauzeit, halbwegs geheimgehalten, schaffte er nicht mehr als eine Party, ehe er verhaftet wurde – genau, wie er befürchtet hatte, von Kriminalern aus dem Norden, von denen einer ein Gast auf seiner ersten und letzten Party gewesen war.

Die vier Ordensschwestern, die als Lehrerinnen in das für ein Spottgeld ersteigerte Haus einzogen, beseitigten sorgsam all die unverkennbaren Zeugnisse seiner Freuden, doch sie konnten nichts tun, um auch die Erinnerung an seine Furcht zu löschen: die abweisende, verbarrikadierte

Rückseite; die angespannte, wachsame Spitze; oder die Eingangstür, beschützt von den übriggebliebenen Klauen eines monströsen Fabelwesens, das die Schwestern sofort entfernt hatten. Eine wackelige, schief in den Scharnieren hängende Küchentür war des Hauses einzige verwundbare Stelle.

Gigi, die so high war, wie es ihre beschränkten Vorräte erlaubten, streifte durch das Gebäude, während die betrunkene Frau auf dem Küchenfußboden schlief, und sie erkannte sofort, daß der Unterrichtsraum früher ein Eßzimmer gewesen war, die Kapelle ein Salon und das Büro ein Spielzimmer – jetzt ohne Billardtisch, aber immer noch mit Queues und Kugeln als Ornamenten. Dann entdeckte sie die Spuren, die den Bemühungen der Schwestern getrotzt hatten: die nackten Frauenleiber, die dem Kronleuchter in der Halle als Kerzenhalter dienten; die Haarlocken, die sich durch Weinranken wanden, aus denen einst – jetzt abgeschlagene – Gesichter gelugt hatten; die stillenden Engelsgestalten, die unter abblätternder Farbe im Vorraum sichtbar wurden; die von Brustwarzen gekrönten Türknäufe; die altertümlich gekleideten Tagediebe, die auf in Schränken gestapelten Drucken die Gläser hoben und einander befummelten; ein oder zwei Venus-Statuetten, die gemeinsam mit anderen nackten Figuren unter der Kellertreppe logierten. Sie fand sogar die männlichen Geschlechtsorgane aus Messing, die von den Waschbecken und Badewannen abmontiert worden waren; als würden sie bei allem Abscheu zumindest den Materialwert honorieren, hatten die Schwestern sie säuberlich in einer Kiste mit Sägespänen verpackt. Gigi spielte an den Armaturen herum, drehte an den Hoden, die das Wasser aus dem Penis fließen lassen sollten. Sie nahm einen letzten Zug von ihrem Joint – Ming eins – und legte den Stummel in einer der alabasternen Muschis im

Spielzimmer ab. Sie stellte sich die Männer vor, die hochbefriedigt ihre Zigarren an solchen Aschenbechern abklopften. Oder sie in dem wohligen Wissen darauf ablegten, daß die glühende Spitze allmählich eine aschene Eichel heranwachsen ließ.

Sie vermied es, die Schlafzimmer zu betreten, da sie nicht wußte, in welchem die Leiche gelegen hatte, doch als sie in einem der Badezimmer die Toilette benutzen wollte, stellte sie fest, daß alles, was man in diesem Raum tun konnte, der unendlichen Vervielfältigung durch einander gegenüberliegende Spiegel preisgegeben gewesen war. Da sie fest in die gekachelten Wände eingemauert waren, hatten die Schwestern die meisten mit Farbe übertüncht. Als sie sich hinunterbeugte, um die Meerjungfrauen zu betrachten, auf denen die Badewanne ruhte, fiel ihr ein in den gefliesten Boden eingelassener Holzdeckel mit einem Handgriff auf. Sie konnte den Griff erreichen und hochklappen, aber es gelang ihr nicht, den Deckel zu bewegen.

Plötzlich verspürte sie wieder einen Bärenhunger. Sie kehrte in die Küche zurück, um zu essen und das zu tun, worum die Frau sie gebeten hatte: ein Schatz zu sein und auf sie aufzupassen, während sie schlief – wie ein altes Mädchen auf einem Trip, das nicht allein sein wollte, wenn es von der Droge runterkam. Sie hatte die Makkaroni, etwas Schinken und ein weiteres Kuchenstück verputzt, als die Frau am Boden sich bewegte und schließlich aufsetzte. Einen Moment lang nahm sie den Kopf zwischen die Hände, dann rieb sie sich die Augen.

«Geht's besser?» fragte Gigi.

Die Frau zog eine Sonnenbrille aus der Tasche an ihrer Schürze und setzte sie auf. «Nein. Aber etwas erholt fühle ich mich.»

«Tscha, das *ist* besser.»

Die Frau erhob sich. «Wird's wohl sein. Danke, daß du geblieben bist.»

«Na klar. So 'n Kater ist zum Kotzen. Ich heiße Gigi. Wer ist denn gestorben?»

«Eine Liebe», sagte die Frau. «Ich hatte zwei. Sie war die erste und die letzte.»

«Oh, das tut mir leid», sagte Gigi. «Wo bringt er sie hin? Der Kerl mit dem Leichenwagen?»

«Weit weg. Zu einem See, der nach ihr benannt ist. Lake Superior. Es war ihr Wunsch.»

«Wer lebt hier sonst noch? Du hast doch dieses ganze Essen nicht allein gekocht, oder?»

Die Frau füllte einen kleinen Topf mit Wasser und schüttelte den Kopf.

«Was wirst du jetzt machen?»

«Gigi-Gigi-Gigi-Gigi-Gigi. So singen die Frösche. Welchen Namen hat dir deine Mutter gegeben?»

«Meine Mutter? Denselben, den sie auch trägt.»

«Und der wäre?»

«Grace.»

«Grace. Gnade. Was könnte besser sein?»

Nichts. Überhaupt nichts. Wenn je ein Morgen käme, an dem Barmherzigkeit und schlichtes Glück Reißaus nähmen, wäre allein die Gnade übrig, um den Karren aus dem Dreck zu ziehen. Doch woher würde sie kommen und wie rasch? In diesem magischen Spalt zwischen Visieren und Abdrücken, war da überhaupt Platz, daß die Gnade durchschlüpfen konnte?

Es war die Ich-geb-mich-dir-Frau, die ihre Brüste wie zwei Eisbomben auf dem Tablett servierte, neben der der Blick in die Augen des Jungen reizlos wurde. Gigi beobachtete, wie er sich bemühte, nicht zu glotzen, und wie er den Kampf jedesmal verlor. Er sagte, sein Name sei K. D., und während er weiterredete, versuchte er verzweifelt, ihrem Gesicht ebensoviel Aufmerksamkeit zu widmen wie ihrem Brustansatz. Es war ein Zwiespalt, den sie erwartete, dem sie sich stellte und der ihr Vergnügen bereitete – normalerweise. Aber das Bild, auf das vor einer Stunde ihr erster Blick beim Aufwachen gefallen war, verdarb alles.

Weil sie nicht im ersten Stock schlafen wollte, wo gerade ein Mensch gestorben war, hatte Gigi sich das Ledersofa im Büro, dem ehemaligen Spielzimmer, ausgesucht. Der Raum hatte keine Fenster, war für die Beleuchtung auf nicht mehr gelieferten elektrischen Strom angewiesen und versprach ihr so einen langen und tiefen Schlaf. Tatsächlich verschlief sie den ganzen Vormittag und wachte erst am Nachmittag inmitten eines Dämmerlichts auf, das kaum heller war als die Dunkelheit am Abend zuvor. An der Wand, genau vor ihren Augen, hing der Stich, den sie am Vortag, beim Herumstöbern im Haus, kaum beachtet hatte. Jetzt beherrschte er, vom mageren Lichtschein aus dem Flur beleuchtet, ihr ganzes Gesichtsfeld. Es war eine Frau. Auf den Knien. Ein vernichteter Gesichtsausdruck, flehentlich erhobene Augen, die Arme ausgestreckt, um einem Herrscher ihr Geschenk auf einem Serviertablett darzubieten. Auf Zehenspitzen trat Gigi näher und beugte sich vor, um zu sehen, wer die Frau mit dem Ich-geb-mich-auf-Gesicht wohl war. «Die heilige Katharina von Siena» war in eine kleine Plakette auf dem vergoldeten Rahmen graviert. Gigi lachte – in Sägemehl verpackte Schwänze aus Messing; Eiskremtitten auf dem Teller serviert –, aber in Wahrheit fand sie es nicht komisch. Als dann der Junge, den sie gestern im Dorf gesehen hatte, seinen Wagen in der Nähe der Küchentür abstellte und hupte, war ihr Interesse an ihm durch einen Hauch Verärgerung getrübt. An den Türrahmen gelehnt, ließ sie sich ein Marmeladenbrot schmecken, während sie ihm zuhörte und den Kampf verfolgte, der in seinen Augen ausgefochten wurde.

Sein Lächeln war reizend, und seine Stimme gefiel ihr. «Bin überall rumgefahren, um dich zu finden. Hab dann gehört, du wärst hier draußen. Dachte mir, vielleicht bist du's ja noch.»

«Wer hat dir das erzählt?»

«Ein Freund. Na ja, ein Freund von einem Freund.»

«Du meinst den Kerl mit dem Leichenwagen?»

«Mm-hm. Er meinte, du hättest dir's anders überlegt mit dem Bahnhof.»

«Neuigkeiten machen schnell die Runde hier bei euch. Wenn auch sonst nichts.»

«Man sieht sich eben. Hast du Lust auf eine kleine Spazierfahrt? So schnell, wie du willst!»

Gigi leckte sich Marmelade vom Daumen und vom Zeigefinger. Sie blickte nach links in den Garten und glaubte, in einiger Entfernung ein metallisches Glitzern zu sehen, vielleicht auch einen Spiegel, der Licht reflektierte. Wie die Sonnenbrille eines Bullen.

«Gib mir 'ne Minute», sagte sie. «Ich zieh mich um.»

Im Spielzimmer zog sie einen gelben Rock und ein dunkelrotes Oberteil an. Dann warf sie einen Blick auf ihre astrologischen Tabellen, ehe sie ihre Habseligkeiten (und ein paar Erinnerungsstücke) in den Rucksack stopfte, der mit Schwung auf dem Rücksitz des Wagens landete.

«Moment mal», sagte K. D. «Wir drehen nur 'ne kleine Runde.»

«Yeah», antwortete sie, «aber wer weiß? Vielleicht überleg ich's mir schon wieder anders?»

Sie fuhren durch Meile um Meile von himmelblauem

Himmel. Weder im Zug noch im Bus hatte Gigi der Landschaft vor den Fenstern große Aufmerksamkeit geschenkt. Soweit es sie anging, existierte da draußen nichts. Aber in diesem Impala dahinzugleiten war mehr wie ein Flug in einer DC 10, und das Nichts entpuppte sich als Himmel – als unübersehbarer, eigens für sie angefertigter Designerhimmel. Der auch nicht leer war, sondern voller Atem und allem, wofür man Augen hatte.

«Das ist der kürzeste Rock, den ich je gesehen habe.» Er lächelte sein reizendes Lächeln.

«Ein Mini», sagte Gigi. «Draußen in der wirklichen Welt nennt man das Minirock.»

«Starren dich die Leute nicht an, wenn du so was trägst?»

«Sie starren. Sie fahren meilenweit. Sie bauen Unfälle. Sie reden Blech.»

«Muß dir gefallen. Ich denke, für so was sind solche Röcke auch da.»

«Du erklärst deine Klamotten, ich erkläre meine, einverstanden? Wo hast du zum Beispiel diese Hose her?»

«Ist irgendwas nicht in Ordnung damit?»

«Neinnein. Hör mal, wenn du streiten willst, dann kannst du mich gleich zurückbringen.»

«Will ich nicht. Ich will nicht streiten. Ich will ... fahren.»

«Tatsächlich? Wie schnell?»

«Hab ich dir doch gesagt. So schnell ich kann.»

«Wie lange?»

«So lange du willst.»

«Wie weit?»

«Bis ans Ziel.»

Das Liebespaar in der Wüste war riesig, hatte Mikey gesagt. Von welcher Seite man es auch betrachtete, sagte

Mikey, stets nahm es den ganzen Himmel ein, immer in Bewegung. Lügner, dachte Gigi. Nicht diesen Himmel. Dieser Himmel hier war größer als alles andere, eingeschlossen einer Frau, die ihre Brüste auf einem Tablett vor sich her trug.

Als Mavis, die auf der Zufahrt heranrollte, in die Nähe der Küchentür gekommen war, trat sie so heftig auf die Bremse, daß Pakete vom Sitz rutschten und unter dem Handschuhfach landeten. Die Gestalt, die auf dem roten Stuhl im Garten saß, war splitternackt. Sie konnte das Gesicht unter der Hutkrempe nicht erkennen, aber es stand fest, daß sie keine Sonnenbrille trug. Nur einen Monat war Mavis weg gewesen, und drei Wochen davon hatte sie sich nach hier zurückgesehnt. Irgend etwas mußte passiert sein, dachte sie. Mit Mutter. Mit Connie. Das Quietschen der Bremsen entlockte der sich sonnenden Gestalt keine Reaktion. Erst als Mavis die Tür des Cadillacs zuknallte, richtete sie sich auf und schob den Hut zurück. «Connie! Connie?» rief Mavis laut, während sie über die Zufahrt zum Garten lief. «Wer zum Teufel sind Sie? Wo ist Connie?»

Die Nackte gähnte und kratzte sich im Schamhaar. «Mavis?» fragte sie.

Erleichtert, weil sie bekannt, weil zumindest von ihr gesprochen worden war, dämpfte Mavis ihre Stimme. «Was machen Sie hier draußen in diesem Aufzug? Wo steckt Connie?»

«Welchem Aufzug? Sie ist im Haus.»

«Sie sind nackt!»

«Stimmt auffallend. Erwartest du jetzt einen Orden?»

«Wissen die da drinnen Bescheid?» Mavis schielte zum Haus hinüber.

«Mädchen», sagte Gigi, «siehst du hier was, was du nicht kennst oder was dir selber fehlt, oder bist du ein Kleiderfreak oder was ist los?»

«Da bist du ja!» Mit weitausgebreiteten Armen kam Connie die Stufen herunter, auf Mavis zu. «Du hast mir gefehlt.» Sie umarmten sich, und als Mavis den Herzschlag der anderen Frau an ihrer Brust spürte, wurde sie ganz weich.

«Wer ist das, Connie, und wo sind ihre Kleider?»

«Ach, das ist die kleine Grace. Sie kam einen Tag nachdem Mutter gestorben war.»

«Gestorben? Wann?»

«Sieben Tage ist es jetzt her. Sieben.»

«Aber ich hab die Sachen dabei. Es ist alles im Wagen.»

«Wir brauchen nichts mehr. Jedenfalls nicht für sie. Mein Herz ist ganz wund, aber jetzt, wo du da bist, hab ich wieder Lust zu kochen.»

«Du hast nichts gegessen?» Mavis warf Gigi einen eisigen Blick zu.

«Doch, ein wenig. Vom Leichenschmaus. Aber jetzt koche ich etwas Frisches.»

«Es ist massenhaft da», sagte Gigi. «Vieles ist noch überhaupt nicht angerührt.»

«Ziehen Sie sich lieber was an!»

«Du kannst mich am Arsch lecken!»

«Tu ihr den Gefallen, Grace», sagte Connie. «Sei ein braves Mädchen und zieh dir was über. Wir lieben dich auch so!»

«Hat wohl noch nie was von Sonnenbaden gehört?»

«Geh schon.»

Gigi ging, demonstrativ mit den beiden Backen wakkelnd, die sie Mavis angeboten hatte.

«Unter welchem Stein ist die denn rausgekrochen?» fragte Mavis.

«Sei still», sagte Connie. «Bald wirst du sie ins Herz geschlossen haben.»

Niemals, dachte Mavis. Unter keinen Umständen. Mutter hat uns verlassen, aber Connie ist okay. Ich bin seit fast drei Jahren hier, und dies ist unser Haus. Unseres, nicht ihres.

Außer Schlägen ließen sie nichts aus, und endlich schlugen sie sich sogar. Was das Unvermeidliche hinauszögerte, waren hoffnungslose Lieben und ein sehr junges Mädchen in viel zu engen Kleidern, das ans Fliegengitter der Tür klopfte.

«Ihr müßt mir helfen», sagte sie. «Ihr müßt. Ich bin vergewaltigt worden, und wir haben fast August.»

Was nur teilweise stimmte.

Seneca

IRGEND ETWAS kratzte an der Fensterscheibe. Schon wieder. Dovey drehte sich auf den Bauch; sie weigerte sich, jedesmal aus dem Fenster zu schauen, wenn sie das Geräusch hörte. Er konnte es nicht sein. Er kam nie bei Nacht. Sie zwang sich, an Alltagsdinge zu denken. Was sollte sie morgen zum Abendessen machen?

Die Mühe mit den frischen Erbsen aus dem Garten konnte sie sich sparen. Erbsen aus der Dose taten's auch. Keine einzige Geschmacksknospe in Stewards Mund würde den Unterschied rausschmecken. Der Kautabak, den er seit zwanzig Jahren in die Backentaschen packte, hatte sein Geschmacksempfinden erst auf eine Vorliebe für Gewürze verengt und endlich auf ausschließliche Gelüste auf scharfe Pfefferschoten reduziert.

Als sie heirateten, war Dovey überzeugt gewesen, daß sie niemals gut genug kochen könnte, um den Zwilling zufriedenzustellen, von dem es hieß, er wäre heikler als sein Bruder Deek. Aus dem Krieg heimgekehrt, waren beide Männer voller Heißhunger auf die gewohnte heimatliche Kost, von der sie drei Jahre lang nur geträumt hatten – drei Jahre, die ihre Erwartungen in die Höhe getrieben und die Möglichkeiten überstiegen hatten, die dem Schweineschmalz zur Verfeinerung von Gebäck und salzigem Käse zur geschmacklichen Vervollkommnung von Maisbrei zu Gebote standen. Kaum hatten sie ihre Entlassungspapiere erhalten und waren wieder zu Hause, da schnurrte Deek schon vor

Behagen, wenn er köstliches Mark aus einer Haxe saugte oder Hühnerknochen zu feinem Staub zermalmte. Doch Steward hatte alles anders in Erinnerung. Sollte die Nelke nicht tief im Schinken stecken und nicht nur außen auf der Haut? Und das in schwimmendem Fett gebratene Steak – gehörten dazu wirklich Silberzwiebeln oder nicht doch die spanischen?

Am Tag ihrer Hochzeit war Dovey vor der Wand mit der Blümchentapete gestanden, den Rücken zum Fenster gewandt, damit ihre Schwester Soane besseres Licht hatte. Dovey hielt ihren Unterrock hochgerafft, während Soane die Nähte aufmalte. Der kleine Pinsel kitzelte auf ihren Waden, aber sie hielt vollkommen still. Seidenstrümpfe gab es nicht in Haven oder sonstwo auf der Welt im Jahre 1949, aber mit allzu offensichtlich nackten Beinen vor den Traualtar zu treten verhöhnte Gott und die Zeremonie gleichermaßen.

«Ich glaube nicht, daß er mit dem Essen zufrieden sein wird», sagte Dovey zu ihrer Schwester.

«Warum nicht?»

«Ach, ich weiß nicht. Er lobt mich immer, wenn ich gekocht habe, und im nächsten Augenblick gibt er mir Tips, was man besser machen könnte.»

«Halt still, Dovey.»

«Deek tut das nicht bei dir, oder?»

«Nein, das nicht. Er ist auf anderen Gebieten heikel. Aber ich an deiner Stelle würde mir deswegen keine Sorgen machen. Wenn er im Bett zufrieden ist, kommt's auf die Küche nicht an.»

Worauf sie beide lachten und Soane die eine Naht noch mal von vorn anfangen mußte.

Inzwischen war das Problem, das 1949 noch die junge Ehe überschattet hatte, vom Kautabak gelöst worden. Es war vollkommen egal, ob ihre Erbsen frisch aus dem Beet oder labbrig aus der Dose kamen. Pfefferschoten aus dem Garten des Klosters, scharf wie das Feuer der Hölle, erledigten das Kochen für sie. Die ganze Mühe mit dem Erbsenanbau im eigenen Garten war verschwendet. Es reichte völlig aus, einen Teelöffel Zucker und einen Klacks Butter unter das Dosengemüse zu rühren, denn die purpurschwarzen Pfefferschotenstücke, die er zuverlässig darüberstreuen würde, ätzten jeden feineren Geschmack weg. Genau wie bei den reifen Kürbissen.

Beinahe immer, wenn Dovey Morgan jetzt in den Nächten über ihren Ehemann nachdachte, endete sie bei dem, was er verloren hatte. Der Geschmackssinn war da nur ein Beispiel von vielen, die sie aufzählen konnte. Ganz im Gegensatz zu seiner eigenen (und ganz Rubys) Einschätzung machte sein wachsender Wohlstand all die Verluste nur um so sichtbarer. Der Verkauf seiner Herde zu den optimalen Preisen von 1958 ging einher mit seiner Niederlage bei der Wahl des Verwaltungsdirektors der baptistischen Kirche im Bundesstaat Oklahoma, die auf die unverhohlene Verachtung zurückzuführen war, mit der er die damalige Besetzung eines Drugstores in Oklahoma City durch demonstrierende Schüler kommentiert hatte. Er war sogar soweit gegangen, einen haßerfüllten Brief an die Frauen zu schikken, die diesen Schülerprotest gegen die Rassentrennung organisiert hatten. Seine Einstellung war für Dovey keine Überraschung gewesen, hatte er doch schon zehn Jahre früher Thurgood Marshall, der die NAACP in dem Rechtsstreit wegen des Rassentrennungsfalls von Norman vertrat, als «Krawallneger» bezeichnet. 1961 spülte der Erdgasfund in zehntausend Fuß Tiefe unter seiner Farm weitere Dollars in seine Taschen, doch ihr Grundbesitz schrumpfte dabei auf die Ausmaße einer Spielzeugranch, und auch der alte

Baumbestand, der so ein schöner Anblick gewesen war, ging verloren. Sein Haaransatz wich mit den Jahren zurück, und seine Geschmacksknospen stellten ihre Tätigkeit ein: kleine Verluste, zu denen sich schließlich der große gesellte. 1964, er war vierzig, wurde der Fluch der bösen Fee wahr – sie erfuhren, daß keiner von ihnen Kinder bekommen konnte.

Jetzt, fast zehn Jahre später, hatte er mit einem Immobiliengeschäft in Muskogee «sein Haus bestellt», wie er sich ausdrückte, und Dovey brauchte nicht lange zu überlegen, was er nun noch verlieren würde, denn er steckte bereits mitten in einem aussichtslosen Kampf mit Reverend Misner um die an der Vorderfront des Ofens angebrachten Worte. Es war ein Streit, so glaubte Dovey, bei dem es nicht zuletzt um etwas ging, von dem kein Mensch zu sprechen wagte: daß hinter fast jeder Tür im Dorf junge Menschen in ernsten Schwierigkeiten steckten oder verrückt spielten. Arnette, vom College heimgekehrt, weigerte sich, das Bett zu verlassen. Harper Jurys Sohn Menus besoff sich jedes Wochenende, seit er aus Vietnam zurück war. Rogers Enkeltochter Billie Delia hatte sich in Luft aufgelöst. Jeffs Ehefrau Sweetie lachte und lachte in einem fort über Witze, die niemand gemacht hatte. K. D. hatte sich mit diesem Mädchen, das draußen im Kloster lebte, in einen Schlamassel reingeritten. Ganz zu schweigen von der Aufsässigkeit, dem verächtlichen Grinsen, dem unverhüllten Trotz bei manchen anderen – bei denjenigen nämlich, die den Ofen plötzlich «Soundso-Platz» nennen wollten und eine Lesart der alten Inschrift unter dem Ofenmaul aufgebracht hatten, die Steward und Deek in Wut versetzte. Dovey hatte mit ihrer Schwester (und Schwägerin) darüber gesprochen; mit Mable Fleetwood; mit Anna Flood; mit ein paar Frauen im Club. Die Meinungen waren geteilt, verwirrend, sogar widersprüchlich, weil die Gefühle in dieser Sache so hochschwappten. Und auch, weil ein paar junge Leute, die über das Fingerorakel von Miss Esther zu kichern wagten, ganze vorangegangene Generationen beleidigt hatten. Sie hatten nicht etwa höflich zu bedenken gegeben, daß Miss Esther sich geirrt haben könnte; nein, sie johlten angesichts der Vorstellung, sie könne sich an unsichtbare Wörter, die sie nicht lesen konnte, dadurch erinnern, daß sie Buchstaben mit dem Finger nachfuhr, die sie nicht auszusprechen vermochte.

«Hat sie sie denn gesehen?» fragten die Söhne.

«Mehr als das!» riefen die Väter. «Sie hat sie gefühlt, berührt, den Finger auf sie gelegt.»

«Wenn sie blind wäre, könnten wir ihr eher glauben. Dann wäre es so was wie die Blindenschrift. Aber bei einer Fünfjährigen, die nicht mal ihren eigenen Grabstein lesen könnte, wenn sie aus der Grube geklettert käme und direkt davorstünde?»

Die Zwillinge runzelten die Stirn. Fleet, der an die vielgerühmte Großzügigkeit seiner Schwiegermutter dachte, sprang in der Kirchenbank auf und mußte zurückgehalten werden.

Schon bald hatten sich die Methodisten angesichts der Zwistigkeiten unter ihren baptistischen Mitbürgern ein Lächeln nicht verkneifen können. Die Pfingstler dagegen lachten schallend. Aber nicht lange. Auch bei ihnen begannen junge Glaubensbrüder, ihre Meinung über die fraglichen Worte kundzutun. In jeder der Gemeinden gab es Mitglieder, die den fünfzehn Familien, die Haven verlassen und den Neuanfang gewagt hatten, angehörten oder zumindest weitläufig mit ihnen verwandt waren. Der Ofen war kein Privatbesitz irgendeiner Glaubensgemeinschaft. Er gehörte allen, und alle wurden aufgefordert, sich in der

Golgathakirche einzufinden. Um die Sache zu besprechen, sagte Reverend Misner. Das Wetter war kühl, die Gärten dufteten heftig, und als sie um halb acht am Abend zusammenkamen, war die Stimmung angenehm, und die Leute waren einfach neugierig. So blieb es auch, während Misner seine einführenden Worte sprach. Die jungen Leute mochten nervös sein, aber als sie zu reden begannen – Luther Beauchamps Söhne, Royal und Destry, machten den Anfang –, waren ihre Stimmen so schneidend, daß die Frauen, verlegen, auf ihre Handtäschchen starrten; die Männer, schockiert, rissen die Augen auf.

Es wäre für alle besser gewesen, wenn die jungen Leute ihre Ansichten leise und so wohlgesittet, wie sie erzogen worden waren, zu Gehör gebracht hätten. Aber sie wollten nicht diskutieren; sie wollten eine Lehre erteilen.

«Kein ehemaliger Sklave würde uns raten, das Leben in Angst zu verbringen. Gottes Zorn um jeden Preis zu ‹wehren›. Uns immer zu ducken und Deckung zu suchen und jeden Augenblick auf der Hut zu sein, falls Er mal wieder einen Blitz schleudern oder uns sonstwie niederhalten will.»

«Sag gefälligst ‹Sir›, wenn du mit erwachsenen Männern sprichst», sagte Sargeant Person.

«'tschuldigung, *Sir*. Aber was soll das für eine Botschaft sein? Kein ehemaliger Sklave, der den Mut aufgebracht hat, seinen eigenen Weg zu gehen und aus dem Nichts eine Siedlung aufzubauen, könnte so denken. Kein ehemaliger Sklave –»

Deacon Morgan fiel ihm ins Wort. «Das ist mein Großvater, von dem du da redest. Hör auf, ihn einen ehemaligen Sklaven zu nennen, so als wäre er sonst nichts gewesen. Er war auch ein ehemaliger Vizegouverneur, ein ehemaliger Bankier, ein ehemaliger Diakon und noch einiges Ehemalige mehr. Und er ist nicht seinen eigenen Weg gegangen, sondern er war Teil einer ganzen Gruppe, die ihren Weg gegangen ist.»

Der Junge, von Misner gespannt beobachtet, blieb unbeirrt. «Er ist in den Zeiten der Sklaverei geboren worden, Sir. Er war ein Sklave, oder etwa nicht?»

«Nicht jeder, der in den Zeiten der Sklaverei geboren wurde, war auch ein Sklave. Nicht so, wie du das meinst.»

«Hier gibt's nur eine Bedeutung, die man meinen kann, Sir», sagte Destry.

«Du hast ja keine Ahnung, wovon du redest!»

«Wer hat die schon! Keiner weiß mehr einen Dreck davon!» rief Harper Jury.

«Holla, holla!» schaltete sich Reverend Misner ein. «Brüder! Schwestern! Wir haben uns zu diesem Treffen im Hause Gottes eingefunden, um zu versuchen –»

«In *einem* Seiner Häuser», fauchte Sargeant.

«Na gut, in einem Seiner Häuser. Aber welches es auch sei, Er fordert Respekt von allen, die es betreten. Stimmt's, oder hab ich recht?»

Harper setzte sich wieder. «Ich entschuldige mich für meine Ausdrucksweise. Bei Ihm», sagte er, gen Himmel deutend.

«Das mag Ihn erfreuen», sagte Misner, «oder auch nicht. Ziehe deiner Ehrfurcht vor Ihm keine Grenzen, Bruder Jury, denn jeden Mangel daran weiß er zu ahnden.»

«Reverend!» Es war Reverend Pulliam, der sich erhob – ein tiefschwarzer, drahtiger Mann, weißhaarig und eindrucksvoll. «Wir haben hier ein Problem. Sie. Ich. Jeder von uns. Das Problem ist die Art und Weise, wie einige von uns reden. Die Erwachsenen sollten sich einer sauberen Sprache bedienen, das versteht sich. Aber die jungen Leute – was sie zu sagen haben, ist mehr Widerrede als Rede. Wir sind doch hier zusammengekommen, um –»

Royal Beauchamp wagte es tatsächlich, ihn zu unterbrechen. Ihn, den Reverend! «Was hat Reden für einen Sinn ohne Widerrede? In Wirklichkeit wollt Ihr doch, daß wir den Mund überhaupt nicht aufmachen. Jedes Reden ist ‹Widerrede›, wenn's Euch nicht paßt, was wir zu sagen haben ... Sir!»

Alle waren so verblüfft über die Frechheit des Jungen, daß sie kaum hörten, was er sagte.

Pulliam, der von vornherein ausschloß, daß Roys Eltern – Luther und Helen Beauchamp – anwesend waren, drehte sich langsam zu Misner um. «Reverend, können Sie diesen Burschen nicht zum Schweigen bringen?»

«Warum sollte ich?» entgegnete Misner. «Wir sind nicht nur hier, um zu reden, sondern auch, um zuzuhören.»

Das allgemeine Luftanhalten war mehr zu spüren als zu vernehmen.

Pulliams Augen verengten sich zu Schlitzen. Er war im Begriff zu antworten, als Deek Morgan aufstand und in den Mittelgang trat. «Nun, Sir, ich habe zugehört, und ich glaube, ich habe mehr als genug gehört. Und jetzt werden alle Anwesenden mir zuhören, und zwar genau. Niemand, ich wiederhole: niemand wird am Ofen irgend etwas verändern oder ihm einen fremden Namen geben. Niemand wird irgendwelchen Unfug mit einem Bauwerk anstellen, das unsere Großväter geschaffen haben. Jeden einzelnen Ziegel haben sie mit ihren eigenen Händen gemacht.» Deek blickte unverwandt auf Roy. «Sie haben den Lehm aus der Erde gegraben – nicht du. Sie haben die Ziegel geschleppt – nicht du.» Er drehte den Kopf, um auch Destry, Hurston und Caline Poole, Lorcas und Linda Sands einzuschließen. «Sie waren es, die den Mörtel gemischt haben – und kein einziger von euch. Sie haben gute, starke Steine für diesen Ofen gebrannt, als sie selbst noch in Hütten aus Zweigen und Gras hausten. Versteht ihr, was ich da sage? Wir hatten Ehrfurcht vor dem, was sie auf sich genommen haben, um den Ofen zu errichten. Nichts wurde vorsichtiger angefaßt als die Ziegel, die diese Männer – hört ihr mich? *Männer*, nicht Sklaven, ob ehemalige oder sonstwas – die diese Männer gemacht hatten. Erzähl ihnen, Sargeant, wie schwierig die Zerlegung war, wie achtsam wir zu Werke gingen, wie wir jeden einzelnen Ziegel verpackt haben. Erzähl's ihnen, Fleet. Oder du, Seawright, oder du, Harper, sag ihnen, ob ich lüge oder nicht. Mein Bruder und ich, wir haben diese Eisenplatte hochgestemmt. Wir beide allein. Und wenn dabei ein paar Buchstaben abgesprungen sind, dann war es bestimmt nicht unsere Schuld, denn wir haben sie in Stroh gebettet wie ein nacktes kleines Lamm. Und deshalb versteht mich wohl, wenn ich sage, daß niemand einfach herkommen und behaupten wird, er wüßte achtzig Jahre später mehr als diese Männer, die durch die Hölle gegangen sind, um zu lernen. Ihr könnt mich schneiden, wenn ihr wollt, aber ihr schneidet euch ins eigene Fleisch, und zwar gewaltig, wenn ihr einem Werk den schuldigen Respekt verweigert, das andere für euch vollbracht haben.»

Ein «Amen» in zwanzig verschiedenen Klangfarben verlieh Deeks Verlautbarung Gewicht. Die Debatte wäre damit abgeschlossen gewesen, hätte nicht Misner folgendes geäußert:

«Eigentlich finde ich, Deek, daß sie's an Respekt nicht fehlen lassen. Gerade weil sie den Wert des Ofens zu schätzen wissen, wollen sie ihm neues Leben einhauchen.»

Das Gemurmel, das diese zweite Parteinahme für die Jugend auslöste, schwoll rasch zu einem Tumult an, der nur verebbte, damit man die Reaktion der Gegenseite hören konnte.

«Nichts wollen sie ‹einhauchen›, gar nichts. Sie wollen

ihm die Luft zum Atmen nehmen, ihn in etwas völlig anderes verwandeln, was sie sich selbst ausgedacht haben.»

«Es ist auch unsere Geschichte, Sir. Nicht nur die Eure», sagte Roy.

«Dann verhaltet euch entsprechend. Ich hab's euch eben gesagt. Der Ofen hat schon eine Geschichte. Er braucht euch nicht, um sie zurechtzurücken.»

«Moment mal, Deek», sagte Richard Misner. «Bleiben wir bei dem, was gesagt worden ist. Vergessen Sie die Sache mit dem Namen – dem neuen Namen für den Ofen. Uns hier geht's doch darum, Klarheit über den Sinnspruch zu gewinnen.»

«Sinnspruch? Hier geht's um einen Befehl!» Reverend Pulliam reckte seinen Zeigefinger gen Himmel. «‹Wehret der Furche auf Seiner Stirn.› So heißt es, das ist klar wie der helle Tag. Und das ist kein Vorschlag; es ist eine Weisung!»

«Je nun. So klar wie der helle Tag ist das nicht», sagte Misner. «Auf dem Ofen steht nur noch: ‹... Furche auf Seiner Stirn.› Vom ‹Wehren› ist nicht die Rede.»

«Ihr wart nicht dabei! Esther schon! Und Ihr wart auch hier nicht dabei, am Anfang! Esther schon!» Arnold Fleetwoods rechte Hand wedelte warnend.

«Sie war ein kleines Kind. Sie kann sich geirrt haben», sagte Misner.

Worauf Fleet zu Deek in den Mittelgang trat. «Niemals in ihrem Leben ist Esther ein Irrtum dieser Art unterlaufen. Sie wußte alles, was es über Haven zu wissen gab und über Ruby genauso. Sie hat uns besucht, ehe wir noch eine Straße hatten. Sie hat diesem Ort den Namen gegeben, verdammt noch mal. Bitte höflich um Verzeihung, meine Damen!»

Destry, der angespannt und den Tränen nahe wirkte, hob die Hand und fragte: «Entschuldigen Sie, Sir, aber was ist denn so verkehrt an ‹werdet die Furche›? ‹Werdet die Furche auf Seiner Stirn›?»

«Du kannst nicht Gott werden, mein Junge.» Nathan DuPres schüttelte den Kopf, und seine Stimme klang gütig.

«Es geht nicht darum, Gott zu werden, Sir. Es geht darum, Sein Werkzeug zu werden, das Werkzeug Seiner Gerechtigkeit. Als schwarze Rasse –»

«Gottes Gerechtigkeit ist allein Seine Sache. Wie willst du Sein Werkzeug sein, wenn du nicht tust, was Er sagt?» fragte Reverend Pulliam. «Du mußt Ihm gehorsam sein.»

«Ja, Sir, aber wir *sind* Ihm ja gehorsam», sagte Destry. «Wenn wir Seine Gebote befolgen, werden wir Seine Stimme sein, das Werkzeug Seiner Vergeltung. Als Volk der Schwarzen –»

Harper Jury brachte ihn zum Schweigen. «Es heißt ‹wehret›. Nicht ‹werdet›. Und der Furche auf Seiner Stirn zu wehren bedeutet soviel wie: Seid auf der Hut. Reizt mich nicht. Mein ist die Macht.»

«‹Werdet die Furche› würde heißen, daß du Ihn hintanstellen und selbst die Macht übernehmen sollst», sagte Sargeant.

«Aber wir *haben* die Macht. Wir brauchen nur –»

«Seht ihr, was ich meine? Seht ihr das? Hört ihn nur an! Reverend, haben Sie begriffen, was er da sagt? Der Bursche braucht eine Tracht Prügel. Das ist Gotteslästerung!»

Wie vorauszusehen war, hatte Steward das letzte Wort – oder zumindest die letzten Worte, an die sich alle erinnerten, denn sie brachten die Versammlung zu einem abrupten Ende. «Hört mal alle gut zu», sagte er mit einer Stimme, die vom Kautabak geschmiert und verdunkelt war. «Wenn ihr, irgendeiner von euch, egal wer, die Worte im Gesicht dieses Ofens verachtet, verändert, ergänzt oder wegmacht, dann werde ich demjenigen den Kopf wegblasen wie einer Giftschlange.»

Dovey Morgan, die es bei der Drohung ihres Mannes kalt überlief, konnte nur auf den Bretterboden blicken und sich fragen, welche sichtbare Gestalt sein Verlust diesmal annehmen würde.

Tage später hatte sie sich noch immer nicht entschieden, wer beziehungsweise welche Seite ihrer Meinung nach im Recht war. Wenn sie sich mit anderen, auch mit Steward, darüber unterhielt, schloß sie sich meistens der Ansicht ihres Gesprächspartners an. Es war ein Thema, das sie mit ihrem guten Freund besprechen mußte – sobald er zu ihr zurückkehrte.

Als sie von der Golgathakirche wegfuhren, hatte es zwischen Steward und Dovey eine kleine, aber vertraute Meinungsverschiedenheit darüber gegeben, wo sie nun hinsollten. Er wollte aus dem Dorf hinaus zur Ranch. Es war nur noch die Kulisse einer Ranch, seit die Förderrechte für das Erdgas verkauft worden waren, aber für Steward bedeutete sie sein Zuhause – der Ort, wo er an Feiertagen die amerikanische Flagge hißte; wo die Urkunde über seine ehrenhafte Entlassung aus der Armee gerahmt an der Wand hing; und wo er sich darauf verlassen konnte, daß Ben und Good ihm mit wild wedelnden Schwänzen entgegensprangen, sobald er auftauchte. Dagegen wurde das kleine Haus, das sie in der St. Matthew Street unterhielten – es war per Zwangsvollstreckung an die Zwillinge gefallen und nie verkauft worden –, mehr und mehr zu Doveys Zuhause. Es lag nicht weit von ihrer Schwester, nicht weit von der Golgathakirche und nicht weit vom Frauenclub entfernt. Und es war auch der Ort, den ihr guter Freund sich für seine Besuche auserkoren hatte.

«Laß mich gleich hier raus, Steward. Ich laufe den Rest des Weges.»

«Du holst dir noch den Tod.»

«Keine Sorge. Die Abendkühle tut mir jetzt gut.»

«Mädchen, du bist eine Plage», sagte er, aber er tätschelte ihren Schenkel, ehe sie ausstieg.

Dovey ging langsam die Hauptstraße hinunter. In der Ferne sah sie die Laternen, die noch vom Fest zum Jahrestag der Sklavenbefreiung im Juni in der Nähe des Ofens hingen. Vier Monate war das jetzt her, und keiner hatte sie abgenommen und fürs nächste Jahr weggepackt. Jetzt spendeten sie ihr Licht – nur wenig, ja nicht zuviel – für eine andere Art von Freiheitsfeiern, die da im Halbdunkel begangen wurden. Zu ihrer Linken lag die Bank, die nicht so hoch war wie die drei Kirchen, aber trotzdem die Straße zu dominieren schien. Keiner der Brüder hatte ein oberes Stockwerk, wie bei der Bank in Haven, gewollt, in dem die Loge ihre Räume hatte. Sie wollten kein Publikum im Haus haben, das aus einem anderen Grund als wegen seiner Geldgeschäfte kam. Die Bank in Haven, die ihrem Vater gehört hatte, brach aus einer ganzen Reihe von Gründen zusammen, aber einer davon, behauptete Steward, lag in der Tatsache, daß die Loge ihre Versammlungen im Gebäude abhielt. «Raubt einem die Konzentration», hatte er gesagt. Drei Straßen weiter zu ihrer Rechten, direkt neben dem Haus von Patricia Best, lag die Schule, in der Dovey unterrichtet hatte, bis das Farmhaus fertig war; Soane hatte noch länger unterrichtet, weil sie so nahe wohnte. Heute versah Pat selbst den Schuldienst, unterstützt von Reverend Misner und Anna Flood, die Kurse über die Geschichte der Schwarzen und Wahlunterricht im Schreibmaschineschreiben gaben. Die Blumen und Gemüse, die auf der einen Seite des Schulgebäudes wuchsen, gehörten schon zum Vorgarten von Pats eigenem Haus.

Dovey bog links in die St. Matthew Street ein. Im Mondlicht leuchteten weiße Zäune, die sich unter dem Druck von Chrysanthemen, Fingerhutstauden, Sonnenblumen, Kosmeen und Taglilien in die Straße neigten, während am Fuß der Zaunlatten Minze und Silberstrauch durch die Lücken drängten. Der Duft sammelte sich unter dem Nachthimmel wie unter einem reichgeschmückten Deckel, der ihn aufstaute, verdichtete, ihm die leiseste Brise vorenthielt, die ihn verweht hätte.

Die Schlachten, die um die Ehre des schönsten Gartens geschlagen worden waren – sieg- und verlustreich und zum Teil noch immer unentschieden –, gehörten meistenteils der Vergangenheit an. Sie tobten zehn Jahre lang, seit ihrem Beginn 1963, als plötzlich Zeit dafür übrig gewesen war. Die Frauen, die 1950, als Ruby gegründet wurde, in ihren Zwanzigern waren, erlebten dreizehn Jahre lang ein Anwachsen ihres Wohlstands, wie sie es in ihren kühnsten Träumen nicht für möglich gehalten hätten. Sie kauften sich weiches Toilettenpapier, benutzten Waschlappen statt Lumpen, spezielle Seifen nur für das Gesicht und Wegwerfwindeln für die Kinder. In jedem Haushalt in Ruby waren elektrische Helfer am Werk, die pumpten und summten, saugten und brummten, wisperten und gluckten. Und plötzlich war Zeit da: fünfzehn Minuten, wenn kein Brennholz für den Herd gespalten werden mußte; eine ganze Stunde, wenn Bettlaken und Arbeitskleider nicht mehr auf dem Waschbrett ausgeschlagen und geschrubbt zu werden brauchten; zehn Minuten, die gewonnen waren, weil kein Teppich mehr geklopft, kein Vorhang mehr aufgespannt wurde; zwei Stunden, weil sich die Lebensmittel länger hielten und in größeren Mengen geerntet oder eingekauft werden konnten. Ihre Ehemänner und Söhne, die sich ins Fäustchen lachten und nicht minder stolz waren als die Frauen, übersetzten eine fünfmalige Erhöhung ihrer Handelsspanne, einen Preis pro Pfund ballenweise oder Lebendgewicht in Kühlschränke und Landmaschinen, in Fernseher und Musiktruhen mit Edelholzgehäusen. Das weiße Porzellan auf Stahl, die Riemen, Röhren und Teile aus Bakelit schenkten ihnen eine tiefe Befriedigung. Das Brummen, Tuckern und leise Schnurren schenkte den Frauen Zeit.

Die staubigen Hinterhöfe von Haven, sorgsam ausgefegt und naßgespritzt, verwandelten sich in den glatten Rasen von Ruby, bis schließlich die Gärten vor den Häusern ganz den Blumen überlassen wurden – aus keinem anderen Grund als dem, daß Zeit für ihre Pflege übrig war. Das neue Hobby, das Interesse am Anbau von Pflanzen, die man nicht essen konnte, verbreitete sich, und die Flächen, die ihm gewidmet wurden, wuchsen entsprechend. Sich darüber auszutauschen, sich gegenseitig Setzlinge, Wurzelknollen, die eine oder andere Blumenzwiebel zuzustecken, wurde zu einer so ausschließlichen Beschäftigung der Frauen, daß die Männer sich vernachlässigt fühlten und über enttäuschend kleine Rettichernten und viel zu kurze Kohl- und Rübenbeete zu klagen begannen. Hinter den Häusern ließen die Frauen ihre Gemüsegärten fortbestehen, doch deren Produkte wurden Blumen immer ähnlicher – geformt von Sehnsucht, nicht Notwendigkeit. Iris, Phlox, Rosen und Päonien beanspruchten immer mehr Zeit, verschämte Ruhmsucht und soviel Platz für sich, daß noch nie gesehene Schmetterlingsarten meilenweit nach Ruby flatterten, um dort ihre Eier abzulegen. Ihre Puppen hingen unsichtbar unter Akazienblättern, bis sie sich den Bläulingen und Schwefelfaltern zugesellten, die seit Jahrzehnten vom Buchweizen und dem blühenden Klee lebten. Die Rotgebänderten, die vom Sumach naschten, mußten mit den neu eingeflogenen Weiß- und Gelblingen konkurrieren, die Springkraut und Kresse liebten. Riesige, orangefarbene Flügel, bedeckt mit schwarzen Spitzenmustern, schwebten über Stiefmütterchen und Veilchen. Wie die Jahre der Gartenrivalitäten, so waren an diesem kühlen Oktoberabend auch die Schmetterlinge Vergangenheit. Aber die Folgen blieben – wuchernde, überfüllte Blumenbeete; Klumpen und Schnüre winziger Eier. Unsichtbar noch. Bis zum Frühjahr.

Mit der Hand über die Zaunlatten gleitend, stieg Dovey die Stufen zur Veranda empor. Dort angekommen, zögerte sie und überlegte, ob sie umkehren und noch bei Soane vorbeischauen sollte, die die Versammlung vorzeitig verlassen hatte. Soane machte ihr Sorgen; immer wieder schien sie depressive Phasen durchzumachen, die nichts mit dem Tod ihrer beiden Söhne vor fünf Jahren zu tun hatten. Vielleicht spürte Soane dasselbe wie Dovey – die Last, nicht nur einen, sondern zwei Ehemänner zu haben. Dovey hielt einen Augenblick inne, dann besann sie sich eines anderen und öffnete die Tür. Versuchte es jedenfalls. Aber sie war abgeschlossen – schon wieder. Steward hatte kürzlich damit angefangen, und es machte sie rasend: Er verbarrikadierte das Haus, als wäre es ebenfalls eine Bank. Dovey war sicher, daß es keine weitere abgeschlossene Haustür in ganz Ruby gab. Wovor hatte er Angst? Sie tastete nach dem Teller unter einem Blumentopf mit Drachenlilien und zog den Zweitschlüssel hervor.

Vor jenem ersten Mal, aber dann nie wieder, hatte es ein Zeichen gegeben. Sie war im Dachgeschoß des zwangsvollstreckten kleinen Hauses gewesen und hatte saubergemacht und während einer Pause aus dem Schlafzimmerfenster geblickt. Draußen standen die blätterschweren Bäume reglos wie ein Gemälde. Juli. Staubtrocken und neununddreißig Grad. Trotzdem konnte es nicht schaden, den Raum, der seit einem Jahr leergestanden hatte, ein wenig zu lüften. Sie mußte ein paarmal rütteln und gegen den Rahmen klopfen, bis sie das Fenster ganz hochschieben und sich hinauslehnen konnte, um zu sehen, was vom Garten übrig war. Vom Fenster aus verdeckten die Bäume den größten Teil des Hinterhofs, und sie lehnte sich ein Stück weit hinaus, um an den ausgebreiteten Ästen vorbeispähen zu können. In diesem Augenblick griff eine mächtige Hand tief in einen gewaltigen Sack und streute Blütenblätter in die Luft. So kam es ihr vor. Es waren Schmetterlinge. Ein flatternder Highway aus persimonenfarbigen Flügeln überwölbte für eine Ewigkeit das Grün der Wipfel – und verschwand.

Später, als sie in einem Schaukelstuhl unter den gleichen Bäumen saß, kam er vorbei. Sie hatte ihn noch nie gesehen und fand in seinen Gesichtszügen keine Ähnlichkeit mit irgendeiner ansässigen Familie. Erst dachte sie, es könnte Harpers Sohn Menus sein, der trank und dem das Haus einst gehört hatte. Doch dieser Mann hier ging zielstrebig und schnell, als wäre er unterwegs zu einer Verabredung und würde, weil verspätet, den Weg durch diesen Garten als Abkürzung benutzen. Vielleicht hatte er das leise Ächzen ihres Schaukelstuhls gehört. Vielleicht hatte er das Gefühl, beobachtet zu werden. Jedenfalls drehte er sich um, und als er sie bemerkte, lächelte er und hob eine Hand zum Gruß.

«Guten Tag!» rief sie.

Er schlug einen Bogen und kam nahe an die Stelle, wo sie saß.

«Sind Sie hier aus der Gegend?»

«Aus der Nähe», sagte er, ohne dabei die Lippen zu bewegen.

Er konnte einen Haarschnitt brauchen.

«Vorhin habe ich Schmetterlinge gesehen. Dort oben.» Dovey deutete hinauf. «In einem rötlichen Orange. Genauso leuchtend. Hab noch nie so eine Farbe gesehen. Etwa wie das, was wir Koralle nannten, als ich noch klein war. Wie ein Kürbis, aber viel stärker.» Sie fragte sich damals, was um alles in der Welt sie da von sich gab, und sie wäre schnell mit einer stotternden Höflichkeitsfloskel verstummt – irgend etwas über die Hitze wahrscheinlich, über die Erleichterung, die der Abend bringen würde –, hätte er nicht so interessiert gewirkt an dem, was sie da schilderte. Der Overall, den er trug, war sauber und frisch gebügelt. Die Ärmel seines weißen Oberhemds waren bis über die Ellbogen hinaufgerollt. Seine Unterarme, an denen sich jeder Muskel abzeichnete, ließen sie den ersten Eindruck überdenken, den sein Gesicht auf sie gemacht hatte: daß er unterernährt sei.

«Haben Sie schon mal solche Schmetterlinge gesehen?»

Er schüttelte den Kopf, aber offensichtlich nahm er die Frage ernst genug, um vor ihr in die Hocke zu gehen.

«Ich will Sie nicht aufhalten auf Ihrem Weg. Es war nur, mein Gott, wie soll ich sagen, so ein großartiges Bild.»

Er lächelte verständnisvoll und blickte hoch zu der Stelle, auf die sie gedeutet hatte. Dann stand er auf, klopfte sich den Hintern ab, obwohl er gar nicht im Gras gesessen hatte, und fragte: «Ist das okay, wenn ich hier durchgehe?»

«Aber sicher. Jederzeit. Hier wohnt im Augenblick niemand. Der Besitzer mußte das Haus aufgeben. Aber es ist hübsch, nicht wahr? Wir überlegen, ob wir's nicht hin und wieder für uns nehmen. Mein Mann ...» Sie merkte, daß sie besinnungslos dahinplapperte, aber er schien ihr aufmerksam zuzuhören, auf jedes ihrer Worte zu achten. Endlich unterbrach sie sich – zu beschämt von ihrer Albernheit, um weiterreden zu können – und wiederholte ihre Einwilligung, daß er die Abkürzung jederzeit benutzen könne.

Er bedankte sich und verließ den Garten, entfernte sich flink zwischen den Bäumen. Dovey sah, wie seine Gestalt sich in dem Schattengesprenkel auflöste, das die entfernteren Häuser verbarg.

Sie sah die persimonenfarbigen Flügel nicht noch einmal. Er jedoch kehrte wieder. Ungefähr einen Monat später und dann in ein- oder zweimonatigen Abständen, unregelmäßig. Dovey vergaß jedesmal, Steward oder jemand anderen zu fragen, wer er wohl sein mochte. Die jungen Leute waren immer schwerer auseinanderzuhalten, und wenn Freunde oder Verwandte zu Besuch nach Ruby kamen, besuchten sie nicht mehr, wie es früher üblich gewesen war, den Gottesdienst, um sich der Gemeinde vorstellen zu lassen. Sie brachte es nicht fertig, ihn nach seinem Alter zu fragen, aber er war wohl mindestens zwanzig Jahre jünger als sie, und das allein genügte ihr, um seine Besuche geheimzuhalten.

Immer lief es so, daß sie nur dummes Zeug redete, wenn er kam – Sachen, von denen sie nicht gewußt hatte, daß sie sie beschäftigten. Kleine Freuden, kleine Kümmernisse, lauter Dinge, die mit den großen Fragen dieser Welt nichts zu tun hatten. Er aber hörte sich alles, was sie zu sagen hatte, mit großer Aufmerksamkeit an. Eine Eingebung, die sie nicht erklären konnte, riet ihr, ihn nicht nach seinem Namen zu fragen. Wenn sie es täte, würde er nie mehr wiederkommen.

Einmal gab sie ihm ein Brot, dick mit Apfelmus bestrichen, und er ließ nichts davon übrig.

Immer häufiger entdeckte sie Gründe, in der St. Matthew Street zu bleiben. Nicht weil sie hoffte oder darauf warten wollte, daß er vorbeikäme, sondern weil sie es genoß, sich an einem Ort aufzuhalten, den er besucht hatte und irgendwann auch wieder besuchen würde – für einen Schwatz, einen kleinen Happen, einen Schluck Wasser an einem glutheißen Nachmittag. Ihre einzige Angst war, daß irgend jemand plötzlich von ihm sprechen, in seiner Begleitung erscheinen oder ältere Ansprüche auf seine Freundschaft geltend machen würde. Aber das geschah nie. Er schien ihr ganz allein zu gehören.

Und so steckte Dovey am Abend des Streits mit den jungen Leuten in der Golgathakirche ihren Schlüssel ins Schloß des zwangsvollstreckten Hauses, ärgerte sich über Steward, der das nötig gemacht hatte, und war innerlich noch ganz aufgewühlt von der unerfreulichen Wendung, die die Versammlung genommen hatte. Erst wollte sie sich mit einer Tasse heißen Tees hinsetzen, ein paar Verse oder Psalmen lesen und ihre Gedanken zu dem Thema ordnen, das alle so erregte – für den Fall, daß ihr guter Freund am Morgen vorbeikäme. Wenn er tatsächlich kam, so wollte sie ihn nach seiner Meinung fragen. Doch dann entschied sie sich gegen Tee und Lektüre und ging, nachdem sie ihre Gebete gesprochen hatte, ins Bett, wo ihr eine nicht zu beantwortende Frage den Schlaf raubte: Konnte ein reicher Mann, wenn er nicht seinen ganzen Wohlstand aufgab, ein guter Mensch sein? Auch danach würde sie ihren Freund fragen.

Jetzt endlich war der Garten hinter dem Haus schön genug, um ihn zu empfangen. Beim ersten Besuch war er in einem schauderhaften Zustand gewesen, ungepflegt, verkommen, von Schlangen, streunenden Katzen und freilaufenden Hühnern bevölkert – nur die korallenroten Flügel hatten für ihn gesprochen. Sie hatte ihn selbst wieder in Schuß bringen müssen. K.D. stellte sich stur und kam ihr mit einfallslosen Ausreden. Und die jungen Leute für Gartenarbeit zu begeistern war ein hartes Brot. Billie Delia hatte ihr noch am meisten geholfen, was erstaunlich war, hatte sie doch sonst nichts anderes als Jungs im Kopf. Aber auch hier schien irgend etwas nicht zu stimmen. Seit einiger Zeit hatte sie niemand mehr gesehen, und die Mutter des Mädchens, Pat Best, wehrte alle Fragen ab. Wahrscheinlich immer noch wütend darüber, dachte Dovey, wie das Dorf ihren Vater behandelt hatte. Obwohl Billie Delia bei der Versammlung gefehlt hatte, war ihre Einstellung präsent gewesen. Schon als kleines Mädchen mit der seltsamen rosigbraunen Haut und den widerspenstigen braunen Haaren hatte sie bei allem eine freche Lippe riskiert – außer wenn's ums Gärtnern ging. Dovey vermißte sie, und sie fragte sich, was Billie Delia wohl davon hielt, die Botschaft des Ofens zu verändern.

«Wehret der Furche auf Seiner Stirn»? – «Werdet die Furche auf Seiner Stirn»? Sie selbst fand, daß «Furche auf Seiner Stirn» vollkommen genügte, für jede Zeit und Generation. Etwas Erklärendes hinzuzufügen, Eindeutigkeit herbeizuzwingen, den Sinn festzunageln war vergebliche Mühe. Nur wenige Nägel waren unentbehrlich, und die waren längst eingeschlagen. Ins Kreuz. War es nicht so? Sie würde ihren guten Freund danach fragen. Und es dann Soane erzählen. Inzwischen war das kratzende Geräusch verstummt, und an der Schwelle des Schlafs wußte sie ganz genau, daß Erbsen aus der Dose reichten.

Steward kurbelte das Fenster hinunter und spuckte aus. Vorsichtig, damit der Fahrtwind ihm den Saft nicht ins Gesicht zurückblies. Er war angewidert. «Gönn mir mal 'ne Pause, Alter.» Das war der Spruch, den diese jungen Hohlköpfe in Wahrheit an den Ofen pinseln wollten. Genau wie sein Neffe K.D. hatten sie nicht die geringste Ahnung, was es bedeutet hatte, dieses Dorf aufzubauen. Was ihnen erspart geblieben war. Welchen Demütigungen sie entgangen waren. Er drehte auf, kaum daß er die Landstraße hinaus zur Ranch erreicht hatte, und während er, wie üblich, die Reserven des Wagens ausreizte, grübelte er darüber nach, welcher Unterschied zwischen «wehret» und «werdet» bestand und wie Big Papa ihn erklärt hätte. Was ihn selbst anging, so war er ihm herzlich gleichgültig. Entscheidend war nicht, warum der Spruch verändert oder nicht verändert werden sollte, sondern was Reverend Misner davon hatte, daß er diese Idee unterstützte. Abermals spuckte er aus. Als was für ein Narr Misner sich doch erwies. Als ein Narr, der vielleicht sogar gefährlich werden konnte. Er fragte sich, ob es nötig werden würde, diese Generation – die Generation von Misner und K.D. – zu opfern, um mit der nächsten weitermachen zu können. Mit den Enkeln und Urenkeln, die herangezogen und geformt werden konnten, wie es sein eigener Vater und sein Großvater mit Stewards Generation gemacht hatten. Da gab es kein Atemholen, da wurde keine Pause gegönnt. Die Erwartungen waren hoch, und sie wurden erfüllt. Niemand hatte mehr Verantwortung für das eigene Verhalten übernommen als diese braven Männer. Er erinnerte sich an eine Geschichte, die sein Bruder Elder Morgan von seiner Rückkehr aus Liverpool erzählt hatte. In einem Hafen in New Jersey war er an Land gegangen. In Hoboken. 1919. Ehe er mit dem Zug weiterfuhr, wollte er sich New York ansehen, und was er da sah auf seinem Spaziergang, waren zwei Männer, die sich mit einer Frau stritten. Aus ihrer Kleidung, erzählte Elder, schloß er, daß sie eine Straßendirne sein mußte, und weil er Verachtung für ihr Gewerbe empfand, fühlte er sich zuerst den beiden herumbrüllenden Männern nahe. Plötzlich schlug einer der Männer der Frau mit der Faust ins Gesicht. Sie fiel hin. Und ebenso plötzlich war die Szene, eben noch in alltäglichen Farben, in ein Schwarzweißbild verwandelt. Sein Mund wurde ganz trocken, erzählte Elder. Die beiden Männer, Weiße, gingen von der Frau weg, der Schwarzen, die hingestreckt auf dem Pflaster lag. Ehe Elder noch einen Gedanken fassen konnte, überlegte der eine es sich anders, kam zurück und trat die Frau in die Magengrube. Elder merkte nicht, daß er rannte, bis er an Ort und Stelle war und den Mann wegzerrte. Er hatte zehn Monate Rennen und Kämpfen hinter sich und war der spontanen Gewalt noch nicht entwöhnt. Elder gab dem Weißen einen Kinnhaken und schlug immer weiter auf ihn ein, bis er von dem anderen attackiert wurde. Keiner gewann die Oberhand. Alle trugen Verletzungen davon. Die Frau lag immer noch auf dem Boden, als ein paar Zuschauer nach der Polizei zu rufen begannen. Elder bekam es mit der Angst, lief weg und zog während der ganzen Heimreise nach Oklahoma seinen Armeemantel nicht mehr aus, weil er fürchtete, einem Offizier könnte der Zustand seiner Uniform auffallen. Später, als seine Frau Susannah die Uniform wusch, bügelte und flickte, ließ er sie die Fäden wieder herausziehen, so daß die Jackentasche eingerissen blieb und der Hemdkragen zerfetzt und die Knöpfe baumelten oder fehlten. Es war zu spät, um auch die Blutflecken noch zu retten, und so steckte er sein blutiges Taschentuch, zusammen mit zwei Orden, in die Hosentasche. Niemals konnte er den Anblick der weißen Faust im Gesicht der schwarzen Frau vergessen. Auch wenn er ihr Gewerbe nicht billigen konnte, dachte er ständig an sie und betete für sie bis ans Ende seines Lebens. Susannah war lange nicht zu überzeugen, aber die Morgan-Männer setzten sich durch: Elder wurde so begraben, wie er es gewollt hatte – in der Uniform mit allen ihren Rissen. Er verzichtete auf eine faule Ausrede, warum er weggelaufen war und die Frau im Stich gelassen hatte, und er erwartete nicht, daß Gott ihm eine Pause gönnte, in der er nicht zu seiner Verantwortung zu stehen brauchte. Er war darauf vorbereitet, von Ihm gefragt zu werden, wie es passiert war. Steward mochte diese Geschichte, aber es ärgerte ihn, daß sie mit der Verteidigung einer Hure anfing und mit Gebeten für eine Hure endete. Er sympathisierte nicht mit den weißen Männern, aber er konnte nachvollziehen, was in ihnen vorgegangen war, konnte sogar den Adrenalinstoß spüren, wenn er sich der Phantasie hingab, selbst den ersten Schlag geführt zu haben.

Steward stellte den Wagen ab und ging ins Haus. Ein Bett ohne Dovey war nichts, worauf er sich freute, und er suchte abermals nach guten Gründen, die sie davon abhalten konnten, so oft im Dorf zu bleiben. Aber diese Suche war müßig. Er konnte ihr einfach nichts abschlagen. Er begrüßte die Collies und nahm sie mit auf den Rundgang, bei dem er kontrollierte, ob seine Männer ihre Arbeit gut gemacht hatten. Sie stammten alle aus dem Dorf; er kannte ihre Frauen und ihre Väter, sie gingen in die gleiche Kirche wie er oder in eine der beiden Nachbarkirchen, und sie hätten, wie er, nicht im Traum daran zu denken gewagt, daß Gott ihnen eine Pause gönnen sollte. Wieder stieg die Bitterkeit in ihm hoch. Wenn er Söhne hätte, so wären diese Söhne wahre Musterexemplare an Rechtschaffenheit, die nur ein Lachen übrig hätten für Misners Vorstellung von einem aufrechten Mann. Freche Reden, Falschmünzerei mit Worten – das hatte nichts mit dem Mut zu tun, der einen echten Mann ausmachte.

Steward leinte die Hunde an und öffnete die Tür zum Pferdestall. Er liebte es, Night um vier Uhr in der Frühe zu satteln und dann bis zum Sonnenaufgang auszureiten. Er liebte den Ritt über die Wiesen und Felder, wo alles offen zutage lag. Jedesmal wenn er auf Night unterwegs war, empfand er wie ein immer neues Wunder die Gewißheit, daß man auf seinem eigenen Land nie so verloren sein konnte, wie es Big Papa und Big Daddy und alle neunundsiebzig Siedler gewesen waren, nachdem sie Fairly, Oklahoma, verlassen hatten. Zu Fuß waren sie unterwegs und wußten nicht, wohin. Und sie waren voller Wut. Aber sie fürchteten nichts, ausgenommen nur den Zustand, in dem sich die Füße ihrer Kinder befanden. Alle waren mehr oder weniger gesund. Nur die schwangeren Frauen benötigten immer häufigere Ruhepausen. Die Frau von Drum Blackhorse, Celeste; seine Großmutter, Miss Mindy; und seine Mutter, Beck: sie alle hatten Kinder im Bauch. Es war die Beschämung, mit ansehen zu müssen, wie der eigenen schwangeren Frau, Schwester oder Tochter die Tür gewiesen wurde, die sie erschüttert und für immer verwandelt hatte. Diese Demütigung war mehr als eine schwärende Wunde; sie war ein Meißel, der ihnen die Knochen aufzureißen drohte.

Steward erinnerte sich an jede Einzelheit der Geschichte, die sein Vater und sein Großvater erzählt hatten, und es fiel ihm nicht schwer, die Beschämung selbst nachzufühlen. Dovey zum Beispiel, wie sie, vor jeder ihrer Fehlgeburten, mit der Hand im Kreuz und schmal zusammengekniffenen Augen nach innen blickte, direkt in ihr Inneres auf das Baby, das sie trug. Was hätte er empfunden, wenn ihr irgendwelche hochnäsigen Kerle mit sauberen Hemden und festen Schuhen ins Gesicht gesagt hätten: «Verschwinden Sie von hier», und er, Steward, hätte machtlos dabeigestanden. Selbst jetzt, 1973, beim Ritt über sein eigenes Land in freier Luft, die durch Nights Mähne blies, hatte er beim Gedanken an ein solches Maß von Hilflosigkeit das Bedürfnis, jemanden über den Haufen zu schießen. Neunundsiebzig Menschen. Alle ihre Habseligkeiten über den Rücken geschnallt oder auf die Köpfe getürmt. Kinder, die sich auf dem Marsch die Schuhe teilen mußten. Pausen nur, um die Notdurft zu verrichten, um zu schlafen und Abfälle zu essen. Abfälle und Maismehlsuppe. Abfälle und Maismehlbrei. Abfälle und erlegtes Kleinwild. Abfälle und Löwenzahnblätter. Und währenddessen die Träume von einem Dach über dem Kopf, von Fisch und Reis und süßem Sirup. In Fetzen gehüllt, die an ihnen herunterhingen wie gehobeltes Kraut, träumten sie von sauberen Kleidern mit Knöpfen daran, von Hemden, die zwei Ärmel hatten. Sie gingen im Gänsemarsch: Drum und Thomas Blackhorse an der Spitze, am Ende Big Papa, der lahm geworden war und sitzend auf einem Brett mitgeschleppt wurde. Nach Fairly wußten sie nicht mehr, welchen Weg sie nehmen sollten, und sie wollten niemandem begegnen, der es ihnen hätte sagen können oder der womöglich sonst etwas im Schilde führte. Sie hielten sich entfernt von allen Wagenspuren, blieben so dicht wie möglich an Kiefernwäldern und Flußbetten, zogen nach Nordwesten aus keinem anderen Grund als dem, daß sie so am weitesten von Fairly wegzukommen schienen.

In der dritten Nacht weckte Big Papa seinen Sohn Rector und bedeutete ihm mit Gesten, daß er aufstehen solle. Mühsam auf zwei Stöcke gestützt, humpelte er ein Stück weit vom Lager weg und flüsterte: «Komm mit mir, du.»

Rector ging zurück, um seinen Hut zu holen, und dann

folgte er den langsamen, schmerzvollen Schritten seines Vaters. Er erschrak bei dem Gedanken, daß der alte Mann versuchen könnte, mitten in der Nacht ein Dorf zu erreichen oder bei einer der Farmen, deren dunkle Grashütten sich an einen kleinen Hügel schmiegten, um Hilfe zu bitten. Doch Big Papa führte ihn tiefer in den Kiefernwald hinein, wo der Harzgeruch, der erst so angenehm schien, ihm bald Kopfschmerzen bereitete. Der Himmel war übersät von Sternen, die die Mondsichel läppisch erscheinen ließen, sie in eine weggeblasene Flaumfeder verwandelten. Big Papa blieb stehen und ließ sich, vor Anstrengung stöhnend, auf die Knie sinken.

«Mein Vater», sagte er. «Zechariah ist zur Stelle.» Dann, nach ein paar Sekunden völliger Stille, begann er die süßesten, traurigsten Töne zu summen, die Rector je gehört hatte. Der Sohn kniete neben seinem Vater nieder und blieb dort die ganze Nacht. Er wagte es nicht, den alten Mann zu berühren oder sein gesummtes Gebet zu stören, aber er konnte sich nicht lange aufrecht halten, und so ließ er sich zurück auf seinen Hintern sinken, um den Schmerz in den Knien zu lindern. Nach einer Weile rutschte er ganz in die Sitzposition, hielt seinen Hut in der Hand und den Kopf gesenkt und versuchte, zuzuhören, wach zu bleiben, zu verstehen. Endlich legte er sich auf den Rücken und beobachtete den Zug der Sterne über den Baumwipfeln. Die herzzerreißende Musik hüllte ihn ein, und er fühlte sich mehrere Fingerbreit über dem Boden schweben. Später schwor er Stein und Bein, daß er nicht eingeschlafen war. Daß er die ganze Nacht hindurch gelauscht und beobachtet hatte. Von Bäumen umgeben, konnte er das Hellerwerden des Himmels am Horizont nicht sehen, aber er spürte es. Dies war der Augenblick, da er die Schritte hörte – laut wie der Tritt eines Riesen. Big Papa, der die ganze Nacht hindurch keinen Muskel bewegt und seinen Gesang nicht unterbrochen hatte, verstummte sofort. Rector setzte sich auf und sah sich um. Die Schritte hallten wie Donner, aber er konnte nicht sagen, aus welcher Richtung sie kamen. Der Lichtsaum am Horizont wurde breiter und ließ ihn die Umrisse der Baumstämme erkennen.

Sie sahen ihn im gleichen Augenblick. Ein kleiner Mann, so schien es, viel zu klein für die Gewalt seiner Schritte. Er bewegte sich fort von ihnen. Er trug einen dunklen Anzug, aber das Jackett hatte er lose über die Schultern geworfen und hielt es nur mit dem Zeigefinger der rechten Hand fest. Sein Hemd leuchtete weiß zwischen breiten Hosenträgern hervor. Ohne sich auf seinen Stock zu stützen und ohne zu stöhnen stand Big Papa auf. Gemeinsam beobachteten sie, wie der Mann sich vom hellsten Teil des Himmels entfernte. Einmal hielt er in der Bewegung inne und drehte sich nach ihnen um, aber sie konnen seine Gesichtszüge nicht erkennen. Als er wieder weiterging, bemerkten sie, daß er in der linken Hand einen Lederranzen trug.

«Lauf», sagte Big Papa. «Ruf alle zusammen.»

«Du kannst nicht allein hierbleiben», sagte Rector.

«Lauf!»

Und Rector lief los.

Als alle geweckt waren, führte Rector sie zu dem Ort, wo er und Big Papa die Nacht verbracht hatten. Sie fanden ihn an der gleichen Stelle, den Rücken der aufgehenden Sonne zugewandt, aufrecht stehend, gerader als die Bäume und ohne seine Stöcke, die er weit von sich geworfen hatte. Von dem wandernden Mann war nichts mehr zu sehen, aber der Friede, der auf Zechariahs Zügen lag, griff auf alle anderen über und ließ sie ruhig werden.

«Er ist mit uns», sagte Zechariah. «Er zeigt uns den Weg.»

Von diesem Augenblick an hatte ihre Reise einen Sinn, und nicht die leiseste Klage wurde mehr laut. Von Zeit zu Zeit tauchte der wandernde Mann wieder auf: am Rand eines Flußbetts, auf der Kuppe eines Hügels, gegen eine Felsgruppe gelehnt. Nur ein einziges Mal faßte jemand den Mut, Big Papa zu fragen, wie lange es noch dauern würde.

«Diese Zeit gehört Gott», antwortete er. «Du kannst sie nicht beginnen lassen, und du kannst sie nicht enden lassen. Und noch etwas: Er wird dir keinen Schritt abnehmen, also bleib hübsch in Bewegung.»

Wenn die lauten Tritte weiterhin erschallten, so konnte sie doch niemand hören. Und niemand außer Zechariah und hin und wieder einem Kind konnte den wandernden Mann sehen. Auch Rector sah ihn nicht wieder – bis zum Ende. Bis neunundzwanzig Tage vergangen waren. Erst nachdem sie mit Schüssen weitergetrieben worden waren, von schwarzen Frauen auf dem Feld zu essen bekommen hatten und von zwei Cowboys ihrer Gewehre beraubt worden waren (nichts von all dem konnte ihren vorbestimmten Frieden stören) – erst dann sahen ihn beide wieder, Rector und sein Vater.

Es war inzwischen September geworden. Jeder andere Reisende hätte sich gehütet, ohne Ziel ins Indianerland zu ziehen, mit dem Winter auf den Fersen. Doch wenn sie sich auch beklommen fühlen mochten – es war ihnen nichts anzumerken. Rector lag im hohen Gras und wartete darauf, daß die behelfsmäßige Falle zuschnappte – ein Hase, hoffte er, vielleicht auch ein Waldmurmeltier oder nur ein Ziesel –, als er direkt vor sich, eingerahmt von Grasbüscheln, den wandernden Mann sah, der still dastand und sich umsah. Dann kauerte er nieder, öffnete seinen Lederranzen und begann, darin herumzuwühlen. Rector beobachtete ihn eine Weile, dann kroch er rückwärts durch das Gras, bis er es wagte, aufzuspringen und zum Lagerplatz zurückzulaufen, wo Big Papa gerade ein kaltes Frühstück abschloß. Roger erzählte, was er gesehen hatte, und die beiden eilten zu der Stelle, wo die Falle aufgestellt worden war. Der Wanderer war noch da, kramte Gegenstände aus seinem Ranzen heraus und räumte andere wieder ein. Während sie ihn noch beobachteten, begann der Mann zu verblassen. Als er sich vollständig aufgelöst hatte, hörten sie wieder die Schritte, die in eine Richtung stampften, die sie nicht erkennen konnten: in ihrem Rücken, zu ihrer Rechten, jetzt zur Linken. Oder war es über ihren Köpfen? Dann war es plötzlich still. Rector schlich vorwärts, und auch Big Papa kroch los, um nachzusehen, was der Wanderer zurückgelassen hatte. Sie waren noch keine drei Meter weit gekommen, als sie im Gras ein Flattern hörten. Dort, in ihrer Falle, steckte ein Perlhuhn, aber Köder und Auslösedraht waren unberührt. Es war ein Hahn, zu allem Glück auch noch mit prächtigem Gefieder. Sie sahen sich an, ließen das Tier, wo es war, und robbten weiter zu der Stelle, von der sie glaubten, daß der Wanderer dort den Inhalt seines Ranzens ausgebreitet hatte. Nichts war mehr zu sehen, nur ein Abdruck im Gras. Big Papa beugte sich hinunter, um ihn zu berühren. Er preßte seine Hände auf das niedergedrückte Gras und schloß die Augen.

«Hier», sagte er. «Hier ist unser Platz.»

So ganz stimmte das natürlich nicht. Jedenfalls noch nicht. Das Land war einer Indianerfamilie zugeteilt, und sie mußten ein Jahr und vier Monate lang verhandeln und ihre Arbeitskraft verkaufen, bis Grund und Boden schließlich in ihr Eigentum übergingen. War die Gegend, aus der sie kamen, von üppiger Vegetation geprägt gewesen, so herrschte hier verschwenderische Weite, und es hätte sein können, daß sie sich winzig und verloren fühlten, wenn sie bis zu den

Hüften im hohen Gras standen und mehr Himmel als Erde um sich hatten. Aber für die Alten Väter war diese Weite der wahre Reichtum – ein Freiraum für die Seele und das Wachstum, der keine Grenzen kannte und keine tiefen, bedrohlichen Wälder, in denen Feinde sich verbergen konnten. Hier war die Freiheit kein Beschwichtigungsmanöver wie der Karneval oder ein Tanzvergnügen, auf das man sich einmal im Jahr verlassen konnte. Hier war sie auch kein Brosamen, den die Reichen von ihrem Tisch fallen ließen. Hier war sie eine Bewährungsprobe vor der Natur, die ein Mann jeden Tag neu bestehen mußte. Und wenn er sie nur oft genug bestand, war er der König.

Vielleicht wollte Zechariah einfach keinen Hasenbraten vom offenen Feuer oder kein kaltes Büffelfleisch mehr essen. Vielleicht wollte er, den Weiße aus dem Amt gejagt und Farbige vom Siedlungsgrund vertrieben hatten, eine bleibende Spur in diesem weiten Land hinterlassen, das so anders war als Louisiana. Jedenfalls trieb Zechariah, während die anderen noch mit dem Bau vorläufiger Behausungen – Wohnhöhlen, Blockhütten – beschäftigt waren und mit zwei geborgten Indianerpferden Holz herankarrten, ein paar Männer zusammen und ließ sie einen großen Ofen, eine gemeinsame Kochstelle errichten. Sie waren stolz darauf, daß keine ihrer Frauen und Töchter jemals in der Küche eines Weißen gearbeitet hatte oder Amme eines weißen Kindes gewesen war. Zwar war die Feldarbeit härter und wurde verachtet, aber sie waren der festen Überzeugung, daß eine schwarze Frau, die in einer weißen Küche arbeitete, wenn nicht mit Sicherheit, so doch mit einiger Wahrscheinlichkeit das Opfer einer Vergewaltigung wurde, und beides war ihnen eine unerträgliche Vorstellung. So tauschten sie dieses Risiko gegen die relative Sicherheit einer brutalen Schinderei. Es war das gleiche Denken, das ihnen eine gemeinschaftliche «Küche» so erstrebenswert erscheinen ließ. Normale Maßstäbe galten nicht für sie. In Louisiana hatten sie gedient, geerntet, gepflügt und Handel getrieben seit 1755, als Mississippi noch dazugehörte. Als das Gebiet in Bundesstaaten aufgeteilt wurde, waren sie in beiden an der Regierung beteiligt gewesen, von 1868 bis 1875, und dann erst hatte man sie zu Feldarbeitern gemacht. Über mehr als zwei Jahrhunderte hatte sich die Frucht ihrer Lenden fortgezeugt, und sie waren einander nichts schuldig geblieben, hatten vor niemandem den Rücken gebeugt, waren nur vor ihrem Schöpfer auf die Knie gesunken. Sich die Kette dieser Leben und Taten in Erinnerung zu rufen beruhigte Steward und bestärkte seine Entschlossenheit. Man stelle sich nur einmal vor, dachte er, was Big Papa oder Drum Blackhorse oder Juvenal DuPres von diesen Grünschnäbeln gehalten hätten, die an in Eisen gehauenen Worten rütteln wollten.

Bis zum Sonnenaufgang war es noch eine ganze Weile hin – länger, als Steward jetzt reiten wollte. Also wendete er Night auf der Hinterhand und strebte wieder zurück zur Ranch, wobei er sich weitere Argumente oder Tricks ausdachte, die Dovey vielleicht davon abhalten würden, über Nacht im Dorf zu bleiben. Ohne den Duft ihres Haars auf dem Kissen neben ihm konnte er einfach nicht schlafen.

Im gleichen Augenblick, noch ehe die erste Dämmerung heraufkroch, stand Soane in der Küche des größten Hauses von Ruby und flüsterte in die Finsternis vor dem Fenster hinaus.

«Paßt nur auf, Wachteln. Deek ist auf der Pirsch nach euch. Und wenn er heimkommt, wird er einen ganzen Sack mit euresgleichen auf meinen blanken Fußboden werfen und so etwas sagen wie: ‹Das müßte fürs Abendessen reichen.› Voll Stolz. Als würde er mir ein Geschenk machen. Als wärt ihr schon gerupft, geputzt und gebraten.»

Weil die Küche von der kürzlich angebrachten Neonröhre taghell erleuchtet wurde, sah sie überhaupt nichts in der Dunkelheit, in die sie hinausstarrte, bis das Wasser im Kessel kochte. Sie wollte, daß der Aufguß gut durchgezogen war, ehe ihr Mann zurückkam. Eine von Connies Kräutermischungen lag griffbereit vor ihr, ein winziger Stoffbeutel, zusammengefaltet in einem Päckchen aus Wachspapier. Sein Inhalt stand für das zweite Mal, daß Connie sie gerettet hatte. Das erste Mal war ein schrecklicher Fehler gewesen. Nein, kein Fehler. Eine Sünde.

Sie hatte geglaubt, es wäre Mitternacht, als Deek aus dem Bett schlüpfte und seine Jagdkleidung anzog. Doch als sie, nur Socken an den Füßen, die Treppe hinunterschlich, sah sie die Leuchtziffern der Uhr: 3:30. Noch zwei Stunden Schlaf, dachte sie, doch als sie aufwachte, war es schon sechs Uhr morgens, und sie mußte sich beeilen. Das Frühstück vorbereiten, seine Geschäftskleidung herauslegen. Aber erst kam ihr Aufguß, den sie jetzt dringend brauchte, denn die Luft wurde wieder dünner um sie her. Zum erstenmal war sie dünner geworden, wie durchgescheuert, als die Nachricht von Scouts Tod zwei Wochen alt war. Nicht als sie erfuhr, daß er gefallen war, sondern zwei Wochen später – sein Leichnam war noch nicht verschifft –, als die Familie informiert wurde, daß auch Easter tot sei. Kinder noch. Der eine neunzehn, der andere einundzwanzig. Wie stolz und glücklich sie gewesen war, als die beiden sich zum Militärdienst meldeten. Sie hatte sie selbst dazu ermutigt. Ihr Vater hatte in den Vierzigern gedient. Seine Brüder genauso. Und Jeff Fleetwood war trotz aller Unkerei heil aus Vietnam zurückgekommen. Auch Menus Jury kam lebendig wieder, wirkte allerdings ein wenig durcheinander. Wie eine Närrin hatte sie daran geglaubt, daß ihre Söhne in Sicherheit wären. Daß Vietnam für sie sicherer wäre als irgendein Ort in Oklahoma – ausgenommen Ruby. Sicherer als Chicago, wo Easter hinziehen wollte. Sicherer als Birmingham, als Montgomery, Selma, Watts. Sicherer als Money, Mississippi, im Jahr 1955 und Jackson, Mississippi, im Jahr 1963. Sicherer als Newark, Detroit, Washington, D.C. Sie hatte den Krieg für weniger gefährlich gehalten als jede große Stadt in den Vereinigten Staaten. Und jetzt hatte sie vier ungeöffnete Briefe zu Hause liegen, die 1968 aufgegeben worden waren und das Postamt in Demby vier Tage nach der Beisetzung ihres letzten Sohnes erreicht hatten. Nie hatte sie es über sich gebracht, die Briefe zu öffnen. Beide Kinder waren 1968 an Thanksgiving auf Heimaturlaub hiergewesen. Sieben Monate nach Kings Ermordung, und Soane hatte geheult wie ein Schloßhund, als sie ihre Jungs lebendig vor sich sah. Ihre süßen, farbigen Jungs – nicht erschossen, nicht gelyncht, nicht verfolgt, nicht verhaftet. «Beten hilft!» jubelte sie, als sich die beiden aus dem Auto zwängten. Es war das letzte Mal, daß sie sie unzerstückelt sah. Connie hatte ihr so viele geschälte Pekannüsse verkauft, daß es für zwei Festtagskuchen reichte. Eine junge Frau, deren Auto schlappgemacht hatte, war damals dagewesen, und obwohl Soane sie mitgenommen hatte, damit sie sich Benzin für die Weiterfahrt besorgen konnte, war sie geblieben. Später allerdings, bevor Mutter starb, mußte sie irgendwohin verschwunden sein, sonst hätte Connie nicht das Feuer auf dem Feld anzünden müssen. Niemand hätte etwas erfahren, wäre da nicht die schwarze Rauchfahne gewesen. Anna Flood sah sie, fuhr hinaus und hörte, was passiert war.

Auch damals hatte Soane sich beeilen müssen: mit Roger

reden, von der Bank aus wildfremde Leute weit im Norden anrufen, Essen bei Nachbarinnen abholen und selbst auch noch dies und das kochen. Zusammen mit Dovey und Anna fuhr sie alles hinaus und wußte dabei ganz genau, daß außer ihnen selbst niemand da sein würde, um die Sachen aufzuessen. Dann war wieder Eile geboten, denn die Leiche mußte so schnell wie möglich in den Norden überführt werden. Eisgekühlt. Connie kam ihr komisch vor, etwas in ihr schien zerbrochen, und Soane beschloß, sie auf die Liste der Menschen in ihrem Leben zu setzen, die ihr Sorgen machten. K. D. gehörte dazu. Auch Arnette. Und Sweetie. Und jetzt war es der Platz um den Ofen, der sie beschäftigte. Eine Handvoll junger Burschen, so wurde erzählt, hatte ihn zu ihrem Treffpunkt gemacht, wo sie sich mit Bier besoffen und die Kinder verscheuchten, die dort spielen wollten. Das sagten jedenfalls die Mütter dieser Kinder. Und dann hatten einige Mädchen (denen Soane eins hinter die Ohren gegeben hätte) ihre Vorliebe für den Ort entdeckt. Auf eine Art und Weise, wie man sie von Arnette und Billie Delia kannte.

Viele meinten, den jungen Burschen fehle einfach eine Aufgabe. Soane, die genau wußte, wie viele lohnende Aufgaben darauf warteten, erledigt zu werden, glaubte das nicht. Irgend etwas war da im Gange. Etwas, das tiefer reichte als die tiefschwarze Faust mit roten Fingernägeln, die auf die Rückwand des Ofens gepinselt worden war. Niemand bekannte sich zu dieser Tat – aber noch schockierender als das kollektive Leugnen war die Weigerung, die Schmiererei wieder zu entfernen. Die herumlungernden Burschen sagten nein, sie hätten die Faust nicht hingemalt, und nein, sie würden sie auch nicht wegmachen. Zwar gelang es Kate Golightly und Anna Flood schließlich, sie mit Brilloschwämmen, Farbverdünner und einem Eimer heißer

Seifenlauge abzuwaschen, aber vorher mußten fünf Tage vergehen, in denen die Dorfältesten vor lauter Wut darauf bestanden, daß niemand anderer als die jungen Burschen die Faust entfernen durfte. Die geballten Finger mit den roten Spitzen, die sich nicht nach oben, sondern zur Seite reckten, taten mehr weh als ein Fausthieb und wirkten länger nach. Sie hinterließen einen nagenden, peinvollen Schmerz, den Kate und Anna mit all ihrer Schrubberei nicht beseitigen konnten. Soane verstand das alles nicht. Es gab keine Weißen am Ort, weder böswillige noch engagierte, die die Jugendlichen angestiftet oder aufgehetzt oder sonstwie auf den Gedanken gebracht haben konnten, den Ofen zu besudeln und sich den Erwachsenen zu widersetzen. Es ging ja alles gut im Dorf; wer hier lebte, konnte sich seit mehr als zehn Jahren fühlen wie eine Made im Speck: Es gab gutes Geld für Rindfleisch, für Weizen, Erdgas wurde gefördert, Öl heizte den Konsum an und schmierte die Spekulation. Doch in Vietnam war Krieg, und während Ruby blühte, wurden die Gesichter vieler Städte von Wut verzerrt. Schlimme Zeiten, verkündete Reverend Pulliam von der Kanzel der Neuen Zionskirche. Das Ende ist nah, predigte Pastor Cary in der Kirche zum Heiligen Erlöser. Nur in der Golgathakirche blieb ein Hirtenwort aus, weil die Gemeinde dort noch immer auf den neuen Pfarrer wartete, der, als er 1970 eintraf, eine gute Nachricht mitbrachte: «Verderben will Ich deine Feinde vor deinem Antlitz», sprach der HErr, HErr, HErr.

Drei Jahre lag das zurück. Jetzt schrieb man 1973. Ihr kleines Mädchen, wenn's denn eins war, würde seinen neunzehnten Geburtstag feiern, hätte Soane damals nicht im Kloster jene Hilfe gesucht, auf die die Sünde immer angewiesen ist. Wenig später hatte sie beim Wäscheaufhängen im Garten, als der Wind ihr gerade in ein Laken fuhr, aufgeblickt und eine fremde Frau gesehen, die lächelnd vor ihr stand. Sie hatte ein braunes Wollkleid an und eine altmodische Haube aus weißem Leinen, und sie trug einen Weidenkorb. Als die Frau ihr zuwinkte, erwiderte Soane den Gruß, so gut es mit einem Mund voller Wäscheklammern und beiden Händen am flatternden Laken ging – ein stummes Nicken, von dem sie hoffte, daß es höflich wirkte. Die Frau wandte sich ab und ging weiter. Dabei fielen Soane zwei Dinge auf: Der Korb war leer, aber sie hielt ihn mit beiden Händen umklammert, als wäre er voll beladen. Heute wußte Soane, daß es ein Zeichen dessen gewesen war, was ihr bevorstand – eine Leere, die auf ihr lastete, eine Abwesenheit, die zu schwer war, als daß sie sie tragen konnte. Und sie wußte auch, wer ihr die fremde Frau mit dieser Botschaft geschickt hatte.

Das Zischen von Dampf unterbrach ihre Rundschau der Klagen. Soane goß das kochende Wasser über den kleinen Stoffbeutel in der Tasse, deckte sie mit einem Unterteller zu und ließ ihren Aufguß ziehen.

Vielleicht sollten sie alles wieder so machen wie damals, als ihre Babys frisch auf der Welt waren. Als alle zu sehr mit dem Bau von Häusern, dem Beschaffen von Vieh, dem Einbringen der Ernte beschäftigt waren, um sich Teufeleien auszudenken. Wie damals, als Golgatha noch nicht vollendet war. Als noch im Fluß getauft wurde. Wunderbare Taufen waren das. Taufen, die einem ans Herz gingen, voll von Durakkorden und Tränen und der erregenden Gewißheit, endlich gerettet zu sein. Wenn der Pastor die Mädchen im Arm hielt und sie eines nach dem anderen in das eben geweihte Wasser tauchte und nicht losließ ... Atemlos sahen die anderen zu. Atemlos tauchten die Mädchen wieder auf, eines nach dem anderen. Ihre nassen weißen Gewänder bauschten sich im sonnenfunkelnden Fluß. Das

Wasser troff aus ihren Haaren und lief über die Gesichter, die sie zum Himmel hoben, ehe sie die Köpfe für das Kommando «Nun gehe hin!» wieder senkten. Und dann die Bestätigung: «Meine Tochter, du bist errettet.» Der leiseste Ton verdoppelte, verdreifachte sich, wenn er vom geheiligten Wasser reflektiert wurde; dann gesellten sich ihm andere Töne aus anderen Kehlen hinzu, und die Vögel in den Bäumen verstummten, um von diesem Gesang zu lernen. Und langsam, Hand in Hand, die Köpfe an stützende Schultern gelehnt, wateten die Erretteten und Gesegneten ans Ufer und machten sich auf den Weg zum Ofen. Um sich zu trocknen, zu umarmen, zu beglückwünschen.

Heute hatte Golgatha ein Tauchbecken im Inneren der Kirche; im Neuen Zion und beim Heiligen Erlöser gab es besondere Gefäße, aus denen ein wenig Wasser über das erhobene Haupt des Täuflings getröpfelt wurde.

Abgesehen von den Taufen hatte der Ofen keine wirkliche Funktion mehr gehabt. Was in der Gründerzeit von Haven notwendig gewesen war, hatte Ruby nie benötigt. Die Pick-ups, auf denen sie hier ankamen, transportierten auch Kochherde für ihre Häuser. Das Fleisch, das sie aßen, scharrte gackernd im Hinterhof, wurde von einem Hammerschlag gefällt oder hauchte durch einen Schlitz in der Kehle sein Leben aus. Anders als in Havens frühen Tagen war die Jagd auf Wild in Ruby nur ein Zeitvertreib. Die Frauen nickten, als die Männer den Ofen zerlegten, verpackten, nach Ruby schafften und wieder zusammenfügten. Aber untereinander beklagten sie sich, daß kostbarer Laderaum dafür verschwendet worden war – statt noch zusätzliche Säcke Saatgut mitzunehmen oder ein paar Ferkel oder auch ein Kinderbett. Ebenso beklagten sie die vielen Stunden, die die Männer dem Wiederaufbau des Ofens opferten – statt zu Hause dafür zu sorgen, daß die Klotür eingehängt wurde. Wenn die Tafel mit dem Spruch so wichtig war – und nach dem zu schließen, was sie von der Versammlung mitbekommen hatte, war sie es wohl –, warum hatten sie dann nicht nur diese Tafel mitgenommen und das ganze Gemäuer dort gelassen, wo es schon fünfzig Jahre lang stand?

Ach, wie begeistert die Männer bei der Wiedererrichtung des Ofens gewesen waren, wie stolz und wie eifrig. Eine gute Sache, dachte sie, wenn man dabei nur auf dem Boden blieb. Aber sie hatten völlig abgehoben. Ein Gebrauchsgegenstand war zu einem Götzen geworden (wovor nicht nur das furchteinflößende fünfte Buch Mose warnte, sondern auch der herzerwärmende zweite Korintherbrief) und hatte sich dadurch – wie alles, was dem HErrn ein Greuel war – seiner Daseinsberechtigung beraubt. Niemand brachte das besser zum Ausdruck als die irregeleiteten Jugendlichen, die ihn in eine ganz andere Art von Ofen verwandelten. Einen Ofen, der menschliches Fleisch erwärmte.

Als Royal und die beiden anderen, Destry und eine von Pious DuPres' Töchtern, darum gebeten hatten, eine Versammlung einzuberufen, waren alle schnell einverstanden gewesen. Seit Jahren hatte niemand eine Dorfversammlung gefordert. Jeder glaubte, auch Soane und Dovey, daß die jungen Leute sich erst für ihr Verhalten entschuldigen und dann versprechen würden, alle Spuren zu beseitigen und den Ort künftig in Ordnung zu halten. Statt dessen brachten sie ihre eigenen Vorstellungen mit. Vorstellungen, die vollendeten, was die Faust begonnen hatte. Royal, kurz Roy genannt, stand auf und hielt eine Rede, ganz ohne Spickzettel, an der nichts fehlte außer Verständlichkeit. Niemand wußte, worauf er hinauswollte, und das wenige, das die Leute mitbekamen, war der reine Unfug. Er sagte, daß sie in Ruby total hintenan seien, daß sich überall sonst die Dinge gewandelt hätten. Er wollte dem Ofen einen Namen geben und dort Versammlungen abhalten, bei denen davon geredet werden sollte, wie schön sie seien, während sie einander doch häßliche Namen gaben. Nicht amerikanische. Afrikanische. Das einzige, was Soane mit Afrika verband, waren die fünfundsiebzig Cents, die sie immer bei der Sammlung der Missionsgesellschaft spendete. Für die Afrikaner interessierte sie sich so sehr wie diese für sie, nämlich überhaupt nicht. Aber Roy redete von ihnen, als wären sie Nachbarn oder als gehörten sie, noch schlimmer, zur Familie. Und über die Weißen redete er, als hätte er sie gerade erst entdeckt und hielte alles, was er in Erfahrung gebracht hatte, für eine aufregende Neuigkeit.

Aber da lauerte noch etwas anderes, und Weiterreichendes, in seinen Worten. Weniger etwas, womit man einverstanden sein konnte oder auch nicht, sondern eine Art pathetischer Anklage. Gegen die Weißen gerichtet, klar, aber eben auch gegen die eigenen Leute – die Bewohner dieses Dorfes, die ihm zuhörten, die Eltern und Großeltern, die ganze Erwachsenengeneration von Ruby. Als gäbe es eine neue, eine männlichere Art und Weise, mit den Weißen umzugehen. Nicht die Art von Blackhorse oder von den Morgans, sondern etwas Afrikanischeres, bei dem ganz neue Wörter, neue Farbkombinationen und neue Haartrachten eine Rolle spielten. Womit angedeutet wurde, daß nur feige war, wer gewitzter sein wollte als die Weißen. Man mußte es ihnen zeigen, sich verweigern, auf Konfrontationskurs gehen. Denn die alte Methode brachte nichts voran; sie stand nur wenigen zu Gebote; und sie war läppisch. Vor allem dieser Vorwurf brachte Deek in Rage und trieb ihn mitten in der Woche aus dem Haus, um Wachteln den Kopf wegzublasen, damit sein eigener nicht vor Wut platzte.

Jeden Augenblick mußte er jetzt mit seiner Beute aufkreuzen, und später würde Soane eine Platte mit zarten, gebräunten Wachtelhälften auftragen. Drum dachte sie über Reis oder Süßkartoffeln nach, während sie den Sud in ihrer Tasse ziehen ließ. Als sie ihn trank, als sie den letzten Tropfen schluckte, wurde die Hintertür geöffnet.

«Was ist das?»

Sie liebte diesen Geruch an ihm, nach feuchtem Wind und Gras. «Nichts.»

Deek schmiß den Sack auf den Boden. «Dann gib mir auch 'nen Schluck.»

«Laß gut sein, Deek. Wie viele?»

«Zwölf. Sechs habe ich Sargeant gegeben.» Deek setzte sich und schnürte, ehe er noch die Jacke ausgezogen hatte, seine Stiefel auf. «Reicht leicht für zwei Mahlzeiten.»

«War K.D. mit?»

«Nein. Warum?» Er grunzte vor Anstrengung, als er die Stiefel abstreifte.

Soane nahm sie ihm ab und stellte sie hinaus auf die rückwärtige Veranda. «Man sieht ihn kaum zur Zeit. Führt irgendwas im Schilde, wett ich.»

«Gibt's Kaffee? Was soll das sein?»

Soane sog die Nachtluft ein, prüfte ihr dunkles Gewicht, ehe sie die Tür wieder schloß. «Kann's nicht recht sagen. Aber er hat viele Gründe, in seinen Ausgehschuhen fortzuschleichen.»

«Hinter einem Weiberhintern wird er her sein. Erinnerst du dich noch an das Mädchen, das vor einiger Zeit ins Dorf geschwänzelt und dann draußen in diesem Kloster gelandet ist?»

Soane drehte sich zu ihm hin, hielt die Kaffeekanne an die Brust gedrückt, während sie den Deckel lockerte. «Warum sagst du ‹geschwänzelt›? Und warum mußt du's *so* sagen? Hast du sie gesehen?»

«Ich nicht, aber andere.»

«Und?»

Deek gähnte. «Und gar nichts. Kaffee, mein Schätzchen. Kaffee, Kaffee.»

«Also sag nicht ‹geschwänzelt›.»

«Okay, okay, sie ist nicht geschwänzelt.» Deek lachte und ließ seine Überkleider auf den Boden fallen. «Sie ist eingeschwebt.»

«Findest du den Schrank nicht, Deek?» Soane blickte auf die wasserdichte Hose, die schwarzrote Jacke, das Flanellhemd. «Und was soll das nun wieder heißen?»

«Ich hab gehört, sie hatte Schuhe mit sechs Zoll hohen Absätzen.»

«Eine Lüge.»

«Ein Schweben.»

«Na ja. Wenn sie immer noch im Kloster ist, wird schon alles in Ordnung sein mit ihr.»

Deek rieb sich die Zehen. «Du bist einfach voreingenommen, wenn's um die Frauen da draußen geht. Ich wäre da vorsichtiger. Wie viele sind's denn jetzt? Vier?»

«Drei. Die alte Dame ist gestorben, weißt du's nicht mehr?»

Deek starrte sie an, dann wandte er den Blick ab. «Welche alte Dame?»

«Die Ehrwürdige Mutter. Was denkst du denn?»

«Ach so. Klar.» Deek massierte noch immer Blut in seine Füße. Dann lachte er. «War die erste Gelegenheit für Roger, seinen großen neuen Wagen auszuprobieren.»

«Den Krankenwagen», sagte Soane, während sie seine Kleider aufsammelte.

«Gleich am nächsten Tag hat er drei Raten auf einmal bezahlt. Hoffentlich bringt er auch den Rest auf. Mit Kranken- und Leichentransporten läuft hier kaum genug, um das überteuerte Spielzeug zu rechtfertigen, das er da hat.»

Kaffeeduft breitete sich aus. Deek rieb seine Hände.

«Ist er im Rückstand?» fragte Soane.

«Noch nicht. Aber einer wie er, der von Kranken und Toten lebt, kann meinetwegen gleich Pleite machen.»

«Deek!»

«Für meine Jungs konnte ich auch nichts tun. In einem Sack sind sie unter die Erde gekommen. Wie junge Katzen.»

«Sie hatten schöne Särge! Wirklich schön!»

«Yeah, aber wie sah's drinnen aus?»

«Hör auf, Deek. Warum hörst du nicht einfach auf damit?» Soane faßte sich an die Kehle.

«Wahrscheinlich schafft er's schon. Wenn ich den Löffel vor ihm abgebe. Du weißt ja, was du in dem Fall zu tun hast. Ich bin nicht scharf drauf, in diesem Schlitten zu fahren, aber die Kiste soll erstklassig sein, also wird er seine Schäfchen schon ins trockene bringen. Nein, viel eher ist es Fleet, der sich Sorgen machen muß.» Er stand am Waschbecken und seifte sich die Hände ein.

«Das sagst du immer wieder. Warum?»

«Versandhandel.»

«Was?» Soane schenkte Kaffee in die große blaue Lieblingstasse ihres Mannes ein.

«Ihr fahrt doch alle nach Demby, oder? Wenn ihr einen Toaster oder ein elektrisches Bügeleisen braucht, dann bestellt ihr aus einem Katalog und fahrt bis nach Demby raus, um die Sendung abzuholen. Was soll er da machen?»

«Fleet hat kaum was auf Lager, und das, was er hat, liegt viel zu lange rum. Dieser Clubsessel in seiner Auslage hat schon dreimal die Farbe gewechselt.»

«Das meine ich», sagte Deek. «Wenn er seine Ware nicht umschlagen kann, kommt auch keine neue rein.»

«Früher ist es ihm ganz gut gegangen.»

Deek ließ ein wenig Kaffee auf die Untertasse laufen. «Vor zehn Jahren. Vor fünf.» Der dunkle See riffelte sich unter seinem Atem. «Die Jungs sind aus Vietnam zurückgekommen, haben geheiratet und sich was aufgebaut. Kriegsgeld. Den Farmen ist es gutgegangen, allen ist es gutgegangen.» Er schlürfte vom Rand der Untertasse und brummte vor Behagen. «Aber jetzt ...»

«Ich versteh's nicht, Deek.»

«Aber ich.» Er lächelte zu ihr hinauf. «Du brauchst nicht zu verstehen.»

Sie hatte nicht sagen wollen, daß sie nicht verstünde, wovon er redete. Was sie tatsächlich nicht verstand, war, daß ihn die Geldsorgen ihrer gemeinsamen Freunde nicht veranlaßten, ihnen zu helfen. Warum, zum Beispiel, hatte Menus nicht in seinem Haus bleiben können? Aber Soane versuchte nicht, das Mißverständnis aufzuklären; sie sah ihm nur ins Gesicht. Glatt, noch immer hübsch nach sechsundzwanzig Jahren, und jetzt strahlte es auch vor Zufriedenheit. Er war ein guter Schütze gewesen an diesem Morgen, und das versöhnte ihn mit sich selbst und brachte wieder Ordnung in die Welt. Der Kaffee hatte die richtige Farbe und die richtige Temperatur. Und am Ende dieses Tages würden kopflose Wachteln auf seiner Zunge zergehen.

An jedem Tag, an dem das Wetter es erlaubte, fuhr Deacon Morgan mit seiner glänzenden schwarzen Limousine eine Dreiviertelmeile weit. Er startete bei seinem Haus in der St. John Street, bog an der Ecke nach rechts in die Hauptstraße ein, passierte drei, den weiteren Evangelisten gewidmete Querstraßen und stellte den Wagen genau vor dem Portal der Bank wieder ab. Daß es töricht war, eine Strecke mit dem Auto zurückzulegen, die er in einer kürzeren Zeit zu

Fuß gehen konnte, als er zum Rauchen einer Zigarre brauchte, kam ihm angesichts des symbolischen Gewichts dieser Geste nicht in den Sinn. Sein Wagen war groß, und was immer er damit machte, war pure Pferdestärke und der Beachtung wert: wie er ihn höchstpersönlich wusch und wienerte – nie durfte K. D. oder sonst ein hilfsbereiter Jüngling Hand an ihn legen; wie er, wenn er drin saß, auf seiner Zigarre kaute, aber sie nicht zu entzünden wagte; wie er, wenn er danebenstand und sich unterhielt, sich niemals unwillkürlich gegen ihn lehnte, aber dafür ständig mit den Fingernägeln über die Kühlerhaube fuhr, um winzige Anhaftungen zu entfernen, die nur er sah, oder mit seinem Taschentuch unsichtbare Flecken wegpolierte. Er konnte mit seinen Freunden über diese Auswüchse seines Besitzerstolzes lachen, weil er genau wußte, daß ihr Vergnügen an seiner Schwäche nur die Kehrseite von Ehrfurcht war: vor der magischen Geschicklichkeit, mit der er und sein Zwillingsbruder Geld anhäuften; vor seinem prophetischen Weitblick; vor seinem unfehlbaren Gedächtnis. Unter dessen Erinnerungen eine der frühesten die mächtigste war.

Zweiundvierzig Jahre war's her, da hatte seine Hand um Platz im Heckfenster des Ford T von Big Daddy Morgan kämpfen müssen, damit sie seiner Mutter und seiner kleinen Schwester Ruby zum Abschied zuwinken konnte. Der Rest der Familie – Daddy, Onkel Pryor, sein älterer Bruder Elder und sein Zwillingsbruder Steward – war zusammen mit ihm und zwei Weidenkörben voller Lebensmittel im Wageninneren zusammengepfercht. Die Fahrt, zu der sie aufbrachen, würde Tage dauern, zwei Wochen vielleicht. Die zweite große Reise, sagte Daddy. Die letzte große Reise, lachte Onkel Pryor.

Die erste hatte 1910 stattgefunden, als die Zwillinge noch nicht geboren waren und Haven noch in den Anfängen steckte. Big Daddy kutschierte seinen Bruder Pryor und seinen erstgeborenen Sohn Elder überall im Staat und auch jenseits seiner Grenzen herum, um andere farbige Siedlungen kennenzulernen, genau zu inspizieren, sich eine Meinung über sie zu bilden. Sie wollten zwei Orte außerhalb von Oklahoma besuchen und fünf innerhalb: Boley, Langston City, Rentiesville, Taft, Clearview, Mound Bayou und Nicodemus. Im Endeffekt schafften sie von den sieben nur vier. Big Daddy, Onkel Pryor und Elder erzählten endlos von dieser Tour, von den Debatten und Wortduellen, die sie sich mit Predigern und Zeitungsmachern, mit Lehrern und Bankiers, mit Apothekern, Ärzten und Textilienhändlern geliefert hatten. Sie diskutierten über Malaria, das Anti-Alkohol-Gesetz, die Gefahren durch weiße Zuwanderer, die Probleme mit den befreiten Creeks, die Vertrauenswürdigkeit von Grundstücksspekulanten, den Nutzen von Bücherwissen für das Leben, die Notwendigkeit technischer Kenntnisse, die Folgen der Eigenstaatlichkeit, die Geheimlogen und die spontane oder organisierte Gewalttätigkeit der Weißen, die ringsum aufflackerte. Sie standen am Rand von Maisfeldern, wanderten durch Baumwollplantagen, besuchten Druckereien, Rhetorikkurse, Gottesdienste, Sägewerke. Sie studierten Bewässerungssysteme und Methoden der Lagerhaltung. Die meiste Zeit aber sahen sie sich das Land, die Häuser, die Straßen an.

Elf Jahre später war das Attentat in Tulsa, und etliche der Siedlungen, die Big Daddy, Pryor und Elder besucht hatten, waren verschwunden. Doch wider alle Erwartung sah das Jahr 1932 ein blühendes Haven. Die Wirtschaftskrise hatte es verschont: Man hatte genug Erspartes, Big Daddy Morgans Bank war jedem Risiko aus dem Weg gegangen (teils, weil die weißen Banker ohnehin nichts mit ihm zu tun haben wollten, teils auch, weil keiner der Anteilseigner mit dem Papier spekuliert hatte), und die Familien hielten zusammen und sorgten dafür, daß keiner zu kurz kam. Die Baumwollernte war verdorben? Dann teilten die Hirsepflanzer ihren Gewinn mit den Baumwollpflanzern. Ein Schuppen war niedergebrannt? Dann sorgten Holzarbeiter dafür, daß Baumstämme an vorbestimmten Orten rein zufällig vom Waggon rollten, so daß man sie des Nachts einsammeln konnte. Schweine hatten die Gemüsebeete des Nachbarn verwüstet? Dann bot die ganze Dorfgemeinschaft ihm Ersatz an, und für den Schlachttag wurde ihm ein Anteil am Schinken versprochen. Dem Mann, der sich beim Holzhacken verletzt hatte, war noch kaum der Verband gewechselt, da stapelte sich in seinem Hof schon ein frisch geschlagener Klafter Brennholz. Weil ihnen die Welt auf ihrem Zug nach Oklahoma 1890 alles verweigert hatte, verweigerten die Bürger von Haven einander nichts, achteten wachsam auf jedes Zeichen von Mangel und Not.

Daß sie das Scheitern einiger dieser schwarzen Ansiedlungen mit Befriedigung erfüllte, gaben die Morgans nie zu – aber die Zurückweisung, die sie 1890 erfahren hatten, steckte ihnen im Kopf wie eine Gewehrkugel. So kommentierten sie nur, daß Gottes Ratschlüsse unerfindlich seien, und beschlossen, die jungen Zwillingsbrüder auf eine zweite Rundreise mitzunehmen, damit sie sich selbst ein Bild machen konnten.

Was sie sahen, war manchmal gar nichts und manchmal traurig, und Deek vergaß nichts davon: Siedlungen, die wie verpflanzte Sklavenquartiere aussahen; Siedlungen, die berauscht waren vom Wohlstand; und andere Siedlungen, die in einen Dornröschenschlaf verfallen zu sein schienen – deren Bewohner Geld, Schatzbriefe und Besitzurkunden in schäbigen Häusern an ungepflasterten Straßen versteckten wie die Eichhörnchen.

In einer der florierenden Ortschaften beobachteten er und Steward, wie sich neunzehn schwarze Schönheiten auf den Stufen vor dem Rathaus aufstellten. Sie trugen Sommerkleider aus einem so zarten, so luftigen Stoff, wie ihn keiner von den beiden je gesehen hatte. Die meisten Kleider waren weiß, aber zwei waren zitronengelb und eines hatte einen lachsroten Farbton. Die Frauen trugen kleine, helle Hüte, die cremefarben, graurosa oder taubenblau waren: Hüte, die die Aufmerksamkeit auf die großen, glänzenden Augen ihrer Trägerinnen lenkten. Ihre Taillen waren fast so schlank wie ihre Hälse. Scherzend und neckend stellten sie sich vor einem Fotografen in Positur, dessen Kopf kurz neben einem schwarzen Tuch auftauchte, nur um gleich wieder dahinter zu verschwinden. Als eine Aufnahme geglückt war, löste sich der Schwarm in kleine Gruppen von Frauen auf, die Arm in Arm herumspazierten und so heftig lachten, daß sich ihre Wespentaillen bogen. Eine rückte der anderen die Brosche gerade, eine weitere tauschte mit einer vierten das Handtäschchen. Schmale Füße tänzelten und trippelten in dünnen Lederschuhen. Ihre Haut, die im Licht der Abendsonne sahnig schimmerte, raubte ihm den Atem. Einige von den Jüngeren überquerten die Straße und kamen dicht, ganz dicht an dem Geländer vorbei, auf dem er und Steward saßen. Sie waren auf dem Weg in das Restaurant, das gleich dahinter lag. Deek hörte Stimmen wie Musik, dunkel, voller Wohlklang und geheimer Andeutungen, und als sie vorüber waren, roch er einen Schwall von Verbena. Die beiden Zwillinge brauchten sich nicht einmal anzusehen. Ohne ein Wort zu wechseln, ließen sie sich gleichzeitig hintenüber fallen. Als sie am Boden miteinander rangen und dabei ihre Hosen und Hemden ruinierten, drehten sich die jungen Frauen nach ihnen um, und Deek und Steward bekamen das Lächeln, das sie erhofft hatten, ehe Big Daddy sein Gespräch unterbrach, von der Veranda heruntersprang, seine beiden Söhne am Hosenbund packte und hinaufzerrte und ihnen mit seinem Gehstock den Hintern windelweich prügelte.

Selbst jetzt war der Schwall von Blütenduft noch unverkennbar; selbst jetzt konnten ihn die Sommerkleider und die sahnige, sonnenbeschienene Haut noch erregen. Hätten er und Steward sich damals nicht vom Geländer fallen lassen, so wären sie in Tränen ausgebrochen. Unter den vielen lebendigen Eindrücken, die ihm von dieser Reise geblieben waren – dem Kummer, der Sturheit, der Gerissenheit, dem Wohlstand –, war Deeks Bild der neunzehn sommerlichen Schönheiten ganz anders als das Bild des Fotografen. Seine Erinnerung war pastellfarben und ewig.

Am Morgen nach der Versammlung in der Golgathakirche beschloß Deek, von seinem Jagderfolg beflügelt und vom Mangel an Schlaf nicht ermüdet, sondern aufgeputscht, beim Ofen nach dem Rechten zu sehen, ehe er die Bank öffnete. Also bog er an der Hauptstraße nicht nach rechts, wie gewöhnlich, sondern nach links ab und fuhr an der Schule, die auf der westlichen Seite lag, und an Aces Lebensmittelladen, Fleetwoods Möbel- und Haushaltswarengeschäft und mehreren Wohnhäusern auf der östlichen Seite vorbei. Beim Ofen angekommen, drehte er eine Runde um ihn herum. Abgesehen von einigen Getränkedosen und ein paar Papierfetzen, die dem Abfallkübel entgangen waren, wirkte der Ort unberührt. Keine Fäuste. Keine herumlungernden Jugendlichen. Er mußte mal mit Anna Flood reden, der Aces Laden jetzt gehörte – damit sie die Limobüchsen und sonstigen Abfälle aufsammelte, die bei ihr gekauft worden waren. Ace, ihr Vater, hatte das immer gemacht. Hatte den Platz saubergefegt wie seine eigene Küche, neben, vor und hinter dem Ofen, und wenn man ihn gelassen hätte, wäre die Straße auch noch drangekommen. Als er wieder in die Hauptstraße einschwenkte, sah Deek den zerbeulten Ford von Reverend Misner, der vor Annas Laden parkte. Von weiter hinten, zu seiner Linken, konnte er Schulkinder hören, die im Chor ein Gedicht aufsagten, das er selbst auch einmal auswendig gelernt hatte – allerdings brauchte er Dunbars Verse nur ein einziges Mal zu hören, damit sie sich seinem Gedächtnis vollständig und unauslöschlich einprägten. Als er und Steward zum Militär gegangen waren, hatten sie eine Menge lernen müssen, vom richtigen Knoten der Uniformkrawatte bis zum Pakken des Tornisters. Und genau wie in der Schule in Haven waren immer sie die ersten gewesen, die etwas kapiert oder sich gemerkt hatten. Nichts davon war freilich so wichtig wie die Dinge, die sie zu Hause lernten, im Schein des offenen Feuers auf dem Fußboden hockend, wo sie Geschichten vom Krieg und Geschichten von großen Wanderungen hörten – von denen, die's geschafft hatten, und den anderen, die draufgegangen waren; Geschichten von den Niederlagen und Triumphen intelligenter Menschen – von ihrer Angst, ihrem Mut, ihrer Verwirrung; und Geschichten von der Liebe, die tief und unzerstörbar war. All das stand in dem einzigen Buch, das sie damals besaßen. Decken aus schwarzem Leder mit Goldbuchstaben. Die Seiten dünner als junge Blätter, als Blütenblätter. Der Rücken oben bis aufs Gewebe durchgescheuert, die verstärkten Ecken so abgegriffen, daß sie dünn waren wie Haut. Darin mächtige Worte, die erst seltsam klangen, aber vertrauter wurden, an Gewicht und hypnotischer Schönheit gewannen, je öfter sie sie hörten, je mehr sie sich in sie vertieften.

Wieder in nördlicher Richtung unterwegs, fand Deek die Hauptstraße und ihre Seitenstraßen so gediegen wie immer: stille weiße und gelbe Häuser voller Bürgerfleiß; in ihnen elegante schwarze Frauen, die nützliche Arbeit verrichteten; aufgeräumte Schränke ohne Überfluß und ohne Mangel; blütenweiße und perfekt gebügelte Wäsche; gut abgehangenes Fleisch, gewürzt und bratfertig. Verdammt sollte er sein, wenn er zuließ, daß K. D. oder die Gammelei der jungen Leute dieses Panorama störte.

Welten war das alles entfernt von Havens frühen Tagen, und sein Großvater hätte nur Spott übrig gehabt für die Bequemlichkeit des ganzen – man kaufte, was man kaufen wollte, mit Dollars, die man in der Tasche hatte, statt Jahre von Arbeit dafür verpfänden zu müssen. Er hätte sich der Enkel geschämt, die an fünf Tagen der Woche jeweils zwölf Stunden lang arbeiteten, statt die achtzehn- bis zwanzigstündigen Arbeitstage auf sich zu nehmen, die einst in Haven knapp das Überleben sicherten; oder die zum Vergnügen auf die Wachteljagd gingen und nicht in der verzweifelten Hoffnung, bei Tisch einer Frau und acht Kindern unter die Augen treten zu können, ohne im Boden versinken zu wollen. Hätte er aber den Ofen gesehen, so wären seine kalten, wäßrigen Augen zu schmalen Schlitzen geworden: Das war kein Treffpunkt mehr, an dem ausgetauscht wurde, was passiert und was zu tun, wer krank oder gestorben, wer angekommen oder abgereist war. Der Ofen, der einst gesehen hatte, wie die frisch Getauften ihr geweihtes Leben begannen, war nur noch Zeuge des Müßiggangs der Jugendlichen. Zwei von Sargeants Jungen hingen hier herum, drei von Poole, zwei Seawrights, zwei Beauchamps und ein paar Kinder aus der DuPres-Familie – die Mädchen von Sut und Pious. Selbst Arnette und das einzige Kind von Pat Best vertrödelten hier ihre Zeit. Dabei hätte es für alle genug zu tun gegeben beim Holzhacken und Ausbessern, bei Besorgungen und in der Küche. Der Ofen, der mit jedem seiner Ziegel lebendige Akkorde zum Lobpreis des HErrn gehört hatte, war jetzt der Berieselung durch Radio- und Schallplattenmusik ausgesetzt – einer Musik, die schon tot war, wenn sie durch den schwarzen Draht gepreßt wurde, der sich von Annas Laden zum Ofen schlängelte. Aber sein Großvater hätte auch Grund gehabt, sich zu freuen. Kinder und Erwachsene mußten sich nicht mehr, wie in den Anfangstagen, spätnachts treffen, um mit Kieselsteinen Buchstaben und Ziffern in aufgesammelte Schieferplatten zu ritzen und von den wenigen, die es konnten, lesen zu lernen: Es gab ein Schulhaus hier. Nicht so groß wie jenes, das sie schließlich in Haven gebaut hatten, aber dafür war es acht Monate im Jahr geöffnet, und es mußte kein Geld vom Staat erbettelt werden, um es zu betreiben. Nicht ein einziger Cent.

Und wie Big Papa prophezeit hatte, kam's darauf an, daß sie zusammenhielten, daß sie gemeinsam arbeiteten, beteten, die Zähne zeigten – dann würde es ihnen nie so gehen wie Downs, Lexington, Sapulpa oder Gans, wo die Farbigen über Nacht aus dem Ort gejagt worden waren. Dann fänden sie sich nicht unter den Toten und Verstümmelten von Tulsa, Norman, Oklahoma City, ganz zu schweigen von den Opfern der spontanen Auspeitschungen, der Morde, der Entvölkerung durch Brandstiftung. Abgesehen von einem kleinen Riß hier, einem Sprung da war Ruby intakt. Niemand mußte sich fragen, ob es vielleicht ein Fehler gewesen war, den Ofen zu verpflanzen; ob er nicht seinen ursprünglichen Standort als Fundament für den Respekt und die gesunde Nutzbarkeit brauchte, die ihm zustanden. Nein. Nein, Big Papa. Nein, Big Daddy. Wir haben's gut gemacht.

Es lag mehr Überredung als Zuversicht in Deeks Versuch, sich zu beruhigen, denn Soane machte ihm immer größere Sorgen. Es war nichts, worauf er den Finger legen konnte, nur ein ständig stärker werdendes Gefühl, daß sie ihm entglitt. Er teilte ihre Trauer, er war sicher, daß er den Verlust der Söhne so unmittelbar und schmerzhaft empfand wie sie – nur mit dem Unterschied, daß er mehr darüber wußte. Er hatte, wie die meisten Morgans, selbst den Krieg erlebt, war Augenzeuge des Sterbens gewesen. Er hatte den Tod gesehen, der andere traf, und den Tod, den er selbst anderen zufügte. Er wußte, daß die Toten nicht einfach hinsackten. Nein, meistens wurden sie zerfetzt, und was damals in den Kisten überführt worden war, was sie in Middleton vom Bahnsteig abgeholt hatten, war eine Sammlung von einzelnen Teilen gewesen, die nur halb soviel wog wie ein unzerstückelter Neunzehnjähriger auf die Waage brachte. Easter und Scout hatten gemischten Einheiten angehört, und sollte Soane je darüber nachdenken, dann wäre sie – ganz unabhängig davon, wieviel fehlte – sicher heilfroh, wenn wenigstens alle Leichenteile von schwarzer Hautfarbe waren. Das gebot schon die Achtung vor den Toten, und die Sanis gaben sich auch alle Mühe, nicht etwa weiße Unterschenkel und Füße zu einem schwarzen Kopf zu packen. Wenn Soane freilich auf das trotzdem Wahrscheinliche käme – du lieber Himmel. Er konnte sich die Unachtsamkeit nicht verzeihen, mit der er über einer Tasse Kaffee erwähnt hatte, wozu Roger nicht fähig gewesen war. Er wollte nicht, daß Soane sich die eine Frage auch nur vorstellte, die er an Roger gerichtet hatte – erst bei Scout und dann bei Easter: Sind die Teile alle schwarz? Womit er meinte: Falls nicht, dann schmeiß die weißen raus. Roger beschwor die Konsistenz der Hautfarbe, und die königlichen Särge waren ein Zeichen Morganscher Dankbarkeit und eine Quelle des Trostes für Soane. Doch was von diesem Verlust zurückgeblieben war, wucherte in ihr auf eine Weise, die er nicht kontrollieren konnte. Er traute den Heilkräutern nicht, die sie einnahm, und ganz gewiß mißtraute er der Quelle, aus der sie kamen. Aber an ihrem Verhalten hatte er nichts auszusetzen. Sie war so schön, wie eine anständige Frau nur sein konnte; sie hielt das Haus in Ordnung; und sie tat überall Gutes. Sie war, genaugenommen, sogar großzügiger als es ihm recht war, doch dafür wollte er sie nicht kritisieren. Und es war ja nicht zu ändern. Soane hatte den Verlust zweier Söhne zu tragen; die Last, die er trug, war der Verlust aller Söhne. Weil sein Zwillingsbruder keine Kinder hatte, waren die Morgans am Ende ihrer Linie angelangt. Na gut, da waren noch Elders Kinder – ein ganzer Schwarm, der überall herumflatterte, nur nicht zu Hause, und wenn ein paar davon auf eine Woche zu Besuch nach Ruby kamen, dann hielt es sie schon nach ein paar Tagen nicht mehr inmitten dieses Friedens, den sie langweilig, dieses Fleißes, den sie anstrengend, und dieser Hitze, die sie unzumutbar fanden. Also hatte es gar keinen Sinn, sie als Teil der legitimen Erbfolge der Morgans zu betrachten. Er und Steward waren die eigentlichen Erben, wofür schon Ruby selbst der Beweis war. Wer sonst, wenn nicht die rechtmäßigen Erben, hätte genau das wiederholt, was Zechariah und Rector getan hatten? Doch weil es ein Teil der Aufgabe gewesen war, den Stamm zu mehren, schmerzte es so heftig, sich einzugestehen, daß ihnen als einziges Mittel hierzu K. D. geblieben war. K. D., der Sohn einer Schwester und des Kumpels aus Armeetagen, dem sie sie zur Frau gegeben hatten. Der Druck, den Deek auf seiner Brust spürte, wann immer er an sie dachte, war wohlvertraut. Ruby. Dieses zauberhafte, bescheidene, lachende Mädchen, das er und Steward ihr ganzes Leben lang beschützt hatten. Sie war krank geworden auf der Reise; schien sich dann wieder zu erholen, aber der Rückfall kam rasch. Als klar wurde, daß sie fachmännische medizinische Hilfe brauchte, war diese nirgends zu bekommen. Sie fuhren nach Demby mit ihr, dann weiter nach Middleton. Kein Farbiger wurde in die Krankenhäuser aufgenommen. Kein Arzt kümmerte sich um sie. Ruby hatte die Gewalt über sich verloren, und sie verlor auch das Bewußtsein, ehe sie mit ihr das zweite Krankenhaus erreichten. Sie starb auf der Bank im Wartesaal, während eine Krankenschwester auf der Suche nach einem Arzt war, der sich ihrer annehmen würde. Als die Brüder erfuhren, daß die Krankenschwester versucht hatte, einen Tierarzt zu erreichen, und als sie ihre tote Schwester in die Arme nahmen, bebten ihre Schultern und hörten auf dem ganzen Heimweg nicht mehr auf. Ruby wurde, ohne daß es eine Leichenhalle brauchte, an einem hübschen Fleck auf Stewards Ranch bestattet, und das war der Moment, in dem der Handel abgeschlossen wurde: ein Gebet in Form eines Vertrags, nichts anderes, mit Gott, keinem anderen, an den Er sich bis 1969 zu halten schien, als die Reste von Easter und Scout nach Hause kamen. Danach verstanden sie das Kleingedruckte des Vertrags viel besser.

Vielleicht hatten sie 1970 einen Fehler gemacht, als sie K. D. und Fleets Tochter von der Heirat abhielten. Sie war schwanger damals, aber ein kurzer Besuch in diesem Kloster genügte, und wenn da mal was war, dann war's gewesen. Die Brüder hatten sich Sorgen gemacht, weil Fleets Nachwuchs so seltsame Formen annahm, und außerdem gab es genügend Kandidatinnen. Aber K. D. trieb sich noch immer mit einer dieser Streunerinnen herum, die dort draußen lebten, wo das Tor zur Hölle offenstand. Es war höchste Zeit, ihm einen Tip zu geben: Nicht bei jedem Puff hängt eine rote Laterne im Fenster.

Er bremste den Wagen vor der Bank ab, als er weiter vorn auf der Straße eine einsame Gestalt bemerkte. Er erkannte sie sofort, beobachtete aber weiter, weil sie, erstens, keinen Mantel trug und weil er sie, zweitens, seit sechs Jahren nicht mehr außerhalb ihres Hauses gesehen hatte.

Die Hauptstraße, drei breite, planierte Meilen Teer, begann beim Ofen und endete bei Sargeants Futter- und Saatguthandel. Die vier Querstraßen auf der östlichen Seite waren nach den Evangelisten benannt worden. Als eine fünfte Straße hinzukam, taufte man sie St. Peter. Später, als Ruby weiterwuchs, wurden auch auf der westlichen Seite Querstraßen angelegt, und obwohl diese neuen Straßen Fortsetzungen der alten waren – sie lagen ihnen genau gegenüber –, bekamen sie eigene, abgeleitete Namen: Aus der östlichen St. John Street wurde Cross John auf der Westseite, aus der St. Luke Street die Cross Luke Street und so weiter. Die Vernunft all dessen erfreute jedermann, nicht zuletzt Deek, und für neue Häuser (die, falls erforderlich, von der Bank der Morgan-Brüder finanziert werden konnten) fand sich immer Platz auf den Parzellen und weiten Flächen jenseits der bestehenden Gebäude. Die Frau, der Deeks Aufmerksamkeit galt, schien aus der Cross Peter Street zu kommen und zu Sargeants Futter- und Saatguthandel unterwegs zu sein. Doch dort hielt sie nicht an. Sie ging weiter, mit entschlossenen Schritten weiter in nördlicher Richtung, wo, wie Deek genau wußte, auf siebzehn Meilen hinaus nichts mehr kam. Was hatte so ein süßes Mädchen, benannt nach dieser Eigenschaft, an einem kühlen Oktobermorgen ohne Mantel so weit entfernt von dem Haus zu suchen, vor das es seit 1967 keinen Fuß mehr gesetzt hatte?

Eine Bewegung im Rückspiegel lenkte ihn ab: Ein roter Kleinlaster kam von Süden, und er erkannte ihn sofort. Aaron Poole würde darin sitzen, und Deek wußte auch, daß er spät dran war, denn er brachte die letzte Rate seines Kredits. Er überlegte kurz, ob er Poole warten lassen und Sweetie nachfahren sollte, aber dann stellte er den Motor ab. July, seine Sekretärin, die auch den Schalterdienst versah, würde erst um zehn Uhr kommen. Es ging einfach nicht, daß die Bank in einem anständigen und soliden Dorf nicht pünktlich öffnete.

Anna Flood sagte: «Schau hin. Schau ihn dir nur an.»

Sie beobachtete, wie Deeks schwerer Wagen den Ofen umrundete und dann langsam an ihrem Laden vorbeirollte. «Was hat er hier herumzuschnüffeln?»

Richard Misner blickte von dem kleinen Zimmerofen hoch. «Er sieht eben nach dem Rechten», sagte er und machte sich wieder daran, Holz einzuschichten. «Und das Recht dazu hat er, kein Zweifel. Es ist doch gewissermaßen sein Dorf hier, findest du nicht? Seins und Stewards.»

«Find ich nicht, nein. Die beiden mögen sich so aufführen, als gehörte 's ihnen. Aber es gehört ihnen nicht.»

Misner liebte ein Feuer mit viel Glut, und genau das bereitete er hier vor. «Na ja, immerhin haben sie's gegründet.»

«Wer hat dir denn das erzählt?» Anna wandte sich vom Fenster ab und ging zur Hintertreppe, die in ihre Wohnung hinaufführte. Sie schob eine Schale mit Fleischresten und Getreideflocken zur Seite, die unter dem Treppenabsatz stand. Die Katze, die tückisch war, weil sie Junge hatte, funkelte sie aus argwöhnischen Augen an. «Fünfzehn Familien haben diesen Ort gegründet. Fünfzehn, nicht zwei. Eine war die meines Vaters, eine andere die meines Onkels –»

«Du weißt genau, was ich meine», fiel ihr Misner ins Wort.

Anna spähte ins Dunkel und versuchte, einen Blick in den Karton zu werfen, in dem das Katzenklo war. «Weiß ich nicht.»

«Das Geld», sagte Misner. «Die Morgans hatten das Geld. Wahrscheinlich sollte ich sagen, daß sie das Dorf finanziert haben. Finanziert, nicht gegründet.»

Die Katze fraß nie, wenn man sie beobachtete, drum verzichtete Anna darauf, einen Blick auf die Jungen zu werfen, und wandte sich wieder Richard Misner zu. «Auch das stimmt nicht. Alle haben dazu beigetragen. Die Bank war nur so eine Idee, wie man's anstellen könnte. Die Familien haben Anteile an der Bank erworben, verstehst du, statt einfach nur Guthaben einzuzahlen, die jederzeit den Bach runtergehen konnten. So war ihr Geld sicher.»

Misner nickte und wischte sich die Hände ab. Er wollte sich nicht schon wieder streiten. Anna weigerte sich einfach, den Unterschied zwischen einer Investition und nachbarschaftlicher Hilfe zu kapieren. Genauso, wie sie nicht glauben wollte, daß der mit Holz geschürte Zimmerofen mehr Wärme gab als ihr kleiner elektrischer Heizlüfter.

«Die Morgans hatten eben die Mittel, das ist alles», sagte sie. «Noch von der Bank ihres Vaters, damals in Haven. Mein Großvater, Able Flood, war sein Partner. Alle nannten ihn Big Daddy, aber sein wirklicher Name war –»

«Ich weiß, ich weiß. Rector. Rector Morgan, auch bekannt als Big Daddy. Sohn des Zechariah Morgan, den die ganze Christenheit als Big Papa kennt.» Und dann zitierte er einen Spruch, dessen sich die Bürger von Ruby gern bedienten. «‹Rectors Bank kann scheitern, aber Rector nicht.›»

«Das stimmt auch. Die Bank mußte zusperren – Anfang der Vierziger –, aber sie ist nicht pleite gegangen. Ich meine, sie hatten immer noch soviel übrig, daß wir neu anfangen konnten. Ich weiß, was du denkst, aber du kannst wirklich nicht behaupten, daß es nicht funktioniert hat. Den Leuten geht's gut hier. Allen.»

«Allen geht's gut auf Pump, Anna. Das ist nicht dasselbe.»

«Weil?»

«Weil ein Kredit einmal auslaufen kann.»

«Kann er nicht. Die Bank gehört uns. Nicht umgekehrt.»

«Ach, Anna. Du kapierst es einfach nicht. Du kommst nicht dahinter.»

Sein Gesicht gefiel ihr, selbst wenn er etwas gegen Leute sagte, die sie mochte. Steward zum Beispiel schien er zu verabscheuen, aber Steward war es gewesen, der ihr die Lektion mit dem Skorpion erteilt hatte. Das war 1954, als überall gebaut wurde; Anna war vier und saß auf der brandneuen Veranda vor dem Laden ihres Vaters, und im Haus waren ein paar Männer, darunter Steward, die Ace Flood bei der Fertigstellung der Regale halfen und gerade eine Pause nach einem kurzen Mittagsimbiß machten. Anna vergnügte sich unterdessen damit, die Ameisen auf den Treppenstufen vom rechten Pfad abzubringen: Sie legte ihnen Hindernisse in den Weg und beobachtete, wie sie über die Kante eines Blattes kletterten oder geradewegs über einen neuen grünen Berg marschierten, als wäre er schon immer dagewesen. Plötzlich schoß direkt neben ihrem nackten Fuß ein Skorpion heraus, und sie rannte verängstigt in den Laden. Das Gespräch verstummte, während die Männer die Dringlichkeit der kindlichen Störung abschätzten, und es war schließlich Steward, der sie hochhob, in die Arme nahm und fragte: «Na, was ist denn los, meine Hübsche?» und sie von ihrer Angst erlöste. Anna klammerte sich an ihn, während er ihr erklärte, daß der Skorpion seinen Schwanz erhoben hatte, weil er sich vor ihr genauso fürchtete wie sie sich vor ihm. Als sie, viel später, in Detroit Polizisten mit Kindergesichtern sah, die an ihren Waffen herumfingerten, erinnerte sie sich an den aufgerichteten Stachel des Skorpions. Sie hatte Steward auch einmal gefragt, wie man sich fühlte, wenn man ein Zwilling war. «Kann ich nicht sagen», antwortete er, «weil ich ja niemals keiner war. Aber ich denke mir, daß man sich vollständiger fühlt.»

«Wie einer, der weiß, daß er nie einsam sein kann?» fragte Anna.

«Na ja, schon. So was Ähnliches. Aber es ist mehr eine Art ... Überlegenheit.»

Als Ace starb, kam sie zurück nach Ruby und war schon im Begriff, alles zu verkaufen – den Laden, die Wohnung, das Auto, alles – und nach Detroit zurückzukehren, als er im Dorf eintraf, allein, in einem zerbeulten Ford. Der neue Pfarrer von Golgatha.

Anna lehnte sich mit verschränkten Armen auf die hölzerne Verkaufstheke. «Das ist mein Laden hier. Mein Daddy ist gestorben – jetzt gehört er mir. Ich habe keine Pacht zu zahlen. Es liegt keine Hypothek drauf. Bleiben nur Steuern und die Abgaben fürs Dorf. Ich kaufe Ware ein, ich verkaufe sie wieder, die Differenz ist mein Gewinn.»

«Du hast Glück. Aber was ist mit den Farmen? Nimm mal an, es gibt eine Mißernte, vielleicht zwei Jahre hintereinander. Lassen sich die alte Mrs. Sands oder Nathan DuPres dann etwa ihren Anteil an der Bank auszahlen? Beleihen sie ihn? Verkaufen sie ihn an die Bank? Was tun sie?»

«Ich weiß nicht, was sie tun, aber ich weiß, daß die Bank nichts davon hat, wenn sie ihren Anteil verlieren. Deshalb würden sie ihnen Geld geben, damit sie neues Saatgut oder Dünger oder was auch immer kaufen können.»

«Du meinst, sie *leihen* ihnen das Geld.»

«Du machst mir wirklich Kopfweh. Da, wo du herkommst, mag das ja alles so sein. Ruby ist anders.»

«Hoffentlich.»

«Bestimmt. Wenn's hier Probleme gibt, dann gewiß nicht wegen Geld.»

«Tja. Weshalb dann?»

«Schwer zu sagen. Aber mir gefällt Deeks Gesicht nicht, wenn er beim Ofen nach dem Rechten schaut. Er macht das inzwischen so gut wie jeden Tag, den Gott werden läßt. Kommt mir mehr wie eine Jagd vor als wie ein bloßes Nachschauen. Das sind doch noch Kinder.»

«Diese hingemalte Faust hat eine Menge Leute erschreckt.»

«Aber warum? Es war doch nur ein Bild! Man könnte meinen, jemand hätte ein Kreuz verbrannt!» Gereizt begann sie, überall herumzuwischen – auf Krügen, Kistendekkeln, dem Getränkekühlschrank. «Er sollte mit den Eltern reden, statt auf die Kinder Jagd zu machen wie ein Sheriff. Kinder brauchen mehr, als hier geboten wird.»

Misner konnte nicht einiger mit ihr sein. Seit der Ermordung Martin Luther Kings waren zahllose Absichtserklärungen verkündet und Gesetze erlassen worden, aber das meiste davon war nur Beschwichtigung: schwarze Denkmäler, schwarze Straßennamen, wohltönende Reden. Es war, als hätte man etwas Wertvolles ins Pfandhaus getragen und dann die Quittung verloren, die man zum Auslösen brauchte. Nach dieser Quittung suchten Destry, Roy, Little Mirth und die anderen. Vielleicht hatte auch der Urheber der Faust nach ihr gesucht. Wenn sie die Quittung jedoch nicht fanden, konnte es leicht sein, daß sie ins Pfandhaus einbrachen. Die Frage war, wer die großen Versprechungen zuerst versetzt hatte, und warum.

«Du hast mir erzählt, daß du deswegen hier weg bist –

weil hier nichts zu bewegen war –, aber du hast mir nicht gesagt, warum du zurückgekommen bist.»

Anna hatte keine Lust, das alles zu erklären, drum wiederholte sie mit veränderten Worten, was er schon wußte. «Tscha. Na ja. Ich dachte, ich könnte oben im Norden was Nützliches tun. Etwas Wichtiges, bei dem ich mir nicht wie eine Idiotin vorkommen würde. Aber dann war alles nur, wie soll ich sagen, nur Gerede und endlose Lauferei. Ich war auf einmal ganz verwirrt. Aber trotzdem bereue ich keine Sekunde lang, daß ich gegangen bin – auch wenn es nichts gebracht hat.»

«Ach, ich bin froh, daß es so gekommen ist, warum auch immer.» Er streichelte ihre Hand.

Anna erwiderte seine Berührung. «Ich mach mir Sorgen», sagte sie. «Wegen Billie Delia. Wir müssen uns was einfallen lassen, Richard. Etwas Besseres als Chorwettbewerbe, Bibelstunden, Preise für den dicksten Kürbis und Geschenkbasare für Familien, die Nachwuchs erwarten ...»

«Was ist mit ihr?»

«Wenn ich's nur wüßte. Es ist schon eine Weile her, da ist sie hier reingekommen, und ich hab gleich gemerkt, daß sie etwas auf dem Herzen hat. Aber ich hab nicht viel mit ihr gesprochen, weil meine Lieferung an dem Tag zu spät gekommen war.»

«Und was soll das heißen?»

«Sie ist abgehauen. Glaub ich jedenfalls. Keiner hat sie mehr gesehen.»

«Was sagt ihre Mutter dazu?»

Anna zuckte die Achseln. «Mit Pat kann man schwer reden. Kate hat sie nach Billie Delia gefragt, weil die nicht zur Chorprobe gekommen war. Und weißt du, was sie gemacht hat? Sie hat Kates Frage mit einer Gegenfrage beantwortet.» Anna ahmte die leise, kalte Stimme von Pat Best nach:

«‹Wozu mußt du das wissen?› Und dabei sind sie und Kate ziemlich eng.»

«Meinst du, sie spielt mit dem Feuer? Sie kann doch nicht einfach verschwinden, ohne daß irgend jemand weiß, wo sie steckt.»

«Ich hab keine Meinung.»

«Sprich mit Roger. Er müßte Bescheid wissen. Immerhin ist er ihr Großvater.»

«Frag du ihn. Ich tus nicht.»

«Sag mal, was habt ihr eigentlich alle mit diesem Roger? Fast drei Jahre bin ich jetzt hier, aber ich komme immer noch nicht dahinter, warum ihr alle zu Eis erstarrt, wenn's um ihn geht. Liegt's an diesem Bestattungsunternehmen, das er betreibt?»

«Wahrscheinlich. Und da ist noch was. Er hat auch seine eigene Frau, ähm, ‹präpariert›, wenn du verstehst, was ich meine.»

«Oh.»

«Das stimmt einen schon nachdenklich, oder?»

«Sei still.»

Für einen Augenblick schwiegen sie, dachten darüber nach. Dann ging Anna um die Verkaufstheke herum zum Fenster. «Fürs Wetter hast du wirklich einen Riecher. Das ist jetzt das dritte Mal, daß ich dir nicht glauben wollte, und wieder hab ich mich geirrt.»

Misner trat zu ihr. Man brauchte nur die Fensterscheibe zu berühren, um zu spüren, daß die Außentemperatur plötzlich unter den Gefrierpunkt gefallen war.

«Los jetzt. Zünd's an», sagte sie lachend und war glücklich, daß sie sich geirrt hatte und daß der Mann, den sie anhimmelte, recht behalten konnte. Es gab Frauen in der Gemeinde, die das offenkundige Interesse mißbilligten, das er an ihr – und nur an ihr – zeigte. Und Pat Best verstand es nur zu gut, ihr eigenes Interesse an ihm zu verbergen. Doch Anna glaubte, daß mehr dahintersteckte als die Pläne, die die anderen Frauen für diesen gutaussehenden, intelligenten Mann und ihre diversen Töchter und Nichten geschmiedet haben mochten. Sie war sicher, daß die Mißbilligung überwiegend mit ihrem Haar zu tun hatte, das nicht entkräuselt war. Mein Gott, was hatte sie sich alles anhören müssen, als sie aus Detroit zurückkam. Seltsame, alberne, indiskrete Gespräche waren das, sie kam sich vor, als müsse sie ihr Schamhaar, ihre Achselbehaarung verteidigen. Sie hätte splitternackt durchs Dorf laufen können, und trotzdem hätten alle nur von ihrem naturkrausen Haar geredet. Das Thema rief mehr Leidenschaft, mehr Meinungen, mehr Zorn hervor als die Prostituierte, die Menus aus Virginia mitgebracht hatte. Wahrscheinlich hätte sie ihre Haare bald wieder geglättet – es sollte keine Änderung für immer, keine Aussage sein –, wenn die Frisur nicht in einer Zeit, in der so vieles andere sie in Verwirrung stürzte, auch viel geklärt hätte. Sie ermöglichte es, schlagartig ihre Freunde von den anderen zu unterscheiden; zu erkennen, wer sich zu benehmen wußte und wer keine Kinderstube hatte, wer verängstigt und wer unsicher war. Dovey Morgan mochte sie; Pat Best haßte sie; Deek und Steward schüttelten die Köpfe; Kate Golightly liebte die Frisur und half ihr, sie in Form zu halten; Reverend Pulliam hielt eine ganze Predigt über sie; K. D. lachte nur; die meisten von den Jugendlichen bewunderten sie, ausgenommen Arnette. Wie ein Geigerzähler, so fand sie, registrierte ihr Haar inneren Frieden oder die Intensität einer tiefsitzenden, rumorenden Unruhe.

Das Feuer, das einen köstlichen Duft ausströmte, lockte die Katzenmutter an. Sie rollte sich hinter dem Ofen zusammen, aber ihre Blicke blieben wachsam, auf menschliche oder andere Störenfriede gefaßt.

«Ich mach uns einen Kaffee», sagte Anna, die Wolken über dem Heiligen Erlöser musternd. «Das könnte kritisch werden.»

Ace Floods Glaube war von der Art gewesen, die Berge versetzt, und so hatte er auch seinen Laden für die Ewigkeit gebaut. Sandsteinmauern, solider als manche Kirche. Vier Zimmer für die Familie im Obergeschoß; darunter ein ausgedehnter Lagerraum, eine Schlafkammer und der fast fünf Meter hohe Verkaufsraum, dessen Wände hinter Regalbrettern und Schubfächern, Kisten und Kästen verschwanden. Tageslicht drang durch normale Zimmerfenster herein – er brauchte und wollte keine «Auslage», kein großes, verschwenderisches Schaufenster, das neugierige Blicke einlud. Die Leute sollten selbst in den Laden kommen und sehen, was er zu bieten hatte. Sein Sortiment war klein, aber dafür waren die Lagerbestände seiner Waren um so unerschöpflicher. Ehe er starb, mußte er noch erleben, daß sich sein Laden von einer für Ruby unentbehrlichen Institution in ein normales Geschäft verwandelte, dem die Einheimischen bei bestimmten Artikeln die Treue hielten, nicht ohne jedoch an den Preisen herumzukritteln und immer häufiger mit ihren Pick-ups nach Demby zu fahren, wo sie billiger (und besser) einkaufen konnten. Unter Anna wurde das alles anders. Was Aces Lebensmittelladen an schierer Auswahl fehlte, machte sie nun durch Vielfalt und Kundendienst wett. An kühlen Tagen bot sie heißen Kaffee an und bei Hitze Eistee – gratis. Sie stellte zwei Stühle und einen kleinen Tisch vor die Tür, damit sich ältere Kunden und alle, die von entfernten Farmen hergefahren kamen, ein wenig ausruhen konnten. Und weil Erwachsene den Ofen, der direkt neben Annas Laden lag, inzwischen mieden – außer, es fand etwas Besonderes dort statt –, spezialisierte sie sich auf die Bedürfnisse der Jugend, die ihn zu ihrem Treffpunkt gemacht hatte. Sie verkaufte selbstgebakkenen Kuchen und bot neben den vielen aus Demby besorgten Sorten auch selbstgemachte Süßigkeiten an. Sie hielt drei verschiedene Limonaden vorrätig und nicht nur eine. Manchmal verkaufte sie die Pfefferschoten aus dem Klostergarten, die so tiefschwarz waren wie die Sohle acht. Im Kühlschrank lagerte, wie bei ihrem Vater, Schweinskopfsülze neben Pökelfleisch und frischer Butter aus der Gegend. Doch der ganze Raum, den Ace Flood früher für Tücher, Arbeitsschuhe, kleine Werkzeuge und Petroleum reserviert hatte, wurde jetzt von Konserven, Hülsenfrüchten, Kaffee, Zucker, Sirup, Backpulver, Mehl, Salz, Ketchup und Papierartikeln eingenommen – all den Dingen, die selbst herzustellen unmöglich oder zu mühsam war. Die Schuhe, die Werkzeuge, das Petroleum wurden jetzt von Sargeants Futter- und Saatguthandel verkauft, und in Harpers Drugstore gab es Nadel und Faden, freiverkäufliche und verschreibungspflichtige Medikamente, Hygieneartikel, Schreibwaren und Tabak. Ausgenommen den Blue-Boy-Kautabak. Steward hatte ihn von jeher bei Ace gekauft, und er war nicht der Mann, der eine Gewohnheit änderte.

In Annas Händen blühte der alte Lebensmittelladen von Ace Flood durch Vielseitigkeit, Bequemlichkeit und Kundenfreundlichkeit neu auf. Weil sie Menus an Samstagen im Hinterzimmer Haare schneiden ließ, stieg der Umsatz durch Spontankäufe. Weil sie im Keller eine saubere Toilette hatte, fühlte sich so mancher, der sie in der Not benutzen durfte, danach verpflichtet, ihr Kunde zu werden. Farmersfrauen kamen nach dem Kirchgang um ein Pfund Pfefferminze vorbei oder die Männer um einen Sack Rosinen: Unweigerlich nahmen sie noch etwas anderes aus Annas Angebot mit.

Das Behagen, mit dem Richards Feuer sie erfüllte, zauberte ein Lächeln auf ihr Gesicht. Aber die Frau eines Geistlichen konnte sie nicht werden. Niemals. Oder doch? Nun, er hatte sie ja auch noch nicht darum gebeten – also lieber die Ofenwärme genießen, den Anblick seines Nakkens, die unsichtbare Gegenwart kleiner Kätzchen.

Nach einiger Zeit kam ein Kombi angefahren, der so dicht vor dem Laden hielt, daß sowohl Misner wie auch Anna das Fieber in den blauen Augen des Babys erkennen konnten. Die Mutter hielt das Kind so im Arm, daß es über ihre Schulter blickte, und strich ihm über die gelben Haare. Der Fahrer, ein Mann in den Vierzigern, der städtische Kleidung trug, stieg aus und öffnete die Ladentür.

«Guten Tag allerseits», sagte er. «Wie geht's?»

«Danke, gut. Und Ihnen?»

«Scheint so, als hätt ich mich verfahren. Schon seit mehr als einer Stunde bin ich auf der Suche nach der Achtzehn West.» Er sah Misner an und lächelte verlegen, weil er den männlichen Grundsatz mißachtete, niemals nach dem Weg zu fragen. «Meine Frau hat mich gezwungen, anzuhalten. Ihr reicht's.»

«Da müssen Sie ein ganzes Stück zurück in die Richtung, aus der sie kommen», sagte Misner mit einem Blick auf das Kennzeichen aus Arkansas. «Ich kann Ihnen beschreiben, wie Sie hinfinden.»

«Danke, das wär 'ne große Hilfe», sagte der Mann. «Einen Arzt gibt's wahrscheinlich nicht hier?»

«Nicht in diesem Dorf, nein. Da müßten Sie nach Demby fahren.»

«Was hat das Kind denn?» fragte Anna.

«Speiübel ist ihm. Und heiß fühlt sich's auch an. Eigentlich haben wir alles, was man so braucht, aber wer würde schon Aspirin und Hustensaft bei jedem kleinen Ausflug mitschleppen. Man kann doch nicht an jeden Kleinscheiß denken, Herr im Himmel.»

«Hustet Ihr Kind? Ich glaube eigentlich nicht, daß Sie Hustensaft brauchen.» Anna spähte durch das Fenster. «Holen Sie doch Ihre Frau ins Warme rein.»

«Im Drugstore gibt's Aspirin», sagte Misner.

«Einen Drugstore hab ich nicht gesehen. Wo ist er?»

«Sie müssen direkt dran vorbeigefahren sein. Man erkennt ihn aber kaum – sieht wie ein ganz normales Wohnhaus aus.»

«Wie kann ich ihn dann finden? Hausnummern scheint's hier ja auch nicht zu geben.»

«Sagen Sie mir, was Sie alles brauchen, und ich besorge es Ihnen. Und sagen Sie Ihrer Frau, sie soll das Kind reinbringen.» Misner griff nach seinem Mantel.

«Nur ein paar Aspirin und Hustensaft. Bin Ihnen wirklich dankbar. Ich hol jetzt meine Frau.»

Der Windstoß, der durch die offene Tür drang, ließ die Kaffeetassen klirren. Der Mann stieg wieder in seinen Kombi; Misner fuhr mit seinem klapperigen Ford los. Anna überlegte, ob sie einen Zimttoast machen sollte. Das Kürbisbrot war sicher schon altbacken. Ideal wär's, wenn sie eine überreife Banane hätte – das Kind wirkte verstopft. Sie könnte sie mit etwas Apfelmus vermanschen.

Der Mann kam zurück; er schüttelte den Kopf. «Ich laß einfach den Motor laufen. Sie sagt, sie rührt sich keinen Millimeter von der Stelle.»

Anna nickte. «Haben Sie's noch weit?»

«Bis Lubbock. Sagen Sie, dieser Kaffee – ist er noch heiß?»

«M-hm. Wie trinken Sie ihn?»

«Schwarz und süß.»

Er hatte kaum zwei kleine Schlucke genommen, als draußen die Hupe des Kombis ertönte. «Mist. Entschuldigen Sie», sagte er. Als er wieder in den Laden kam, kaufte er Lakritze, Erdnußbutter, Kekse und drei Cola und trug das alles hinaus zu seiner Frau. Dann kehrte er zurück, um schweigend seinen Kaffee auszutrinken, während Anna im Feuer herumstocherte.

«Sie sollten unbedingt noch tanken, sobald Sie auf der Achtzehn sind. Es gibt einen Blizzard.»

Er lachte. «Einen Blizzard? In Lubbock, Texas?»

«Sie sind noch nicht in Texas», sagte Anna. Sie blickte zum Fenster und sah zwei näher kommende Gestalten. Dann drückte Misner mit der Schulter die Tür auf, dicht gefolgt von Steward.

«Los geht's», sagte Misner und überreichte zwei Fläschchen. Der Mann nahm sie und eilte hinaus zu seinem Wagen. Misner ging ihm nach, um den Weg zu erklären.

«Wer ist denn das?» fragte Steward.

«Verirrtes Volk.» Anna schob ihm eine 32-Unzen-Dose Blue Boy hin.

«Verirrtes Volk oder verirrte Weiße?»

«Ach, Steward, *bitte*.»

«Ein Riesenunterschied, mein Mädchen. Riesig. Hab ich recht, Reverend?» Misner trat eben wieder in den Laden.

«Weiße verirren sich wie alle anderen auch», sagte Anna.

«Sie sind schon verirrt geboren. Beherrschen die Welt, aber landen immer nur in der Verirrung. Hab ich recht, Reverend?»

«Jetzt hast du dir gerade widersprochen.» Anna lachte.

«Für Gott gibt es nur ein einziges, großes Volk, Steward. Das wissen Sie genau.» Misner rieb sich die Hände, hauchte sie an.

«Reverend», erwiderte Steward, «ich hab schon gehört, daß Sie etwas aus Unwissenheit heraus sagen. Aber jetzt höre ich Sie zum erstenmal etwas sagen, was die Unwissenheit selbst ist.»

Misner lächelte und wollte gerade antworten, als der verirrte Mann noch einmal in den Laden kam, um Misner das Geld für die Medikamente zu geben.

«Ein Blizzard zieht auf.» Steward musterte die leichte Kleidung, die dünnen Schuhe des Mannes. «Vielleicht wollen Sie irgendwo Unterschlupf suchen. Auf der Achtzehn kommt eine Tankstelle. Weiter würde ich nicht fahren, an Ihrer Stelle.»

«Ich fahr ihm davon.» Der Mann klappte seine Brieftasche zu. «Auf der Achtzehn werde ich noch mal tanken, und ansonsten bin ich noch heute aus diesem Staat hier raus. Ich danke Ihnen allen. Sie haben uns sehr geholfen. Ich weiß es zu schätzen.»

«Keiner hört auf einen», sagte Steward, während der Kombi sich entfernte. Er selbst, der 1958 erlebt hatte, daß ganze Herden erfroren, hatte schon seit Mittwoch Wasser gepumpt, Fenster vernagelt, Luzerne zusammengeharkt und Vorräte angelegt. Er war im Dorf, um Tabak und Sirup zu kaufen und um Dovey abzuholen.

«Sagen Sie, Steward», fragte Misner, «haben Sie Rogers Enkelin, Billie Delia, kürzlich gesehen?»

«Wozu sollte ich die sehen?»

«Anna sagt, sie ist von der Bildfläche verschwunden. Aber natürlich haben wir ihre Mutter nicht gefragt.»

Das «wir» aufgreifend, legte Steward einen druckfrischen Fünfdollarschein auf den Tresen. «Dort würdet ihr auch nichts erfahren», sagte er und dachte: Kein großer Schaden, wenn sie tatsächlich abgehauen wäre. Geschähe Pat recht. Steckt dauernd ihre Nase in Sachen, die sie nichts angehen, und mauert, sobald man sich für sie interessiert. «Dabei fällt mir ein – Deek hat mir erzählt, daß er Sweetie heute früh gesehen hat. Sie ist die Straße runtergegangen, ohne Mantel oder sonstwas.»

«Sweetie? Hat ihr Haus verlassen?» Anna konnte es kaum glauben.

«Welche Straße hinunter?» fragte Misner.

«Doch nicht Sweetie.»

«Deek schwört, daß sie es war.»

«Sie muß es gewesen sein», sagte Misner. «Ich hab sie auch gesehen. Direkt vor meinem Haus. Ich dachte, sie würde anklopfen, aber dann hat sie kehrtgemacht und ist zur Hauptstraße zurück. Sah aus, als würde sie wieder nach Hause gehen.»

«Ist sie aber nicht. Deek hat gesagt, sie war schon weit über Sargeants hinaus – sie ist aus dem Ort rausmarschiert wie ein Soldat.»

«Hat er sie denn nicht angehalten?»

Steward starrte Anna an, als traue er seinen Ohren nicht. «Er mußte doch die Bank aufsperren, Mädchen.»

Misner zog die Stirne kraus. Anna kam allem, was ihm jetzt auf der Zunge liegen mochte, mit einer Einladung zuvor: «Wollt ihr beide etwas Kaffee? Und dazu vielleicht ein Kürbisbrot?»

Die Männer akzeptierten.

«Jemand sollte mit Jeff sprechen.» Es war Annas Stimme, aber alle drei Augenpaare richteten sich auf die Regalwand, hinter der sich Fleetwoods Möbelladen verbarg.

Trotz der Prognose, die in Misners besorgtem Blick und Steward Morgans Vorsorge gelegen hatte, leuchtete ein kleiner Himmelsfleck in einer ganzen Palette von Aquarellfarben auf: Pfirsichorange, Minzgrün, Meeresküstenblau. Der Rest des Himmels, zinngrau, lieferte den Hintergrund, der dieses seltsame Bilderbuchfarbenspiel der Sonne um so heller erstrahlen ließ. Es dauerte eine volle Stunde, und jeder, der es sah, war hingerissen. Dann verblaßte es, und ein bleierner Himmel verdunkelte sich über einem nicht mehr nachlassenden Wind. Mittags kam der erste Schnee – nadelscharfe Körner, die prasselnd, ohne zu schmelzen, vor dem Wind hergetrieben wurden. Der zweite Schneefall, zwei Stunden später, prasselte nicht. Er legte sich leise auf alles, was da war, und deckte es zu.

«Bin gleich wieder da, Miss Mable», hatte Sweetie gesagt. «Bin nur eine Minute weg, Miss Mable.»

Hatte sie sagen wollen. Sagte sie vielleicht auch. War es jedenfalls ihre Absicht zu sagen. Aber sie mußte sich beeilen, ganz schnell, ehe wieder eins von ihnen nach Luft schnappte.

Auf der Veranda, auf dem Gartenweg war Sweeties Schritt entschlossen – als hätte sie ein wichtiges Ziel, als hätte sie etwas Wichtiges zu erledigen und es würde nur ein paar Minuten dauern und sie wäre gleich wieder da. Rechtzeitig, um einen kleinen Hintern zu massieren, damit er nicht wund wurde oder um Schleim und Essensreste abzusaugen oder um Zähne zu putzen oder Nägel zu schneiden oder Urin auszuwaschen oder ein Kind in den Armen zu wiegen oder ihm etwas vorzusingen. Vor allem aber rechtzeitig, um aufzupassen. Um keine Sekunde ihre Augen abzuwenden, wenn nicht die Schwiegermutter da war, aber auch dann mußte sie wachsam sein, denn Miss Mables Augen waren nicht mehr so gut wie einst. Andere hatten ihre Hilfe angeboten, anfangs häufig, heute nur noch selten, aber sie war nie darauf eingegangen. Denn niemand war so wachsam wie Sweetie. Ihre Schwiegermutter war die Zweitbeste. Auch Arnette hatte zuverlässig aufgepaßt, aber das war einmal. Jeff und ihr Schwiegervater jedoch konnten nicht einmal den Anblick ertragen, geschweige denn genau hinschauen.

Das Problem hatte nie darin bestanden, gut aufzupassen, wenn sie wach war. Es bestand im Aufpassen während des Schlafs. Sechs Jahre lang hatte sie auf einer Pritsche neben den Kinderbetten übernachtet, und wenn sie einmal bei Jeff im Ehebett schlief, hielt sie den Atem an und die Ohren gespitzt, und jeder Muskel an ihr war sprungbereit. Daß sie tatsächlich schlief, merkte sie nur daran, daß sie hin und wieder träumte, aber an den Inhalt der Träume konnte sie sich nie erinnern. Und in letzter Zeit fiel es ihr immer schwerer, gleichzeitig zu schlafen und wachsam zu sein.

Als der Morgen dämmerte und Mabel mit einer Tasse Kaffee in das düstere Zimmer kam, stand Sweetie auf, um den Kaffee entgegenzunehmen. Sie wußte, daß Mabel ihr schon das Badewasser eingelassen und ein Handtuch und ein frisches Nachthemd auf dem Stuhl im Schlafzimmer bereitgelegt hatte. Und sie wußte, daß Mabel ihr anbieten würde, sich um ihre Haare zu kümmern – sie zu Zöpfen zu flechten oder zu waschen oder zu Locken zu drehen oder ihr nur die Kopfhaut zu massieren. Der Kaffee würde ihr guttun, schwarz und mit viel Zucker drin. Aber sie wußte auch, daß sie, wenn sie ihn dieses eine Mal noch trank und im Licht der Morgensonne zu Bett ging, nie wieder aufwachen würde. Und wer sollte dann auf ihre kleinen Kinder aufpassen?

So nahm sie den Kaffee entgegen und sagte oder hatte die Absicht zu sagen: «Bin in einer Minute wieder da, Miss Mable.»

Im Erdgeschoß stellte sie Tasse und Untertasse auf dem Eßtisch ab, öffnete ungewaschen, ohne Mantel und unfrisiert die Haustür und ging. Mit schnellen Schritten.

Sie war nicht darauf aus, zu laufen, bis sie zusammenbrach oder ohnmächtig wurde oder erfror und dann für eine ganze Weile in einem Nirgendwo verschwand. Ihre kleine Hoffnung war, daß sie dieser immer gleichen Reihenfolge von frühmorgendlichem Kaffee, schon eingelassenem Bad, säuberlich gefaltetem Nachthemd und wachsamem Schlaf entgehen könnte, die sich bis in alle Ewigkeit und ganz besonders heute, an diesem einen speziellen Tag, wiederholte. Die einzige Chance, die Reihenfolge zu ändern, so dachte sie, lag nicht darin, etwas anders zu machen, sondern darin, etwas ganz anderes zu tun. Nur eine Möglichkeit bot sich an: ihr Haus zu verlassen und auf eine Straße hinauszugehen, die sie seit sechs Jahren nicht mehr betreten hatte.

Sweetie wanderte die ganze Hauptstraße hinunter – an den Evangelistenstraßen vorbei und vorbei am Neuen Zion, an Harpers Drugstore, an der Bank, der Golgathakirche. Sie machte einen Abstecher in die Cross Peter Street, kehrte wieder um und lief weiter, bis sie auch Sargeants Futter- und Saatguthandel hinter sich gelassen hatte. Im Norden von Ruby, wo die Straße zweimal schlechter wurde, marschierten ihre Beine wie von selbst, und auch ihre Haut ließ sie nicht im Stich, denn sie spürte überhaupt nichts von der Kälte. Die frische Luft im Freien, an die sie nicht gewöhnt war, reizte ihre Nasenschleimhaut, und sie verzog das Gesicht, um das Gefühl auszuhalten. Sie wußte nicht, daß sie lächelte, und genausowenig wußte es das Mädchen, das sie von der Ladefläche eines brandneuen 73er Pick-ups aus anstarrte. Das Mädchen glaubte, Sweetie würde weinen, und eine weinende schwarze Frau, allein auf der Landstraße, brach ihm von neuem das Herz.

Es war ein Versteck aus leeren Kisten, aus dem heraus das Mädchen Sweetie beobachtete. Der Kleinlaster, ein Ford, der in südlicher Richtung unterwegs war, verlangsamte seine Fahrt, als er an Sweetie vorbeikam, und hielt dann ganz an. In der Fahrerkabine wechselten der Mann am Lenkrad und seine Frau einen Blick. Dann lehnte sich der Fahrer aus dem Fenster, verrenkte den Hals und rief hinter Sweetie her: «Brauchen Sie Hilfe?»

Sweetie drehte sich nicht um, zeigte keine Reaktion auf das Angebot. Das Paar sah sich an und zog geräuschvoll Luft durch die Zähne, während der Mann wieder Gas gab. Zum Glück fiel die Straße an dieser Stelle ab, sonst hätte sich die Tramperin mit dem gebrochenen Herzen bei ihrem Sprung von der Ladefläche verletzt. Das Paar konnte im Rückspiegel verfolgen, wie eine Mitfahrerin, von deren Existenz es nichts geahnt hatte, hinter der erbarmungswürdigen und schlechterzogenen Gestalt herlief, die nicht einmal «Nein, danke» gesagt hatte.

Als das Mädchen mit dem brechenden Herzen die Frau erreichte, war es klug genug, weder mit Worten noch mit Gesten oder gar Berührungen auf diese zielstrebig dahinrollende kleine Kugel einzudringen, in die sich die weinende Frau verwandelt hatte. Das Mädchen hielt sich gute zehn Schritte hinter ihr und heftete seine Blicke auf die wohlgeformten, dunklen Knöchel, die aus abgetragenen weißen Slippern ragten; auf das zerknitterte Hemdblusenkleid, blaßblau mit durchhängenden Taschen; auf die Frisur, die noch vom Schlaf gezeichnet war – auf der einen Seite flachgedrückt und auf der anderen zerzaust. Zu hören war dann und wann ein Schluchzen, das wie ein Kichern klang.

Mehr als eine Meile legten sie so zurück, die gehende Frau unterwegs zu einem Ziel; das Mädchen, das ihr folgte, unterwegs zu jedem Ziel. Ein Gespenst und sein Schatten.

Der Morgen war kalt, reich an Wolken. Der Wind ließ Wellen durch das hohe Gras beiderseits der Straße laufen.

Fünfzehn Jahre zuvor, als die Tramperin mit dem gebrochenen Herzen fünf Jahre alt war, hatte sie vier Nächte und fünf Tage damit zugebracht, an jeder einzelnen Tür in ihrem Wohnhaus zu klopfen.

«Ist meine Schwester hier drin?»

Manche sagten nein; manche fragten: Wer?; manche sagten: Wie heißt du denn, meine Kleine? Die meisten machten die Tür gar nicht auf. Das war 1958, als ein Kind überall in einer brandneuen Sozialsiedlung spielen konnte, ohne etwas befürchten zu müssen.

An den beiden ersten Tagen, als sie in immer höheren Etagen ihre Runden drehte und genau aufpaßte, daß sie keine Tür ausließ, da wartete sie noch. Jean, ihre Schwester, würde jeden Augenblick zurückkommen, denn schließlich stand das Abendessen auf dem Tisch – Hackbraten, grüne Bohnen, Ketchup, Weißbrot –, und im Kühlschrank stand ein voller Krug mit Kool-Aid. Sie beschäftigte sich mit zwei Ausmalbüchern, einem Kartenspiel und einem Puppenbaby, das sich naß machen konnte. Sie trank Milch, aß Kartoffelchips, Salzgebäck mit Apfelmus und, Stück für Stück, den ganzen Hackbraten. Schließlich waren vom Abendessen nur noch die verhaßten grünen Bohnen übrig, schon so weich und verschrumpelt, daß sie sie erst recht nicht mehr herunterbrachte.

Am dritten Tag begann sie zu begreifen, warum Jean weggegangen war und wie sie sie zurückholen konnte. Sie putzte sich die Zähne und wusch sich die Ohren besonders gründlich. Sie zog auch gleich die Spülung, wenn sie auf dem Klo gewesen war, und faltete ihre Söckchen in den Schuhen zusammen. Sie nahm sich viel Zeit, um das Kool-Aid aufzuwischen und die Glassplitter des Kruges aufzusammeln, der ihr heruntergefallen war, als sie versucht hatte, ihn aus dem Kühlschrank zu heben. Sie erinnerte sich an die Lorna Doones, die noch in der Brotbüchse waren, aber sie traute sich nicht, auf einen Stuhl zu klettern, um sie herauszuholen. Denn das waren ihre Gebete: Wenn sie nur alles richtig machte, ohne daß es ihr jemand zu sagen brauchte, dann würde Jean plötzlich hereinkommen. Oder sie würde hinter einer der vielen Wohnungstüren stehen, an die sie klopfte, würde dastehen und lächeln und ihre Arme ausbreiten.

Aber die Nächte waren furchtbar.

Am vierten Tag, als sie ihre achtzehn Milchzähne geschrubbt hatte, bis die Bürste blutig war, starrte sie am Morgen durch warmen Nieselregen aus dem Fenster auf die Straße, wo Erwachsene zur Arbeit gingen und Kinder zur Schule. Dann kam lange niemand mehr vorbei. Dann kam eine alte Frau, die sich eine Männerjacke wie ein Zelt über den Kopf hielt, um sich vor dem Regen zu schützen. Dann ein Mann, der Grassamen auf die kahlen Stellen der Grünanlage streute. Dann ging eine großgewachsene Frau unter dem Fenster vorbei, ohne Mantel oder Kopfbedeckung, und mit der Innenseite ihres Unterarms und ihres Handgelenks wischte sie sich über die Augen. Sie weinte.

Später, am sechsten Tag, als der Sozialarbeiter kam, ging ihr die weinende Frau im Kopf herum, die überhaupt nicht wie Jean ausgesehen hatte – schon die Hautfarbe war anders. Aber vorher, am fünften Tag, entdeckte – oder vielmehr sah – sie etwas, das schon die ganze Zeit auf sie gewartet hatte. Von ihren nicht erhörten Gebeten, dem blutenden Zahnfleisch, dem Hunger zermürbt, stellte sie die Folgsamkeit hintan, stieg auf einen Stuhl und öffnete die Brotbüchse. An der Schachtel mit den Lorna Doones lehnte ein Briefumschlag, und darauf stand ein Wort, das sie sofort erkannte: ihr Name, geschrieben mit Lippenstift. Sie öffnete das Kuvert, noch ehe sie die Packung mit den Keksen aufriß, und zog ein Blatt

Papier heraus, das mit weiteren Lippenstiftworten bedeckt war. Sie konnte keins davon lesen, ausgenommen ihren Namen, der noch mal darüber stand, und «Jean» darunter. Dazwischen schreiend rote Zeichen, die sie nicht verstand.

Von Glück überströmt, faltete sie den Brief zurück in seinen Umschlag, steckte ihn in ihren Schuh und trug ihn für den Rest ihres Lebens bei sich. Versteckte ihn, kämpfte darum, daß sie ihn behalten durfte, rettete ihn aus Abfalleimern. Sechs Jahre war sie alt, eine eifrige Erstkläßlerin, als sie endlich jedes Wort lesen konnte. Im Lauf der Zeit verwandelte er sich in einen Fetzen Papier voll feuerroter Schmierer, von denen kein einziger mehr zu entziffern war. Aber er blieb für immer der Brief, sicher in ihrem Schuh geborgen, der es ermöglicht hatte, daß der Sozialarbeiter sie zur ersten von zwei Pflegestellen mitnahm. Damals dachte sie nur kurz über die weinende Frau nach, später aber mehr, bis sie sich in ein wiederkehrendes Traumbild verwandelte, das ihr das Herz brach.

Der Wind, der das Gras zum Wogen gebracht hatte, trug jetzt Schnee mit sich – spärliche, sandige, splitterscharfe Körner. Die Tramperin blieb stehen, um einen Poncho aus ihrer Umhängetasche zu holen; dann rannte sie hinter der gehenden Frau her, holte sie wieder ein und warf ihr den Poncho über die Schultern.

Sweetie wehrte mit den Händen ab, bis sie begriff, daß sie gewärmt und nicht zurückgehalten werden sollte. Doch während der Umhang auf ihren Schultern befestigt wurde, verlangsamte sie ihren Schritt nicht. Sie ging immer weiter, kichernd – oder war es ein Schluchzen?

Die Tramperin erinnerte sich, daß sie vor weniger als einer halben Stunde, versteckt zwischen den Kisten, an einem großen Haus vorbeigekommen war. Was mit dem Auto zwanzig Minuten dauerte, würde zu Fuß Stunden in Anspruch nehmen, aber sie glaubte doch, daß sie das Haus vor Einbruch der Dunkelheit erreichen konnten. Ein Unsicherheitsfaktor war die Kälte. Ein anderer war die Frage, wie sie die weinende Frau aufhalten, zu einer Ruhepause überreden oder, sobald sie das schützende Dach erreicht hätten, zum Einkehren veranlassen sollte. Augen, wie sie sie bei dieser Frau sah, waren gar nicht so selten. In Krankenhäusern fand man sie bei Patienten, die Tag und Nacht ruhelos umherirrten. Auf der Straße, in Freiheit, hörten Menschen mit solchen Augen nie mehr zu gehen auf. Die Tramperin beschloß, die Zeit durch Reden zu verkürzen, und sie begann damit, daß sie sich vorstellte.

Sweetie hörte, was die Tramperin sagte, und zum erstenmal, seit sie das Haus verlassen hatte, kam sie ins Stolpern, als sie ihr lächelndes – oder weinendes – Gesicht nach der unerbetenen Gefährtin umwandte. Sünde, dachte sie. Da wandelt die Sünde neben mir, und der Sünde Mantel liegt auf meiner Schulter. «Gnade», flüsterte sie und gab ein leises Lachen – oder Wimmern – von sich.

Zu dem Zeitpunkt, da das Kloster in Sicht kam, fühlte Sweetie sich behaglich. Obwohl sie nichts von der beißenden Kälte gespürt hatte, die über die Straße pfiff, empfand sie den Schnee als Labsal, der sich warm auf ihre Haare legte und in ihre Schuhe drang. Und sie war dankbar, daß er eine Schutzschicht bildete, die sie von dem Sündenwesen trennte, das da mit ihr ging. Daß sie sich im Stand der Gnade befand, sah sie schon daran, wie übel der warme Schnee diesem Wesen zusetzte, es zum Verstummen brachte, es schlottern und schwer atmen und kaum Schritt halten ließ, während sie selbst, Sweetie, ungebeugt durch den schneidenden Wind marschierte.

Aus eigenem Antrieb stapfte sie die Zufahrt hinauf. Aber den Rest überließ sie dem Dämon.

Die Frau, die auf das heftige Klopfen hin öffnete, rief «Oje!» und zog sie ins Haus.

Sie kamen Sweetie wie große Vögel vor. Wie Falken, die mit den Flügeln schlugen und mit den Schnäbeln nach ihr hackten. Der Schweiß brach ihr aus. Wäre sie kräftiger gewesen, nicht so erschöpft von der Nachtwache an den Betten ihrer Kinder, dann hätte sie sie vertrieben. So blieb ihr nichts anderes übrig als zu beten. Sie steckten sie in ein Bett, unter so viele Decken, daß ihr der Schweiß in die Ohren rann. Nichts, was sie ihr zu essen und zu trinken anboten, wollte sie nehmen. Ihre Lippen blieben geschlossen, ihre Zähne fest zusammengepreßt. Stumm und inständig betete sie um Erlösung, und was soll man sagen – sie wurde ihr gewährt. Die großen Vögel ließen von ihr ab. Das Zimmer leerte sich, und Sweetie dankte ihrem HErrn und fiel in einen dumpfen, unruhigen Schlaf. Es war das Schreien eines kleinen Kindes, das sie weckte, nicht der Schüttelfrost. Trotz ihrer Schwäche richtete sie sich auf, versuchte es jedenfalls. Ihr Kopf schmerzte, und ihr Mund war ausgetrocknet. Sie merkte, daß sie nicht in einem Bett, sondern auf einem Sofa lag, das in einem dunklen Raum stand. Sweeties Zähne klapperten, als einer der Falken, sein Mund war blutrot, mit einer Petroleumlampe hereinkam. Er sprach mit gleisnerischer Stimme zu ihr, wie es ein Dämon getan hätte, aber Sweetie betete zu ihrem Heiland, und er verschwand. Irgendwo im Haus schrie noch immer das Kind, was Sweetie mit Entzücken erfüllte – nie hatte sie so etwas von ihren eigenen Kindern gehört. Nie hatte sie diesen klaren, sehnsüchtigen Klang gehört, kraftvoll und rhythmisch. Wie eine Hymne hörte sich das an, ein Wiegenlied, oder wie die machtvolle Musik der göttlichen Gebote. Und ihre Kinder waren alle stumm. Mitten in ihrer Freude war sie plötzlich von Zorn erfüllt. Hier unter diesen Dämonen schrien die Babys – und bei ihr zu Hause nicht?

Als zwei Falken, einer davon mit einer Mahlzeit auf einem Tablett, in den Raum zurückkamen, fragte sie sie: «Warum schreit dieses Kind hier?»

Sie leugneten, ganz wie sie es erwartet hatte – logen im Angesicht des Weinens, das durch den Raum sickerte. Einer versuchte sogar, sie zu verwirren. Er sagte:

«Ich habe Kinder lachen gehört. Manchmal auch singen. Aber schreien nie.»

Der andere gickerte nur.

«Laßt mich hier raus.» Sweetie mühte sich, mit lauter Stimme zu sprechen. «Ich muß nach Hause.»

«Ich bring dich hin. Sobald der Wagen warm ist.» Wieder so eine verschlagene Dämonenstimme.

«Sofort», sagte Sweetie.

«Nimm ein paar Aspirin, und iß etwas.»

«Ihr laßt mich sofort hier raus.»

«So eine Zicke», sagte der zweite Falke.

«Es ist das Fieber», sagte der erste. «Und keine solchen Bemerkungen, wenn ich bitten darf.»

Es waren ihre Geduld und die Verdrängung jedes Geräuschs außer den Ermahnungen ihres HErrn, die sie aus diesem Haus herausbrachten. Erst in ein verrostetes, rötliches Auto, das im Schnee am Beginn der Zufahrt feststeckte, und endlich, dem gütigen Gott sei Dank, Dank, Dank, in die Arme ihres Mannes.

Er war mit Anna Flood unterwegs. Sie waren in dem Augenblick aufgebrochen, in dem sie zu ihrem Heiland gebetet hatte. Sweetie sank Jeff im wörtlichsten Sinne in die Arme.

«Was treibst du denn hier draußen? Wir sind die ganze Nacht nicht durchgekommen. Hast du den Verstand verloren? Gott im Himmel, mein Mädchen, mein Liebling, was ist denn passiert?»

«Sie haben mich gezwungen, mich festgehalten», schluchzte Sweetie. «Lieber Gott, bringt mich nach Hause. Ich bin krank, Anna. Ich muß auf die Kinder aufpassen.»

«Schhhh. Mach dir deshalb keine Sorgen.»

«Ich muß. Ich muß.»

«Das wird jetzt alles gut. Arnette kommt nach Hause.»

«Dreh die Heizung auf. Mir ist so kalt. Wieso ist mir bloß so kalt?»

Seneca starrte an die Zimmerdecke. Die Matratze auf dem Feldbett war dünn und hart. Die Wolldecke kratzte sie am Kinn, und ihre Handflächen schmerzten immer noch vom Schneeschaufeln auf der Zufahrt. Sie hatte schon auf Fußböden geschlafen, auf ausgebreiteten Kartons, auf Alpträume erzeugenden Wasserbetten und, manchmal wochenlang, auf dem Rücksitz von Eddies Wagen. Aber in diesem sauberen, schmalen, kindischen Bett hier konnte sie keinen Schlaf finden.

Die weinende Frau war durchgedreht – am Abend und am nächsten Morgen noch genauso. Seneca war die ganze Nacht wach geblieben und hatte Mavis und Gigi zugehört. Das Haus schien ihnen zu gehören, obwohl sie immer wieder eine gewisse Connie erwähnten. Sie machten ihr etwas zu essen und horchten sie überhaupt nicht aus. Nur ihr Name war ein Thema – wo hatte sie ihn her? –, sonst benahmen sie sich, als wüßten sie schon alles über sie und würden sich freuen, wenn sie bliebe. Später, am Nachmittag, als sie glaubte, vor lauter Erschöpfung zusammenzubrechen, zeigten sie ihr ein Schlafzimmer mit zwei Feldbetten.

«Mach ein Nickerchen», sagte Mavis. «Ich ruf dich, wenn das Abendessen fertig ist. Magst du Brathähnchen?» Seneca hatte das Gefühl, sie müsse sich übergeben.

Mavis und Gigi schienen sich überhaupt nicht leiden zu können, also achtete Seneca darauf, daß sie ihr Lächeln und ihre Liebenswürdigkeiten unter ihnen gleich verteilte. Wenn die eine schimpfte und gemeine Witze über die andere riß, lachte sie solidarisch. Wenn die andere angeekelt ihre Augen rollte, steuerte Seneca einen mitfühlenden Blick bei. Immer die Friedensstifterin. Diejenige, die «Ja» sagte oder «Macht mir nichts aus» oder «Ich erledige das schon». Denn wenn sie anders gewesen wäre – was dann? Dann hätte es sein können, daß man sie nicht mochte. Daß jemand weinte. Daß sie im Stich gelassen wurde. Also hatte sie immer ihr Bestes gegeben, um zu gefallen, auch, als sich die Bibel als noch klobiger erwies als die Schuhe. Wie alle, die zum erstenmal einsaßen, wollte er sofort beides haben. Die Adidas in Größe 44 machten Seneca keine Schwierigkeiten, aber Buchläden, ob für fromme oder andere Bücher, waren in Preston, Indiana, mehr als dünn gesät. Sie machte einen Umweg über Bloomington und trieb etwas auf, das sich *Die lebendige Bibel* nannte, und außerdem noch eine, der zwar die Farbbilder fehlten, aber dafür enthielt sie viele linierte leere Seiten, auf denen man Geburten, Todesfälle, Eheschließungen, Taufen eintragen konnte. Das fand sie prima – ein Verzeichnis von allem, was in einer Familie über die Jahre an Wichtigem vorfiel –, und so kaufte sie diese Bibel. Und er war natürlich verärgert, so sehr, daß er sich nicht einmal an den todschicken schwarzweißen Laufschuhen freuen konnte.

«Kannst du denn überhaupt nichts richtig machen? Einfach eine kleine, normale Bibel! Kein gottverdammtes Lexikon!»

Er war verurteilt worden, wie es der Staatsanwalt gefordert hatte, und sie kannte ihn erst seit sechs Monaten, aber schon wußte er, wie hoffnungslos es um sie stand. Er wollte die gewaltige Schwarte trotzdem behalten und sagte ihr, sie solle sie, zusammen mit den Schuhen, beim Empfang abgeben und dazu seinen Namen und seine Nummer sagen. Er ließ sie die Nummer aufschreiben, als wäre sie nicht in der Lage, sich fünf Ziffern zu merken. Sie hatte auch Schinkenbrote mitgebracht (in seinem Brief hatte es geheißen, ein kleiner Imbiß im Besuchszimmer sei erlaubt), aber er war zu nervös und gereizt, um etwas herunterzubekommen.

Die anderen Besucher schienen sich bei ihren Häftlingen wohl zu fühlen. Kinder neckten einander; schmiegten sich in die Arme ihrer Väter, patschten ihnen ins Gesicht, spielten mit ihren Haaren und Fingern. Frauen und junge Mädchen streichelten die Männer, flüsterten mit ihnen, lachten schallend. Sie kamen regelmäßig, waren vertraut mit den Busfahrern, den Wärtern, dem Kaffeeverkäufer hinter seinem Getränkewagen. Die Augen der Häftlinge waren ganz weich vor Wohlbefinden. Sie registrierten alles, sie kommentierten alles: die Schulzeugnisse, die kleine Jungs in großen braunen Umschlägen anbrachten; die Barette, die die kleinen Mädchen auf dem Kopf trugen; den Zustand, in dem sich die Mäntel der Frauen befanden. Sie achteten auf jede Einzelheit, wenn von Freunden und Angehörigen erzählt wurde, die nicht mitgekommen waren; sie trugen Tips und guten Rat zu allem bei, was von zu Hause berichtet wurde. Ungeheuer männlich kamen sie Seneca vor – Familienoberhäupter, die den Verlauf des Besuchs bestimmten, die genau wußten, wo man sich hinsetzte, wo die Papierabfälle hinkamen, was bei dem oder jenem medizinischen Problem zu tun war und welche Bücher man ihnen schicken sollte. Nur von einem sprachen sie nie – von all dem, was im Inneren der Haftanstalt vorging, und auch die Anwesenheit der Wärter ignorierten sie. Vielleicht hatten sie Attica im Hinterkopf.

Vielleicht, so dachte sie, würde Eddie genauso werden, wenn seine Haft erst länger dauerte. Nicht wütend und immer nur in der Opferrolle, wie er es bei diesem ersten Besuch nach seiner Einlieferung war. Nur jammernd, jeder Satz eine Beschuldigung. Die Bibel so groß, daß es ihm peinlich war. Auf den Schinkenbroten Senf statt Majo. Von ihrem neuen Job in einer Schulkantine wollte er auch nichts hören. Nur Sophie und Bernard interessierten ihn: Was sie zu fressen bekamen? Ließ sie sie in der Nacht raus? Sie brauchten viel Bewegung. Und die Maulkörbe nur anlegen, wenn sie draußen waren.

Als sie sich im Besuchszimmer von Eddie Turtle verabschiedete, versprach sie ihm vier Dinge. Fotos von den Hunden zu schicken. Den Stereo zu verkaufen. Seine Mutter zu überreden, daß sie die Sparbriefe einlöste. Den Anwalt anrufen. Schicken, verkaufen, überreden, anrufen. So würde sie sich das alles merken.

Auf dem Weg zum Wartehäuschen bei der Bushaltestelle stolperte Seneca und fiel aufs Knie. Ein Angehöriger des Wachpersonals sprang herbei und half ihr auf.

«Aufgepaßt, Miss. Bitte sehr.»

«Tut mir leid. Danke.»

«Ich frag mich immer, wie ihr Mädels in solchen Schuhen überhaupt laufen könnt.»

«Dabei soll's gut für einen sein», sagte sie und lächelte.

«Wo denn das? In Holland vielleicht!» Er lachte, voller Freundlichkeit, und zwei Reihen goldener Zahnfüllungen wurden sichtbar.

Seneca schlang ihre Umhängetasche wieder über die Schulter. «Wie weit ist es von hier nach Wichita?» fragte sie ihn.

«Kommt drauf an, womit Sie fahren. Im Auto so etwa – hm – zehn, zwölf Stunden. Mit dem Bus länger.»

«Oh.»

«Haben Sie Familie in Wichita?»

«Ja. Nein. Das heißt, mein Freund hat. Ich werde seine Mutter dort besuchen.»

Der Wachmann nahm die Mütze ab, um seine kurzgeschnittenen Haare glattzustreichen. «Nett von Ihnen», sagte er. «Es gibt prima Barbecue in Wichita. Dürfen Sie nicht verpassen.»

Irgendwo in Wichita gab es gewiß ein gutes Barbecue, aber nicht im Haus von Mrs. Turtle. Hier wurde streng vegetarisch gegessen. Nichts, was Hufe, Federn, Schuppen oder einen Panzer hatte, kam bei ihr auf den Tisch. Sieben Körner und sieben Kräuter – wer nur täglich eins von jedem (und nur eins) zu sich nahm, der lebte ewig. Was sie auch vorhatte, und, nein, die Sparbriefe, die ihr Mann ihr hinterlassen hatte, die würde sie für keinen verkaufen, und am allerwenigsten für jemanden, der mit dem Auto ein Kind überfahren und liegengelassen hatte, selbst wenn dieser Jemand ihr einziger Sohn war.

«Aber nein, Mrs. Turtle. Er hat nicht gewußt, daß es ein kleines Kind war. Eddie dachte, es wäre ein, ein ...»

«Was?» fragte Mrs. Turtle. «Was dachte er, daß es war?»

«Ich hab vergessen, was er mir gesagt hat, aber ich weiß ganz genau, daß er so was niemals tun würde. Eddie liebt Kinder. Wirklich. Er ist wirklich ganz lieb. Er hat mich gebeten, ihm eine Bibel zu bringen.»

«Die wird er inzwischen verhökert haben.»

Seneca wandte den Blick ab. Der Fernsehschirm flimmerte. Auf ihm waren Männer mit ernsten Gesichtern zu sehen, die einander leise und höflich Lügen erzählten.

«Du kennst ihn seit weniger als einer Ernte, meine Kleine, aber ich kenne ihn schon sein ganzes Leben lang.»

«Ja, M'am.»

«Glaubst du, ich lasse es zu, daß er mich ins Armenhaus bringt, nur damit irgendein aalglatter Anwalt noch reicher wird?»

«Nein, M'am.»

«Hast du diese Watergate-Anwälte gesehen?»

«Nein. M'am. Ja, M'am.»

«Na also. Mehr gibt's dazu nicht zu sagen. Willst du was zum Abendessen oder nicht?»

Das Korn war Weizenbrot; das Kraut war Grünkohl. Starker, gekühlter Tee half, beides runterzuspülen.

Mrs. Turtle bot ihr kein Bett für die Nacht an, drum schulterte Seneca ihre Tasche und ging in der linden Abendluft von Wichita die unbelebte Straße hinunter. Sie hatte sich in ihrem Job nicht abgemeldet, um diese Reise zu machen, und der Personalchef hatte klar und deutlich gesagt, daß ein Fehlen so kurz nach der Einstellung sicher nicht zu ihrem Vorteil wäre. Es konnte gut sein, daß sie schon gefeuert war. Vielleicht durfte sie Mrs. Turtles Telefon benutzen, um bei ihren Wohngenossen nachzufragen, ob dort schon jemand angerufen und gesagt hatte, sie bräuchte nicht mehr wiederzukommen. Seneca machte kehrt und ging den Weg zum Haus zurück.

An der Tür, sie hatte schon die Hand zum Klopfen erhoben, hörte sie ein Schluchzen: den weidwunden, hilflosen Aufschrei einer Mutter – ein Geräusch wie kein anderes in der Welt. Seneca schrak zurück, dann ging sie zum Fenster und preßte dabei ihre linke Hand gegen die Brust, damit ihr das Herz nicht heraussprang. Sie behielt die Hand dort – stellte sich dabei die kleinen roten Klappen vor, deren Rhythmus stolperte und stockte und wieder Tritt zu fassen suchte –, während sie über die gemauerten Stufen hinab zum Bürgersteig floh und weiter, entlang an Schotterstraßen, Teer, Beton, bis hin zum Busbahnhof. Erst als sie pausierte, sich mit angezogenen Beinen wie ein Frosch auf eine Plastikbank hockte, ergab sie sich dem Wimmern, das noch immer ihren Schädel erfüllte. Allein, ohne Zeugen, hatte Mrs. Turtle ihre ganze Vernunft und Selbstbeherrschung fallenlassen und ihren Schmerz herausgeschrien, als wäre sie eines jener Wesen mit Federn, Flossen oder Hufen, deren Fleisch sie niemals aß – eine Möwe, eine Walkuh, eine Wölfin hätte so reagiert, wäre ihr ein Junges weggenommen worden. Mit beiden Händen hatte sie ihr Haar zerwühlt. Ihr Gesicht war triefnaß gewesen, der Mund weit aufgerissen.

Außer Atem und mit ausgetrocknetem Mund setzte Seneca ihre Flucht vor dem Schluchzen fort, durch breite Straßen und schmale, erst schnell und dann langsamer, als sie sich der Innenstadt näherte. Beim Busbahnhof angekommen, zog sie sich eine Packung Erdnüsse und ein Ginger Ale aus den Automaten und bereute ihre Wahl sofort, denn sie hatte eigentlich etwas Süßes, nichts Salziges gewollt. Mit untergeschlagenen Beinen setzte sie sich auf eine Bank im Wartesaal, steckte die Nüsse in die Tasche und nippte am Ginger Ale. Endlich wich die Panik von ihr, und die Schreie einer verwundeten Frau lösten sich im alltäglichen Verkehrslärm auf.

Es ging auf die Nacht zu, aber der Busbahnhof war so belebt wie beim morgendlichen Berufsverkehr. Der warme Septembertag hatte sich nicht abgekühlt, als die Sonne untergegangen war. Die Schwüle im Freien hatte der stickigen Luft im Wartesaal nichts voraus, und die Wartenden mit ihren Begleitern wirkten ermattet, schienen sich kaum für die Reise oder die Verabschiedung zu interessieren. Die meisten Kinder schliefen – auf Schößen, Gepäckstücken, Sitzbänken –, und diejenigen, die nicht schliefen, piesackten jeden, der es sich gefallen ließ. Erwachsene fingerten nach Fahrkarten, tupften sich Schweiß vom Hals, tätschelten Säuglinge und führten leise murmelnd Gespräche. Soldaten und ihre Mädchen studierten die Fahrpläne in den Glaskästen. Neben den Verkaufsautomaten sangen vier Halbwüchsige, die verknotete Strumpfmützen auf ihren Köpfen trugen. Zwischen all dem ging ein Mann in einer grauen Chauffeursuniform auf und ab, als suche er seinen Fahrgast. Ein gutaussehender Rollstuhlfahrer manövrierte geschickt durch die Eingangstür und ließ sich kaum seine Verärgerung darüber anmerken, wie wenig behindertenfreundlich sie gebaut war.

Zwei Stunden und zwanzig Minuten blieben Seneca, bis ihr Bus abfuhr. Sie überlegte, ob sie in eins der Kinos gehen sollte, an denen sie vorbeigekommen war. *Serpico, Der Exorzist* und *Der Clou* waren die aktuellen Hits, aber es kam ihr wie eine Treulosigkeit vor, sich einen dieser Filme anzuschauen, ohne daß Eddies Arm auf ihren Schultern lag. Beim Gedanken an seine miese Lage und an ihre stümperhaften Versuche, ihm zu helfen, seufzte Seneca tief auf, aber sie war nicht in Gefahr, Tränen zu vergießen. Das hatte sie nicht einmal getan, als sie Jeans Brief neben der Keksschachtel fand. Die Mütter in den beiden Pflegefamilien, in die sie danach kam, hatten sie gut versorgt, vielleicht sogar geliebt – aber sie wußte ganz genau, daß ihre Pflegemütter nicht den Menschen in ihr gemocht hatten, sondern die Fügsamkeit, mit der sie Tadel hinnahm und aß, was auf den Tisch kam, und alles bereitwillig teilte und nie mit Tränen Ärger machte.

Das Ginger Ale blubberte durch den Strohhalm, als der Chauffeur vor ihr stand und lächelte.

«Verzeihen Sie, Miss. Darf ich Ihnen eine Frage stellen?»

«Klar doch. Ich meine, na gut.» Seneca rutschte zur Seite, um Platz auf der Bank zu machen, aber er setzte sich nicht.

«Ich bin befugt, Ihnen fünfhundert Dollar für eine Arbeit anzubieten, die anspruchsvoll, aber ganz einfach ist. Falls Sie interessiert sind.»

Seneca stand vor Verwunderung der Mund offen: anspruchsvoll *und* einfach? Seine Augen waren wolkengrau, und die Knöpfe an seiner Uniform schimmerten wie altes Gold.

«Oh. Nein. Danke, aber ich bin im Begriff abzureisen», sagte sie. «Mein Bus geht in zwei Stunden.»

«Verstehe. Aber die Arbeit nimmt nicht viel Zeit in Anspruch. Vielleicht wollen Sie sich mit meiner Chefin darüber unterhalten. Sie wartet gleich draußen und kann Ihnen Einzelheiten mitteilen. Natürlich nur, falls Sie nicht gerade in Eile sind?»

«Ihre Chef*in*?»

«Ja, Mrs. Fox. Folgen Sie mir, es dauert nur eine Minute.»

Unter hellen Straßenlampen, nur wenige Meter vom Portal des Busbahnhofs entfernt, stand eine Limousine mit laufendem Motor. Als der Chauffeur den Schlag öffnete, wandte sich das Gesicht einer auffallend hübschen Frau Seneca zu.

«Hallo. Ich bin Norma. Norma Keene Fox. Ich bin auf der Suche nach jemandem, der mir hilft.» Sie streckte ihr keine Hand zur Begrüßung entgegen, aber ihr Lächeln war so, daß Seneca es sich gewünscht hätte. «Können wir uns kurz darüber unterhalten?»

Sie trug eine ärmellose Bluse aus weißem Leinen, tief ausgeschnitten, und dazu einen langen Rock. Als sie ihre Füße ausstreckte, sah Seneca helle Sandalen, aus denen korallenrote Zehennägel hervorlugten. Champagnerblond gefärbte Haare flossen über Ohren, die frei waren von Schmuck.

«Was soll das für eine Hilfe sein?» fragte Seneca.

«Komm doch rein, dann erklär ich's dir. Es redet sich schlecht durch eine offene Tür.»

Seneca zögerte.

Mrs. Fox lachte: ein warmer Glockenklang. «Ist schon in Ordnung, meine Liebe. Du mußt den Job nicht machen, wenn du nicht willst.»

«Ich hab nicht gesagt, daß ich nicht will.»

«Um so besser. Komm rein. Es ist kühler hier drin.»

Das Klacken, mit dem die Tür ins Schloß fiel, war leise, aber bestimmt. Und das Parfüm von Mrs. Fox war einfach unwiderstehlich.

Eine streng vertrauliche Angelegenheit, sagte sie. Nichts Illegales natürlich, aber sehr privat. Kannst du maschineschreiben? Ein wenig? Ich suche jemanden, der nicht aus dieser Gegend ist. Ich hoffe, fünfhundert sind genug. Bei einem wirklich intelligenten Mädchen könnte ich noch etwas höher gehen. David wird dich zum Busbahnhof zurückbringen, auch wenn du den Job nicht machen willst.

Erst jetzt merkte Seneca, daß sich der Wagen in Bewegung gesetzt hatte. Die Innenbeleuchtung war noch immer eingeschaltet. Die Luft war klimatisiert. Die Limousine glitt geräuschlos dahin.

Eine zauberhafte Ecke der Welt ist das hier, fuhr Norma fort. Aber sehr engstirnig, wenn du verstehst, was ich meine. Trotzdem möchte ich nirgendwo anders leben. Mein Mann glaubt mir das nicht, genausowenig meine Freunde, denn ich komme von der Ostküste. Wenn ich dort bin, dann sagen alle: *Wichita?*, so, in dem Tonfall. Aber mir gefällt's hier. Wo bist du her? Dachte ich mir. Solche Jeans trägt man hier nicht. Sollten die Mädchen aber, wenn sie den Hintern dafür haben. So wie du. Genau. Mein Sohn studiert in Rice. Wir haben einen Haufen Angestellte, aber nur wenn Leon weg ist – das ist mein Mann –, komme ich zu meinen eigenen Angelegenheiten. Und da beginnt deine Rolle. Nur wenn du einverstanden bist, natürlich. Bist du verheiratet? Gut. Was du bei mir zu tun hast, kann nur eine intelligente Frau machen. Du trägst keinen Lippenstift, oder? Prima. Deine Lippen sind zauberhaft so. Ich hab David eingeschärft, mir nur ein intelligentes Mädchen zu bringen. Bloß kein Mädchen von der Farm. Keine Miss Melkschemel. Er hat seine Sache gut gemacht. Er hat dich gefunden. Wir wohnen ein gutes Stück außerhalb. Nein, danke. Ich kann Erdnüsse nicht vertragen. Du meine Güte, du mußt ja halb verhungert sein. Wir werden uns ein prima Abendessen auftischen lassen, und dann werde ich dir erklären, was du zu tun hast. Es wird dir nicht schwerfallen, wenn du Anweisungen befolgen kannst. Aber es ist streng vertraulich, deshalb ist mir eine Fremde lieber als jemand aus der Gegend hier. Sind deine Wimpern echt? Zauberhaft. David? Weißt du zufällig, ob Mattie heute etwas Richtiges gekocht hat? Hoffentlich keinen Fisch, oder ißt du Fisch gern? Die Forellen sind wunderbar in Kansas. Ich glaube, ein Brathähnchen wird das richtige sein. Wir haben prima Mastgeflügel hier – die Hühner werden besser ernährt als die meisten Menschen. Nein, pack sie nicht weg. Gib sie mir. Wer weiß, vielleicht können wir sie noch brauchen.

Die folgenden drei Wochen verbrachte Seneca in einem prachtvollen Haus in Gesellschaft der prachtvollen Norma, und was sie zu essen bekam, sah so schön aus, daß sie es kaum anrühren mochte. Norma gab ihr viele Kosenamen, aber nach ihrem richtigen Namen fragte sie nie. Die Haustür blieb unverschlossen, und sie hätte gehen können, wann immer sie wollte. Sie mußte nicht hierbleiben, wo es mit Pfauenfedern begann und mit äußerster Erniedrigung endete. Wo Zärtlichkeiten sich in spielerische Mißhandlungen verwandelten und Kaviartörtchen in Schmutz. Doch die Qual gab der Lust einen Rahmen, verlieh ihr Kontur. In der Erniedrigung wurde die Hingabe tief und sanft und wollte nicht enden.

Als Leon Fox am Telefon war und seine baldige Rückkehr ankündigte, gab Norma ihr die fünfhundert Dollar und ein paar Kleidungsstücke, darunter ein Umhang aus Kaschmirwolle. Wie versprochen, fuhr David sie zum Busbahnhof, und seine Goldknöpfe glänzten in der Sonne noch heller als sonst. Während der ganzen Fahrt wechselten sie kein Wort.

Stundenlang lief Seneca in Wichita herum, kehrte in einem Coffee Shop ein, ruhte sich in einer Parkanlage aus. Sie wußte nicht, wohin sie gehen und was sie tun sollte. Sich einen Job in der Nähe der Haftanstalt suchen, um ihm beizustehen? Das bedeutete, sich von ihm herumkommandieren zu lassen und sich entschuldigen zu müssen, weil sie nicht an das Ersparte seiner Mutter rangekommen war. Zurückgehen nach Chicago? Das Leben vor Eddie wiederaufnehmen mit all seinen Zufallsbekanntschaften und Gelegenheitsarbeiten? Den wechselnden Wohnungen, den geklauten Lebensmitteln? Eddie Turtle hatte für sie ein geregeltes Leben bedeutet, sechs Monate lang, und nun war er verschwunden. Oder sollte sie einfach weiterziehen? Der Chauffeur hatte sie für Norma aufgelesen wie einen entlaufenen jungen Hund. Nein, nicht einmal das. Sondern wie ein Schoßtier, mit dem man eine Weile spielen konnte – eine sehr kurze Weile –, und das man dann wegwarf. Das man nicht liebte. Nicht mit einem Namen nannte. Das man nur fütterte, als Spielzeug benutzte und dann wieder in seinen ursprünglichen Lebensraum zurückbrachte. Sie hatte fünfhundert Dollar in der Tasche, und außer Eddie gab es keinen Menschen, der wußte, wo sie war. Vielleicht war es am besten, wenn es so blieb.

Seneca hatte noch keine großen Entschlüsse gefaßt, als ihr das erste geeignete Versteck begegnete – ein Lkw mit einer offenen Ladefläche voller Zementsäcke. Als sie entdeckt wurde, drückte der Fahrer sie gegen einen Reifen und verwob seine Fragen, Flüche und Drohungen mit zaghaften Flirtversuchen. Seneca sagte erst gar nichts, dann bat sie plötzlich, auf die Toilette gehen zu dürfen. «Ich muß mal», sagte sie. «Dringend.» Der Fahrer gab sie mit einem Aufstöhnen frei und rief ihr noch eine letzte Warnung nach. Danach versuchte sie es ein paarmal per Anhalter, aber das unvermeidliche Gequassel ging ihr so auf die Nerven, daß sie bald wieder das Risiko vorzog, als blinde Passagierin auf Lkws mitzufahren. Was sie in aller Bewußtheit wollte, war die Reise nach nirgendwo, fern von allen Menschen, versteckt zwischen stummen Frachtgütern, die ihre Anwesenheit keinem verrieten. Als sie sich zwischen Holzkisten auf einem brandneuen 73er Pick-up wiederfand, war der Sprung von der Ladefläche, um einer mantellosen Frau zu folgen, die erste freie, von niemandem beeinflußte Entscheidung, die sie in ihrem ganzen Leben getroffen hatte.

Die schluchzende – oder kichernde? – Frau war jetzt verschwunden. Auch der Schneefall hatte aufgehört. Im Erdgeschoß rief jemand ihren Namen.

«Seneca? Seneca? Komm runter, Süße. Wir warten auf dich.»

Divine

LASST MICH von der Liebe sprechen, jenem törichten Wort, von dem ihr meint, es handele davon, ob ihr jemanden gern habt oder ob jemand euch gern hat, oder ob ihr jemanden auch nur ertragt, damit ihr bekommt, was ihr wollt, oder dorthin kommt, wo ihr wollt, oder ihr glaubt, es hat damit zu tun, wie euer Körper auf einen anderen Körper reagiert, nicht anders wie beim Rotkehlchen oder beim Bison auch, oder ihr denkt vielleicht, Liebe bedeute, daß Schicksal und Natur es gut mit euch meinen, euch nicht verstümmeln oder töten, und wenn doch, dann zu eurem eigenen Besten.

Die Liebe ist nichts davon. Sie findet nicht ihresgleichen in der Natur. Nicht beim Rotkehlchen oder beim Büffel, nicht im Schwanzwedeln eurer Jagdhunde und nicht in der Pracht der Blüten oder beim säugenden Füllen. Die Liebe ist von Gott allein, und immer ist sie für den Menschen schwierig. Wer sie für einfach hält, ist ein Narr. Wer sie für naturgegeben hält, ist blind. Sie ist eine Fähigkeit, die erlernt sein will und die keinen anderen Daseinsgrund und Anlaß hat als diesen: Sie ist Gott.

Ihr verdient die Liebe nicht, mögt ihr auch noch so viel gelitten haben. Ihr verdient die Liebe nicht, nur weil euch Unrecht geschehen ist. Ihr verdient die Liebe nicht, nur weil ihr euch nach ihr sehnt. Ihr könnt euch nur, durch Übung und geduldige Versenkung, das Recht erwerben, ihr Ausdruck zu verleihen, und ihr müßt lernen, ihr Gefäß zu werden. Und das heißt, ihr müßt euch Gott verdienen. Ihr müßt Gott üben. Ihr müßt Gott denken – geduldig. Und wenn ihr euch als fleißige und gelehrige Schüler erweist, könnt ihr euch vielleicht das Recht sichern, Liebe zu zeigen. Die Liebe ist kein Geschenk. Sie ist ein Prüfungszeugnis. Ein Zeugnis, das euch gewisse Vorrechte verleiht: das Vorrecht, Liebe auszudrücken, und das Vorrecht, Liebe zu empfangen.

Wie könnt ihr wissen, daß ihr die Prüfung bestanden habt? Ihr könnt es nicht wissen. Was ihr wißt, ist nur, daß ihr Menschen seid und der Bildung fähig und daher auch fähig zu lernen, wie man lernt, und deshalb seid ihr von Interesse für Gott, der sich für nichts anderes interessiert als für sich selbst, will sagen, für die Liebe. Versteht ihr meine Worte? Gott interessiert sich nicht für euch. Er interessiert sich für die Liebe und für die Glückseligkeit, die sie jenen schenkt, die dieses Interesse verstehen und teilen.

Paare, die das Sakrament der Ehe eingehen und nicht festen Willens sind, die Strecke bis zum Ende zu beschreiten und der wahren Liebe zu Gott teilhaftig zu werden, können nicht gedeihen. Sie mögen einander in Treue anhängen wie Rotkehlchen oder Möwen oder anderes Getier, das sich fürs Leben paart. Doch wenn sie von ihrem großen Weg abweichen, wird ihnen in dem Augenblick, da über ihr ewiges Lebe das Urteil gesprochen wird, all diese Treue nichts nützen. Gott segne die Reinen und Tugendhaften. Amen.»

Das «Amen» der Gemeinde, das Reverend Senior Pulliams Worten folgte, kam aus manchen Mündern mit Entschiedenheit und aus anderen reserviert, und manche Lippenpaare öffneten sich überhaupt nicht. Die Frage, dachte Anna, war nicht warum, sondern wer? Wer war es, dem Pulliams Attacke galt? Waren seine Bemerkungen an die jungen Leute gerichtet, wollte er sie warnen, sich immer weiter ihrer Selbstsucht zu ergeben? Oder wollte er sich die Eltern vorknöpfen, weil sie der jugendlichen Unruhe und Unbotmäßigkeit, die ihm schon vor dem Auftauchen der Faust am Ofen so sauer aufgestoßen war, freien Lauf gelassen hatten? Am wahrscheinlichsten schien ihr, daß er das Gewicht seiner langen und tiefschürfenden methodistischen Erziehung gegen Richard in die Waagschale werfen wollte: Ein Stein, der die Botschaft seines Kollegen zermalmen sollte, daß Gott eine Art innerer Motor sei, der, einmal gezündet, den Menschen brummend und fauchend dazu antrieb, sein eigenes und darin zugleich Gottes Werk zu verrichten – während er, wenn er unbenutzt blieb, verrostete und die ganze Seele lähmte wie eine festgefressene Kupplung.

Das mußte es sein, dachte sie. Pulliam hatte es auf Misner abgesehen. Bestimmt hätte er sich sonst nicht vor das Brautpaar hingestellt und ihm – als Gastprediger, der nur gebeten worden war, vor der Zeremonie ein paar kurze (kurze!) Worte zu der Versammlung zu sagen, die aus fast ganz Ruby, aber nur zu einem Drittel aus Pulliams eigener Gemeinde bestand – just am Hochzeitstag einen tödlichen Schrecken eingejagt. Bestimmt hätte er nicht die Mutter und die Schwägerin der Braut beleidigt, über die wie ein Mantel die Melancholie der Sorge um sterbenskranke Kinder gebreitet war und die dieser Schicksalsschlag, der das Ende aller ihrer Träume bedeutete, nicht zum Hader mit Gott, sondern zu immer größerer Festigkeit im Glauben geführt hatte. Und wenn die Eltern des Bräutigams auch nicht mehr am Leben waren, so hatte Pulliam doch bestimmt nicht vor, dessen Tanten zu nahe zu treten – diesen frommen Frauen glühende Kohlen unter die Füße zu legen, weil sie sich (vielleicht zu sehr?) um den einzigen «Sohn» gekümmert hatten, den die Familie nach dem Tod von Soanes beiden Jungen und angesichts von Doveys Kinderlosigkeit je haben würde: Als ob die Trauer um jeden dieser Verluste nicht genügt hätte, ihre Herzen zu zerreißen oder für immer zu verschließen. Und genausowenig konnte Pulliam darauf aus sein, die beiden Onkel des Bräutigams zu verärgern, Deacon und Steward, die sich so aufführten, als wäre Gott ein Geschäftspartner ihrer Bank. Pulliam schien sie schon immer zu bewundern und hatte mehrfach angedeutet, daß sie in der Zionsgemeinde besser aufgehoben wären als in Golgatha, wo sie sich die läppischen Predigten eines Mannes anhören mußten, der anscheinend glaubte, das Amt der Lehre bedeute, Kinder plappern zu lassen und zu meinen, sie hätten etwas Wichtiges zu sagen, das die Welt nicht längst wußte und abgehandelt hatte.

Wer sonst würde den Stachel des «Gott interessiert sich nicht für euch» verspüren. Wer sich unter der Glut des «Wer die Liebe für naturgegeben hält, ist blind» winden? Wer sonst als Richard Misner, der sich jetzt, unter dem sengenden Atem Senior «Keine Gefangenen!» Pulliams, erheben und die Trauung vornehmen mußte, die so sehnlich erwartet worden war wie keine andere seit Menschengedenken. Außer natürlich, Pulliam meinte sie und wollte ihr sagen: Hängt einander in Treue an, wenn ihr wollt, aber solange ihr Gott (und das hieß: Pulliams Gott) nicht die Treue haltet, ist eure Ehe nicht das Papier des Trauscheins wert. Denn er wußte, daß sie und Richard an Heirat dachten, und er wußte auch, daß sie ihm half, die jungen Abweichler zu organisieren. «Werdet die Furche.»

Wilde Minze verdrängte den Duft der Blumengestecke rund um den Altar. Büschelweise wuchs sie, zusammen mit einem Phlox, der wilde Bartnelke genannt wurde, unter den Kirchenfenstern, die zu dieser elften Vormittagsstunde offenstanden, um die aufsteigende Sonne einzulassen. Das Licht, das vom Aprilhimmel fiel, war ein Geschenk. In der

Kirche hob sich das Gestühl aus Ahornholz, militärisch blank poliert, von den frühlingsweißen Wänden, der bescheidenen Kanzel, der vertrauten, fast an einen Gartenzaun erinnernden Kommunionsschranke ab, vor der die Gläubigen niederknien und einmal mehr den Geist empfangen konnten. In dem reinen, freien Raum hoch über dem Altar hing ein drei Fuß hohes Eichenkreuz: unbelastet und unbeladen. Kein Gold machte ihm seine Vollkommenheit streitig oder bedrohte sein Gleichgewicht. Keine Qual und Ohnmacht des Leibs Christi vergröberte seine poetische Gewalt.

Die Frauen von Ruby ließen keinen Puder an ihr Gesicht und kein Hurenparfüm an ihre Haut. So war es nur der wollüstige Duft der wilden Minze und des Phlox, der die Gemeinde verwirrte, ihr mit der Vorfreude auf ein vergnügliches Fest mit viel gutem Essen in Soane Morgans Haus zu Kopf stieg. Alle würden Musik machen: July am Klavier; der Männerchor; Kate Golightly mit einem Solo; das Quartett vom Heiligen Erlöser; ein verträumter Junge namens Brood mit seiner Mundharmonika draußen auf den Stufen. Alle würden ihre frisch gebügelten Festtagskleider ausführen; und sie würden die gestärkten Hemden, die knisternde Seide vergessen, wenn sie sich gegen Bäume lehnten oder im Gras saßen und mit dem Nachschlag Sahneerbsen kleckerten. Sie würden das Geschrei der zuckertrunkenen Kinder hören und das Knistern des Geschenkpapiers, das vom Boden aufgesammelt und so säuberlich gefaltet wurde, als wäre es wertvoller als das Hochzeitsgeschenk, das es umhüllt hatte. Farmer, Rancher und Frauen von den Weizenfeldern würden sich von Stühlen hochreißen und zu Tanzschritten anfeuern lassen, die sie fast schon vergessen hatten. Teenager würden lachen und mit den Augen zwinkern, um ihre Sehnsucht zu verbergen.

Doch freudiger als dem Fest und dem Anblick von Kindern, die von der Hochzeitstorte high waren, sahen sie der Vereinigung zweier Familien und dem Ende der Feindseligkeit entgegen, die die Angehörigen und Freunde dieser Familien vier Jahre lang beherrscht hatte. Einer Feindseligkeit, deren Ursprung das mysteriöse Vielleicht-Kind war, dessen Existenz die Braut nie zugegeben, dessen Geburt sie nicht angezeigt, das nie jemand gesehen hatte.

Und jetzt saßen alle da, genau wie Anna Flood, und fragten sich, was um alles in der Welt Reverend Pulliam im Schilde führte. Warum jetzt ein Leichentuch über alles legen? Warum den Duft der wilden Minze und des Phlox abschwächen, den Geschmack des Lammbratens und der Zitronenküchlein verderben, die auf sie warteten? Warum die Harmonie verätzen, den Frieden aus der Bahn werfen, den diese Hochzeit bringen sollte?

Richard Misner erhob sich. Verärgert; nein, wütend. So wütend, daß er seinen Mitprediger nicht anschauen und ihm zeigen konnte, wie tief die Wunde war. Während Pulliam sprach, hatte er blicklos auf die Osterhüte der Frauen in den Bankreihen gestarrt. Früher an diesem Morgen hatte er fünf oder sechs Eröffnungssätze für die heilige Zeremonie der Eheschließung vorbereitet, hatte sie sorgfältig um die Verse 7 und 9 von Offenbarung 19 gedrechselt, die Bilder von der «Hochzeit des Lammes» und dem «Abendmahl des Lammes» zusammengeführt und den Schluß der Versöhnung gezogen, die diese Hochzeit versprach. Dann war er von der Offenbarung zu Matthäus 19,6 übergegangen – «So sind sie denn nicht mehr zwei, sondern ein Fleisch» –, um damit nicht nur die eheliche Treue des Hochzeitspaares, sondern auch die erneuerten Pflichten zu besiegeln, die alle Morgans und Fleetwoods nun einander schuldeten.

Jetzt blickte er auf das Brautpaar, das geduldig vor dem Altar stand, und fragte sich, ob sie verstanden oder auch nur gehört hatten, was ihnen da auferlegt worden war. Er jedenfalls hatte es verstanden. Er wußte, daß diese fatalistische Sicht dessen, was er für seine Berufung hielt, ein bewußter Angriff auf die Grundlagen seines Glaubens war. Plötzlich verstand und teilte er den Zorn des heiligen Augustinus auf den «selbstgerechten Priester», den der Kirchenvater mit dem Teufel selbst gleichsetzte. Doch Augustinus hatte auch gesagt, daß die göttliche Botschaft durch den Überbringer nicht entstellt werden konnte: «Wenn das Licht durch eine schmutzige Seele scheint, wird es davon selbst nicht schmutzig.» Obwohl Augustinus eine Begegnung mit Senior Pulliam erspart geblieben war, schien er Geistliche ähnlichen Kalibers gekannt zu haben. Aber daß er sie der Gesellschaft des Teufels überließ, machte den Schaden nicht ungeschehen, den ihre Kanzelworte wirken konnten. Was hätte Augustinus gesagt, um dem Gift die Wirkung zu nehmen, das Pulliam gerade über allem ausgegossen hatte? Über die Köpfe von Männern, die ihrem Drang ausgeliefert waren, zu beherrschen, was sich beherrschen ließ, und zu vernichten, was sich weigerte; in die Herzen von Frauen, die unermüdlich versuchten, das Raubtier zu zähmen; in die Gesichter von Kindern, die sich noch nicht von der niederschmetternden Erfahrung erholt hatten, für die Erwachsenen erst dann als menschliche Wesen zu gelten, wenn sie zu Paaren getrieben waren; und ins Gesicht des versteinerten Brautpaars, das sich verzweifelt nach dieser öffentlichen Bindung sehnte, um seine private Schande vergessen zu machen. Misner wußte, daß Pulliam mit seiner Predigt eine neue Front in dem Krieg eröffnete, den er ihm und seinen Bestrebungen erklärt hatte: die Jugend hinter ihren Mauern hervorzulocken, sie über die Grenzen des

Dorfes hinauszuführen, sie die Gesetze vergessen und sich selbst als Kämpfer in einem Bürgerkrieg verstehen zu lassen. Er wußte auch, daß das öffentliche Geheimnis um ein nie geborenes Baby den Bodensatz des Streits aufwühlte wie der Hauer eines Wildschweins.

Misner wäre um das rechte Wort nicht verlegen gewesen, aber er befürchtete, daß seine Stimme verraten würde, wie tief verletzt er war. Also verließ er die Kanzel, ging zur Rückwand der Kirche, streckte sich und reckte die Arme empor, bis es ihm gelang, das Kreuz vom Haken zu nehmen, das dort hing. Dann trug er es, vorbei am leeren Chorgestühl, an Kate Golightly auf der Orgelbank und an dem Stuhl, auf dem Pulliam saß, bis vor den Altar und hielt es vor sich in die Luft, damit es alle sehen konnten – wenn sie nur wollten. Damit sie sehen konnten, was mit Sicherheit das erste Zeichen gewesen war, das Menschen irgendwo auf diesem Erdball gemacht hatten: die senkrechte Linie; die waagrechte Linie. Schon als Kinder hatten sie es mit den Fingern in den Schnee, den Sand, den Schlamm gezeichnet; hatten es mit Zweigen auf der Erde ausgelegt und mit Knochen auf gefrorenem Tundraboden und in endlosen Savannen und mit Kieselsteinen an Flußufern; hatten es in Höhlenwände geritzt und in Findlinge, überall zwischen Nome und Südafrika. Algonquins und Lappländer, Zulus und Druiden – alle hatten in ihren Fingern die Erinnerung an dieses uranfängliche Zeichen. Nicht der Kreis kam zuerst, auch nicht die Parallele oder das Dreieck. Es war das Kreuzzeichen, nichts sonst, das allem anderen vorausging. Das Zeichen, das sich in den Merkmalen des menschlichen Gesichts wiederfand. Das Zeichen einer aufrechten menschlichen Gestalt, die die Arme zur Umarmung ausbreitete. Verzichtete man darauf, wie es Pulliam getan hatte, dann war das Christentum wie jede andere beliebige

Religion dieser Welt: eine Versammlung von Bittstellern, die von einer ungnädigen Autorität Strafaufschub erflehte; zermürbte Gläubige, die sich vor dem Schicksal duckten oder dem alltäglichen Bösen auszuweichen suchten; Schwache, die sich einen unheilvollen Pfad durch die Wildnis zu bahnen suchten; Sehende, die des Lichts beraubt und in die ewige Finsternis der fehlenden Entscheidungsfreiheit geworfen wurden. Ohne dieses Zeichen war das Leben des Gläubigen darauf beschränkt, Gott zu loben und die Schicksalsschläge hinzunehmen. Das Gotteslob war der Kreditrahmen; die Schicksalsschläge waren Zinsen auf eine Schuld, die niemals abgezahlt werden konnte. Oder, um es mit Pulliam zu sagen: Keiner konnte wissen, ob er die «Prüfung bestanden» hatte. Doch mit diesem Zeichen, innerhalb der Religion, für die es Fundament und Firmament war, ja, da war das Leben eine völlig andere Sache.

Sahen sie es? Die Hinrichtung dieses einen, einsamen schwarzen Mannes im Schnittpunkt der sich kreuzenden Linien, an die er in der Parodie einer menschlichen Umarmung gefesselt war, genagelt an zwei Balken, die so passend, so erkennbar waren, so verwurzelt im Bewußtsein *als Bewußtsein* in ihrer Doppelnatur als etwas höchst Gewöhnliches und höchst Sublimes. Sahen sie es? Sein kraushaariger Kopf, der sich hob und immer wieder kraftlos auf die Brust sank, der Glanz auf seiner Mitternachtshaut abgestumpft vom Staub und gestreift von Galle, besudelt von Speichel und Urin, vom heißen, trockenen Wind in das Grau von Zinn verwandelt, um endlich – als die Sonne sich vor Scham verfinsterte und sein Fleisch dem merkwürdigen Schwund des Nachmittagslichts folgte und es so war, als bräche, so plötzlich wie immer in diesen Breiten, die Nacht herein – ihn und die anderen Verbrecher aus den Todeszellen zu verschlucken und den Schattenriß dieser Ursünde mit einem falschen Nachthimmel verschmelzen zu lassen. Sahen sie, wie dieser eine offizielle Mord unter Hunderten alles veränderte, das Verhältnis zwischen Gott und Mensch aus einem zwischen Boss und Bittsteller in ein gleichberechtigtes verwandelte? Das Kreuz, das er hier in seinen Händen hielt, war abstrakt; der fehlende Korpus war real. Doch beides wirkte zusammen und holte Menschen vom Bühnenhintergrund an die Rampe, machte aus murmelnden Statisten in den Seitengassen die Hauptdarsteller ihres Lebens. Es war diese Hinrichtung, die es möglich machte, daß man sich selbst und seinen Nächsten respektierte, frei und ohne Angst. Und genau das war Liebe: aus freien Stükken gezollter Respekt. Was alles nicht von einem grämlichen Gott kündete, der seine eigene Liebe war, sondern von einem Gott, der die Menschen zur Liebe ermutigte. Nicht um seiner eigenen Glorie willen – niemals! Gott liebte die Art, wie die Menschen einander liebten; wie sie sich selbst liebten; und wie sie das Genie am Kreuz liebten, das es vollbracht hatte, beides zu tun und in diesem Wissen zu sterben.

Doch von diesen Dingen konnte Richard Misner nicht sprechen, ohne die Fassung zu verlieren. So stand er nur da und ließ die Minuten verrinnen, während er die gekreuzigten Eichenbalken in seinen Händen beschwor zu sagen, was er nicht sagen konnte: daß Gott sich nicht nur für den Menschen interessierte; daß Er der Mensch war.

Würden sie es sehen? Würden sie?

Für diejenigen, die es sehen konnten, war das Gesicht des Bräutigams einen Blick wert. Er starrte hinauf zu dem Kreuz, das Reverend Misner emporhielt und hielt und hielt. Ohne ein Wort zu sagen: Er reckte es nur in die Luft, während die Zeit stillzustehen schien und die unerträgliche Stille von gelegentlichem Husten und leisem, ermutigendem Räuspern vertieft wurde. Die Leute hatten ohnehin ein ungutes Gefühl bei dieser Hochzeit, weil Truthahngeier gesehen worden waren, die in nördlicher Richtung über das Dorf flogen. Was alle bewegte, war die Frage, ob hierin ein böses Omen zu sehen sei (sie hatten das Dorf umkreist) oder aber ein gutes (keiner von ihnen hatte sich niedergelassen). Arme Ahnungslose, dachte der Bräutigam. Wenn diese Ehe unter einem schlechten Stern stand, dann nicht wegen der Vögel.

Die geöffneten Fenster reichten plötzlich nicht aus. Der Bräutigam begann in seinem exquisit geschneiderten Anzug zu schwitzen. Zorn durchschoß ihn wie eine Pistolenkugel. Warum benutzte jeder seine Hochzeit und versaute ihm die Feier, um eine Familienfehde auszuwalzen, die ihm nicht gleichgültiger hätte sein können? Er wollte, daß es vorbei war. Vorbei und ausgestanden, damit seine Onkel endlich Ruhe geben und Jeff und Fleet aufhören konnten, Lügen über ihn zu verbreiten; damit er seinen Platz unter den verheirateten und wohlbestallten Männern von Ruby einnehmen konnte; und damit er all die Briefe von Arnette verbrennen konnte. Vor allem aber, damit er endlich Gigi, diese Schlampe, aus allen Falten seines Lebens spülen konnte. So wie Zucker sich vom besinnungslosen Genuß zum tödlichen Feind des Körpers wandeln konnte, hatte ihn seine Sucht nach ihr vergiftet, hatte ihn zuckerkrank, hilflos, dumm gemacht. Nach Monaten voller gefährlicher Süße war sie gleichgültig geworden, gelangweilt, sogar gehässig. Im hohen Mais hatte er auf sie gewartet; im Mondschein war er hinter Hühnerställen herumgekrochen, um sie zu treffen. Er hatte Geld ausgegeben, das ihm nicht gehörte, um ihr etwas bieten zu können, und sich Lügen ausgedacht, damit er etwas Besseres bekam als einen Lieferwagen, um sie spazierenzufahren. Er hatte eine Hanfplantage angelegt, um sie mit Marihuana zu versorgen, und in der Hitze des August Eis angeschleppt, um die Innenseiten ihrer Schenkel zu kühlen. Er hatte ihr ein batteriebetriebenes Radio gekauft, von dem sie begeistert war, und einen Morgenrock aus Chenille, über den sie lachte. Vor allem aber hatte er sie jahrelang geliebt – eine schmerzhafte, demütigende, ihn mit Selbstekel erfüllende Liebe, die voller Sehnsucht begann und mit Ausflüchten endete.

Den ersten Brief, den er von Arnette bekam, hatte er noch gelesen, doch alle anderen stopfte er in einen Schuhkarton auf dem Speicher bei seiner Tante. Jetzt mußte er sich beeilen, daß er sie vernichtete (oder vielleicht sogar las), ehe irgend jemand die elf ungeöffneten Kuverts entdeckte, die in Langston, Oklahoma, aufgegeben worden waren. Er nahm an, daß die Briefe alle von Liebe und von Leid handelten, von Liebe trotz Leid. Oder so ähnlich. Aber was konnte Arnette davon wissen, das er nicht besser wußte? Hatte sie etwa ganze Nächte in einem Zwergeichendickicht verbracht, nur um einen Blick zu erhaschen? War sie einem schrottreifen Cadillac bis nach Demby gefolgt, um das geliebte Wesen auch nur zu sehen? War sie von Frauen aus dem Haus geworfen worden? Von Frauen beschimpft worden? Und trotzdem nicht fähig gewesen, einfach wegzubleiben? Jedenfalls so lange nicht, bis ihn seine Onkel in die Mangel nahmen und ihm klarmachten, was sich gehörte und wozu das gut war.

Und so stand er nun vor dem Altar, das zarte Handgelenk seiner Braut in der Beuge eines Ellbogens und in der Tasche ein Stück eines österlichen Palmzweigs, das sie ihm geschenkt hatte, damit es ihn beschütze. Er spürte das schwere Atmen seines baldigen Schwagers zu seiner Rechten, und in seinen Hinterkopf bohrte sich fühlbar der feindselige Blick von Billie Delia. Er war sicher, ihn ewig erdulden zu müssen, diesen unterdrückten Groll, denn Misner schien von dem Kreuz, das er da stemmte, mit Stummheit geschlagen worden zu sein.

Einem Kreuz, auf das die Braut voller Entsetzen starrte. Und dabei war sie so glücklich gewesen. Endlich so ganz und gar glücklich. Befreit von der quälenden Traurigkeit, die sich über sie gestülpt hatte, kaum daß sie vom College zurück war: der erstickenden Atmosphäre, die im Haus ihrer Eltern herrschte; dem ganz neuen Ekelgefühl, das sie bei der Pflege ihrer mißgebildeten Nichten und Neffen überkam; der Schlafsucht, die ihre Mutter beunruhigte, ihre Schwägerin verärgerte und ihren Bruder und ihren Vater wütend machte; der absoluten Ziellosigkeit von allem, die nur von Verwirrung und Kummer wegen K. D. unterbrochen wurde. Obwohl auf keinen einzigen ihrer ersten zwölf Briefe eine Antwort gekommen war, hatte sie ihm noch vierzig weitere geschrieben, die sie allerdings nicht mehr abschickte: ein Brief pro Woche während des ganzen ersten Jahres ihrer Abwesenheit. Sie glaubte, daß ihre Liebe zu ihm absolut war, denn er verkörperte alles, was sie über sich selbst wußte. Was bedeuten sollte, daß alles, was sie von ihrem Körper kannte, mit ihm verbunden war. Außer Billie Delia hatte ihr niemand gesagt, daß es noch andere Wege gab, sich selbst zu begreifen. Nicht ihre Mutter; nicht ihre Schwägerin. Voriges Jahr, als sie kurz vor dem Collegeabschluß stand, war sie über die Ostertage nach Hause gekommen, und er hatte gefragt, ob er sie besuchen dürfe, war zweimal zum Abendessen dagewesen und hatte sie zur Ranch von Nathan DuPres mitgenommen, um dort beim Kindertagspicknick zu helfen, und dann hatte er den Vorschlag gemacht, daß sie doch heiraten könnten. Es war ein

Wunder, das ein ganzes Jahr lang, bis zu diesem strahlenden Tag im April, angehalten hatte. Alles war perfekt: Ihre Periode hatte sich mit schöner Regelmäßigkeit eingestellt; ihr Brautkleid, das ganz aus Soane Morgans Spitzenklöppelei bestand, war traumhaft; der goldene Ring, der in der Weste ihres Bruders steckte, war mit ihren und ihres Bräutigams verschlungenen Initialen graviert. Das Loch in ihrem Herzen hatte sich endlich geschlossen – und jetzt, im letzten Augenblick, schnappte dieser Pfarrer über, versuchte die Hochzeit aufzuhalten, sie in ein schiefes Licht zu rücken, womöglich zum Platzen zu bringen. Stand starr und stumm da mit einem Gesicht wie Granit und hielt ein Kreuz in die Luft, als ob noch niemand jemals eins gesehen hätte. Sie krallte ihre Finger in den Arm, der ihren hielt, versuchte mit purer Willenskraft, Misner anzutreiben. Sag's schon! Sag's schon! «Liebe Gemeinde, wir sind hier versammelt ... sind hier versammelt ...» Plötzlich und lautlos öffnete sich in der drückenden Stille, die Misner erzwang, ein winziger Riß, genau dort an ihrem Herzen, wo das Loch gewesen war. Sie hielt den Atem an und fühlte ihn größer werden, wie eine Laufmasche, die am Bein entlanglief. Bald würde der kleine Riß auseinanderklaffen, sich weiten, breit werden und breiter und alle ihre Kräfte in sich saugen, bis er vereinnahmt hätte, was er brauchte, um die Narbe zu bilden, unter der das Herz weiterschlagen konnte. Sie kannte das schon, und sie hatte gehofft, die Hochzeit mit K. D. würde die Wunde für immer schließen, aber jetzt, als sie auf das «Wir sind hier versammelt ...» wartete und begierig war, «bis daß der Tod euch scheide» zu hören, jetzt wußte sie es besser. Wußte genau, was fehlte und immer fehlen würde.

Sag's schon, bitte, flehte sie. *Bitte*. Und mach schnell. Mach schnell. Ich hab noch etwas zu erledigen.

Billie Delia ließ ihren Blumenstrauß von der linken Hand in die rechte wandern. Winzige Dornen piksten sie durch ihre weißen Baumwollhandschuhe, und die Freesien schlossen schon die Blüten, genau wie sie es vorhergesehen hatte. Nur die Teerosen behaupteten trotzig ihre Versprechungen, auf die sich niemand verlassen konnte. Sie hatte Schleierkraut vorgeschlagen, um den gelben Blüten zu schmeicheln, aber zu ihrer Überraschung stellte sich heraus, daß es in keinem der vielen Gärten zu finden war. Kein Blütenschleier für diese Trauung. Dann Schafgarbe, hatte sie gesagt, aber die Braut weigerte sich, einen Hochzeitsstrauß mit einer Pflanze zu tragen, die vom Vieh gefressen wurde. So standen sie nun beide da und hatten verdurstende Freesien und mangelhaft von ihren Dornen befreite Teerosen in der Hand. Abgesehen von dem Schaden, der ihrer Handfläche zugefügt wurde, ließ sie die von Misner erzwungene Verzögerung kalt, überraschte sie auch nicht. Das war nur eine weitere Idiotie bei dieser idiotischen Hochzeit, von der alle glaubten, sie bedeute einen Waffenstillstand. Aber der Krieg fand nicht zwischen den Morgans und den Fleetwoods samt ihren jeweiligen Parteigängern statt. Zwar stimmte es, daß Jeff neuerdings eine Pistole mit sich herumschleppte; daß Steward Morgan und Arnold Fleetwood einander auf offener Straße angebrüllt hatten; daß Dorfbewohner sich im Hinterzimmer von Anna Floods Laden versammelten, nicht, um sich dort von Menus die Haare schneiden zu lassen, sondern um sich unter Seufzen und Stöhnen etwas Unaussprechliches zuzuflüstern, das sich im Kloster zugetragen haben sollte; und daß dieses Gerücht Reverend Pulliam zu einer Predigt veranlaßt hatte, die auf Jeremia 1,5 aufgebaut war: «Ich kannte dich, ehe ich dich im Mutterleibe bereitete, und sonderte dich aus, ehe du von der Mutter geboren wurdest.» Worauf Misner die

Worte des heiligen Paulus an die Korinther entgegnet hatte: «… aber die Liebe ist die größte unter ihnen.» Für Billie Delia ging es in der Schlacht, die da in Wahrheit tobte, nicht um das Leben eines Säuglings oder den guten Ruf einer Braut, sondern um Verweigerung. Was natürlich zur Folge hatte, daß die Hengste um die Herrschaft über ihre Stuten und Fohlen kämpften. Senior Pulliam hatte die Bibel und die Geschichte auf seiner Seite. Misner baute auf die Bibel und die Zukunft. Und jetzt, dachte sie sich, wollte er die ganze Welt warten lassen, bis sie seinen Standpunkt kapiert hatte.

Billie Delia ließ den Blick von Misners irrenden Augen auf den von schwerer Spitze umhüllten Kopf der Braut und weiter zum Nacken des Bräutigams sinken und fühlte sich sofort an ein Pferd erinnert, das sie einst geliebt hatte. Obwohl es der Bräutigam war, dessen Name ein legendäres Pferderennen verewigte, hatte ihr Leben den bleibenden Schaden davongetragen. Hard Goods, das Siegerpferd, das K. D. geritten hatte, als Ruby gegründet wurde, gehörte Nathan DuPres. Jahre nach diesem Rennen, aber noch ehe sie laufen gelernt hatte, war sie von Mister Nathan auf den bloßen Rücken von Hard Goods gehievt worden und mit so jauchzender Freude auf dem Pferd geritten, daß alle lachen mußten. Von da an nahm Nathan DuPres jedesmal, wenn er, etwa alle vier Wochen, zu Besorgungen ins Dorf kam, dem Pferd den Sattel ab, führte es auf dem Schulhof, gleich neben ihrem Haus, im Kreis herum und ließ sie auf ihm reiten, wobei er sie mit der Handfläche im Kreuz stützte. «Auf die Pferde mit den Kindern», sagte er immer wieder. «Wir brauchen mehr Reiterinnen in diesem Land. Schreit nicht nach Autos, Leute, sondern bringt den Kindern lieber frühzeitig das Reiten bei! Hard Goods hat noch nie 'ne Reifenpanne gehabt!» Das ging so weiter, bis Billie Delia drei

Jahre alt war – noch zu klein, um jeden Tag eine Unterhose zu tragen, und keiner schien zu bemerken oder sich darum zu kümmern, wie wunderbar der breite, warme, rhythmisch bewegte Pferderücken sich auf ihrer Haut anfühlte. Während sie versuchte, mit den Fußknöcheln im Kontakt zum Rumpf zu bleiben und die Reibung der Rückenwirbel auszuhalten, lachten die Erwachsenen, freuten sich an ihrer Freude und verspotteten Mister Nathan als einen Ewiggestrigen, dem man mal beibringen müsse, wie ein Getriebe geschaltet wird, damit er nicht immer zu spät komme. Und dann dieser Tag, ein Sonntag. Hard Goods mit Mister Nathan im Sattel kam in leichtem Galopp die Straße herunter. Billie Delia, die seit ziemlich langer Zeit weder Roß noch Reiter gesehen hatte, lief ihnen entgegen und bat, wieder einmal aufsitzen zu dürfen. Mister Nathan versprach ihr, gleich nach dem Gottesdienst vorbeizukommen. Immer noch in ihren Sonntagskleidern, wartete sie im Garten auf ihn. Als sie ihn sah, wie er sich und seinem Pferd zwischen den herumstehenden Kirchgängern einen Weg bahnte, rannte sie hinaus in die Mitte der Hauptstraße, wo sie ihr sonntägliches Unterhöschen auszog, ehe sie die Arme ausstreckte, um sich auf den Rücken von Hard Goods heben zu lassen.

Das Leben hatte Knitterfalten nach diesem Vorfall. Von ihrer Mutter bekam sie eine Tracht Prügel, die sie ebenso unverständlich fand wie die dringliche Aufforderung, sie solle sich was schämen. Erst Jahre später begann sie die Zusammenhänge zu ahnen. Das war die Zeit, als die Sticheleien begannen, denen sie als Tochter der Lehrerin um so gnadenloser ausgesetzt war. Plötzlich bemerkte sie ein düsteres Funkeln in den Augen der Jungen, deren Lieblingsbeschäftigung es war, sie anzustarren. Und bei den Frauen eine merkwürdige Angespanntheit, bei den erwachsenen

Männern den Impuls, sich von ihr abzuwenden. Und bei ihrer Mutter eine ständige Wachsamkeit. Nathan DuPres bot ihr nie wieder einen Ritt an. Hard Goods war ihr für immer verloren, ging in die öffentliche Erinnerung des Dorfes als das Pferd ein, mit dem K. D. das Rennen gewonnen hatte, und in die privaten Erinnerungen der Dorfbewohner als der Anlaß für die Schande eines kleinen Mädchens. Nur Mrs. Dovey Morgan und ihre Schwester Soane begegneten ihr mit unbefangener Freundlichkeit – hielten sie auf der Straße an, um die Schleife an einem Zopf zurechtzuzupfen, oder lobten ihre Mithilfe im Gemüsegarten. Und einmal, als Mrs. Dovey Morgan sie anhielt, um einen vermeintlichen Make-up-Fleck von Billie Delias rosigen Lippen zu entfernen, da tat sie es lächelnd und ohne erboste Belehrungen, ja, sie entschuldigte sich sogar, als nichts in ihrem Taschentuch zurückblieb. Wären diese beiden nicht gewesen und wäre Anna Flood nicht nach Ruby zurückgekehrt, so hätte sie ihre Teenagerjahre nicht überlebt. Anna und die beiden Morgan-Schwestern ließen sie auch nicht spüren, wie ungewöhnlich es war, ein Einzelkind zu sein – vielleicht deshalb, weil sie selbst nur wenige oder gar keine Kinder hatten. Die meisten Familien hier rühmten sich einer Kinderschar von neun, elf oder gar fünfzehn Köpfen. So war es auch unvermeidlich, daß Arnette, die keine Schwestern und nur einen Bruder hatte, ihre beste Freundin wurde.

Sie wußte, daß sie bei den Leuten als das Luder galt, als diejenige, die von Anfang an nicht nur keine Hemmungen gehabt hatte, ihre Nacktheit gegen das Fell eines Pferdes zu pressen, sondern sogar ganz wild darauf gewesen war und sich am heiligen Sonntag in aller Öffentlichkeit die Unterhose ausgezogen hatte, um ihrem Vergnügen zu frönen. Obwohl es Arnette war, die schon mit vierzehn Jahren ihre Unschuld verloren hatte (an den Bräutigam), blieb der schlechte Ruf an Billie Delia hängen. Sie lernte rasch, den argwöhnischen Blick in den Augen anderer Mädchen zu deuten, die von ihren Müttern vor ihr gewarnt worden waren. Doch in Wahrheit war Billie Delia noch unberührt. Bis jetzt. Weil sie sich hoffnungslos in ein Brüderpaar verliebt hatte, war ihre Jungfräulichkeit, an deren Existenz keiner glaubte, so stumm geworden wie das Kreuz, das Misner in die Höhe hielt.

Jetzt waren seine Augen geschlossen. Die Muskulatur seines Unterkiefers machte Überstunden. Er hielt das Kreuz, als wäre es ein Vorschlaghammer, den er nicht sinken lassen durfte, um nicht jemanden zu verletzen. Billie Delia wünschte, er würde wieder die Augen öffnen, den Bräutigam sehen und ihm mit dem Hammer eins auf den Kopf geben. Aber nein. Das wäre peinlich für die Braut, die endlich den Ehemann an Land gezogen hatte, den die Brautjungfer verabscheute. Einen Ehemann, der Billie Delia vor und nach dieser Sache mit Arnette Anträge gemacht hatte. Einen Ehemann, der, als Arnette weg war, keinen Gedanken mehr an sie verschwendet, sondern jedem Rock nachgestellt hatte, dessen Trägerin unter fünfzig war. Einen Ehemann, der seine künftige Braut schwanger und ganz allein im Stich gelassen und dabei genau gewußt hatte, daß nicht der Vater des ungeborenen Kindes, sondern dessen ledige Mutter um die Vergebung der Kirche flehen mußte. Daß so etwas anderswo vorkam, hatte Billie Delia schon gehört, aber in Ruby konnte jedes Mädchen, das schwanger wurde, mit einer Ehe rechnen, ob der Junge nun wollte oder nicht. Denn schließlich mußte er auch weiterhin mit ihrer und seiner eigenen Familie auskommen, mußte ihr beim Kirchgang unter die Augen treten und traf sie auch sonst überall. Ganz anders dieser Bräutigam. Der ließ die Braut vier Jahre lang leiden und war erst mit einer Hochzeit einverstanden, nachdem ihn eine andere Frau mit einem Fußtritt aus ihrem Bett gejagt hatte. Einem so heftigen Tritt, daß er gar nicht schnell genug vor den Altar flüchten konnte. Als wäre es gestern gewesen, so erinnerte sie sich noch an den Tag, an dem diese Frau angekommen war – mit Schuhen, die schon damals für den Hintern von K. D. maßgefertigt waren. Billie Delias Haß auf das so seltsam aussehende Mädchen war schlagartig und wäre von ewiger Dauer gewesen, hätte sie nicht selbst einmal Zuflucht im Kloster gesucht, an einem kalten Oktobertag nach einem Streit mit ihrer Mutter, der eine häßliche Wendung genommen hatte. Wie ein Mann hatte ihre Mutter sie an diesem Tag geprügelt. Sie war zu Anna Flood gelaufen, die ihr sagte, sie solle oben warten, während sie selbst noch mit irgendeiner Lieferung beschäftigt war. Billie Delia weinte, ganz allein, stundenlang, wie es ihr schien. Sie leckte ihre aufgeplatzte Lippe und betastete die Schwellung unter ihrem Auge. Als sie Apollos Pick-up sah, schlich sie sich über die Hintertreppe hinunter und schlüpfte, während Apollo sich eine Limo kaufte, in die Fahrerkabine. Keiner von den beiden wußte, was er tun sollte. Apollo bot ihr an, sie zu seiner Familie zu bringen. Aber weil sie sich schämte, seinen Eltern den Zustand ihres Gesichts erklären zu müssen, und auch keine Lust hatte, sich von seinen zwölf Geschwistern anstarren zu lassen, bat sie ihn, sie hinaus zum Kloster zu fahren. Das war im Herbst 1973. Was sie dort sah und lernte, veränderte sie für immer. Ihre Einwilligung, Arnettes Brautjungfer zu sein, war die letzte Sentimentalität, die sie sich in Ruby gestattete. Sie hatte eine Stelle in Demby angenommen und sich ein Auto gekauft und wäre damit wahrscheinlich bis nach St. Louis gefahren, hätte ihre hoffnungslose doppelte Liebe sie hier nicht festgehalten.

Ob mit oder ohne Kautabak im Mund – Steward war kein geduldiger Mann. Deshalb war er verblüfft, wie gleichmütig er Misners seltsame Darbietung verfolgte. Rund um ihn her hatte die Gemeinde begonnen, zu flüstern und fragende Blicke zu wechseln, aber Steward, der sich weniger überrascht fühlte, tat auch ohne tröstenden Priem in seiner Backentasche nichts dergleichen. Als kleiner Junge hatte er gehört, wie Big Daddy von einer 65-Meilen-Reise erzählte, die er unternommen hatte, um Besorgungen für Haven zu machen. Es war im Jahr 1920. Das Alkoholverbot galt inzwischen landesweit. In Haven wütete eine Krankheit, die kruppöse Lungenentzündung genannt wurde, und Big Daddy war einer der wenigen Gesunden, die sich auf den Weg machen konnten. Hoch zu Roß brach er auf, ohne Begleitung. Im Logan County beschaffte er alles, was gebraucht wurde, und mit Beuteln voller Medikamente unter seinem Mantel und den anderen Vorräten in Packtaschen auf seinem Pferd kam er vom Weg ab und wußte, als die Nacht hereingebrochen war, nicht mehr, wohin. Er roch, ohne es sehen zu können, ein Lagerfeuer, das sich nicht allzu weit entfernt zu seiner Linken zu befinden schien. Dann hörte er plötzlich zu seiner Rechten ein Johlen, Musik und Pistolenschüsse. Aber er sah kein Licht in dieser Richtung. In völliger Dunkelheit, auf beiden Seiten von unsichtbaren Fremden umgeben, mußte er sich entscheiden, ob er in Richtung des Rauchs und der Fleischgerüche oder in Richtung der Musik und der Schüsse reiten sollte. Oder keins von beidem. Am Lagerfeuer wärmten sich vielleicht Räuber. Mit der Musik vergnügte sich vielleicht eine Lynchbande. Schließlich traf das Pferd die Entscheidung. Vom Geruch von Artgenossen angezogen, trottete es zum Lagerfeuer. Dort traf Big Daddy drei Indianer, Angehörige der Sauk- und Foxstämme, die an einem Feuer saßen, das sie in einer Grube verborgen hatten. Er stieg ab, näherte sich vorsichtig, seinen Hut in der Hand, und sagte: «Guten Abend.» Die Männer hießen ihn willkommen und rieten ihm, als sie von seinem Ziel erfuhren, nicht durch den nächsten Ort zu reiten. Die Frauen dort kämpfen mit den Fäusten, sagten sie; die Kinder sind betrunken; die Männer streiten oder debattieren nicht, sondern sprechen nur mit ihren Feuerwaffen; an die Alkoholgesetze hält sich keiner. Sie waren gekommen, um einen Verwandten zu retten, der sich schon seit zwölf Tagen in diesem Ort befand und soff. Einer von ihnen war schon dort, um ihn zu suchen. Wie heißt dieser Ort? fragte Big Daddy. Pura Sangre, antworteten sie. An seinem nördlichen Ende stand ein Schild: Für Nigger verboten. An seinem südlichen Ende stand ein Kreuz. Big Daddy verbrachte mehrere Stunden mit den Indianern, und ehe es hell wurde, bedankte er sich bei ihnen und brach auf. Er ritt auf seiner eigenen Spur zurück, um den richtigen Weg nach Hause zu finden.

Als Steward diese Geschichte zum erstenmal hörte, stand ihm der Mund offen, wenn er sich den Augenblick vorstellte, da sein Vater in der Dunkelheit ganz allein gewesen war, Schüsse zu seiner Rechten und Fremde zur Linken. Die Erwachsenen aber lachten und dachten an etwas ganz anderes. «‹Für Nigger verboten› an einem Ende, ein Kreuz am anderen, und dazwischen tanzt der Teufel!» Steward verstand das nicht. Wie konnte der Teufel in der Nähe eines Kreuzes tanzen? Welche Verbindung bestand zwischen den beiden Zeichen? Seit damals hatte er freilich auch Kreuze zwischen den Brüsten von Huren gesehen; Fadenkreuze über Meilen von Feindesland; brennende Kreuze vor den Häusern vom Negerfamilien; tätowierte Kreuze auf den Unterarmen notorischer Mörder. Er hatte ein Kreuz gesehen, das vom Innenspiegel eines Wagens voller Weißer baumelte, die gekommen waren, um die kleinen Mädchen von Ruby zu beleidigen. Was immer Reverend Misner denken mochte – er irrte sich. Ein Kreuz konnte nicht besser sein als derjenige, der es trug. Steward begann seinen Schnurrbart zu befingern, denn er merkte, daß sein Zwillingsbruder die Füße breiter auf den Boden setzte, daß er bereit war, die Kirchenbank vor sich zu packen und Misners Demonstration ein Ende zu bereiten.

Soane, die neben Deek saß und sein schweres Atmen hörte, merkte immer deutlicher, wie schlimm der Fehler war, den sie gemacht hatte. Sie wollte gerade ihre Hand auf den Arm ihres Mannes legen, um ihn am Aufstehen zu hindern, als Misner endlich das Kreuz sinken ließ und die einleitenden Worte der Trauungszeremonie sprach. Deek ließ sich zurücksinken und schneuzte sich ausführlich, aber der Schaden war angerichtet. Sie waren wieder genau dort, wo sie angefangen hatten, als Jefferson Fleetwood seine Waffe auf K. D. richtete und Menus dazwischengehen mußte, um die Handgreiflichkeiten zwischen Steward und Arnold zu beenden. Und als Mable kein Backwerk zum gemeinsamen Kuchenbasar der drei Kirchen beigesteuert hatte. Der Friede und der gute Wille, den die Ankündigung der Hochzeit beschworen hatte, lag in Trümmern. Die anschließende Feier in ihrem Haus würde nur zu einem neuerlichen Durchkauen des Problems führen, und obendrein hatte Soane, was am beunruhigendsten war, den Fehler gemacht, auch Connie und die Mädchen aus dem Kloster einzuladen. Was die übrigen Gäste noch nicht einmal wußten. Sie hatte die Warnzeichen mißachtet, und jetzt würde sie die Gastgeberin des größten Schlamassels sein, den Ruby seit geraumer Zeit gesehen hatte. Ihre beiden toten Söhne lehnten am Kühlschrank und knackten die Schalen der spanischen Erdnüsse. «Was ist denn da in der Spüle?» fragte Easter. Sie schaute hin und sah Federn – leuchtend bunt gefärbt, aber klein wie Hühnerfedern –, die in einem dichten Haufen in ihrer Spüle lagen. Was sie verwunderte. Sie hatte keinerlei Geflügel geschlachtet oder gerupft, und sie hätte die Federn auch nie in den Spülstein geworfen. «Ich weiß es nicht», antwortete sie. «Du solltest sie aufsammeln, Mama», sagte Scout zu ihr. «Dort gehören sie nämlich nicht hin, weißt du.» Beide lachten und bissen knirschend auf die Nüsse. Sie wachte auf und fragte sich, welcher Vogel solche Farben hatte. Als die Truthahngeier Paar um Paar über das Dorf flogen, meinte sie, dies wäre die Bedeutung des Traums gewesen: daß die Hochzeit, egal was geschah, nichts in Ordnung bringen würde. Jetzt aber glaubte sie, daß Easter und Scout ihr etwas anderes hatten sagen wollen. Sie hatte sich auf die Farben konzentriert, aber die Spüle war das, worauf es ankam. «Dort gehören sie nämlich nicht hin, weißt du.» Die seltsamen Vögel, die sie eingeladen hatte, gehörten nicht in ihr Haus.

Als Kate Golightly schließlich in die Tasten der Orgel griff und das Brautpaar sich zur Gemeinde umwandte, weinte Soane. Teils wegen des strahlenden, traurigen Lächelns in den Gesichtern von Braut und Bräutigam und teils aus Furcht vor all dem Bösen, das jetzt in Gang gesetzt war, das unterwegs war zu ihrem Haus.

Seit langem war es aufgefallen, daß die Morgan-Brüder wenig miteinander sprachen und sich selten anblickten. Manche schlossen daraus, daß sie eifersüchtig aufeinander waren; daß sie nur scheinbar die gleichen Ansichten teilten; daß sie untergründig eine Abneigung gegeneinander hegten, die sich in scheinbaren Kleinigkeiten bemerkbar machte. Zum Beispiel auch in ihrer ewigen Meinungsverschiedenheit über Autos: der unbedingten Vorliebe des einen für Chevrolets, dem halsstarrigen Festhalten des anderen an Oldsmobiles. In Wahrheit aber waren sich die Brüder nicht nur in so gut wie allen Dingen einig; sie befanden sich in einem immerwährenden, wenn auch lautlosen Zwiegespräch. Jeder kannte die Gedanken des anderen so gut wie sein Gesicht und brauchte nur höchst selten die Bestätigung eines Blicks.

Jetzt standen sie in verschiedenen Räumen von Deeks Haus und dachten beide das gleiche. Ein Glück, daß Misner sich verspätete, daß Menus nüchtern war, daß Pulliam triumphierte und Jeff sich um Sweetie kümmern mußte. Mable, die in der Kirche dabeigewesen war, hatte ihre Schwiegertochter abgelöst, die jetzt an der Feier teilnahm. Das Hochzeitspaar verhielt sich wunschgemäß, zwar mit einem gefrorenen Lächeln im Gesicht, aber ohne sonstigen Anlaß zum Tadel. Pastor Cary, stets jovial und Gelassenheit ausstrahlend, war der Garant für einen ruhigen Verlauf der Dinge. Er und seine Frau Lily waren für ihre zauberhaften Gesangsduette geschätzt, und wenn sie vielleicht ein wenig musizierten ...

Steward klappte das Klavier auf, während Deek sich durch die Reihen der Gäste schob. Als er an Pulliam vorbeikam, der sich nickend und lächelnd mit Sweetie und Jeff unterhielt, klopfte er ihm wohlwollend auf die Schulter. Im Eßzimmer rief der Tisch, auf dem die Speisen angerichtet waren, anerkennendes Gemurmel hervor, aber außer den Kindern griff noch niemand zu. Die bewundernden Ahs und Ohs vor dem Tisch mit den Hochzeitsgeschenken klangen unecht und übertrieben. Steward wartete am Klavier, sein stahlgraues Haar und die unschuldigen Augen ein perfekter Gleichklang. Die Kinder rund um ihn her leuchteten wie Achate; die Frauen in ihren Osterkleidern, die noch ganz frisch waren, wirkten strahlend und still; die quietschenden neuen Schuhe der Männer schimmerten wie Melonenkerne. Alle waren befangen, demonstrativ höflich. Deek hatte wohl Schwierigkeiten, die Carys zu einem Ständchen zu bewegen, dachte er. Steward griff nach dem Kautabak und flehte seinen Zwillingsbruder wortlos an, es rasch bei jemand anderem – beim Männerchor, bei Kate Golightly – zu versuchen, ehe womöglich Pulliam auf die Idee kam, eine neue Konfrontation herbeizubeten, oder Jeff wieder von seinem Ärger mit der Kriegsveteranenbehörde anfing. Wenn das geschah, wäre unweigerlich K. D., der nie gedient hatte, sein nächstes Opfer. Wo steckt Soane? fragte er sich. Er sah, wie Dovey den Schleier aus den Haaren der Braut löste, und seine unschuldigen Augen erfreuten sich einmal mehr an der Figur seiner Frau. Was sie auch trug, ob Sonntagskleid, weißen Kirchendress oder sogar seinen Bademantel, immer entlockte ihm der Anblick ihres Körpers ein zufriedenes Lächeln. Aber jetzt spürte er, daß Deek ihn vor Ablenkung warnte, drum löste Steward seinen bewundernden Blick von Dovey und sah, daß die Bemühungen seines Bruders erfolgreich gewesen waren. Kate kam ans Klavier und nahm auf dem Hocker Platz. Sie knetete ihre Finger und begann zu spielen. Einen einleitenden Triller zuerst, der von wohlwollendem Gehüstel und erwartungsvollem Gemurmel untermalt wurde. Dann traten Simon und Lily Cary vor und summten und summten, während sie noch überlegten, womit sie beginnen sollten. Sie hatten ein gutes Drittel von «Precious Lord, take my hand» hinter sich und alle Gesichter waren lächelnd der Musik zugewandt, als draußen die Hupe eines alten Cadillacs ertönte.

Connie war nicht dabei, aber von ihren Kostgängerinnen fehlte keine. Mavis saß am Steuer des Cadillacs, Gigi und Seneca hatten hinten Platz genommen und den Beifahrersitz einem Neuankömmling überlassen. Keine von den vieren war so gekleidet, wie es sich für eine Hochzeitsfeier gehörte. Als sie aus dem Wagen sprangen, sahen sie aus wie Go-go-Girls: pinkfarbene Shorts, knappe Oberteile, durchscheinende Röcke; stark geschminkte Augen, kein Lippenstift; offensichtlich keine Unterwäsche, keine Strümpfe. Ein Querschnitt durch das Sortiment von Jezebels Fundgrube verschönte ihre Arme und Ohrläppchen, die Hälse und Fußknöchel und sogar einen Nasenflügel. Als Mavis und Soane sich auf dem Rasen vor dem Haus begrüßten, war beiden nicht wohl in ihrer Haut. Zwei der anderen Frauen schlenderten ins Eßzimmer und inspizierten das Büfett. Sie grüßten die Anwesenden mit «Hi!» und unterhielten sich lautstark darüber, ob es außer Limonade und Punsch wohl noch andere Getränke gebe. Weil das nicht der Fall war, machten sie das gleiche wie schon einige junge Leute vor ihnen: Sie kehrten dem Haus und dem Garten der Morgans den Rücken und wanderten an Anna Floods Laden vorbei zum Ofen hinüber. Ein paar Mädchen aus dem Dorf, die schon dort waren, drängten sich zusammen und zogen ab, überließen das Feld den Poole-Brüdern Apollo, Brood und Hurston; den jungen Seawrights, Timothy jr. und Spider; sowie Destry, Vane und Royal. Menus kam dazu, aber Jeff, mit dem er sich unterhalten hatte, folgte ihm nicht. Genausowenig der Bräutigam, der das Geschehen am Ofen aus der Distanz beobachtete. Dovey entfernte gerade den Fettrand von einer Scheibe Lammbraten, als die Musik aufdrehte. Sie schnitt sich vor lauter Schreck in den Finger und saugte die Wunde aus, während Otis Reading «Awwwww, lil Girl ...»

kreischte und die leisen Beschwörungen des Kirchenliedes unhörbar machte. Drinnen im Haus, draußen vor dem Haus und drüben beim Ofen, überall regierte gnadenlos der Beat mit seiner Hitze.

«Ach, die amüsieren sich eben», murmelte eine Stimme hinter Reverend Pulliam. Er drehte sich um, konnte aber nicht feststellen, wer da gesprochen hatte, drum starrte er weiter aus dem Fenster. Er wußte Bescheid über solche Frauen. Sie waren wie Kinder, immer auf der Suche nach Vergnügungen, ganz versessen darauf, aber immer auf Gelegenheiten angewiesen, die ihnen der Zufall in die Hände spielte. Auf jemanden, der sie fuhr, der sie mitschleppte, der ihnen fünf Dollars in die Hand drückte. Der ihnen Vorwände und Rückhalt gab. Jemand, der stumm zu Boden blickte und nichts sagte, wenn sie den Frieden störten. Er wechselte einen Blick mit seiner Frau, die nickte und sich vom Fenster abwandte. Sie wußte so gut wie er, daß vergnügungssüchtige Erwachsene klare Anzeichen eines bereits fortgeschrittenen Verfalls waren. Bald würde das ganze Land von Spielzeug überflutet sein, betäubt von lärmender Musik und leerem Lachen. Aber nicht hier. Nicht in Ruby. Nicht, solange Senior Pulliam noch am Leben war.

Die Mädchen aus dem Kloster tanzen; sie werfen die Arme über die Köpfe, sie machen dies und das und dann jenes. Sie grinsen und johlen, aber sie schauen niemanden an. Nur ihre eigenen, zuckenden Körper. Die Mädchen aus dem Dorf schielen über ihre Schultern und schnauben. Brood, Apollo und Spider, Farmersburschen mit stählernen Muskeln und wissendem Blick, wiegen sich im Rhythmus und schnipsen mit den Fingern. Hurston singt eine Begleitstimme. Zwei kleine Mädchen strampeln auf ihren Fahrrädern vorbei. Mit großen Augen starren sie auf die tanzenden Frauen. Eine von diesen Frauen, die eine ganz unglaubliche Frisur trägt, will sich ein Fahrrad leihen. Eine andere auch. Sie fahren auf den Rädern die Hauptstraße hinunter, ohne sich darum zu kümmern, was der Wind mit ihren langen Blumenröcken macht oder wie sich bei dem Gestrampel ihre Brüste abzeichnen. Eine rollt freihändig und hat die Füße auf dem Lenker. Eine andere sitzt auf dem Lenker, und hinter ihr auf dem Sattel sitzt Brood. Eine, die die kürzesten pinkfarbenen Shorts dieser Welt trägt, hockt auf einer Bank und hat die Arme um ihre Brust geschlungen. Sie sieht betrunken aus. Sind sie alle betrunken? Die Jungs lachen.

Anna und Kate gingen mit ihren Tellern in eine Ecke von Soanes Garten.

«Welche ist es?» flüsterte Anna.

«Die dort», sagte Kate. «Die mit dem komischen Fetzen um die Brust.»

«Das soll ein Büstenhalter sein», sagte Anna.

«Ein Halter? Sieht eher wie ein Starter aus, wenn du mich fragst.»

«Und sie ist diejenige, mit der sich K. D. rumgetrieben hat?»

«Yup.»

«Ich kenn die da drüben. Sie kauft in meinem Laden ein. Wer sind die beiden anderen?»

«Keine Ahnung.»

«Schau. Da kommt Billie Delia.»

«Wer sonst.»

«Ach, komm schon, Kate. Laß Billie in Frieden.»

Sie löffelten den Kartoffelsalat in sich hinein. Hinter

ihnen tauchte Alice Pulliam auf, die «o wei, o wei, o wei-o-wei-o-wei» murmelte.

«Hallo, Tante Alice», sagte Kate.

«Habt ihr je im Leben so ein Betragen gesehen? Ich wette, bei diesem ganzen Quartett gibt's nicht eine einzige Brust, die so verhüllt ist, wie sich's ziemt.» Sie drehte ihren Hut in den Wind. «Warum lächelt ihr beide? Ich finde das nicht im geringsten komisch.»

«Nein, natürlich nicht», sagte Kate.

«Das ist eine Hochzeit. Vergeßt das nicht.»

«Du hast ja recht, Tante Alice. Ganz recht.»

«Wie würde's dir gefallen, wenn bei deiner Hochzeit jemand so schamlos tanzt?» Mit ihren funkelnden schwarzen Augen fixierte Alice die Frisur von Anna.

Kate nickte mitfühlend, während sie die Lippen fest aufeinanderpreßte, um nur ja kein Lächeln durchdringen zu lassen. Anna bemühte sich, vor dieser strengen Predigersgattin die angemessene Empörung zur Schau zu stellen, und dachte dabei: Du lieber Himmel, ich könnte keine Stunde mehr in diesem Kaff bleiben, wenn ich Richard heiratete.

«Ich werde den Pastor selbst bitten, diesem Treiben Einhalt zu gebieten», sagte Alice und marschierte mit resolutem Schritt zurück zu Soanes Haus.

Anna und Kate warteten ein paar Taktschläge ab, ehe sie ihrem Lachen freien Lauf ließen. Man konnte ihnen nachsagen, was man wollte, dachte Anna, aber jedenfalls hatten die Mädchen aus dem Kloster diesen Tag gerettet. Es gab keine bessere Ablenkung als die Sünden der anderen. Die jungen Leute irrten sich. Werdet die Furche auf *Ihrer* Stirn. Wobei ihr Richard einfiel. Wo steckte er eigentlich?

Auf die Knie war Richard Misner gesunken und voller Wut auf seine Wut, auf seinen schlechten Gebrauch seiner Wut. Gewöhnt an Hindernisse und geübt im Umgang mit abweichenden Meinungen, konnte er das Ausmaß des Zorns, der ihn beherrschte, nicht mit dessen scheinbarem Anlaß in Einklang bringen. Er liebte Gott so sehr, daß es schmerzte, auch wenn ihn diese Liebe manchmal in lautes Lachen ausbrechen ließ. Und er war von tiefer Achtung für seine Amtsbrüder erfüllt. Jahrhundertelang hatten sie die Treue bewahrt. Hatten gepredigt und gescholten, getanzt und gesungen, gelernt und gestritten, beraten und befürwortet und Führung angeboten. Ihre Leidenschaft flammte oder schwelte wie Lava über einem Land, das sich in einem immerwährenden Krieg gegen sie und ihre Herden befand. Einem feigen Krieg, der ehrlos war in seinen Methoden wie in seinen Zielen. Einem gewissenlosen Krieg, dessen Nährboden so sehr der fehlende Mut wie die Verlogenheit der Sieger war. Auf der Bühne und in Büchern waren er und seine Brüder die Zielscheibe des Spotts, die vorbestimmten Opfer für den Dolchstoß der Parodie gewesen. Sie waren verflucht worden von Häftlingen in Todeszellen und verhöhnt von Luden. Keine Kollekte war zu ärmlich, um ihnen nicht mißgönnt zu werden. Und doch, trotz alledem hatten sie den Geist, wenn er zu fliehen schien, wenn nötig mit den Zähnen festgehalten, sich mit ihren Fäusten an ihm festgekrallt. Sie brachten ihn in Gebäude, die reif waren für die Abrißbirne; in Kirchen, die weiße Gemeinden fluchtartig verlassen hatten; in Zelte, Bergschluchten und Waldlichtungen voll frischem Holz. Sie flüsterten ihn in Hütten, die nur vom Licht des Mondes erhellt wurden, damit das weiße Gesetz sie nicht bemerkte. Sie beteten um seine Gegenwart im Unterholz und in Grashütten, und kein heulender Sturm konnte ihre Stimmen übertönen. Von der Abyssinian bis zur Ladenkirche, vom Gotteshaus bis zum leerstehenden Kino; in blankpolierten Schuhen und zerschlissenen Stiefeln, Rostlauben und Lincoln Continentals, gut rausgefüttert oder unterernährt, ließen sie ihr Licht, ob düster glimmend oder sprühend wie ein Komet, durch die Dunkelheit der Tage dringen. Sie wischten die Spucke der Weißen von den Gesichtern schwarzer Kinder, versteckten Fremde vor Polizei und Bürgerwehr, gaben lebenswichtige Informationen schneller weiter als die Zeitung und genauer als das Radio. An Krankenbetten sahen sie dem Tod ins Auge und in den Rachen. Sie preßten die Köpfe weinender Mütter an ihre Schultern, ehe sie die um ihr Leben betrogenen Töchter zur letzten Ruhe geleiteten. Sie weinten um Gefangene in Ketten, sie kämpften vor Gericht. Ließen ganze Gemeinden in einen Schrei ausbrechen, vor Ekstase, in Gewißheit. Daß der Tod das *Leben* war, ihr wißt es, meine Brüder, und *jedes* Leben, ihr wißt es, war heilig, ihr wißt es, meine Brüder, heilig in Seinen Augen. Auf allen Seiten bedrängt vom Bösen, war ihnen dessen Fratze vertraut. Ein wahres Wunder jedoch waren die erstaunlichen Formen und Verkörperungen, die die Gnade Gottes annahm: Verkündigung in Zeiten der Verfolgung; köstliche Siege, wo jeder Wettbewerb verboten war; der aufrechte Gang jener, die sich von keinem Stiefel in den Staub treten ließen – Menschen, neben denen die Geduld eines Hiob hektisch wirkte. Eleganz inmitten allgemeinen Elends.

Richard Misner wußte das alles. Doch so gut er es auch wußte, so ungebrochen seine Achtung war, er vermochte den Druck in seinem Inneren kaum noch im Zaum zu halten. Pulliam hatte ein Ventil in ihm gelockert, hinter dem sich ein unbezähmbarer Rachedurst aufstaute, ein Durst, den er begreifen mußte, wenn er ihn beherrschen wollte. Setzten ihm nun endlich auch die Zeiten zu? Brach die Verzweiflung nach dem Tod von Martin Luther King, eine in Zeitlupe wie eine Flutwelle gewachsene Verzweiflung, nun über ihm zusammen? Oder lag es an der peinvollen Erfahrung, die endlose Demontage eines untragbaren Präsidenten zu erleben? Hatte ihn der lange, absurde Krieg mit einem Virus infiziert, das jetzt, da das schmähliche Ende bevorstand, zu wirken begann? Kein einziger aus dem Football-Team seiner High-School hatte diesen Krieg überlebt. Elf breitschultrige Burschen – alle tot. Er hatte zu ihnen aufgeblickt, hatte sein wollen wie sie. War es ihr sinnloses Opfer, das ihn jetzt zu würgen begann? War das die Ursache für seinen erwachenden Hunger nach Gewalt?

Oder war es Ruby?

Was hatte dieses Dorf, was hatten diese Menschen an sich, das diese Wut in ihm weckte? Sie unterschieden sich von anderen Gemeinden nur in zweierlei Hinsicht: in ihrer Schönheit; in ihrer Isolation. Alle sahen sie gut aus, und einige atemberaubend gut. Von drei oder vier Ausnahmen abgesehen, waren sie schwarz wie Kohle, hatten athletische Körper und gaben mit ihren Blicken nichts preis. Fremden begegneten sie mit eisigem Argwohn. Ansonsten waren sie wie alle kleinen schwarzen Gemeinschaften. Sie hielten zusammen, sie liebten Gott, sie waren sparsam, aber nicht geizig. Sie achteten auf ihr Geld, aber sie gaben es auch aus, wußten einen schönen Kontostand zu schätzen, aber auch die schönen Dinge. Als er neu im Dorf war, hielt er ihre kleinen Fehler für normal, ihre Meinungsverschiedenheiten für die üblichen. Sie freuten sich über die Erfolge ihrer Nachbarn, und wenn sie sich über die Faulen und Sittenlosen beklagten, dann geschah es mit einem gutmütigen Lachen. So war es jedenfalls früher. Jetzt aber kam es ihm so vor, als würden sie die kühle Zurückhaltung, die sie einst für Fremde reserviert hatten, immer häufiger auch untereinander zeigen. Hatte er dazu beigetragen? Er konnte nicht leugnen, daß es ohne seine Anwesenheit im Ort wahrscheinlich keinen öffentlichen Streit, keine an die Wand gemalten Fäuste, keine hitzigen Debatten über fehlende Wörter an der Vorderfront eines Ofens gegeben hätte. Auch keine Warnung vor den Versammlungen, die er mit einem runden Dutzend junger Leute abhielt. Ganz gewiß keine Feindschaft zwischen Geschäftsleuten, die vor aller Augen und sogar mit körperlicher Gewalt ausgetragen wurde. Und ebenso gewiß keine jugendlichen Ausreißer, kein Trinken in der Öffentlichkeit. Doch auch wenn er seine Rolle bei der Klärung der Verhältnisse im Dorf bedachte, war Misner nicht zufrieden. Warum diese Verbohrtheit, diese giftigen Reaktionen, wenn es um die Durchsetzung von Rechten, um eine größere Teilhabe der Schwarzen an ihren eigenen Angelegenheiten ging? Wer, wenn nicht die Schwarzen, wußte um die Wichtigkeit eines einheitlichen, starken Willens? Um den Lohn, den Mut und Entschlossenheit versprachen? Wer, wenn nicht sie, hatte die Mechanismen der Machtübernahme begriffen? Wer sonst?

Immer wieder, beim geringsten Anlaß, kramten die Bewohner dieses Dorfes aus ihrem Erinnerungsschatz Geschichten von ihren Vorfahren hervor, ihren Groß- und Urgroßeltern, ihren Vätern und Müttern. Geschichten von gefährlichen Begegnungen, von klugen Schachzügen. Zeugnisse von Witz und Standhaftigkeit, von Stärke und Geschick. Berichte von Glücksfällen und von Greueln. Aber warum hatten sie nichts von sich selbst zu erzählen? Wenn es um ihr eigenes Leben ging, verstummten sie. Hatten nichts zu berichten, nichts weiterzugeben. Als wäre der Heldenmut vergangener Tage ein Polster für die Zukunft. Als wollten sie nicht Kinder heranziehen, sondern Abziehbilder.

Misner hoffte auf Antworten, da unten auf seinen Knien. Nicht auf einen anwachsenden Katalog neuer Fragen. Also tat er, was er in solchen Situationen immer tat: Er bat Ihn, sein Begleiter zu sein, als er sich jetzt, verspätet und aufgewühlt, auf den Weg zur Hochzeitsfeier machte. In Seiner Gesellschaft wich der Zorn von ihm. Als er das Pfarrhaus verließ und in die Hauptstraße einbog, konnte er das leichte Atmen seines Begleiters hören – aber er hörte kein Wort des Trostes, keinen Rat. Als er auf der Höhe von Harpers Drugstore war, sah er eine Menschenmenge, die sich in der Nähe des Ofens versammelt hatte. Aus ihre Mitte schoß, vom Aufschrei eines schlechtgewarteten Motors begleitet, ein Cadillac hervor. Kaum eine Minute später rollte er an ihm vorbei, und Misner konnte unter den Insassen zwei Frauen aus dem Kloster erkennen. Als er den Vorgarten der Morgans erreichte, hatte sich die Menge zerstreut. Die zuckertrunkenen Kinder tollten mit Stewards Hunden herum; der Ofen lag verlassen da. Er betrat das Haus von Soane und Deek, und sofort schlug ihm von allen Seiten Wärme entgegen. Menus kam auf ihn zu, um ihn zu umarmen. Pulliam, Arnold und Deek unterbrachen ihr tiefschürfendes Gespräch, um ihm die Hand zu schütteln. Die Carys sangen, von einem Chor unterstützt, ein Duett. Und so war er nicht mehr überrascht, Jeff Fleetwood gemeinsam mit dem Mann lachen zu sehen, auf den er vor wenigen Wochen seine Waffe gerichtet hatte – dem frisch vermählten Bräutigam. Nur die Braut hatte ein Fragezeichen im Blick.

Dem Schweigen im Cadillac haftete nichts Peinliches an. Keine der vier Frauen erwartete sich allzuviel von Männern in Anzügen, und so waren sie nicht überrascht gewesen, als sie aufgefordert wurden, den Platz zu räumen. «Gebt den kleinen Mädchen die Fahrräder zurück», sagte einer der Männer. «Macht, daß ihr hier wegkommt», sagte ein anderer, den Mund voller Kautabak. Die jungen Burschen, die mit ihnen gelacht und sie angefeuert hatten, wurden weggeschickt, ohne daß es dazu eines Wortes bedurfte. Ein Blick und eine Kopfbewegung genügten, zumal von einem Mann, der über zwei Meter maß. Die Frauen waren auch nicht wütend über die Abfuhr – höchstens leicht verärgert, aber nicht ernsthaft. Eine von ihnen, die Fahrerin, hatte niemals einen Mann gesehen, der nicht wie ungezündeter Sprengstoff aussah. Eine andere, die jetzt auf dem Beifahrersitz saß, dachte an die lästigen sexuellen Anwandlungen, die sie wahrscheinlich verursacht hatte, und kam einmal mehr zu dem Schluß, daß sie besser daran täte, diesem Nest den Rücken zu kehren. Eine dritte, die sich bestens amüsiert hatte, saß auf der Rückbank und überlegte, daß sie zwar wußte, wie Wut aussah, aber keine Ahnung hatte, wie sie sich anfühlte. Sie tat immer das, was man ihr sagte, drum hatte sie, kaum daß dem Mann «Gebt den kleinen Mädchen ...» über die Lippen gekommen war, schon ihr Fahrrad losgelassen, mit einem Lächeln. Die vierte Mitfahrerin war froh über die Vertreibung. Dies war ihr zweiter Tag im Kloster und der dritte Tag, an dem sie zu keiner Menschenseele ein Wort gesprochen hatte. Außer vorhin, als dieses Mädchen, Billie Soundso, zu ihr gekommen war.

«Geht's dir gut?» Sie trug ein Kleid in Muschelrosa und statt der Duschhaube kleine gelbe Rosen, die in ihrem Haar steckten. «Pallas? Alles in Ordnung?»

Sie nickte und gab sich Mühe, nicht zu zittern.

«Dort draußen bist du sicher, aber ich schau selbst noch mal vorbei, um zu sehen, ob du was brauchst. In Ordnung?»

«Ja», flüsterte Pallas. Und dann: «Danke.»

Na bitte. Sie hatte ihre Lippen ein klein wenig geöffnet, um zwei Wörter auszusprechen, und kein schwarzes Wasser war in sie eingedrungen. Die Kälte steckte ihr noch in den Knochen, aber das dunkle Wasser war zurückgewichen. Für den Augenblick. Bei Nacht würde es natürlich wiederkehren, und sie läge erneut darin und würde versuchen, nicht daran zu denken, was da vielleicht unter ihrem Rükken schwamm. Sie konzentrierte sich auf die Wasseroberfläche und auf den Lichtkegel der Taschenlampe, der am Rand entlangstreifte und dann weit über den schwarzen Schimmer hinausschoß. Sie hoffte, hoffte, hoffte, daß die Dinge, die von unten an sie streiften, süße kleine Goldfische waren, wie die in dem Goldfischglas, das sie mit fünf von ihrem Vater bekommen hatte. Oder Guppys, Engelfische. Und nicht Alligatoren, Schlangen. Das war doch ein See hier, kein Sumpf, kein Aquarium im Zoo von San Diego. Das Flüstern, das über dem Wasser schwebte, war näher als die lockenden Rufe. «Hier, Muschi! Hier, Pussimusch! Miez, Miez, Miez», klang weit entfernt. Aber «Her mit der Taschenlampe, Schnarchsack, dort, ist sie das, ach laß, wird längst ertrunken sein, nix mehr zu machen ...» drang direkt durch die Haut unter ihren Ohren.

Pallas starrte aus dem Fenster auf einen so unveränderlichen Himmel, eine so gleichförmige Landschaft, daß sie nicht das Gefühl hatte, in einem fahrenden Auto zu sitzen. Der Geruch von Gigis Bubble Gum vermischte sich mit dem der Zigarette, die sie gleichzeitig rauchte, und ihr wurde fast übel davon.

«Hier, Muschi! Hier!» Pallas hatte die Worte schon einmal gehört, vor einer Ewigkeit, am glücklichsten Tag ihres Lebens. Auf der Rolltreppe. Vorige Weihnachten. Gesprochen von der Verrückten, die sie jetzt deutlicher vor sich sah als damals, als sie sie unmittelbar vor Augen hatte.

Die Haare auf ihrem Kopf, von einer roten Plastikklammer zusammengerafft, wollten sich zu einer bescheidenen Hochfrisur oder zumindest einer Welle erheben, waren aber nur eine Handbreit lang und brachten so nichts anderes zustande als ein armseliges Büschel, das oben aus der Kinderhaarspange herausragte. Zwei weitere Haarklipps, einer gelb und einer in Neonpurpur, ließen ähnliche Rattenschwänzchen seitlich an den Schläfen abstehen. Ihr dunkles, samtiges Gesicht wurde von plätzchengroßen Klecksen aus scharlachrotem Make-up auf den Wangen, dem in fuchsienroten Schlangenlinien rund um den Mund aufgetragenen Lippenstift und schwarzen Schmierern von Eyeliner auf den Wangenknochen ebenso zur Schau gestellt wie unkenntlich gemacht. Alles andere an ihr waren billige Klunker und Tand: weiße Plastikohrringe, kupferne Armreifen, pastellbunte Perlen rund um den Hals und noch viel mehr davon in den Beuteln und Taschen, die sie bei sich trug: zwei Tragetüten der BOAC und ein geflochtenes Metallhandtäschchen, eckig wie eine Zigarrenkiste. Bekleidet war sie mit einem rückenfreien weißen Oberteil aus Baumwolle und einem neckischen, knallroten Minirock. Die Strümpfe an ihren kurzen Beinen – von jenem Zimtbraun, das für schwarze Haut als schmeichelhaft gilt – waren so sehr von Laufmaschen verunziert wie ihre hohen Absätze schiefgetreten. Die Innenseiten ihrer Arme und ein kompakter, kleiner Bauch ließen die Vermutung zu, daß sie ungefähr vierzig Jahre alt war, aber sie hätte genausogut fünfzig oder zwanzig sein können. Der Tanz, dem sie sich auf der nach oben führenden Rolltreppe hingab, ihr rotierender Hüftschwung, der sich wiegende Kopf, ließ an eine längst vergangene Zeit denken, an Paare in einem schummerigen Raum bei einem langsamen Schieber. Nicht an den elektrischen Go-go-Rhythmus von 1974. Ihre Zähne konnten von irgendwoher stammen: aus Kingston, Jamaika oder aus Pass Christian, Mississippi; aus Addis Abeba oder Warschau. Mit dem Glanz ihres Goldes machten sie das Lächeln der Frau altmodisch und gaben ihm gleichzeitig jenen Ernst, den ihre Kleidung leugnete.

Die meisten Blicke blieben von ihr abgewandt – richteten sich statt dessen auf die dahingleitenden Metallstufen unter den Füßen oder hinaus auf die Weihnachtsdekorationen, mit denen sich das Kaufhaus geschmückt hatte. Nur die Kinder schauten hin – und Pallas Truelove.

Weihnachten in Kalifornien ist immer etwas Besonderes, und dieses Jahr versprach es ein Traum zu werden. Der strahlende Himmel und die Hitze ließen den künstlichen Schnee noch leuchtender, die Kränze in ihrem Grün und Gold, ihrem Rosa und Silber noch prächtiger wirken. Mit Geschenkpaketen beladen, schaffte Pallas es mit knapper Not, am unteren Ende der Rolltreppe nicht zu stürzen. Sie wußte selbst nicht, warum die Frau mit den rotbemalten Wangen und den Goldzähnen sie so faszinierte. Sie hatte nichts mit ihr gemein. Die Ringe, die an den Ohrläppchen von Pallas Truelove baumelten, hatten achtzehn Karat; die Stiefel an ihren Füßen waren maßgefertigt, ihre Jeans stammten von einer Designermarke, und die Schnalle ihres Ledergürtels war aus reichverziertem Silber.

Pallas war in leichter Panik von der Rolltreppe heruntergestolpert, und jetzt hetzte sie zum Ausgang, vor dem Carlos auf sie wartete. Der ekelhafte Singsang der Frau vermischte sich mit den Weihnachtsliedern, die überall im Kaufhaus aus den Lautsprechern drangen. «Hier gibt's Muschi, hier! Muschi, hier! Wer will?»

«Ma-a-a-vis!»

Aber Mavis würdigte sie keines Blicks. Gigi quetschte ihren Namen immer so häßlich heraus, zog ihn in die Länge wie einen klebrigen Faden ihres Kaugummis.

«Mehr als zehn Meilen pro Stunde sind wohl nicht drin? Herr im Himmel!»

«Der Wagen braucht einen neuen Keilriemen. Mehr als vierzig fahr ich auf keinen Fall», sagte Mavis.

«Zehn. Vierzig. Mir kommt's vor, als gingen wir zu Fuß.» Gigi stöhnte.

«Vielleicht sollte ich rechts ranfahren, damit du ausprobieren kannst, wie das ist, zu Fuß gehen. Soll ich?»

«Untersteh dich. Diese Schnapsidee mit der Hochzeit war wirklich genug ... Hast du den Burschen gesehen, Sen? Diesen Menus? Der sich eingeschissen hat, als er bei uns war?»

Seneca nickte. «Hat aber nichts Blödes gesagt über uns.»

«Zu uns gehalten hat er aber auch nicht», sagte Gigi. «Mein Gott, all diese Kotze, diese Scheiße, die ich aufgewischt hab.»

«Connie hat gesagt, daß er bleiben kann. Und wir haben alle gewischt», sagte Mavis, «nicht nur du allein. Und wir haben dich auch nicht gezwungen mitzugehen. Du hättest nicht müssen.»

«Die Birne hat er sich zugekippt wie sonstwas. Das darfst du laut sagen.»

«Kannst du bitte das Fenster zumachen, Mavis?» bat Seneca.

«Zieht's bei euch hinten?»

«Sie zittert schon wieder. Ich glaube, sie friert.»

«Wir haben über dreißig Grad! Was zum Teufel ist denn los mit ihr?» Gigi musterte das schlotternde Mädchen.

«Soll ich anhalten?» fragte Mavis. «Vielleicht muß sie sich wieder übergeben.»

«Nein, fahr weiter. Ich nehm sie in die Arme.» Seneca zog Pallas an sich und rubbelte die Gänsehaut an ihren Armen. «Vielleicht verträgt sie das Autofahren nicht. Ich hab gehofft, daß die Party sie etwas aufheitert, aber anscheinend ist es nur schlimmer geworden.»

«Dieses erbärmliche Idiotenkaff bringt jeden zum Kotzen. Ich kann's nicht fassen, daß sie so was eine Party nennen. Kirchenlieder! Man glaubt's nicht, wenn man's nicht gehört hat!» Gigi lachte.

«Immerhin war's 'ne Hochzeitsfeier und keine Disco.» Mavis wischte den Schweiß weg, der ihr vom Hals herablief. «Außerdem wolltest du doch nur deinen kleinen Liebling wiedersehen.»

«Dieses Arschloch?»

«Yeah. Keinen anderen.» Mavis grinste. «Jetzt, wo er unter der Haube ist, willst du ihn wiederhaben.»

«Wenn ich ihn wollte, würde ich ihn auch kriegen. Aber was ich wirklich will, ist hier weg.»

«Das sagst du seit vier Jahren – hab ich recht, Sen?»

Gigi holte Luft zu einer Antwort, dann stockte sie. Schon vier Jahre? Sie hätte gedacht, es wären zwei. Aber mindestens zwei Jahre hatte sie ja schon mit K.D. vertan, diesem Versager. Hatte sie ihm soviel Zeit geopfert, weil er versprochen hatte, genug Geld aufzutreiben, um mit ihr abzuhauen? Oder war es ein anderes Versprechen gewesen, das sie hier festgehalten hatte? Das Versprechen zweier Bäume, die einander umschlangen, gleich neben einem kühlen Wasser? «Tscha, mag sein, aber diesmal mein ich's ernst», sagte sie zu Mavis und hoffte, daß es endlich stimmte.

Mavis gab ein ungläubiges Grunzen von sich, dann war es wieder still im Wagen. Pallas ließ ihren Kopf auf Senecas Brüsten liegen und wünschte, daß es statt jener der harte, glatte Brustkasten von Carlos wäre, den sie da unter ihrer Wange spürte, so wie sie ihn über siebenhundert Meilen gespürt hatte, wann immer sie wollte. Das Geschenk, das sie zu ihrem sechzehnten Geburtstag bekommen hatte, der rote Toyota mit der eingebauten Acht-Spur-Bandmaschine, war randvoll mit Weihnachtsgeschenken. Lauter Sachen, die jeder Mutter gefallen hätten, aber in vielen verschiedenen Farben und Stilen, weil sie nicht das Risiko eingehen wollte, nichts Passendes für eine Frau zu haben, die sie seit dreizehn Jahren nicht mehr gesehen hatte. Dieser Aufbruch kurz vor dem Fest, mit Carlos am Steuer, sollte ein Weihnachtsbesuch bei ihrer Mutter werden. Und keine Flucht vor ihrem Vater. Kein Durchbrennen mit dem coolsten, hinreißendsten Mann dieser Welt.

Sie hatten alles sorgfältig geplant. Reisegepäck wurde versteckt, und bei ihren Einkaufstouren gingen sie konspirativ vor, damit weder Providence, die adleräugige Haushälterin, noch ihr Bruder Jerome etwas bemerkten. Ihr Vater war viel zu selten anwesend, als daß ihm etwas hätte auffallen können. Er betrieb eine Anwaltskanzlei mit einem kleinen Klientenstamm, darunter aber zwei schwarze Entertainer, die große Nummern in der Crossover-Szene waren. Solange sie, mit Milton Trueloves Hilfe, ganz oben blieben, brauchte er sich nicht um andere Mandanten zu kümmern, obwohl er immer nach jungen Musikern Ausschau hielt, die es womöglich in die Charts schaffen und sich dort auch halten konnten.

Mit Carlos' Hilfe war es ebenso einfach wie aufregend: Die Lügen, die sie ihren Freundinnen erzählte, mußten glaubhaft gemacht werden; die Gegenstände, die sie zurückließ, mußten auf Rückkehr, nicht auf Flucht schließen lassen (Führerschein – ein Duplikat –, ihre Teddybären, die Armbanduhr, Make-up und Schmuck, Kreditkarten). Letzteres machte es erforderlich, am Tag der Abreise noch möglichst viel einzukaufen und Geld abzuheben. Sie hätte gerne noch viel mehr gekauft, für Carlos, aber er verbot es ihr. In all der Zeit, die sie ihn kannte, in den ganzen vier Monaten nahm er nie Geschenke von ihr an. Er ließ sie nicht einmal fürs Essen bezahlen. Wenn sie es versuchte, schloß er seine schönen Augen und schüttelte den Kopf, so als würde ihr Angebot ihn traurig stimmen. Pallas hatte ihn auf dem Parkplatz der Schule kennengelernt, an dem Tag, als ihr Toyota nicht anspringen wollte. Gesehen hatte sie ihn aber schon vorher. Er war der Haustechniker ihrer High-School, und er sah aus wie ein Filmstar. Alle Mädchen bekamen feuchte Höschen, wenn sie nur an ihn dachten. An dem Tag, an dem er das Gaspedal bis zum Boden durchtrat und ihr erklärte, daß der Motor abgesoffen war, fing alles an. Er bot ihr an, mit seinem Ford hinter ihr herzufahren, für den Fall, daß ihr Wagen auf dem Heimweg nochmals schlappmachte. Sie sagte ja, und als sie zu Hause angekommen war, winkte er ihr zum Abschied zu. Am nächsten Tag brachte sie ihm ein Geschenk mit, eine LP, die er erst gar nicht annehmen wollte. «Nur wenn ich dich zu einem Hot dog mit Chili einladen darf», sagte er. Pallas hatte ein ganz pelziges Gefühl im Mund gehabt vor lauter Aufregung. Von da an sahen sie sich jedes Wochenende. Sie zog alle Register, um ihn dazu zu bringen, daß er mit ihr schlief. Er reagierte leidenschaftlich auf die Schmusereien, wollte aber wochenlang nicht weitergehen. Er war es, der sagte: «Erst wenn wir verheiratet sind.»

Carlos war eigentlich gar kein Hausmeister. Er machte Plastiken, und als Pallas ihm von ihrer Mutter, der Malerin, erzählte und ihm sagte, wo sie lebte, lächelte er und meinte, das sei der ideale Ort für einen Künstler. Plötzlich paßte alles zusammen. Carlos konnte seinen Job während der Schulferien ohne große Probleme aufgeben. Milton Truelove würde wegen der Weihnachtsferien, der Festkonzerte und der neuen Fernsehverträge seiner Mandanten noch weniger Zeit haben als sonst. Pallas blätterte ganze Stapel alter Geburtstags- und Weihnachtsglückwunschkarten ihrer Mutter durch, um deren neueste Adresse zu ermitteln, und schon waren die Liebenden unterwegs – ohne Zwischenfall und ohne böses Omen, wenn man von der verrückten Schwarzen absah, die die Weihnachtslieder verhunzte.

Pallas kuschelte sich zwischen Senecas Brüste, die zwar kein sonderlich bequemes Kissen für sie waren, aber etwas von der Kälte ableiteten, die sie quälte. Die beiden Frauen auf den Vordersitzen stritten schon wieder, mit überschnappenden Stimmen, die ihr Kopfweh verursachten.

«Exhibitionistenschlampe! Soane ist unsere Freundin. Was soll ich ihr jetzt sagen?»

«Sie ist Connies Freundin. Mit dir hat das gar nichts zu tun.»

«Ich bin's immerhin, die ihr die Schoten verkauft. Und ich mische ihre Arznei zusammen.»

«Na und, hältst du dich deshalb für 'ne Apothekerin? Es ist nichts als Rosmarin mit etwas Kleie und Aspirinpulver.»

«Egal, aber ich bin dafür verantwortlich.»

«Nur wenn Connie besoffen ist.»

«Laß sie mit deinem Schandmaul in Ruhe. Sie hat nie getrunken, ehe du gekommen bist.»

«Behauptest du. Sie schläft ja sogar im Weinkeller.»

«Ihr Schlafzimmer ist nun mal unten. Mein Gott, was bist du dumm.»

«Sie ist jetzt kein Dienstmädchen mehr. Sie könnte auch oben schlafen, wenn sie nur wollte. Aber sie will lieber in der Nähe des Alkohols sein, sonst nichts.»

«Herrgott, du stehst mir bis hier.»

Seneca unterbrach mit leiser, um Harmonie bemühter Stimme. «Connie ist nicht betrunken. Sie ist unglücklich. Aber sie hätte trotzdem mitkommen sollen. Es wäre was anderes gewesen.»

«Es war in Ordnung. Völlig in Ordnung!» sagte Gigi. «Bis diese verklemmten Pfarrerstypen auf der Bildfläche erschienen.» An einem Stummel zündete sie sich eine neue Zigarette an.

«Kannst du nicht mal für zwei Minuten mit dem Rauchen aufhören?» fragte Mavis.

«Nein!»

«Ich sehe nicht, was dieser Nigger je an dir gefunden hat», fuhr Mavis fort. «Oder vielleicht seh ich's doch, denn du mußt es ja jedem zeigen.»

«Eifersüchtig?»

«Wie der Teufel.»

«Teufel hin, Teufel her. Dich hat doch seit zehn Jahren keiner mehr gevögelt, du traurige Trockenpflaume.»

«Raus hier», brüllte Mavis und stieg auf die Bremse. «Auf der Stelle raus aus meinem Wagen.»

«Willst du mich zwingen? Faß mich nur an, und ich kratz dir das Gesicht vom Schädel. Du verdammte Verbrecherin!» Sie rammte die brennende Zigarette in Mavis' Arm.

Der Platz im Wagen war für eine Schlägerei sehr knapp bemessen, aber die beiden taten das menschenmögliche. Seneca hielt Pallas weiter in den Armen und sah zu. Früher hätte sie versucht, die beiden zu trennen, aber inzwischen wußte sie es besser. Wenn sie nicht mehr konnten, hörten sie von selbst auf, und dann würde der Frieden länger halten, als wenn sie dazwischenging. Gigi kannte Mavis' verwundbare Stellen ganz genau: alles, was sich gegen Connie richtete, und jede Anspielung auf die Tatsache, daß sie zur

Fahndung ausgeschrieben war. Bei ihrem letzten Besuch hatte Mavis von ihrer Mutter erfahren, daß sie wegen schweren Diebstahls, böswilligen Verlassens ihrer Familie und Mordverdachts im Zusammenhang mit dem Tod von zweien ihrer Kinder steckbrieflich gesucht wurde.

Der Cadillac schwankte. Gigi war kampflustig, aber auch eitel – sie wollte nicht, daß blaue Flecken oder Kratzwunden ihr hübsches Gesicht entstellten, und sie dachte ständig an ihre Frisur. Mavis teilte ihre Schläge bedächtig, aber unverdrossen und mit Freude aus. Als Gigi Blut sah, hielt sie es für ihr eigenes und sprang, von Mavis verfolgt, fluchtartig aus dem Wagen. Unter einem glühendheißen Himmel ohne jeden Vogelflug setzten sie ihren Kampf auf der Straße und im Graben fort.

Gebannt vom Anblick der Staub aufwirbelnden, Sträucher niederwalzenden Körper richtete Pallas sich auf: Körper, nur auf sich selbst bezogen, keinen Zuschauer bemerkend, hier unter dem nackten Himmel Oklahomas oder unter einem malerischen Himmel in Mehita, New Mexico. Monate nach Dee Dee Trueloves freudestrahlenden Umarmungen und Küssen; nach Monaten des Staunens über die grandiose Landschaft direkt vor den Fenstern ihrer Mutter; Monaten des Schwelgens in köstlichem Essen; Monaten von Künstlergesprächen unter Dee Dees Freunden, unter denen sich Indianer und New Yorker, Junge und Alte, Hippies, Mexikaner und Schwarze befanden; und Monaten langer Gespräche zu dritt, geführt bei Nacht unter Sternen, die Pallas direkt aus den Disney-Studios zu kommen schienen – nach all diesen Monaten sagte Carlos: «Hier ist mein Platz.» Und mit einem tiefen Seufzer: «Hier ist das Zuhause, das ich immer gesucht habe.» Sein Gesicht, von Mondlicht übergossen, ließ Pallas' Herzschlag stocken. Ihre Mutter gähnte. «Natürlich ist es hier», sagte Dee Dee

Truelove. Auch Carlos gähnte, und genau in diesem Augenblick hätte sie es erkennen müssen – das gleichzeitige Gähnen, den Gleichklang der Stimmen. Sie hätte eine Rechnung aufmachen müssen: Carlos trennten weniger Jahre von Dee Dee als von ihr. Hätte sie es bemerkt, dann hätte sie vielleicht verhindern können, daß sich die Körper, die Stöhnlaute tauschten und keinen Zuschauer bemerkten, im Gras umschlangen. Dann hätte es keine panische Flucht zum Toyota gegeben, keine blinde Irrfahrt auf Straßen ohne Ziel, keine rammenden, abdrängenden Wagen. Kein Wasser voller weicher Berührungen von unten.

Wieder spürte Pallas das widerliche Kitzeln, das Vorbeistreifen von Tentakeln, von unsichtbaren Schuppen, und sie wandte sich von den kämpfenden Frauen ab, schlang ihren Arm um Senecas Hals und preßte ihr Gesicht noch tiefer zwischen die winzigen Brüste.

Seneca war die einzige, die den näher kommenden Truck bemerkte. Der Fahrer verlangsamte das Tempo, vielleicht, um dem Cadillac auszuweichen, der die Straße blockierte, vielleicht auch, um seine Hilfe anzubieten, und er blieb lange genug stehen, um Frauen in zerfetzten Kleidern zu erkennen, die sich nicht um Recht und Anstand scherten, sich am Boden wälzten, geheimes Fleisch zur Schau stellten. Und er sah auch zwei andere Frauen, die sich auf der Rückbank umarmten. Seine Augen weiteten sich für lange Sekunden. Dann schüttelte er den Kopf und gab wieder Gas.

Schließlich lagen Gigi und Mavis, nach Luft schnappend, am Boden. Nacheinander setzten sie sich auf und betasteten sich, verschafften sich einen Überblick über ihre Wunden. Gigi suchte nach einem verlorenen Schuh; Mavis nach dem Gummiband, das ihr Haar gehalten hatte. Wortlos kehrten sie zum Wagen zurück. Mavis lenkte mit nur einer Hand. Gigi steckte sich eine Zigarette in den unverletzten Mundwinkel.

1922 hatten sich die weißen Arbeiter darüber lustig gemacht: ein riesiges Steinhaus, mitten im Nirgendwo. Die Indianer fanden es nicht lustig. In einem Land mit rauhen Wintern und wenig Wäldern, wo Holzfeuer ein Frevel und Kohle teuer war und Kuhfladen verrotteten, mußte ihnen das Herrenhaus als steingewordener Wahnwitz erscheinen. Der Betrüger hatte tonnenweise Kohle gebunkert – von der er nicht eine Schaufel mehr selbst verfeuern konnte. Die Nonnen, die den Besitz übernahmen, verfügten über Zähigkeit, Petroleum und kostbar gearbeitete Ordenstrachten, die sie in vielen Schichten übereinander trugen. Doch im Frühjahr, im Sommer und in so manchem warmen Herbst erwies das steinerne Gemäuer sich als kühler Segen.

Gigi hastete die Treppe hinauf und schlug Mavis im Rennen um das verfügbare Badewasser. Während das Rohrsystem rülpste, zog sie sich aus und betrachtete sich in dem einzigen nicht übermalten Spiegel. Von dem Schaden an einem Knie und beiden Ellbogen abgesehen, war ihr nicht viel passiert. Natürlich waren Fingernägel umgeknickt, aber das Nasenbein war heil geblieben, und kein Veilchen verunzierte ihre Augen. Allerdings konnte es sein, daß blaue Flecken sich erst am nächsten Tag zeigten. Was sie jedoch am meisten beschäftigte, war die Schwellung an der Stelle, wo die Lippe eingerissen war. Wenn sie dort drückte, trat ein Rinnsal Blut hervor, und schon rannten wieder alle durch die Straßen von Oakland, Kalifornien. Sirenen – die Polizei? Sanitäter? Feuerwehr? – gellten in den Ohren. Eine Phalanx von vorrückenden Polizisten schnitt im Osten wie im Westen den Weg ab. Die Demonstranten schmissen, was sie mitgebracht oder aufgelesen hatten, und liefen weg. Sie und Mikey hielten sich erst noch an den Händen, während sie hinter einer abgedrängten Gruppe durch eine Seitenstraße rannten. Eine Straße mit kleinen Häusern, mit Rasenflächen. Nur die Schreie der Mädchen, die wie Musik klangen, und das Gebrüll kampflustiger Männer. Sirenen, ja, und ferne Megaphone, aber kein Klirren von zerberstendem Glas, keine Knüppelschläge, keine Schüsse. Aber warum wuchs dann dieses rote Muster auf dem weißen Hemd des kleinen Jungen? Sie hatte keine gute Sicht. Die Menge staute sich und stockte schließlich, wurde von irgend etwas aufgehalten. Mikey war ein paar Schultern hinter ihr, drängelte sich zu ihr durch. Gigi schaute wieder nach dem Jungen auf dem frischen grünen Rasen. Er war so gut angezogen, mit Krawatte, weißem Hemd, gewienerten Schnürschuhen. Aber sein Hemd war jetzt fleckig, war mit roten Pfingstrosenblüten bedeckt. Er taumelte, und aus seinem Mund floß Blut. Er hielt seine Hände darunter, versuchte das Blut aufzufangen, damit es ihm nicht die Schuhe besudelte, wie es das Hemd schon besudelt hatte.

Über hundert Verletzte, hieß es in der Zeitung, aber von Schußwaffeneinsatz und einem niedergeschossenen Kind war nirgends die Rede. Geschweige denn von einem kleinen farbigen Jungen in Sonntagskleidern, der sein Blut in hohlen Händen sammelte.

Das Badewasser tröpfelte in die Wanne. Gigi drehte sich Lockenwickler ins Haar. Dann legte sie sich auf den Bauch und überprüfte einmal mehr den Fortschritt, den sie bei der Kassette gemacht hatte, die unter der Wanne in den Boden eingelassen war. Die Abdeckung darüber hatte sie inzwischen freibekommen, aber das metallene Behältnis schien im Boden eingemauert zu sein. Die Schwierigkeit bestand darin, daß man unter der Wanne arbeiten mußte. Wenn sie K. D. davon erzählt hätte, wäre er ihr sicher zu Hilfe gekommen, aber dann hätte sie auch den Inhalt mit ihm teilen müssen: Gold vielleicht, Diamanten, dicke Bündel Bares. Was immer es sein mochte – es gehörte ihr. Und Connie, wenn sie etwas davon wollte. Aber sonst niemandem. Vor allem nicht Mavis. Seneca würde keine Ansprüche stellen, und dieses neue Mädchen mit Augen wie gesplittertes Glas und einer Kräuselwolke von Haaren um den Kopf – wer wußte überhaupt, wer oder was sie war? Gigi stand auf, wischte sich Staub und Schmutz von der Haut und stieg in die Wanne. Sie saß im Wasser und überlegte, was sie tun sollte. Connie, dachte sie. Connie.

Dann lehnte sie sich zurück, bis ihr der Schaum ans Kinn reichte, und dachte an Senecas Nase, daran, wie ihre Nasenflügel sich im Schlaf bewegten. An ihre hochgezogenen Mundwinkel, ob sie nun lächelte oder nicht; ihre wulstigen, perfekt geschwungenen Augenbrauen. Und an ihre Stimme – leise, voll sanfter Gier. Wie ein Kuß.

In dem Badezimmer am anderen Ende des Flurs wusch sich eine bestens gelaunte Mavis am Waschbecken. Dann zog sie sich um und ging in die Küche hinunter, um das Abendessen zu machen. Hähnchenreste, kleingehackt mit Paprika und Zwiebeln, dazu Estragon, irgendeine Sauce, vielleicht Käse, und das Ganze eingewickelt in diese Pfannkuchen, die Connie ihr beigebracht hatte. Das würde ihr schmecken. Sie wollte auch einen Teller voll zu Connie hinunterbringen und ihr erzählen, was passiert war. Nichts von der Schlägerei. Die war nicht wichtig. Tatsächlich hatte sie ihr sogar Spaß gemacht. Auf Gigi einzudreschen, peng, peng, sie sogar zu beißen, das war eine Wonne. Genau wie das Kochen. Es war ein weiterer Beweis, daß die alte Mavis tot war. Diejenige, die sich nicht gegen ein elfjähriges Mädchen wehren konnte, ganz zu schweigen von ihrem Ehemann. Die nicht die einfachste Mahlzeit planen und auf den

Tisch bringen konnte, die sich auf Delis und Drive-in-Lokale verließ – und jetzt improvisierte sie köstliche Crêpes, ohne auch nur einkaufen zu gehen!

Was sie aber getroffen hatte, war Gigis Anspielung auf ihre sexuelle Trockenzeit. In gewisser Weise war es komisch. Als sie und Frank heirateten, hatte es ihr nämlich Spaß gemacht. Mehr oder minder. Dann aber wurde es pflichtschuldige Folter, die zwar länger dauerte, aber sonst kaum besser war, als aus dem Polstersessel geprügelt zu werden. Ihre Jahre im Kloster waren frei gewesen von all dem. Obwohl sie, wenn nachts diese Sache über sie kam, nicht mehr dagegen ankämpfte. Früher war es ein Alptraum gewesen, der gelegentlich wiederkehrte – ein Löwenjunges knabberte an ihrer Kehle. Erst kürzlich hatte es eine andere, eine menschliche Gestalt angenommen und lag nun auf ihr oder sprang sie von hinten an. «Inkubus», hatte Connie gesagt. «Kämpf dagegen an», sagte sie. Aber Mavis konnte oder wollte nicht. Und jetzt mußte sie herausfinden, ob es vielleicht an dem lag, was Gigi über sie gesagt hatte, daß ihr dieses Traumbild willkommen war. Immer noch hörte sie Merle und Pearl, konnte ihren winzigen Herzschlag in jedem Raum des Klosters spüren. Vielleicht sollte sie Connie erzählen, ihr beichten, daß die nächtlichen Besuche zusammen mit den lachenden Kindern und einer «Mutter», von der sie sich geliebt wußte, so etwas wie eine glückliche Familie für sie ergaben. Nein, besser sie würde Connie, wenn sie ihr das Abendessen brachte, von der Hochzeitsfeier erzählen und von Gigis peinlichem Auftritt – besonders für Soane –, und sie dann nochmals fragen, wie sie sich bei den nächtlichen Besuchen verhalten sollte. Connie würde Rat wissen. Connie.

Der Kaschmirponcho von Norma Fox machte sich wieder einmal nützlich. Seneca wickelte Pallas darin ein und fragte sie, ob sie irgend etwas wolle? Wasser? Etwas zu essen? Pallas machte verneinende Bewegungen. Sie kann noch nicht weinen, dachte Seneca. Der Schmerz saß zu tief. Erst wenn er hochkam, würden auch Tränen fließen, und Seneca wollte Connie dabeihaben, wenn es soweit war. Also wärmte sie das Mädchen erst mal auf, so gut sie konnte, versuchte das verfilzte, dichte Haar zu glätten und führte Pallas dann mit einer Kerze in der Hand zu Connie hinunter.

In einem Teil des Kellers, einem großen, kalten Raum mit einem Deckengewölbe, verschwanden die Mauern hinter Regalen voller Flaschen. Wein, so alt wie Connie. Die Nonnen hatten ihn kaum angerührt, erzählte Connie, hatten höchstens einmal eine Flasche geöffnet, wenn es ihnen gelungen war, einen Priester zu sich herauszulocken, der mit ihnen die so lange entbehrte Messe feierte. Und an Weihnachten machten sie manchmal eine Torte, deren Teig statt mit Rum mit einer 1915er Veuve Cliquot getränkt wurde. In den Schatten lauerten ringsum die Umrisse von Kisten und Kästen; von ausrangierten oder kaputten Möbelstücken; von nackten Frauen aus poliertem Marmor; von Männern aus roh behauenem Stein. Am hintersten Ende befand sich die Tür, die zu Connies Zimmer führte. Niemand wußte, wozu dieses Zimmer ursprünglich gedient hatte – jedenfalls war es nicht, wie Mavis gemeint hatte, für ein Dienstmädchen gedacht gewesen. Connie mochte und bewohnte es, weil es so dunkel war. Hier war sie vor ihrem Erzfeind, dem Sonnenlicht, sicher.

Seneca klopfte, erhielt keine Antwort und drückte die Tür auf. Connie saß in einem Schaukelstuhl aus Weidengeflecht und schnarchte leise. Als Seneca eintrat, erwachte sie sofort.

«Wer ist da hinter dem Licht?»

«Ich bin's, Seneca. Mit einer Freundin.»

«Stell's dorthin.» Sie deutete auf eine Kommode in ihrem Rücken.

«Das hier ist Pallas. Sie ist vor ein paar Tagen gekommen. Sie hat gesagt, daß sie dich kennenlernen will.»

«Hat sie das?» sagte Connie.

Im Schein der Kerze war nur wenig zu erkennen, aber Seneca sah eine Marienfigur, ein glänzendes Paar Schuhe, die zu einer Nonnentracht gehört haben mußten, einen Rosenkranz und, auf einer Kommode, eine Pflanze, die in einem Wasserkrug Wurzeln trieb.

«Wer hat dir weh getan, meine Kleine?» fragte Connie.

Seneca setzte sich auf den Boden. Sie hatte wenig Hoffnung, daß Pallas viel, wenn überhaupt etwas, erzählen würde. Aber Connie verfügte über Zauberkräfte. Sie streckte nur ihre Hand aus, und schon kam Pallas zu ihr, setzte sich auf ihren Schoß, redete und weinte erst gleichzeitig und weinte dann nur noch, während Connie ihr gut zuredete: «Trink einen Schluck von dem da», und: «Was für schöne Ohrringe du hast», und: «Meine arme Kleine, meine arme-arme Kleine, man hat dir so weh getan, meine Kleine.»

Der Wein half mit, und es dauerte eine Stunde. Es war ein Rückwärtstasten, es war ein Bohren, es war lückenhaft. Aber sie kam heraus – die Geschichte der armen Kleinen, der so weh getan worden war.

Sie habe ihre Schuhe verloren, erzählte sie, so daß erst niemand für sie anhalten wollte. Dann, erzählte sie, war da die Indianerin mit dem Filzhut. Ein ganzer Lieferwagen voller Indianer war's genaugenommen, der im Morgengrauen für sie anhielt, als sie barfuß und in Shorts am Straßenrand entlanghumpelte. Ein Mann saß am Steuer. Neben ihm die Frau, die ein Kind auf dem Schoß hatte. Pallas konnte nicht erkennen, ob es ein Junge oder ein Mädchen war. Sechs junge Männer saßen hinten im Wagen. Es war die Frau, die es erst möglich machte, daß sie die angebotene Mitfahrgelegenheit annahm. Ihre Augen unter der Hutkrempe, grau wie nasser Schnee, waren ohne jeden Ausdruck, aber allein ihre Anwesenheit hielt die Männer in Schach – wie auch das Kind auf ihrem Schoß.

«Wo soll's denn hingehen?» fragte sie.

Das war der Augenblick, als Pallas merkte, daß ihre Stimmbänder nicht mehr funktionierten. Daß sie sich, was schiere Lautstärke anbelangte, selbst dem Knarzen der einsamen Windmühle geschlagen geben mußte, die auf dem Feld hinter ihr stand. Also deutete sie in die Richtung, in die der Wagen fuhr.

«Na, dann steig ein», sagte die Frau.

Sie kletterte in den Wagen, mitten zwischen die Männer, von denen die meisten ungefähr in ihrem Alter waren. Sie suchte sich einen Platz möglichst weit von ihnen entfernt und betete, daß die Frau ihre Mutter, Schwester, Tante oder sonst ein mäßigender Einfluß war.

Die jungen Indianer gafften sie an, sagten aber kein Wort. Die Arme auf die Knie gestützt, starrten sie, ohne zu lächeln, auf ihre pinkfarbenen Shorts, ihr grelles T-Shirt. Nach einer Weile packten sie Papiertüten aus und begannen zu essen. Sie boten ihr ein dick belegtes Wurstbrot und eine der rohen Zwiebeln an, die sie aßen wie Äpfel. Aus Angst, sie mit einer Ablehnung zu beleidigen, nahm Pallas an, und zu ihrer eigenen Verblüffung aß sie alles auf, schlang es hinunter wie ein Hund, so groß war ihr Hunger. Das Schaukeln und Schwanken des Lieferwagens ließ sie immer wieder für ein paar Minuten einnicken, und jedesmal schrak sie aus einem Traum hoch, in dem ihr schwarzes

Wasser in Mund und Nase drang. Sie kamen an Weilern mit verstreuten Häusern vorbei, an Landwirtschaftsmärkten, einer Tankstelle, aber sie hielten erst an, als sie eine größere Siedlung erreichten. Es war inzwischen später Nachmittag. Der Wagen rollte durch eine leere Straße und bremste vor einer Baptistenkirche, in deren Namen die Silbe «Ur» vorkam.

«Du wartest hier», sagte die Frau. «Es wird jemand kommen, der sich um dich kümmert.»

Die jungen Burschen halfen ihr beim Aussteigen, und der Lieferwagen fuhr weg.

Pallas setzte sich auf die Stufen vor der Kirche und wartete. Sie sah keine Häuser, und es war niemand auf der Straße. Als die Sonne untertauchte, wurde die Luft kühl. Nur ihre Fußsohlen, die wund waren und brannten, lenkten sie von der Kälte ab, die ihr ins Mark kroch. Endlich hörte sie einen Motor, hob den Kopf und sah wieder die Indianerin – diesmal am Steuer und allein – mit demselben Lieferwagen.

«Steig ein», sagte sie und fuhr Pallas mehrere Querstraßen weit zu einem Flachbau mit einem Wellblechdach. «Geh da rein», sagte sie. «Es ist eine Ambulanz. Ich weiß nicht, ob man dich mißbraucht hat. Ich finde, du siehst so aus. Wie ein mißbrauchtes Mädchen. Aber sag denen da drin nichts davon. Ich weiß nicht, ob es stimmt, aber red nicht davon, ja? Es ist besser so. Sag, du bist verprügelt worden oder rausgeschmissen oder sonstwas.»

Dann lächelte sie, obwohl ihr Blick sehr ernst war. «Deine Haare sind ja voller Algen.» Sie nahm ihren Hut ab und setzte ihn Pallas auf den Kopf. «Jetzt geh», sagte sie.

Pallas saß im Wartezimmer, zusammen mit anderen Patienten, die genauso schweigsam waren wie sie: zwei älteren Frauen mit Kopftüchern, einem fiebernden kleinen Kind in den Armen seiner schlafenden Mutter. Die Schwester am Empfang starrte sie mit ungesunder Neugier an, sagte aber nichts. Es drohte schon völlig dunkel zu werden, als zwei Männer hereinkamen, einer davon mit einer teilweise abgetrennten Hand. Pallas und die schlafende Mutter waren noch nicht aufgerufen worden, aber der Mann, der sein strömendes Blut mit einem Handtuch auffing, wurde vorgezogen. Als ihn die Schwester wegführte, lief Pallas nach draußen und um die Ecke des Gebäudes, wo sie Zwiebel und Wurstbrot wieder von sich gab. Während sie jeden einzelnen Bissen unter Krämpfen herauswürgte, näherten sich zwei Frauen, die sie eher hörte als sah. Beide trugen Duschhauben und blaue Uniformen.

«Schau dir das an», sagte die eine.

Sie traten zu ihr, reckten die Köpfe und sahen ihr beim Kotzen zu.

«Kommst du oder gehst du?»

«Wahrscheinlich schwanger.»

«Willst du zur Schwester, Süße?»

«Besser, sie beeilt sich.»

«Wir bringen sie zu Rita.»

«Geh du mit ihr, Billie. Ich muß weg.»

«Einen Hut trägt sie, aber keine Schuhe. Okay, zisch ab. Wir sehn uns morgen.»

Pallas richtete sich wieder auf, hielt sich den Magen, japste mit offenem Mund nach Luft.

«Hör mir gut zu. Die Sprechstunde ist gleich zu Ende, außer für Notfälle. Bist du sicher, daß du nicht schwanger bist?»

Pallas, die schon wieder gegen ein Würgen ankämpfte, zuckte zusammen.

Billie sah dem Wagen ihrer Freundin nach, der aus dem Parkplatz herausfuhr, dann blickte sie hinunter auf das Erbrochene. Ohne eine Miene zu verziehen, scharrte sie Erde darüber, bis es nicht mehr zu sehen war.

«Wo ist deine Brieftasche?» fragte sie und schob Pallas von der getarnten Kotze weg. «Wo wohnst du? Wie heißt du?»

Pallas faßte sich an die Kehle und machte ein Geräusch wie ein Schlüssel, der im falschen Schloß gedreht wird. Das einzige, was sie fertigbrachte, war ein Kopfschütteln. Dann malte sie ihren Namen, wie ein einsames Kind auf einem verlassenen Spielplatz, mit dem großen Zeh in den Staub. Um ihn dann langsam, das Verscharren des Erbrochenen durch das Mädchen imitierend, wieder auszulöschen, mit rotem Staub zu bedecken.

Billie streifte ihre Duschhaube ab. Sie war ein Stück größer als Pallas und mußte sich bücken, um ihr in die niedergeschlagenen Augen sehen zu können.

«Ich nehm dich mit, Mädchen», sagte sie. «Du bist ein bedauernswertes Ding, wenn ich je eins gesehen habe. Und ich hab einige gesehen.»

Sie lenkte den Wagen durch die blaue Abendluft und sprach mit ruhiger, beruhigender Stimme. «Es ist ein Ort, wo du eine Weile deine Ruhe hast. Keine Fragen. Ich war auch mal dort, und sie waren sehr nett zu mir. Netter als – na ja, sehr nett halt. Du brauchst keine Angst zu haben. So wie ich zuerst. Angst vor diesen Frauen, meine ich. Man sieht nicht viele so schräge Vögel hier draußen.» Sie lachte jetzt. «Ein bißchen verrückt sind sie vielleicht, aber locker, irgendwie sehen sie alles nicht so eng. Wundere dich nicht, wenn sie splitternackt rumlaufen. Ich fand's erst komisch, aber dann, ich weiß nicht, es war plötzlich ganz normal. Meine Mutter hätte mich fertiggemacht, wenn ich mich so gezeigt hätte. Egal, jedenfalls kannst du dich dort erst mal sammeln und alles durchdenken, ohne daß dir irgend etwas oder irgend jemand in die Quere kommt. Die Mädchen kümmern sich um dich, oder sie lassen dich in Ruhe – ganz, wie du's haben willst.»

Das Blau um sie herum wurde dunkler, nur in der Ferne leuchtete ein silbriger Himmelsrand. Die Felder wogten unter einem warmen Wind, aber Pallas hatte zu frösteln begonnen, als sie das Kloster erreichten.

Das Mädchen übergab Pallas der Obhut von Mavis und sagte zum Abschied: «Ich komm wieder, um nachzuschauen, wie's dir geht, okay? Ach, übrigens – ich heiße Billie Cato.»

Die Kerze war bis auf zwei Fingerbreit heruntergebrannt, aber die Flamme leuchtete noch hell. Pallas wischte sich mit dem Handrücken über den Mund. Der Schaukelstuhl schaukelte. Connie atmete so gleichmäßig, daß Pallas glaubte, sie wäre eingeschlafen. Sie konnte Seneca erkennen, die, einen Ellbogen aufs Knie und das Kinn auf die Hand gestützt, zu ihr hochblickte, doch wie das Mondlicht in Mehita machte auch der Kerzenschein Gesichter fremd.

Connie regte sich.

«Ich hab gefragt, wer dir weh getan hat. Du erzählst mir, wer dir geholfen hat. Willst du die andere Hälfte der Geschichte noch ein wenig für dich behalten?»

Pallas sagte nichts.

«Wie alt bist du?»

Achtzehn, wollte sie antworten, aber dann entschied sie sich für die Wahrheit. «Sechzehn», sagte sie. «Nächstes Jahr hätte ich die High-School abschließen können.»

Sie hätte wieder zu weinen begonnen wegen des verlorenen Jahres, aber Connie gab ihr einen herzhaften Knuff. «Runter von meinem Schoß. Du wirst mir zu schwer.» In sanfterem Tonfall fuhr sie fort: «Geh jetzt und versuch, ein wenig zu schlafen. Du kannst bleiben, solange du willst, und mir den Rest erzählen, wann immer du Lust hast.»

Pallas stand auf und schwankte ein wenig, vom Schaukeln und vom Wein.

«Danke. Aber es wird das beste sein, wenn ich meinen Vater anrufe.»

«Wir bringen dich zu einem Telefon», sagte Seneca. «Ich weiß, wo eins ist. Aber du mußt aufhören zu weinen. Versprochen?»

Dann gingen sie, bahnten sich vorsichtig ihren Weg durch das Halbdunkel, an das sich ihre Augen inzwischen gewöhnt hatten. Für Pallas, die in der strahlenden Helligkeit von Los Angeles, in kellerlosen Häusern aufgewachsen war, bedeuteten Keller soviel wie Horrorfilm, Gerümpel, Spinnen. Sie packte Senecas Hand und atmete flach durch den Mund. Doch die Panik, die sie zu befallen schien, war nicht echt, nur angelernt. Und schon, als sie die Treppenstufen emporstiegen, schob sich die beruhigende Erinnerung an eine friedlich im Schaukelstuhl sitzende Großmutter, an offene Arme, einen Schoß und eine tröstende Stimme in den Vordergrund. Das ganze Haus war von einer wohltuenden Abwesenheit alles Männlichen durchdrungen, wie eine Schutzzone, in der es keine Jäger, aber viele andere aufregende Dinge gab. In der sie, in einem dieser vielen Zimmer, sich selbst begegnen konnte – ihrem unverfälschten, eigentlichen Selbst, das sie sich als ziemlich cool vorstellte.

Eine Platte mit etwas, das wie Tortillas aussah, stand auf dem Küchentisch. Gigi, frisch herausgeputzt mit einem Make-up, das nur von einer hängenden Lippe beeinträchtigt wurde, spielte schweigend an ihrem Kofferradio herum, suchte nach der einen Station, die ihre Musik senden würde und nicht Country, Landfunk oder Bibelstunde. Mavis stand am Herd, wo sie Kochanweisungen vor sich hin murmelte.

«Mit Connie alles in Ordnung?» fragte sie, als die beiden hereinkamen.

«Klar. Sie hat Pallas gutgetan. Stimmt's, Pallas?»

«Ja. Sie ist nett. Ich fühle mich viel besser.»

«Wow! Das Ding kann reden!» rief Gigi.

Pallas lächelte.

«Aber wird es auch noch kotzen? Das ist die Frage.»

«Gigi. Halt doch die Klappe.» Mavis sah Pallas gespannt an. «Magst du Crêpes?»

«M-hm. Ich sterbe vor Hunger», antwortete Pallas.

«Es sind genug da. Für Connie hab ich schon welche zur Seite getan. Ich kann auch noch mehr machen, wenn du willst.»

«Das Ding braucht neue Klamotten.» Gigi unterzog Pallas einer eingehenden Inspektion. «Von meinen Sachen wird nichts passen.»

«Hör auf, sie ‹Ding› zu nennen.»

«Das einzige, was es behalten kann, ist der Hut. Wo hast du den hin?»

«Ich hab Jeans, die ich ihr geben kann», sagte Seneca.

Gigi schnaubte. «Vergiß nicht, sie vorher zu waschen.»

«Klar.»

«Klar? Was soll denn da klar sein? Seit du hier bist, hab ich dich überhaupt nichts waschen sehen, nicht mal dich selbst.»

«Gigi, du hast Sendepause!» zischte Mavis durch die Zähne.

«Hab ich nicht!» Gigi beugte sich über den Tisch, auf Seneca zu. «Es fehlt uns an manchem, aber an Seife fehlt's uns nicht.»

«Ich hab ja gesagt, daß ich sie wasche, oder etwa nicht?» Seneca wischte sich Schweiß unter dem Kinn weg.

«Warum krempelst du dir nicht die Ärmel hoch? Du siehst aus wie ein Junkie», sagte Gigi.

«Du brauchst reden», grinste Mavis.

«Ich rede vom Fixen, Süße. Nicht von einer netten kleinen Kifferei.»

Seneca sah Gigi an. «Ich tu mir doch keine Chemikalien in meinen Körper rein.»

«Aber du hast mal, stimmt's?»

«Nein, hab ich nicht.»

«Dann zeig doch deine Arme her.»

«Finger weg!»

«Gigi!» Mavis wurde laut. Seneca sah verletzt aus.

«Schon gut, schon gut», sagte Gigi.

«Warum machst du so was?» fragte Seneca.

«Es tut mir leid. Okay?» So etwas war von Gigi selten zu hören, aber offensichtlich meinte sie es ernst.

«Ich hab niemals Drogen genommen. Nie!»

«Ich hab ja gesagt, daß es mir leid tut. Mein Gott, Seneca!»

«Sie muß einfach sticheln, Sen. Kommt von der Nadel nicht los!» Mavis spülte ihren Teller ab. «Aber laß sie nicht zu tief stechen. Nicht bis aufs Blut.»

«Halt doch dein Lästermaul!»

Mavis lachte. «Da legt sie schon wieder los. Von wegen ‹tut mir leid›!»

«Ich hab mich bei Seneca entschuldigt, nicht bei dir.»

«Machen wir doch einfach Schluß damit.» Seneca seufzte. «Wär was dagegen einzuwenden, daß wir die Flasche entkorken, Mavis?»

«Nicht nur nichts dagegen einzuwenden – es ist ein Befehl! Wir müssen doch die Ankunft von Pallas feiern.»

«Und ihre Stimme.» Seneca lächelte.

«Und ihren Appetit. Schaut euch das nur an!»

Carlos war für Pallas der perfekte Appetitzügler gewesen. Solange er sie liebte (oder zu lieben schien), war Essen, mit Ausnahme jenes allerersten Hot dogs, etwas Lästiges für sie – ein Vorwand, um Cola zu trinken, oder ein Grund, um aus dem Haus zu gehen. Die Pfunde, mit denen sie gekämpft hatte, seit sie zur Grundschule ging, schmolzen nur so dahin. Carlos nahm nie auf ihr Gewicht Bezug, aber allein die Tatsache, daß er sie auserwählt und begehrt hatte, als sie noch ein Fettkloß war, genügte, um ihr Vertrauen in ihn zu besiegeln. Daß er dieses Vertrauen enttäuschte, als sie so schlank war wie nie zuvor, machte seinen Betrug nur um so beschämender für sie. Das alptraumhafte Ereignis, bei dem sie gezwungen gewesen war, Zuflucht in einem See zu suchen, hatte für eine Weile den Betrug, den Schmerz verdrängt, der sie aus dem Haus ihrer Mutter getrieben hatte. Selbst in der Dunkelheit eines Raums, in dem nur eine Kerze brannte, hatte sie nicht einmal flüsternd davon sprechen können. Ihre Stimme war wiedergekehrt, aber die Worte, die ihrer Schmach Ausdruck verliehen hätten, krallten sich in ihrer Kehle fest wie Rachenpolypen.

Der geschmolzene Käse, der das Crêpe-Tortilla-Gebilde bedeckte, war würzig; die Hühnerfleischstücke schmeckten tatsächlich nach Fleisch; die helle, fast weiße Butter, die von den jungen Maiskolben tropfte, war mit keiner Butter vergleichbar, die sie kannte; sie hatte einen sahnigen, fast süßen Geschmack. Der Brotpudding schwamm in einer warmen, zuckerigen Soße. Und dazu ein Glas Wein nach dem anderen. Die Angst, das Gezänk, die Übelkeit, die schreckliche Rauferei im Straßenschmutz, die Tränen im Dunkeln – das ganze wüste Drama dieses Tages löste sich im Genuß des Essens, Kauens, Schmeckens auf. Als Mavis aus dem Keller zurückkam, wo sie Connie das Abendessen gebracht hatte, fand Gigi endlich den gesuchten Sender und tänzelte mit dem Radio im Arm zur offenen Tür zum Garten, weil dort der Empfang besser war. Sie stellte das Radio ab und tanzte zum Tisch zurück, wo sie sich einen weiteren Wein einschenkte. Mit geschlossenen Augen und kreisenden Hüften schlang sie ihre Arme um den Hals eines imaginären Partners. Die anderen Frauen sahen ihr zu, während sie die Mahlzeit beendeten. Als «Killing Me Softly» erklang, der Tophit des vergangenen Jahres, dauerte es nicht lange, bis alle ihrem Beispiel folgten. Sogar Mavis. Erst tanzten sie getrennt, träumten Partner herbei. Dann tanzten sie zusammen, träumten voneinander.

Vom Wein wohlig ermattet, schliefen sie in dieser Nacht wie Tote. Gigi und Seneca gemeinsam in einem Schlafzimmer, Mavis allein in einem anderen. Pallas hatte sich das Sofa im ehemaligen Büro und Spielzimmer ausgesucht, und so war sie es, die das Klopfen hörte.

Das Mädchen trug weiße Seidenschuhe und ein Strandkleid aus Baumwolle. Und in der Hand einen nagelneuen Porzellanteller mit einem Stück Hochzeitskuchen. Ihr Lächeln war königlich.

«Ich bin jetzt verheiratet», sagte sie. «Wo ist er? Oder war's eine Sie?»

Später in dieser Nacht sagte Mavis: «Wir hätten ihr eine von diesen Puppen geben sollen. Oder irgendwas.»

«Sie ist verrückt», sagte Gigi. «Ich weiß alles über sie. K. D. hat mir alles über sie erzählt. Sie ist durchgeknallt wie ein komplettes Irrenhaus. Mein lieber Scholli, jetzt hat er vielleicht was am Hals ...»

«Warum kommt sie ausgerechnet in ihrer Hochzeitsnacht hierher?» fragte Pallas.

«Eine lange Geschichte.» Mavis tupfte Alkohol auf ihren Arm, verglich die blutigen Kratzer mit denjenigen, die Gigi ihr vorher zugefügt hatte. «Vor Jahren ist sie bei uns gewesen. Connie hat ihr Kind zur Welt gebracht. Sie wollte es aber nicht haben.»

«Und? Wo ist es jetzt?»

«Bei Merle und Pearl, denk ich mal.»

«Bei wem?»

Gigi warf Mavis einen wütenden Blick zu. «Gestorben ist es.»

«Weiß sie das denn nicht?» fragte Seneca. «Sie hat behauptet, ihr hättet es umgebracht.»

«Sie ist eben völlig durchgeknallt, ich sag's ja.»

«Sie ist sofort danach wieder weg», sagte Mavis. «Ich hab keine Ahnung, was sie weiß und was nicht. Sie wollte es ja nicht mal sehen.»

Worauf sie schwiegen, sich erinnerten: an das weggedrehte Gesicht, an die Hände, die sich auf die Ohren legten, damit nur ja nichts von dem frischen, traurigen Geschrei hindurchdrang. Also würde es keine Brust geben. Nichts, an dem der kleine Mund saugen konnte. Keine mütterliche Schulter, um sich anzukuscheln. An mehr wollte sich keine von ihnen erinnern. Keine wollte wissen, was danach passiert war.

«Vielleicht war's gar nicht von ihm. Von K. D.», sagte Gigi. «Vielleicht hat sie noch mit einem anderen was gehabt.»

«Und? Was macht's, wenn's nicht von ihm war? Es war auf jeden Fall von *ihr*.» Seneca wirkte ganz wund.

«Ich verstehe überhaupt nichts.» Pallas ging zum Herd, auf dem noch der Rest des Brotpuddings stand.

«Ich schon. So einigermaßen.» Mavis seufzte. «Ich mach uns einen Kaffee.»

«Für mich keinen. Ich geh wieder ins Bett.» Gigi gähnte.

«Sie war wirklich ganz von Sinnen. Glaubt ihr, daß sie gut nach Hause kommt?»

«Sankt Seneca! *Bitte!*»

«Sie hat geschrien», sagte Seneca, den Blick auf Gigi gerichtet.

«Wir genauso.» Mavis löffelte Kaffee in den Filter.

«Schon, aber wir haben sie nicht mit Schimpfwörtern belegt.»

Gigi zog Luft durch die Zähne ein. «Was für Wörter gibt's denn auch für eine Irre, die in ihrer Hochzeitsnacht nichts Besseres zu tun hat, als einem toten Baby hinterherzujagen.»

«Wie wär's mit: armer Mensch?»

«Arm an Skrupeln vielleicht», erwiderte Gigi. «Sie will doch nur diesem Saftsack eins auswischen, den sie da geheiratet hat.»

«Wolltest du nicht ins Bett gehen?»

«Bin unterwegs. Komm mit, Seneca.»

Doch Seneca achtete nicht auf ihre Zimmergenossin. «Sollen wir Connie davon erzählen?»

«Wozu?» fiel ihr Mavis ins Wort. «Ich will auf keinen Fall, daß dieses Mädchen auch nur in Connies Nähe kommt.»

«Ich glaube, sie hat mich gebissen.» Pallas klang verblüfft. «Schaut her, sind das nicht Abdrücke von Zähnen?»

«Was willst du, eine Spritze gegen Tollwut?» Gigi gähnte. «Komm jetzt, Sen. Hey, Pallas. Schau nicht so traurig.»

Pallas starrte vor sich hin. «Ich möchte nicht mehr ganz allein hier unten schlafen.»

«Wer hat denn gesagt, daß du das mußt? Es war deine Idee.»

«Oben sind nicht genug Betten.»

«Ach Gott.» Gigi machte sich auf den Weg zur Küchentür, gefolgt von Seneca. «So ein Schätzchen.»

«Ich hab's dir doch erklärt», sagte Mavis. «Die anderen lagern unten im Keller. Ich werde dir morgen eins aufstellen. Und heute nacht kannst du bei mir schlafen. Aber du brauchst keine Angst zu haben, sie kommt bestimmt nicht wieder.» Sie schloß die Tür zum Garten ab und ging zur Kaffeekanne, wo sie dem Tropfen des Filters zusah. «Ach, übrigens – wie heißt du eigentlich? Ich meine den Familiennamen.»

«Truelove.»

«Nicht zu glauben. Und deine Mutter hat dich Pallas getauft?»

«Nein, mein Vater.»

«Und sie heißt? Deine Mutter, mein ich?»

«Dee Dee. Das ist kurz für Divine.»

«Uuuuh, das ist ja Zucker! Gigi! Gigi! Hast du das gehört? Sie ist die Göttliche und die Liebe in Person! Divine Truelove.»

Gigi kam zurückgelaufen und steckte ihren Kopf durch die Tür. Seneca genauso.

«Stimmt nicht! Meine Mutter heißt so.»

«Ist das 'ne Stripperin?» Gigi grinste.

«Eine Künstlerin!»

«So nennen sie sich alle, Schätzchen.»

«Hör auf, sie zu triezen», murmelte Seneca. «Sie hatte einen anstrengenden Tag.»

«Okay, okay, okay. Schlaf gut ... Divine!» Gigi verschwand wieder hinter der Tür.

«Nimm sie einfach nicht ernst», sagte Seneca, und schon im Gehen, fügte sie flüsternd hinzu: «Sie hat ein Spatzenhirn.»

Mavis, die noch immer lächelte, schenkte Kaffee ein und schaufelte Brotpudding auf einen Teller, den sie vor Pallas hinstellte. Dann setzte sie sich dicht neben sie und blies in den Dampf, der aus ihrer Tasse aufstieg. Pallas machte sich über ihre dritte Portion des Desserts her.

«Zeig mir, wo du gebissen worden bist», sagte Mavis.

Pallas drehte den Kopf zur Seite und zog am Halsausschnitt ihres T-Shirts, bis die Schulter sichtbar wurde.

«Oje, oje», stöhnte Mavis.

«Geht's hier jeden Tag so turbulent zu?» wollte Pallas von ihr wissen.

«Aber nein.» Mavis streichelte über die wunde Hautstelle. «Das hier ist der friedlichste Ort, den du auf Erden finden kannst.»

«Bringst du mich morgen zu einem Telefon, damit ich meinen Vater anrufen kann?»

«Als allererstes. Versprochen.» Mavis hörte mit dem Streicheln auf. «Du hast tolle Haare.»

Schweigend beendeten sie ihren nächtlichen Imbiß. Mavis nahm die Lampe, und sie überließen die Küche der Dunkelheit. Als sie vor Mavis' Schlafzimmertür standen, wollte Mavis sie nicht öffnen. Sie erstarrte.

«Hörst du das? Sie sind glücklich», sagte sie und hielt sich eine Hand vor die lachenden Lippen. «Ich wußte es. Sie lieben dieses Kind. Sie lieben es sehr.» Sie drehte sich zu Pallas um. «Dich mögen sie auch. Sie finden dich einfach göttlich.»

Patricia

GLOCKEN und Tannenbäume, aus grünem und rotem Bastelpapier ausgeschnitten, waren säuberlich auf dem Eßtisch aufgestapelt. Alles fertig. Nur der Glitzerstaub zur Verzierung fehlte noch. Letztes Jahr hatte sie den Fehler gemacht, ihn von den Kleinen aufbringen zu lassen, ohne sie zu beaufsichtigen. Nachdem sie deren Finger und Ellbogen vom Klebstoff gereinigt und ihnen silberne Körnchen aus den Haaren und von den Wangen geklaubt hatte, war ihr nichts anderes übriggeblieben, als sich die meisten Dekorationen selbst noch einmal vorzunehmen. Diesmal würde sie jeden Tropfen Klebstoff genauestens im Auge behalten, wenn sie die Glocken und Bäume verteilte. Bei den Vorbereitungen für das Weihnachtsspiel der Schule mischte das ganze Dorf mit: Ältere Männer brachten die Bühne in Schuß und bauten die Krippe auf; junge Burschen modellierten neue Herbergswirte und erneuerten die Masken vom Vorjahr mit frischen Farben. Frauen bastelten Jesuspuppen, und Kinder malten bunte Bilder von Gerichten für das Weihnachtsessen, überwiegend Nachspeisen – Kuchen, Pasteten, Zuckerwerk, Früchte –, weil gebratene Truthähne für ihre winzigen Finger zu kompliziert waren. Sobald die Kleinen die Glocken und Tannenbäume mit Silber bestäubt hätten, würde Patricia selbst die Schlingen an der Spitze anbringen. Der Weihnachtsstern war Harpers Domäne. Jedes Jahr prüfte er ihn genauestens auf Beschädigungen und vergewisserte sich, daß seine Zacken nadelspitz waren und er auf dem dunklen Tuchhimmel eine strahlende Figur machen würde. Die einleitenden Worte, so nahm sie an, würde wohl wieder der alte Nathan DuPres sprechen. Ein lieber Mensch, nur daß er nie beim Thema bleiben konnte. Die Weihnachtsfeiern in den Kirchen waren förmlicher – mit Predigten und Chorgesang und Bibelrezitationen von Kindern, die einen Preis gewannen, wenn sie ohne Stottern, Weinen oder Verstummen ans Ende kamen –, aber die Veranstaltung der Schule, in deren Mittelpunkt das Krippenspiel stand und die das ganze Dorf auf die Beine brachte, war traditionsreicher, hatte schon existiert, als für die Kirchen noch nicht einmal die Grundsteine gelegt waren.

Anders als in den vergangenen Jahren war der Dezember 1974 warm und windig. Der Himmel benahm sich wie ein Showgirl, raffte sich nach einem trüben, tristen Morgen immer wieder zu strahlend geschminkten Abenden auf. Ein mineralischer Geruch lag in der Luft, eine Erinnerung an Urzeiten der Schöpfung, als Vulkane bebten und die Lava unter einem gnadenlosen Wind erstarrte. Einem Wind, der den kalten Fels schmirgelte, ihn formte, ihn endlich in handliche Brösel zerlegte, wie sie die Steinesammler liebten. Der gleiche Wind, in dem einst Strähnen von Cheyenne- und Arapahohaar geflogen waren, hatte auch den Schulterpelz von Büffeln geteilt, hatte beiden Seiten verraten, daß die andere in der Nähe war.

Den ganzen Tag über war ihr der mineralische Geruch aufgefallen, und jetzt, nachdem alle Hausaufgaben korrigiert und die Dekorationen fertig waren, sah sie noch einmal nach draußen, ob der Showgirl-Himmel auch heute seine Vorstellung gab. Aber sie war schon vorbei. Lila Vorhänge schlossen sich über einer Leuchtfarbensonne.

Ihr Vater war früh zu Bett gegangen, erschöpft von dem

Monolog, den er beim Abendessen über seine Tankstellenpläne gehalten hatte. Eagle Oil hatte ihm grünes Licht gegeben – mit den großen Ölgesellschften zu reden war sowieso zwecklos. Deek und Steward waren bereit, ihm den Kredit auszuzahlen, sobald er jemanden gefunden hatte, der ihm den Grund und Boden verkaufte. Die Frage war jetzt nur, wo. Gegenüber von Annas Laden? Eine gute Lage, gewiß, aber die Kirchengemeinde vom Heiligen Erlöser mochte das anders sehen. Dann ganz im Norden? Bei Sargeants Saatgut- und Futtermittelhandlung? Auf jeden Fall gab es eine Menge potentieller Kunden – keiner würde mehr neunzig Meilen weit zum Tanken fahren oder Benzin zu Hause lagern müssen. Und die Straßen? Vielleicht würde sich etwas tun mit den beiden unbefestigten Pisten, die Rubys schöne Pflasterstraße nach Norden und Süden bis zur Staatsstraße verlängerten? Vielleicht würde der Landkreis sie asphaltieren lassen, wenn er den Franchisevertrag erst einmal abgeschlossen hatte. Allerdings wäre es sicher nicht einfach, die Dorfbewohner soweit zu kriegen, daß sie einen Antrag stellten – die Alten würden sich auf jeden Fall querlegen. Sie waren froh, daß ihr Dorf nicht an der Staatsstraße lag, daß es nur von Verirrten und von Wissenden gefunden werden konnte. «Aber stell's dir mal vor, Patsy, stell's dir einfach mal vor. Ich könnte Autos und Motoren reparieren; Reifen verkaufen, Batterien, Keilriemen. Und auch Getränke. Natürlich nur Sachen, die's bei Anna nicht gibt. Wir wollen sie schließlich nicht verärgern.»

Patricia nickte. Eine gute Idee, dachte sie, wie alle seine Ideen. Seine Tierarztpraxis zum Beispiel (illegal – er hatte keine Zulassung –, aber wer wäre sonst zur Stelle gewesen oder hundert Meilen weit gefahren, wenn Wisdom Poole Hilfe brauchte, um das Fohlen herauszuziehen, das in seiner Mutter feststeckte?); oder seine Metzgerei (man brachte ihm den geschlachteten Stier, er besorgte das Häuten, Ausnehmen, Zerlegen und Einfrieren); oder natürlich sein Krankenwagen- und Bestattungsgeschäft. Weil es sein sehnlichster Wunsch gewesen war, Arzt zu werden, drehten sich die meisten seiner Unternehmungen um Operationen an lebenden und toten Körpern. Der Plan mit der Tankstelle war seine erste skalpellfreie Geschäftsidee, an die sie sich erinnern konnte (obwohl seine Augen verdächtig geleuchtet hatten, als er vom Zerlegen von Motoren sprach). Sie wünschte, er hätte Arzt werden, hätte eine medizinische Fakultät besuchen können. Dann wäre möglicherweise auch ihre Mutter noch am Leben. Aber vielleicht auch nicht. Vielleicht wäre er dann gerade beim Studium in Meharry gewesen und nicht beim Kursus für Leichenbalsamierer, als Delia starb.

Pat stieg die Treppe zu ihrem Schlafzimmer hinauf und beschloß, den Rest des Abends mit ihrem Chronikprojekt zu verbringen, beziehungsweise mit dem, was davon übriggeblieben war. Es hatte mit einem Geschenk für die Bürger von Ruby begonnen – einer Sammlung von Stammbäumen mit den Genealogien der fünfzehn Familien. Auf dem Kopf stehende Bäume waren das, deren Stämme in die Luft ragten, während sich die Äste wie Wurzelwerk nach unten verzweigten. Als die Bäume fertig waren, hatte sie sich darangemacht, die miteinander verschmelzenden Linien des Wer-zeugte-wen mit Anmerkungen zu versehen: über die Arbeit, die die Mütter und Väter verrichteten, oder die Orte, an denen sie lebten, oder die Kirche, der sie angehörten. Etliche hübsche Details («Wurde Missy Rivers, die Frau von Thomas Blackhorse, an den Ufern des Mississippi geboren? Ihr Name legt die Vermutung nahe ...») hatte sie autobiographischen Aufsätzen entnommen, die sie ihre Schüler schreiben ließ. Aber das war einmal. Eltern hatten sich beschwert, daß sie die Kinder zum Klatsch anhielt, zum Ausplaudern von Dingen, die privat und vielleicht sogar Familiengeheimnisse waren. Daraufhin bezog sie ihre Informationen überwiegend aus Gesprächen mit den Leuten, aus Familienbibeln, die man sie einsehen ließ, und aus den Kirchenbüchern. Als sie darum bat, auch alte Briefe und Heiratsurkunden lesen zu dürfen, hatte sie den Bogen überspannt. Die Augen der Frauen verengten sich, ehe sie ein Lächeln aufsetzten und frischen Kaffee anboten. Unsichtbare Türen fielen ins Schloß, und das Gespräch verlagerte sich aufs Wetter. Aber eigentlich brauchte und wollte sie keine bloßen Fakten mehr. Zwar gab es an den Stammbäumen hier und da noch etwas zu ergänzen – Geburten, Hochzeiten, Sterbedaten –, aber ihr eigentliches Interesse hatte sich längst auf die immer umfangreicheren Anmerkungen verlagert, bei denen sie jeden Anschein von Objektivität aufgab. Das Projekt hatte eine Form angenommen, in der sie es keinem Außenstehenden mehr zeigen konnte. Schon kam ihr das kleine *h*, gefolgt von einem Punkt, wie ein Witz, ein Traum, ein Bruch aller Gesetze vor, der sie frustriert auf ihren Fingernägeln kauen ließ. Wer waren diese Frauen, die, genau wie ihre eigene Mutter, nur einen Vornamen zu haben schienen? Celeste, Olive, Sorrow, Ivlin, Pansy? Wer waren die Frauen, denen unverkennbar ein Jedermannsname zugewiesen worden war? Brown, Smith, Rivers, Stone, Jones? Die Identität all dieser Frauen beruhte einzig auf den Männern, die sie geheiratet hatten – wenn es überhaupt zu einer Heirat gekommen war: einem Morgan, einem Flood, einem Blackhorse oder Poole oder Fleetwood. Dovey hatte ihr die Familienbibel der Morgans wochenlang überlassen, aber ihr genügten die zwanzig Minuten, die sie in der Blackhorse-Bibel blätterte, um sie davon zu überzeugen, daß eine ganz neue Art von Stammbaum nötig war, wenn sie ihrem Ziel näherkommen und die Beziehungen zwischen den fünfzehn Familien von Ruby, ihren Vorfahren in Haven und den noch ferneren Ahnen in Mississippi und Louisiana wahrheitsgemäß aufzeichnen wollte. Eine Freizeitbeschäftigung, die müßige Stunden füllen sollte, hatte sich in anstrengende Arbeit verwandelt, die dazu noch von dem unguten, wie Blütenstaub auf der Haut kribbelnden Gefühl begleitet wurde, mehr von seinen Nachbarn zu wissen, als gut war. Die offizielle Geschichte des Dorfes, wie sie von der Kanzel, in der Sonntagsschule, in Festreden verkündet wurde, war in allen Köpfen festgeschrieben. Wer Fragen an sie stellen, Fußnoten anbringen, Keile hineintreiben wollte, brauchte eine unerschrockene Phantasie und die Entschlossenheit, sich nicht mit Anekdoten abspeisen zu lassen. Wo immer möglich, hatte Pat schriftliche Belege für die kursierenden Erzählungen gesucht, doch wenn sie keine fand, machte sie sich ihre eigenen Gedanken – ohne falsche Scheu und mit, so fand sie, um so größerem Spürsinn, als sie die einzige war, die über die erforderliche gefühlsmäßige Distanz verfügte. Sie allein konnte sich denken, warum der Name von Ethan Blackhorse in der Blackhorseschen Familienbibel durchgestrichen war und was sich unter dem auffällig großen Tintenklecks neben Zechariahs Namen in der Bibel der Morgans verbarg. Ihr Vater erzählte ihr einiges, aber es gab Dinge, über die zu reden er sich weigerte. Freundinnen wie Kate oder Anna waren offener, doch ältere Frauen – Dovey, Soane und Lone DuPres – ergingen sich nur in Andeutungen und sagten so gut wie nichts. «Ach, ich glaube, da gab es irgendeine Meinungsverschiedenheit zwischen den Brüdern.» Das war alles, was Soane über den ausgestrichenen Namen ihres Großonkels zu bemerken hatte. Und sonst kein einziges Wort.

Es waren neun Sippen, die sich auf jene erste Wanderschaft begeben hatten, die dann aus Fairly, Oklahoma, vertrieben wurden und weiterzogen und schließlich Haven gründeten. Ihre Namen waren legendär: Blackhorse, Morgan, Poole, Fleetwood, Beauchamp, Cato, Flood und die beiden DuPres-Familien. Alle Geschwister, Ehefrauen und Kinder zusammengenommen zählten sie neunundsiebzig Köpfe – oder einundachtzig, wenn man die beiden gestohlenen Kinder dazurechnete. Aber es kamen Versprengte aus anderen Familien hinzu, die sich dem Treck anschlossen: ein Geschwisterpaar, vier Cousins, eine ganze Flut von Tanten und Großtanten, die die Kinder ihrer toten Schwestern, Brüder, Nichten, Neffen im Gefolge hatten. Erinnerungen an diese Versprengten, die noch einmal fünfzig Seelen ausmachten, tauchten in den Aufsätzen von Pats Schülern auf, in Erzählungen bei Dorf- und Gemeindefesten, beim Klatsch der Frauen über ihre häuslichen Sorgen und ihre Frisuren. Großmütter, die auf dem Boden hockten, während ihnen eine Enkeltochter die Kopfhaut massierte, plauderten gern von vergangenen Zeiten. Wie Funken blitzten dann Bruchstücke von Lebensgeschichten auf, die dunkle Stellen in ihrer Kindheit beleuchteten und den Schatten aufhellten, der über ihrem Erwachsenenleben lag. Anekdoten warfen Schlaglichter auf Unsichtbare, die neben ihnen am Lagerfeuer gesessen hatten. In Witzen gewannen Erinnerungsstücke Kontur – ein Ring, eine Taschenuhr –, die sie im Schlaf umklammert hatten, und die Kleider, in denen sie aufgebrochen waren, wurden in Worten lebendig: die viel zu großen Schuhe, die eigentlich dem Bruder gehörten; der Schal von der Großtante; das spitzenbesetzte Häubchen einer jüngeren Schwester. Sie erzählten von den Waisenkindern, Jungen und Mädchen zwischen zwölf und sechzehn Jahren, die den Treck entdeckten und darum baten, sich anschließen zu dürfen, und von den beiden Säuglingen, die sie einfach mitnahmen, weil sie sie in Verhältnissen vorfanden, die ihnen keine andere Wahl ließen. Machte noch mal acht Personen. So waren es wohl hundertachtundfünfzig, die die Reise beendeten.

Als sie die Umgebung von Fairly erreichten, wurde beschlossen, daß Drum Blackhorse, Rector Morgan und dessen Brüder Pryor und Shepherd dem Ort ihre Ankunft melden sollten, während die anderen warteten und bei Zechariah blieben, der inzwischen zu lahm geworden war, um ungekrümmt und ohne Hilfe vor fremden Männern stehen zu können, deren Achtung er gefordert und deren Mitleid ihn gebrochen hätte. Sein Fuß war durchschossen worden, von wem oder warum, wußte niemand oder wollte niemand sagen, aber die Pointe der Geschichte schien zu sein, daß er, als ihm die Kugel in den Fuß drang, weder aufschrie noch anschließend in Deckung humpelte. Es war diese Wunde, die ihn zwang, zurückzubleiben und seinen Freund und seine Söhne an seiner Stelle sprechen zu lassen. Was sich jedoch als Segen erwies, weil er nicht Zeuge des Augenblicks der Abweisung werden mußte. Und nicht hörte, daß unfaßbare Worte von Menschen zu Menschen gesprochen wurden, die ihnen gleich waren in jeder Hinsicht bis auf eine. Danach waren sie nicht mehr neun Familien und ein paar Versprengte. Sie wurden eine verschworene Gemeinschaft von Heimatlosen, zusammengeschweißt von dem Ungeheuerlichen, das ihnen widerfahren war. Ihre Abscheu vor den Weißen war heftig, aber abstrakt. Sie sparten sich die Reinheit ihres Hasses für die Männer auf, die sie auf unaussprechlich scheußliche Weise beleidigt hatten: erst, indem sie sie ausgrenzten, und dann, indem sie ihnen Vorräte anboten, damit sie in dieser Ausgegrenztheit existieren konnten. Alles, was es über die Bürger von Haven oder Ruby zu wissen gab, erwuchs aus den Verzweigungen dieser ersten Abfuhr unter vielen. Doch die weiteren Verzweigungen der Zweige waren eine andere Geschichte.

Pat ging zum Fenster und schob es hoch. Am Rand des Gartens lag das Grab ihrer Mutter. Der Wind rauschte, als wolle er die Pailletten vom schwarzen Himmelsflor lösen. Fliederbüsche peitschten über die Seitenwand des Hauses. Der mineralische Geruch in der Luft wurde jetzt von Abendessensdüften überdeckt. Pat schloß das Fenster wieder und kehrte an ihren Schreibtisch zurück, um einen neuen Eintrag in die Chronik vorzunehmen.

Arnette und K.D., die im vergangenen April geheiratet hatten, erwarteten im kommenden März ein Kind. Behauptete jedenfalls Lone DuPres, die es eigentlich wissen mußte. Lone war eines der gestohlenen Kinder. Fairy DuPres hatte sie entdeckt, wie sie so stumm wie ein Stein vor der Tür einer Grashütte hockte. Der Anblick des sprachlosen Kindes, das nur ein schmutziges Unterhemd trug, hätte eins von vielen trostlosen Bildern auf ihrem Weg bleiben können, aber das Elend des Ortes erlaubte kein Wegsehen. Fairy war damals fünfzehn und ein Dickkopf. Zusammen mit Missy Rivers ging sie zur Hütte, um nach dem Rechten zu sehen. Drinnen fanden sie eine tote Mutter und kein Stück Brot. Missy stöhnte auf, ehe sie zornerfüllt ausspuckte. Fairy sagte erst «Gottverdammt», dann «'tschuldige, lieber Gott», dann nahm sie das Baby in die Arme. Als sie den anderen berichteten, was sie vorgefunden hatten, griffen sieben Männer nach ihren Schaufeln: Drum Blackhorse, seine Söhne Thomas und Peter, Rector Morgan, Able Flood, Brood Poole sen. und Juvenal, der Vater von Nathan DuPres. Während sie die Grube aushoben, fütterte Fairy das Baby mit einem in Wasser eingeweichten Mehlfladen. Praise Compton zerriß ihren Unterrock, um das

Kind darin einzuwickeln. Fulton Best zimmerte ein stabiles Kreuz. Zechariah, der von zweien seiner Söhne, Shepherd und Pryor, gestützt wurde und seinen kaputten Fuß nur mit der Ferse aufsetzte, sprach ein Gebet am offenen Grab. Seine Töchter Loving, Ella und Selanie sammelten rosablühende Schafgarbe als Grabschmuck. Es gab einen ernsthaften Streit über die Frage, was aus dem kleinen Mädchen werden, wem man es geben sollte, denn die Männer wollten nicht zulassen, daß ein halbverhungertes Baby ihren viertelverhungerten Kindern noch etwas wegaß. Aber Fairy kämpfte wie eine Löwin und setzte sich durch, und als nächstes stritt sie sich mit Bitty Cato über einen Namen für das Findelkind. Auch hier war sie siegreich und nannte das Baby Lone, weil es so allein gewesen war, als sie es fanden. Und allein war Lone noch immer, denn sie hatte nie geheiratet, und nach dem Tod von Fairy, die sie aufgezogen und alles an sie weitergegeben hatte, was sie als Hebamme lernte, trat Lone in ihre Fußstapfen und wurde zur Geburtshelferin von ganz Ruby – nur jetzt bei Arnette nicht, denn Arnette bestand darauf, zur Entbindung ins Krankenhaus nach Demby zu gehen. Was Lone tief verletzte (sie glaubte nach wie vor, daß anständige Frauen ihre Kinder zu Hause bekamen und nur Barfrauen in Kliniken entbanden), aber schließlich wußte sie ja, daß die Fleetwoods nie von dem Gedanken losgekommen waren, sie trüge einen Teil der Verantwortung für den Zustand von Sweeties und Jeffs Kindern. Dabei hatte sie seit der Geburt des letzten, mißgebildeten Fleetwood-Babys zweiunddreißig wohlbehaltene Mütter von kerngesunden Kindern entbunden. Also sagte sie lieber nichts, außer daß Arnettes Niederkunft für den März 75 zu erwarten stand.

Pat suchte den Morgan-Stammbaum heraus und ging zu dem Ast, bei dem bis jetzt nur eine Zeile stand:

Coffee Smith (alias K. D. [wie Kentucky Derby])
h. Arnette Fleetwood

Sie fragte sich abermals, wer dieser Junge gewesen war, den Ruby Morgan geheiratet hatte. Ein Kumpel ihrer Brüder aus der Armee, so hieß es. Aber wo kam er her? Sein Vorname, Coffee, war der gleiche, den auch Zechariah getragen hatte, ehe er ihn änderte, als er sich für das Amt des Vizegouverneurs bewarb; sein Nachname war so nichtssagend, wie er nur sein konnte. Er fiel im Krieg in Europa, drum konnte ihn niemand wirklich kennenlernen, nicht einmal seine Frau. Aber das Foto verriet, daß der Soldat Coffee Smith seinem Sohn außer dem Namen nichts mitgegeben hatte. K. D. war ein Spiegel des Blackhorse- und des Morgan-Blutes.

Unter dem Eintrag, der K. D. und Arnette betraf, war nicht viel Platz übrig, aber sie nahm an, daß er reichen würde. Das Kind, das sie erwarteten, würde, wenn es glücklich zur Welt kam, sicher ein Einzelkind bleiben. Arnettes Mutter hatte nur zwei Kinder gehabt, von denen das eine nichts als Krüppel gezeugt hatte. Und auch die späten Morgans waren nicht mehr so fruchtbar wie ihre Ahnen. Kein Vergleich mit

Zechariah Morgan (alias Big Papa, urspr. Coffee)
h. Mindy Flood [wohlgemerkt Anna Floods Großtante],

von dessen vierzehn Kindern immerhin neun überlebt hatten. Pat ließ ihren Finger über die Namen gleiten: Pryor Morgan, Rector Morgan, Shepherd Morgan, Ella Morgan, Loving Morgan, Selanie Morgan, Governor Morgan, Queen Morgan und Scout Morgan. Am Rand schwang sich in schwarzer Tinte einer ihrer früheren Kommentare empor: «Erst beim achten Kind gelang es ihnen, eine Tochter mit einem wirklich eindrucksvollen, alle Türen öffnenden Namen zu versehen, und ich wette, sie riefen sie ‹Queenie›.» Eine weitere Anmerkung schlängelte sich unter Zechariahs Namen heraus und erstreckte sich, von Pfeilen geleitet, bis auf die Rückseite des Blattes: «Er gab sich selbst einen neuen Namen. Ursprünglich hieß er Coffee – wahrscheinlich eine fehlerhafte Schreibung von Kofi. Und da keiner der Morgans aus Louisiana und auch niemand aus Haven für einen Weißen namens Morgan gearbeitet hatte, muß er seinen Nachnamen ebenso wie seinen Vornamen von irgend jemand oder etwas anderem entlehnt haben, dem seine Sympathie gehörte. Zacharias kommt in Frage, der Vater Johannes des Täufers. Oder der Prophet Zechariah, der Visionen hatte, der eine fliegende Schriftrolle sah, die ein Fluch war, und eine Frau in der Tonne und wie die unreinen Kleider des Josua in Feierkleider verwandelt wurden und welche Folgen die Verstocktheit hat. Die Strafe für jene, die ihren Brüdern nicht Güte und Barmherzigkeit erwiesen, war die Zerstreuung unter alle Heiden, und das liebliche Land wurde zur Wüste gemacht. All dies paßt gut auf Zechariah Morgan: der Fluch, die Frauen, die in eine Tonne mit einem Deckel aus Blei gesteckt und im Haus verborgen werden, vor allem aber die Zerstreuung. Die Vorstellung, zerstreut zu werden, mußte ihn erschrecken: das Auseinanderbrechen eines Stammes, einer Sippe, einer Familiengemeinschaft oder, in Coffees Fall, einer Gruppe von Familien, die schon vor und seit der Schlacht von Bunker Hill zusammen- oder in enger Nachbarschaft gelebt hatten. Es konnte ihm nicht schwerfallen, sich auszumalen, wie furchtbar es wäre, wenn alle, die er kannte, voneinander getrennt, in ferne Gegenden vertrieben und einander fremd würden. Es hätte ihn geängstigt, nicht am Schnitt des Gesichts die eine Familie erkennen zu können und am Gang, an einem Augenaufschlag die andere; nicht sich selbst, wiedergeboren, in einem Enkelkind der dritten oder vierten Generation; nicht zu wissen, wo die Vorfahren zur letzten Ruhe gebettet worden waren oder wie man, ohne zu ahnen, wo sie lebten, Verbindung zu ihnen aufnehmen konnte. Das wäre genau der Zechariah, den Coffee zu seinem Namenspatron erwählt hätte. Das mußte ihn ansprechen, wenn er etwa in einer Predigt die Geschichte von der Krönung des Josua hörte. Aber er hätte sich niemals nach Josua, dem König, benannt, sondern immer nach dem Zeugen, zu dem Gott und die Engel oft von Dingen sprachen, die Coffee so gut kannte.»

Als sie Steward fragte, wo sein Großvater seinen Nachnamen herhabe, brummte Steward und sagte, er glaube, es hätte ursprünglich Moyne geheißen, nicht Morgan. Oder Le Moyne oder so ähnlich, aber «manche nannten ihn einfach Black Coffee. Und wir nannten ihn Big Papa. Und meinen Vater nannten wir Big Daddy.» Und damit war das Thema für ihn erledigt. Klang irgendwie beleidigt, wohl weil er selbst kein Vater, Papa oder Daddy geworden war. Weil die Lenden der Morgan-Linie schwächelten. Einer von Zechariahs (Big Papas) Söhnen, Rector, zeugte mit seiner Frau Beck sieben Kinder, aber nur vier überlebten: Elder, die Zwillinge Deacon und Steward sowie Ruby, die Mutter von K. D. Als Elder starb, hinterließ er seiner Frau Susannah (Smith) Morgan sechs Kinder – und alle sechs zogen von Haven weg, nach Norden. Zechariah hätte das gehaßt. Wegziehen wäre für ihn das gleiche gewesen wie «zerstreuen». Und er behielt auch recht, denn genau von diesem Zeitpunkt an nahm die Fruchtbarkeit ab. Auch wenn der Wohlstand zunahm. Je mehr Geld, desto weniger Kinder; je weniger Kinder, desto mehr Geld, das für jedes der wenigen Kinder übrigblieb. Vorausgesetzt, man häufte genügend davon an. Deshalb hatten die Reichsten – Deek und Steward – das brennendste Interesse an der Hochzeit von K. D. Dachte Pat jedenfalls.

Sie alle jedoch, jeder einzelne aus den neun ursprünglichen Familien, trug ein Zeichen hinter seinem Namen, ein Kürzel, das Pat aufgeschnappt hatte: S8. Es war die Abkürzung für Sohle acht, einen tiefen, tiefen Stollen im Kohlebergwerk, wo es am schwärzesten war. Denn alle waren sie tiefschwarz, schon mit einem Stich ins Bläuliche, dabei großgewachsen und voller Anmut, und ihre leuchtenden, klaren Augen verrieten nicht, was sie von den anderen hielten, die nicht S8 waren wie sie – deren Vorfahren im Territorium Louisiana gelebt hatten, als es den Franzosen gehörte und als die Spanier es übernahmen und als die Franzosen zurückkehrten und als es an Jefferson verkauft und als es 1812 ein Bundesstaat wurde. Deren Vorfahren ein Patois sprachen, in dem sich Spanisch, Französisch, Englisch mischten und das ihnen ganz allein gehörte. Deren Vorfahren sich, nach dem Bürgerkrieg, widersetzt oder vor den Weißen versteckt hatten, die sie mit aller Macht zum Bleiben, zu einem Leben als abhängige Kleinbauern in Louisiana zwingen wollten. Deren Vorfahren so angesehen waren, daß drei ihrer Kinder in die Regierungen von Bundesstaaten und in regionale Ämter gewählt wurden – und ohne Abschied und ohne nachgewiesene Verfehlungen wieder aus dem Amt gejagt wurden und sich zu glauben weigerten, was sie als den wahren Grund hierfür vermuteten. Den gleichen Grund, der es ihnen unmöglich machte, andere anspruchsvolle Arbeit zu finden. Fast alle Schwarzen, die (in Mississippi, in Louisiana, in Georgia) aus ihren Ämtern gedrängt oder getrieben wurden, fanden nach den Säuberungen von 1875 wieder eine, wenn auch weniger einflußreiche, Arbeit im Büro oder in der Verwaltung. Einer aus

South Carolina verbrachte den Rest seiner Tage als Straßenkehrer. Sie allein aber (Zechariah Morgan und Juvenal DuPres in Louisiana, Drum Blackhorse in Mississippi) gerieten in nackte Not oder mußten auf den Feldern schuften. Fünfzehn Jahre Bettelei um niedrigste Arbeit auf Baumwoll- und Reisfeldern, im Wald – und das nach fünf glorreichen Jahren, in denen sie am Wiederaufbau des Landes mitgewirkt hatten. Sie ahnten wohl, auch wenn sie es nicht auszusprechen wagten, daß ihr Unglück im Unglück auf jene einzige Eigenschaft zurückzuführen war, die sie von anderen Schwarzen unterschied: die Dunkelheit von Sohle acht. 1890 waren sie seit einhundertundzwanzig Jahren in diesem Land. Da packten sie all diese Jahre, ihre ganze Geschichte und ihre Verwandtschaft und ihre unleugbaren Verdienste zusammen und begaben sich auf den Treck. Marschierten von Mississippi und Louisiana nach Oklahoma und erreichten den Ort, der ihnen in den Anzeigen beschrieben worden war, die sie zusammengefaltet in ihren Schuhen oder versteckt unter der Krempe ihrer Hüte bei sich trugen. Und wurden weggescheucht. Und diesmal war klar, was das zu bedeuten hatte. Zehn Generationen lang hatten sie geglaubt, daß der Riß, den sie zu schließen suchten, die Sklaven von den Freien und die Armen von den Reichen trennte. Was meistens, wenn auch nicht immer, gleichbedeutend war mit: die Schwarzen von den Weißen. Jetzt erkannten sie eine neue Scheidelinie: zwischen den Braunhäutigen und den Tiefschwarzen. Oh, sie wußten längst, daß das für die Weißen einen Unterschied machte, aber noch nie war ihnen aufgefallen, daß es auch unter ihresgleichen Konsequenzen hatte, ernsthafte Konsequenzen. So ernsthaft, daß niemand ihre Töchter zu Bräuten begehrte, daß ihre Söhne als letzte akzeptiert wurden, daß farbige Männer sich schämten, wenn sie in der Öffentlichkeit mit ihren Schwestern gesehen wurden. Das Zeichen ihrer ethnischen Reinheit, das ihr Stolz gewesen war, hatte sich in einen Makel verwandelt. Die Zerstreuung, die Zechariah gefürchtet hatte, weil sie ihre Zahl geschwächt hätte, erwies sich nun als noch viel größere Gefahr, denn wenn sie den Zusammenhalt verloren und sich von den Unreinen ihrer Besonderheit berauben ließen, dann würden – das war so sicher wie der Tod – jene zehn Generationen bis in alle Ewigkeit den Seelenfrieden ihrer Kinder zerstören.

Die Zerstreuung traf die folgenden Generationen der S8-Männer, genau wie Zechariah es befürchtet hatte, als sie zur Armee gingen, und Pat sah nicht ein, warum damit nicht eigentlich alles ausgestanden hätte sein können. Hätte sein müssen. Die Zurückweisung, die sie Verstoßung nannten, war doch eine Wunde, deren Narbengewebe 1949 längst fühllos geworden sein mußte. Aber so war es nicht. Diejenigen nämlich, die aus dem Krieg zurückkamen, sahen, was aus Haven geworden war, und hörten von den abgeschnittenen Hoden anderer farbiger Soldaten und von Orden, die die weißen Farmproleten und die Söhne der Konföderation von schwarzen Brüsten rissen – und sie erkannten darin der Verstoßung zweiten Teil. Es war, als würde in einer Parade ein Spruchband mitgetragen, auf dem zu lesen stand: KRIEGSMÜDE SOLDATEN! DIE HEIMAT PFEIFT AUF EUCH! Und so gingen sie noch einmal auf die Wanderschaft. Und so wie ihre Vorfahren nie wieder eine Farbigensiedlung aufsuchten, nachdem man ihnen in der ersten die kalte Schulter gezeigt hatte, schloß diese Generation sich keiner Bewegung an, nahm an keinem Kampf um die Bürgerrechte teil. Sie besannen sich auf ihr tiefschwarzes Blut von Sohle acht und zogen, hochmütig wie stets, weiter nach Westen. Die Neuen Gründerväter: Deacon Morgan, Steward Morgan, William Cato, Ace Flood,

Aaron Poole, Nathan DuPres, Moss DuPres, Arnold Fleetwood, Ossie Beauchamp, Harper Jury, Sargeant Person, John Seawright, Edward Sands und Pats Vater, Roger Best, der als erster das Gebot des Blutes brach. Ein Gebot, dessen Existenz niemand zugab. Das aufgestellt worden war, als die Wanderer aus Mississippi bemerkten und sich merkten, daß ihre Verstoßung aus der menschlichen Gemeinschaft von hellhäutigen Farbigen ausging. Von blau- und grauäugigen Gelbbraunen in guten Anzügen. Die bei alledem auch noch freundlich waren, wie berichtet wurde. Sie gaben ihnen Lebensmittel und Decken und sammelten sogar für sie. Aber nichts konnte sie bewegen, die Tiefschwarzen länger als für die Dauer einer einzigen Nacht bleiben zu lassen. Zechariah Morgan und Drum Blackhorse, so war es überliefert, verboten den Frauen, die gespendeten Lebensmittel anzurühren. Und Jupe Cato ließ die Decken im Zelt zurück, obenauf, säuberlich gestapelt, die drei Dollars und neun Cents, die für sie gesammelt worden waren. Aber Soane erzählte, daß ihre Großmutter, Celeste Blackhorse, zurückschlich und das Essen (aber nicht das Geld) holte und es heimlich an ihre Schwester Sally Blackhorse, an Bitty Cato und an Praise Compton verteilte, damit sie die Kinder damit fütterten.

So wurde das Gebot aufgestellt und existierte fortan unter ihnen – kaum merklich, weil niemals davon gesprochen wurde. Es sei denn in der verschleierten Form der Worte, die Zechariah für den Ofen prägte. Dort war es mehr als ein Gebot. Es war ein Rätsel: «Wehret der Furche auf Seiner Stirn», das war nicht nur eine Aufforderung an die Gläubigen, sondern auch eine Drohung an die Adresse jener, von denen sie verstoßen worden waren. Es mußte ihn Monate gekostet haben, diese Worte in ihrer ganzen Vieldeutigkeit zu ersinnen. In ihrem Anschein strenger Gottesfürchtigkeit, der aber offenließ, wem die Warnung galt und welche Folgen eine gefurchte Stirn bei den jeweiligen Verursachern hätte. In gewisser Weise hatten die Teenager, die von Misner angeführt wurden und die den Spruch in «Werdet die Furche auf Seiner Stirn» umwandeln wollten, mehr begriffen, als sie selbst ahnten. Man brauchte nur daran zu denken, was sie mit Menus gemacht hatten, wie sie ihn gezwungen hatten, die Frau zurückzuschicken, die er mitgebracht hatte, um sie zu heiraten. Das hübsche, sandhaarige Mädchen aus Virginia. Menus verlor das Haus, das er für sie gekauft hatte (oder wurde jedenfalls gezwungen, es aufzugeben), und seitdem war er nicht mehr nüchtern geworden. Und mochten die Dorfbewohner seine Wochenendbesäufnisse auch auf die Erinnerungen an Vietnam zurückführen, und mochten sie auch mit ihm lachen, wenn er ihnen die Haare schnitt, so wußte Pat doch Liebe zu erkennen, die sich in Verzweiflung verwandelt hatte. Sie hatte sie in den Augen von Menus gesehen und wohl auch in den Augen ihres Vaters, wo die Begeisterung über seine geschäftlichen Unternehmungen sie nur mühsam verhüllte.

Ehe sie die K.D. betreffenden Blätter zur Seite legte, kritzelte Pat noch eine Notiz an den Rand: «Jemand hat Arnette verprügelt. Die Frauen aus dem Kloster, wie man munkelt? Oder war es, auch wenn keiner davon redet, K.D.?» Dann griff sie nach der Akte von Best, Roger. Auf die Rückseite des Titelblatts, auf dem

Roger Best h. Delia

stand, schrieb sie: «Daddy, sie hassen uns nicht, weil Mama deine erste Kundin war. Sie hassen uns, weil sie so ausgebleicht war und weil sie ausgebleichte Kinder wie mich in die Welt gesetzt hat, und obwohl ich Billy Cato heiratete, der so tiefschwarz war wie du und alle anderen, habe auch ich die helle Haut an meine Tochter weitergegeben, und du und alle anderen wußten, daß es so kommen würde. Schau dir an, wie viele von den Sands, die Seawrights geheiratet haben, darauf achten, daß ihre Kinder in andere S8-Familien einheiraten. Wir waren die erste sichtbare Störung, aber es gab auch eine unsichtbare, die nichts mit der Hautfarbe zu tun hat. Ich weiß, daß alle Paare sich eine richtige Hochzeit mit einem Pfarrer wünschen, und manche haben sie ja auch bekommen. Aber viele haben etwas anderes gemacht, etwas, das Fairy DuPres eine ‹Übernahme› nannte. Eine junge Witwe konnte zum Beispiel den Haushalt eines alleinstehenden Mannes übernehmen. Ein Witwer mochte einen Freund oder einen entfernten Verwandten fragen, ob er nicht ein junges Mädchen übernehmen könnte, das sonst keine Zukunft hatte. Wie in Billys Familie. Seine Mutter, Fawn, eine geborene Blackhorse, wurde vom Onkel seiner Großmutter übernommen, von August Cato. Oder, um es anders zu formulieren, Billys Mutter war die Frau ihres eigenen Großonkels. Oder noch mal anders: der Vater meines Mannes, August Cato, ist auch der Onkel seiner Großmutter (Bitty Cato Blackhorse) und damit auch der Urgroßonkel von Billy. (Bitty Catos Vater, Sterl Cato, übernahm eine Frau namens Honesty Jones. Sie muß es gewesen sein, die darauf bestand, ihre Tochter Friendship zu taufen, und wahrscheinlich hat sie sich ihr ganzes Leben lang geärgert, wenn sie hörte, daß ihr Kind Bitty gerufen wurde.) Bitty Cato heiratete dann Peter Blackhorse, und beider Tochter, Fawn Blackhorse, wurde die Frau von Bittys Onkel, und weil Peter Blackhorse der Großvater von Billy Cato ist – tja, du siehst selbst, in welchen Irrgarten Blutsbande führen können. Das alles ist lange her, ich weiß, und August Cato war ein alter Mann, als er die kleine Fawn Blackhorse ‹über-

nahm›. Und er hätte es niemals ohne die Einwilligung von
Blackhorse getan. Und er hätte diese Einwilligung nie bekommen, wenn sein Ruf nicht ohne Fehl und Tadel gewesen
wäre, denn Beziehungen außerhalb von Ehen oder Übernahmen wurden nicht nur mißbilligt, sondern konnten so
restlose Ächtung nach sich ziehen, daß den illegitim Ver-
bundenen nichts anderes übrigblieb, als ihre Sachen zu pakken und wegzuziehen. So könnte es (und das würde den
durchgestrichenen Namen erklären) bei Ethan Blackhorse –
dem jüngsten Bruder von Drum – und einer Frau namens
Solace gewesen sein, und ganz gewiß glaubten alle, daß es
bei Martha Stone, der Mutter von Menus, so war (obwohl
Harper Jury sich nicht recht entscheiden konnte, mit wem
ihn seine Frau betrogen hatte). August Cato jedenfalls ging
der Versuchung aus dem Weg und dachte auch nicht daran,
sein Glück außerhalb der neun Familien zu suchen, und so
hielt er bei Thomas und Peter Blackhorse um Peters Tochter Fawn an. Vielleicht lag es an seinem fortgeschrittenen
Alter, daß sie nur ein Kind hatten, meinen Ehemann, Billy.
Aber trotzdem, das Blut der Familie Blackhorse ist nun bei
uns, und dadurch wird meine Tochter, Billie Delia, zur
(fünften?) Cousine von Soane und Dovey, denn Peter Blackhorse war der Bruder von Thomas und Sally Blackhorse,
und Thomas Blackhorse war Soanes und Doveys Vater. Was
Sally Blackhorse betrifft, so heiratete sie Aaron Poole, mit
dem sie dreizehn Kinder hatte. Einem davon wollte Aaron
den Namen Deep geben, worauf Sally einen Anfall bekam.
Daraufhin taufte Aaron diesen Sohn mit einem grimmige-
ren Humor, als man ihm zugetraut hätte, auf den Namen
Deeper. Aber es sind zwei andere unter diesen dreizehn Kindern, in die sich Billie Delia verliebt hat, und hier stimmt etwas nicht – aber abgesehen von der Anzahl und vom Gebot
des schwarzen Blutes komme ich nicht dahinter, was es ist.»

Pat unterstrich die letzten sieben Wörter, dann schrieb sie den Namen ihrer Mutter hin, unterstrich auch ihn, malte ein Herz drum herum und fuhr fort:

«Die Frauen haben alles versucht, Mama. Wirklich alles. Die Mutter von Kate, Catherine Jury, du erinnerst dich noch an sie, und Fairy DuPres (ist inzwischen gestorben), zusammen mit Lone und Dovey Morgan und Charity Flood. Aber damals konnte doch keine von ihnen Auto fahren. Du mußt geglaubt haben, daß sie dich hassen, tief in ihrem Inneren, aber das war bestimmt nicht bei allen so und vielleicht bei keiner, denn sie haben die Männer angefleht, daß sie zum Kloster fahren und Hilfe holen. Ich hab's selbst gehört. Dovey Morgan hat geweint, wie sie losgelaufen ist, um jemanden zu finden, von Haus zu Haus: zu Harper Jury, dem Mann von Catherine, und zu Charitys Mann, Ace Flood, und zu Sargeant Person (warum begreift dieser dumme Neger nicht, daß er eigentlich Pierson heißt?). Alle Ausflüchte, die sie hörte, klangen vernünftig, nachvollziehbar. Selbst im Angesicht ihrer flehenden Frauen tischten sie Ausflüchte auf, weil sie auf dich herabgeschaut haben, Mama, das weiß ich, und weil sie Daddy verachtet haben wegen seiner Ehe mit einer Frau, die keinen Nachnamen hatte und keine Familie und eine sonnenhelle Haut, die ihnen ihren blauschwarzen Dünkel verdarb. Beide Hebammen wußten nicht mehr weiter (es kam zu früh, und es war eine Steißlage), und sie wollten unbedingt eine von den Nonnen aus dem Kloster dabeihaben. Miss Fairy erzählte, daß eine von den Nonnen in einem Krankenhaus arbeitete. Catherine Jury ging zu Soane, um zu sehen, ob Deek im Haus war. Er war's nicht, aber Dovey war da. Und Dovey ging dann zu den Seawrights, zu den Fleetwoods. Und weiter, zu jedem Haus, das sie zu Fuß erreichen konnte. Moss DuPres und seine Familie wohnten ja ein gutes Stück außerhalb. Nathan genauso (der Hard Goods gesattelt hätte und bis ans Ende der Welt galoppiert wäre, um Hilfe zu holen). Und auch Steward, die Pooles, die Sands und der Rest. Schließlich hatten sie Senior Pulliam soweit, daß er zustimmte. Doch als er endlich seine Schuhe geschnürt hatte, war es zu spät. Miss Fairy kam von deinem Bett zu Pulliams Haus gelaufen, und zu erschöpft, um anzuklopfen, und zu wütend, um einzutreten, schrie sie durch die Tür: «Zieh deine Schuhe ruhig wieder aus, Senior! Aber leg dir den Talar zurecht, du brauchst ihn für die Beisetzung!» Und damit verschwand sie von seiner Schwelle.

Als Daddy nach Hause kam, waren alle ganz krank vor Kummer, denn keiner hatte gewußt, was zu tun war und wie lange sich eure Leichen halten würden, ehe sie, ob Vater und Gatte nun dabei waren oder nicht, unter die Erde mußten. Aber Daddy kam am zweiten Tag zurück. Für eine anständige Totenwache war keine Zeit mehr. Und so wurdest du zu seinem ersten Auftrag. Und er hat es wunderbar gemacht. Du warst so schön! Mit dem Baby in der Beuge deines Arms. Ach, du wärst stolz gewesen auf ihn!

Er gibt niemandem die Schuld – nur sich selbst, weil er bei der Abschlußzeremonie dieses Leichenbalsamiererkurses war. Wir haben oft darüber gestritten, aber er ist nicht meiner Meinung, daß die S8-Schwarzen nicht halfen, weil sie keine Weiße ins Dorf holen wollten; weil sie nicht zu einem Haus von Weißen fahren und um Hilfe bitten wollten; oder weil sie deine helle Haut so sehr verabscheuten, daß sie sich lieber Ausreden überlegten, warum sie nicht fahren konnten. Daddy sagt, es ist schon mehr als eine Frau bei der Geburt gestorben, und dann frage ich: Wer denn? Die Mutter in so guter Gesellschaft starb jedenfalls, und das Kind, das du Faustine nennen wolltest, wenn es ein Mädchen wäre, oder Richard, nach Daddys älterem Bruder, falls es ein Junge war, das Kind starb ebenfalls. Es war ein Mädchen, Mama. Faustine. Meine kleine Schwester. Wir wären zusammen aufgewachsen, Patricia und Faustine. Zu hell vielleicht, aber zu zweit hätte uns das nichts ausgemacht. Wir wären ein Team gewesen. Ich habe keine Tanten oder Onkel, das weißt du ja, weil alle Schwestern und Brüder von Daddy an einer Krankheit gestorben sind, die sie epidemische Lungenentzündung nannten, aber wahrscheinlich war es die Spanische Grippe von 1919. Und so heiratete ich Billy Cato, teils, weil er schön war, und teils, weil er mich zum Lachen bringen konnte, und teils (größtenteils?), weil er die mitternachtsblaue Haut der Catos und der Blackhorse-Sippe hatte und auch das linealglatte Haar, wie man's bei jedem Blackhorse findet. Bei Soane und Dovey zum Beispiel, und Easter und Scout hatten's auch. Aber er ist gestorben, mein Billy, und ich hab mein braunes, aber nicht blasses Baby eingepackt und bin in dein hübsches kleines Haus zurückgezogen, in das Haus mit der Leichenkammer und deinem Grabstein draußen im Garten, und seit einer Ewigkeit unterrichte ich nun die Kinder, und sie nennen mich Miss Best, nach meinem Daddy, wie alle anderen auch, so kurz war die Zeit, da ich Pat Cato war.»

Ihre Worte hatten längst die ganze Seite bedeckt; sie schrieb auf frischen Blättern weiter:

«Ich muß dir auch sagen, daß außer dir und der Mutter von K. D. in Ruby nie jemand gestorben ist. *In* Ruby, wohlbemerkt, und sie sind mächtig stolz hier in ihrem Glauben, der Ort sei gesegnet, nur weil seit 1953 alle ihren Tod in Europa oder Korea oder sonstwo außerhalb dieses Dorfes gefunden haben. Selbst Sweeties Kinder sind ja noch am Leben, und Gott weiß, daß es dafür keinen vernünftigen Grund gibt. Ich glaube, so verrückt es auch klingen mag, daß dieses Getue mit der Unsterblichkeit eine Art

Rache des Dorfes an Daddys Bestattungsgewerbe ist, denn schließlich ist er derjenige, der auf unsere gefallenen Soldaten warten muß oder auf irgend jemanden vom Kloster oder auf die Opfer eines Unfalls irgendwo außerhalb, wenn er seinen Krankenwagen mal als Leichenwagen benutzen will. (Als Billy starb, gab es nichts mehr zu beerdigen, höchstens ein paar Stücke ‹persönliche Habe›, darunter ein Goldring, der so verformt war, daß man keinen Finger mehr durchstecken konnte.) Sie finden, Daddy hat eine Rache verdient, weil er der erste war, der das Gebot des Blutes gebrochen hat, und ich traue ihnen zu, daß sie einfach nicht sterben, nur damit Daddy erfolglos bleibt. Tatsächlich waren die Kriegstoten und Unglücksfälle an anderen Orten (Miss Fairy starb auf einer Reise zurück nach Haven; Ace Flood starb im Krankenhaus in Demby und wurde in Haven beerdigt) die einzigen Bestattungen, die Daddy durchführen konnte, und das reicht nun wirklich nicht aus. Auch der Krankenwagen bringt nichts ein, und so rede ich ständig an ihn hin, daß er das Geld, das ich vom Dorf für meinen Unterricht bekomme, als unser gemeinsames Haushaltsgeld betrachtet und aufhört, seine Anteile an Deeks Bank zu beleihen und sein Tankstellenprojekt und alles andere, was ihm im Kopf herumgeht, einfach vergißt.»

Pat lehnte sich auf ihrem Stuhl zurück und verschränkte die Hände hinter dem Kopf. Sie fragte sich, was wohl passieren würde, wenn mehr Dorfbewohner so alt wären wie Nathan oder Lone. Würden sie dann auf die Dienste ihres Vaters zurückgreifen, oder würden sie es so machen wie damals auf ihrem Treck raus aus Louisiana? Jeden dort begraben, wo der Tod ihn ereilte? Oder hatten sie am Ende recht? War es dem Tod verwehrt, nach Ruby zu kommen? Patricia war jetzt müde, sehnte sich nach Schlaf, aber noch konnte sie von Delia nicht lassen.

«Das war vielleicht eine Fahrt, Mama, von Haven hierher. Du und ich, Mama, mitten zwischen diesen knochigen, blauschwarzen Riesen, die nicht auf dein langes braunes Haar, in deine honiggesprenkelten Augen starrten, und genausowenig ihre Frauen. Hat Daddy dir gesagt: Zerbrich dir nicht den Kopf, es wird schon alles werden? Denk dran, wie sehr sie dich gebraucht haben, wie sie dich in die Läden geschickt haben, um Lebensmittel oder eine Kanne Milch zu holen, während sie hinter der nächsten Straßenecke parkten. Das war das einzige, wozu deine Haut gut war. Sonst war sie ein Ärgernis für die anderen. Eine Erinnerung daran, warum es Haven gegeben hatte und warum ein neuer Ort an Havens Stelle treten mußte. Nach dem Ein-Tropfen-schwarzes-Blut-Gesetz der Weißen konnte man schwer leben, wenn niemand ahnte, daß es auch hier galt. Wenn wir durch einen Ort fuhren oder wenn ein Polizeiauto in der Nähe war, sagte Daddy, wir sollten uns klein machen oder ganz auf den Boden legen, denn es wäre sinnlos gewesen, einem Fremden erklären zu wollen, daß du eine Farbige warst, und ihm zu sagen, daß du seine Frau warst, wäre noch schlimmer gewesen. Haben Soane oder Dovey, die auch junge Bräute waren, von Frau zu Frau mit dir geredet? Du hattest das Gefühl, wieder schwanger zu sein, und sie waren es auch. Habt ihr euch darüber ausgetauscht, wie es euch ging? Habt ihr Hämorrhoidentee füreinander gemacht, euch Salz zum Lecken gegeben oder heimlich Heilerde gegessen? Ich war ganz wild auf Backpulver, als ich Billie Delia im Bauch hatte. Ging's dir auch so, als du mit mir schwanger warst? Haben dir die älteren Mütter auch mit Ratschlägen geholfen, Aarons Frau Sally zum Beispiel, mit ihren vier Kindern? Was war mit Alice Pulliam – ihr Mann war ja noch kein Reverend, aber er hatte den Ruf schon vernommen und sich für das Amt des Geistlichen entschieden, also kann den beiden damals, als sie jung waren, so etwas wie Gottesfurcht und Nächstenliebe nicht fremd gewesen sein. Haben sie dich gleich willkommen geheißen, oder haben alle gewartet, bis der Ofen wieder aufgestellt war oder bis, im darauffolgenden Jahr, der Fluß wieder Wasser führte, so daß sie dich taufen und direkt mit dir sprechen, dir in die Augen blicken konnten?

Was hat Daddy zu dir gesagt bei diesem Kirchenpicknick der Methodisten, das für die farbigen Soldaten der Garnison in Tennessee veranstaltet wurde? Habt ihr beide überhaupt verstanden, was der andere gesagt hat? Er hat gesprochen wie Louisiana, du hast gesprochen wie Tennessee. So verschieden die Melodien, eine Musik aus ganz verschiedenen Regionen des Körpes. Es muß gewesen sein, als hörtet ihr Verse, die von verschiedenen Komponisten vertont waren. Aber als ihr euch geliebt habt, muß er gesagt haben: Ich liebe dich, und du hast jedes Wort verstanden, und es war auch jedes Wort wahr, denn bis heute sehe ich die Verzweiflung in seinen Augen, ganz egal, von welcher Geschäftsidee er gerade spricht.»

Pat hörte zu schreiben auf und rieb sich die Hornhaut an ihrem Mittelfinger. Ihr Ellbogen, ihre Schulter schmerzten, weil sich ihre Hand so um den Stift verkrampft hatte. Von der anderen Seite des Flurs hörte sie, durch die Schlafzimmertür, ihren Vater schnarchen. Wie immer wünschte sie ihm angenehme Träume – einen Ausgleich für seine unglücklichen Tage, die er mit nichts anderem verbrachte als dem Versuch, es allen recht zu machen. Als hätte er etwas abzubüßen. Aber abgesehen von der Ehe mit ihrer Mutter konnte sie sich nicht vorstellen, welcher Verstoß ihn so begierig auf den Beifall jener gemacht haben sollte, die ihn mißachteten. Er hatte ihr einmal beschrieben, wie es in Haven ausgesehen hatte, als er aus der Armee entlassen wurde.

Er erzählte, daß er auf der Veranda seines Vaters saß und hustete, damit niemand bemerkte, wie er um uns weinte. Sein Vater, Fulton Best, und seine Mutter Olive waren drinnen im Haus und lasen voller Kummer die Bewerbung um das Stipendium für ehemalige Soldaten, die er einreichen wollte. Es war sein Traum, Medizin zu studieren, aber er war doch auch ihr einziges Kind, das überlebt hatte, alle anderen waren der Grippeepidemie zum Opfer gefallen. Seine Eltern konnten den Gedanken nicht ertragen, daß er wieder fortging, aber genausowenig wollten sie ihn in einem Kaff versauern sehen, das bald nur noch in der Erinnerung lebendig sein würde. Er ließ seine Blicke über den rissigen Beton der Hauptstraße schweifen, als Ace Flood und Harper Jury auf ihn zukamen und ihm erzählten, es gäbe da einen Plan. Deek und Steward Morgan hätten einen Plan. Als er erfuhr, worum es dabei ging, war es sein erstes, dem Mädchen mit den haselnußbraunen Augen und dem hellbraunen Haar zu schreiben, das während des Krieges sein Kind geboren hatte. Ein Glück, daß er niemandem von uns erzählt hat. Sie hätten ihn von der Heirat abgebracht, genau wie später Menus. Vielleicht wußte er das auch und hat uns deshalb einfach kommen lassen. «Liebste Delia», schrieb er, «komm her. Komm gleich. Hier ist die Geldanweisung. Ich weiß nicht, was ich machen soll, damit mein Herz nicht zerspringt. Bis Ihr beide hier seid, werde ich noch ganz verrückt ...» Den anderen müssen die Münder offengestanden haben, als wir eintrafen, aber außer Steward hat niemand ausgesprochen, was er dachte. Es war auch nicht nötig. Olive verzog sich ins Bett, Fulton grummelte vor sich hin und rieb sich die Knie. Nur Steward machte seiner Verbitterung Luft: «Er schleppt genau den Dreck an, den wir hinter uns lassen wollen.» Dovey fuhr ihm mit einem «Schhh ...» über den Mund. Soane genauso. Aber Fairy

DuPres verfluchte ihn: «Gott liebt die häßliche Rede nicht. Paß nur auf, daß Er dir nicht auch verwehrt, was du liebst!» Wie oft mußte Dovey an diese Bemerkung gedacht haben, bis 1964, als sich der Fluch erfüllt hatte. Aber sie waren ja nur Frauen, und was sie sagten, hinterließ keine Spur bei diesen guten, tapferen Männern auf dem Weg ins Paradies. Wo sie auch ankamen und bald die Genugtuung hatten, den Dreck verscharrt zu sehen. Jedenfalls das meiste davon. Ein Rest ist noch über der Erde und bringt ihren Enkelkindern Dinge bei, von denen die Alten nicht einmal zu träumen gewagt hätten.

Pat zog Luft durch die Zähne und legte die Akte Best zur Seite. Sie suchte ein leeres Schulheft heraus und schrieb ohne Überschrift und Einleitung weiter.

«Sie hört nicht mehr auf mich. Kein Wort. Sie arbeitet in Demby in einer Ambulanz – als Putzfrau, glaube ich, aber sie sieht wie eine Lernschwester aus mit dieser Uniform, die sie tragen muß. Ich habe keine Ahnung, wie sie lebt. Sie sagt, daß sie ein Zimmer hat, im Haus einer netten Familie. Ich glaub's aber nicht. Jedenfalls nicht ganz. Einer von diesen Poole-Jungens besucht sie – wahrscheinlich sogar alle beide. Ich weiß es, weil die Kleinste, Dina, im Unterricht davon erzählt hat, daß sie mit ihrem großen Bruder in einem Haus war, wo er ihr einen Santa Claus und lauter Lichterketten auf der Veranda gezeigt hat. In Ruby war das nicht, das ist mal sicher. Sie lügt mich an, und ich ließe mich lieber von der Schlange des Verderbens beißen, als ein Kind zu haben, das lügt. Ich wollte sie nicht so fest schlagen. Ich habe es gar nicht gemerkt. Ich wollte ihr nur das Lügenmaul stopfen, das immer gesagt hat, sie würde schon nichts anstellen. Ich hab sie doch gesehen. Alle drei, hinter dem Ofen, und sie war in der Mitte. Außerdem bin ich diejenige, die hier die Bettlaken wäscht.»

Pat unterbrach sich, legte den Stift zur Seite und bedeckte ihre Augen mit einer Hand: Sie versuchte, das Gesehene von dem zu unterscheiden, was sie zu sehen fürchtete. Und was hatten die Bettlaken damit zu tun? War da Blut gewesen, wo keins hätte sein sollen, oder kein Blut, wo es hätte sein sollen? Mehr als ein Jahr war vergangen, und sie hatte das Gefühl, daß alles aus ihrem Gedächtnis ausgeätzt war. Der Streit war im Oktober 1973 gewesen. Danach lief Billie Delia weg und blieb für zwei Wochen und einen Tag im Kloster. Sie kam während des Vormittagsunterrichts zurück, als Pat gerade die Kinder unter zwölf in der Klasse hatte, und sie blieb nur so lange, wie sie brauchte, um zu sagen, daß sie nicht bleiben würde. Sie warfen sich schlimme, haßerfüllte Worte an den Kopf, aber beide achteten darauf, einander nicht zu nahe zu kommen, damit der Streit nicht wieder in Tätlichkeiten ausartete wie letztens. Schließlich ging sie mit einem dieser Poole-Brüder weg und ließ sich erst Anfang dieses Jahres wieder blicken, um ihre Adresse zu hinterlassen und von ihrer Arbeit zu erzählen. Seit damals hatte Pat ihre Tochter ganze zweimal gesehen, zuerst im März und dann bei Arnettes Hochzeit, wo sie gleichzeitig Brautjungfer und Ehrenjungfrau gewesen war, weil Arnette niemand anderen als sie haben wollte und auch, weil keinem anderen Mädchen an einer Ehre gelegen war, die darin bestand, neben Billie Delia den Mittelgang der Kirche hinabzuschreiten. So reimte Pat es sich jedenfalls zusammen. Sie selbst war in der Kirche dabeigewesen, aber nicht bei der Hochzeitsfeier. Doch sie hatte alles mitbekommen, weil sie von ihrem Haus aus verfolgen konnte, was sich beim Ofen mit diesen Mädchen aus dem Kloster abspielte. Pat sah sie genau. Und sie sah die Poole-Brüder. Und sie sah auch Billie Delia, die sich zu einem der Mädchen hockte und mit ihm redete, als wären die beiden alte

Freundinnen. Sie sah, wie Reverend Pulliam und Steward Morgan mit den Mädchen debattierten, und als sie dann wegfuhren, sah sie, wie Billie Delia ihren Blumenstrauß in den Abfallkübel bei Anna Floods Laden schmiß und davonschlenderte, Apollo und Brood Poole im Schlepptau.

Am nächsten Tag fuhr Billie Delia weg, mit ihrem eigenen Auto und ohne ihr auch nur ein Wort von der Hochzeit, der Feier, dem Mädchen aus dem Kloster oder sonst etwas erzählt zu haben. Pat versuchte sich zu erinnern, welche Worte gefallen waren, die sie dazu brachten, die Treppe raufzurasen und ein leicht antikes General-Electric-Bügeleisen namens Hemdenkönig zu schwingen, mit dem sie ihrer Tochter den Schädel einschlagen wollte. Sie, die sanfteste der Seelen, schrammte nur um Haaresbreite an einem Totschlag im Affekt vorbei, begangen an ihrem eigenen Fleisch und Blut! Sie, die Kinder liebte und sie nicht nur voreinander, sondern auch vor allzu strengen Eltern schützte, wollte sich auf ihre Tochter stürzen. Hatte sich Vernunft und Feingefühl, Diskretion und Würde auf die Fahne geschrieben – und purzelte die Treppe hinunter, wobei sie sich so viele Prellungen zuzog, daß sie den Unterricht zwei Tage lang ausfallen lassen mußte. Sie mit all ihrer Ausbildung, dazu noch ihrem Selbststudium, um nur ja allen zu zeigen, daß das Bastardkind der Frau mit sonnenheller Haut und ohne Familiennamen nicht nur hübsch anzusehen, sondern ein wertvoller Mensch, ein nützliches Mitglied der Gemeinschaft war. Bei ihrem Versuch, zu begreifen, wie dieses Bügeleisen in ihre Hand gekommen war, wurde Pat bewußt, daß sie Billie Delia von jeher, seit sie ein kleines Kind war, als Last empfunden hatte. Als jemanden, der sich möglicherweise nicht als die Dame entpuppen würde, die Patricia Cato gern in ihrer Tochter gesehen hätte. Lag es an dem Vorfall damals, als die kleine Billie Delia mitten auf der Straße ihre Unterhose ausgezogen hatte? Da war sie erst drei Jahre alt. Pat wußte, daß es ihr niemand nachgetragen hätte, wenn sie so schwarz gewesen wäre wie die anderen. Dann hätten alle nur das darin gesehen, was es war – die arglose Handlung eines unschuldigen Kindes, was sonst. Habe ich etwas übersehen? fragte sie sich. War da noch etwas? Aber die eigentliche Frage, die sich ihr in der Stille dieser Nacht stellte, war eine andere: Hatte sie Billie Delia verteidigt oder geopfert? Und opferte sie sie noch heute? Der Hemdenkönig, den sie umklammerte, als sie die Treppe hinaufrannte, sollte das junge Mädchen zerschmettern, das in den Köpfen der Tiefschwarzen herumspukte, und nicht das Mädchen, das ihre Tochter war.

Pat leckte ihre Unterlippe, schmeckte Salz und fragte sich, wem ihre Tränen eigentlich galten.

Nathan DuPres, der als der älteste unter den Männern von Ruby galt, hieß das Publikum willkommen. Jedes Jahr versuchte er aufs neue, die Ehre von sich abzuwenden, verwies erst auf seinen Cousin Moss und meinte dann, Reverend Simon Cary sei die bessere Wahl. Doch am Ende ließ er sich immer wieder überzeugen, nicht zuletzt, weil Reverend Cary, wenn er einmal redete, kein Ende mehr fand; außerdem gehörte der Reverend nicht zu den alten Familien, was bedeutete, daß seine Ankunft nicht mit dem Zweiten Weltkrieg, sondern mit Korea assoziiert wurde. Nathan DuPres war ein rüstiger Mann von solcher Herzensgüte, daß sogar Steward ihn bewunderte. Er hatte Mirth, die Tochter von Elder Morgan, geheiratet, und weil kein einziges von den Kindern der beiden überlebt hatte, verschwendete er seine ganze Kinderliebe rückhaltlos an die Sprößlinge der anderen, war Gastgeber des jährlichen Picknicks am Kindertag, half bei den Proben mit und hatte immer Hustenbonbons oder Schleckereien zum Verteilen in der Tasche.

Jetzt kletterte er, noch etwas nach dem Pferd riechend, von dem er gerade gestiegen war, auf die Bühne und blickte ins Publikum. Er räusperte sich und war einmal mehr verblüfft: Kein einziges von den Worten, die er vorbereitet hatte, war mehr in seinem Kopf zu finden, und was aus seinem Mund kam, schien für einen ganz anderen Anlaß gemacht.

«Fünf Jahre war ich alt», sagte er, «wie wir aus Louisiana weg sind, und mit fünfundsechzig bin ich auf den Laster gesprungen, der Haven verließ und hierher fuhr. Und glaubt mir, ich hätt's nicht getan, wenn Mirth noch gelebt hätte oder wenn noch eins unserer Kinder über der Erde gewesen wär. Ihr wißt ja, daß meine Kleinen allesamt von einem Tornado mitgerissen wurden, 1922 war das. In einem fremden Weizenfeld haben wir sie dann gefunden, Mirth und ich. Aber ich hab's nie bereut, hierhergekommen zu sein, niemals. Der Honig in diesem Land ist süßer als irgendwo sonst, und ich hab Zuckerrohr geschnitten an Plätzen, wo schon die Erde selbst wie Zucker schmeckte, und das will was heißen. Nein, ich hab's nicht um einen Mückenschiß bereut. Aber jetzt ist eine Traurigkeit in mir. Vielleicht werde ich jetzt, in diesen Tagen der Geburt meines Herrn, erfahren, was es damit auf sich hat. Mit dieser Trockenheit in meiner Kehle. Mit diesem Wasser, das mir in den Augen steht. Ich weiß, ich hab mehr Jahre auf dem Buckel, als einem Mann normalerweise zugemessen sind, aber diese Dürre ist neu. Dieses Augenwasser auch. Und wenn ich mir drüber den Kopf zerbreche, kommt nur ein Traum zum Vorschein, den ich vor einer Weile hatte.»

In der vorletzten Reihe saß Lone DuPres neben Richard Misner, an dessen anderer Seite Anna Platz genommen hatte. Lone beugte sich vor und spähte zu Anna hinüber, um zu sehen, ob sie auch schon nervös wurde. Anna lächelte, ohne den Blick zu erwidern, und so lehnte Lone sich wieder zurück, um einen weiteren der wirren Träume des alten Nathan abzusitzen.

Nathan fuhr sich mit den Fingern über den Kopf und schloß die Augen, wie um alle Einzelheiten wachzurufen.

«Kommt in einem Bohnenbeet ein Indianer zu mir her. Cheyenne, glaub ich. Die Ranken waren grün und zart. Überall kamen die Blüten raus. Er sieht sich das Beet an und schüttelt den Kopf, voller Kummer. Dann sagt er zu mir: So ein Jammer, das Wasser ist schlecht. Er sagt: Es ist viel davon da, aber es ist faul. Ich sage: Schau doch her, all die Blüten. Gibt eine prima Ernte, wenn du mich fragst. Er sagt: Wo die Baumwolle am höchsten wächst, ist die Ernte nicht am größten. Und überhaupt, die Farbe dieser Blüten ist falsch. Sie sind rot. Ich seh hin, und was soll ich sagen, sie verfärben sich rosa, dann rot. Wie Blutstropfen. Hat mir angst gemacht. Aber wie ich mich wieder nach ihm umdrehe, ist er verschwunden. Und die Blüten sind auch wieder weiß. Ich denke, was ich da gesehen hab, ist ganz ähnlich wie die Geschichte, die wir heute abend wieder erzählen wollen. Es zeigt die Kraft, die in unserer Ernte steckt, wenn wir sie nur recht erkennen. Aber wenn wir's nicht tun, kann sie uns zerbrechen. Und Blut auf uns kommen lassen. Gott segne alle, die tugendhaft und reinen Herzens sind, und möge nichts zwischen uns stehen oder zwischen uns und Ihm, der den Segen spendet. Amen.»

Als Nathan, begleitet von freundlichem, wenn nicht sogar dankbarem Gemurmel, die Bühne verließ, nutzte Misner die Pause, um Anna etwas zuzuflüstern und seinen Platz zu verlassen. Er mußte wieder gegen das beklemmende Gefühl von Platzangst kämpfen, das er nicht mehr verspürt hatte, seit er mit achtunddreißig anderen in einer winzigen Gefängniszelle in Alabama inhaftiert war. Es war ihm peinlich gewesen damals, denn der Schweiß und die Übelkeit mußten die anderen denken lassen, daß er Angst hätte. Und es war eine bittere Lektion für ihn, sich eingestehen zu müssen, daß eine überfüllte Zelle genügte, um ihn bei all seiner Risikobereitschaft, bei aller Entschlossenheit zu gefährlicher Konfrontation, vor einem Haufen Teenager gnadenlos zu demütigen. Jetzt merkte er, wie ihm in diesem überfüllten Schulsaal abermals die Luft knapp wurde, und er ging hinaus in den Flur, wo Pat Best stand und die Aufführung und das Publikum durch die geöffnete Tür beobachtete. An der Wand hinter ihr stand ein langer Tisch mit Kuchen, Weihnachtsplätzchen und Punschgläsern.

«Hallo, Reverend.» Pat sah ihn nicht an, aber sie rückte zur Seite, so daß auch er zwischen den Türpfosten Platz fand.

«'n Abend, Pat», sagte er und tupfte sich mit dem Taschentuch Schweißperlen vom Hals. «Hier draußen ist es besser für mich.»

«Für mich auch. Hier sieht man alles, ohne einen langen Hals machen oder zwischen den Hüten durchspähen zu müssen.»

Über die Köpfe der Zuschauer hinweg beobachteten sie, wie die Vorhänge – Bettlaken aus frisch gewaschenem und sorgfältig gebügeltem Batist – sich wellten. Eine Kette von Kindern in weißen Chorhemden fädelte sich durch die Öffnung, ernst die Gesichter und perfekt die Frisuren, nur hier und da trübte eine zum Knöchel herabgerutschte Socke oder eine schief sitzende Fliege das makellose Bild. Nach einem Seitenblick zu Kate Golightly holten sie unisono Atem zu: O heilige Nacht, der Sterne Pracht …

Als die zweite Strophe begann, beugte Misner sich zu Pat hinüber. «Darf ich Sie etwas fragen?»

«Klar. Nur zu.» Sie erwartete, daß er sie um eine Spende bitten würde, da er Schwierigkeiten hatte, die erhoffte Geldsumme für die Verteidigung von vier Teenagern aufzutreiben, die in Norman verhaftet und wegen Waffenbesitz, Widerstand, Brandstiftung, Landfriedensbruch, Volksverhetzung und allem übrigen angeklagt worden waren, das sich der Staatsanwalt gegen schwarze Jungen aus den Fingern saugen konnte, die nein sagten oder darüber nachdachten. Sie waren seit fast zwei Jahren in Untersuchungshaft, hatte Misner seiner Gemeinde berichtet; bis zur Anklageerhebung hatte es schon zwanzig Monate gedauert. Der Termin für die Gerichtsverhandlung konnte jeden Augenblick festgesetzt werden, und jetzt fehlte Geld, um die Anwälte für bereits geleistete und für künftige Dienste zu bezahlen. Bis jetzt hatte Misner nur von den Frauen Spenden erhalten. Von Frauen, die sich mehr in die Qualen der Mütter einfühlten, als die Ungerechtigkeit zu bedenken, die den Söhnen widerfuhr. Die Männer dagegen, die Fleetwoods, Pulliam, Sargeant Person und die Morgans, weigerten sich halsstarrig, etwas zu geben. Offensichtlich hatte Misner sein Anliegen nicht in die richtigen Worte gekleidet. Er hätte nicht für politische Zwecke, sondern für die Heimholung verlorener Söhne sammeln sollen. Dann wäre es ihm erspart geblieben, mit der Gebetsmühle seiner Spendenwünsche vor dem Portal der Golgathakirche zu stehen und sich Sätze wie «Mit Gewalt will ich nichts zu tun haben» von Männern anzuhören, die ihr ganzes Leben mit Schußwaffen verbracht hatten. Oder: «Kleine Nigger, die die Gesetze brechen und mit der Knarre rumlaufen, ohne eine anständige Erziehung genossen zu haben, sitzen zu Recht im Knast.» Was von Steward kam, wem sonst. So unermüdlich Richard auch erklärte, daß sie keine Schußwaffen gehabt hatten und daß Demonstrationen nichts Ungesetzliches waren – die Brieftaschen der Männer blieben geschlossen. Pat hatte sich entschieden, soviel wie möglich zu geben, wenn er sie direkt darauf anspräche. Ihr gefiel die Vorstellung, daß er auf ihre Großzügigkeit angewiesen war, und drum war sie verärgert, als sie merkte, daß Richard Misner im Augenblick ganz etwas anderes auf dem Herzen hatte.

«Ich versuche gerade, bei den Pooles ein paar Dinge einzurenken», sagte er, «und es wäre gut, wenn ich auch mit Billie Delia reden könnte, falls Sie nichts dagegen haben. Ist sie heute abend wohl hier?»

Pat verschränkte die Arme, als sie sich umdrehte, um ihn anzusehen. «Kann Ihnen leider nicht helfen, Reverend.»

«Sind Sie sicher?»

«Egal, was da draußen vorgeht, ich bin sicher, daß es nichts mit Billie Delia zu tun hat. Außerdem wohnt sie nicht mehr hier. Sie ist nach Demby gezogen.» Es tat ihr leid, daß sie so feindselig zu ihm war, aber die Erwähnung der Beziehung ihrer Tochter zu den Poole-Brüdern hatte genügt, um sie die Beherrschung verlieren zu lassen.

«Billie Delias Name ist ein- oder zweimal gefallen. Aber von Wisdom Poole kommt nichts, was mich weiterbrächte. Irgend etwas treibt diese Familie auseinander.»

«Sie mögens's nicht, wenn man ihnen hinterherschnüffelt, Reverend. So ist das hier in Ruby.»

«Versteh ich ja, aber solche Dinge breiten sich gerne aus, ziehen mehr als eine Familie in Mitleidenschaft. Als ich hierherkam, war alles ganz klar: Wenn irgendwo ein Problem am Köcheln war, haben sich ein paar Dorfbewohner zusammengefunden und die Sache bereinigt. Die Gemeinschaft hat nicht zugelassen, daß die Leute sich verfeinden.

Ich hab's mit eigenen Augen gesehen, und ich war auch selbst dabei.»

«Ich weiß.»

«Die Leute hier haben zusammengehalten wie Pech und Schwefel.»

«Das tun sie immer noch. Wenn's hart auf hart kommt. Aber sonst kümmern sie sich um ihren eigenen Kram.»

«Wollten Sie nicht ‹wir› sagen? Wir kümmern uns?»

«Hätte ich's getan, hätten Sie mir dann neugierige Fragen gestellt?»

«Pat, bitte! Verstehen Sie mich nicht falsch. Mir ist nur gerade eingefallen, daß die Kinder in meiner Bibelstunde auch ‹sie› sagen, wenn sie von ihren Eltern reden.»

«Bibelstunde? Wohl eher eine Bürgerkriegsstunde. Ziemlich militärisch, nach allem, was man so hört.»

«Militant vielleicht. Nicht militärisch.»

«Keine hoffnungsvollen jungen Panther?»

«Glauben Sie das tatsächlich?»

«Ich weiß nicht, was ich glauben soll.»

«Dann lassen Sie's mich erklären. Im Gegensatz zu den meisten anderen hier lesen wir Zeitungen und die verschiedensten Bücher. Wir halten uns auf dem laufenden. Und, ja, wir diskutieren auch über Verteidigungsstrategien. Nicht Angriff. Verteidigung.»

«Kennen die jungen Leute den Unterschied?»

Er brauchte nicht gleich zu antworten, da Applaus einsetzte und nicht aufhörte, bis das letzte Kind des Chores hinter dem Vorhang verschwunden war.

Jemand dreht die Deckenbeleuchtung ab. Leises Hüsteln macht die Dunkelheit wohnlich. Langsam, von gutgeschmierten Drähten gezogen, teilt sich der Vorhang. Im Licht von Lampen, die seitlich aus den Bühnengassen leuchten, stehen vier Gestalten in Filzhüten und viel zu großen Anzügen an einem Tisch, werfen riesige Schatten und zählen riesige Dollarscheine. Ihre Gesichter verbergen sich hinter gelbweißen Masken mit gierigen Augen und fletschenden Mäulern, die Lippen blutrot wie frische Wunden. Über einem vorne an die Tischplatte gehefteten Schild, auf dem HERBERGE zu lesen steht, zählen sie Geld, machen sabbernde Geräusche und hören nicht auf, als eine ganze Parade von Heiligen Familien, in Lumpen gekleidet, in einem langsamen Twostep auf sie zutänzelt. Schließlich sind sieben Paare vor dem Geldtisch aufgereiht. Die Jungen halten Wanderstäbe in der Hand, die Mädchen drücken Puppenbabys an sich.

Misner betrachtete sie und verlängerte die Denkpause vor der Beantwortung von Pats Frage, indem er die Kinder auf der Bühne zu identifizieren suchte. Da waren die vier jüngsten Mädchen der Carys: Hope, Chase, Lovely und Pure; ferner Dina Poole und eine der Töchter von Pious DuPres, Linda. Dann die Jungen, die mannhaft ihre Stäbe umklammerten, während sie sich im Tanzrhythmus den Geldzählern näherten: Zwei Enkel von Peace und Solarine Jury waren dabei, Ansel und derjenige, den sie Fruit nannten; Joe-Thomas Poole bildete ein Paar mit seiner Schwester Dina; dann James, der Sohn von Drew und Harriet Person; der Junge von Payne Sands, Lorcas, und zwei Enkel von Timothy Seawright, Steven und Michael. Zwei der maskierten Gestalten waren offensichtlich Beauchamps – Royal und Destry, die mit ihren fünfzehn und sechzehn Jahren schon über eins achtzig groß waren –, aber bei den beiden anderen war er sich nicht sicher. Er sah dieses Weihnachtsspiel zum erstenmal. Es wurde zwei Wochen vor Weihnachten aufgeführt, und normalerweise machte er um diese Zeit seinen jährlichen Besuch bei seiner Familie in Georgia. Dieses Jahr hatte er die Reise verschoben, weil an Neujahr ein großes

Familientreffen stattfinden sollte. Er würde Anna mitnehmen, wenn sie einverstanden war, damit seine Leute sie in Augenschein nehmen konnten und natürlich auch, damit sie seine Leute in Augenschein nahm. Er hatte seinen Kirchenoberen schon angedeutet, daß er für eine neue Pfarrstelle zur Verfügung stand. Nichts Dringendes. Aber er war nicht mehr sicher, daß er in Ruby am rechten Platz war. Früher hatte er geglaubt, ein Ort wäre so gut wie jeder andere, solange da nur junge Menschen waren, die er lehren, denen er klarmachen konnte, daß Christus nicht nur Richter, sondern auch Kämpfer war. Daß die Weißen das Christentum nicht nur nicht gepachtet hatten, sondern oft seine ärgsten Feinde darstellten. Daß Christus vom Joch der weißen Religion befreit war. Und er wollte diesen Kindern beibringen, daß sie ihre Menschenwürde nicht erbetteln mußten, daß sie in ihnen selbst lag und sie sie nur der Welt zu zeigen brauchten. Aber der Widerstand, auf den er in Ruby gestoßen war, hatte ihn zermürbt. Immer häufiger kam es vor, daß seinen Schülern genau die Überzeugungen zum Vorwurf gemacht wurden, die er ihnen einzuimpfen versuchte. Und jetzt krittelte Pat Best – mit der er jeden Donnerstag nachmittag die Geschichte der Schwarzen unterrichtete – an seinen Bibelstunden herum und verwechselte Selbstachtung mit Arroganz, Vorbereitung auf das Unvermeidliche mit Ungehorsam. Glaubte sie etwa, Bildung bedeute nicht mehr als die Kenntnisse, die einem einen Job verschafften? Sie schien diesen Betonköpfen von Ruby nicht mehr Zukunft zuzutrauen als er selbst, aber trotzdem tat sie nichts, um einen Wechsel herbeizuführen. Die Geschichte der Schwarzen und lange Aufzählungen historischer Errungenschaften – das reichte ihr aus, aber für die junge Generation war es zuwenig. Jemand mußte zur Jugend sprechen, und es mußte ihr auch jemand zuhören, denn sonst ...

«Sie wissen besser als irgend jemand, wie klug diese jungen Leute sind. Besser als sonst jemand ...» Seine Stimme verlor sich im Gesang von «Stille Nacht».

«Glauben Sie, daß das, was ich unterrichte, nicht gut genug ist?»

Hatte sie seine Gedanken gelesen? «Natürlich ist es gut, aber es ist nicht genug. Die Welt ist groß, und wir sind ein Teil von ihr. Die Kinder wollen etwas von Afrika erfahren –»

«Oh, bitte, Reverend! Jetzt werden Sie mir bloß nicht sentimental.»

«Wer sich von seinen Wurzeln abschneidet, wird verdorren.»

«Wurzeln, die nichts von den Zweigen wissen, werden von Termiten zerfressen.»

«Pat», sagte er mit mildem Staunen. «Sie verachten den Kontinent der Schwarzen.»

«Nein, das tue ich nicht. Er bedeutet mir nur nichts.»

«Was dann, Pat? Was bedeutet Ihnen etwas?»

«Das Periodensystem der Elemente und Valenzen.»

«Wie traurig», sagte er. «Traurig und kalt.» Richard Misner wandte sich ab.

Lorcas Sands tritt aus der Reihe der Familien hervor und wendet sich mit lauter, aber zitternder Stimme an die Masken: «Habt Ihr Raum in Eurer Herberge?»

Die Masken blicken einander an, schwenken zurück zum Bittsteller, blicken einander abermals an und brechen in Gebrüll aus, schütteln die Köpfe wie wütende Löwen. «Macht euch fort von hier! Fort! Wir haben keinen Raum für euch!»

«Aber unsere Frauen sind schwanger!» Lorcas deutet mit dem Stab.

«Unsere Kinder werden verdursten!» Pure Cary hält eine Puppe in die Höhe.

Die Maskierten schütteln die Köpfe und brüllen.

«Das war nicht nett, was Sie da gesagt haben, Richard.»

«Sie meinen –?»

«Ich bin nicht traurig und kalt.»

«Ich habe das Periodensystem gemeint, nicht Sie. Sie beschränken Ihren Glauben auf Moleküle, so als wäre –»

«Ich beschränke überhaupt nichts. Ich finde nur, daß die sentimentale Vergötzung eines fremden Landes – und Afrika ist ein verdammt fremdes Land, genaugenommen sind's sogar fünfzig fremde Länder – für unsere Jugend keine Lösung ist.»

«Afrika ist unsere Heimat, Pat, ob wir wollen oder nicht.»

«Das interessiert mich einfach nicht, Richard. Wenn Sie sich unbedingt mit irgendwelchen Negern in fremden Ländern identifizieren wollen, warum dann nicht Südamerika? Sogar in Deutschland könnten Sie fündig werden, da gibt's etliche braune Babys, zu denen Sie vergnügliche Kontakte knüpfen könnten. Oder geht's Ihnen einfach darum, eine Vergangenheit zu finden, in der keine Sklaverei vorkommt?»

«Warum nicht? Es gab ein Leben vor der Sklaverei, eine Menge Leben. Und wir sollten wissen, was das für ein Leben war. Wenn wir uns nämlich von der Sklavenmentalität befreien wollen.»

«Irrtum, Reverend, der Weg, den Sie da gehen, ist ein Holzweg. Die Sklaverei *ist* unsere Vergangenheit. Nichts und niemand kann das ändern, am wenigsten Afrika.»

«Wir leben auf dieser Erde, Pat. Auf der ganzen Erde. Keile zwischen uns zu treiben, uns zu isolieren, das war immer ihre Taktik. Vereinzelung tötet ganze Generationen. Sie hat keine Zukunft.»

«Glauben Sie denn, daß die Alten hier ihre Kinder nicht lieben?»

Misner strich sich über die Oberlippe und seufzte: «Ich glaube, sie lieben sie zu Tode.»

In einem Auf und Nieder greifen die Maskierten unter den Tisch und ziehen große, lappige Tafeln aus Karton hervor, bemalt mit Nahrungsmitteln. «Hier, nehmt das, und dann trollt euch fort.» Sie werfen das gemalte Essen auf den Boden, sie lachen und hüpfen herum. Die Heiligen Familien weichen zurück, als würden Schlangen nach ihnen geschleudert. Fäuste schüttelnd und mit Zeigefingern deutend, singen sie: «Gott wird euch zermalmen. Gott wird euch zermalmen.» Das Publikum summt seine Zustimmung: «Wahrlich, Er wird. Wahrlich, Er wird.»

«Zu Staub!» Das war Lone DuPres.

«Wagt es nicht, Seiner zu spotten. Wagt es nicht.»

«Feiner als Mehl wird Er euch mahlen.»

«Du sagst es, Lone.»

«Schlagen wird Er euch, wann es Ihm gefällt.»

Und schon passiert's, die maskierten Gestalten taumeln und stürzen zu Boden, während die sieben Familien sich abwenden. Da ist etwas in mir, das weist mir ein Licht; da ist etwas in mir, ich ahne es nicht. Ihre zarten Stimmen werden von kräftigeren Stimmen aus dem Publikum gestützt, und als der letzte Ton verklungen ist, werden aus nicht wenigen Augen Tränen gewischt. Die Familien drängen sich auf der rechten Seite der Bühne zusammen wie um ein Lagerfeuer. Die Mädchen wiegen die Puppen hin und her. Legt Ihn in die Krippe, welch ärmliches Bild. Von der Seite tritt langsam ein junger Bursche auf. Er trägt einen breitkrempigen Hut und einen Lederranzen. Die Familien bilden einen Halbkreis hinter ihm. Der Junge mit dem großen Hut kniet nieder, zieht Flaschen und Päckchen aus seinem Ranzen und baut sie auf dem Boden vor sich auf. Der kleine Herr Jesus, Er schläft wundermild.

Wozu das Ganze? fragte sich Richard. War es nicht besser, er genoß die Aufführung und ließ Pat in Ruhe? Er wollte diskutieren, nicht streiten. Er verfolgte das Spiel der Kinder erst mit Rührung, dann mit wachsendem Interesse. Zuerst hatte er gedacht, die vier Herbergswirte, die sieben Marias und Josephs dienten dazu, so vielen Kindern wie möglich zu einem Auftritt zu verhelfen. Aber vielleicht gab es noch andere Gründe. Sieben Heilige Familien? Richard tippte Pat auf die Schulter. «Wer hat sich dieses Stück ausgedacht? Haben Sie mir nicht erzählt, daß es ursprünglich neun Familien waren? Wo sind die fehlenden zwei? Und warum nur ein Weiser aus dem Morgenland? Und warum packt er seine Geschenke wieder in diesen Lederranzen zurück?»

«Sie haben tatsächlich keine Ahnung, wo Sie sind.»

«Tja, dann helfen Sie mir doch, diesen Ort zu verstehen. Ich weiß, ich bin ein Fremder hier, aber ich bin kein Feind.»

«Nein, das sind Sie nicht. Aber in diesem Dorf bedeuten die beiden Wörter ein und dasselbe.»

Amazing grace, wie süß der Sang. Unter einem Regen aus goldenen Papiersternen legen die Familien die Puppen und die Wanderstäbe ab und bilden einen Kreis. Die Stimmen aus dem Publikum vereinen sich zum vollen Chor. Verirrt war ich, bis Gott mich fand.

Richard spürte, daß die Übelkeit, die ihn von seinem Platz vertrieben hatte, sich in Verbitterung verwandelte. In zwanzig, dreißig Jahren, dachte er, werden alle möglichen Leute behaupten, sie hätten eine Schlüsselrolle in der Bürgerrechtsbewegung gespielt, hätten Positionen abgesteckt, die Richtung gewiesen. Einige wenige zu Recht. Bei den meisten wäre es Anmaßung. Was aber niemand leugnen konnte und was sich doch nicht in den Zeitungsberichten oder in den Büchern niederschlug, die er für seine Schüler kaufte, war die Schlüsselrolle, die die einfachen Menschen spielten: der Pförtner, der den Strom abdrehte, so daß die Polizei im Dunkeln tappte; die Großmutter, die sich um all die Babys kümmerte, so daß die Mütter auf die Demo gehen konnten; die Frauen aus den Provinzkäffern mit frischen Handtüchern in der einen Hand und einer Schrotflinte in der anderen; die kleinen Kinder, die Batterien und Essen zu heimlichen Treffpunkten schleppten; die Geistlichen, die ganze Kirchen voller gehetzter Demonstranten ruhig hielten, bis Hilfe kam; die Alten, die die mißhandelten Körper der Jungen aufsammelten; die Jungen, die ihre Arme ausbreiteten, um die Alten vor der Gewalt von Schlagstöcken zu schützen, die sie kaum überlebt hätten; die Eltern, die Spucke und Tränen aus den Gesichtern ihrer Kinder wischten und sagten: «Mach dir nichts draus, Liebling. Mach dir einfach nichts draus. Du bist kein Nigger, kein Bimbo, kein schwarzer Affe, kein Dschungelmäuschen, du bist nichts von all dem, was die Weißen ihren Kindern an Schimpfwörtern beibringen, und du wirst es auch nie sein. Du bist ein Kind Gottes.» Ja, noch zwanzig, dreißig Jahre, und diese Menschen werden tot oder vergessen sein, ihre kleinen Geschichten kein Teil der großen Weltgeschichte oder auch nur einer Fußnote, obwohl gerade sie es waren, auf deren Schultern die Fernsehgesichter standen. Jetzt, sieben Jahre nach der Ermordung des Mannes, für den er ohne Bedenken zum Schwert gegriffen hätte, hütete er eine Herde, die nicht nur glaubte, sie hätte die Weide, auf der sie graste, selbst erschaffen, sondern auch jegliches Gras von fremden Angern für vergiftet hielt. Seinen Schäfchen erschienen die braven Booker-T.-Washington-Lösungen allemal ausreichend für Probleme, deren ganze Schärfe ein W. E. B. Du Bois aufgezeigt hatte. Aber wer sie auch sein mögen, dachte er, und für wie auserwählt sie sich auch halten – eine Gemeinde, die sich der Politik verweigert, hat sowenig Zukunft wie ein Zündholz. War blind so lang, bin's länger nicht.

«Ist das so?» Der Tonfall war der einer Frage, aber in Pats Ohren klang es wie eine Schlußfolgerung.

«Die Menschen hier sind besser, als Sie glauben», sagte sie.

«Sie sind besser, als sie selbst glauben», erwiderte er. «Warum geben Sie sich mit so wenig zufrieden?»

«Es ist ihr Zuhause. Meins auch. Eine Heimat haben, das ist nicht wenig.»

«Das behaupte ich auch gar nicht. Aber können Sie sich überhaupt vorstellen, was für ein Gefühl das sein muß, eine wirkliche Heimat zu haben? Ich meine nicht das Himmelreich. Ich meine eine wirkliche, irdische Heimat. Nicht irgendeine Festung, die man sich gekauft und ausgebaut hat, aus der man Fremde aussperrt und in die man sich selbst einsperrt. Eine wirkliche Heimat. Kein Ort, den man erobert hat, dessen Bewohner man niedermetzeln mußte, um dort bleiben zu können. Kein Ort, den man beansprucht, den man anderen weggeschnappt hat, nur weil man über die besseren Waffen verfügt. Kein Ort, den man den Ureinwohnern geraubt hat, sondern die eigene Heimat, der Ort der eigenen Geschichte, die über die Ururgroßeltern hinausreicht und noch über deren Urahnen und über die ganze Zeitspanne der westlichen Kultur hinaus, zurück in eine Zeit vor der Schrift, vor Pyramiden und Giftpfeilen, als der Regen noch neu war und die Pflanzen noch zu singen wußten und die Vögel sich für Fische hielten, zurück bis zu dem Zeitpunkt, da Gott sah, daß es gut war – dort, genau dort, wo deine eigenen Leute geboren wurden und gelebt haben und gestorben sind. Stellen Sie sich das vor, Pat. Diesen Ort. Zu wem hat Gott gesprochen, wenn nicht zu meinem Volk in meiner Heimat?»

«Sie predigen, Reverend.»

«Nein. Ich rede mit Ihnen, Pat. Ich rede mit Ihnen.»

Der Schlußapplaus setzte ein, als die Kinder den Kreis auflösten und sich nebeneinander aufstellten, um ihre Verbeugungen zu machen. Gemeinsam mit dem übrigen Publikum stand Anna Flood auf und drängelte sich zu Pat und Richard durch, die Auge in Auge, und ganz beseelt, beisammenstanden. Beide Frauen waren Gegenstand der Spekulation darüber gewesen, welche dem neuen, jungen, ledigen und gutaussehenden Prediger wohl besser gefallen würde. Schließlich gab es außer Pat und Anna keine unverheirateten Frauen eines gewissen Alters in Ruby, und wenn der neue Geistliche nicht auf ganz junges Blut aus war, würde er sich zwischen ihnen entscheiden müssen. Vor zwei Jahren hatte Anna gewonnen – dessen war sie sich sicher. Und der Sieg war mühelos gewesen. Bis jetzt jedenfalls. Nun ging sie mit einem breiten Lächeln auf Richard zu und hoffte, damit allen das Maul zu stopfen, die etwa einen falschen Schluß aus der Tatsache ziehen wollten, daß der Reverend das Krippenspiel lieber in Pats als in ihrer Gesellschaft zu verfolgen schien. Sie pflegten ihre junge Liebe mit großer

Vorsicht, vermieden in der Öffentlichkeit jede Berührung. Wenn sie bei ihm das Abendessen kochte, achteten sie darauf, daß das Pfarrhaus hell erleuchtet war, und er begleitete oder fuhr sie spätestens um halb acht nach Hause, damit ganz Ruby es sehen konnte. Noch war kein Termin festgesetzt, und jederzeit konnten Gerüchte aufflackern. Aber schickliches Betragen war nicht ihre einzige Sorge. Das Leuchten in Richards Augen. Es schien ihr in letzter Zeit so stumpf geworden zu sein. Als hätte er eine Schlacht verloren, von der sein Leben abhing.

Sie war bei ihm, kurz bevor die Menge sich durch die Tür schob, plaudernd und lachend zu den Tischen mit den Leckereien drängte.

«Hallo, Pat. Was war denn los, Richard?»

«Mir war speiübel da drin, für einen Augenblick», sagte er. «Machen wir, daß wir hier wegkommen, ehe es wieder losgeht.»

Sie verabschiedeten sich und ließen Pat mit der Frage zurück, ob sie sich mit freudestrahlenden Eltern unterhalten, dem Büfett widmen oder gehen sollte. Sie hatte sich gerade für letzteres entschieden, als ihr Carter Seawright auf den Fuß trat.

«Oh. 'tschuldigung, Miss Best. T-tut mir leid.»

«Schon gut, Carter. Reg dich nicht auf.»

«Ja, M'am. Nein, M'am.»

«Und vergiß nicht, gleich nach den Ferien haben wir beide eine Nachhilfestunde. Am sechsten Januar, hast du verstanden?»

«Ja, Miss Best. Sie könn' sich auf mir verlassen.»

«Kann ich mir? Na denn, Carter. Frohe Weihnachten.»

«Danke, M'am. Miss Best. Danke gleichfalls.»

In der Küche, als sie das Teewasser erhitzte, schlug Pat die Geschirrschranktür so heftig zu, daß die Tassen klirrten. Sie wußte nicht, über wen sie sich mehr ärgern sollte, über Anna oder über sich selbst. Anna konnte sie zumindest verstehen – ihr ging es um Revierverteidigung. Aber sie selbst, warum hatte sie Menschen, Dinge und Ideen mit einer Leidenschaft verteidigt, die sie gar nicht fühlte? Die tränenselige Rührung, mit der die Dorfbewohner sich das Weihnachtsspiel angesehen hatten, erfüllte sie mit Ekel. All dieser Unsinn, mit dem sie aufgewachsen war, kam ihr wie ein Deckmäntelchen vor, unter dem man seinem Haß freien Lauf lassen konnte. Richard hatte ganz recht gehabt mit seiner Frage: warum sieben und nicht neun? Pat kannte das Weihnachtsspiel, seit sie ein Kind war, auch wenn man sie immer nur in den Chor geholt hatte. Das war zu der Zeit, als Soane die Kinder unterrichtete, und damals fiel ihr gar nicht auf, daß es mit der Anzahl etwas auf sich hatte. Später bemerkte sie, daß es auf einmal nur noch acht waren. Als ihr allmählich aufging, daß die Linie der Catos ausgeschieden war, folgte eine weitere Dezimierung. Wer war gemeint? Es gab nur zwei Familien, die nicht zu den ursprünglichen neun gehörten, aber so frühzeitig nach Haven gekommen waren, daß man sie als mehr oder minder eingemeindet akzeptierte: die Jurys (deren Enkel Harper freilich eine echte Blackhorse geheiratet hatte – ein Glück für ihn) und der Vater ihres eigenen Vaters: Fulton Best. Sie galten aber keineswegs als Ureinwohner, drum mußte es sich um eine andere Sippe handeln. Aber welche? Sicher nicht die Floods, wenn Anna Richard Misner heiratete. Würde das nicht zählen? Konnte Richard die Linie der Floods retten? Oder waren es die Pooles, wegen Billie Delia. Nein. In dieser Familie gab es ganze Heerscharen von männlichen Erben. Es wäre höchstens ein Beweis für Apollos und Broods leichte Entflammbarkeit, aber wenn man darin einen Hinderungsgrund sehen wollte, hätten sich auch die Morgans selbst in höchster Gefahr befunden, bis K.D. Arnette geheiratet hatte. Und wenn Arnette einen Sohn bekäme und nicht eine Tochter, um wieviel sicherer wäre ihre Position erst dann. Dasselbe bei den Fleetwoods. Nachdem Jeff und Sweetie ihr Soll nicht erfüllt hatten, war Arnette für beide Familien von entscheidender Bedeutung.

Der Tee war fertig. Mit gerunzelter Stirn beugte Pat sich über die Tasse, so vertieft ins Entwirren dieses Knäuels, daß sie ihren Vater nicht kommen hörte, bis er in der Tür stand.

«Du bist zu früh gegangen», sagte er. «Wir haben noch ein paar Weihnachtslieder gesungen.»

«Ach ja? Schön!» Pat zwang sich zu einem Lächeln.

«Und köstlicher Kuchen ist dir auch entgangen.» Er gähnte. «Hab nachher noch ordentlich was für Lone mitgenommen. Gott im Himmel, was für ein verrücktes Huhn.» Zum Lachen zu müde, schüttelte Roger den Kopf und grinste. «Aber sie war toll, als sie jung war.» Er wandte sich zum Gehen. «Jetzt aber gute Nacht, Kleine. Ich muß morgen schon in aller Frühe die Reifen rauchen lassen.»

«Daddy.» Pat sprach zu seinem Rücken.

«Mm-hmm?»

«Warum ändern sie es? Früher gab es neun Familien in dem Spiel. Dann waren es jahrelang acht. Jetzt sieben.»

«Wovon redest du eigentlich?»

«Das weißt du.»

«Nein. Weiß ich nicht.»

«Vom Krippenspiel. Von den Heiligen Familien, die immer weniger werden.»

«Kate macht das alles. Sie und Nathan. Ich meine, sie suchen die Kinder dafür aus. Vielleicht hatten sie nicht genug für die übliche Anzahl.»

«Daddy.» Er konnte den Zweifel in ihrem Tonfall nicht überhören.

«Ja?» Aber er ließ sich nichts anmerken.

«Es ist die Hautfarbe, hab ich recht?»

«Was?»

«Wonach man die Menschen in diesem Dorf auswählt und beurteilt.»

«Ach, nicht doch. Kann sein, daß man sich ein bißchen dran gestört hat – ganz früher. Aber schlimm war es nicht.»

«Wirklich? Und der Satz, den Steward gesagt hat, als du heiraten wolltest?»

«Steward? Ach, diese Morgans, die nehmen sich einfach verdammt wichtig. Manchmal zu wichtig.»

Pat pustete in die Teetasse.

Auch Roger schwieg, dann wechselte er zu einem weniger heiklen Thema.

«Also ich, ich hab das Krippenspiel sehr hübsch gefunden. Nur mit Nathan müssen wir uns was einfallen lassen. Er ist wirklich nicht mehr der Hellste in der Birne.» Nach einer Pause fügte er hinzu: «Was hatte Reverend Misner eigentlich auf dem Herzen? Sah furchtbar ernst aus, dahinten an der Tür.»

Sie blickte nicht auf. «Ach … er hat nur – geredet.»

«Ist irgendwas mit euch beiden?»

«Daddy, *bitte* …»

«War ja nur 'ne Frage. Tut doch nicht weh, oder?» Er wartete auf eine Antwort, und als keine kam, ging er hinaus, murmelte noch etwas vom Heizkessel.

Doch, es tut weh. Pat führte einen Teelöffel zum Mund und schlürfte bedächtig. Frag Richard Misner. Frag ihn, was ich ihm gerade angetan habe. Oder was ihm all die anderen antun. Wenn er Fragen stellt, speisen sie ihn mit dem Offensichtlichsten, dem Unwichtigen ab. Und wer wüßte besser als ich, wie sich das anfühlt. Nicht würdig, von Achtjährigen auf einer Bühne repräsentiert zu werden.

Eine Viertelstunde später stand Pat im Garten, sechzig Meter von Delias Grabstein entfernt. Der Abend war kühl geworden, aber noch nicht kalt genug für Schnee. Die Zitronenminze war verdorrt, aber die Lavendel- und Salbeisträucher standen noch im Saft und dufteten. Kein nennenswerter Wind, und so brannte das Feuer in dem alten Ölfaß ungestört. Einen nach dem anderen ließ sie Aktendeckel und Papierstapel, teils geheftet und teils lose, in die Flammen gleiten. Sie mußte die Umschlagseiten von Schulheften abtrennen und mit einem Ast schräg halten, damit sie das Feuer nicht erstickten. Der Rauch roch bitter. Sie trat zurück, riß büschelweise Lavendel vom Strauch und warf ihn dazu. Es brauchte einiges an Zeit, aber schließlich kehrte sie den Aschenresten den Rücken und ging, den Duft des verbrannten Lavendels wie eine Schleppe hinter sich herziehend, in ihr Haus zurück. In der Küchenspüle wusch sie sich und spritzte sich Wasser ins Gesicht. Sie fühlte sich sauber. Vielleicht war das der Grund, weshalb sie zu lachen begann. Erst leise und dann lauthals, am Küchentisch sitzend, den Kopf in den Nacken geworfen. Glaubten sie wirklich, daß sie so weitermachen konnten? Mit der Zahl der Familien, den Blutlinien, dem Wer-fickt-wen? Alle diese Tiefschwarzen hatten sich fortgezeugt durch Generationen, nur um endlich als Rinnsal zu enden, dünn wie eine Paketschnur? Nun, überleben konnten sie vielleicht, sollten sie vielleicht auch, schließlich stirbt man nicht in Ruby …

Sie wischte sich die Augen und hob die Tasse vom Unterteller. Auf ihrem Boden hatten sich Teeblätter abgesetzt. Ein weiterer Aufguß mit kochendem Wasser, ein wenig ziehen lassen, und es war mehr herauszuholen. Noch mehr. Und immer wieder. Bis? Tja, bis jetzt. Was wußte man schon. Dabei war es klar wie Wasser. Die Generationen mußten nicht nur die tiefe Dunkelheit von Sohle acht bewahren, sie mußten auch frei bleiben von der Sünde des Ehebruchs. «Gott segne die Tugendhaften und die, die reinen Herzens sind», in der Tat. Denn das war ihre Tugend, und das war die Reinheit, die gemeint war. Das war der Vertrag, den Zechariah während seines gesummten Gebets abgeschlossen hatte. Es war nicht Gottes Stirn, deren Falten man fürchten mußte. Es war Zechariahs, es war ihrer aller Stirn. War das der Grund, warum «Werdet die Furche auf Seiner Stirn» sie wahnsinnig machte? Doch der Vertrag mußte gebrochen oder abgeändert worden sein, denn jetzt waren es nur noch sieben. Von wem? Von den Morgans wahrscheinlich. Sie steckten hinter allem, sie kontrollierten alles. Welche neue Vereinbarung hatten die Zwillinge getroffen? Glaubten sie tatsächlich, daß in Ruby niemand starb? Plötzlich hatte Pat das Gefühl, alles zu begreifen. Unverfälschtes und ungeschändetes Blut von Sohle acht bewahrte seinen Zauber, solange es in Ruby blieb. Das war ihr Rezept. Das war der Handel, den sie abgeschlossen hatten. Für die Unsterblichkeit.

Das Lächeln in Pats Gesicht war nicht zu deuten. Wenn das so ist, dachte sie, dann muß alles, was ihnen angst macht, von Frauen kommen.

«Lieber Gott», murmelte sie. «Ach du lieber, lieber Gott. Ich hab die Papiere verbrannt.»

Consolata

IN DER WOHLIG-SAUBEREN Dunkelheit des Kellers erwachte Consolata mit der schmerzhaften Enttäuschung, in dieser Nacht nicht gestorben zu sein. Jeden Morgen fand sie sich mit enttäuschter Hoffnung auf einer Pritsche unterhalb des Erdbodens wieder und schrak vor ihrer krötenhaften Existenz zurück, von der sie keine Stunde überstand, ohne an den schwarzen Flaschen mit den schönen Namen zu nuckeln. Jeden Abend sank sie mit dem festen Vorsatz in den Schlaf, nicht mehr aus ihm zu erwachen, und ihre stete Hoffnung war, daß ein riesiger Fuß über ihr schwebte, der sich herniedersenken und sie zertreten würde wie ein Ungeziefer.

Längst eingeschlossen in einen sargähnlichen Raum, längst der Dunkelheit ergeben, frei von Gelüsten und nur noch von Sehnsucht nach Vergessenheit erfüllt, versuchte sie verzweifelt, die Verzögerung zu verstehen. «Wozu?» fragte sie, und ihre Stimme war eine von vielen, die den Keller vom Steinboden bis zu den Deckenbalken füllten. Mehrmals in der Woche, bei Nacht oder zu einer schattigen Tagesstunde, ließ sie sich über der Erde blicken. Dann stand sie draußen im Garten, ging herum oder blickte empor zum Sternenhimmel, um das einzige Licht zu sehen, das sie ertrug. Eine der Frauen, meistens war es Mavis, bestand darauf, ihr Gesellschaft zu leisten. Und redete, redete, redete ohne Ende. Oder von den anderen schauten einige vorbei. Dann schlürfte sie aus den staubigen Flaschen mit den schönen Namen – Jarnac, Médoc, Haut-Brion, Saint-Émilion –, und es wurde ihr möglich, zuzuhören und manchmal sogar Antworten zu geben. Von Mavis abgesehen, die schon am längsten hier war, fiel es ihr immer schwerer, die Frauen auseinanderzuhalten. Was sie von ihnen wußte, hatte sie zum größten Teil vergessen, und es wurde ihr auch immer unwichtiger, sich an irgend etwas zu erinnern, denn im Tonfall jeder Stimme klang die immer gleiche Geschichte durch: Sorglosigkeit, Selbsttäuschung und schließlich das, wovor Schwester Roberta die Indianermädchen am eindringlichsten gewarnt hatte: Sichtreibenlassen. Die drei *S*, mit denen der Weg ins Verderben gepflastert war, und das Sichtreibenlassen war das schlimmste unter ihnen.

Über die vergangenen acht Jahre hinweg waren sie gekommen. Die erste, Mavis, während Mutters langer Krankheit; die zweite gleich nach Mutters Tod. Später noch zwei andere. Jede hatte darum gebeten, ein paar Tage bleiben zu dürfen, und keine war je wirklich gegangen. Hin und wieder packte die eine oder andere einen schmuddeligen kleinen Beutel zusammen, sagte auf Wiedersehen und blieb für eine Weile verschwunden – aber immer nur für eine Weile. Alle kamen zurück und blieben, lebten wie Mäuse in einem Haus, von dem selbst die Steuerbehörde nichts wissen wollte, zusammen mit einer Frau, deren einzige Liebe der Friedhof war. Consolata sah sie sich durch die bronzefarbenen oder grauen oder blauen Gläser ihrer diversen Sonnenbrillen an, und was sie sah, waren gebrochene Mädchen, verängstigte Mädchen, schwach und voller Lügen. Wenn sie am Saint-Émilion oder am rauchigen Jarnac nippte, konnte sie sie ertragen, aber immer häufiger hätte sie ihnen den Hals umdrehen können. Hätte alles tun können, um dem lieblos gekochten, ungenießbaren Essen, der hämmernden, gierigen Musik, den Zänkereien, dem heiseren, leeren Lachen, den Forderungen ein Ende zu bereiten. Vor allem aber dem Sichtreibenlassen. Schwester Roberta hätte ihnen gewaltig auf die Finger geklopft. Nicht nur, daß sie außer dem absolut Unumgänglichen nicht das geringste taten; sie hatten auch keinerlei Pläne, was sie einmal tun wollten. Statt der Pläne hatten sie Träume – törichte Kleinmädchenträume. Mavis redete in einem fort von unfehlbaren Möglichkeiten, Geld zu machen: mit Bienenstöcken, einem Speisen- und Getränkeservice, einem Bed-&-Breakfast-Angebot, einem Heim für elternlose Kinder. Eine andere dachte, sie hätte eine Schatztruhe voller Geld oder Juwelen oder dergleichen entdeckt, und erwartete Hilfe bei dem Versuch, die anderen um den Inhalt zu betrügen. Die nächste schlitzte sich heimlich die Arme und die Oberschenkel auf. Sie träumte davon, die Königin der Narben zu sein, und fügte sich mit allem, was sie in die Finger bekam, mit Rasierklingen, Sicherheitsnadeln oder Küchenmessern, schmale rote Schnittwunden zu. Wieder eine andere sehnte sich danach, so etwas wie eine Nachtclubsängerin zu werden und in einem überfüllten Raum mit geschlossenen Augen tieftraurige Lieder zu singen. Consolata hörte sich diese Kleinmädchenträume mit weichgefederter, vom Wein geschmierter Nachsicht an und ärgerte sich darüber nicht halb so sehr wie über das Geflüster von der Liebe, das noch lange in der Luft hing, nachdem die Frauen schon gegangen waren. Eine nach der anderen kamen sie, eine Petroleumlampe oder eine Kerze in der Hand, die Treppe herabgeschwebt wie Jungfrauen, die einen Tempel oder eine Krypta betraten, um sich auf den Boden zu hocken und von der Liebe zu erzählen, als ob sie das geringste davon wüßten. Sie sprachen von Männern, die im Schlaf zu ihnen kamen und sie liebkosten; von Männern, die in der Wüste oder an kühlen Wassern auf sie warteten; von Männern, die sie einst verzweifelt geliebt hatten; oder von Männern, die sie hätten lieben sollen, hätten lieben können, hätten, hätten.

An ihren schlimmsten Tagen, wenn das Gespenst der Depression die saubere Dunkelheit vergiftete, hätte sie am liebsten alle umgebracht. Vielleicht war es das, wofür ihr Krötendasein aufgespart blieb. Das und der kalte Gleichmut von Gottes Zorn. Ohne Seine Vergebung zu sterben bedeutete Verdammung ihrer Seele. Doch der Tod ohne die Vergebung Mary Magnas war ihrer Seele Unglück per omnia saecula saeculorum. Vielleicht wäre sie Consolata freigebig gewährt worden, hätte sie nur rechtzeitig darum gebeten, rechtzeitig gebeichtet, ehe der Geist der alten Frau in einem Lallen verlöschte. An jenem letzten Tag war Consolata hinter ihr ins Bett geschlüpft, hatte die Kissen auf den Boden geworfen und den federleichten Körper aufgerichtet und zwischen die Beine und Arme genommen. Der winzige weiße Kopf schmiegte sich zwischen Consolatas Brüste, und so ging Mary Magna in den Tod wie durch eine Geburt, gewiegt und mit Gebeten geleitet von der Frau, die sie als Kind gekidnappt hatte. Drei Kinder hatte sie gekidnappt, um genau zu sein, und 1925 war das die leichteste Sache von der Welt. Mary Magna, damals noch einfache Ordensschwester und nicht Ehrwürdige Mutter, brachte es eben nicht fertig, zwei Kinder in dem Straßendreck zurückzulassen, in dem sie saßen. Ohne viel Federlesens nahm sie sie mit in das Krankenhaus, in dem sie arbeitete, und reinigte sie durch eine sukzessive Behandlung mit doppeltkohlensaurem Natron, Alaunlösung, Seife, Alkohol, blauer Waschpaste, Seife, Alkohol und endlich Jodsalbe, die sie sorgsam auf ihren zahlreichen offenen Wunden verstrich. Dann zog sie ihnen Kleider an und brachte sie, von den anderen Missionsschwestern gedeckt, mit auf das Schiff. Sie waren sechs amerikanische Nonnen auf dem Rückweg in die Staaten, nachdem sie sich zwölf Jahre lang der hochnäsigen Konkurrenz älterer und strengerer portugiesischer Orden ausgesetzt hatten. Niemand wunderte sich, daß Missionsschwestern, die sich um Indios und um Farbige kümmerten, drei ermäßigte Fahrkarten für die ganz offensichtlich nicht weißen Waisen lösten, die sie in ihrer Obhut hatten. Denn es waren drei inzwischen; für Consolata war die Entscheidung erst im letzten Augenblick gefallen, weil sie schon neun Jahre alt war. Keiner konnte den Kindesraub für etwas anderes als Lebensrettung halten, denn ganz gleich, in welche neue Welt die ungeduldige, wild entschlossene Nonne sie auch entführte – sie waren auf jeden Fall besser dran, als sie es auf den kotbedeckten Straßen ihrer Heimatstadt gewesen wären. Als sie in Puerto Limón an Land gingen, brachte Schwester Mary Magna zwei der Kinder in einem Waisenhaus unter, denn in das dritte, in Consolata, hatte sie sich längst verliebt. Wegen der grünen Augen? Dem teefarbenen Haar? Vielleicht ihrer Sanftmut? Vielleicht ihrer rauchigen, dämmerigen Haut? Sie nahm sie als ihr Mündel mit sich an den Ort, an dem die aufmüpfige Nonne nun Dienst tun sollte: eine Heimschule für Indianermädchen in einem trostlosen Winkel des amerikanischen Westens.

In weißen Lettern auf blauem Grund wies ein Schild nahe der Zufahrtsstraße zur CHRISTKÖNIG-SCHULE FÜR INDIANISCHE MÄDCHEN. So hätte sie wohl jeder nennen sollen, aber so weit Consolatas Erinnerung reichte, hatte sie den offiziellen Namen immer nur von den Nonnen gehört – meistens in deren Gebeten. Die Zöglinge selbst, die Regierungsbeamten und alle, denen sie in der Stadt begegneten, sprachen wider jede Vernunft immer nur von einem Kloster.

Dreißig Jahre lang arbeitete Consolata hart, um Mary Magnas Stolz zu werden und zu bleiben, einer ihrer schönsten Triumphe in einem Leben, das dem Lehren, dem Erziehen, der Fürsorge gewidmet war, an Orten, von denen selbst die Eltern der Nonne nie gehört hatten und deren Namen sie erst aussprechen konnten, nachdem die Tochter sie ihnen vorgesagt hatte. Consolata betete ihre Retterin an. Als sie geraubt und ins Krankenhaus gebracht worden war, hatte man ihr mit Nadeln in die Arme gestochen, um sie, so hieß es, vor Krankheiten zu schützen. Die heftige Erkrankung, die dem folgte, hatte sie als etwas Freudiges in Erinnerung, weil da dieses wunderschön eingerahmte Gesicht gewesen war, das über sie gewacht hatte, während sie auf der Kinderstation lag. Es hatte Augen so blau wie ein See, beständig und klar, aber mit einer Ahnung von großer Angst im Hintergrund, einer Sorge, wie Consolata sie niemals gesehen hatte. Es lohnte sich, krank zu werden, womöglich zu sterben, nur um dieses Maß an Anteilnahme in den Augen einer Erwachsenen zu sehen. Immer wieder streckte diese Frau mit dem eingerahmten Gesicht die Hand nach ihr aus und strich ihr mit den Fingerknöcheln über die Stirn oder glättete ihre nassen, verklebten Haare. Die Glasperlen, die an ihrer Hüfte oder von den Fingern baumelten, blitzten im Licht. Consolata liebte diese Hände: die kurzgeschnittenen Fingernägel, die glatte, feste Haut des Handtellers. Und sie liebte den Mund, der nicht lächelte, der nie die Zähne zu zeigen brauchte, um Fröhlichkeit auszustrahlen und das Gefühl, willkommen zu sein. Consolata konnte ein kühles blaues Licht wahrnehmen, das ganz mild unter der Ordenstracht strahlte. Es mußte, so dachte sie sich, direkt aus dem Herzen kommen.

Vom Krankenbett aus wurde Consolata, jetzt in ein sauberes, braunes, knöchellanges Kleid gehüllt, von den Nonnen auf ein Schiff gebracht, das *Atenas* hieß. Nach einem Zwischenhalt in Panama gingen sie in New Orleans an Land und reisten mit dem Auto weiter, dann mit der Eisenbahn, dann einem Bus, dann wieder einem Auto. Und der Wunder, deren erstes die Nadeln im Krankenhaus gewesen waren, wurden immer mehr: Toiletten, in denen Wasser rauschte, so rein, daß man es hätte trinken können; ganz weißes, weiches Brot, das schon in der Packung in Scheiben geschnitten war; Milch in Glasflaschen; und den ganzen Tag hindurch und jeden Tag von neuem diese wundervolle Sprache, die dafür geschaffen war, zum Himmel zu sprechen. Ora pro nobis gratia plena sanctificetur nomen tuum fiat voluntas tua, sicut in caelo, et in terra sed libera nos a malo a malo a malo. Erst als sie die Schule erreichten, wurden die Wunder zögerlich. Obwohl die Gegend wenig für sich hatte, wirkte das Haus wie ein Schloß, voller Schönheiten, die Mary Magna jedoch sogleich entfernen ließ. Consolatas erste Aufgaben bestanden im Zertrümmern von anstößigen Marmorstatuetten und im Beaufsichtigen von Scheiterhaufen, auf denen Bücher brannten – wenn ein nacktes Liebespaar herauswirbelte, mußte sie sich bekreuzigen und das Blatt in die Flammen zurückscheuchen. Consolata schlief in der Speisekammer, schrubbte Bodenfliesen, fütterte Hühner, betete, schälte Früchte, machte die Gartenarbeit, kochte Konserven ein und wusch die Wäsche. Sie war's, und keine andere, die den Busch mit den beißend scharfen Pfefferschoten entdeckte, die sie dann kultivierte. Schwester Roberta brachte ihr die Grundzüge des Kochens bei, und bald kochte sie so gut, daß sie neben dem Garten auch noch die Küche übernahm. Sie besuchte den Unterricht gemeinsam mit den Indianermädchen, schloß sich ihnen aber nicht an.

Dreißig Jahre lang brachte sie ihren Körper und ihre

Seele so restlos der Jungfrau und dem Gottessohn dar, als hätte sie selbst den Schleier genommen. Der Jungfrau vom blutenden Herzen, der Mutter der schönen Liebe. Ihr, quae sine tactu pudoris. Der beata visceris Mariae Virginis. Deren Wege gewunden waren, aber vom süßen Duft des Thymians umfächelt. Und Ihm, dessen Liebe so allumfassend war, daß weise Männer und Verdammte vor ihr verstummten. Ihm, der Mensch geworden war, damit wir Ihn erkennen, Ihn berühren, Ihn sehen konnten im kleinsten. Der Mensch geworden war, damit unser Leid sich in Seinen Leiden spiegelte, damit Seine Todesqualen, Sein Zweifel, Seine Verzweiflung und Sein Scheitern immerdar ein Wort einlegten für unser Scheitern und es von uns nahmen. Und diese dreißig Jahre der Hingabe an den lebendigen Gott zerbröckelten wie eine Eierschale, als sie einen lebendigen Mann traf.

Es war 1954. Ungefähr siebzehn Meilen südlich von Christkönig hatten Siedler begonnen, Häuser zu bauen, Weiden einzuzäunen und Äcker zu bestellen. Eine Futtermittelhandlung wurde eingerichtet, ein Lebensmittelladen und, zu Mary Magnas großer Freude, eine Apotheke, die endlich weniger als neunzig Meilen weit entfernt war. Hier konnte sie den Verbandsmull für die Menstruationsbinden der Mädchen kaufen und auch die feinen Nadeln und den groben Zwirn, damit sie flicken, flicken, flicken konnten, und die Lydia-Pinkham-Abführtropfen, das StanBack-Kopfwehpulver oder das Aluminiumchlorid, aus dem sie ein Deodorant machte.

Bei einer dieser Einkaufstouren im schuleigenen Ford Kombi, auf der Consolata Mary Magna begleitete, merkten sie schon, als sie die neuangelegte Dorfstraße noch nicht erreicht hatten, daß etwas in der Luft lag. Sie spürten Ausgelassenheit unter einer heißen Sonne, hörten laute Bravorufe, und statt der gewohnten anderthalb Dutzend Männer und Frauen, die ruhig und methodisch am Aufbau des Dorfes arbeiteten, sahen sie Pferde, die mitten durch die Vorgärten oder über die Straße galoppierten, während die Menschen sich vor Lachen bogen. Kleine Mädchen mit roten und purpurnen Blüten im Haar hüpften auf und nieder. Ein junger Bursche, der verzweifelt den Hals seines Pferdes umklammerte, wurde heruntergehoben und zum Sieger erklärt. Kleine Buben und junge Männer schwenkten ihre Hüte, versuchten Gäule einzufangen oder wischten sich die Augen, in denen Tränen standen. Als Consolata diese ungehemmte Freude sah, hörte sie ein leises, aber beharrliches Schaschascha. Schaschascha. Dann blitzte eine Erinnerung auf, an genau solche Haut, an genau solche Männer, die mit Frauen auf den Straßen tanzten, zu einer Musik, die hämmerte wie ein wütendes Herz, Männer ohne Gesichter noch, deren Hüften sich in engen Kreisen über Beinen in so rasender Bewegung wiegten, daß niemand begreifen konnte, wie solche Leichtigkeit möglich war. Die Männer, die sie hier sah, tanzten freilich nicht. Sie lachten, liefen herum, riefen einander und den Frauen, die sich vor lauter Fröhlichkeit krümmten, etwas zu. Und obwohl sie hier in einem kleinen Dorf lebten und nicht in einer lauten, großen Stadt voller glitzernder schwarzer Menschen, wußte Consolata, daß sie sie kannte.

Es dauerte eine Weile, bis Mary Magna den Apotheker auf sich aufmerksam machen konnte. Endlich riß er sich von den anderen los und begleitete sie zu seinem Haus, wo ein abgeschlossener Teil der vorderen Veranda als Laden diente. Er öffnete die Fliegengittertür und bat Mary Magna mit einem höflichen Kopfnicken hinein. Consolata wartete draußen auf den Stufen, und während sie dort wartete, sah sie ihn zum allerersten mal. Schaschascha. Schaschascha.

Einen hageren jungen Mann auf dem Rücken eines Pferdes, ein zweites Pferd am Zügel führend. Sein Khakihemd war schweißnaß, und irgendwann nahm er seinen breiten, flachen Hut ab, um sich die Stirn zu wischen. Seine Hüften bewegten sich im Rhythmus des Reitens vor und zurück, vor und zurück. Schaschascha. Schaschascha. Consolata sah sein Gesicht im Profil, und der Flügel eines gefiederten Wesens, das gar nicht tot war, flatterte in ihrer Magengrube. Er ritt an ihr vorbei und weiter und verschwand in einem Pferch. Beladen mit ihren Einkäufen, tauchte Mary Magna wieder auf, jammerte ein wenig über dies und das – den Preis, die Qualität – und eilte, von der bläuliche Ballen Verbandsmull schleppenden Consolata gefolgt, zum Auto. Gerade als Consolata die Beifahrertür öffnete, kam er wieder vorbei, diesmal zu Fuß, in federleichtem Trab, um nur ja schnell wieder bei dem fröhlichen Gemenge der Menschen weiter straßenabwärts zu sein. Beiläufig und flüchtig blickte er in ihre Richtung. Consolata erwiderte den Blick und glaubte, ein Zögern an seinen Augen abzulesen, vielleicht sogar an seinem Schritt. Schnell duckte sie sich in den sonnendurchglühten Wagen hinein, wo die Hitze ihr schweres Atmen zu erklären schien. Dann sah sie ihn zwei Monate lang nicht wieder, eine schwummerige Zeit, in der das gefiederte Wesen seine Schwingen in ihr auszubreiten suchte. Es waren Monate des inbrünstigen Betens, der Versenkung in die tägliche Arbeit. Und auch Monate der Spannung, weil die Schule geschlossen werden sollte. Obwohl die Stiftung der reichen Dame, die den Orden gegründet und unterhalten hatte, unbeschadet über die dreißiger Jahre hinweggekommen war, stand sie in den Fünfzigern vor leeren Kassen. Die braven, süßen Indianermädchen waren auch nicht mehr da – ihre Mütter und Brüder hatten sie zurückgeholt, oder sie waren in ein der Frömmigkeit geweihtes Leben entlassen worden. Schon seit drei Jahren bemühte die Schule sich um Mädchen, die unter Vormundschaft standen. Unverschämte Kreaturen zumeist, die entweder über die Schwestern lachten oder sie für bösartig hielten. Zwei waren schon durchgebrannt, ganze vier blieben übrig. Wenn es den Schwestern nicht gelang, vom Staat eine weitere Zuweisung von verwahrlosten, schwererziehbaren Indianermädchen (und das erforderliche Geld) zu erhalten, mußten sie sich auf eine Schließung der Schule und ihre Versetzung einstellen. Natürlich fehlte es dem Staat nicht an schwererziehbaren Mädchen, denn schwer erziehbar konnte von Bettnässen über Schulschwänzen bis zum Stottern im Unterricht so gut wie alles bedeuten, aber er brachte sie lieber in protestantischen Schulen unter, wo ihnen wenigstens die Kleidung, wenn schon nicht das religiöse Ritual der Lehrer vertraut war. Katholische Kirchen und Schulen waren in Oklahoma so selten wie Fische im Präriegras. Was der Hauptgrund war, aus dem die Wohltäterin das ehemalige Herrenhaus gekauft hatte. Es bot die Gelegenheit, am Kern des Problems anzusetzen: Gott und die Sprache zu Indianern zu bringen, von denen es hieß, sie hätten beides nicht; ihren Speisezettel, ihre Kleidung, ihr Denken zu verändern; ihnen Abscheu vor allem einzuimpfen, was ihr Leben früher lebenswert gemacht hatte, und ihnen zum Ausgleich die Gnade der Bekanntschaft mit dem einen und einzigen Gott anzubieten und somit auch die Hoffnung auf Erlösung. Mary Magna schrieb Brief um Brief, fuhr nach Oklahoma City und noch weiter, versuchte alles, um die Schule zu retten. In dieser Atmosphäre voller Unruhe war Consolatas Schusseligkeit, wenn sie hier etwas fallen und dort etwas anbrennen ließ und immer wieder wie ein aufgescheuchtes Huhn außerhalb der Andachtsstunden in die Kapelle rannte, zwar lästig für die Schwestern, aber kein Alarmsignal für eine Not, die sie nicht von sich selber kannten. Wenn sie gefragt wurde, was denn los sei, oder wenn ihr wegen eines unentschuldbaren Fehlers Vorwürfe gemacht wurden, erfand sie Ausreden oder spielte die Beleidigte. Was hinter ihrer Verwirrung lauerte und sie zu täglichen, hastigen Bekräftigungen ihrer Frömmigkeit trieb, war die Angst, womöglich das Kloster verlassen und wieder in das Dorf zum Einkaufen fahren zu müssen. So brachte sie die Gartenarbeit schon in den frühen Morgenstunden hinter sich und blieb den Rest des Tages im Haus, wo ihr ein Patzer nach dem anderen unterlief. Aber nichts von alledem half. Denn er kam zu ihr.

An einem klaren Sommertag, als sie im Garten kniete und zusammen mit zwei mürrischen Zöglingen Unkraut jätete, sprach eine männliche Stimme hinter ihr:

«Entschuldigen Sie, Miss.»

Er wollte nichts weiter, als ein paar schwarze Pfefferschoten kaufen.

Neunundzwanzig Jahre war er alt. Neununddreißig sie. Und sie verlor den Verstand. Ganz und gar.

Consolata war keine Jungfrau mehr. Einer der Gründe, warum sie so dankbar Mary Magnas Hand ergriffen hatte, die sich ihr wie ein Taubenflügel über all dem Schmutz entgegenstreckte, lag in dem dreckigen Herumgestocher, dem ihr kleiner Körper in seinem neunten Lebensjahr ausgesetzt gewesen war. Doch seit die weiße Hand ihr schmutziges Pfötchen umschlossen hatte, war ihr weder im Leben noch in ihren Träumen ein Mann nahe gekommen, und so hatte dieses jähe Sichverlieben nach dreißig männerlosen Jahren etwas so Fühlbares für sie, daß sie es sogar schmeckte.

Was hatte er gesagt? Komm mit mir? Wie heißt du? Was kostet ein halber Korb voll? Oder kam er am nächsten Tag einfach wieder, um noch mehr von den scharfen Schoten zu holen? Lief sie ihm entgegen, um nur ja nichts von ihm zu verpassen? Oder kam er auf sie zu? Eins hatte er auf jeden Fall gesagt, mit einem Staunen in der Stimme: «Ihre Augen sind wie Minzblätter.» Hatte sie ihre Antwort – «Und deine sind wie der Anfang der Welt» – laut ausgesprochen, oder blieb sie in Gedanken gebannt? Sank sie wirklich vor ihm auf die Knie, um sein Bein zu umschlingen, oder hätte sie es nur gerne getan?

«Ich bringe den Korb zurück. Aber es kann spät werden. Darf ich Sie stören?»

Sie erinnerte sich nicht, darauf irgend etwas gesagt zu haben, aber gewiß konnte er alles in ihrem Gesicht lesen, denn in der Nacht war er da, und sie war auch da, und er nahm ihre Hand in die seine. Von dem Korb war nichts zu sehen. Schaschascha.

Sobald sie in seinem Wagen waren und langsam über die kiesbedeckte Zufahrt und den schmalen Feldweg rollten und dann auf einer asphaltierten Straße an Tempo gewannen, redeten sie kein Wort. Er fuhr, so wirkte es, weil er Spaß an der Maschine hatte, an ihrem gezähmten, in Stahl gesperrten Brüllen und an ihrer listigen Art, das nahe Dunkel zu zerteilen und sich in die ferne Finsternis hineinzustürzen, tiefer hinein, als man denken konnte. Consolata schien es, als dauere ihre Fahrt Stunden, und sie wechselten noch immer kein Wort. Die Gefahr und ihre Notwendigkeit zog sie in ihren Bann und machte sie ruhig. Consolata wußte nicht, wohin sie unterwegs war, und nicht, was dort geschehen würde, und keins von beidem kümmerte sie. Während sie dem Unvorhersehbaren entgegenfuhr und neben ihm saß, der dunkler war als die Dunkelheit, die sie zerteilten, ließ sie die Federn sich entfalten, sich lösen von den Wänden eines steinern kalten Schoßes. Hier draußen, wo der Wind nicht wichtig oder bedrohlich für die Sonnenblumenernte war und der Mond kein Zeichen für die Zeit, das Wetter, die Aussaat und die Ernte, sondern ein Teil der ursprünglichen Welt, für sie beide geschaffen.

Endlich verlangsamte er das Tempo und bog in eine kaum passierbare Fahrspur ein, wo das Präriegras die Kotflügel streifte. Mittendrin bremste er und hätte sie in seine Arme genommen, wäre sie nicht schon dort gewesen.

Auf der Rückfahrt waren sie wieder ohne Worte. Die Laute, die sie ausgestoßen hatten, während sie sich liebten, näherten sich der Sprache, zeigten ihre Verwandtschaft, aber blieben doch unbeherrschbar, unübersetzbar, unzugänglich der Erinnerung. Ehe es hell wurde, rissen sie sich voneinander los wie zwei, die ins Gefängnis mußten ohne Aussicht auf Hafturlaub. Als sie die Tür öffnete und aus der Fahrerkabine auf die Erde hinunterstieg, sagte er: «Freitag. Mittag.» Consolata stand da, während er den Pick-up im Rückwärtsgang von ihr wegrollen ließ. Während der ganzen Nacht hatte sie ihn kein einziges Mal deutlich gesehen. Aber am Freitag. Mittag. Sie würden's wieder, wieder, wieder tun, am hellen Tag! Sie schlang die Arme um ihren Oberkörper und sank auf die Knie und kippte nach vorn. Ihre Stirn schlug tatsächlich auf den Boden auf, als sie im Geschirr ihrer Glückseligkeit auf und nieder schwang.

Sie schlüpfte in die Küche und tat vor Schwester Roberta, als wäre sie eben im Hühnerstall gewesen.

«Und? Wo sind die Eier?»

«Ach. Ich hab den Korb vergessen.»

«Nun sei doch nicht dauernd so schusselig, ich bitte dich!»

«Nein, Schwester. Ich paß schon auf.»

«Alles ist in so einer Unordnung.»

«Ja, Schwester.»

«Na dann. Mach los!»

«Ja, Schwester. Verzeiht mir bitte, Schwester.»

«Ist irgendwas mit dir?»

«Nein, Schwester. Nichts, nur ...»

«Nur was?»

«Ich ... Welchen Tag haben wir heute?»

«Sankt Martha.»

«Ich meine, welchen Wochentag?»

«Dienstag. Warum?»

«Ach, nichts, Schwester.»

«Wir brauchen deinen klaren Kopf, meine Liebe. Nicht deine Zerstreutheit.»

«Ja, Schwester.»

Consolata schnappte sich einen Korb und lief zur Küchentür hinaus.

Freitag. Mittag. Eine hämmernde Sonne hat alle hinter kühlende Steinmauern getrieben. Alle außer Consolata und, wie sie hofft, den lebendigen Mann. Sie hat keine Wahl, sie muß der Hitze unter einem Strohhut standhalten, der sie als einziges davor zu schützen sucht, daß die Sonne sie zu ihrem Amboß macht. Sie steht an der leichten Biegung der Zufahrt, aber noch in Sichtweite des Hauses. Dieses Land ist flach wie ein Huf, offen wie der Mund eines Säuglings. Nirgendwo kann das Ungeheuerliche sich verstecken. Sollte Schwester Roberta oder Mary Magna nach ihr rufen oder eine Erklärung fordern, wird sie etwas erfinden – oder auch nichts. Sie hört seinen Pick-up, schon ehe sie ihn sieht, und als der Wagen zu ihr kommt, fährt er vorbei. Er sitzt am Steuer, blickt sie nicht an, aber er gibt ihr ein Zeichen. Ein Finger löst sich vom Lenkrad, deutet voraus. Consolata schwenkt rechtsum und folgt dem Geräusch seiner Reifen und dann ihrer Geräuschlosigkeit, als sie Asphalt berühren. Am Straßenrand wartet er auf sie.

Im Wagen sehen sie sich lange an, voller Ernst und Sorgfalt. Dann lächeln sie.

Er fährt zu einem ausgebrannten Farmhaus, das auf einem Abhang im Brachland steht. Zwischen Bartgras und Vogelmiere parkt er den Wagen hinter den schwarzen Zähnen eines halb eingestürzten Kamins. Hand in Hand kämpfen sie sich durch Gestrüpp und Sträucher, bis sie ein flaches Bachbett erreichen. Consolata sieht sofort, was er ihr zeigen will: zwei Feigenbäume, die ineinanderwachsen. Als sie endlich ganze Sätze schaffen, schaut er sie an und sagt:

«Frag mich nicht, wieso und warum. Ich kann's nicht erklären.»

«Es gibt kein Wieso und Warum.»

«Ich will im Leben weiterkommen. Eine Menge Menschen sind abhängig von mir.»

«Ich weiß, daß du verheiratet bist.»

«Und ich will's bleiben.»

«Ich weiß.»

«Was weißt du denn noch?» Er steckt seinen Zeigefinger in ihren Nabel.

«Daß ich ein ganzes Stück älter bin wie du.»

Er läßt seinen Blick an ihr hochwandern, vom Nabel zu den Augen, und lächelt. «Keiner ist hier älter als ich.»

Consolata lacht.

«Und du am allerwenigsten», sagt er. «Wann war das letzte Mal?»

«Da warst du noch nicht geboren.»

«Dann bist du ganz mein.»

«Ach, ja ...»

Er küßt sie ganz leicht, dann stützt er sich auf seinen Ellbogen. «Ich bin viel rumgekommen. Überall. Ich hab nie so etwas wie dich gesehen. Wie kann das sein, daß so etwas wie du geschaffen wird? Weißt du, wie schön du bist? Hast du schon mal dein Spiegelbild gesehen?»

«Ich sehe es jetzt.»

Niemals während all der Zeit, in der sie sich dort trafen, trugen die Feigenbäume Früchte, aber sie waren dankbar für den Schatten, den die staubigen Blätter spendeten, und für den Schutz der gequälten Stämme. Er brachte Decken mit, und sie achteten darauf, möglichst auf ihnen zu liegen. Später sah jeder an sich die Druckstellen und Blutergüsse, die das ausgetrocknete Bachbett verursacht hatte.

Consolata wurde zur Rede gestellt. Sie weigerte sich zu antworten, bog die Fragen zu Klagen um. «Was soll aus mir werden, wenn hier alles zugesperrt wird? Niemand sagt, was dann aus mir werden soll.»

«Nun mach dich nicht lächerlich. Du weißt, daß wir uns um dich kümmern werden. Immer.»

Consolata schmollte. Sie tat so, als wäre sie ganz verstört vor lauter Kummer und daher so unzuverlässig. Je mehr man sie zu beruhigen versuchte, desto halsstarriger bestand sie darauf, sich zurückzuziehen, «mit mir allein zu sein», wie sie sagte. Ein Bedürfnis, das sie meistens an Freitagen befiel, zur Mittagszeit.

Als Mary Magna und Schwester Roberta im September zu einer dienstlichen Reise aufbrachen, fuhren Schwester Mary Elizabeth und mittlerweile nur noch drei gleichgültige Schülerinnen damit fort, Konserven einzumachen, zu putzen, Unterricht zu halten und zu beten. Zwei der Schülerinnen, Clarissa und Penny, begannen schon zu grinsen, wenn sie Consolata nur sahen. Sie waren vierzehnjährige, feingliedrige Mädchen mit schönen, wissenden Augen, die plötzlich undurchdringlich werden konnten. Ihr einziges Ziel war es, von hier wegzukommen, und so waren sie jetzt, da sich das Ende abzeichnete, in ziemlich guter Stimmung. Seit kurzem betrachteten sie Consolata mehr als Verbündete denn als eine der Feindinnen, die ihnen das Leben ruinieren wollten. In einer Sprache miteinander flüsternd, die zu gebrauchen ihnen die Schwestern streng verboten hatten, sprangen sie für Consolata ein, holten für sie die Eier aus dem Hühnerstall und halfen auch beim Unkrautjäten und beim Spülen. Manchmal beobachteten sie von einem Fenster im Schulsaal aus mit zusammengesteckten Köpfen und glühenden Augen, wie die Frau, die sie für alt genug hielten, um ihre Großmutter zu sein, draußen im ärgsten Wetter stand und auf den Chevrolet wartete.

«Weiß es irgend jemand?» Consolata läßt ihren Daumennagel um die Brustwarze des lebendigen Mannes kreisen.

«Würde mich nicht wundern», antwortet er.

«Deine Frau?»

«Nein.»

«Hast du es jemandem erzählt?»

«Nein.»

«Hat uns jemand gesehen?»

«Glaub ich nicht.»

«Wie kann's dann jemand wissen?»

«Ich habe einen Zwillingsbruder.»

Consolata setzt sich auf. «Es gibt dich zweimal?»

«Nein.» Er schließt die Augen. Als er sie wieder öffnet, ist sein Blick abgewandt. «Es gibt nur einen wie mich.»

Der September zog durchs Land und überkleisterte alles mit seinen Ölfarben: Tagwerke von Kardamomgelb, verbranntes Orange, Meilen von Sienabraun, blaue Senken in Ultramarin und Indigo, darüber herzzerreißend violette Himmel. Als der Oktober kam und Kürbisse sich in den Beeten breitmachten, wo früher Rettiche gewachsen waren, kehrten Mary Magna und Schwester Roberta von ihrer Reise zurück – verärgert über Priester und Anwälte, Kirchenverwaltung und Behörden. Die Neuigkeiten, die sie mitbrachten, waren nicht neu. Über das Schicksal der Schule wurde in Saint Pere entschieden, nur Mary Magna mußte sich noch ein wenig gedulden, über sie würde später befunden. Ihr Alter von zweiundsiebzig Jahren war zu berücksichtigen, andererseits wollte sie sich nicht zur Ruhe setzen lassen. Außerdem war zu bedenken, was aus dem ehemaligen Herrenhaus werden sollte. Gebäude und Grundbesitz befanden sich nicht im Eigentum der Kirche, sondern waren auf die Stiftung der Ordensgründerin eingetragen, die bereits von der Substanz zehrte. Der Streitpunkt war, ob das Haus deshalb, und womöglich rückwirkend, der regulären Besteuerung unterlag. Was den zuständigen Finanzbeamten aber eigentlich beschäftigte, war die Frage, warum es in einem protestantischen Land irgendwelche Vorrechte für ein Grüppchen merkwürdiger katholischer Frauen geben sollte, die keiner männlichen Kontrolle unterstanden. Glücklicher- oder auch unglücklicherweise waren bislang keine Bodenschätze auf dem Gelände gefunden worden, was es der Stiftung so gut wie unmöglich machte, ihren Besitz loszuwerden. Sie konnten doch nicht einfach alles sich selbst überlassen und weggehen, oder? Mary Magna rief alle zusammen, um die Lage zu schildern. Von den Mädchen war wieder eins abgehauen, aber die beiden letzten, Penny und Clarissa, lauschten mit gebannter Aufmerksamkeit, als ihnen ihre Zukunft – zumindest der nächsten vier Jahre –, die in den Händen irgendeines alten, anzugtragenden Mannes Gestalt angenommen hatte, offenbart wurde. In stiller Ergebung senkten sie die Köpfe und waren guter Hoffnung, daß die Hilfe, die sie brauchten, um sich aus den Krallen der Ordensschwestern zu befreien, schon unterwegs war.

Consolata freilich achtete kaum auf Mary Magnas Worte. Sie war zum Bleiben entschlossen. Sie würde auf freiem Feld hausen, wenn es sein mußte, oder, viel lieber, in dem vom Feuer verwüsteten Farmgebäude, in dem ihre Seele schon zu Hause war. Dreimal war sie ihm inzwischen durch die Trümmer gefolgt, war über bucklige Bodenbretter balanciert, hatte zwölf Jahre alten Rauch gerochen. Dort draußen, wo kein ferner Waldrand zu sehen war, wo es einsam wie auf einer Sandwoge der Sahara stand, hatte das Haus, ohne das irgend jemand oder irgend etwas es gehindert hätte, im freien Spiel des Windes und seines eigenen Willens gebrannt. Hatte es bei Nacht begonnen, als Kinder in ihm schliefen? Oder war niemand daheim, als die ersten Flammen züngelten? War der Mann fünfzig Morgen weit entfernt beim Garbenbinden, Brandzeichen einbrennen, Roden, Säen? Beugte sich die Frau vor dem Haus über ein Waschbrett, irritiert von Haarsträhnen in der Stirn? Dann hätte sie schnell einen Wassereimer oder zwei geschöpft, gellend nach den Kindern gerufen, zusammengerafft, was sie nur raffen konnte. Und alles, was in Reichweite, was zu greifen war, zu den Fenstern hinausgeschleudert. Sicher gab es eine Glocke, ein rostiges Triangel, irgend etwas, mit dem sie klingeln oder läuten oder irgendeinen Lärm machen konnte, um die anderen vor der Gefahr zu warnen. Als der Mann dazukam, mußte ihm der Rauch Tränen in die Augen treiben. Aber nur der Rauch, denn sie waren keine Menschen, die weinten. Er hätte sich als erstes um das Vieh gekümmert, es losgemacht oder selbst hinausgeführt, weil er wußte, daß er nicht versichert war. Alles, was nicht draußen vor dem Haus lag, war verloren. Selbst die Sonnenblumen an der nordwestlichen Ecke des Gebäudes, gleich bei der Küche, von wo aus die Frau sie sehen konnte, wenn sie den Maisbrei rührte.

Consolata stöberte in Schubladen, in denen Feldmäuse die Quittungen für Propangasflaschen angenagt hatten. Sie sah, daß verkohlte Möbelstücke vom Wind seidenweich abgeschliffen worden waren. Unirdische Gestalten hatten den Raum besetzt, aus dem die Menschen geflohen waren. Eine Galerie der Aschenwesen. Nahe beim Kamin schwebte ein Kerl, zweieinhalb Meter groß. Seine Cowboybeine, breit und stämmig, und das vorgereckte Kinn, über dem er sie anblickte, zeigten sofort, wer hier das Sagen hatte. Der Finger am Ende seines langen, schwarzen Arms deutete nach links, wo eine Mauer eingestürzt war, in den Himmel, forderte zum sofortigen Verlassen seines Reiches auf. Nicht weit von ihm, schwach in die ockerbraune Wand geritzt, war ein Mädchen mit Schmetterlingsflügeln, vielleicht einen Meter lang. Die Wand gegenüber wurde von Wesen bevölkert, die Consolata für Fischmenschen hielt, aber der lebendige Mann an ihrer Seite sagte: Nein, mehr wie Eskimoaugen.

«Eskimo?» fragte sie und strich sich das Haar aus dem Nacken. «Was ist das, ein Eskimo?»

Er lachte und zog sie, dem Befehl des Cowboys gehorchend, mit sich fort, über den Trümmerschutt der eingestürzten Mauer zurück zum Bachbett, wo sie mit den Feigenbäumen darum wetteiferten, welches Paar einander inniger umschlang.

Mitte Oktober ließ er eine Woche ausfallen. Ein Freitag kam, und Consolata wartete zweieinhalb Stunden an der Stelle, wo der Feldweg auf die Asphaltstraße traf. Sie hätte noch länger gewartet, aber Penny und Clarissa kamen und führten sie weg.

Er muß tot sein, dachte sie, und keiner war da, der es ihr sagen konnte. Die ganze Nacht hindurch grämte sie sich, auf ihrer Pritsche in der Speisekammer oder im Dunkeln zusammengekauert am Küchentisch. Als der Morgen kam, schien ihr die ganze sichtbare Welt unter dem Gewicht seiner Abwesenheit zu zerbröckeln. Ihr Herz, im Klammergriff des Schreckens, wurde immer schwächer. Ihre Adern waren in zerknitterte Cellophanröhrchen verwandelt. Der Druck auf ihrer Brust nahm so schnell zu, daß sie nicht mehr richtig atmen konnte. Schließlich beschloß sie, loszuziehen und entweder ihn zu finden oder herauszufinden, was passiert war.

Am Samstag war eine Menge los in dieser Gegend. Der wöchentliche Bus scheuchte sie hupend von der Fahrbahn, als sie mitten auf der Staatsstraße ihres Weges ging. Consolata sprang zur Seite und marschierte auf dem Bankett weiter, wo ihr entflochtenes Haar im Schwall der Auspuffgase flatterte. Ein paar Minuten später kam ein Tankwagen vorbei, dessen Fahrer ihr durch das Seitenfenster etwas zurief. Eine halbe Stunde später sah sie einen Lichtreflex in der Ferne. Ein Auto? Ein Pick-up? Er selbst? Ihr Herz blubberte und begann frisches Blut in die Cellophanadern zu pumpen. Sie wagte es nicht, das Lächeln auf ihren Lippen wachsen, es vom Gesicht Besitz ergreifen zu lassen. Sie wagte es auch nicht, mit dem Gehen aufzuhören, während das Fahrzeug allmählich größer wurde. Du lieber Gott, ja, es war ein Pick-up. Und, Jesus, da saß ein Mann am Steuer. Und jetzt verlangsamte er sein Tempo. Consolata drehte sich mit dem Wagen, bis er querab von ihr stillstand, und ihre Blicke küßten das Gesicht des lebendigen Mannes.

Er beugte sich aus dem Fenster, lächelnd.

«Mitfahrt gefällig?»

Consolata flog über die Straße und wirbelte um den Wagen herum zur Beifahrertür. Die schon offen war, als sie dort ankam. Sie kletterte in die Kabine, und aus irgendeinem Grund – dem weiblichen Wunsch, die vierundzwanzig Stunden der Verzweiflung zu vergelten und auszulöschen; zumindest so zu tun, als gebühre ihr für diese Leidenszeit eine Entschuldigung, die Verzeihen ermöglichte –, aus einem solchen Gefühl heraus hielt sie sich zurück und ließ ihre Hand nicht zwischen seine Beine gleiten, wo sie sofort hinwollte.

Er war schweigsam, was sonst. Aber es war nicht das Schweigen ihrer Treffen am Freitag mittag, wenn die Wortlosigkeit beredt und freudig war, prall von Ungesagtem. Dieses Schweigen hier war Wüste, eine ätzende Stummheit. Und dann bemerkte sie den Geruch. Nicht unangenehm, überhaupt nicht, aber fremd. Consolata erstarrte. Dann schielte sie, weil sie nicht in sein Gesicht zu blicken wagte, zu den Schuhen hinunter. Es waren nicht die knöchelhohen, schwarzen Stiefeletten, sondern Cowboystiefel, und jetzt war sie sicher, daß da ein Fremder hinter dem Lenkrad saß. Ein Fremder, der in seinen Körper geschlüpft war, aber nicht in seine Seele.

Sollte sie schreien, sollte sie sich aus dem Auto werfen? Auf jeden Fall würde sie sich wehren, wenn er sie zu berühren versuchte. Ihr blieb keine Zeit, andere Möglichkeiten durchzuspielen, denn schon näherten sie sich dem Feldweg, der zum Kloster führte. Sie wollte gerade die Tür aufreißen, als der Fremde bremste und den Wagen ausrollen ließ. Er beugte sich über sie hinweg, streifte ihre Brüste mit seinem Arm und drückte die Tür auf. Sie stieg eilig aus und drehte sich um, wollte ihn sehen.

Er hob die Hand an die Krempe seines Stetsons und lächelte. «Jederzeit wieder», sagte er. «Stets zu Diensten.»

Sie schrak zurück. Das war sein Gesicht, in das sie da starrte, genau seins, dessen Augen sie abstießen und festhielten, unschuldig und geweitet vor Haß.

Der Vorfall setzt den Treffen bei den Feigenbäumen kein Ende. Am nächsten Freitag kommt er wieder, hat die richtigen Schuhe an den Füßen, strömt den richtigen Geruch aus, und sie drehen und wenden die Sache ein wenig.

«Was hat er gemacht?»

«Gar nichts. Er hat mich nicht einmal gefragt, wo ich hinwollte. Hat mich einfach zurückgefahren.»

«War richtig von ihm.»

«Warum?»

«Er hat uns beiden einen Gefallen getan.»

«Nein, hat er nicht. Er war ...»

«Was?»

«Ich weiß es nicht.»

«Was hat er zu dir gesagt?»

«Er hat gesagt: ‹Mitfahrt gefällig?›, und dann sagte er noch: ‹Jederzeit wieder›. Als würde er es noch mal tun. Dabei hab ich gemerkt, daß er mich nicht mag.»

«Glaub ich nicht. Warum sollte er? Willst du das etwa? So wie du ihn auch nicht magst?»

«Nein. Ach, nein, aber –»

«Aber was?»

Consolata setzt sich gerade auf und blickt auf die Rückfront des ausgebrannten Hauses. Etwas Braunes, Pelziges huscht hinter die verkohlten Reste einer Regentonne.

«Hast du ihm von mir erzählt?» fragt sie.

«Kein Wort hab ich ihm von dir erzählt. Nie.»

«Woher wußte er dann, daß ich dich gesucht hab?»

«Vielleicht wußte er's gar nicht. Vielleicht fand er einfach nur, daß du nicht zu Fuß bis zum Dorf gehen solltest.»

«Er hat sein Auto ja nicht gewendet. Er fuhr Richtung Norden. Deshalb hab ich ja gedacht, daß du's bist.»

«Schau her», sagt er und geht in die Hocke, wirft ein paar Kieselsteine. «Wir brauchen irgendein Zeichen. Ich kann nicht jeden Freitag kommen. Wir müssen uns was ausdenken, damit du Bescheid weißt.»

Aber es fiel ihnen nichts ein, was funktioniert hätte. Schließlich sagte sie ihm, daß sie jeden Freitag warten würde, aber immer nur eine Stunde. Er sagte, wenn ich nicht pünktlich bin, dann komme ich gar nicht.

Die Regelmäßigkeit, mit der sie sich getroffen hatten, ehe sein Zwillingsbruder aufgetaucht war, hatte ihrem Verlangen die Schärfe genommen. Jetzt stumpfte die Unregelmäßigkeit es vollends ab. Trotzdem fuhr er sie noch zweimal an den Ort, wo die Feigenbäume ihr Daseinsrecht behaupteten. Damals wußte sie es noch nicht, aber das zweite Mal war auch das letzte.

Es ist Ende Oktober. Er schirmt einen Teil des ausgebrannten Hauses mit einer Pferdedecke ab, und sie legen sich auf einem Armeeschlafsack nieder. Der bleiche Himmel über ihren Köpfen wird von einer Düsternis bedrängt, die ihnen auch dann verborgen geblieben wäre, wenn sie Ausschau danach gehalten hätten. So kommt der Schnee als Überraschung, der sich hell auf ihr Haar legt und seinen schweißnassen Rücken kühlt. Später sprechen sie über ihre Situation. Vom Wetter und den Umständen abhängig, unterhalten sie sich hauptsächlich über das Wo. Er erwähnt eine Stadt, neunzig Meilen weit entfernt, aber korrigiert sich gleich, weil ihnen dort kein Hotel oder Motel ein Zimmer gäbe. Sie schlägt das Kloster vor, denn in diesem seltsamen Gebäude gibt es überall Verstecke. Er schnaubt abwehrend.

«Hör doch», flüstert sie. «Da ist ein kleiner Raum im Keller. Nein, warte. Hör mir nur zu. Ich werde ihn herrichten, kuschelig machen. Mit Kerzen. Im Sommer ist er kühl und dunkel, im Winter warm wie Kaffee. Eine Lampe kommt auch rein, damit wir uns sehen können, aber uns sieht niemand. Wir dürfen so laut schreien, wie wir wollen, und keiner kann's hören. Birnen lagern da unten, und die Wände sind voller Wein. Die Flaschen liegen da und schlafen, und jede hat einen Namen wie Veuve Cliquot oder Médoc, und Nummern haben sie auch, 1915 oder 1926, wie Sträflinge, die darauf warten, befreit zu werden. Tu's doch», sie drängt ihn, «bitte tu's. Komm in mein Haus.»

Während er noch überlegt, eilen ihre Gedanken voraus, schmieden Pläne. Die Kissenbezüge wird sie mit Rosmarin ausstopfen, die Leinentücher in heißem Wasser spülen, das mit Zimt versetzt ist. Sie werden ihren Durst mit dem Sträflingswein löschen, erzählt sie ihm. Er lacht ein leises, zufriedenes Lachen, und sie beißt ihm in die Lippe. Was, rückblickend betrachtet, ihr großer Fehler war.

Consolata verwirklichte ihre Pläne und noch mehr. Der Kellerraum funkelte im Schein eines achtarmigen Kerzenleuchters aus Holland und duftete nach uralten Kräuterrezepturen. Alexanderbirnen drängten sich in einer weißen Schale. Doch er konnte nichts davon jemals genießen, denn er kam nie her. Spürte nie die Glätte des alten Linnens auf seiner Haut, pflückte nie Splitter zerstoßenen Zimts aus ihrem Haar. Die beiden Weingläser, die sie aus Kisten voller Stroh rettete und auf überirdischen Hochglanz polierte, trübten sich mit Staub ein, bis im November, kurz vor Thanksgiving, eine fleißige Spinne in ihnen Quartier nahm.

Penny und Clarissa hatten sich die Haare gewaschen und saßen am Ofen, um sie mit ihren Fingern trockenzukämmen. Abwechselnd beugten sie sich vor und schlenkerten eine schimmernde schwarze Strähne über der aufsteigenden Hitze. Leise sangen sie dazu Wiegenlieder in ihrer verbotenen Algonkinsprache und beobachteten Consolata, so wie sie sie immer beobachtet hatten: in ihren Tagen der Erregung, der hektischen Aktivität; und beim langsamen Wandel zu fingernagelkauender Verzweiflung. Sie mochten sie, weil sie geraubt worden war, genau wie sie selbst, und sie tat ihnen auch leid. Sie ließen sich Consolatas Verhalten als Lehre dienen für die Grenzen und die Möglichkeiten von Liebe und Versklavung, und sie hatten mit dieser Lektion fürs Leben gelernt. Jetzt aber stand ihre unmittelbare Zukunft auf der Tagesordnung. Sie hatten ihre Pläne gefaßt und ihr Päckchen geschnürt; sie brauchten nur noch Geld.

«Wo bewahrst du das Geld auf, Consolata? Bitte, Consolata! Am Mittwoch bringen sie uns in die Besserungsanstalt. Nur ein bißchen, Consolata. In der Speisekammer, stimmt's? Und wo genau? Allein am Montag waren es ein Dollar und zwanzig Cents!»

Consolata beachtete sie nicht. «Hört auf, mich zu belästigen.»

«Wir haben dir geholfen, Consolata. Jetzt mußt du uns helfen. Es ist kein Diebstahl – wir haben hart gearbeitet hier. Bitte! Denk dran, wie hart wir gearbeitet haben.»

Die Stimmen melodiös und wohltuend, schlenkerten sie ihre Haare und blickten sie an mit den unwiderstehlichen Augen in Not geratener Prinzessinnen.

Das Klopfen an der Küchentür war nicht laut, aber unverkennbar selbstbewußt. Ein dreimaliges Pochen, dann

Stille. Die Mädchen brachten ihr Haar mit den Händen zur Ruhe. Consolata erhob sich von ihrem Stuhl, als wäre sie vom Sheriff oder einem Engel gerufen worden. Ein wenig war es eine Mischung aus beidem, was da in Gestalt einer jungen Frau eintrat, erschöpft, schwer atmend, aber in kerzengerader Haltung.

«Das war vielleicht ein Marsch», sagte sie. «Bitte, ich muß mich setzen.»

Penny und Clarissa verflüchtigten sich wie Rauch.

Die junge Frau nahm den Stuhl, den Penny freigemacht hatte.

«Kann ich Ihnen irgend etwas bringen?» fragte Consolata.

«Wasser, wenn Sie so freundlich sind.»

«Nicht lieber Tee? Sie sehen ganz erfroren aus.»

«Ja. Aber erst Wasser. Den Tee dann später.»

Consolata schenkte Wasser aus einem Krug ein und bückte sich, um nach dem Feuer im Herd zu sehen.

«Was ist das für ein Geruch?» fragte die Besucherin. «Salbei?»

Consolata nickte. Die Frau hielt sich die flache Hand vor die Lippen.

«Stört es Sie?»

«Das geht vorüber. Danke.» Schluck für Schluck trank sie das Wasser, bis das Glas leer war.

Consolata wußte es schon oder glaubte es zu wissen, aber sie fragte trotzdem: «Was wollen Sie hier?»

«Ihre Hilfe.» Die Stimme war leise, beherrscht. Kein Urteil, kein Flehen.

«Ich kann Ihnen nicht helfen.»

«Sie können es, wenn Sie wollen.»

«Was für eine Hilfe brauchen Sie denn?»

«Ich kann dieses Kind nicht bekommen.»

Heißes Wasser spritzte aus dem Schnabel auf die Untertasse. Consolata setzte den Kessel ab und wischte das Wasser mit einem Tuch auf. Sie hatte die Frau – das Mädchen, genaugenommen, sie war noch keine dreißig – noch nie gesehen, aber trotzdem gab es seit dem Augenblick, da sie eingetreten war, nicht den Schatten eines Zweifels, um wen es sich handelte. Sein Duft war überall an ihr, oder ihr Duft war an ihm. Sie hatten lange genug und eng genug zusammengelebt, um gemeinsam Phlox, Tabak und Seife von Camay zu atmen und in ihrem Windschatten wieder auszudünsten. Und da war noch etwas anderes: der Duft kleiner Kinder, das köstliche Aroma von süßem Öl, Babypuder und fleischloser Kost. Es war eine Mutter, die hier vor ihr stand und etwas Rohes, Unmütterliches sagte, das auf Consolata zuschoß wie die Zunge einer Schlange. Sie konnte der Zunge ausweichen, aber das Gift dahinter lähmte sie mit einem Wissen, das ihr nicht neu war, das sie sich aber nie bildlich vorgestellt hatte: Sie teilte ihn mit seiner Frau. Jetzt sah sie die Bilder, die ihr haargenau zeigten, was das Wort «teilen» bedeutete.

«Da kann ich Ihnen nicht helfen. Wo liegt denn Ihr Problem?»

«Ich habe zwei Kinder bekommen in nur zwei Jahren. Wenn noch ein drittes ...»

«Warum kommen Sie zu mir? Warum bitten Sie mich um so was?»

«Wen sonst?» entgegnete die Frau mit ihrer klaren, bestimmten Stimme.

Das Gift breitete sich aus. Consolata hatte ihn verloren. Ganz und gar und für immer. Seine Frau mochte das nicht wissen, aber Consolata erinnerte sich an sein Gesicht. Nicht, als sie ihm in die Lippe biß, aber dann, als sie summend das Blut aufleckte, das aus der Wunde sickerte. Er hatte heftig Luft durch die Zähne gezogen. Hatte gesagt:

«So etwas tust du niemals wieder!» Doch in seinen Augen, die erst verblüfft, dann angewidert waren, stand all das andere zu lesen, das sie schon vorher hätte wissen können. Zimt, Klee und altes, weiches Linnen – welcher Mann würde sich darauf einlassen, Birnen und eine Wand voll Sträflingswein mit einer Frau zu teilen, die darauf aus war, ihn zu verzehren wie eine Mahlzeit?

«Besser, Sie gehen gleich wieder. Sie sind nicht deshalb hergekommen. Sie sind gekommen, um mir zu sagen, mir zu zeigen, wer Sie sind. Und Sie glauben, daß ich Schluß machen werde, wenn ich nur weiß, was Sie vorhaben. Aber das werde ich nicht.»

«Nein. Aber er wird.»

«Sie wären nicht hergekommen, wenn Sie das dächten. Sie wollen sehen, wie ich bin. Ob ich vielleicht auch schwanger bin.»

«Hören Sie mir zu. Er hat eine Aufgabe, die er erfüllen muß. Wir alle müssen sie erfüllen. Wir bauen etwas auf.»

«Was kümmert mich euer elendes Kuhdorf? Dort ist die Tür. Verschwinden Sie. Ich habe zu tun.»

Ging sie den ganzen Weg nach Hause zu Fuß? Oder war auch das eine Lüge gewesen? Hatte sie ihren Wagen irgendwo in der Nähe abgestellt? Und wenn sie zu Fuß ging – war da niemand, der sie unterwegs auflas? War das der Grund, warum sie das Kind verlor?

Ihr Name war Soane, und als sie und Consolata gute Freundinnen geworden waren, meinte sie, daß sie das nicht glaube. Es sei das Böse in ihrem Herzen gewesen, das die Fehlgeburt verursacht hatte. Hochmut, getränkt mit Selbstgerechtigkeit, sagte sie. Ihre vorgespiegelte Bereitschaft zu einem Opfer, das sie gar nicht bringen wollte, lehrte sie, sich nicht in Gottes Ratschlüsse einzumischen. Das Leben, das sie zum Faustpfand ihres Handels gemacht hatte, fiel zwischen ihre Beine, in einen Sumpf aus roten Säften und zerwühlten Laken. Ihre Freundschaft mit Consolata lag weit in der Zukunft. In der Gegenwart schmiß Consolata, sobald die Frau gegangen war, einen Stoffbeutel voller Münzen nach Penny und Clarissa und rief hinterher: «Macht, daß ihr wegkommt.»

Das Licht und der Speisezettel änderten sich in den folgenden Tagen, aber unverändert blieb der kalte Wind des Kummers, in dem Consolata die Bruchstücke ihrer verschlingenden Liebe zu sortieren suchte. Eine Romanze, bis zur Grenze ihrer Tragfähigkeit belastet, war zerbrochen, und dahinter wurde eine höchst einfache und hirnlose Übertragung sichtbar. Von Christus, dem man sich vollkommen hingab, um dann die Idee Seines Fleisches zu verzehren, auf einen lebendigen Menschen. Eine Schande. Eine Schande ohne Schuld. Buchstäblich auf allen vieren kroch Consolata zurück zu der kleinen Kapelle und wünschte nichts sehnlicher, als Ihn dort anzutreffen, rötlich glimmend im Dämmerlicht. Kam reumütig zurück nach Frauenart, als flüchtete sie sich in Arme, die verstehen konnten, wo der Körper selbst, wie ein Muskelkrampf, keine Erinnerung an seine Unterwerfung hatte. Kein inständiges Gebet erklang. Kein Domine, non sum dignus. Sie beugte einfach die Knie, die sie so gern geöffnet hatte, und sagte: «Lieber Gott, ich wollte ihn nicht verzehren. Ich wollte nur nach Hause.»

Mary Magna kam in die Kapelle, kniete neben Consolata nieder, legte einen Arm um ihre Schultern und sagte: «Endlich.»

«Ihr wißt ja nicht», sagte Consolata.

«Das brauche ich nicht, Kind.»

«Aber er, aber er.» Schaschascha. Schaschascha, wollte sie sagen, und das sollte bedeuten: Er und ich, wir sind eins.

«Schhh, schhh, schhh. Schhh, schhh, schhh», machte Mary Magna. «Sprich nie wieder von ihm.»

Vielleicht wäre sie nicht so schnell einverstanden gewesen, aber als Mary Magna sie aus der Kapelle in den Lehrsaal hinausführte, versengte ein Sonnenstrahl ihr rechtes Auge, und die Zeit ihrer Fledermaussichtigkeit begann. Von nun an sah Consolata am besten im Dunkeln. Sie hatte ein Zeichen erhalten.

Mary Magna gab Geld, das sie nicht hatte, für eine gemeinsame Reise aller Hausbewohnerinnen nach Middleton aus, wo jede von ihnen, vor allem aber Consolata, zur Beichte ging und die Messe besuchte. Clarissa und Penny, Vorbilder an Bußfertigkeit, drängten vergeblich zu einem Besuch in dem Indianer- und Wildwest-Museum, für das eine Reklametafel an der Straße warb. Schwester Mary Elizabeth sagte, so etwas schicke sich nicht nach der Beichte. Die lange Rückfahrt verlief schweigend, abgesehen von dem leisen Rascheln, mit dem das Meßbuch umgeblättert wurde, und einem gelegentlichen Gesumm der beiden letzten Zöglinge der Schule.

Bald waren nur noch die Ehrwürdige Mutter und Schwester Roberta übrig. Schwester Mary Elizabeth hatte eine Stelle als Lehrerin in Indiana angenommen. Penny und Clarissa waren nach Osten verfrachtet worden und, wie später bekannt wurde, eines Nachts in Fayetteville, Arkansas, aus dem Bus getürmt. Abgesehen von einer Geldanweisung, zahlbar an Consolata und mit einem Phantasienamen unterschrieben, ließen sie nie wieder etwas von sich hören.

Die drei Frauen warteten den ganzen Winter über – und warteten bald nicht mehr – auf eine neue Aufgabe, die ihnen eine Alternative zum Ruhestand oder einem «Heim» böte. Die Unabhängigkeit, die ihrer Mission zugedacht war, nahm sich rasch wie Verlassenheit aus. Unterdessen taten sie das Nötige, um den Besitz zu erhalten und Schulden zu vermeiden, die die Stiftung nicht mehr hätte abtragen können. Sargeant Person pachtete Land von ihnen, auf dem er Hartmais und Luzerne anbauen wollte. Sie machten Saucen und Marmeladen und backten Vollkornbrot. Verkauften Eier, Pfefferschoten, scharfes Relish und eine beißende Barbecuesauce und priesen ihre Angebote auf einem Schild aus Pappkarton an, das den verblichenen blauweißen Namen der Schule verdeckte. 1955 waren die meisten ihrer Kunden Trucker, die mit ihren Lkws zwischen Arkansas und Texas unterwegs waren. Die Bewohner von Ruby kamen meistens nur vorbei, um Pfefferschoten zu kaufen. Schließlich waren sie selbst die besten Köche und konnten alles, was sie brauchten, bei sich zu Hause anbauen und zubereiten. Erst in den fetten sechziger Jahren taten sie es den Truckern gleich und waren bereit, die Hähnchen aus Klosterzucht, wie sie sie nannten, für soviel besser als die eigenen zu halten, daß sie die Fahrt lohnten. Und wenn sie einmal da waren, probierten sie auch ein wenig von der Chilipaste oder von einem Maisrelish. Pekanschößlinge, die in den vierziger Jahren gepflanzt worden waren, brachten 1960 reiche Ernten. Das Kloster verkaufte die Nüsse, oder es wurden Kuchen damit gebacken, die schneller weg waren, als man sie auf die Papptafel schreiben konnte. Sie machten auch Rhabarberkuchen, der so köstlich war, daß die Kundschaft keine Worte fand, und die Barbecuesauce erwarb sich dank der höllenscharfen Pfefferschoten einen legendären Ruf.

Es war ein gutes Leben für Consolata. Besser als gut sogar, denn Mary Magna hatte sie gelehrt, Geduld als höchste Tugend zu betrachten. Nachdem sie dafür gesorgt hatte, daß die kleine Consolata ihre Firmung erhielt, zog sie sich oft mit dem Mädchen zurück, und dann beobachteten die beiden in aller Ruhe, wie der Kaffee durch den Filter tropfte, oder sie saßen schweigend vor dem Garten und sahen den Pflanzen beim Wachsen zu. Gottes Großmut, sagte sie, zeigt sich nirgends schöner als in der Gabe der Geduld. Consolata hielt diese Botschaft in Ehren, und so spürte sie auch kaum, was sie verlor. Das erste, was dahinging, waren die Gesetze ihrer ersten Sprache. Hin und wieder noch fühlte sie sich in einem Zwischenreich denken und reden, im Tal zwischen den Regeln der ersten Sprache und den Wörtern der zweiten. Das nächste, was verschwand, war das Gefühl der Verlegenheit. Und schließlich verlor sie die Fähigkeit, Licht zu ertragen. Zu dem Zeitpunkt, als Mavis eintraf, war Schwester Roberta längst in ein Pflegeheim gegangen, und Consolata blieb als einzige Aufgabe, sich um Mary Magna zu kümmern.

Aber ehe es soweit war; ehe die schlampig gekleidete Frau in Gummischlappen vom Rand des Gartens her nach ihr rief; als Mary Magna noch nicht erkrankt und Consolata noch im Stand der Frömmigkeit und des Geblendetseins war und zehn Jahre zwischen ihr und jenem Sommer des Versteckens in einem Bachbett hinter einem Haus voller ungastlicher Aschenmenschen lagen, da wurde Consolata dazu überlistet, die Toten zu erwecken.

Es waren windstille Jahre. Beichte und Buße waren Teile, aber nicht Beherrscher des Lebens. Es blieben Zeit und Muße für die Dinge des Alltags. Consolata machte sich alles und jedes zu eigen, das nichts mit Papier zu tun hatte: Sie vervollkommnete die Barbecuesauce, nach der die Menschen in diesem Viehzüchterland ganz verrückt waren; sie stritt sich mit den Hühnern; machte einen weiten Bogen um zänkische Gänse; bestellte den Garten. Sie und Schwester Roberta waren übereingekommen, es noch einmal mit einer Kuh zu versuchen, und Consolata stand inmitten der

Beete und überlegte, wo sie sie nur grasen lassen sollte, als der Schweiß wie Regen von ihrem Hals, aus ihrem Haaransatz zu strömen begann. So reichlich, daß die Gläser der Sonnenbrille, die sie jetzt immer trug, beschlugen. Sie schob die Brille herunter, um sich den Schweiß aus den Augen zu wischen. Durch die salzige Flüssigkeit hindurch sah sie einen Schatten, der auf sie zukam. Als er zum Greifen nahe war, verwandelte er sich in eine schmächtige Frau. Consolata, um die sich alles zu drehen begann, suchte Halt an einer Bohnenstange, griff daneben und sank zu Boden. Als sie wieder zu sich kam, saß sie auf dem roten Stuhl, vor ihr die schmächtige Frau, die summte und ihr dabei die Stirn abwischte.

«Glück gehabt», sagte sie und lächelte um einen Klumpen Kaugummi herum.

«Was ist denn los mit mir?» Consolata blickte zum Haus.

«Der Wechsel wahrscheinlich. Hier ist deine Brille. Leider verbogen.»

Ihr Name sei Lone DuPres, sagte sie, und wenn sie nicht gekommen wäre, sagte sie, um ein paar Pfefferschoten zu holen, wer weiß, wie lange Consolata dann im Bohnenbeet gelegen hätte.

Consolata war zu schwach, um aufzustehen; so ließ sie ihren Kopf wieder auf die Rückenlehne sinken und bat um einen Schluck Wasser.

«Nix da», sagte Lone, «davon hast du schon zuviel gehabt. Wie alt bist du?»

«Neunundvierzig. Fast fünfzig.»

«Bitte, ich bin über siebzig, und ich kenn mich aus. Tu, was ich dir sage, und der Wechsel wird kürzer und weniger beschwerlich sein.»

«Aber es steht doch gar nicht fest, daß es der Wechsel ist.»

«Ich wette drauf. Und es ist nicht nur die Hitze. Du spürst noch was anderes, oder?»

«Was denn?»

«Du würdest es erkennen, wenn du's hättest.»

«Wie fühlt sich's denn an?»

«Das mußt du mir sagen. Manche Frauen vertragen's überhaupt nicht. Andere sagen, es erinnert sie an, na, du weißt schon.»

«Meine Kehle ist ganz ausgedörrt», sagte Consolata.

Lone wühlte in ihrer Tasche herum. «Ich mach dir einen Aufguß, der hilft.»

«Nein. Die Schwestern. Ich meine, es wird ihnen nicht recht sein, wenn eine Fremde plötzlich reinmarschiert und ihre Sachen auf dem Herd ausbreitet.»

«Ach, das macht ihnen nichts aus.»

Und es machte den Schwestern tatsächlich nichts aus. Lone gab Consolata etwas Heißes zu trinken, das nach purem Salz schmeckte. Als sie später Mary Magna von ihrem Anfall und Lones Heiltrank erzählte, lachte die und sagte: «Na ja, die Lehrerin in mir denkt: So ein Unfug. Die Frau in mir denkt: Wenn es hilft, hilft's. Aber sei auf der Hut!» Mary Magna senkte ihre Stimme. «Ich glaube, sie praktiziert.»

Lone kam nicht oft vorbei, aber jedesmal erfuhr Consolata Dinge von ihr, die sie beunruhigten. Consolata sagte ihr ganz offen, daß sie nicht an Magie glaube, daß die Kirche und alles Heilige jegliches magische Wissen und dessen Anwendung verböten. Lone hörte sich das ruhig an. Sie sagte nur: «Manchmal brauchen die Menschen eben mehr.»

«Niemals», sagte Consolata. «Mein Glaube sagt mir, daß ich nichts brauche als ihn.»

«Du brauchst, was wir alle brauchen: Erde, Luft, Wasser.

Nimm deinem Gott nicht Seine Elemente weg. Er hat sie alle geschaffen. Du willst Ihn von Seinen Werken trennen. Bring Seine Welt nicht aus dem Gleichgewicht!»

Consolata hörte ihr halbherzig zu. Ihre Neugierde hielt sich in Grenzen; ihre religiösen Anschauungen waren fest verwurzelt. Ihre Gemütsruhe hing nicht vom Fallen eines Besenstiels oder den Hinterlassenschaften eines Kojoten ab. Sie war nicht fröhlicher oder trauriger, wenn sie ein verkrüppeltes Tier sah. Sie war nicht scharf darauf, sich mit dem Wasser zu unterhalten. Und sie glaubte auch nicht, daß normale Menschen sich in natürliche Abläufe einmischen konnten oder sollten. Die Straße freilich, die aus Demby kam, war so gerade wie ein Sägeblatt, und ein Teenager, der sie zum erstenmal befuhr, mußte einfach glauben, daß er das nicht nur mit geschlossenen Augen, sondern auch im Schlaf zustande brächte. So dachte auch, jedenfalls in den wachen Momenten, Scout Morgan, als er eines frühen Abends über diese Straße rollte, die nahe beim Kloster vorbeiführte. Er war fünfzehn Jahre alt und saß am Steuer eines Pick-ups, der dem Vater seines besten Freundes gehörte (aber gar nichts war, verglichen mit dem Little Deere, den zu lenken ihm sein Onkel gerade beibrachte), während sein Bruder Easter auf der Pritsche hinten in der Fahrerkabine und sein bester Freund auf dem Beifahrersitz schliefen. Sie waren heimlich nach Red Fork gefahren, um sich das Rodeo der schwarzen Cowboys anzusehen, das ihnen von ihren Vätern einstimmig verboten worden war, und sie hatten sich mit Falstaff-Bier in einen Zustand reinen Glücks getrunken. Während eines von Scouts unfreiwilligen Nickerchen am Lenkrad kam der Wagen von der Straße ab und hätte wahrscheinlich keinen großen Schaden angerichtet, wären da nicht die aufgestapelten Markierungspfosten gewesen, die darauf warteten, von den Straßenarbeitern eingesetzt zu werden. Der Wagen rammte den Stapel und kippte um. July Person und Easter wurden hinausgeschleudert. Scout war innen eingeklemmt, verästelte rote Linien leuchteten auf der schwarzen Haut an seiner Schläfe.

Lone, die an Consolatas Tisch saß, fühlte den Unfall mehr als daß sie ihn hörte: Die Schreie von July und Easter konnten nicht so weit reichen.

«Komm mit!»

«Wohin?»

«Ganz in der Nähe, glaube ich.»

Als sie die Unfallstelle erreichten, hatten Easter und July ihren Freund schon aus dem Wagen gezogen und schluchzten über seiner Leiche. Lone wandte sich zu Consolata und sagte: «Ich bin jetzt zu alt. Ich schaff's nicht mehr, aber du kannst es.»

«Ihn hochheben?»

«Nein. In ihn hineingehen. Ihn aufwecken.»

«Hinein? Wie das?»

«Steig ein. Steig einfach rein in ihn. Hilf ihm doch, Mädchen!»

Consolata blickte auf den leblosen Körper, setzte ohne zu zögern ihre Brille ab und konzentrierte sich auf die roten Tröpfchen, die seine Haare verfärbten. Sie stieg ein. Sie sah das Straßenstück, das er träumend durchfahren hatte, sie fühlte das Kippen des Wagens, den Schmerz im Kopf, den Druck auf der Brust, den Widerwillen zu atmen. Wie aus weiter Ferne hörte sie Easter und July mit den Füßen gegen das Blech treten und jammern. Im Inneren des Jungen sah sie einen Punkt aus Licht, der schon winzig war und immer kleiner wurde. Energie mobilisierend, die sich anfühlte wie Angst, starrte sie auf ihn, bis er sich wieder weitete. Und größer wurde, immer größer, so daß Luft eindringen konnte, erst mit einem leisen Zischeln, dann in einem rauschenden, rauschenden Strom. Es bereitete ihr höllische Schmerzen, den Blick auszuhalten, aber sie überwand sich, als wären die Lungen in Not ihre eigenen.

Scout schlug die Augen auf, stöhnte und rappelte sich hoch. Die Frauen befahlen den beiden unverletzten Jungen, ihn zum Kloster zu tragen. Sie zögerten, tauschten einen Blick. Lone brüllte sie an: «Was zum Teufel ist eigentlich los mit euch allen?»

Beide waren heilfroh, daß Scout wieder zu sich gekommen war, aber, Nein, M'am, Miss DuPres, sagten sie, wir müssen schauen, daß wir nach Hause kommen. «Sehen wir nach, ob der Wagen noch läuft», sagte Easter. Sie stellten ihn wieder auf die Räder und fanden ihn fahrtüchtig genug. Lone stieg mit ein, und Consolata blieb allein zurück, ganz aufgeregt und ebenso beschämt von dem, was sie getan hatte. Sie hatte praktiziert.

Wochen vergingen, bis Lone wieder vorbeikam und sie beruhigte, daß der Junge sich vollständig erholt hätte.

«Du bist begabt. Ich hab's gleich gespürt.»

Consolata zog die Mundwinkel herunter, bekreuzigte sich und flüsterte: «Ave Maria, gratia plena.» Die freudige Erregung war verflogen, und jetzt kam ihr die ganze Sache ziemlich übel vor. Wie grober Unfug. Ein böser Zaubertrick. Etwas, das sie Mary Magna, Jesus oder der Jungfrau nicht erzählen konnte, ohne vor Scham im Erdboden zu versinken. Sie hatte nicht gewußt, was sie da tat. Hatte unter einem Bann gestanden. Lones Bann. Was sie ihr auch sagte.

«Nun sei doch keine Närrin. Gott macht keine Fehler. Aber Seine Gabe zurückzuweisen, wenn das kein Fehler ist! Meinst du etwa, Er ist ein Narr wie du?»

«Ich versteh kein Wort von dem, was du da sagst», erwiderte Consolata.

«Und ob du's verstehst. Mach deine Seele weit und nutze, was Gott dir gegeben hat.»

«Ich glaube, Er will, daß ich nicht auf dich höre.»

«Sturkopf», sagte Lone. Sie warf sich ihre Tasche über die Schulter und ging die Zufahrt hinunter, um in der prallen Sonne auf jemanden zu warten, der sie mitnahm.

Dann kam Soane und sagte: «Lone DuPres hat mir erzählt, was du gemacht hast. Ich bin gekommen, um dir von ganzem Herzen zu danken.»

Consolata fand, daß sie sich kaum verändert hatte, nur die Haare, die 1954 lang gewesen waren und verfilzt vor lauter Kummer, trug sie jetzt kurz. Sie hatte einen Korb dabei, den sie auf dem Tisch abstellte. «Ich werde dich in meine Gebete einschließen, solange ich lebe.»

Consolata hob die Serviette vom Korb. Zwischen Lagen aus Wachspapier waren runde Zuckerplätzchen aufgeschichtet. «Die werden Mutter zum Tee schmecken», sagte sie. Dann, mit einem Blick zu Soane: «Zum Kaffee passen sie auch.»

«Eine Tasse wäre mir recht. Sehr recht sogar.»

Consolata legte die Plätzchen in eine Schale. «Lone glaubt –»

«Darum geht's mir nicht. Du hast ihn mir zurückgegeben.»

Vor dem Haus kreischte ein Ganter seine Gänse an, trieb sie auseinander.

«Ich wußte nicht, daß er zu dir gehört.»

«Ich weiß, daß du's nicht wußtest.»

«Und es war etwas, wogegen ich nicht ankonnte. Ich meine, es war mir aus der Hand genommen, irgendwie.»

«Das weiß ich auch.»

«Und er, was glaubt er?»

«Er denkt, daß er sich selbst gerettet hat.»

«Vielleicht hat er recht.»

«Ja, vielleicht.»

«Was denkst du?»

«Ich denke, er kann froh sein, daß er uns beide hatte.»

Consolata schüttelte Krümel aus dem Korb und legte die Serviette säuberlich gefaltet hinein. Jahrelang wanderte dieser Korb zwischen den beiden hin und her.

Wäre Mary Magna nicht gewesen, so hätte die Gabe des «Einsteigens» brachgelegen. Es fand sich kein Bedarf dafür. Als aber die Ehrwürdige Mutter erkrankte, setzte Consolata sich wieder dem Licht aus, das ihre Augen nicht ertrugen. Erst versuchte sie es aus der Schwäche ihres Glaubens heraus, der sich in Panik verwandelt hatte – nichts schien der kranken Frau zu helfen –, dann wurde aus der Hilflosigkeit Wut, die sie dazu anstachelte, das Kommando zu übernehmen. Einzusteigen und den Punkt aus Licht zu stellen. Ihn zu beeinflussen, zu vergrößern, zu kräftigen. Mary Magna immer wieder neues Leben einzuimpfen, sie wieder aufzurichten. So kraftvoll waren diese Einstiege, daß Mary Magna bis zu ihrem letzten Atemzug in Consolatas Armen leuchtete wie eine Lampe. Und so hatte Consolata sich wieder der Magie ergeben, und obwohl es zum Besten der Frau geschah, die sie liebte, wußte sie um die Verwerflichkeit und um den Ekel und den Zorn, mit dem Mary Magna vor ihr zurückgeschreckt wäre, hätte sie gewußt, daß ihr Leben mit den Mitteln des Bösen verlängert wurde. Daß die Wohltat jenes letzten, offenen Tors absichtlich hinausgeschoben wurde von einer, die es besser hätte wissen müssen. Weshalb Consolata ihr auch nie sagte, was sie da tat. Doch so sehr ihr die Gabe auch widerstrebte – sie verflüchtigte sich nicht. Sie machte ihr zu schaffen, sie verschmolz die Sünde des Stolzes mit der der Hexerei, aber Consolata lernte doch, mit ihr auf eine Weise umzugehen, von der sie zu hoffen wagte, daß sie Ihm nicht mißfällig war und ihrer Seele nicht zum Verderben gereichte. Es war eine Frage der Worte. Lone nannte es «einsteigen». Consolata sprach vom «Hineinsehen». Und so war die Gabe für sie eine «Ein-Sicht». Etwas, das Gott jedem schenkte, der willens war, es zu entwickeln. Es war ein Etikettenschwindel, der aber ein heikles Thema zwischen ihr und Lone aus der Welt schaffte und es ihr erlaubte, Lones Heilmittel für alle möglichen Krankheiten zu übernehmen und selbst mit anderen zu experimentieren, solange die Einsicht in ihr loderte. Je trüber die äußere Welt für sie wurde, desto leuchtender wurde ihr innerer Blick.

Als Mary Magna starb, war Consolata, inzwischen vierundfünfzig, verwaist auf eine Weise, die sie selbst als Straßenkind und erst recht als Dienerin nicht gekannt hatte. Die Kirche hatte gute Gründe, vor übermäßiger Menschenliebe zu warnen, und als Mary Magna sie verließ, fand Consolata zwar Trost im Mitgefühl ihrer beiden Freundinnen – in der Hilfe und den guten Worten von Mavis; in den Versuchen von Grace, sie aufzuheitern –, aber die Verbindungsschnur zur Welt war ihr aus den Händen geglitten. Sie hatte keinen Personalausweis, keine Versicherung, keine Familie, keine Arbeit. Sie stand vor dem Nichts, wartete auf ihre Vertreibung aus dem Kloster, war auf der Hut vor ihrem Gott und fühlte sich wie ein Fetzen Papier, unbeschrieben, der in der Ecke eines leeren Schranks lag. Sie hatten ihr versprochen, sich immer um sie zu kümmern, aber keiner hatte ihr gesagt, daß jedes Immer aus Menschenmund Grenzen hatte, in der Zeit und im Raum. Der Sträflingswein half ihr, bis er eines Tages nicht mehr half, sie nur noch mit dem Groll der Trinker wünschen ließ, sie wäre kräftig genug, um alles Leben aus diesen Frauen herauszuprügeln, die in ihrem Haus lebten wie die Maden im Speck. «Gott macht keine Fehler», hatte Lone ihr ins Gesicht gebrüllt. Das mochte sein, aber manchmal war Er entschieden zu großzügig. Wenn Er zum Beispiel satanische Gaben an eine betrunkene, unwissende, mittellose Frau austeilte, die im Dunkeln hauste und sich weder von ihrer Pritsche erheben und etwas Nützliches tun noch auf ihr sterben und die Welt vom Gestank ihres Leibes befreien konnte. Sie stellte sich vor, wie sie wohl aussah mit ihren grauen Haaren und den Augen, denen alles genommen war, was Augen ausmachte. Eine farblose Iris, vor der die Welt zum Schemen wurde, ausgenommen allein das, was sich in den Seelen der anderen abspielte. Das genaue Gegenteil jener blinden Monate, da sie sich mit dem lebendigen Mann im Dreck gewälzt hatte und zum erstenmal zu sehen glaubte, weil sie so genau hinschaute. Aber sie hatte ein Zeichen erhalten, das halb ein Fluch und halb ein Segen war. Er hatte das Grün herausgebrannt und durch vollkommene Sicht ersetzt, von der Gebrauch zu machen sie verdammte.

Schritte, gefolgt von einem Klopfen, holten sie aus der tristen Sackgasse ihrer Gedanken.

Das Mädchen öffnete die Tür.

«Connie?»

«Wer soll denn sonst dasein?»

«Ich bin's, Pallas. Ich hab wieder mit meinem Vater telefoniert. So. Jetzt weißt du's. Wir treffen uns in Tulsa. Ich bin gekommen, um mich zu verabschieden.»

«Aha.»

«Es war toll. Ich mußte es einfach tun. Es ist ja eine ganze Ewigkeit her, seit ich ihn zuletzt gesehen hab.»

«So lange?»

«Kannst du's glauben?»

«Kaum. Du bist rund geworden.»

«Yeah. Ich weiß.»

«Und? Was hast du vor?»

«Wie immer. Ein bißchen hungern.»

«Das meine ich nicht. Ich meine das Kind. Du bist schwanger.»

«Bin ich nicht.»

«Wirklich nicht?»

«Nein!»

«Und warum nicht?»

«Ich bin doch erst sechzehn!»

«Oh», sagte Consolata und blickte auf den kleinen Kopf, der wie ein Mond über dem Rückgrat schwebte, auf die vier winzigen Auswüchse, aus denen Pfoten oder Hände oder Hufe oder Füße werden mochten. Mehr konnte man in diesem Stadium kaum sagen. Pallas hätte ein Lamm, ein Kind, einen Jaguar in sich tragen können. «Schade», sagte sie, als das Mädchen aus dem Keller floh. Und noch einmal: «Schade», als sie sich das Leben vorstellte, das dem Kind an der Seite dieser unreifen jungen Mutter bevorstand. Sie erinnerte sich an ein anderes Mädchen, ungefähr im gleichen Alter, das vor ein paar Jahren gekommen war – in einer sehr schlimmen Zeit. Siebzehn Tage lang war Consolata nicht nach draußen gekommen, war allein mit Mary Magna gewesen, hatte deren Atem in Bewegung gehalten und das kühle blaue Licht am Flackern, bis Mary Magna schließlich, auch wenn ihr niemand die Letzte Ölung spenden konnte, um die Erlaubnis bat zu gehen. Das zweite Mädchen, Grace, tauchte gerade rechtzeitig auf, um ihr das schreckliche Gefühl des völligen Alleinseins zu nehmen, das sie in dem Augenblick überwältigte, als die Tote aus dem Haus getragen wurde: Dank Grace konnte Consolata schlafen. Später kam Mavis zurück und brachte geweihtes Wasser aus Lourdes und starke, illegale Schmerzmittel. Consolata war froh über die Gesellschaft, die sie von ihrer selbstquälerischen Grübelei über den Verlust ihrer Bleibe, über Hunger und einen unentsühnten Tod ablenkte. Ohne Papiere und Beschützerin war sie so verwundbar, wie sie es mit neun Jahren gewesen war, als sie sich auf dem Deck der *Atenas* an Mary Magnas Hand klammerte. Lone DuPres oder Soane konnten ihr alle mögliche Hilfe anbieten, aber sicher kein Obdach. Nicht in diesem Dorf.

Und dann stand das Mädchen aus Ruby vor der Tür. Ein voller Tränenkrug gleich hinter den Augen. Und noch etwas anderes im Leib. Sie war nicht ängstlich, wie man erwarten konnte, sondern voller Haß auf die Eigenmächtigkeit ihres Schoßes. So groß war ihr Abscheu, daß er ihren Körper von der Seele trennte und in ihrem Fleisch, das neues Fleisch erzeugte, etwas Fremdes sah, etwas Widerspenstiges, Unnatürliches, Krankes. Consolata kam nicht dahinter, woher diese Feindseligkeit rührte, aber sie war da. Und eben hatte sie wieder ihre Stimme gehört, in dem herausgeschrienen Nein! eines anderen Mädchens: der reine Schrecken, unverdünnt. Mit der jungen Frau von damals machte Consolata genau das, was Mary Magna an ihrer Stelle getan hätte: Sie beruhigte sie und gab ihr den Rat, abzuwarten, bis ihre Zeit gekommen war. Sagte ihr, daß sie ihr Kind gerne im Kloster zur Welt bringen konnte, wenn sie das wollte. Mavis war begeistert, Grace amüsiert. Die beiden schnappten sich das Pachtgeld und fuhren los, um Einkäufe für den erwarteten neuen Erdenbürger zu machen. Sie kamen zurück mit genügend Babyschuhen, Windeln und Puppen, um einen ganzen Kindergarten auszustatten. Das Mädchen, das sich schroff weigerte, eine Hebamme an sich heranzulassen, wartete ungefähr eine Woche lang, verdrossen, aber ruhig. Zumindest glaubte Consolata das. Was sie nicht wußte, bis die Wehen einsetzten, war, daß die junge Mutter sich unbarmherzig in den Unterleib geschlagen hatte. Wäre Consolatas Sehvermögen intakt und die Haut des Mädchens nicht so schwarz gewesen wie eine Meeresliebesnacht, hätte sie die Blutergüsse gleich als solche erkannt. So aber sah sie nur Schwellungen und einen Schimmer unter der Haut, der eher purpurn als silbrig war. Den wahren Schaden aber richtete der Besenstiel an, den sie sich, geschickt wie ein Vergewaltiger, in den Leib rammte, gnadenlos und immer wieder. Mit dem Genuß und der Entschlossenheit eines tollwütigen Mannes hatte sie versucht, das Leben aus ihrem Leben herauszuprügeln. Und war, wenn man so wollte, triumphal erfolgreich gewesen. Das fünf oder sechs Monate alte Kind lehnte sich auf. Mutig, mißhandelt und starr vor Angst, versuchte es, dem geschlagenen und schlagenden Gefäß zu entkommen, in dem es steckte. Die Stöße gegen seinen zarten Schädel, die Hiebe auf sein Hinterteil. Das Beben, das durch seine Wirbelsäule lief. Es hatte keine andere Chance. Wenn es sich nicht selbst zu retten suchte, würde es in Stücke brechen oder im Fruchtwasser ertrinken. Und so wurde es geboren, wenn das Wort trifft, ein kleiner Junge, der zu früh dran war und zu erschöpft von der Flucht. Aber er atmete. Ein wenig. Mavis kümmerte sich um ihn. Grace ging ins Bett. Gemeinsam säuberten Consolata und Mavis seine Augen, steckten ihre Finger in seine Kehle, säuberten die Atemwege, versuchten ihn zu füttern. Ein paar Tage ging es noch gut, dann gab er auf und suchte die Gesellschaft von Merle und Pearl. Zu diesem Zeitpunkt war die Mutter längst verschwunden, ohne ihn ein einziges Mal berührt oder angesehen oder nach ihm gefragt und ihm einen Namen gegeben zu haben. Grace nannte ihn Che, und Consolata wußte bis heute nicht, wo er beerdigt worden war. Sie wußte nur noch, daß sie Agnus Dei, qui tollis peccata mundi: miserere nobis gemurmelt hatte über den drei Pfund tapferen, aber geschlagenen Lebens, das eine lächelnde und gurrende Mavis anschließend wegtrug.

Vielleicht besser so, dachte Consolata. Ein Leben mit dieser Mutter wäre die Hölle gewesen für Che. Und jetzt war hier eine andere, die Nein! brüllte, als ob das genügte. Schade.

Consolata griff nach einer Flasche und fand sie leer. Sie seufzte und ließ sich auf dem Stuhl zurücksinken. Ohne Wein, das wußte sie, wären ihre Gedanken unerträglich: Resignation, Selbstmitleid, unterdrückte Wut, Ekel und Scham, glühend wie Aschenreste in einem ersterbenden Feuer. Als sie aufstand, um Nachschub für ihr Laster zu holen, überkam sie eine große Ermattung und zwang sie auf den Sitz zurück, ließ ihr Kinn an die Brust sinken. Sie schlief, bis sie nüchtern war. Als sie mit Kopfweh und einem pelzigen Mund erwachte, mußte sie dringend auf die Toilette. Im oberen Stockwerk konnte sie hinter der einen Tür ein Schniefen und hinter der anderen Gesang hören. Wieder im Erdgeschoß, beschloß sie, ein wenig frische Luft zu schnappen. Sie schlurfte in die Küche und durch die Tür ins Freie. Die Sonne war verschwunden, hatte ein freundlicheres Licht hinterlassen. Consolata musterte den winterlich verwahrlosten Garten. Die Ranken der Tomatenpflanzen hingen schlaff über Früchten, die schwarz und zermatscht am Boden lagen. Senfsträucher waren fahlgelb vor Fäule und Vernachlässigung. Eine ganze Halde von Melonen schrumpfte in sich zusammen, daneben gammelten schlammbraune Chrysanthemen. Hühnerfedern klebten an dem niedrigen Drahtzaun, der sein möglichstes tat, den

Garten vor Eindringlingen zu schützen. Wenn der Mensch nicht eingriff, nahmen Zieselbauten und Termitenhügel, die Nagespuren von Kaninchenzähnen und hungrige Krähen überhand. Das Gekritzel der Stoppelfelder im Hintergrund, wo der Mais säuberlich abgeerntet war, sah trostlos aus. Und die Pfefferschotenbüsche, die ihre Früchte wie verschrumpelte Finger hängen ließen, waren steif vor Kälte. Obwohl Erdkrumen gegen ihre Beine geblasen wurden, setzte Consolata sich auf den ausgebleichten roten Stuhl.

«Non sum dignus», flüsterte sie. «Aber sag mir: Wo sind die Tage der Ruhe, die Pfade im Thymian, die Düfte des Ehrenpreis, die du mir versprochen hast? Wo sind Milch und Honig, die ich deiner Meinung nach verdient hatte? Wo ist das Glück, das wohlgetane Arbeit spendet, der Seelenfrieden der erfüllten Pflicht, der Segen guter Taten? War denn so schlimm, was ich aus Liebe zu dir getan habe?»

Mary Magna hatte nichts zu sagen. Consolata lauschte dem versagenden Schweigen und war mehr verwundert als verärgert über den Himmel, der jetzt goldene und blaugrüne Federn anlegte, sich am Horizont aufplusterte wie erwiderte Liebe. Sie fürchtete sich davor, allein zu sterben, unbeweint in ungeweihter Erde zu liegen, aber sie wußte, daß ihr genau das bevorstand. Wie sehr sie sich nach dem freundlichen Tod sehnte. «Ich werde Dich vermissen», sagte sie zu Ihm. «Wirklich und wahrhaftig.» Das Himmelslicht flackerte.

Ein Mann kam näher. Mittelgroß, mit flinken Schritten, mitten auf der Zufahrt zum Kloster. Er hatte einen Cowboyhut auf, der seine Gesichtszüge verbarg, aber Consolata hätte sie ohnehin nicht sehen können. Wo er jetzt saß, auf den Stufen vor der Küche, halb in der Tür, bedeckte ein Schattendreieck sein Gesicht, aber nicht seine Kleidung: eine grüne Weste über einem weißen Hemd und rote Hosenträger, die zu beiden Seiten seiner mittelbraunen Hose herunterhingen, darunter glänzende schwarze Arbeitsschuhe.

«Wer ist da?» fragte sie.

«Na hör mal, Mädchen. Du kennst mich doch.» Er beugte sich vor, und sie sah, daß er eine Sonnenbrille trug – die verspiegelte Sorte, die leuchtet.

«Nein», sagte sie. «Nicht daß ich wüßte.»

«Ist auch egal. Ich bin hier auf der Reise.» Zehn Meter lagen zwischen ihnen, aber seine Worte leckten an ihrer Wange.

«Bist du aus dem Ort?»

«Nnh-nnh. Vom tiefsten Land. Ist was zu trinken da?»

«Hol's dir im Haus.» Consolata begann seinen Tonfall anzunehmen: Honig, der aus einer Wabe floß.

«Ach, dann», sagte er, als wäre die Sache damit erledigt und er würde lieber dürsten.

«Ruf einfach», sagte Consolata. «Die Mädchen können dir was bringen.» Sie fühlte sich leicht, schwerelos, als könnte sie sich, wenn sie nur wollte, von der Stelle bewegen, ohne aufzustehen.

«Kennst du mich denn nicht besser?» sagte der Mann. «Ich will nicht deine Mädchen sehen. Dich will ich sehen.»

Consolata lachte. «In deiner Brille hast du mich gleich doppelt.»

Plötzlich war er neben ihr, ohne sich gerührt zu haben – und er lächelte, als hätte (oder erwartete) er großen Spaß. Consolata lachte abermals. Es kam ihr so lustig vor, so komisch, wie er von den Stufen zu ihr herübergehuscht war und wie er sie nun ansah – flirtend, voller heimlichem Vergnügen. Keine zwei Handbreit vor ihrem Gesicht nahm er seinen hohen Hut ab. Kräftiges, teefarbenes Haar fiel heraus, strömte über seine Schultern und seinen Rücken hinab. Dann zog er seine Brille herunter und zwinkerte ihr mit einer langsamen, verführerischen Bewegung eines Augenlids zu. Sie sah, daß seine Augen so rund und grün waren wie frische Äpfel.

Bei Kerzenlicht an einem bitterkalten Abend im Januar rupft und putzt und wäscht Consolata zwei frisch geschlachtete Hühner. Es sind junge, arme Legehennen mit Stoppelfedern, die sich schwer ausreißen lassen. Ihre Herzen, Hälse, Lebern, Innereien wälzen sich in köchelndem Wasser. Sie hebt die Haut und faßt darunter, pult mit dem Finger so tief sie kann. Unter der Brust, dicht beim Flügelansatz, sucht sie einen Hohlraum. Dann schieben sich ihre Finger, während die Brust in der linken Hand liegt, unter die Haut am Rücken, tasten sanft nach dem Rückgrat. In all diese Taschen – wo die Haut sich von dem Fleisch gelöst hat, das sie einst beschützte – läßt sie Butterstücke gleiten. Dick, bleich und schmierig.

Pallas wischte sich mit dem Handballen die Augen aus und schneuzte sich die Nase. Was nun?

Dieses jüngste Telefongespräch, von dem sie Connie erzählt hatte, war vom ersten nicht sehr verschieden gewesen. Nur kürzer. Aber es hinterließ die gleiche Enttäuschung wie das, was sie vorigen Sommer als Gespräch mit ihrem Vater hatte hinnehmen müssen.

Herr im Himmel, wo zum Teufel steckst du? Wir haben gedacht, du bist tot. Na, Gott sei Dank! Sie haben das Auto gefunden, eine Seite ist völlig demoliert, und ausgeplündert hat's auch noch jemand. Bist du okay? Oh, Baby. *Daddy.* Wo steckt er? Bei Gott, der kann was erleben! Erzähl mir, was passiert ist. Aus deiner verdammten Mutter ist wieder mal nichts rauszukriegen. Hat er dir was angetan? *Aber nein, Daddy.* Also, was nun? War er allein? Wir haben die Schule verklagt, Baby. Die nehmen wir uns zur Brust. *Er war's nicht. Ein paar Jungs haben mich verfolgt.* Was? *In ihrem Pick-up. Sie haben meinen Wagen gerammt und mich von der Straße gedrängt. Ich bin weggelaufen, und dann* – Haben sie dich vergewaltigt? *Daddy!* Bleib dran, Liebling. Jo Anne, mach mir sofort eine Verbindung mit diesem Burschen vom Detektivbüro. Sag ihm, ich hab Pallas am Apparat. Nein, sie ist in Ordnung, jetzt ruf ihn bitte an, ja? Erzähl weiter, Baby. *Ich bin* Wo bist du? *Wirst du kommen und mich holen, Daddy?* Aber natürlich werd ich das. Auf der Stelle. Brauchst du Geld? Schaffst du's zu einem Flugplatz oder Bahnhof? Sag mir nur, wo du sein wirst. Moment. Vielleicht solltest du die Polizei anrufen. Bei dir in der Gegend, mein ich. Sie können dich zu einem Flugplatz bringen. Sag ihnen, sie sollen bei mir anrufen. Nein. Du rufst mich vom Bahnhof an. Wo bist du? Pallas? Von wo aus rufst du an? Pallas, bist du noch dran? *Minnesota.* Minnesota? Herr im Himmel. Ich hab gedacht, du bist in New Mexico. Was gibt's denn da oben? Bloomington? Nein, Saint Paul. Bist du in der Nähe von Saint Paul, Liebling? *Ich bin in der Nähe von gar nichts, Daddy. Irgendwo draußen auf dem Land.* Ruf die Polizei an, Pallas. Laß dich von ihnen abholen, verstehst du? *Okay, Daddy.* Und dann ruf mich vom Bahnhof an. *Okay.* Hast du verstanden? Du bist doch nicht verletzt oder sonstwas? *Nein, Daddy.* Gut. Okay, also. Ich bin hier in der Kanzlei, oder Jo Anne ist da, falls ich weg muß. Mensch, hast du mir Sorgen gemacht. Aber jetzt wird alles wieder gut. Wir reden über dieses Arschloch, sobald du wieder hier bist. Alles klar? Ruf mich an. Wir müssen miteinander reden. Ich lieb dich, Baby.

Miteinander reden. Was sonst. Sie hatte niemanden angerufen, weder die Polizei noch Dee Dee noch ihn. Erst im August meldete sie sich wieder. Er war wütend, aber das Geld für die Reise schickte er ihr trotzdem.

Wenn früher, in der Zeit vor Carlos, hinter ihrem Rükken über sie gelacht worden war, wenn auf ihre Kosten Witze gerissen worden waren, dann hatte sie es wie durch eine Milchglasscheibe wahrgenommen: ein plötzlich abgebrochenes Gestikulieren, wenn sie zur Freistunde kam; ein Mustern aus den Augenwinkeln, wenn sie sich von ihrem Garderobenschrank wegdrehte; ein unechtes Lächeln, wenn sie in der Cafeteria an einem besetzten Tisch Platz nahm. Sie war nie sonderlich beliebt gewesen, aber ihre Adresse und das Geld ihres Vaters hatten diese Tatsache verschleiert. Jetzt war sie für jedermann zur Witzfigur geworden (Pallas Truelove, abgehauen mit dem Haus-meister, isses nicht traumhaft!), und niemand machte sich die Mühe, es vor ihr zu verbergen. Sie war an den Kriegsschauplatz zurückgekehrt, mitten in die organisierten Grabenkämpfe der High-School, wo die erdstoßkurze Zeit, in der man über den Flur läuft, für Scham und Schande reicht; wo Ratlosigkeit vor dem Zahlenschloß einen zum Versager stempelt; wo ein Kondom, das den Abfluß des Trinkbrunnens verstopft, zur Tragödie wird. Es außer dem Tausch von Kleidungsstücken und Spielsachen keine gute Absicht gibt. Jeder seine undurchdringliche Maske trägt, schnell verurteilt und am schnellen Urteil lange festhält. Und die Erwachsenen haben keinen Schlüssel zu dieser Welt. Nur im Gefängnis konnten ähnlich klare und erschreckende Verhältnisse herrschen, mit Spielregeln und Ritualen, unter denen die nackte Gewalt lauerte. Wer aus einem friedlichen, wohlanständigen Elternhaus kam, wurde von einer Grausamkeit überwältigt, vor der es kein Entkommen gab, sobald man die Schulpforte passiert hatte. Grausamkeit, verkleidet als jugendlicher Übermut.

Pallas versuchte es. Aber die Demütigung machte sie fertig. Milton horchte sie über ihre Mutter aus. Er war vor den Folgen gewarnt worden, die eine Eheschließung außerhalb seines eigenen Volkes haben konnte, und jede einzelne dieser Warnungen hatte sich als berechtigt erwiesen: Dee Dee war verantwortungslos, ohne jede Moral; eine Schlampe, wenn man's beim Namen nennen wollte. Pallas blieb vage bei ihren Antworten, hielt sich bedeckt. Er betrieb immer noch seine Klage gegen die Schule wegen Verletzung der Aufsichtspflicht und Beschäftigung von offensichtlich kriminell veranlagtem Personal. Aber das «Opfer» der «Entführung» war freiwillig mitgegangen; und die «Verbringung jenseits der Staatsgrenzen» brachte das «Opfer» zu seiner eigenen Mutter. Wie kriminell konnte das sein? Ließ es womöglich eher den Schluß zu, daß sich im Haus des Vaters Dinge abspielten, die das Gericht interessieren mußten? Dinge, die der Tochter den Wunsch, die Sehnsucht eingaben, zu ihrer Mutter zu flüchten? Überdies war auf dem Schulgelände nichts Unschickliches passiert – nur eine Reparatur am Wagen des «Opfers», gefolgt von sicherem Geleitschutz bei der Heimfahrt. Und die «Entführung» hatte sich schließlich in den Ferien abgespielt, als die Schule geschlossen war. Hinzu kam, daß das «Opfer» nicht nur bereitwillig mitgekommen war, sondern sich an den Vorbereitungen beteiligt und sogar zum Mittel der Täuschung gegriffen hatte, um aus freien Stücken einen Mann (einen Künstler sogar) begleiten zu können, dessen Strafregister ebenso makellos war wie seine Arbeit und sein Betragen an der Schule. War sie sexuell von ihm attackiert worden? Das «Opfer» sagte nein, nein, nein. Hatte er sie unter Drogen gesetzt, ihr etwas Illegales zum Rauchen gegeben? Pallas schüttelte den Kopf, nein, denn sie erinnerte sich, daß es ihre Mutter gewesen war, die das getan hatte. Wer waren diese Kerle, die deinen Wagen gerammt haben? Ich weiß es nicht. Ich hab ihre Gesichter nie gesehen. Ich hab gemacht, daß ich wegkomme. Wohin? Ich bin getrampt, und schließlich haben mich ein paar Leute aufgenommen. Wo? Irgendwelche Leute. So was Ähnliches wie eine Kirche. In Minnesota? Nein, Oklahoma. Wie lautet die Adresse, Telefonnummer? Daddy, gib's auf. Ich bin wieder zu Hause, okay? Yeah, aber ich will nicht, daß ich mir deinetwegen Sorgen machen muß. Brauchst du nicht. Brauchst du nicht.

Pallas fühlte sich nicht gut. Von jedem Bissen, den sie aß, setzte sie ein Pfund an, obwohl sie das meiste wieder erbrechen mußte. Thanksgiving verbrachte sie allein mit dem Essen, das Providence ihr gekocht hatte. Weihnachten bat sie um Urlaub. Milton sagte nein. Du bleibst, wo du bist. Nur Chicago, sagte sie, um seine Schwester zu besuchen. Nach einigem Hin und Her stimmte er zu und veranlaßte, daß seine Sekretärin alles arrangierte. Bis zum 30. Dezember blieb Pallas bei ihrer Tante, dann verschwand sie (unter Hinterlassung einer so beruhigenden wie irreführenden Notiz). Auf dem Flughafen von Tulsa brauchte sie zweieinhalb Stunden, bis sie einen Wagen und einen Fahrer gefunden hatte, der die lange Fahrt zum Kloster nicht scheute. Nur ein Besuch, sagte sie. Nur mal nachsehen, wie es allen so geht, sagte sie. Und wen, außer sich selbst, sie zum Narren halten konnte. Offensichtlich niemanden. Connie durchschaute sie im ersten Augenblick. Was nun?

Consolata hält die Hühner schräg und späht in ihre silbrigen und rosigen Höhlungen. Sie streut Salz hinein und verreibt es überall, dann pinselt sie die äußere Haut mit einer Mischung aus Zimt und Butter ein. Zwiebeln kommen zu den gehackten Hälsen, den Herzen und den Innereien dazu, die im Sud schwimmen. Sobald die Hühner braun und durchgebraten sind, stellt sie sie beiseite, damit das Fleisch nicht trocken wird.

Das Wasser in der Badewanne, lauwarm und wenig, reichte ihr nur bis zur Hüfte. Gigi liebte es tief und heiß und dicht mit Schaum bedeckt. Die Installationen in dem ehemaligen Herrenhaus waren verrottet: gaben verfärbtes Wasser und ächzende Geräusche von sich und ließen die Hähne im oberen Stockwerk manchmal trockenfallen. Das Wasser aus der Quelle floß durch einen holzbeheizten Boiler, den sie allein funktionsfähig zu erhalten suchte. Sie machte sich regelmäßig unbeliebt, wenn sie der schrottreifen Anlage eine volle Wanne mit siedendheißem Wasser abzutrotzen versuchte, was vor allem im Winter zuverlässig mißlang. Natürlich war es Seneca gewesen, die ihr zu Hilfe gekommen war und mehrere Bottiche heißes Wasser vom Küchenherd zum Bad hochgeschleppt hatte. Damit es schäumte, streute sie ein wenig Wäscheseife in das Wasser und rührte heftig, ohne etwas anderes zu erzeugen als eine enttäuschende Schleimschicht. Sie hatte Seneca eingeladen, mit ihr in die Wanne zu steigen, aber die übliche Abfuhr erhalten. Obwohl Gigi sehr gut verstand, warum ihre Freundin sich lieber nicht nackt sehen ließ, konnte sie es sich nicht verkneifen, sie damit aufzuziehen, wie selten sie badete. Die blutigen Kosmetiktücher hatte sie gesehen, aber die Narbenwülste auf Senecas Haut waren nur unter der Bettdecke zu erfühlen. Bei all der plumpen Direktheit, zu der Gigi fähig war, brachte sie es doch nicht fertig, Seneca danach zu fragen. Die Antwort hätte der Erinnerung an den blutenden schwarzen Jungen zu nahe kommen können.

Sie streckte die Beine aus und hob die Füße über das Wasser, um sie zu bewundern, wie sie es so oft getan hatte, wenn sie auf dem Dachboden lag und K. D. vor ihr saß und ihre Zehen sein Rückgrat hinaufspazierten. Hin und wieder fehlte er ihr mit seiner chaotischen Hingabe voller Launen und Verletzungen und seiner Sehnsucht, die ihn immer wieder nachgeben ließ. Zugegeben, sie hatte ein wenig Katz und Maus mit ihm gespielt. Sie genoß seine Verfügbarkeit, seine Anbetung, weil sie beides so selten erfahren hatte. Mikey: Keiner konnte das Liebe nennen. Aber die Version, die K. D. ihr bot, blieb auch nicht lange golden. Einmal zu oft hatte sie ihn gereizt, beleidigt oder sich ihm verweigert, und schon jagte er sie durch das ganze Haus, packte und schlug sie. Mavis und Seneca hatten ihn von ihr weggezerrt, ihn mit Küchenutensilien attackiert und aus dem Haus getrieben – wobei die Flüche der drei Frauen den seinen in nichts nachstanden.

Schnee von gestern, dachte sie. Jetzt kam ein neues Jahr. 1975. Raum für neue Pläne, nachdem die alten sich als Schrott erwiesen hatten. Als sie die Kassette endlich aus dem Loch zwischen den Badezimmerfliesen befreit hatte, jubelte sie auf: randvoll mit Wertpapieren! Der Filialleiter der Bank war auch begeistert und bot ihr fünfundzwanzig Dollar für die Erlaubnis, sie gerahmt oder in einem Schaukasten zur Belustigung seiner Kunden ausstellen zu dürfen. Nicht jeden Tag bekam man solche Erinnerungsstücke an eine der größten Gaunereien in der Geschichte des Westens zu Gesicht. Ihr Versuch, wenigstens fünfzig rauszuschlagen, endete damit, daß sie verbittert aus der

Bank stürmte und Mavis nur ein Wort zurief: «Losfahren!»

Sie würde Seneca überreden, daß sie mit ihr wegging. Diesmal für immer. Wieder zurück ins Getümmel. Irgendwie. Irgendwo. Ihre Mutter war nicht auffindbar; ihr Vater saß in der Todeszelle. Nur ein Großvater war übrig, in einem schicken Wohnwagen in Alcorn, Mississippi. Sie hatte noch nicht allzuviel darüber nachgedacht, aber jetzt fragte sie sich, warum sie eigentlich alles hinter sich gelassen hatte. All das Getümmel. Es lag nicht nur an dem blutenden Jungen oder an Mikeys Schnapsidee von dem Paar, das es in der Wüste trieb. Oder an den sich umschlingenden Bäumen am klaren Wasser, von denen ihr dieser Zwerg erzählt hatte. Vor Mikey hatte sich alles, was sie unternahm, in Spaß und Abenteuer aufgelöst. Provozierende Demos, Flugblätter, Streitereien, Bullen, Hausbesetzer, große Zampanos und reden, reden, so viel Gerede. Nichts davon ernst zu nehmen. Gigi hob seifige Hände aus dem Wasser, um einen Lockenwickler in ihrem Haar festzuklemmen. Kein Schüler aus der High-School, kein Collegestudent, keins von den Mädchen, wirklich niemand nahm ihre Ernsthaftigkeit ernst. Hätte sie nicht die Druckmaschine bedienen können, wäre keinem aufgefallen, daß sie überhaupt da war. Ausgenommen Mikey. «Arschlöcher», sagte sie laut. Und ohne zu wissen, welchem dieser Arschlöcher ihre größte Wut galt, prügelte sie auf das ekelhafte Badewasser ein und zischte bei jedem Schlag «Scheiße!». Das beruhigte sie, und nach einer Weile lehnte sie sich in der Wanne zurück, bedeckte ihr Gesicht und flüsterte in die tropfnassen Handflächen hinein: «Nein, du dumme, dumme Kuh. Es lag daran, daß du nicht zäh genug warst. Nicht schlau genug. Wie bei allem anderen in deinem gottverdammten Leben hast du kein Stehvermögen bewiesen. Du hast gedacht, es bringt Spaß und es bringt was voran. In ein paar Monaten schon. Du hast gedacht, wir wären glühende Lava, und als sie uns zu Sand zerbröselt haben, bist du nur noch gerannt.»

Gigi war nicht weinerlich. Selbst jetzt, als ihr klar wurde, daß sie seit langer, langer Zeit nicht mehr stolz auf sich gewesen war, blieben ihre Augen so trocken wie ein Totenschädel in der Wüste.

Consolata schält kleine braune Kartoffeln, schneidet sie in Viertel und kocht sie in Wasser, dem Lorbeer, Salbei und Bratenfond beigemischt sind. Dann legt sie sie in eine Pfanne, in der sie sich in dunkles Gold verwandeln. Sie streut Paprika und Pfeffer aus schwärzesten Körnern darüber. «O ja», sagt sie. «O ja.»

Auf Rädern gibt's nichts Besseres, sagte er, und Mavis hoffte, daß seine Verehrung für den zehn Jahre alten Cadillac sich in einem Entgegenkommen bei der Rechnung niederschlagen würde. Ob dem so war, erfuhr sie nie. Jedenfalls wollte der Mechaniker, als er kurz vor Feierabend fertig war, fünfzig Dollar für die Arbeit sehen, zweiunddreißig für die Teile und dreizehn für Öl und Benzin, so daß das Pachtgeld, das sie für das Maisfeld eingenommen hatten, fast verbraucht war. Und die nächste Zahlung von Mr. Person war erst in drei Monaten fällig. Es war gerade noch genug für die üblichen Einkäufe und für die Farben übrig, die Connie ihr aufgetragen hatte (für den roten Stuhl, wie sie annahm, aber auch Weiß, vielleicht für den Hühnerstall), und auch für die Eiszwerge am Stiel reichte es noch. Die Zwillinge mochten sie so gerne, im Handumdrehen waren sie weg.

Aber die Weihnachtsgeschenke hatten sie nicht angerührt, und so war Mavis während der fünf Stunden, die die Inspektion und einige Reparaturen dauerten, ins Spielwarengeschäft gegangen und hatte den Fisher-Price-Truck in ein Modellauto von Tonka umgetauscht und die Tiny-Tina-Puppe in eine andere, die sprechen konnte. Bald würde Pearl alt genug sein für eine Barbie. Es war erstaunlich, wie schnell sie wuchsen und sich veränderten. Als sie die Reise antraten, konnten sie noch nicht einmal die Köpfe aufrecht halten, aber als sie sie zum erstenmal im Kloster hörte, waren sie schon über das Säuglingsalter hinaus, gute zwei Jahre alt. Sie erkannte es ganz genau, an ihrem Lachen. Und an ihrem Verhältnis zu den anderen Kindern, die in den Räumen herumtollten, konnte sie erkennen, wie schnell sie wuchsen. Jetzt waren sie schon im Schulalter, sechseinhalb, und Mavis mußte sich altersgemäße Geburtstags- und Weihnachtsgeschenke ausdenken.

Sie hatte so Heimweh nach ihnen gehabt, als sie 1970 nach Maryland zurückgefahren war. Als sie vor dem Pausenhof der Schule stand, in der sie Sal, Frankie und Billy James eingeschrieben hatte, schockierte sie die plötzliche Erkenntnis, daß Sal inzwischen in der Unterstufe der High-School sein mußte, Billy James in der dritten Klasse und Frankie in der fünften. Trotzdem hegte sie nicht den Schatten eines Zweifels, daß sie sie erkennen würde, auch wenn sie nicht sicher war, ob sie sich selbst zu erkennen geben sollte. Vielleicht waren es ihre Finger, die sich im Drahtzaun verkrampften, vielleicht auch ein komischer Gesichtsausdruck, jedenfalls schienen die Schüler Angst vor ihr zu haben, denn ein Mann kam an den Zaun und stellte ihr Fragen – von denen sie keine einzige beantworten konnte. Sie machte, daß sie wegkam, versuchte ein Versteck zu finden, von dem aus sie etwas sehen konnte. Auch bei Pegs Haus wollte sie vorbeischauen, aber ohne von Frank oder den Nachbarn entdeckt zu werden. Als sie es fand – das Mädchen mit der Haube führte immer noch die Enten –, mußte sie weinen. Von dem Johanniskrautstrauch, der so stark und wild und schön gewesen war, ragten nur noch Stümpfe aus dem Boden. Allein die Angst, erkannt zu werden, hielt sie davon ab, die Straße hinunterzulaufen. Mit jäher, strahlender Klarheit wurde ihr bewußt, daß sie weder hier noch irgendwo sonst sicher war, wo sich nicht Merle und Pearl befanden. Und das war noch bevor sie Birdie anrief und von dem Haftbefehl erfuhr.

Mavis hatte ihre Haare unter eine dunkelgrüne Schottenmütze gestopft, sich eine billige Sonnenbrille gekauft und den Bus nach Washington, D. C., und von dort aus weiter nach Chicago genommen. Dort kaufte sie die Sachen, die Connie für Mutter brauchte, nahm abermals einen Bus, dann einen anderen und landete schließlich wieder auf dem Busbahnhof in Middleton, auf dessen Parkplatz sie den Cadillac abgestellt hatte. In ihrer Eile, die Einkäufe zu Connie zu bringen und rasch wieder bei den Zwillingen zu sein, gönnte sie sich auf der ganzen Rückfahrt keine Pause. Nervös, mit pochendem Herzen, bog sie in die Zufahrt ein und bremste vor einer nackten Gigi, die sich in ihrer Fluchtburg breitgemacht hatte. Drei Jahre lang stritten und kämpften sie und schafften es nur um Connies willen, sich nicht gegenseitig umzubringen. Für Mavis lag es nur an Gigis Ablenkung durch ihre Affäre mit einem Mann aus Ruby, daß sie nicht mit Messern aufeinander losgingen. Mavis hätte es getan, sie wäre immer bis zum Äußersten gegangen, auch bei dieser scharfkralligen Straßenkatze, wenn ihr jemand ans Leben wollte und ihre Kinder in Gefahr brachte, allein und unbeschützt zurückzubleiben. So war ihre Freude echt und sogar überschwenglich gewesen, als sie die süße Seneca begrüßen konnte. Eine Freude, die auch Gigi teilte, denn kaum war Seneca auf der Bildfläche erschienen, spuckte sie diesen K.D. aus wie einen Traubenkern. In dem neuen Gleichgewicht, das sich einstellte, war die Sonderrolle von Mavis nicht mehr gefährdet. Auch das kleine reiche traurige Mädchen mit dem wunden und hübschen Gesicht hatte nichts verändert. Die Zwillinge waren glücklich, und Mavis stand Connie immer noch näher als irgendeine von den anderen. Und weil ihr Verhältnis so eng war und sie einander so gut verstanden, hatte Mavis begonnen, sich Sorgen zu machen. Nicht wegen Connies nächtlichen Gewohnheiten oder ihrem Alkoholkonsum – oder vielmehr Nichtkonsum, denn die vertrauten Geruchsschwaden waren seit kurzem nicht mehr zu bemerken. Es war etwas anderes. Ihr unmotiviertes Nicken zum Beispiel, so als würde eine unsichtbare Stimme ihr etwas ins Ohr flüstern. Oder wie sie Mm-hm oder Wenn du meinst sagte, als antwortete sie auf Fragen, die niemand gestellt hatte. Auch hatte sie nicht nur aufgehört, Sonnenbrillen zu tragen, sondern putzte sich regelrecht heraus, zog jeden Tag eins von den Kleidern an, die Soane Morgan ihr zum Abtragen gab, wenn sie selbst sie nicht mehr wollte. Und an den Füßen hatte sie die glänzenden Nonnenschuhe, die früher auf ihrer Kommode gestanden hatten. Aber mit dem fröhlichen Gelächter, das sie ständig in den Ohren hatte, und dem Eis am Stiel, das im tiefsten Winter dahinschmolz, war Mavis in einer zu schwachen Position, um solche Dinge zu beurteilen. Connie stellte die leibhaftige Existenz der Zwillinge niemals in Frage, und für Mavis, die keine Lust hatte, etwas zu erklären oder zu verteidigen, dessen Wahrheit für sie feststand, war dieses Akzeptieren wichtiger als alles andere. Ihr nächtlicher Besucher tauchte immer seltener auf, und wenn ihr das auch Sorgen machte, beschäftigte sie doch nichts mehr als das schnelle Heranwachsen von Merle und Pearl. Und die Frage, ob sie damit Schritt halten würde.

Sechs gelbe, schrumpelige Winteräpfel, vom Kerngehäuse befreit, schwimmen im Wasser. In einer Kasserolle voll Wein werden Rosinen erhitzt. Consolata füllt die Höhlung jedes Apfels mit einer sahnigen Mischung aus Eigelb, Honig, Pekannüssen und Butter, dann fügt sie Stück für Stück die mit Wein vollgesogenen Rosinen hinzu. Sie gießt den aromatisierten Wein in einen Tiegel und läßt die Äpfel hineinplumpsen. Die süße, warme Flüssigkeit wallt auf.

Die kleinen Straßen waren schmal und schnurgerade, aber kaum, daß sie sie gemacht hatte, waren sie schon überflutet. Manchmal drückte sie Kosmetiktücher dagegen, um das Blut aufzufangen, aber sie ließ es auch gerne laufen. Es kam darauf an, daß der Schnitt genau die richtige Tiefe hatte. War er zu flach, entstand eine Linie, die kaum richtig rot war. Schnitt sie zu tief, stieg das Blut hoch und quoll so rasch über die Ränder, daß man die Straße nicht mehr sah. Obwohl sie ihre Stadtpläne von den Armen auf die Oberschenkel verlegt hatte, konnte sie immer noch, und voller Befriedigung, Spuren von Straßen und Avenuen erkennen, die so alt waren, daß sie schon Norma abgestoßen hatten. Manchmal genügte ihr eine neue Straße für Monate. Dann gab es wieder Zeiten, da sie jeden Tag zwei anlegte und einer Straße kaum Zeit gab, sich zu schließen, ehe sie die nächste eröffnete. Aber sie war nicht leichtsinnig. Ihre Werkzeuge waren sauber, und an Jod (besser als das Merbromin) fehlte es ihr nie. Und kürzlich hatte sie ihre Ausrüstung um eine Aloesalbe ergänzt.

Die Gewohnheit hatte mit einem Zufall begonnen, damals, als sie noch in einer ihrer Pflegefamilien lebte. Ehe ihr «Bruder» – der nur ein anderes Pflegekind in Mama Greers Haushalt war – ihr zum erstenmal die Unterwäsche auszog, öffnete sich eine Sicherheitsnadel, die statt des abgesprungenen Metallknopfs ihre Jeans zusammenhielt, und als Harry an den Hosenbeinen zerrte, kratzte ihr die Nadel über den Bauch. Als er die Jeans zur Seite schleuderte und sich an ihr Höschen machte, regte ihn der blutige Kratzer nur noch mehr auf. Sie schrie nicht. Es tat nicht weh. Als Mama Greer sie badete, brabbelte sie besorgt: «Du armes Kind, warum hast du mir nichts davon erzählt?» und schmierte Merbromin über die gezackte rote Linie. Seneca wußte nicht, was sie hätte erzählen sollen: die Sache mit der Sicherheitsnadel oder die mit Harry? So brachte sie sich absichtlich neue Kratzer bei und zeigte sie Mama Greer. Nachdem das Mitgefühl, das sie dafür erntete, spärlicher ausfiel als beim erstenmal, erzählte sie von Harry. «Sag so was niemals wieder. Hast du mich verstanden? Hast du verstanden? Solche Sachen gibt's bei uns nicht.» Einmal bekam sie noch ihr Leibgericht zu essen, dann wurde sie bei einer anderen Pflegefamilie untergebracht. Jahrelang passierte nichts mehr. Bis sie in die Unterstufe der High-School kam, damals die elfte Klasse. Zu dieser Zeit wußte sie schon, daß sie etwas an sich hatte, das die Jungs nach ihr grapschen und die Männer sie anstarren ließ. Wenn sie mit fünf anderen Mädchen an einer Imbißtheke stand und Cola trank, dann war sie es, die von einem Jungen, der seinen Freunden imponieren wollte, in die Brust gekniffen wurde. Vier Mädchen oder eins gingen eine Straße hinunter, aber nur wenn das eine, nämlich sie, an dem Mann vorbeikam, der mit seiner Babytochter auf der Parkbank saß, zog er seinen Schwanz aus der Hose und machte küssende Geräusche. Bei Freunden Zuflucht zu suchen brachte auch nichts. Sie nahmen ihre Zuneigung als selbstverständlich hin, aber wenn sie sich bei ihnen darüber beklagte, daß Bekannte oder Fremde an ihr herumfummelten, war sie es, auf die sich ihr Zorn richtete. Und sie wußte einmal mehr, daß das, worum es ging, in ihr selbst liegen mußte.

Sie stahl sich in ihr Laster wie ein zensierter Dichter, dessen Wortschatz zu geschmeidig, zu schockierend, zu verdächtig war, um ihn ans Licht der Öffentlichkeit zu lassen. Es erregte sie. Es gab ihr Halt. Auf dieses Leben unterhalb der Kleidung zurückgreifen zu können hielt ihre Augen trocken, verschaffte ihr eine Ruhe, die nur von weinenden Frauen zu erschüttern war – ein Anblick, der einen so wilden, über alles triumphierenden Schmerz in ihr auslöste, daß sie zu allem fähig war, um ihn zu betäuben. Sie war zehn Jahre alt und schnitt sich keine Bürgersteige in die Haut, als Kennedy ermordet wurde und die ganze Welt in öffentlichen Tränen schwamm. Aber als sie fünfzehn war, wurde im Frühjahr Dr. King ermordet und im Sommer desselben Jahres noch ein weiterer Kennedy. Da meldete sie sich beide Male krank bei ihrem Babysitterjob, blieb im Haus und schnitt kurze Straßen, Wege und Gassen in ihre Arme. Die Spuren ihrer blutigen Arbeit waren ziemlich leicht zu verbergen. Wie Eddie Turtle machten es die meisten ihrer Liebhaber nur im Dunkeln. Für diejenigen, die auf einer Erklärung bestanden, erfand sie eine Krankheit. Was ihr sofort Mitgefühl eintrug, denn die Narben sahen tatsächlich wie Operationsnarben aus.

Die Sicherheit, die ihr Connies Haus geboten hatte, war weniger vollkommen, nachdem Pallas eingetroffen war. Sie brachte viel Zeit mit dem Versuch zu, die Neue aufzumuntern und zum Essen anzuhalten, denn wenn Pallas nicht aß, weinte sie entweder oder kämpfte gegen das Weinen an.

Die Erleichterung, die einkehrte, als das Mädchen im vergangenen August abreiste, wich wieder, als sie im Dezember zurückkam – hübscher, dicker und mit der Behauptung auf den Lippen, sie wolle nur mal kurz vorbeischauen. In einem großen Wagen aber. Und mit drei Koffern im Gepäck. Inzwischen war Januar, und man hörte ihr nächtliches Geschniefe im ganzen Haus.

Seneca nahm sich eine neue Straße vor. Eine Kreuzung, genaugenommen, denn sie führte quer über eine andere, die sie eben erst gemacht hatte.

Der Tisch ist gedeckt, das Essen aufgetragen. Consolata legt ihre Schürze ab. Mit dem aristokratischen Gesichtsausdruck der Blinden läßt sie ihren Blick über die Gesichter der Frauen gleiten und spricht: «Mein Name ist Consolata Sosa. Wenn ihr bei mir sein wollt, werdet ihr tun, was ich sage. Werdet essen, wie ich es sage. Werdet schlafen, wann ich es sage. Und ich werde euch lehren, worauf ihr hungrig seid.»

Die Frauen blicken einander an, und dann blicken sie auf diesen Menschen, den sie nicht erkennen. Er hat die Gesichtszüge ihrer lieben Connie, aber sie wirken seltsam überhöht – die Wangenknochen weiter hinaufgezogen, das Kinn kräftiger. Waren ihre Augenbrauen immer so buschig, ihre Zähne immer so perlweiß? In ihren Haaren ist kein Grau. Ihre Haut ist glatt wie ein Pfirsich. Warum redet sie so komisch? fragen sie sich. Und wovon redet sie überhaupt? Diese herzensgute, harmlose alte Frau, die für jede von ihnen die beste Freundin zu sein schien; die alles hinnahm und alles teilte und selbst so wenig oder gar keine Zuwendung brauchte, keine Investition von Gefühlen; die immer ein offenes Ohr für sie hatte, nie Türen hinter sich verschloß und jede so akzeptierte, wie sie war. Wovon redet sie eigentlich, diese ideale Mutter, Freundin und Gefährtin, in deren Gesellschaft sie beschützt waren vor aller Gefahr? Was denkt sie nur, diese perfekte Gastgeberin, die jeden bei sich aufnahm und von niemandem Bezahlung erwartete; diese alte Glucke, der man vertrauen und die man ignorieren konnte, die sich Lügen auftischen und zum Lügen anstiften ließ; diese Puppenmutter, die man umarmen oder stehenlassen konnte, je nach kindlicher Laune?

«Wenn es einen Ort in eurem Leben gibt», fuhr sie fort, «an dem ihr eigentlich sein solltet und an dem euch jemand, der euch liebt, erwartet, dann geht. Wenn nicht, dann bleibt und folgt mir. Es könnte sein, daß euch eine Begegnung bevorsteht.»

Keine ging. Es gab nervöse Fragen, einen einzelnen Ausbruch von ängstlichem Gekicher, ein wenig Schmollen und vorgetäuschte Verärgerung, aber in Null Komma nichts war allen klar, daß sie diesen einen Ort, den zu verlassen ihnen freigestellt war, niemals verlassen konnten.

Allmählich fielen die Tage von ihnen ab.

Anfangs war das wichtigste das Schattenbild. Zuerst mußten sie den Fußboden im Keller schrubben, bis die Steinplatten so sauber waren wie Kieselsteine am Strand. Dann stellten sie ringsum Kerzen auf. Consolata befahl allen, sich auszuziehen und auf den Boden zu legen. Im schmeichelnden Licht, von Consolatas Weichzeichnerblick beobachtet, taten sie wie geheißen. Wie sollen wir liegen? Ganz wie ihr euch fühlt. Sie versuchten es mit den Armen flach am Körper oder ausgestreckt über ihren Köpfen oder verschränkt über den Brüsten oder über der Magengrube. Seneca lag erst auf dem Bauch, dann wälzte sie sich auf den Rücken und umklammerte mit den Händen ihre Schultern. Pallas legte sich mit angezogenen Knien auf die Seite. Gigi streckte Arme und Beine weit aus, während Mavis mit angewinkelten Armen und aufgestellten Knien eine Haltung einnahm, als triebe sie im Wasser. Als jede eine Position gefunden hatte, die sie auf den kalten, unbequemen Steinplatten durchhalten konnte, ging Consolata um die Körper herum und malte ihre Umrisse auf den Boden. Sobald die Linien sich geschlossen hatten, wurden alle angewiesen, genau so liegenzubleiben. Ohne zu sprechen. Nackt im Kerzenschein.

Sie wanden sich vor Unbehagen, aber keine wagte es, aus der Form, die sie gewählt hatte, auszubrechen. Oft glaubten sie, sie könnten es keine Sekunde länger aushalten, aber keine wollte die erste sein, die vor diesen bleichen, beobachtenden Augen aufgab. Consolata war die erste, die sprach.

«Mein Kinderkörper, voll Schmutz und Schmerz, fliegt in die Arme einer Frau, die mich lehrt, daß mein Körper gar nichts ist und meine Seele alles. Ich glaube ihr, bis ein anderer Körper mir begegnet. So hungrig nach Fleisch ist mein Fleisch, daß es ihn verzehrt. Als nichts mehr von ihm zu sehen ist, rettet die Frau mich wieder aus meinem Körper. Zweimal erlöst sie ihn. Als dann der ihre krank wird, pflege ich ihn mit allem, was das Fleisch vermag. Ich halte ihn in meinen Armen und zwischen meinen Beinen. Wasche ihn, wiege ihn, steige in ihn ein, damit er nicht aufhört zu atmen. Als sie aber tot ist, komme ich darüber nicht weg. Mein Gebein auf ihrem Gebein, sonst ist nichts gut. Nicht die Seele. Gebeine. Genau, wie's bei dem Mann war. Mein Gebein auf seinem Gebein, sonst ist nichts wahr. Und so frage ich mich, wo dabei die Seele bleibt. Sie ist wahr, wie

Gebein. Sie ist gut, wie Gebein. Einmal süß, einmal bitter. Wo bleibt sie? Hört mich an, hört mir zu. Treibt keinen Keil zwischen die beiden. Stellt nicht das eine über das andere. Eva ist Mariens Mutter. Maria ist die Tochter von Eva.»

Nach dieser Einleitung (der keines der Mädchen zu folgen vermochte) erzählte sie ihnen, in verständlicheren Worten, von einem Ort, wo weiße Bürgersteige bis ans Meer führten und Fische, dunkelblau wie Pflaumen, neben Kindern schwammen. Sie erzählte von Früchten, die so schmeckten wie Saphire aussehen, und von Jungen, die beim Spielen Rubine als Würfel benutzten. Von duftenden Kathedralen aus purem Gold, in denen Götter und Göttinnen im Kreis der Gemeinde auf den Bänken saßen. Von Nelken so hoch wie Bäume. Von Zwergen mit einem Gebiß aus Diamanten. Von Schlangen, die erwachten, wenn sie Glocken und Gedichte hörten. Und endlich von einer Frau namens Piedade, die nie ein Wort sprach, sondern sang.

Und so begann das laute Träumen. Wie die Geschichten in diesem Keller erblühten! Halb Ersponnenes und nie Geträumtes entwich ihren Lippen und schwebte hoch über den tropfenden Kerzen, wirbelte Staub von Flaschen und Kisten. Und nie war es wichtig zu wissen, wer dem Traum Worte lieh oder ob er eine Bedeutung hatte. Obwohl oder weil ihre Körper schmerzen, schlüpfen sie mit Leichtigkeit in den Bericht der Träumerin. Sie dringen in die Hitze im Inneren des Cadillacs ein und spüren, wie ihnen die kalte Luft im Higgledy Piggledy entgegenschlägt. Sie wissen, daß die Schnürsenkel ihrer Tennisschuhe offen sind und wie lästig es ist, daß der Träger des BHs immer wieder von der Schulter rutscht. Die Packung mit den Würstchen, Armour heißt die Marke, fühlt sich klebrig an. Sie atmen den

Duft schlafender Säuglinge ein und fühlen wohligen Elternstolz, obwohl sie merken, daß der eine Kopf so merkwürdig verdreht ist. Sie rücken den Kopf des schlafenden Babys wieder zurecht und verweigern sich, verweigern sich rundheraus dem, was sie wissen, und fahren los, fahren nach Hause. Sie steigen Treppenstufen zur Veranda hinauf, haben die Babys und die Wiener und die Geldbörse im Arm und sagen: «Schau her, Sal, sie wollen gar nicht mehr aufwachen. Sal? Schau her. Sie schlafen immerzu.» Unter Wasser strampeln sie mit den Beinen, aber vorsichtig, damit sie nicht die Flossen und die schuppigen Leiber aufstören, die da unter ihnen hausen. Die Männerstimmen, die es sagen, es sagen, bis in alle Ewigkeit sagen, lassen ihnen die eigenen Worte in der Kehle erstarren. Die Männer sagen es, sagen es, bis den Frauen kein Atem übrigbleibt, um zu schreien oder zu widersprechen. Jede preßt die Augen zusammen, jede würgt es von dem Tränengas, jede fährt langsam mit der Hand zu dem zerkratzten Schienbein, dem lädierten Gelenk hinunter. Oder läuft bei Tag in den Fluren auf und ab, schläft in der Nacht bei Licht, zusammengekrümmt zu einer Kugel. Faltet die fünfhundert Dollar zusammen und steckt sie ganz unten in eine Socke. Heult auf vor Schmerz, den dieser fremde Penis, diese Eifersucht einer Mutter ihr bereitet – so verlockend und zerstörerisch wie Kokain.

Ein Monolog ist beim lauten Träumen nicht verschieden von einem Schrei; Vorwürfe an die Toten werden aufgehoben von gemurmelten Worten der Liebe. So rappeln sie sich endlich hoch, gehen erschöpft und aufgewühlt in ihre Betten und schwören, so etwas nicht mehr mitzumachen. Und wissen ganz genau, daß sie's doch tun werden. Und tun es auch.

Das Leben, das wahre und erlebte Leben, verlagerte sich

hinunter in diesen Kellerraum, in seine engen Lichtinseln, in die Luft, die stickig war von den Petroleumlampen und dem Wachs der Kerzen. Die Schattenbilder zogen sie an wie Magnete. Es war Pallas, die darauf bestand, daß sie Tubenfarben und Malkreiden kauften, Farbverdünner und Lederlappen. Sie begriffen und machten sich, erst zögernd, ans Werk. Begannen mit natürlichen Merkmalen ihrer Körper: Brüsten und Geschlechtsteilen, Zehen, Ohren, dem Haar auf ihren Köpfen. Dann zeichnete Seneca eine ihrer eleganteren Narben nach, blau wie das Ei der Wanderdrossel, mit einem Tröpfchen Rot an der Spitze. Später, als sie einmal die Lust überkam, ihren Innenschenkel aufzuschlitzen, brachte sie die Wunde lieber an dem Schattenkörper an, der auf dem Kellerboden lag. Sie tauschten sich darüber aus, was sie geträumt und was sie gemalt hatten. Bist du sicher, daß sie deine Schwester war? Vielleicht war sie deine Mutter. Warum? Weil eine Mutter so etwas tun könnte, aber eine Schwester niemals. Seneca schraubte ihre Tube zu. Gigi zeichnete ein herzförmiges Medaillon an den Hals ihres Schattenbilds, und als Mavis sie danach fragte, erzählte sie, daß es ein Geschenk von ihrem Vater sei, das sie in den Golf von Mexiko geworfen habe. Waren Bilder drin? fragte Pallas. Na und ob. Zwei. Von wem? Gigi gab keine Antwort; verstärkte statt dessen die Punkte, die die Kette des Medaillons darstellen sollten. Pallas hatte ein Baby in die Bauchhöhle ihres Schattens gemalt. Auf die Frage, wer der Vater sei, sagte sie nichts, sondern fügte gleich neben dem Fötus das Gesicht einer Frau mit langen Wimpern und einem schiefen, schlaffen Mund hinzu. Die anderen drängten sie, aber liebevoll, ohne Gewitzel oder Spott. Carlos? Die jungen Burschen, die sie ins Wasser getrieben hatten? Pallas verpaßte dem schiefen Mund zwei lange Reißzähne.

Der Januar kam an sein Ende, dann der Februar. Im März wußte niemand mehr, ob Tag war oder Nacht, sosehr waren sie mit genauen Abbildungen von Körperteilen und Erinnerungen beschäftigt. Gelbe Haarspangen, rote Pfingstrosen, ein grünes Kreuz auf einem weißen Feld. Ein majestätischer Penis, durchbohrt von Amors Pfeil. Blütenblätter von einem Johanniskrautstrauch. Lorna-Doone-Kekse. Ein leuchtend orangerotes Paar, das sich unter einer Kindersonne unaufhörlich liebte.

Von Consolata geleitet, die wie eine neue, eine veränderte Ehrwürdige Mutter war und ihnen nur unblutiges Essen und reines Wasser für den Durst gab, veränderten sie sich. Sie mußten daran erinnert werden, daß sie in wandelnden Körpern steckten, so verführerisch waren die lebendig gewordenen Körper im Keller.

Ein Kunde, der beim Kloster haltmachte, hätte wenig Veränderung bemerkt. Hätte sich vielleicht gefragt, warum der Garten noch nicht bestellt war oder wer JAMMER auf den Kofferraumdeckel des Cadillacs gekratzt hatte. Hätte sich vielleicht auch gewundert, daß die alte Frau, die auf sein Klopfen die Tür öffnete, ihre schrecklichen Augen nicht hinter einer Sonnenbrille versteckte, oder was um alles in der Welt die jüngeren Frauen mit ihren Haaren angestellt hatten. Einem Nachbarn wäre mehr aufgefallen – eine Stimmung des Übermaßes, die in der Luft lag, eine Spannung, die das ganze Haus verwandelte, und ein ganz neuer Ausdruck in den Augen der Bewohnerinnen – freundlich und aufgeschlossen, wenn sie mit einem sprachen, sonst aber in sich gekehrt und wägend. Wenn jedoch eine Freundin vorbeikam, mochte der Schrecken, der sie beim ersten Anblick der jungen Frauen befiel, von der Beobachtung gemildert werden, wie erwachsen sie sich benahmen, welche Gelassenheit sie ausstrahlten. Und Connie – wie aufrecht sie dastand, wie hübsch sie war. Und wie gut dieses vertraute Kleid an ihr aussah. Wenn die Besucherin sich wieder auf den Fahrersitz schlängelte, neben sich einen Korb mit einem kleinen Päckchen obenauf, wäre sie erst verärgert, weil sie nicht sagen könnte, was sie eigentlich vermißte. Wenn sie dann nach Hause fuhr und auf die Hauptstraße kam, mochte ihr Blick auf das Haus von Sweetie Fleetwood fallen oder auf das Haus von Pat Best, oder sie sah einen der Poole-Brüder auf der Straße oder Menus auf dem Weg zu Aces Laden. Und dann wurde ihr vielleicht klar, was da gefehlt hatte: Im Gegensatz zu so manchem Bewohner von Ruby waren die Frauen aus dem Kloster mit sich selbst im reinen. Nichts verfolgte sie mehr, hätte sie hinzufügen können. Nichts und niemand. Aber das wäre ein Irrtum gewesen.

Lone

DER WEG WAR SCHMAL, die Kurve scharf, aber sie schaffte es, den Oldsmobile vom Schotter auf den Asphalt zu lenken, ohne das Schild vollends umzufahren. Vorhin, auf der Hinfahrt, hatte Lone es in der Dunkelheit, mit nur einem funktionierenden Scheinwerfer, nicht verhindern können, daß sie den Pfosten mit der Stoßstange streifte, und jetzt, als sie das Kloster wieder verließ, stand er ganz schief, und das Schild – FRÜHE MELLONEN – drohte herunterzufallen. «Ein Erstkläßler könnte besser buchstabieren», brummte sie. Wahrscheinlich war's diejenige gewesen, die ein Bettlaken anhatte. Und das will 'ne Schule gewesen sein. Aber «Frühe» stimmte immerhin – nicht nur, was die Schreibung betraf. Der Juli noch nicht vorbei, und schon gab's im Klostergarten Melonen, reif zum Pflücken. Wie ihre Köpfe. Außen glatt, innen süß, aber dick, bei Gott. Was für dickköpfige Köpfe. Keine von ihnen wollte auf sie hören. Connie sei beschäftigt, hieß es, und keine von den Frauen wollte sie holen oder glaubte ein Wort von dem, was Lone sagte. Da war sie mitten in der Nacht zum Kloster rausgefahren, um ihnen zu berichten, sie zu warnen, und mußte in hilfloser Wut sehen, daß sie nur gähnten und lächelten. Jetzt galt es zu überlegen, ob sie noch etwas anderes tun konnte. Sonst würden die Melonen, die gespalten wurden, ihre kahlgeschorenen Köpfe sein.

Die Nachtluft war warm, und der Regen, den sie schon die ganze Zeit gerochen hatte, war fern, aber noch immer zu erwarten – was sie auch vor zwei Stunden schon gedacht hatte, als sie am Flußufer in der Nähe des Ofens herumtappte und eine Alraunwurzel zu finden hoffte, solange es noch trocken war. Wäre sie nicht dort gewesen, hätte sie niemals die Männer gehört und erfahren, was für eine Teufelei sie ausheckten.

Wolken verbargen die schönsten Juwelen des Nachthimmels, aber die Straße nach Ruby war ihr vertraut wie der sonntägliche Kollekteteller. Trotzdem kniff sie die Augen zusammen und spähte ins Dunkel, ob sich vor ihr etwas bewegte – schließlich hatte ihr Wagen nur noch einen Scheinwerfer. Es konnte ein Waschbär, eine Beutelratte, ein Reh sein oder sogar eine wütende Frau, denn es waren Frauen, die auf dieser Straße zu Fuß gingen. Nur Frauen. Niemals Männer. Mehr als zwanzig Jahre lang hatte Lone sie beobachtet. Hin und her. Hin und her: weinende Frauen, Frauen mit leerem Blick, mit gerunzelter Stirn, sich auf die Lippen beißend oder einfach grenzenlos verloren. Hier draußen in einer roten und goldenen Landschaft mit gelegentlichen schwarzen Felsausbrüchen oder einem Flecken Grün; hier draußen unter Himmeln, so übervoll von Sternen, daß es schon schamlos war; hier draußen, wo der Wind dir entgegentrat wie ein Mann, schleppten die Frauen ihren Kummer auf der Straße zwischen Ruby und dem Kloster hin und her. Niemand außer ihnen ging zu Fuß. Sweetie Fleetwood war hier gegangen und Billie Delia. Und auch das Mädchen, das sie Seneca nannten. Und die andere, die Mavis hieß. Genauso Arnette, und mehr als einmal. Und auch nicht nur in jüngster Zeit. Von Anfang an waren sie über diese Straße gegangen. Soane Morgan zum Beispiel, und einmal, als sie noch jung war, auch Connie. Viele dieser wandernden Frauen hatte Lone selbst gesehen; von anderen hatte sie gehört. Aber sie wußte von keinem einzigen

Mann, der über diese Straße gelaufen war: Die Männer fuhren, auch wenn sie manchmal das gleiche Ziel hatten wie die Frauen: Sargeant, K. D., Roger, Menus. Und sogar der untadelige Deacon selbst, Jahrzehnte war das her. Tja, wenn ihr nicht bald jemand den Keilriemen flickte und die Ölwanne abdichtete, dann würde sie hier auch zu Fuß unterwegs sein, vorausgesetzt, es gab noch irgendeinen Ort, an den zu gehen sich lohnte.

Wenn es jemals aufs Tempo angekommen war, dann jetzt – aber der Zustand ihres Wagens zwang sie zum Schleichen. 1965 hatten die Scheibenwischer, die Klimaanlage, das Radio funktioniert. Jetzt war die brüllendheiße Heizung das einzige, was noch an die alte Kraft des Oldsmobiles erinnerte. 1968, nachdem der Wagen schon zwei Besitzer, erst Deek und dann Soane Morgan, gehabt hatte, fragte Soane sie, ob sie ihn gebrauchen könne. Lone schrie auf vor Freude. Endlich, mit neunundsiebzig Jahren, ohne Führerschein, aber noch quicklebendig, würde sie Auto fahren lernen und sogar ein eigenes Auto besitzen. Nie wieder sich in fremde Lieferwagen quälen, nie wieder zu jeder Stunde des Tages oder der Nacht mit quietschenden Bremsen vor ihrem Haus rechnen müssen, die sie zu Notfällen riefen, die keine waren, oder zu Routinebesuchen holten, die sich in Notfälle verwandelten. Jetzt konnte sie selbst entscheiden, konnte bei den Müttern nach dem Rechten sehen, wann sie es für sinnvoll hielt. Mit allen ihren Siebensachen im eigenen Wagen hinfahren und, was fast noch wichtiger war, auch wieder wegfahren, wann sie wollte. Aber das Geschenk kam zu spät. Gerade als sie endlich automobil geworden war, wollte niemand mehr ihre Kenntnisse in Anspruch nehmen. Nachdem sie alles, was Hufe hatte, scheu gemacht, alles, was Klauen trug, zu Tode erschreckt und wochenlang rote Staubfahnen über den Traktorspuren gezogen hatte, blieb ihr nichts mehr, wohin sie noch fahren konnte. Ihre Patientinnen ließen sich zwar immer noch betasten und betrachten, aber für die Entbindung nahmen sie die stundenlange (wenn soviel Zeit blieb) Fahrt ins Krankenhaus nach Demby auf sich, um sich dort unter die kalten Hände weißer Männer zu begeben. Trotz ihres makellosen Rufes (denn sie hatte nie eine Mutter verloren, wie es Fairy einmal passiert war) wurden ihr jetzt, mit ihren sechsundachtzig Jahren, die dicken Bäuche und Schmerzensschreie und verkrampften Hände vorenthalten. Wurden ihre sauberen Bauchwickel, ihre Tropfentherapie mit Mutterurin verlacht. Wurde ihr Pfefferschotentee ins Klo geschüttet. Es zählte nicht mehr, daß sie sich auf die Sofas der Frauen von Ruby gekuschelt hatte, um unruhige Kinder in den Schlaf zu wiegen; in ihren Küchen eingenickt war, nachdem sie den Töchtern stundenlang die Haare geflochten hatte; Kräuter in ihren Gärten angepflanzt und seit fünfundzwanzig Jahren in Ruby und noch mal fünfzig Jahren zuvor in Haven nie mit gutem Rat gegeizt hatte, auch schon, ehe man sie rief. Es zählte nicht, daß sie ihnen beigebracht hatte, wie sie über die Brüste streichen mußten, um den Milchfluß anzuregen; was sie mit der Nachgeburt machen sollten; in welche Richtung das Messer unter der Matratze weisen mußte. Es zählte nicht, daß sie die ganze Gegend abgesucht hatte, um ihnen genau die saure Erde zu bringen, auf die sie Heißhunger hatten. Es zählte nicht, daß sie sich zu ihnen ins Bett gelegt und ihnen, Fußsohle gegen Fußsohle drückend, geholfen hatte zu pressen! Pressen! Pressen! Oder daß sie ihre Bäuche stundenlang mit duftenden Ölen massiert hatte. Nichts davon zählte mehr. Sie war gut genug gewesen, um sie auf die Welt zu holen, und als sie und Fairy aufgefordert wurden, diese Arbeit in der neuen Siedlung Ruby fortzusetzen, ließen die werdenden Mütter sich breitbeinig auf den Stühlen zurücksinken und seufzten erleichtert. Aber jetzt, da Fairy tot und sie die einzige Hebamme in einem Dorf war, das für sein Überleben und für seinen Stolz Familien brauchte, so reich an Köpfen, daß sie anderswo ein ganzes Stadtviertel bevölkert hätten, jetzt wandten die Mütter ihre Schöße von ihr ab. Lone glaubte, daß mehr dahintersteckte als nur die modische Vorliebe für Krankenhausgeburten. Sie hatte die Fleetwood-Babys zur Welt gebracht, und jedes dieser mißgebildeten Kinder hatte einen Makel an ihrem Ruf zurückgelassen, als hätte sie die Kinder selbst gemacht und nicht nur entbunden. Der Argwohn, daß Unglück an ihr hafte, und die Annehmlichkeiten der Entbindungsstation in Demby wirkten zusammen, um sie der Arbeit zu berauben, die sie gelernt hatte. Eine der Mütter vertraute ihr an, daß sie einfach nicht anders konnte, als die Woche der Ruhe, das ans Bett gebrachte Essen, die Blutdruck- und Temperaturmessungen zu genießen; daß sie begeistert war vom Dösen am hellen Tag, von den Schmerztabletten; am meisten aber, sagte sie, hätte ihr gefallen, daß die Leute sie dauernd danach fragten, wie es ihr ging. Nichts von all dem konnte sie erwarten, wenn sie das Kind zu Hause bekam. Dort müßte sie schon am zweiten oder dritten Tag wieder das Frühstück für die ganze Familie machen und sich nicht nur um die Qualität der eigenen, sondern auch der Milch von der Kuh kümmern. Andere mußten die gleiche Erfahrung gemacht haben – was für ein wunderbarer Luxus es war, einmal ausschlafen zu können, von zu Hause weg zu sein, das Neugeborene jede Nacht der Obhut einer Pflegerin überlassen zu können. Und was die Väter anging, war Lone ziemlich sicher, daß auch ihnen die geschlossenen Türen lieber waren, das Warten auf dem Flur, das Gefühl, an einem Ort zu sein, wo Männer das Sagen hatten und nicht eine zahnlose Alte, die ständig Kaugummi kaute, damit ihr Zahnfleisch kräftig blieb. «Laß dich vom Dank der Väter nicht täuschen», hatte Fairy sie gewarnt. «Wir jagen den Männern Angst ein, so wird's immer bleiben. Wir sind Vertraute des Todes für sie, weil wir zwischen ihnen und den Kindern stehen, die ihre Frauen in sich tragen.» Während der Schwangerschaft und der Geburt, sagte Fairy, ist die Hebamme ein Eindringling, der Anweisungen gibt und von dessen geheimem Wissen so viel abhängt, und diese Abhängigkeit konnten die Männer nicht vertragen. Vor allem hier nicht, an diesem Ort, an den sie gezogen waren, um sich in Frieden zu mehren. Fairy hatte recht, wie immer, aber Lone mußte noch gegen etwas anderes kämpfen. Man sagte ihr nach, daß sie Gedanken lesen könne, und woher auch immer diese Gabe stammen mochte, sie war ihr gewiß nicht von Gott verliehen worden. Bereits im Alter von zwei Jahren sollte sie sie eingesetzt haben, als sie sich so vor der Tür plazierte, daß sie gefunden werden mußte, nachdem ihre Mutter im Bett gestorben war. Lone leugnete das ab; sie war der Überzeugung, daß jeder wußte, was andere dachten, nur war nicht jeder bereit, dem Offenkundigen ins Auge zu sehen. Dennoch verfügte sie über ein tieferes Wissen als die Morgan-Brüder mit ihrem unfehlbaren Gedächtnis oder Pat Best mit ihrem Geschichtsbuch. Sie kannte, was weder die Erinnerung noch die Geschichtsschreibung auszudrücken oder festzuhalten vermögen: die List des Lebens und seinen geheimen Sinn.

Dessenungeachtet war Lone ihres Lebensunterhalts beraubt (in den vergangenen acht Jahren hatte man sie zu ganzen zwei Geburten gerufen) und auf die Mildtätigkeit der Gemeinde und ihrer Nachbarn angewiesen. Sie verbrachte ihre Tage mit dem Sammeln von Heilkräutern, flitzte von Kirche zu Kirche, um in jeder etwas von der Armenspende abzukriegen, und wachte über die Felder, was sie nicht wegen deren grenzenloser Weite so verlockend fand, sondern wegen der Geheimnisse, die sie bargen. Zum Beispiel dem Auto voller Skelette, das sie vor ein paar Monaten entdeckt hatte. Wenn sie auf ihre innere Stimme und nicht auf den Dorfklatsch gehört hätte, wäre sie dem Geheimnis der Fastengeier sofort nachgegangen, als sie auftauchten – vor zwei Jahren, als das Frühjahrstauwetter einsetzte, im März 1974. Aber weil die Vögel genau in dem Augenblick gesichtet wurden, als die Morgans und die Fleetwoods die Hochzeit ankündigten, wußten die Leute nicht recht, ob die Vermählung die Geier anlockte oder vielmehr das Dorf vor ihnen schützte. Jetzt wußte jeder, daß sie von einem Festschmaus angezogen worden waren, der aus im Blizzard verirrten Reisenden bestand. Autokennzeichen aus Arkansas. Ein Preisschild von Harper Jury auf einer Hustenarznei. Sie mußten einander geliebt haben in dieser Familie. Auch nachdem die Aasfresser über sie hergefallen waren, sah man noch, daß sie sich umarmt hielten, während sie tiefer und tiefer in die eisige Kälte hinüberschlummerten.

Zuerst glaubte sie, Sargeant müßte alles über den Vorfall wissen. Er war's doch, der auf diesen Feldern Mais anbaute. Aber die Überraschung, die ihm anzusehen war, als sie davon erzählte, war ehrlich. Genauso bei den anderen. Es stellte sich die Frage, ob sie die Polizei benachrichtigen sollten oder nicht. Sie entschieden, es nicht zu tun. Selbst wenn sie die Knochen begruben, mischten sie sich schon in eine Sache ein, mit der sie nichts zu tun hatten. Als einige Männer hingingen, um sich alles anzusehen, war ihre Aufmerksamkeit weniger auf den schrecklichen Anblick gerichtet als vielmehr auf das Kloster, das im Westen in ihrer Blickrichtung lag. Damals hätte ihr alles klar sein müssen. Hätte sie die Zeichen beachtet, erst die Geier und dann die

Stimmung der Männer, dann würde sie jetzt nicht alle ihre Wrigleys und ihr ganzes Benzin für eine Mission opfern müssen, von der sie hoffte, daß es ihre letzte war. Sie sah viel zu schlecht, ihre Gelenke waren viel zu steif – das war keine Aufgabe für eine begnadete Hebamme. Aber Gott hatte ihr diese Aufgabe gestellt. Sein heiliges Herz sei gesegnet, und bei einem Tempo von dreißig Meilen pro Stunde in dieser warmen Julinacht wußte sie, daß sie in Seiner Zeit reiste und nicht außerhalb von Seiner Zeit. Er war es, der sie an diesen Platz gestellt hatte. Er hatte sie losgeschickt, um die Arznei zu suchen, die man am besten in einer trockenen Nacht schnitt.

Das Flußbett war ausgetrocknet. Der Regen, den sie erwartete, würde dem abhelfen, auch wenn er die zweibeinige Alraune weich werden ließ. Vom Ofen waren leises Lachen und Radiomusik zu ihr herübergeweht. Junge Pärchen beim Rendezvous. Wenigstens waren sie in Gesellschaft, dachte sie, und schlichen sich nicht in einen Heuschober oder zogen auf der Ladefläche eines Pick-ups eine Decke über sich. Dann waren das Lachen und die Musik verstummt. Tiefe Männerstimmen gaben Kommandos; Lichtkegel von Taschenlampen huschten über Körper, Gesichter, Hände und das, was die Hände trugen. Die Pärchen verdrückten sich, ohne zu murren, aber die Männer blieben da. Versammelten sich, an den Ofen gelehnt, auf dem Boden kauernd, im Dunkeln. Lone verhüllte ihre Taschenlampe mit der Schürze und wäre ungesehen zur Rückfront der Erlöserkirche geschlichen, wo ihr Wagen abgestellt war, hätte sie sich nicht an die anderen Vorfälle erinnert, die sie mißachtet oder falsch gedeutet hatte: die Fastengeier; Apollos neuer Revolver. Sie knipste sich in völlige Dunkelheit zurück und hockte sich ins durstige Gras. Sie durfte es den Dorfbewohnern nicht länger nachtragen, daß sie auf ihre Dienste verzichteten; durfte nicht länger kleinliche Rache üben, indem sie ignorierte, was geschah, und dem Unheil seinen Lauf ließ. Sich blind zu stellen hieß die Sprache zu verschmähen, deren Gott sich bediente. Er donnerte keine Befehle und flüsterte einem keine Botschaften ins Ohr. O nein. Er war ein Gott, der den Menschen frei machte. Ein Lehrer, der lehrte, wie man lernt, der einem die Augen öffnete. Seine Zeichen waren unmißverständlich und überreichlich, wenn man nur aufhörte, sich im Sumpf irdischer Eitelkeit zu suhlen und die Aufmerksamkeit auf Seine Welt richtete. Er wollte, daß sie die Männer hörte, die sich da beim Ofen versammelt hatten, um zu beraten und zu beschließen, wie sie sich der Frauen im Kloster entledigen konnten. Und wenn Er sie zur Zeugin machte, dann mußte Er auch wollen, daß sie etwas unternahm. Erst wußte sie nicht, worum es eigentlich ging und was sie tun sollte. Dann schloß sie die Augen, wie sie es immer gemacht hatte, wenn sie verwirrt gewesen war, und flüsterte: «Dein Wille. Dein Wille.» Worauf die Stimmen lauter wurden und sie so deutlich, als stünde sie mitten unter ihnen, verstehen konnte, was die Männer sagten und was sie damit meinten. Was sie laut aussprachen und was sie ungesagt ließen.

Sie waren zu neunt. Einige rauchten, einige seufzten, als sie der Reihe nach das Wort ergriffen. Vieles von dem, was sie sagten, hatte Lone schon früher gehört, allerdings ohne den rauhen Schuppenpanzer, der den Worten wuchs, während sie sich durch die Nachtluft schlängelten. Das Thema war nicht neu, aber es wurde ohne all die Freudigkeit behandelt, in die es gekleidet war, wenn von der Kanzel darüber gepredigt wurde. Reverend Cary hatte es in Worte gefaßt, die solchen Anklang gefunden hatten, daß er sie jeden Sonntag von neuem in seine Predigt aufnahm.

«Was habt ihr *auf*gegeben», fragte er und ließ seine Stimme bei «auf» in die Höhe schnellen wie ein Sopran, «um hier zu leben? Welche Opfer müßt ihre tag*täg*lich bringen, um hier zu leben inmitten von Gottes Schönheit, Gottes Reichtum, Gottes Segen?»

«Sagt es uns, Reverend. Sagt's uns!»

«Ich werd's euch verraten.» Reverend Cary gluckste vor Vergnügen.

«Ja, Sir.»

«Sagt es doch, Sir!»

Reverend Cary hatte seine rechte Hand in die Luft gereckt und zu einer Faust geballt. Dann begann er, jeweils einen Finger ausstreckend, die Dinge aufzuzählen, um die sich die Gemeinde gebracht hatte.

«Fernsehen.»

Ein leises Lachen lief durch die Reihen.

«Disco.»

Das Lachen wurde lauter und fröhlicher, ließ ihre Köpfe hüpfen.

«Polizisten.»

Jetzt brüllten sie vor Lachen.

«Filme. Verlotterte Musik.» Er zählte an den Fingern seiner linken Hand weiter. «Niedertracht auf den Straßen, Diebstahl bei Nacht, Totschlag am hellen Tag. Fusel zum Frühstück und Marihuana zu Mittag. Das ist es, was ihr aufgegeben habt.»

Bei jedem der letzten Punkte, die er genannt hatte, waren mitfühlende Seufzer und Klagelaute zu hören. Überwältigt von Dankbarkeit, weil sie all dem Schmutz, dem Grausamen und Gottlosen entkommen waren, weil sie sich all diesen modernen Übeln, die in der Maske des Vergnügens auftraten, verweigert hatten, spürten alle Mitglieder der Gemeinde, wie ihre Herzen weit wurden vor Mitleid mit jenen, die solche «Opfer» nicht ohne inneren Kampf bringen konnten.

Hier aber war von Mitleid nichts zu spüren. Hier, wo die Männer den Untergang an die Wand malten, weil Ruby sich auf so unerträgliche Weise zu verändern schien, hier dachte niemand daran, dem Übel mit einer ausgestreckten Hand zu begegnen, ihm mit Liebe und kameradschaftlicher Hilfe beizukommen. Hier wurde die Verteidigung entworfen und jedes Argument, das ihre Notwendigkeit untermauerte, so lange hin und her gewendet, bis es in die längst ausgehauene Kerbe paßte. Ein paar Stimmen waren am häufigsten zu hören, andere sagten wenig, und zwei sagten kein Wort, aber auch wenn sie schwiegen, wußte Lone genau, daß die Anführer ein Zwillingsgesicht hatten.

Wißt ihr noch, wie empörend sie sich bei der Hochzeit aufgeführt haben? Was sagt ihr dazu? Mm-hm, am selben Tag war noch was, da hab ich sie gesehen, wie sie sich auf dem Rücksitz von diesem runtergekommenen Cadillac geküßt haben. Am selben Tag war das, und wie wenn das nicht genug wär, damit der Teufel jubelt, sind zwei andere am Boden gelegen und haben sich geprügelt. Mitten im Dreck. Bei Gott, ich hasse solche Schlampen. Sweetie hat erzählt, sie haben versucht, sie zu vergiften. Hab ich auch gehört. War da draußen in einen Schneesturm geraten und hat bei ihnen Unterschlupf gesucht. Hätte sich's gleich denken können. Ach, du kennst ja Sweetie. Jedenfalls erzählt sie, daß sie Stimmen gehört hat, die von irgendwo in diesem Haus kamen. Hat sich angehört wie weinende kleine Kinder. Was haben Babys dort draußen verloren, um Himmels willen? Woher soll ich das wissen? Na, was immer dahintersteckt, es geht nicht mit rechten Dingen zu. Aber es waren doch mal kleine Mädchen in dem Haus, oder? Yeah, das weiß ich auch noch. Hat sich Schule geschimpft. Schule für was? Was zum Teufel unterrichten die da draußen? Sargeant, hast du nicht Hanf gefunden? Mitten zwischen deine

Luzerne gepflanzt? Yep. Und ob ich das habe. Überrascht mich gar nicht, so was. Ich weiß nur, daß sie Arnette ziemlich vermöbelt haben, wie sie mal hingegangen ist, um ihnen die Lügen vorzuhalten, die sie ihr erzählt haben. Sie glaubt, daß sie ihr Baby behalten haben, und ihr haben sie gesagt, es wär tot zur Welt gekommen. Meine Frau meint, sie haben's ihr abgetrieben. Glaubst du das? Weiß nicht, aber zutrauen würde ich's ihnen. Was ich noch genau weiß, ist, wie ihr Gesicht zugerichtet war. Mannomann. Wir können so was einfach nicht zulassen. Roger hat mir erzählt, daß die Mutter – ihr wißt schon, die alte Weiße, die hier manchmal eingekauft hat –, tja, er hat gesagt, wie sie gestorben ist, hat sie keine fünfzig Pfund mehr gewogen, und geleuchtet hat sie wie Schwefel. Jesus! Und er hat auch erzählt, daß dieses Mädchen, das er dort abgesetzt hat, ganz offen mit ihm geflirtet hat. Ist das die, die immer halbnackt rumläuft? Hab gleich gewußt, mit der stimmt was nicht, schon wie sie aus dem Bus ausgestiegen ist, hab ich's gewußt. Wie hat sie das überhaupt gemacht, daß sie ein Bus bis hier raus bringt? Kann's mir schon denken, wie. Du meinst, sie haben übernatürliche Kräfte? Ich *weiß*, daß sie die haben. Aber worauf's ankommt, ist, auf welcher Seite Gott steht. Warum die eigentlich nicht von hier abhauen? Ha! Würdest du's, wenn du ein großes altes Haus hättest, in dem du wohnen kannst, ohne den kleinen Finger dafür krumm zu machen? Jedenfalls geht da draußen irgendwas vor, und mir ist nichts davon geheuer. Keine Männer. Weiber, die sich küssen. Die sich fremde Babys schnappen. Herrgott. Wer weiß, was da noch alles passiert. Denk nur dran, was mit Billie Delia los war, nachdem sie angefangen hatte, sich dort draußen rumzutreiben. Hat ihre Mutter die Treppe runtergestoßen, und dann nichts wie zu ihnen hingeflitzt, wie ein Ferkel auf der Suche nach der Muttersau.

Es heißt auch, daß sie trinken wie die Löcher. Die alte Frau war nie nüchtern, wenn ich sie gesehen hab, und erinnert ihr euch an die ersten Worte, die sie gesagt haben, wie sie zur Hochzeit gekommen sind? Was zu trinken wollten sie haben, und als sie ein Glas Limonade bekamen, haben sie sich aufgeführt, als hätte man sie angespuckt, und sind gleich wieder zur Tür raus. Kann mich auch noch dran erinnern, bei Gott. Verdammte Mistweiber. Giftweiber, wenn du mich fragst. Hexen, Hexen! Aber was jetzt war, Bruder, die Sache mit den Knochen, das schlägt alles. Ich kann's nicht glauben, daß eine ganze Familie da draußen stirbt, und keiner merkt was davon. Sie waren doch gar nicht weit weg, versteht ihr mich? Keiner kann mir weismachen, daß sie von der Straße abkommen und sich auf freiem Feld verirren, wenn keine zwei Meilen entfernt so ein großes Haus steht. Sie mußten es einfach sehen. Gar kein Zweifel. Der Mann wäre doch ausgestiegen und hingegangen, versteht ihr, was ich meine? Er war doch nicht blöd, und selbst wenn, er hätte's einfach nicht übersehen können. Ein Haus von dieser Größe, in einer Gegend, die flach ist wie ein Nagelkopf! Willst du sagen, daß sie was damit zu tun haben? Na hör mal, hier gehen Dinge vor in letzter Zeit, die hat's früher einfach nie gegeben. Ehe dieses Weiberpack hierherkam, war unser Dorf ein Königreich des Friedens. Die anderen, die vorher da waren, hatten wenigstens noch so was wie einen Glauben. Aber dieses Hurenpack, das da jetzt ganz allein im Haus ist, die setzen doch nie einen Fuß in die Kirche, die denken nicht im Traum dran, da wett ich einen Dollar gegen fünf fette Cents. Die brauchen keine Männer, und die brauchen keinen Gott. Und keiner kann sagen, daß sie nicht gewarnt worden sind. Erst gebeten, und dann gewarnt. Wenn sie da unter sich blieben, dann könnte man noch drüber reden. Aber das tun sie nicht. Sie mischen sich ein. Ziehen Leute an wie Scheiße die Fliegen, und jeder, der auch nur in ihre Nähe kommt, kriegt schwer was ab. Und wir müssen's alle ausbaden, in *unseren* Häusern, in *unseren* Familien. Das lassen wir nicht mit uns machen, keiner von uns. Das läßt keiner mit sich machen bei uns.

Na also, dachte Lone, die Giftzähne und der Schwanz sind immer woanders. Weit draußen, ganz glitschig, in einem Haus voller Frauen. Und nicht etwa Frauen, die sicher vor den Männern weggesperrt waren, nein, viel schlimmer: Frauen, denen ihre eigene Gesellschaft genug war, und das machte dieses Kloster zum Hexenhaus. Lone schüttelte den Kopf und schob ihr Doublemint in die andere Backe. Sie lauschte den Worten nur mit halber Aufmerksamkeit, versuchte lieber die Gedanken zu erspüren, die dahintersteckten. Einige kapierte sie sofort. Sargeant, das wußte sie, war einer, der zum windigsten Gerücht nickte, jeden Fetzen Wahrheit weichkauen konnte und sich lautstark fragte, warum dieses so musterhaft geplante, von so vernünftigen Männern regierte Dorf nicht bleiben konnte, wie es war: solide, aufstrebend, frei von aufsässiger Jugend. Was trieb das junge Volk, von hier weg zu wollen, um anderswo Familien zu gründen (und neue Kundschaft großzuziehen)? Was er dabei aber dachte, war, wieviel Geld er einsparen konnte, wenn ihm das Land, auf dem das Kloster stand, gehörte; und wieviel leichter es ihm fallen mußte, dieses Land in seinen Besitz zu bringen, wenn die Frauen erst einmal vertrieben waren. Jeder wußte, daß er dem Kloster bereits einen Besuch abgestattet hatte – um sie zu «warnen», was folgendermaßen ausgesehen hatte: Erst bot er an, den ganzen Besitz zu kaufen, und als die Antwort darauf nur aus Schweigen und einem undeutbaren Blick bestand, sagte er der alten Frau, sie solle «gründlich darüber nachdenken» und es könnten «ohne weiteres Dinge passieren, die den

Preis drücken» würden. Wisdom Poole dagegen suchte nach einem Grund, der ihm erklären konnte, warum er die Herrschaft über seine Brüder und Schwestern verloren hatte. Wie es so weit kommen konnte, daß dieselben Menschen, die einst auf ihn gehört, ja, ihn verehrt hatten, jetzt nichts mehr von ihm wissen wollten und ihre eigenen Wege zu gehen versuchten. Für die Schießerei zwischen Brood und Apollo im vorigen Jahr war Billie Delia der Auslöser gewesen, und das allein mußte Grund genug für ihn sein, um loszuziehen und mit dem größten Vergnügen ein paar Frauen an die frische Luft zu setzen. Billie Delia war gut Freund mit diesen Frauen, sie hatte sich von einem seiner jüngeren Brüder zu ihnen rausfahren lassen, und genau von da an war der Ärger mit Brood und Apollo wirklich ernst geworden. Keiner der beiden hatte Wisdoms strikten Befehl befolgt, dieses Mädchen nicht mehr anzusehen und nie wieder ein Wort mit ihm zu sprechen. Was dann geschah, war eine Tragödie von biblischen Ausmaßen: Ein Mann lag auf der Lauer, um seinen eigenen Bruder zu töten. Was die Fleetwoods betraf, Arnold und Jeff, so waren sie seit langem auf der Suche nach jemandem, dem sie die Schuld an Sweeties Kindern anlasten konnten. Vielleicht war's der Fehler der Hebamme, vielleicht war die Regierung schuld, aber die Hebamme konnte man nur arbeitslos machen, und die Regierung war für gar nichts haftbar. Zwar hatte Lone einige von Jeffs sterbenskranken Kindern schon lange vor dem Auftauchen der ersten Frau entbunden, aber solche Kleinigkeiten sollten sie nicht daran hindern, die Schuld immer nur bei anderen und nie bei ihrem eigenen Blut zu suchen. Oder dem von Sweetie. Menus, du lieber Gott, der war reif, um über jeden herzufallen. Wochenlang war er dort draußen gewesen, um wieder trocken zu werden, aber hatte ihn das etwa dankbar gemacht? Die Frauen mußten einiges mit ihm erlebt haben, mußten einiges gehört haben, von dem er nicht wünschen konnte, daß es sich in fremden Köpfen festsetzte, falls sie es ausplauderten. Vielleicht wollte er aber auch nur die Schande ungeschehen machen, die Harper und die anderen ihm angetan hatten, als sie ihm die Hochzeit mit dem Mädchen ausredeten, das er nach Hause mitgebracht hatte. Sie wäre nicht gut genug für ihn, diese hübsche Rothaarige, so hatten sie ihm zugesetzt, sie hätte mehr von einem leichten Mädchen als von einer Braut. Er erzählte immer, daß er trank, um über das wegzukommen, was er in Vietnam erlebt hatte, aber Lone glaubte, die wahre Ursache war viel eher der Verlust dieses hübschen Rotschopfs. Er hatte nicht den Mut aufgebracht, das Dorf zu verlassen und irgendwo anders mit ihr zu leben. Hatte sich statt dessen seinem Vater gebeugt und ihn dafür einen stolzen Preis zahlen lassen: die klaglose Hinnahme all seines Kummers. Sich einiger Frauen ohne Anhang zu entledigen, die hinter ihm aufgewischt, seine Unterhosen gewaschen, seine Kotze entfernt und seine Flüche ebenso wie sein Schluchzen gehört hatten, mochte ihn für eine ganze Weile davon überzeugen, daß er doch ein richtiger Mann war, nicht angekränkelt von der Schwäche seiner Mutter, sondern des Langmuts seines Vaters würdig und in seiner Entscheidung bestätigt, den Rotschopf ziehen zu lassen. Lone konnte nicht zählen, wie oft sie auf den Bänken der Zionskirche gesessen und seinen Vater Harper gehört hatte, der mit dem Bekennen seiner Sünden begann und damit endete, daß er über lose Weiber herzog, die einen vergessen lassen konnten, wer, was und wo die eigenen Kinder waren. Er hatte eine Blackhorse geheiratet, Catherine, und brachte ihr einen Reizmagen bei mit seinen ständigen Vorhaltungen, was sie denn triebe und mit wem sie sich träfe und dies und das und ob sie wohl Kate, die Tochter, auch richtig erziehe? Kate flüchtete in eine Ehe, so schnell sie nur konnte, um sich der väterlichen Hand zu entziehen. Seine erste Frau, Martha, die Mutter von Menus, mußte ihm übel mitgespielt haben. So übel, daß er es dem einzigen Kind, das er mit ihr hatte, noch bis heute nachtrug. Dann war da noch K. D., der frischgebackene Familienvater. Redete davon, wie komisch eine von diesen Frauen aus dem Kloster war und wie er's gleich gemerkt hätte, als er sie aus dem Bus aussteigen sah. Haha. Mittlerweile ist er der Daddy von einem vier Monate alten Sohn, an dem alle Finger und Zehen dran sind, und vielleicht hat er sogar ein intaktes Hirn, dank diesem Doktor in Demby, der so großzügig ist, auch Schwarze aufzunehmen. Lone hatten sie jedenfalls eine lange Nase gedreht, die beiden, und wenn Arnette jetzt auch fraglos glücklich und gewillt war, ihren damaligen «Fehler» auf die Frauen aus dem Kloster abzuwälzen, die sie hintergangen haben mußten, so blieb K. D. noch ein ganz anderer Grund für seinen Groll. Jahrelang war er der Frau, die er jetzt in den Schmutz zog, nachgelaufen – so lange, bis sie ihm schließlich die Tür gewiesen hatte. Es würde einen ganzen Stall von gesunden Kindern brauchen, bis er das vergessen konnte. Immerhin war er ein Morgan, und die Morgans hatten seit 1755 nichts aus ihrer Erinnerung gelöscht.

Lone verstand diese persönlichen Gedanken, und auch von dem Motiv, das Steward und Deacon haben mochten, war ihr einiges klar: Keiner von den beiden konnte es hinnehmen, daß sich etwas ihrer Kontrolle entzog. Was sie sich jedoch nicht vorstellen konnte, war der Haß, der Steward erfüllte – seine Verbitterung bei dem Gedanken, daß sein (wahrscheinlicher) Großneffe ohne die Spur eines Zweifels in diesem Kloster verletzt oder zu Tode gebracht worden war. Wie ein Blutpfropfen zirkulierte diese Bitterkeit durch seine Adern, ohne sich aufzulösen und ohne zur Krise zu führen. Und genausowenig hätte sie sich vorstellen können, wie tief in den Stamm seines Gehirns die Erinnerung an die Bedrohung eingebrannt war, der einst die Ehe seines Bruders mit Soane ausgesetzt gewesen war. Wie dicht war Deek an einer Trennung von seiner Frau vorbeigeschlittert, nachdem er in diese vergifteten und giftigen Augen geblickt hatte. Monatelang hatten sich die beiden heimlich getroffen, monatelang war Deek nicht mehr er selbst gewesen, war abgelenkt und machte Fehler. Und wenn man sich auch noch vorstellte, daß dieses Flittchen womöglich von ihm schwanger hätte werden können! Womöglich ein Mischlingskind zur Welt gebracht hätte! Steward schäumte beim Gedanken an diesen mit knapper Not verhinderten Verrat an allem, was sie den Alten Vätern schuldeten und geschworen hatten. Doch der mühsam vermiedene Verstoß gegen das Gesetz der Väter, das Gesetz der Beständigkeit und der Weitergabe ihres Erbteils, wurde noch übertroffen von der ständigen Bedrohung des Bildes, das er von sich selbst und seinem Bruder hatte. Die Frauen im Kloster waren für ihn eine billige Parodie der neunzehn schwarzen Schönheiten, die zusammen mit einem Augenblick vollkommenen Einverständnisses in seinem und seines Bruders jugendlichem Gedächtnis gespeichert waren. Sie verkörperten die Entweihung jenes geteilten Augenblicks voller Blütenduft und sonnenbeschienener Haut. Mit ihrem hirnlosen Gekicher übertönten sie die Melodie, das sanfte Geläut des fröhlichen und einladenden Lachens der neunzehn Schönheiten, deren ewige Heimat in pastellfarbenen Träumen nun von einer nie gekannten, obszönen Sorte Weiber zum Untergang verurteilt war. Er konnte sich nicht damit abfinden, daß sie mit ihren Nuttenkleidern und Hurengelüsten seine Lebensgeschichte besudelten und die Vision verhöhnten und entwürdigten, die ihm und seinem Bruder durch den Krieg geholfen, ihrer beider Ehen genährt und ihnen die Kraft verliehen hatte, eine Siedlung aufzubauen, in der ihre Ideale zur Blüte gelangten. Das würde er ihnen nie verzeihen, und niemals wollte er solch eine Verrohung dulden.

Und Lone kannte auch den Gletscher nicht, dessen Eis aus Deacon Morgans Stolz bestand. Kannte nicht seine verborgene Masse, sein Wachstum, seine Unbeweglichkeit. Sie wußte von Deeks lange zurückliegendem Verhältnis mit Consolata. Aber sie hatte keine Vorstellung vom Ausmaß seiner Scham, und sie begriff nicht, wie wichtig es für ihn war, mit dieser Scham auch jenen Typ Frau auszumerzen, dem er die Schuld an ihr gab. Die unbezähmbare, verschlingende Frau, die in seine Lippe gebissen hatte, um sich an seinem Blut gütlich zu tun; die schöne Larve mit goldener Haut und moosgrünen Augen, die den Mann in ihre Höhle locken, ihn in einen Keller voller Alkohol sperren wollte, um ihn den Launen ihres Fleisches gefügig zu machen und abartige Spiele in der Dunkelheit mit ihm zu treiben; die Salome, der er im letzten Augenblick entkommen war, sonst wäre sein Kopf auf ihrem Teller gelandet. Jene gefräßige Frau, die ihm den Boden unter den Füßen wegzog; die nicht aus seinem Leben verschwunden war, sondern sich in Soanes Herz geschlichen und, so vermutete er, ihr Zaubertränke eingeflößt hatte, unter deren Einfluß ihre Liebe zu ihm geschwunden war. Denn es war nicht die unstillbare Trauer um ihre Söhne, die sie so kalt machte, sondern dieses giftige Gebräu, das sie noch immer schluckte und das sie von der Frau erhielt, die ihren eigenen Namen zu einem bitteren Witz, zu einem Zerrbild all dessen gemacht hatte, was eine Frau sein sollte.

Lone wußte nicht alles, konnte nicht alles wissen, aber sie wußte genug, und im Licht der Taschenlampe hatte sie auch die Ausrüstung der Männer gesehen: Handschellen glitzerten, Stricke ringelten sich, und sie brauchte nicht viel Phantasie, um sich auszumalen, was sie sonst noch alles dabeihatten. Mit vorsichtigen Schritten schlich sie am Flußufer entlang zu ihrem Wagen. «Dein Wille. Dein Wille», flüsterte sie und war überzeugt, daß das, was sie gehört und erschlossen hatte, ernst gemeint war. Diese Männer hatten sich nicht zu einem Sandkastenspiel versammelt. Wie Marines im Trainingslager, wie Invasionstruppen, die sich auf ein Gemetzel vorbereiten, waren sie zusammengekommen, um sich aufzustacheln, um ihr Blut zum Kochen zu bringen oder es eiskalt werden zu lassen, damit sie ihre Aufgabe um so besser erfüllen konnten. Und eines war ihr ganz schnell klargeworden: Die einzige Stimme, die nicht sang, war die des Dirigenten.

«Wo ist Richard Misner?» Lone sparte sich eine Begrüßung. Sie hatte an Misners Tür geklopft, war eingetreten, hatte alles leer und dunkel vorgefunden. Jetzt hatte sie seine unmittelbare Nachbarin, Frances Poole DuPres, aus dem Schlaf geholt. Frances stöhnte.

«Was um alles in der Welt ist denn los, Lone?»

«Sag mir, wo Misner steckt.»

«Sie sind nach Muskogee gefahren. Warum?»

«‹Sie›? Wer ist ‹sie›?»

«Reverend Misner und Anna. Eine Konferenz. Wozu brauchst du ihn denn, mitten in der Nacht?»

«Laß mich rein», sagte Lone und ging an Frances vorbei ins Wohnzimmer.

«Komm mit in die Küche», sagte Frances.

«Keine Zeit. Hör zu.» Lone berichtete von dem Treffen, das sie belauscht hatte. «Ein ganzer Trupp von Männern, die etwas gegen das Kloster im Schilde führen. Morgans, Fleetwoods, und Wisdom ist auch dabei. Sie gehen auf die Frauen los, die da draußen sind.»

«Großer Gott, was für ein Schlamassel ist das nun wieder? Sie wollen sie aus dem Haus treiben, mitten in der Nacht?»

«Mensch, hör mir doch zu. Die Kerle haben Schußwaffen, mit Visieren drauf.»

«Das heißt noch gar nichts. Ich hab meinen Bruder noch nie ohne seine Flinte gesehen, außer in der Kirche, und da hat er sie im Wagen liegen.»

«Sie haben auch Stricke dabei, Frannie.»

«Stricke?»

«Dicke Knäuel.»

«Was glaubst du?»

«Wir vergeuden Zeit. Wo ist Sut?»

«Schläft.»

«Weck ihn auf.»

«Ich werd doch meinen Mann nicht stören wegen so einer aberwitzigen –»

«Weck ihn, Frannie. Ich bin nicht verrückt, das weißt du genau.»

Die ersten Tropfen waren dick und warm, trugen die Düfte von Narrenkraut und Feigenkaktus aus nördlichen und westlichen Gegenden mit sich. Sie fielen in Enzianblüten und Wüstentrompeten, perlten von Chicoréeblättern. Rund und glatt rollten sie wie Quecksilberkugeln über die rissige Erde zwischen den Beeten. In der erleuchteten Küche sitzend, konnten Lone, Frances und Sut DuPres den Regen sehen und sogar riechen, aber sie hörten ihn nicht, so weich, so daunig waren die Tropfen.

Sut sah keinen Anlaß, loszulaufen und den Männern ins Gewissen zu reden, wie Lone es von ihm erwartete. Statt dessen versprach er ihr, gleich am Morgen mit Reverend Pulliam und Reverend Cary zu sprechen. Lone meinte, das könne zu spät sein, und brach verärgert auf, um jemanden zu suchen, der nicht mit ihr redete, als wäre sie ein Kind, das nicht aus einem schlechten Traum herausfand. Anna Flood war nicht zu Hause; zu Soane konnte sie wegen Deek nicht gehen; und weil K. D. und Arnette in das Haus gezogen waren, das einmal Menus gehört hatte, war auch Dovey Morgan nicht im Dorf. Sie dachte kurz an Kate, aber ihr war klar, daß Kate sich niemals gegen ihren Vater stellen würde. Sie dachte auch an Penelope, aber die kam ebenfalls nicht in Frage – nicht nur, weil sie mit Wisdom verheiratet war, sie war auch noch Sargeants Tochter. Lone erkannte, daß sie zu den Farmern und Ranchern hinausfahren mußte, von denen sie am ehesten erwartete, daß sie sich nicht von Familienbanden den Verstand rauben ließen. Funktionierende Scheibenwischer gehörten schon lange der Vergangenheit an, und so war Lones volle Konzentration gefordert, als sie vorsichtig, den Kaugummi im Mund herumschiebend, losfuhr. Während sie am – jetzt verlassenen – Ofen vorbeirollte und zufrieden an die Maiäpfel dachte, die sie rechtzeitig gepflückt hatte, sah sie zu Annas Haus hinüber: alles dunkel, genau wie in Deek Morgans Haus ein Stück dahinter. Sie kniff die Augen zusammen, als sie das unbefestigte Straßenstück in Angriff nahm, das sich etliche Meilen weit zwischen Ruby und der Staatsstraße erstreckte. Hier konnte es heikel werden, da die Erde sich jetzt mit dem Regen vollsaugte, die Wurzeln der ausgedörrten Pflanzen schwellen ließ und überall kleine Bäche bildete. Sie fuhr langsam und überlegte, daß nichts sie aufhalten konnte, wenn ihre Mission wirklich von Gott gewollt war. Auf halbem Weg zum Haus von Aaron Poole blieb ihr Oldsmobile im Straßengraben stecken.

Ungefähr zu dem Zeitpunkt, da Lone DuPres versuchte, das FRÜHE MELLONEN-Schild stehenzulassen, stimmten die Männer bei Kaffee und etwas Stärkerem für den, der's mochte, die letzten Einzelheiten ab. Von Menus abgesehen, war keiner von ihnen ein Trinker, aber trotzdem hatte niemand etwas dagegen, den Kaffee mit Schuß zu nehmen. Hinter dem scheunenartigen Gebäude, in dem Sargeant mit Saatgut und Viehfutter handelte, stand jenseits der Koppel, in der er einst Pferde gehalten hatte, ein Schuppen. Hier reparierte er Zaumzeug – inzwischen nur noch ein Hobby, für das er kein Geld nahm – und zog sich zurück, wenn er grübeln oder den Frauen der Familie aus dem Weg gehen wollte. Es war ein männliches Refugium, ausgestattet mit einem kleinen Ofen, einem Kühlschrank, einem Arbeitstisch mit Stühlen und einem strapazierfähigen Boden. Die Männer hatten gerade begonnen, in ihre Tassen zu pusten, als der Regen einsetzte. Nach ein paar Schlucken folgten sie Sargeant in den Hof, um Säcke ins Trockene zu bringen und Geräte mit einer Plane abzudecken. Als sie tropfnaß in den Schuppen zurückkehrten, fühlten sie sich plötzlich ganz unbeschwert und hatten Hunger. Sargeant schlug Beefsteaks vor und ging ins Haus, um zu holen, was er zur Bewirtung der Männer brauchte. Seine Frau Priscilla hörte ihn und bot ihre Hilfe an, aber er schickte sie, mit sehr bestimmten Worten, zurück ins Bett. Der duftende Regen trommelte auf die Dächer. Im Schuppen kam eine unternehmungslustige, kameradschaftliche Stimmung auf, als die Männer sich die dicken Steaks schmecken ließen, die ganz altmodisch in der glutheißen Pfanne gebraten worden waren.

Nördlich von Ruby war der Duft des Regens noch stärker, vor allem rund um das Kloster, wo dichter Weißklee und Besenginster alle Flächen außerhalb des Gartens erobert hatten. Mavis und Pallas, von den Blütenaromen aus dem Schlaf geweckt, liefen gleich zu Consolata, Grace und Seneca, um ihnen zu sagen, daß der lang ersehnte Regen endlich gekommen war. Gemeinsam standen sie in der Tür, die von der Küche in den Garten führte, sahen hinaus und streckten dann die Hände ins Freie, um die Tropfen zu spüren. Sie waren wie Salbe an ihren Fingern, und so traten sie in den Regen hinein und ließen ihn wie Balsam über ihre geschorenen Köpfe, ihre emporgewandten Gesichter strömen. Consolata war die erste; die anderen folgten ihr schnell. Mächtige Flüsse gibt es auf der Welt, und überall an ihren Ufern und an den Stränden der Ozeane reizt die Kinder das Wasser. An Orten, wo der Regen angenehm auf der Haut ist, wird der Reiz des Wassers fast erotisch. Doch alle diese Empfindungen verblassen vor der Verzückung heiliger Frauen bei ihrem Tanz im warmen, süßen Regen. Sie hätten gelacht, wäre ihre Verzauberung nicht so tief gewesen. Wenn es Erinnerungen an eine kürzliche Warnung, an Zeichen drohender Gefahr gab, so spülte der unwiderstehliche Regen sie mit sich fort. Seneca stellte sich einem trüben Morgen im Sozialbau und stieß ihn endlich, endgültig ab. Grace erlebte die wunderbare Reinigung eines weißen Hemds, das niemals hätte fleckig werden dürfen. Mavis bewegte sich unter einem Schauer von Johanniskrautblüten, die ihre Haut kitzelten. Pallas, von einem zarten Sohn entbunden, hielt ihn dicht bei sich, während der Regen eine unheimliche Frau auf einer Rolltreppe und jede Angst vor schwarzem Wasser von ihr wusch. Consolata, ganz von dem Gott besessen, der ihr einst im Garten ein Zeichen gegeben hatte, war die wildere Tänzerin, Mavis die eleganteste. Seneca und Grace tanzten erst zusammen und trennten sich dann, um in die frischen Schlammpfützen zu springen. Pallas, die Regentropfen sanft vom Kopf ihres Babys wischte, wiegte sich wie ein Farnwedel.

Als sie sich endlich aus dem Straßengraben herausmanövriert hatte, suchte Lone natürlich einen DuPres auf. Sie war in dieser Familie großgezogen, war von einer der Töchter gerettet und später angelernt worden. Aber noch wichtiger: Sie wußte, aus welchem Holz die Angehörigen dieses Clans geschnitzt waren. Pious DuPres, der Sohn von Booker DuPres und Neffe des berühmten Juvenal DuPres, war ihre erste Wahl. Wie die Morgans und die Blackhorses erfüllte es sie mit Zufriedenheit, die Nachfahren von Männern zu sein, die Provinzregierungen angehört hatten, aber anders als die anderen waren sie auf frühere Generationen ungleich stolzer: auf Kunsthandwerker, Büchsenmacher, Näherinnen, Spitzenklöpplerinnen, Schuster, Eisenhändler, Steinmetze, denen die Früchte ihrer ehrlichen Arbeit von weißen Einwanderern gestohlen worden waren. Ihre wahre Verehrung galt den Generationen, die gesehen hatten, wie ihre Werkstätten brannten und ihre Vorräte über Bord gingen. Weil die weißen Einwanderer sich einem fairen Wettbewerb nicht stellen wollten oder ihn nicht bestanden hätten, waren ihre Ahnen verhaftet, bedroht, vertrieben und an der Ausübung ihrer Berufe als Handwerker und Facharbeiter gehindert worden. Aber die Familien blieben bei dem, was sie konnten und was sie sich seit 1755 erarbeitet hatten, als der erste DuPres sein weißes Tuch über seinem Arm und ein Gebetbuch in der Tasche trug. Der Glaube, der ihnen Halt gab, war nicht grimmig. Tugendhaftigkeit und unerwartete Güte ließen sie lächeln. Rechtschaffenes Handeln, das seiner selbst bewußt war, konnte ihre Herzen erheben wie weniges andere. Sie wußten nicht immer, was rechtschaffen war, aber sie wandten viel Zeit auf, um es herauszufinden. Lange bevor Juvenal ins Parlament gewählt wurde, hatten sich die Gespräche am Abendbrottisch der Familie darum gedreht, welche Probleme jeder einzelne hatte und was die anderen zu ihrer Lösung beitragen konnten. Und immer war es dabei vor allem anderen um die ethischen Grundlagen einer Tat, um die Eindeutigkeit der Motive und darum gegangen, ob eine Handlung Seinen Ruhm zu mehren und Sein Vertrauen zu rechtfertigen versprach. Keiner der lebenden Angehörigen der Familie mochte die Frauen aus dem Kloster oder billigte ihr Auftreten. Aber darum ging es überhaupt nicht. Das Verhalten von Brood und Apollo hatte sie empört; Wisdom Poole war der Bruder ihrer Schwiegertochter, und wenn er sich einer Gruppe anschloß, die loszog, um Frauen, aus welchen Gründen auch immer, Gewalt anzutun, so würden sie hierin rasch die Hand des Widersachers erkennen. Und so geschah es auch. Als Lone ihnen alles erzählte, was sie gehört hatte und wußte, verschwendete Pious keine Zeit. Er wies seine Frau Melinda an, schnellstens zu den Beauchamps zu fahren und Ren und Luther auszurichten, daß sie sich mit ihm treffen sollten. Er und Lone würden unterdessen bei Deed Sands und Aaron Poole vorbeischauen. Melinda meinte, sie sollten auch Dovey verständigen, aber sie wurden sich nicht einig, wie das zu bewerkstelligen sei, falls Steward zu Hause wäre. Lone wußte nicht, ob die Männer schon zum Kloster aufgebrochen waren oder erst den Sonnenaufgang abwarten wollten; aber sie fand trotzdem, daß jemand das Risiko eingehen und Dovey informieren sollte, die sich dann ihrerseits entscheiden konnte, ob sie auch Soane wissen ließ, was da vor sich ging.

Von ihrem nächtlichen Tanz ermüdet, aber glücklich, kehren die Frauen ins Haus zurück. Sie trocknen sich ab und bitten Consolata, ihnen wieder von Piedade zu erzählen, während sie ihre Köpfe mit Wintergrünöl einreiben.

«Wir saßen auf der Strandpromenade. Sie badete mich in smaragdgrünem Wasser. Ihre Stimme ließ stolze Frauen auf der Straße in Tränen ausbrechen. Münzen glitten aus den Fingern von Künstlern und Polizisten, und die berühmtesten Köche des Landes baten uns, ihre Speisen zu essen. Piedade kannte Lieder, die eine Welle zum Stillstand bringen konnten, sie mitten im Kräuseln innehalten ließen, damit sie einer Sprache lauschen konnte, wie sie sie seit Anbeginn des Meeres nicht gehört hatte. Schafhirten mit bunten Vögeln auf den Schultern stiegen von den Bergen herab, um sich in Piedades Liedern an ihr Leben zu erinnern. Reisende wollten nicht an Bord der Schiffe gehen, die sie in die Heimat bringen sollten, solange Piedade sang. Bei Nacht pflückte sie die Sterne aus ihrem Haar und hüllte mich in seinen Pelz. Ihr Atem roch nach Ananas und Cashewnüssen …»

Die Frauen schlafen, wachen auf und schlafen weiter mit den Traumbildern von Papageien, von kristallenen Muscheln und von einer Frau, die sang und niemals sprach. Um vier Uhr morgens stehen sie auf und beginnen ihren Tag. Die eine rührt Teig, während eine andere den Herd anheizt. Wieder andere ernten Gemüse für das Mittagessen, decken dann den Tisch fürs Frühstück. Das Brot, zu Laiben geknetet, wird in Backformen gelegt, damit der Teig quellen kann.

Das Licht der Sonne sammelt Kraft zum Strahlen, als die Männer ihr Ziel erreichen. Das verwaschene Himmelsblau ist schwer zu durchdringen, aber zu dem Zeitpunkt, da die Männer ihre Wagen hinter den Zwergeichen abstellen und mit dem Fußmarsch zum Kloster beginnen, hat es die Sonne geschafft. Das Blau leuchtet auf. Der Regen der Nacht steigt als Nebel aus Pfützen und überfluteten Rinnen am Wegrand. Als sie das Kloster erreichen, vermeiden sie den knirschenden Kies und bahnen sich ihren Weg durch hohes Gras und gelegentliche Regenbogen zum Haupteingang. Vielleicht sind es die Raubtierklauen, die Steward aus dieser Welt reißen. Fleckig und regenfeucht schimmernd flankieren sie die Stufen. Als er zwischen ihnen emporsteigt, reckt er sein Kinn in die Luft, legt das Gewehr an und schießt eine Tür auf, die niemals verschlossen war. In ihren Scharnieren schwingt sie nach hinten. Die Sonne folgt ihm ins Haus, tüpfelt die Wände im Vorraum, wo hinter abblätternder Farbe sexualisierte Säuglinge miteinander spielen. Plötzlich taucht eine Frau auf, deren Haut nicht minder weiß ist, und Steward braucht nur ihre sinnlichen, taxierenden Augen zu sehen, um den Abzug noch einmal durchzuziehen. Die anderen Männer erschrecken, lassen sich aber nicht davon abhalten, über sie hinwegzusteigen. Sie liebkosen ihre Waffen, fühlen sich plötzlich so jung und so gut und wissen wieder, daß ihre Gewehre mehr sind als Dekorationen, Drohungen, Selbstverständlichkeiten. Sie sind ernst gemeint.

Deek gibt die Anweisungen.

Die Männer trennen sich.

Drei Frauen, die in der Küche Essen vorbereiten, hören einen Schuß. Dann Stille. Dann noch einen Schuß. Vorsichtig spähen sie durch die Schwingtür. Mit dem Licht der halboffenen Tür im Rücken werfen waffentragende Männer überlebensgroße Schatten in die Diele. Die Frauen rennen ins Spielzimmer und schließen die Tür, ehe die Männer von der Diele Besitz ergreifen. Sie hören Schritte, die draußen vorbeigehen und die Küche betreten, die sie gerade verlassen haben. Keine Fenster im Spielzimmer – die Frauen sitzen in der Falle, und sie wissen es. Minuten vergehen. Arnold und Jeff Fleetwood kommen aus der Küche und bemerken den schwachen Duft nach Wintergrünöl, der in der Luft hängt. Sie öffnen die Tür zum Spielzimmer. Ein Aschenbecher aus Alabaster knallt gegen Arnolds Schläfe, die Frau, die ihn führt, jubelt auf. Sie schlägt weiter auf ihn ein, bis er auf allen vieren kauert, während der überraschte Jeff seine Pistole einen Sekundenbruchteil zu spät zieht. Sie fliegt ihm aus der Hand, als ein Billardstock gegen sein Handgelenk und dann, die Aufwärtsbewegung fortsetzend, gegen sein Kinn gerammt wird. Er hebt den Arm, erst, um sich zu schützen, und dann, um den Queue zu pakken, als über seinem Kopf der Rahmen der heiligen Katharina von Siena auseinanderbricht.

Die Frauen rennen hinaus in die Diele und erstarren, als sie zwei Gestalten aus der Kapelle kommen sehen. Sie fliehen zurück in die Küche, dicht gefolgt von Harper und Menus. Harper packt eine der Frauen an Hüfte und Arm. Sie macht ihm schwer zu schaffen, weshalb er den Tiegel nicht sieht, der gegen seinen Schädel geschleudert wird. Er verliert das Gleichgewicht, läßt seine Pistole fallen. Menus, der einer anderen Handschellen anzulegen versucht, dreht sich um, als sein Vater zu Boden geht. Die Brühe, die ihm ins Gesicht spritzt, ist so heiß, daß er nicht einmal schreien kann. Er sinkt auf ein Knie, während sich eine Frauenhand nach der auf dem Boden kreiselnden Waffe ausstreckt. Schmerzbetäubt und halb blind zieht er ihr den linken Fuß weg. Sie schlägt hin und tritt dabei mit dem rechten Fuß nach seinem Kopf. Hinter ihm holt eine Frau mit einem Schlachtermesser aus und treibt es ihm so tief in die Schulter, daß sie es nicht mehr für einen zweiten Stich herausziehen kann. Sie läßt es stecken und entkommt mit den beiden anderen in den Garten, wo das Geflügel vor ihnen auseinanderstiebt.

Wisdom Poole und Sargeant Person, die aus dem oberen Stockwerk herunterkommen, sehen keine Menschenseele. Sie betreten den Lehrsaal, durch dessen Fenster das Licht strömt. Sie suchen hinter Pulten, die an die Wand geschoben sind, obwohl ganz klar ist, daß selbst ein Kind nicht klein genug wäre, um sich dahinter zu verstecken.

Tiefer unten, wo der lange Lichtkegel einer Black-&-Decker-Lampe langsam über den Boden tastet, entdekken Steward, Deek und K.D. Schändlichkeiten, Gewalt und Perversionen, für die ihre Phantasie nicht ausgereicht hätte. Liebevoll ausgemalter Schmutz bedeckt den Steinboden. K.D. befingert sein Kreuz aus Palmwedeln. Deek tastet nach der Hemdtasche, in der seine Sonnenbrille steckt. Als er sie einsteckte, hatte er an einen anderen Verwendungszweck gedacht, aber jetzt fragt er sich, ob er sie aufsetzen muß, um seine Augen vor diesem Ozean an Verderbnis zu schützen, der da zu seinen Füßen lockt. Keiner wagt es, seinen Fuß hineinzusetzen. In ihren Erwartungen mehr als bestätigt, machen sie kehrt und steigen die Treppe hinauf. Die Tür zum Lehrsaal steht weit offen: Sargeant und Wisdom winken sie herein. An den Fenstern zusammengedrängt, begreifen alle fünf: Die Frauen verstecken sich nicht. Sie sind ausgebrochen.

Kurz nachdem die Männer Sargeants Haus verlassen haben, kommen die Bürger von Ruby beim Ofen an. Der Regen läßt nach. Im Abfallkübel schwappt der Dreck. Der Fluß schäumt, ist aber nicht über die Ufer getreten. Stattdessen durchweicht er die Böschung. Regenwasser, das vom Dach des Ofens strömt, landet in Schlammpfützen, fleckig von herausgelösten Mörtelbrocken. Der Ofen hat sich, noch kaum merklich, auf einer Seite gesenkt. Der festgestampfte Boden, auf dem er ruht, ist unterspült. In ihren Limousinen und Pick-ups brechen die Bürger auf, um die Männer abzufangen.

Keine der Schwestern braucht viel Überredung, denn sie haben beide gewußt, daß etwas Schreckliches geschehen würde. Dovey bittet Soane, den Wagen zu fahren. Sie sind still, denn in ihnen toben laute Gedanken. Dreißig Jahre lang hat Dovey ihren Mann dabei beobachtet, wie er etwas in sich zerstörte. Je größer seine Gewinne wurden, desto weniger blieb von ihm übrig. Und jetzt richtete er vielleicht alles zugrunde. War ihm ein Vierteljahrhundert unablässigen Erfolgs zu Kopf gestiegen? Glaubte er, über dem weißen Gesetz zu stehen, nur weil sie hier so fern von ihm lebten? Natürlich war er ein Ehemann, wie man ihn sich nicht hingebungsvoller wünschen konnte, und wenn sie die Abgründe ausklammerte, in die ohnehin niemand zu blicken vermochte, dann schien ihre Ehe perfekt. Trotzdem trauert sie dem kleinen zwangsvollstreckten Haus nach, in dem ihr guter Freund sie zu besuchen pflegte. Erst ein einziges Mal hat sie ihn wiedergesehen, seit K.D. in dem Haus wohnt, und das war in einem Traum, in dem er von ihr wegging. Sie rief ihm nach. Er drehte sich um. Das nächste, woran sie sich erinnerte, war, daß sie ihm die Haare wusch. Sie erwachte, verwirrt, aber zufrieden, weil noch feuchte Spuren an ihren Fingern waren.

Soane macht sich Vorwürfe, weil sie nicht mit Deek geredet hat, einfach nur geredet. Ihm nicht erzählt hat, daß sie von Connie wußte und daß der Verlust ihres dritten Kindes ein Urteil gegen sie war – nicht gegen ihn. Nachdem Connie zu Scouts Lebensretterin geworden war, verflüchtigte sich Soanes Abneigung gegen sie, und weil die beiden schließlich gute Freundinnen wurden, glaubte Soane, sie hätte auch Deek vergeben. Jetzt fragte sie sich, ob ihre Anfälle von Atemnot, wenn sie in zu dünner Luft zu ersticken glaubte, und die unstillbare Trauer um ihre Söhne, die sie noch damit schürte, daß sie sich ihre letzten Briefe zu lesen weigerte, nicht in Wahrheit dazu dienen sollten, ihren Mann zu bestrafen. Auf jeden Fall war sie sicher, daß die Vertreibung der Frauen aus dem Kloster etwas mit ihrer Ehe zu tun hatte. Harper, Sargeant und ganz gewiß Arnold würden nie eine Hand gegen die Frauen erheben, wenn Deek und Steward ihnen nicht die Vollmacht gegeben, sie nicht dazu angestiftet hätten. Wenn sie nur mit ihm geredet hätte, vor zweiundzwanzig Jahren. Einfach nur geredet.

«Was denkst du?» Dovey brach das Schweigen.

«Ich kann nichts denken.»

«Sie werden ihnen doch nichts antun, oder?»

Soane schaltete die Scheibenwischer aus. Sie wurden nicht mehr gebraucht. «Nein», antwortete sie. «Sicher wollen sie sie nur erschrecken. Damit sie von hier fortgehen, meine ich.»

«Aber die Leute reden die ganze Zeit über sie. Als wären sie … Abschaum.»

«Sie sind anders. Sonst nichts.»

«Mag sein. Aber das hat schon oft gereicht.»

«Es sind Frauen, Dovey. Einfach nur Frauen.»

«Aber auch Huren. Und sehr seltsam.»

«Dovey!»

«Steward sagt das, und wenn er es glaubt –»

«Mich kümmert's nicht, ob sie –» Soane konnte sich nichts Schlimmeres vorstellen. Beide verstummten wieder.

«Lone hat gesagt, daß K. D. auch dabei ist.»

«Wundert mich nicht.»

«Glaubst du, daß Mable davon weiß? Oder Priscilla?» fragt Dovey.

«Eher nein. Würden wir ohne Lone Bescheid wissen?»

«Es wird schon gut werden, denke ich. Aaron und Pious werden sie zur Vernunft bringen. Und die Beauchamps. Selbst Steward legt sich nicht mit Luther an.»

Worauf die Schwestern lachten – ein leises Hoffnungslachen, das sie trösten sollte auf ihrer eiligen Fahrt durch die frische Morgenluft.

Consolata erwacht. Sekunden vorher war ihr, als hörte sie Schritte die Treppe herunterkommen. Im Halbschlaf dachte sie, es wäre Pallas, die käme, um ihr Kind zu stillen, das neben Consolata schlief. Sie tastet nach der Windel, um zu fühlen, ob sie gewechselt werden muß. Da ist irgendwas. Irgendwas. Kälte kriecht in Consolata. Sie öffnet die Tür ihrer Kammer und hört Schritte, die sich wieder zurückziehen: zu viele, zu schwere für eine Frau. Sie überlegt, ob sie den Schlaf des Babys stören soll. Dann beschließt sie, das Kind in seinem Bettchen zu lassen, und streift sich schnell ein Kleid über, blau mit weißem Kragen. Sie steigt die Treppe hinauf und sieht sofort die Gestalt, die im Vorraum liegt. Sie läuft hin und nimmt die Frau in die Arme, wobei sie ihre Wange und die linke Seite ihres Kleides mit Blut beschmiert. Der Puls in der Halsschlagader ist noch fühlbar, aber schwach, und der Atem ist flach. Consolata streicht über den Haarflaum auf dem Kopf der Frau und steigt in sie ein, dringt immer tiefer auf der Suche nach dem Punkt aus Licht. Aus dem nächstliegenden Zimmer hallen Schüsse.

Männer feuern durch das Fenster auf drei Frauen, die durch Klee und Ginster laufen. Consolata tritt ein und schreit: «Nicht!»

Die Männer wenden sich um.

Consolata verengt ihren Blick vor der Sonne, dann hebt sie ihn, als wäre da etwas, hoch über den Köpfen der Männer, das sie ablenkt. «Du bist wieder da», sagt sie und lächelt.

Deacon Morgan braucht seine Sonnenbrille, aber die steckt in der Hemdtasche. Er blickt Consolata an und sieht in ihren Augen, was so lange aus ihnen verschwunden war. Was aus ihm selbst verschwunden war. Dicht bei ihrer Lippe ist Blut. Es läßt ihm den Atem stocken. Er hebt seine Hand, um die Hand des Bruders zu bremsen, und entdeckt, wer von ihnen der Stärkere ist. Die Kugel dringt ihr mitten in die Stirn.

Dovey schreit auf. Soane starrt schweigend.

«Das kann eine ganze Weile dauern, bis sie tot ist.» Lone sehnt sich nach einem neuen Doublemint, während sie das Blut von der Wunde der weißen Frau tupft. Gemeinsam mit Ren hat sie sie auf das Sofa im Spielzimmer gelegt. Lone hört keinen Herzschlag mehr, und obwohl in der Halsschlagader noch ein schwacher Puls zu erahnen ist, hat dieses Mädchen, dessen Handgelenke so schmal sind wie die eines Kindes, schon zuviel Blut verloren.

«Hat irgend jemand nach Roger geschickt?» ruft sie.

«Ja», ruft jemand zurück.

Der Lärm außerhalb des Zimmers macht ihr Kopfschmerzen und erweckt ein wütendes Verlangen nach Kaugummi. Lone verläßt die Frau, um nachzusehen, was getan wird, um ein oder zwei Menschenleben aus diesem Unheil zu retten.

Dovey sitzt weinend auf der Treppe.

«Dovey, du mußt jetzt still sein. Ich brauche eine Frau, die bei klarem Verstand ist. Komm mit, hol dir etwas Wasser und versuch, es diesem Mädchen einzuflößen.» Sie zieht sie mit sich in die Küche, wo auch Soane ist.

Schon vorher hatte Deacon Consolata in die Küche getragen, hatte sie dort im Arm gehalten, bis die Frauen den Küchentisch freigeräumt hatten. Dann legte er sie behutsam ab, so als könnte eine heftige Bewegung ihr noch weh tun. Erst als sie bequem gelagert war – mit Soanes zusammengefaltetem Regenmantel unter ihrem Kopf –, zitterten seine Hände. Dann ging er hinaus, um den verletzten Männern zu helfen. Menus, der das Messer nicht aus seiner Schulter herausbekam, wimmerte vor Schmerz. An Harpers Kopf schwoll eine Beule, aber es war Arnold Fleetwood, der an einer Gehirnerschütterung zu leiden schien. Und bei Jeff verlangten ein gebrochener Unterkiefer und ein angeknackstes Handgelenk nach Behandlung. Weitere Bewohner von Ruby, von der ersten Autokolonne aufgeschreckt, waren inzwischen eingetroffen und verdoppelten das Durcheinander und den Lärmpegel. Reverend Pulliam entfernte das Messer aus Menus' Schulter und stieß auf große Schwierigkeiten, als er die beiden Jurys und die Fleetwoods dazu überreden wollte, nach Demby ins Krankenhaus zu gehen. Der Sohn von Deed Sands brachte die Nachricht, daß Roger an diesem Morgen aus Middleton zurückerwartet wurde; sobald er eintraf, würde seine Tochter ihn sofort herschicken. Pulliam hatte die verletzten Männer endlich überzeugt und fuhr mit ihnen los.

Aber die dröhnenden männlichen Stimmen lärmten weiter. Unter dem Hin und Her von lauten Anschuldigungen und mürrischen, wenn auch leiseren Verteidigungsversuchen, von Fragen und düsteren Prophezeiungen verging eine gute halbe Stunde, ehe jemand daran dachte, nach den anderen Frauen zu fragen. Als Pious es tat, deutete Sargeant mit einer Kopfbewegung nach draußen.

«Sind sie weggelaufen? Zum Sheriff?»

«Glaub ich weniger.»

«Was dann? Jetzt red schon, Mann!»

«Zu Boden sind sie gegangen. Im Gras.»

«Ihr habt diese Frauen alle abgeschlachtet? Wozu?»

«Jetzt kommt das weiße Gesetz über uns. Und die Verdammnis!»

«Wir sind nicht hergekommen, um irgend jemanden zu töten. Seht euch doch an, was sie mit Menus und Fleet gemacht haben. Es war Notwehr!»

Aaron Poole starrte K. D. an, der diese Erklärung geboten hatte. «Ihr dringt mitten in der Nacht in ihr Haus ein und glaubt, daß sie sich nicht verteidigen?» Die Verachtung in seinem Blick war unverkennbar, aber nicht so eisig wie bei Luther.

«Wer hatte die Schußwaffen?» wollte Luther wissen.

«Wir hatten alle welche, aber es war Onkel Steward, der –»

Steward schlug ihm voll auf den Mund, und wäre nicht Simon Cary dabeigewesen, hätte es gleich zum nächsten Gemetzel kommen können. «Haltet ihn zurück!» donnerte Reverend Cary, und auf K. D. deutend, sagte er: «Das wird dir noch leid tun, mein Sohn.»

Pious schlug mit der Faust an die Mauer. «Schande habt ihr schon über uns gebracht. Wollt ihr uns noch in den Untergang treiben? Welcher böse Geist ist denn in euch gefahren?» Erst hatte er Steward fixiert, aber jetzt schloß sein Blick Wisdom, Sargeant und die beiden anderen ein.

«Das Böse wohnt in diesem Haus», sagte Steward. «Geht doch in den Keller und seht selbst.»

«Mein Bruder lügt. Wir haben es getan. Wir allein. Und wir tragen die Verantwortung.»

Zum erstenmal in einundzwanzig Jahren sahen sich die Zwillinge direkt in die Augen.

Währenddessen schließen Soane und Lone DuPres zwei andere, bleiche Augen, aber gegen das dritte dazwischen, das feucht und lidlos ist, können sie nichts tun.

«Sie hat ‹Divine› gesagt», flüstert Soane.

«Was?» Lone versucht, ein Laken zu beschaffen, um die Leiche zudecken zu können.

«Als ich zu ihr hin bin. Gleich nachdem Steward ... Ich hab ihren Kopf gehalten, und sie sagte: ‹Divine.› Und dann sagte sie etwas wie: ‹Er ist einfach göttlich, er schläft wie ein Gott.› Sie wird wohl geträumt haben.»

«Sie wurde in den Kopf geschossen, Soane.»

«Was, glaubst du, hat sie gesehen?»

«Ich weiß es nicht, aber es ist ein schöner Gedanke, auch wenn's ihr letzter war.»

Dovey kommt herein. «Sie ist tot», sagt sie.

«Bist du sicher?» fragt Lone.

«Schau selbst.»

«Mach ich.»

Die Schwestern breiten das Laken über Consolata.

«Ich kannte sie nicht so gut wie du», sagt Dovey.

«Ich hab sie geliebt. Gott ist mein Zeuge, daß es so war, aber keiner hat sie wirklich gekannt.»

«Warum haben sie das getan?»

«‹Sie›? Du meinst ‹er›, oder? Steward hat sie getötet. Nicht Deek.»

«Du sagst das so, als wär alles seine Schuld.»
«Das hab ich nicht gemeint.»
«Was dann? Was hast du gemeint?»
Soane weiß nicht, was sie meint. Sie weiß nur, daß ihr jedes Seifenstück recht ist, wenn sie damit auch nur den kleinsten Flecken abwaschen kann. Aber es ist ein Wortwechsel, nach dem ihr Verhältnis nie mehr so sein wird wie früher.

Verwirrte, wütende, traurige, verängstigte Menschen drängen sich in Autos, machen sich auf den Rückweg zu Kindern, Tieren, Feldern, Haushaltspflichten und ihrer Ungewißheit. Wie schwer haben sie für diesen Ort geschuftet; wie fern war ihnen einst das Furchtbare, dessen Zeugen sie soeben wurden. Wie konnte ein so reines, so gesegnetes Projekt sich selbst verschlingen und ein Teil der Welt werden, der sie entkommen waren?

Lone hat gesagt, daß sie bei den Toten bleiben wolle, bis Roger käme. «Wie kommst du dann nach Hause?» fragt Melinda. «Dein Wagen steht bei unserer Farm.»

Lone seufzt. «Na, die Toten rühren sich ja nicht vom Fleck. Und Roger hat eine Menge zu tun.» Als sich der Wagen vom Kloster entfernt, blickt Lone auf das Haus zurück. «Eine Menge zu tun.»

Gar nichts hatte er zu tun. Als Roger Best in Ruby eintraf, wechselte er nicht einmal die Kleidung. Er ließ den Motor seines Kranken- und Leichenwagens aufheulen und machte sich unverzüglich auf den Weg zum Kloster. Drei Frauen lägen tot im Gras, hatte man ihm gesagt. Eine in der Küche. Und noch eine auf der anderen Seite der Diele. Er suchte alles ab. Jeden Quadratzentimeter Gras, jeden Flekken Besenginster. Das Hühnerhaus. Den Garten. Jede Reihe des Maisfelds dahinter. Dann jeden Raum im Haus:

die Kapelle. Den Lehrsaal. Im Spielzimmer war nichts; in der Küche auch nicht – nur ein Laken und ein zusammengefalteter Regenmantel auf dem Tisch erinnerten daran, daß hier eine Leiche gelegen hatte. Im Obergeschoß suchte er in beiden Badezimmern, in allen acht Schlafräumen. Dann nochmals in der Küche, in der Speisekammer. Dann ging er in den Keller hinunter, stieg über Bodenmalereien. Er öffnete eine Tür, hinter der Kohlen gelagert waren. Hinter einer anderen Tür sah er ein kleines Bett und ein Paar glänzende Schuhe auf einer Kommode. Aber nirgends Leichen. Nichts. Selbst der Cadillac war verschwunden.

Rette-Marie

DENN DAZU SIND WIR HIER: In diesem einzigartigen Moment quälender Trauer – im Gedanken an das kurze Leben und den empörenden, unbegreiflichen Tod eines Kindes – gewinnen wir unseren Glauben; oder wir verlieren ihn; oder er verfällt dem Zweifel. Hier, im Ticktack dieses Augenblicks und im Angesicht dieses Grabes, scheinen alle unsere Fragen und Ängste, unser Zorn, unsere Verwirrung, unsere Verzweiflung zu verschmelzen und uns den Boden unter den Füßen wegzuziehen, und wir haben das Gefühl zu fallen. Und dies, so könnten wir sagen, ist der rechte Zeitpunkt, um innezuhalten, um dieses eine Mal nur zu verweilen und auf den billigen Trost vom Spatzen, der unter Seinem Blick vom Himmel fällt; von den Guten, die jung sterben (hatte dieses Kind denn eine Wahl, anders als gut zu sein?); oder vom Tod als dem großen Gleichmacher zu verzichten. Jetzt ist die Zeit für Fragen, die uns wirklich auf der Seele brennen. Wer konnte einem Kind dies antun? Wer konnte zulassen, daß einem Kind dies angetan wurde? Und warum?»

Sweetie Fleetwood war nicht bereit, darüber zu reden. Ihr Kind würde nicht in Erde gebettet werden, die Steward Morgan gehörte. Es war ein brandneues Problem: Die Frage, wo man Tote bestatten sollte, hatte sich in Ruby zwanzig Jahre lang nicht gestellt, und daß sie nun beantwortet werden mußte, rief nicht nur Trauer, sondern auch Erstaunen hervor. Als Rette-Marie, das jüngste von Sweeties und Jeffs Kindern, starb, nahmen die Leute an, daß die übrigen – Noah, Esther und Ming – rasch folgen würden. Das erste hatte einen starken Namen erhalten, weil es ein starker Sohn werden sollte, und war gleichzeitig nach seinem Urgroßvater benannt. Das zweite wurde Esther getauft, nach der Urgroßmutter, die sich so liebevoll und selbstlos um den letzteren gekümmert hatte. Das dritte erhielt einen Namen, von dem Jeff nicht abzubringen war – einen, der mit dem Krieg zu tun hatte. Und der Name des letzten Kindes war eine Bitte (vielleicht auch eine Klage): Rette-Marie, und wer wüßte zu sagen, ob dieser Ruf nicht womöglich schon erhört war? So rührte die heftige Auseinandersetzung um einen offiziellen Friedhof nicht nur von Sweeties Wünschen und der Erwartung weiterer Beisetzungen her, sondern hatte mit der Ahnung zu tun, daß dem Schnitter, aus einer Reihe von schwer durchschaubaren Gründen, der Eintritt nach Ruby nicht länger verwehrt war. Und Richard Misner hielt seine Trauerrede auf geweihtem Grund und eröffnete zugleich eine neue dörfliche Institution. Daß diese sich dem improvisierten Friedhof auf Stewards Ranch angeschlossen hätte – auf dem Ruby Smith lag –, wäre für Sweetie niemals in Frage gekommen. Unter dem Einfluß ihres Bruders Luther und auch, weil sie Steward vor aller Augen die Schuld an den Schwierigkeiten geben wollte, in die ihr Mann und ihr Schwiegervater geraten waren, verkündete sie, daß sie es lieber so machen würde wie Roger Best (der ein Grab auf seinem eigenen Grundstück ausgehoben hatte) und daß ihr nichts gleichgültiger sein konnte als die dreiundzwanzig Jahre, die seit jenem hastigen und von so wenigen besuchten Hinterhofbegräbnis vergangen waren.

Die meisten Dorfbewohner verstanden, warum sie so einen Wirbel machte (Kummer plus Schuldzuweisung war eine unbekömmliche Mischung), aber Pat Best glaubte, daß hinter Sweeties Halsstarrigkeit auch noch Berechnung steckte. Ein Angebot der Morgans zurückzuweisen und Zweifel an ihrer Rechtschaffenheit zu wecken konnte die eine oder andere Vergünstigung aus ihren Taschen pressen. Und wenn Pats S8-Theorie zutraf, versetzte Sweeties Rachsucht die Sohle-acht-Schwarzen in die unangenehme Lage, im Dorf der Unsterblichen einen richtigen, offiziellen Friedhof errichten zu müssen. Das Leben der Gemeinschaft war seit den Ereignissen des Julis in seinen Grundfesten erschüttert. Und so standen sie nun alle an einem milden Novembertag mit einem seifig-hellen Himmel auf einem Stück Land, das ungefähr eine Meile hinter dem letzten Haus von Ruby lag und natürlich auch den Morgans gehörte, was Sweetie zu sagen aber niemand übers Herz brachte. Inmitten der Menge, die die trauernden Fleetwoods umgab, gewann Pat ihr inneres Gleichgewicht fast wieder. Vorhin, beim Trauergottesdienst, hatte sie weinen müssen, weil es keine Lobrede auf das Leben dieser kleinen Toten geben konnte. Jetzt war sie wieder sie selbst – distanziert und amüsiert. Zumindest hoffte sie, daß das, was sie empfand, eine gewisse Amüsiertheit war. Sie wußte, daß es auch andere Meinungen über ihre Haltung gab, von denen Richard Misner zwei beim Namen genannt hatte («Traurig. Traurig und kalt»), aber schließlich war sie eine Forscherin und kein romantischer Schwarmgeist, und deshalb panzerte sie sich gegen Misners Grabrede und beobachtete lieber die Trauergäste.

Er und Anna Flood waren zwei Tage nach dem Überfall auf die Frauen im Kloster zurückgekehrt, aber er brauchte vier weitere Tage, um in Erfahrung zu bringen, was passiert war. Pat erzählte ihm die beiden Varianten der offiziellen Lesart. Nach der ersten hatten neun Männer die Frauen im

Kloster aufgesucht, um mit ihnen zu reden und sie davon zu überzeugen, daß sie verschwinden oder ihr Verhalten ändern mußten; es war zu einem Kampf gekommen; die Frauen hatten andere Gestalt angenommen und sich in Luft aufgelöst. Nach der zweiten (der Fleetwood-Jury-Version) waren fünf Männer losgezogen, um die Frauen zu vertreiben; vier andere – die Urheber dieser Fassung – folgten ihnen, um sie zu mäßigen oder ganz davon abzubringen; diese vier waren von den Frauen angegriffen worden, hatten sie aber schließlich aus dem Haus drängen können, worauf die Frauen in ihrem Cadillac geflohen waren; unglücklicherweise hatten jedoch von den anderen fünf Männern einige den Kopf verloren und die alte Frau getötet. Pat überließ es Richard, welcher Variante er den Vorzug gab. Was sie ihm vorenthielt, war ihre eigene Version: daß neun S8-Schwarze fünf harmlose Frauen ermordet hatten, (a) weil diese Frauen unrein waren (nicht S8); (b) weil die Frauen Sünderinnen waren (schuldig zumindest der Unzucht, vielleicht auch der Tötung von Ungeborenen); und (c) weil sie es *konnten* – denn das bedeutete es für sie, ein S8 zu sein, und das forderte auch der Vertrag, den sie geschlossen hatten.

Richard glaubte keine dieser Geschichten, die sich schnell zu Evangelien verfestigten, und so sprach er mit Simon Cary und Senior Pulliam, die andere Teile der Saga beleuchteten. Weil sich aber keiner von ihnen über den Ausgang der Sache klargeworden war und daher auch keinen plausiblen, für die Sonntagspredigt geeigneten Bericht darüber geben konnte, blieb Richards Wissensdurst ungestillt. Es war Lone, die ihn mit wütenden Einzelheiten versorgte, doch andere stellten diese Einzelheiten sofort wieder in Frage, weil Lone, so hieß es doch, bekanntermaßen unzuverlässig sei. Niemand außer ihr hatte das Gespräch der Männer beim Ofen belauscht, wie wollte man also wissen, was sie wirklich gesagt hatten? Wie alle anderen Zeugen war auch Lone erst eingetroffen, als die Schüsse schon gefallen waren; und überdies konnten sie und Dovey sich sehr wohl geirrt haben, was die beiden angeblich toten, vielleicht aber doch nur verletzten Frauen im Haus anging. Außerhalb des Hauses schließlich hatten sie überhaupt niemanden gesehen, sei es tot oder lebendig.

Lone brachten die Wandlungen, die die Ereignisse im Zuge ihrer Nacherzählung durchmachten, ganz aus der Fassung. Jeder änderte nach Belieben, nur um selbst möglichst gut dabei auszusehen. Außer Deacon Morgan, der überhaupt nichts von sich hören ließ, hatte jeder der Männer, die bei dem Überfall dabeigewesen waren, eine andere Geschichte zu erzählen, und die Familienangehörigen und Freunde (die niemals auch nur in die Nähe des Klosters gekommen waren) bestätigten sie noch darin, spannen das Garn weiter, vertauschten die Rollen und legten falsche Fährten. Zwar wurde Lones Version von den Familien DuPres, Beauchamps, Sands und Poole gestützt, aber selbst der Ruf der Rechtschaffenheit und der Verläßlichkeit, in dem diese Gewährsleute standen, konnte die veränderte Wahrheit nicht daran hindern, immer weitere Kreise zu ziehen. Solange es keine Opfer gab, war die Geschichte dieses Verbrechens ein Spielball aller Zungen. So biß sich Lone die ihre lieber ab und behielt für sich, was ihr Gewißheit war: Gott hatte Ruby eine zweite Chance gegeben. War so unübersehbar und unwiderleglich vor alle hingetreten, daß selbst die vom Stolz Zerfressenen (wie Steward) und die unheilbar Dummen (wie sein lügenhafter Neffe) Ihn hätten sehen müssen. Er hatte buchstäblich reinen Tisch gemacht und seine Dienerinnen im hellen Licht des Tages zu Sich genommen, bei Gott! Offen und vor jedermanns Augen, so wahr ihr Gott helfe! Weil man sie der Lüge bezichtigte, beschloß sie, den Mund zu halten und als stumme Zeugin zu verfolgen, wie die Hand Gottes mit den Zweiflern und den falschen Zeugen verfuhr. Würde ihnen irgendwann aufgehen, daß sie ein Zeichen erhalten hatten? Oder würden sie immer weiter von Seinen Wegen abkommen? Eines stand fest: Sie sahen den Ofen, sie konnten nicht leugnen oder umdeuten, was mit ihm geschah, und man konnte ihnen nur raten, etwas gegen die Unterspülung zu tun, ehe es zu spät war. Aber vielleicht war es schon zu spät, denn die Jugendlichen hatten die Worte auf dem Ofen abermals verändert. Ihre Losung war nicht mehr «Werdet die Furche auf Seiner Stirn». Die Schmiererei auf der Haube des Ofens lautete nun: «Wir sind die Furche auf Seiner Stirn.»

Mochten die Meinungsverschiedenheiten über das, was wirklich vorgefallen war, auch noch so groß sein, so war es – wie Pat wußte – doch eine unumstößliche und von allen anerkannte Tatsache, daß jeder, der dabeigewesen war, den Schauplatz in der sicheren Erwartung einer Invasion wißbegieriger Kriminaler verlassen hatte (immerhin war eine weiße Frau getötet worden), die so gut wie alle Geschäftsmänner von Ruby verhaften würden. Als sich herausstellte, daß es keine Toten gab, die man melden, abtransportieren und bestatten mußte, war die Erleichterung so groß, daß sie zu vergessen begannen, was sie tatsächlich getan oder gesehen hatten. Wären nicht Luther Beauchamp – der die enthüllendste Geschichte zu erzählen hatte – und Pious, Deed Sands und Aaron gewesen, die viel von Lones Version bestätigen konnten, so hätte sich der ganze Vorfall in gnädigem Vergessen aufgelöst. Doch selbst die letzteren brachten es nicht über sich, den Behörden unnatürliche Todesfälle in einem Haus ohne Leichen anzuzeigen, die zur

Entdeckung natürlicher Tode in einem Auto voller Leichen führen konnten. Obwohl sie nicht von vielen Dorfbewohnern ins Vertrauen gezogen wurde, schloß Pat aus Gesprächen mit ihrem Vater und mit Kate sowie aus heimlich belauschten Unterhaltungen, daß auch vier Monate später noch alle an diesem Problem zu knabbern hatten und Gott um Rat anflehten, ob sie sich womöglich irrten: ob es dem weißen Gesetz doch, entgegen allen ihren Erfahrungen und Überzeugungen, erlaubt werden sollte, sich mit Dingen zu befassen, die sie bisher ganz allein und unter sich geregelt hatten. Die Mühen der Situation trafen jeden und trieben jeden um: die Zumessung von Schuld, die Gebete um Verstehen und Vergebung, überhebliche Verteidigungsversuche, offene Lügen und eine Unzahl von unbeantworteten Fragen, die Misner immer wieder neu stellte. So war die Beisetzung nur eine Atempause, aber kein Abschluß.

Vielleicht hatten sie ja in allem recht, was diesen Ort betraf, dachte Pat, während sie ihren Blick über die Dorfbewohner schweifen ließ. Vielleicht war Ruby ein bevorzugter Flecken. Nein, korrigierte sie sich sofort. Auch ohne sichtbare Spuren hatte der Überfall doch sichtbare Folgen gehabt. Da war Jeff, der den Arm um seine Frau gelegt hatte: beide blickten angemessen kummervoll, aber auch ein wenig majestätisch drein, war Jeff doch jetzt der alleinige Eigentümer der väterlichen Möbel- und Haushaltswarenhandlung. Arnold, der plötzlich ein sehr alter Mann mit chronischem Kopfschmerz geworden war und seit Arnettes Auszug endlich ein Schlafzimmer für sich allein hatte, hielt den Kopf gesenkt und ließ seine Augen wandern – sie waren überall, nur nicht beim Sarg. Sargeant Person wirkte so selbstgefällig wie immer: Er war niemandem mehr Pacht für seine Maisfelder schuldig, und solange sich nicht ein Steuerprüfer für ein winziges Dorf voller friedlicher und gottesfürchtiger schwarzer Menschen zu interessieren begann, würde niemand seine Habsucht in die Schranken weisen. Harper Jury, dem von Reue nichts anzumerken war, trug einen dunkelblauen Anzug und eine Narbe am Kopf zur Schau, die es ihm wie ein Orden ermöglichte, in der Rolle des verwundeten, aber ungebeugten Kämpfers gegen alles Böse aufzutreten. Menus machte die unglücklichste Figur. Er hatte seine Kunden in Annas Laden verloren, teils, weil ihn seine kaputte Schulter beim Umgang mit Kamm und Schere behinderte, und teils, weil er jetzt an noch mehr Tagen der Woche trank. Sein Niedergang trieb einem raschen Ende entgegen. Aber auch Wisdom Poole war in einer wenig beneidenswerten Lage. Siebzig Angehörige seiner Sippe gaben ihm (wie vorher schon seinen Brüdern Brood und Apollo) die Schuld an dem Schaden, der dem guten Namen ihrer Vorväter zugefügt worden war; sie ließen ihm keine Ruhe, unterhöhlten seine Stellung als Familienoberhaupt und setzten ihm tagtäglich mit Vorwürfen zu, bis er vor der versammelten Gemeinde des Heiligen Erlösers auf die Knie sank und weinte. Nachdem er seine Schuld bekannt hatte und, gereinigt und voller Reue, wieder in seine Würde eingesetzt war, nahm er vorsichtige Friedensverhandlungen mit Brood und Apollo auf. Arnette und K. D. bauten sich ein neues Haus auf Stewards Grund. Sie war wieder schwanger, und beide hofften, in eine Position zu gelangen, von der aus sie allen Angehörigen der Familien Poole, DuPres, Sands und Beauchamp – und hier vor allem Luther, der keine Gelegenheit ungenutzt ließ, K. D. zu beleidigen – das Leben zur Hölle machen konnten. Die interessanteste Entwicklung war bei den Morgan-Brüdern zu beobachten. Alle äußeren Unterschiede zwischen ihnen begannen zu schwinden. Das galt für ihre Vorlieben beim Tabak (sie hatten sich zur gleichen Zeit die Zigarren und den Kautabak abgewöhnt) wie bei den Schuhen, bei der Kleidung, bei der Haartracht. Pat fand, daß sie einander wahrscheinlich ähnlicher sahen als bei ihrer Geburt. Doch die Kluft, die sie im Inneren trennte, war so tief, daß niemand sie übersehen konnte. Steward, überheblich und zu keiner Entschuldigung fähig, nahm K. D. unter seine Fittiche und konzentrierte sich darauf, seinen Neffen und den sechzehn Monate alten Großneffen zu reichen Männern zu machen (daher auch das neue Haus). Er baute K. D. goldene Brücken in die Bank, und was Dovey betraf, so wartete er, daß sie von selbst zu ihm zurückfand. Was auch zu erwarten stand, da sich das Verhältnis zwischen ihr und Soane unverkennbar abgekühlt hatte. Die Schwestern waren sich nicht einig, was im Kloster passiert war. Dovey hatte Consolata fallen gesehen, aber sie bestand darauf, nicht gesehen zu haben, von wem der Schuß kam. Soane wußte eins, und nur das war ihr wichtig: Der Schuß war nicht von ihrem Mann gekommen. Sie hatte gesehen, wie seine Hand sich mit einer warnenden, Einhalt gebietenden Geste zu Steward bewegt hatte. Sie sah es, und sie sagte es, wieder und wieder und jedem, der ihr zuhörte.

An Deacon Morgan hatte sich die größte Wandlung vollzogen. Es war, als hätte er seinem Bruder ins Gesicht geblickt und sich daraufhin selbst nicht mehr gemocht. Zur allgemeinen Überraschung hatte er mit jemand anderem als Steward eine Freundschaft (na ja, zumindest eine Bekanntschaft) angeknüpft, deren Anlaß, Zweck und Fundament ein Rätsel blieben. Richard Misner sagte nichts, und so war der barfüßige Gang durchs Dorf, der sich in aller Öffentlichkeit abgespielt hatte, das einzige, von dem man mit Sicherheit wußte.

Es war im September gewesen, die Tage waren noch heiß, als Deacon Morgan sich auf den Weg zur Hauptstraße machte. Chrysanthemen blühten beiderseits des gepflasterten Wegs, der von seinem imposanten weißen Haus zur Straße führte. Er trug seinen Geschäftsanzug mit Weste und weißem Hemd und einen Hut. Aber keine Schuhe. Keine Socken. Er trat auf die St. John Street hinaus, wo er die Bäume in einem Abstand von fünfzehn Metern gepflanzt hatte, so groß war vor zwanzig Jahren sein Optimismus gewesen. Als er die Hauptstraße erreichte, bog er nach rechts ein. Mehr als ein Jahrzehnt war vergangen, seit die Sohlen seiner Schuhe, geschweige denn seine nackten Füße, soviel Beton berührt hatten. Kurz hinter Arnold Fleetwoods Haus, nahe der Einmündung der St. Luke Street, grüßte ihn ein Paar: «Guten Morgen, Deek.» Er hob die Hand zur Erwiderung, aber seine Augen blickten starr nach vorn. Lily Cary rief ihm von der Veranda ihres Hauses bei der Mündung der Cross Mark Street ein Hallo zu, aber er wandte sich nicht nach ihr um. «Auto kaputt?» fragte sie und musterte seine Füße. Vor Harper Jurys Drugstore an der Ecke St. Matthew Street spürte er mehr, als daß er es sah, wie beobachtende Blicke ihm folgten. Er drehte sich nicht um und sah nicht durchs Fenster, als er kurz vor der St. Peter Street an der Morganschen Bank vorbeikam. Bei Cross Peter überquerte er die Straße und näherte sich dem Haus von Richard Misner. Bei seinem letzten Besuch hier, vor sechs Jahren, war er wütend und voller Argwohn gewesen, aber auch sicher, daß er und sein Bruder sich durchsetzen würden. Was er jetzt empfand, war für einen Zwilling sehr fremdartig: Er fühlte sich unvollständig, umgeben von einer Einsamkeit, die ihm den Appetit, den Schlaf und das Hörvermögen raubte. Seit Juli hörte er die Stimmen anderer Menschen nur noch flüsternd oder so, als riefen sie aus sehr großer Entfernung. Soane beobachtete ihn, aber gnädigerweise zettelte sie keine gefährlichen Gespräche an. Ihr war wohl klar, daß sie, wenn sie es täte, Dinge zu hören bekäme, die ihrem Leben das Leben entziehen würden. Er hätte ihr erzählen können, daß der Saft des Frühlingsgrüns versickert war; daß sie, ungeachtet dieses Verlusts, großartig war und schöner, als er sich eine Frau je träumen konnte; daß ihr nicht zu bändigendes Haar ein Gesicht aus vielen Flächen und scharfen Falten umgab, die er alle gern berührt hätte; daß das Lächeln, das ihren Worten folgte, die Sonne zu beschämen vermochte. Er hätte seiner Frau sagen können, daß er erst glaubte, sie spräche zu ihm – «Du bist wieder da» –, aber jetzt wußte, daß dem nicht so gewesen war. Und daß ihn sofort die Sehnsucht packte zu wissen, was sie da sah, aber Steward, der gar nichts oder alles sah, unterbrach sie ein für allemal, damit sie jenes Reich nicht schauten.

Früher an diesem Septembervormittag hatte er ein Bad genommen und sich sorgfältig angekleidet, nur seine Füße zu bedecken brachte er nicht fertig. Lange Zeit hatte er die dunklen Socken, die blankgewienerten schwarzen Schuhe in den Händen gehalten, dann legte er sie beiseite.

Er klopfte an die Tür und nahm seinen Hut ab, als der jüngere Mann öffnete.

«Ich muß mit Ihnen sprechen, Reverend.»

«Kommen Sie rein.»

Deacon Morgan hatte niemals einen anderen Mann ins Vertrauen gezogen oder sich mit ihm beraten. Alle persönlichen Gespräche hatte er wortlos mit seinem Bruder, im Befehlston gegenüber anderen Männern oder in Form jener dunklen Andeutungen geführt, die ihm bei seiner Frau angemessen erschienen. Nie war er in die Verlegenheit geraten, in Sprache übersetzen zu müssen, was er nun Reverend Misner mitteilen wollte. Seine Worten kamen wie Barren von Rohmetall heraus, die ein ungelernter Schmied aus dem Feuer zog – heiß, von grober Form, nur ihre Glut eine Ahnung dessen, was sie meinten. Er sprach von einer Mauer in Ravenna, die weiß in der Spätnachmittagssonne lag, vom Schatten wilden Weins umgeben. Von zwei Kindern am Strand, die ihm eine S-förmige Muschel anboten – wie offen ihre Gesichter waren, wie laut die Glocken. Von dem Salzwasser, das bei der Überfahrt im Truppentransporter auf seinem Gesicht brannte. Von farbigen Mädchen, die Hosen trugen und ihm aus dem Tor einer Konservenfabrik zuwinkten. Dann erzählte er ihm von seinem Großvater, der lieber zweihundert Meilen zu Fuß gegangen war, als zu tanzen.

Richard hörte ihm aufmerksam zu, unterbrach nur einmal, um ihm ein Glas frisches Wasser anzubieten. Auch wenn er nicht verstand, wovon Deacon redete, begriff er doch, daß das Leben dieses Mannes unbewohnbar war. Deacon begann von einer Frau zu sprechen, deren er sich bedient hatte; wie er die Nase über sie gerümpft hatte, weil ihr lockerer und leichtfertiger Lebenswandel ihm die Freiheit gab, sie fallenzulassen und zu verachten. Wie der Ehebruch ihn für eine Weile (eine sehr kurze Weile) belastet hatte, während ihn sehr viel längere Reue plagte, weil er genau das geworden war, was die Alten Väter verflucht hatten: ein Mann, der sich anmaßte, jene zu richten, zu vertreiben und sogar zu vernichten, die bedürftig waren; schutzlos; anders.

«Wer ist diese Frau?» fragte Richard.

Deacon gab keine Antwort. Er fuhr mit den Fingern um die Innenseite seines Hemdkragens, dann begann er mit einer anderen Geschichte. Von seinem Großvater Zechariah, der offenbar nicht nur dem Spott aus dem Bekanntenkreis, sondern auch Angriffen in der Presse ausgesetzt gewesen war, weil er sich eines Vergehens im Amt schuldig gemacht hatte. Er war eine Belastung für die Schwarzen und sowohl eine Bedrohung wie auch eine Witzfigur für die Weißen geworden. Niemand, ob schwarz oder weiß, konnte oder wollte ihm bei der Suche nach einer anderen Tätigkeit helfen. Selbst als eine Stelle als Lehrer in einer Zwergschule auf dem Land zu besetzen war, wurde er übergangen. Wenige Schwarze waren in einer Position, in der sie ihn hätten unterstützen können (es war die Zeit der Wirtschaftskrise von 1873), doch ihnen erschien Zechariahs würdevolle Art als Unnahbarkeit und seine gelehrte Redeweise als Arroganz oder Hohn oder beides. Die Familie verlor ihr hübsches Haus und kam, neun Köpfe stark, bei einer Schwester unter. Seine Frau Mindy fand eine Heimarbeit als Näherin, und die Kinder verdienten Geld als Taglöhner. Wenige wußten und noch wenigere erinnerten sich, daß Zechariah einen Zwillingsbruder hatte, und ehe er seinen Namen änderte, waren die beiden als Coffee und Tea bekannt. Als Coffee sein Amt in der Provinzregierung antrat, war Tea so stolz auf ihn wie alle anderen. Und als sein Bruder aus dem Amt gejagt wurde, war er ebenso empört und gedemütigt. Als er und sein Zwillingsbruder Jahre später an einem Saloon vorbeigingen, forderten ein paar Weiße, die sich über die spiegelgleichen Gesichter amüsierten, die beiden auf zu tanzen. Da die Aufforderung von einer Pistole unterstrichen wurde, war Tea den Weißen vernünftigerweise zu Willen – auch wenn er ein erwachsener Mann war, älter als sie. Coffee ließ sich lieber in den Fuß schießen. Von diesem Augenblick an waren die beiden keine Brüder mehr. Coffee begann Pläne für ein neues Leben anderswo zu schmieden. Er nahm Verbindung mit anderen Männern auf, die wie er Ämter bekleidet hatten und wie er aus ihnen vertrieben worden waren – Juvenal DuPres und Drum Blackhorse. Es waren diese drei, die den Kern der Alten Väter bildeten.

Überflüssig zu erwähnen, daß Coffee nicht daran dachte, Tea auf ihre Wanderung nach Oklahoma mitzunehmen.

«Ich war immer der Meinung, daß Coffee – Big Papa – einen Fehler gemacht hat», sagte Deacon Morgan. «Einen Fehler, was seinen Bruder betraf. Tea und er waren immerhin Zwillinge. Aber heute bin ich mir nicht mehr so sicher. Ich glaube, daß Coffee recht hatte, weil er in Tea etwas sah, das mehr war als nur die Bereitschaft, sich ein paar betrunkenen weißen Kerlen zu beugen. Er sah etwas, das ihn beschämte. In der Art, wie sein Bruder über gewisse Dinge dachte. In den Entscheidungen, die er traf, wenn er in der Klemme war. Coffee konnte es nicht ertragen. Nicht etwa, weil er sich seines Bruders schämte, sondern weil der Grund seiner Scham in ihm selbst lag. Und das machte ihm angst. So ging er weg und sprach niemals mehr mit seinem Bruder. Kein einziges Wort. Verstehen Sie, was ich meine?»

«Das muß hart gewesen sein», sagte Richard.

«Ich sage, er hat niemals mehr ein Wort mit ihm gewechselt, und er hat es nicht geduldet, daß auch nur sein Name erwähnt wurde.»

«Wo Worte fehlen», sagte Richard, «da fehlt es an Vergebung. Da fehlt es an Liebe. Einen Bruder zu verlieren ist ein schweres Los. Aber sich selbst für diesen Verlust zu entscheiden, tja, das ist schlimmer als die Scham, die der Anlaß war, finden Sie nicht?»

Deacon starrte lange auf seine Füße hinunter. Richard schwieg mit ihm. Schließlich hob er den Kopf und sagte:

«Ich habe einen langen Weg vor mir, Reverend.»

«Sie werden es schaffen», sagte Richard Misner. «Kein Zweifel.»

Richard und Anna bezweifelten das willkommene Verschwinden aller Opfer und machten sich bald nach ihrer Rückkehr auf, um selbst einen Eindruck zu gewinnen. Außer einer leuchtendweißen Kinderkrippe in einem Schlafraum, an dessen Tür der Name Divine klebte, und Lebensmittelvorräten fanden sie nichts, was darauf hingewiesen hätte, daß der Ort vor kurzem noch bewohnt gewesen war. Die Hühner liefen frei herum und waren von vierbeinigen Besuchern um die Hälfte dezimiert worden. Die Pfefferschotenbüsche standen in voller Blüte, aber der Rest des Gartens war vollkommen verwildert, Sargeants Maisfeld im Hintergrund das einzige Zeugnis menschlicher Ordnung. Richard warf nur einen kurzen Blick auf den Fußboden im Keller. Anna dagegen, die ihn so genau inspizierte, wie es das Licht ihrer Taschenlampe erlaubte, sah das Schreckliche, von dem K. D. berichtet hatte. Aber es war weder die Pornographie, die er gesehen hatte, noch die Handschrift des Teufels. Was sie dort sah, war die Seelennot von Frauen, die die Ungeheuer, die sie bedrängten, zu zügeln versuchten, ohne von ihnen zertrampelt zu werden.

Sie verließen das Haus und standen im Freien.

«Hör mal», sagte Anna. «Mindestens eine von ihnen war gar nicht tot. Schließlich hat sich niemand vergewissert – sie sind einfach davon ausgegangen. Und in der Zeit dazwischen, nachdem alle weggefahren waren und bevor Roger eintraf, haben sie sich aus dem Staub gemacht. Und die Toten mitgenommen. Ist doch ganz einfach, oder?»

«Sicher», sagte Misner, aber er klang nicht überzeugt.

«Es ist schon eine ganze Weile her, und noch immer war keiner da, um neugierige Fragen zu stellen. Sie scheinen es nirgends gemeldet zu haben. Warum sollten dann wir?»

«Wessen Kind hat wohl in dieser Krippe gelegen? Sie sieht ganz neu aus.»

«Keine Ahnung. Aber es war bestimmt nicht das Kind von Arnette.»

«Sicher», sagte er abermals, im gleichen, zweifelnden Tonfall. Dann: «Ich mag keine Geheimnisse.»

«Du bist ein Prediger. Der Glaube deines ganzen Lebens ist ein Geheimnis.»

«Der Glaube ist voller Geheimnisse. Die Religion ist voller Geheimnisse. Aber nicht Gott ist geheimnisvoll. Wir sind es.»

«Ach, Richard», sagte sie, als wäre das alles zuviel.

Er hatte ihr einen Heiratsantrag gemacht: «Willst du mich heiraten, Anna?»

«Oh. Ich weiß nicht.»

«Warum nicht?»

«Dein Feuer brennt zu schwach.»

«Nicht, wenn's darauf ankommt.»

Sie hatte nicht erwartet, daß sie so glücklich sein würde, aber als sie nach Ruby zurückkehrten, bekamen sie es, statt ihre große Ankündigung machen zu können, mit einem Gemeinwesen zu tun, das sich in Auflösung zu befinden schien.

«Sollen wir diese Hühner mitnehmen? Sie werden so oder so gefressen.»

«Wenn du möchtest», sagte er.

«Lieber nicht. Ich sehe nur mal nach, ob Eier da sind.»

Anna schlüpfte in den Hühnerstall, rümpfte die Nase und watete durch eine daumendicke Kotschicht. Sie verscheuchte ein paar Hennen, um an die fünf Eier zu kommen, die sie für einigermaßen frisch hielt. Die Eier in beiden Händen haltend, kam sie wieder zum Vorschein und rief: «Richard? Hast du irgendwas, wo ich sie reintun kann?» Am Rand des Gartens lag umgekippt ein ausgeblichener roter Stuhl. Dahinter regierten Blüte und Tod. Vertrocknete Tomatenpflanzen neben Neuwuchs in üppigem Grün, der sich aus goldenen Kelchen selbst bestäubte; lachsfarbene Stockrosen, so hoch, daß sich ihre Köpfe quer über ein ganzes Beet leuchtender Kürbisblüten neigten; durchlöcherte Strünke von Karotten, braun und leblos neben den ragenden grünen Spitzen sprießender Zwiebeln. Melonen platzten vor Reife, stellten das rote Zahnfleisch ihrer aufgerissenen, sabbernden Mäuler zur Schau. Anna seufzte angesichts dieses Ineinanders von Vernachlässigung und nicht zu bändigendem Wachstum. Die fünf Eier warmes Umbra in ihren Händen.

Richard kam auf sie zu. «Ist das groß genug?» Er faltete sein Taschentuch auseinander.

«Mal sehen. Hier, nimm du sie, ich will noch nach den Pfefferschoten schauen.»

«Nein», sagte er. «Ich mach das.» Er ließ das Taschentuch über die Eier fallen.

Als er zurückkam, als sie nebeneinander bei dem umgekippten Stuhl standen, sie braune Eier und weißes Tuch in den Händen balancierend, er mit Fingern, die von langen Schoten in Grün und Rot und Pflaumenschwarz verdoppelt wurden, da sahen sie es. Oder besser: sie fühlten es, denn da war nichts zu sehen. Eine Tür, so sagte sie später. «Nein, ein Fenster», sagte er und lachte. «Das ist der Unterschied zwischen uns. Du siehst eine Tür. Ich sehe ein Fenster.»

Auch Anna mußte lachen. Sie vertieften sich in das Thema. Was hatte eine Tür zu bedeuten? Und was ein Fenster? Sie konzentrierten sich auf das Zeichen und nicht auf das Ereignis, fanden die Einladung aufregender als die Party. Sie wußten, daß da etwas gewesen war. Wußten es so genau, daß sie einen langen Augenblick wie versteinert gewesen waren, ehe sie zurückschraken und zum Auto rannten. Die Eier und die Pfefferschoten lagen auf dem Rücksitz; die Klimaanlage ließ Annas Kragen aufflattern. Und während sie dahinfuhren, lachten sie noch ein wenig und neckten sich mit freundlichen Gehässigkeiten darüber, wer von ihnen nun ein Pessimist und wer ein Optimist sei. Wer eine geschlossene Tür gesehen habe und wer ein offenes Fenster. Alles war ihnen recht, wenn sie sich nur nicht an ihre Gänsehaut erinnern oder laut aussprechen mußten, was sie sich insgeheim fragten: Ob nun durch eine Tür, die geöffnet werden mußte, oder durch ein Fenster, das schon einladend offenstand – was würde geschehen, wenn sie eintraten? Was würden sie auf der anderen Seite vorfinden? Was um alles in der Welt würde das sein? Was in der Welt?

Reverend Misner hatte jedermanns Aufmerksamkeit und konnte ihr nur noch mit wenigen Worten dienen. Sein Blick verengte sich auf die schuldbeladenen Männer, sieben an der Zahl, die sich scheinbar, einem urtümlichen Schutzbedürfnis folgend, zu einer Gruppe zusammengedrängt und von den anderen Trauergästen abgesondert hatten. Sargeant, Harper, Menus, Arnold, Jeff, K. D. und Steward. Wisdom hielt sich enger an seine Familie; und Deacon war gar nicht erschienen. Ob sie die ersten oder die letzten waren, ob sie die ältesten schwarzen Familien repräsentierten oder die jüngsten, das Beste ihrer Tradition oder das Erbärmlichste – sie hatten letzten Endes alles verraten. Sie glauben, den weißen Mann mit seinen eigenen Waffen zu schlagen, während sie ihn in Wahrheit nur nachahmen. Sie glauben, ihre Frauen und Kinder zu schützen, während sie sie in Wahrheit verkrüppeln. Und wenn die verkrüppelten Kinder um Hilfe flehen, schauen sie weg und suchen anderswo den Grund. Aus einem alten Haß geboren, einem Haß, der begann, als ein Schwarzer einem Schwarzen von anderer Schattierung seine Verachtung zeigte und dieser andere den Haß auf eine neue Ebene hob, hatte ihr Egoismus zwei Jahrhunderte von Leiden und Triumph in einem Augenblick entwertet, der so grandios und falsch und roh war, daß einem die Seele gefror. Von den Geboten nicht geleitet, vom Donner seiner eigenen Vergangenheit betäubt, war Ruby ein Fehlschlag, der, so schien es ihm, vermeidbar gewesen wäre. Wie wunderbar menschlich war die Sehnsucht nach unbedrohtem Glück, und wie eng wurde menschliches Wollen, wenn es darum ging, sie zu verwirklichen. Bald wird Ruby wie jedes andere Dorf auf flachem Land sein: mit einer Jugend, die sich wegwünscht, und mit Alten voller Groll. Die Predigten werden wortreich bleiben, aber immer weniger werden ihnen lauschen oder etwas aus ihnen in den Alltag mitnehmen. Wie können sie es nur zusammenhalten, so fragte er sich, dieses schwer erkämpfte Himmelreich, das sich nur durch die Aussperrung der nicht Erwählten, der Unwürdigen, der Fremdartigen definiert? Wer wird sie vor ihren Führern schützen?

Plötzlich wußte Richard Misner, daß er bleiben würde. Nicht nur, weil Anna das wollte oder weil Deek Morgan ihn zu einer Art Beichtvater gemacht hatte, sondern weil es keine bessere Schlacht zu schlagen gab und keinen besseren Ort für diesen Kampf als dieses Ruby mit seinen schändlich schönen, irrenden und stolzen Menschen. Und im übrigen mochte zwar die Sterblichkeit eine neue Erfahrung für sie sein, aber Geburten waren es nicht. Schon keucht die Zukunft vor dem Tor. Roger Best wird seine Tankstelle bekommen, und die Verbindungsstraßen sollen gebaut werden. Fremde werden kommen und gehen, kommen und gehen, und mancher von ihnen wird Appetit auf ein Sandwich und eine Dose schwaches Bier haben. Also wird es, wer weiß, vielleicht auch einen Diner geben. K. D. und Steward unterhalten sich wahrscheinlich schon über die Anschaffung eines Fernsehers. Es ziemte sich nicht, bei einem Begräbnis zu lächeln, drum stellte Misner sich das kleine Mädchen vor, dessen zerstörte Hände er einmal hatte halten dürfen. Es half ihm, seine Gedanken wieder zu ordnen. Die Fragen, die er im Namen der Trauernden gestellt hatte, verlangten nach einer Antwort.

«Darf ich sagen, daß dies nicht die Fragen sind, auf die es wirklich ankommt? Oder vielmehr: es sind die Fragen, die von der Angst gestellt werden, aber nicht von der Intelligenz. Und Gott, der die Intelligenz in Person, die Großherzigkeit in Person ist, hat uns den Verstand gegeben, um seine Feinheit zu erkennen. Um seine Raffinesse zu erkennen. Seine Reinheit. Um zu erkennen, daß ‹was ausgesät ist, kein Leben hat, solange es nicht stirbt›.»

Der Wind frischte auf, aber nur so wenig, daß es niemanden störte. Misner verlor ihre Aufmerksamkeit. Sie standen vor dem offenen Grab und waren verschlossen für alles außer ihren eigenen Gedanken. Trauermeditationen vermischten sich mit Plänen für Thanksgiving und Abschätzigem über ihre Nachbarn, dem Klatsch und Tratsch des Alltags. Misner unterdrückte ein Seufzen, ehe er seine Ansprache mit einem Gebet abschloß. Als er aber den Kopf senkte und auf den Sargdeckel starrte, sah er wieder das Fenster im Garten, das ihn einlud an einen anderen Ort – der nicht Leben oder Tod war, sondern gleich hier, gleich jenseits, wo er ihm Gedanken eingab, von denen er nicht wußte, daß er sie hatte.

«Wartet! Wartet!» Er schrie fast. «Glaubt ihr denn, daß dieses Leben kurz und armselig und wertlos war, nur weil es nicht dem euren glich? Ich will euch etwas sagen. Die Liebe, die dieses Kind empfangen hat, war groß und tief, und die Fürsorge, die ihm zuteil wurde, war zärtlich und grenzenlos. Und diese Liebe und Sorge haben es so fest umfangen, daß sein Leben reich an Träumen, an Visionen, an inneren Reisen sein konnte, so reich und so spannend und so wertvoll wie nur irgendeins von euren Leben, und gesegneter dazu. Wir selbst sind die Unglücklichen, wenn wir in unserem langen Leben nicht erfahren, was diesem Kind an jedem Tag seines kurzen Daseins offenbar war: daß zwar das Leben im Leben endlich und das Leben nach dem Tode ewig ist, aber Er uns stets begleitet, hier in diesem Leben und danach und vor allem im Übergang, wo Er darauf wartet, daß wir Seinen Glanz entdecken.» Er unterbrach sich, verstört von seinen eigenen Worten und von der Art, wie er sie sagte. Dann, als wollte er sich bei der jungen Toten entschuldigen, wandte er sich mit leiser Stimme direkt an sie:

«Ach, Rette-Marie, immer wenn ich deinen Namen hörte, klang er mir wie ‹Retterin mein›, ‹Retterin mein›. Sind noch andere Botschaften in deinem Namen verborgen? Ich weiß eine, die uns allen leuchten soll: Es gab niemals eine Zeit, da du nicht gerettet warst, Marie. Amen.»

Seine Worte machten ihn ein wenig verlegen, aber nichts an diesem Tag war klarer gewesen als sie.

Billie Delia entfernte sich langsam von den anderen Trauergästen. Sie war bei ihrer Mutter und ihrem Großvater gestanden und hatte Arnette aufmunternd zugelächelt, aber jetzt wollte sie allein sein. Es war die erste Beisetzung, die sie erlebte, doch ihre Gedanken hatten sich dabei um ihren Großvater gedreht und darum, wie gut es ihm tun mußte, daß seine Fähigkeiten gebraucht wurden. Noch mehr aber beschäftigte sie das Fehlen der Frauen, die sie gemocht hatte. Sie waren so gut zu ihr gewesen, hatten sie nicht durch Mitleid in Verlegenheit gebracht, sondern ihr einfach ihre sonnige Zuwendung geschenkt. Als sie die Blutergüsse in ihrem Gesicht sahen, ihre dicken Augen, schnitten sie gleich Gurkenscheiben zurecht und legten sie ihr auf die Lider, nachdem sie ihr ein Glas Wein zu trinken gegeben hatten. Keine löcherte sie mit Fragen, warum sie gekommen sei, aber wenn sie von sich aus erzählen wollte, fand sie jederzeit ein offenes Ohr. Diejenige, die Mavis gerufen wurde, war am nettesten, und die lustigste war Gigi. Billie Delia war vielleicht die einzige im Dorf, die nicht darüber rätselte, wo die Frauen steckten oder wie sie verschwunden waren. Sie hatte eine andere Frage: Wann würden sie zurückkommen? Wann würden sie wiederkehren in voller Kriegsbemalung, mit glühenden Augen und riesigen Händen, um dieses Gefängnis, das sich Dorf nannte, zu zerschlagen und unter ihren Füßen zu zertrampeln? Dieses Gefängnis, dessen Insassen versucht hatten, ihren Großvater zu ruinieren, und das ihre Mutter verschluckt und sie selbst fast zerbrochen hatte. Dieses rückständige Niemandskaff, in dem Männer an der Macht waren, die alles kontrollieren wollten und selbst außer Kontrolle geraten waren. Männer, die den Nerv hatten, darüber zu bestimmen, wer leben sollte und wer nicht und wo. Die in quicklebendigen, freien, waffenlosen Mädchen einen Aufstand der Frauen witterten und sie sich eiskalt vom Hals geschafft hatten. Sie hoffte von ganzem Herzen, daß diese Frauen irgendwo dort draußen waren, irgendwo in dunklem Glanz auf ihre Stunde warteten und inzwischen ihre Fingernägel mit Metall armierten und sich die Schneidezähne schärften – irgendwo dort draußen. Mit anderen Worten: Sie hoffte auf ein Wunder. Was nicht vermessen war, denn ein kleines Wunder hatte sich bereits ereignet: Brood und Apollo hatten ihre Eifersucht begraben und sich entschlossen, friedlich abzuwarten, bis sie sich zwischen ihnen entschieden hätte. Sie wußte so genau wie die beiden, daß sie das niemals könnte und daß das Dreieck existieren würde, solange sie selbst existierten. Die Frauen aus dem Kloster würden schallend darüber lachen. Sie konnte ihre scharf gespitzten Zähne sehen.

DIE BEGNADIGUNG LIESS JAHRE auf sich warten, aber dann kam sie doch. Manley Gibson würde in einem Zellentrakt sterben, umgeben von seinesgleichen, und nicht einsam auf einen Stuhl geschnallt, ohne irgend jemanden von seinem Schlag als Publikum. Eine gute Sache war das. Eine tolle Sache sogar. Er kam auch raus aus dem Knast, gehörte jetzt zu dem Arbeitstrupp, der an der Baustelle der Seestraße eingesetzt wurde. Der See war so blau. Das Mittagessen so lecker. Kentucky Fried Chicken. Vielleicht konnte er türmen. Ein Witz wäre das. Ein Lebenslänglicher von zweiundfünfzig Jahren auf der Flucht. Wohin? Zu wem? Er saß seit 1961 ein, hatte eine Tochter von damals elf Jahren zurückgelassen, die ihm nicht mehr schrieb und von der er nur ein einziges Foto besaß, auf dem sie dreizehn war.

Die Mittagspause war das schönste vom Tag. Sie saßen nicht weit vom Ufer, voll im Sichtfeld der Aufseher, aber immerhin nahe beim Wasser. Manley wischte sich an den kleinen Papierservietten die Hände ab. Zu seiner Linken breitete eine junge Frau bei einer Baumgruppe zwei Badetücher im Gras aus und stellte ein Kofferradio dazwischen. Manley wandte sich um, um zu sehen, was seine Kumpel davon hielten: ein Mensch von draußen, und ein weiblicher dazu, mitten unter ihnen. Oben auf der Straße gingen die Aufseher hin und her. Keiner von ihnen schien die Frau zu bemerken.

Sie schaltete das Radio ein und stand auf, und jetzt sah er

ihr Gesicht – ein Gesicht, das er überall erkannt hätte. Wie auch nicht; es mußte doch so sein. «Gigi!» zischte er.

Das Mädchen sah zu ihm hin. Manley beherrschte sich und schlenderte langsam zu den Bäumen hinüber, in der Hoffnung, die Aufseher würden denken, daß er zum Pinkeln ging.

«Hab ich recht? Bist du's?»

«Daddy Man?» Immerhin schien sie sich über die Begegnung zu freuen.

«Du bist es! Verdammt, ich hab's gleich gewußt. Was treibst du hier? Hast du gewußt, daß ich begnadigt bin?»

«Woher denn. Nicht die Bohne hab ich gewußt.»

«Also dann, hör zu. Ich komm nicht raus oder so, aber ich sitze nicht mehr in der Todeszelle.» Manley sah sich um, ob die anderen sie bemerkt hatten. «Sprich leise», flüsterte er. «Also, was treibst du hier?» Erst jetzt fiel ihm ihre Kleidung auf. «Bist du beim Militär?»

Gigi lächelte. «Mehr oder weniger.»

«Mehr oder weniger? Meinst du, du warst?»

«Ach, Daddy Man, jeder kann sich dieses Zeug kaufen.» Gigi lachte.

«Gib mir deine Adresse, Liebling. Ich werd dir schreiben und dir alles erzählen. Hast du was von deiner Mutter gehört? Ist ihr Alter noch am Leben?» Er haspelte die Worte heraus; jeden Augenblick konnte der Pfiff ertönen, der die Mittagspause beendete.

«Ich hab noch keine Adresse.» Gigi lüpfte ihre Mütze, drückte sie dann wieder fest.

«Nicht? Tscha, hm, dann schreib du mir, okay? An die Gefängnisanschrift. Ich laß dich gleich morgen auf die Liste setzen. Ich darf zwei im Monat empfangen –»

Der Pfiff erscholl. «Zwei», wiederholte er. Dann: «Sag mir, hast du das Medaillon noch, das ich dir geschenkt hab?»

«Hab ich.»

«Uuuh, Liebling, Liebling, mein kleines Mädchen.» Er streckte die Hände aus, um sie zu berühren, aber dann unterbrach er sich und sagte: «Ich muß gehen. Sonst streichen sie mir die Vergünstigung. An die Gefängnisanschrift, hast du verstanden? Zwei pro Monat.» Er entfernte sich rückwärts, sah sie immer noch an. «Hör ich von dir?»

Gigi rückte ihre Mütze gerade. «Ja, Daddy Man. Klar hörst du von mir.»

Später, als Manley im Bus saß, führte er sich noch mal jede Einzelheit vor Augen, die ihm an seiner Tochter aufgefallen war. Die Militärmütze und die Drillichhose im Tarnfarbenmuster. Die Springerstiefel, ein schwarzes T-Shirt. Und jetzt, wo er darüber nachdachte, hätte er schwören können, daß sie eine Waffe im Gürtel stecken hatte. Er blickte hinaus auf den See, der sich im Licht der sinkenden, immer schöneren Sonne verdunkelte.

Gigi legte ihre Kleider ab. Die Nächte kühlten den See aus, machten es der Sonne immer schwerer, ihn am nächsten Tag aufzuwärmen. In diesem Teil des Sees war gegen das Nacktbaden nichts einzuwenden. Hier war Seenland: chromgrünes Wasser, aufragende Bäume und – an den Stellen, an die weder Boote noch Angler kamen – eine Abgeschiedenheit, auf die Könige neidisch gewesen wären. Sie hob ein Handtuch auf und trocknete ihre Haare. Keine zwei Fingerbreit waren inzwischen gewachsen, aber sie liebte es, wenn Wind und Wasser und Finger und Zehen darin spielten. Sie öffnete ein Fläschchen mit Aloesalbe und begann sich einzureiben. Dann breitete sie das Handtuch neben sich aus und blickte zum See, wo ihr Gefährte gerade aus dem Wasser kam.

Noch immer fehlte etwas, beim fünfzehnten Bild genauso wie beim ersten. Gleich beim ersten Anlauf war Dee Dee daran gescheitert, daß sie sich nicht an die Kinnpartie erinnern konnte, doch als sie beschloß, sich die Umrißlinie zu schenken und den unteren Teil des Gesichts ihrer Tochter nur zu schattieren, fand sie die Augen schlecht getroffen. Auf der fünfzehnten Leinwand sahen sie besser aus, aber irgend etwas fehlte noch immer. Der Kopf war gut so, aber der Körper wirkte kalt und reizlos, brauchte noch mehr Schwung an der Hüfte, am Ellbogen. Stets war ihr Antrieb zum Malen sinnlicher Natur gewesen, und so war sie überrascht, daß sie sich immer wieder mit der Kraft des Willens zu einer Verbesserung, zu einem neuen Versuch aufraffen konnte. Die Augen hatten jedesmal einen anklagenden Ausdruck; den Hautton bekam sie nie in den Griff; und die Haare sahen unweigerlich wie ein Hut aus.

Dee Dee setzte sich auf den Boden und rollte den Griff des Pinsels zwischen den Fingern hin und her, während sie den Erfolg ihrer Arbeit prüfte. Mit einem langen Seufzer stand sie auf und ging ins Wohnzimmer. Sie hatte gerade zum erstenmal an ihrer Margarita genippt, als sie sie durch den Garten kommen sah, einen Rucksack oder etwas Ähnliches vor die Brust geschnallt. Aber sie hatte keine Haare. Überhaupt keine Haare, und ein Babykopf lag direkt unter ihrem Kinn. Als sie näher kam, erkannte Dee Dee zwei dicke kleine Beine, rund wie Doughnuts, die aus dem rucksackartigen Gebilde vor der mütterlichen Brust herausragten. Sie stellte den Drink ab und drückte ihre Nase an das Panoramafenster. Kein Zweifel. Es war Pallas. Mit einer Hand stützte sie das Unterteil des Rucksacks, in der anderen hielt sie ein Schwert. Ein Schwert? Das Lächeln in ihrem Gesicht war selig. Und ihr Kleid – krapprosa und umbrabraun – schwang bei jedem Schritt um ihre Knöchel. Dee Dee winkte und rief ihren Namen. Versuchte es zumindest. Aber während sie «Pallas» dachte, während sich der Name in ihrem Geist formte, brachte sie nur würgende Laute heraus, etwas wie «urgh» und «ngh ngh». Irgend etwas stimmte nicht mit ihrer Zunge. Pallas bewegte sich rasch, aber sie ging nicht zur Haustür. Sie ging am Haus vorbei, um die Ecke. Voller Panik rannte Dee Dee in ihr Atelier, packte das Gemälde Nummer fünfzehn und lief auf die Terrasse hinaus, wo sie das Bild in die Höhe hielt und «Urgh, urgh. Ngh!» schrie. Pallas drehte sich um, kniff die Augen zusammen und hielt einen Augenblick inne, als überlege sie, wo das Geräusch herkam; dann ging sie, als könne sie es nicht feststellen, weiter. Dee Dee blieb stehen und dachte, es müsse wohl doch jemand anderes gewesen sein. Aber es war, ob mit oder ohne Haare, das Gesicht von Pallas, kein Zweifel. Sie kannte doch das Gesicht ihrer Tochter. Wer sonst, wenn nicht sie? Kannte es so gut wie ihr eigenes.

Dee Dee sah Pallas noch ein zweites Mal. Im Gästezimmer (wo Carlos – der Motherfucker – geschlafen hatte) suchte sie etwas unter dem Bett. Während Dee Dee sie beobachtete und nicht zu sprechen wagte, weil sie fürchtete, wieder nur ein Gurgeln zustande zu bringen, richtete Pallas sich auf. Mit einem zufriedenen Brummen zog sie ein Paar Schuhe ans Licht, die sie bei ihrem ersten und letzten Besuch zurückgelassen hatte. Huaraches, aber die teuren aus geflochtenem Leder, nicht aus Plastik oder Stroh. Pallas drehte sich nicht um. Sie verließ den Raum durch die gläserne Schiebetür. Dee Dee ging ihr nach und sah, daß sie in ein schrottreifes Auto einstieg, das am Straßenrand wartete. Es saßen noch andere Personen in dem Wagen, aber die Sonne ging unter, und so konnte Dee Dee nicht erkennen, ob es sich um Männer oder um Frauen handelte. Sie fuhren davon, in ein Violett hinein, so ultra, daß es ihr das Herz brach.

Sally Albright, die auf der Calumet Street nach Norden ging, blieb abrupt vor dem großen Fenster von Jennie's Country Inn stehen. Sie war sicher, fast sicher, daß die Frau, die da allein an einem Vierertisch saß, ihre Mutter war. Sally trat näher an die Scheibe, versuchte unter die Krempe des Strohhuts zu spähen. Sie konnte das Gesicht nicht gut sehen, aber an den Fingernägeln, an den Händen, die die Speisekarte hielten, gab es nichts zu deuteln. Sie ging hinein in das Lokal. Die Frau an der Registrierkasse sagte: «Kann ich Ihnen behilflich sein?» Überall, wo Sally jetzt hinkam, erregte sie Aufsehen. Alles wegen der Haarfarbe. «Nein», sagte sie zu der Frau. «Ich suche eine – ach, da sitzt sie ja!» Sie bemühte sich, Gewißheit auszustrahlen, während sie zu dem Vierertisch hinüberschlenderte. «Oh, Verzeihung», würde sie sagen, wenn sie sich irrte, «ich hab Sie mit jemandem verwechselt.» Sie ließ sich auf einen Stuhl gleiten und betrachtete das Gesicht der Frau aus der Nähe.

«Mom?»

Mavis blickte auf. «Ach herrje», sagte sie lächelnd. «Du siehst vielleicht aus.»

«Ich war mir nicht sicher, wegen dem Hut und so, aber, mein Gott, du bist es tatsächlich!»

Mavis lachte.

«O Mann. Ich hab's gleich gewußt. Du lieber Gott, Mom, es ist ja … Jahre her!»

«Ich weiß. Hast du schon gegessen?»

«Yeah. Gerade eben. Ich bin in der Mittagspause. Ich arbeite bei –»

Die Kellnerin kam mit dem Bestellblock. «Haben Sie gewählt?»

«Ja», sagte Mavis. «Orangensaft, Maisbrei doppelt und zwei Spiegeleier, beidseitig, medium.»

«Mit Speck?» fragte die Kellnerin.
«Nein, danke.»
«Wir haben gute Würstchen – Knacker oder vom Grill.»
«Nein, danke. Kann ich Soße zu den Brötchen haben?»
«Klar doch. Drüber oder am Rand?»
«Am Rand bitte.»
«Wird gemacht. Und Sie?» Jetzt wandte sie sich Sal zu.
«Nur Kaffee.»
«Ach, komm schon», sagte Mavis. «Nimm etwas. Ich lade dich ein.»
«Ich möchte nichts.»
«Bestimmt nicht?»
«Bestimmt.»
Die Kellnerin ging. Mavis reihte das Besteck neben der Platzdecke auf. «Deshalb mag ich diesen Laden hier. Sie lassen dir die Wahl. Soße drübergekippt oder am Rand, verstehst du?»
«Mom! Ich will nicht übers Essen reden.» Sally hatte ein Gefühl, als würde ihre Mutter abdriften, als wäre die Begegnung mit ihrer Tochter nicht wichtig für sie.
«Tscha, du warst ja nie eine große Esserin.»
«Wo hast du gesteckt?»
«Na ja, ich konnte doch nicht gut wiederkommen, oder?»
«Du meinst, wegen dem Haftbefehl?»
«Ich meine alles. Und was ist mit dir? Geht's dir gut?»
«Meistens. Frankie macht sich prima. Nur gute Noten. Mit Billy James ist es nicht so toll.»
«Oh. Warum?»
«Er treibt sich mit einer Bande von kleinen Scheißern rum, die einem wirklich Angst einjagen können.»
«Oje.»
«Du solltest ihn besuchen, Ma. Mal mit ihm reden.»

«Das werd ich tun.»

«Wirklich?»

«Aber erst darf ich doch noch essen, oder?» Mavis lachte und setzte ihren Hut ab.

«Ma! Du hast dir ja die Haare abgeschnitten.» Da war es wieder, dieses Gefühl des Abdriftens. «Sieht aber gar nicht übel aus. Wie findest du meine?»

«Süß.»

«Nein, überhaupt nicht. Ich dachte, die blonden Spitzen würden mir gefallen, aber jetzt hab ich sie satt. Vielleicht schneid ich mir meine auch ab.»

Die Kellnerin kam und stellte die Teller wie abgezirkelt auf dem Set ab. Mavis zerdrückte das Butterklümpchen in ihrem Maisbrei und streute Salz darüber. Sie nahm einen Schluck vom Orangensaft und sagte: «Oh. Frisch gepreßt.»

Es brach wie ein Schwall aus ihr heraus, weil sie das Gefühl hatte, daß es schnell gehen mußte. Wenn sie überhaupt etwas sagen wollte, dann mußte es schnell gehen. «Ich hab die ganze Zeit Angst gehabt, Ma. Die ganze Zeit. Auch schon, ehe das mit den Zwillingen war. Aber als du weg warst, wurde alles noch schlimmer. Du kannst es dir gar nicht vorstellen. Ich hab mich vor lauter Angst nicht getraut einzuschlafen.»

«Koste mal, Liebling.» Mavis bot ihr das Glas mit dem Orangensaft an.

Sally nahm einen hastigen Schluck. «Daddy hat – Scheiße, ich weiß wirklich nicht, wie du das ausgehalten hast. Er hat sich dauernd betrunken, und dann wollte er sich an mich ranmachen, Ma.»

«Ach herrje, Kind.»

«Ich hab mich aber gewehrt. Ich hab ihm gesagt, wenn er das nächste Mal besoffen rumliegt, schneid ich ihm die Kehle durch. Hätt ich auch gemacht.»

«Es tut mir so leid», sagte Mavis. «Ich wußte mir nicht anders zu helfen. Ihr wart immer stärker als ich.»

«Hast du denn nie an uns gedacht?»

«Immer. Ich bin sogar heimlich hergekommen, um euch zu sehen.»

«Ehrlich?» Sally grinste. «Wo denn?»

«Meistens bei der Schule. Ich hab mich nicht getraut, zum Haus zu gehen.»

«Du würdest es nicht mehr wiedererkennen. Daddy hat eine Frau geheiratet, die ihm in den Arsch tritt, wenn er nicht pariert und den Garten in Ordnung hält und alles macht. Sie hat sogar 'ne Knarre!»

Mavis lachte. «Um so besser für sie.»

«Aber ich bin ausgezogen. Charmaine und ich, wir haben uns zusammen ein Zimmer genommen, gleich drüben in der Auburn Street. Sie ist –»

«Bist du sicher, daß du nicht doch was willst, Sal? Es schmeckt wirklich prima.»

Sally griff nach einer Gabel, schob sie über den Teller ihrer Mutter und häufte einen buttrigen Klumpen Maisbrei darauf. Als sie die Gabel in den Mund steckte, trafen sich ihre Augen. Und das war der schönste Moment für Sally. Sie spürte etwas in sich, etwas Langes und Tiefes, langsam und leuchtend.

«Wirst du wieder von hier weggehen, Ma?»

«Ich muß, Sal.»

«Aber du kommst wieder?»

«Bestimmt.»

«Und du wirst es versuchen und mit Billy James reden, ja? Und Frankie würde sich auch freuen. Soll ich dir meine Adresse geben?»

«Ich werde mit Billy reden. Sag Frankie, daß ich ihn liebe.»

«Mir tut alles furchtbar leid, Ma. Ich hatte nur so furchtbare Angst all die Zeit.»

«Ich auch.»

Sie standen vor dem Lokal. Unter die Passanten, die aus der Mittagspause zurückkamen, mischten sich immer mehr Einkaufsbummler mit ihren Kindern.

«Umarme mich, Kleine.»

Sally legte die Arme um die Taille ihrer Mutter und begann zu weinen.

«Nn-nn», machte Mavis. «Wer wird denn.»

Sally drückte sie fest an sich.

«Autsch», sagte Mavis mit einem Lachen.

«Was ist?»

«Ach, nichts. Die eine Seite tut ein bißchen weh, das ist alles.»

«Bist du okay?»

«Ganz und gar, Sal.»

«Ich weiß nicht, was du von mir hältst, aber ich hab dich immer liebgehabt, immer. Auch damals.»

«Das weiß ich, Sal. Jedenfalls weiß ich's jetzt.» Mavis schob ein Büschel schwarz-gelbes Haar hinter das Ohr ihrer Tochter und küßte sie auf die Wange. «Kannst auf mich zählen, Sal.»

«Und ich seh dich wieder, ja?»

«Bye, Sal. Bye.»

Sally sah, wie ihre Mutter in der Menge verschwand. Sie fuhr sich mit dem Finger unter die Nase, dann legte sie die Hand an die Wange, die geküßt worden war. Hatte sie ihr die Adresse gegeben? Wo ging sie wohl hin? Hatten sie bezahlt? Wann hatten sie eigentlich bei der Kassiererin bezahlt? Sally bedeckte ihre Augen. Eben noch hatten sie Brötchen in die Soße getunkt; im nächsten Moment küßten sie sich auf der Straße.

Vor etlichen Jahren hatte sie sich nach der Pflegefamilie erkundigt und die Mutter besucht – eine fröhliche, patente Frau, die bei den Kindern sehr beliebt zu sein schien. So weit, so gut. Das war's dann. Sie konnte weitermachen mit ihrem Leben. Was sie auch tat. Bis zum Jahr 1966, als ihr Blick begann, von Mädchen mit großen schokoladebraunen Augen angezogen zu werden. Seneca würde jetzt älter sein, dreizehn Jahre, aber sie setzte sich trotzdem mit Mrs. Greer in Verbindung, um zu hören, ob sie noch Kontakt hatte.

«Wer sind Sie gleich wieder?»

«Ihre Cousine. Jean.»

«Je nun, sie war ja nur kurz hier – kaum mehr als ein paar Monate.»

«Wissen Sie vielleicht, wo ...?»

«Nein, meine Beste. Ich weiß gar nichts.»

Von da an erlebte sie verwirrende Momente in Einkaufszentren, in Warteschlangen vor der Kinokasse, in Omnibussen. 1968 war sie so gut wie sicher, sie bei einem Little-Richard-Konzert gesehen zu haben, aber in dem Gedränge kam sie nicht an sie heran. Jean erzählte niemandem von ihrer heimlichen Suche. Jack wußte nicht, daß sie schon vor ihm, mit vierzehn, ein Kind gehabt hatte, und es war erst nach der Hochzeit, nach der Geburt ihres gemeinsamen Kindes gewesen, daß die Schokoladenaugen sie zu verfolgen begannen. Die Begegnungen überfielen sie in so seltsamen Momenten, an so unmöglichen Orten – einmal hielt sie ein Mädchen, das von der Ladefläche eines Pick-ups sprang, für ihre Tochter –, daß sie schließlich, als sie 1976 tatsächlich auf sie stieß, fast einen Krankenwagen gerufen hätte. Jean und Jack überquerten im Schein greller Flutlichtlampen den Stadionparkplatz. Vor einem Wagen stand ein Mädchen mit blutüberströmten Händen. Jean sah erst das Blut und dann die Schokoladenaugen.

«Seneca!» kreischte sie und rannte auf sie zu. Als sie bei ihr ankam, schob sich ein anderes Mädchen dazwischen, das eine Bierflasche und einen Lappen in den Händen hatte und das Blut abzuwaschen begann.

«Seneca?» rief Jean über den Kopf des zweiten Mädchens hinweg.

«Ja?»

«Was ist passiert? Ich bin's!»

«Glassplitter», sagte das zweite Mädchen. «Sie ist auf ein paar Glassplitter gefallen. Ich kümmere mich um sie.»

«Jean! Komm schon!» Jack war ein paar Wagenreihen weiter. «Wo zum Teufel bleibst du denn?»

«Ich komme gleich. Nur eine Minute, okay?»

Das Mädchen, das Senecas Hände abwischte, hob immer wieder den Kopf, um Jean feindselig anzublicken. «Sind Splitter in der Wunde?» fragte es Seneca.

Seneca betastete ihre Handteller mit den Fingern. «Nein. Ich glaub nicht.»

«Jean! Wir kommen in den Stau! Nun mach schon, Baby!»

«Erkennst du mich nicht mehr?»

Seneca blickte auf; das grelle Licht ließ ihre Augen schwarz erscheinen. «Sollte ich das? Woher?»

«Von dem Wohnblock in der Woodlawn Street. Wir haben dort gelebt. Zusammen.»

Seneca schüttelte den Kopf. «Ich hab in der Beacon Street gewohnt. Gleich beim Spielplatz.»

«Aber du heißt Seneca, stimmt's?»

«Ja.»

«Tscha, und ich, ich bin Jean.»

«Lady, Ihr Typ ruft nach Ihnen.» Die Freundin wrang den Lappen aus und goß den restlichen Inhalt der Bierflasche über Senecas Hände.

«Au!» sagte Seneca zu ihrer Freundin. «Das brennt.» Sie schüttelte die Tropfen ab.

«Da hab ich mich wohl geirrt», sagte Jean. «Ich hab Sie für jemanden gehalten, den ich aus der Woodlawn Street kannte.»

Seneca lächelte. «Macht nichts. Jeder irrt sich mal.»

«Sieht wieder gut aus», sagte die Freundin. «Schau hin.»

Seneca blickte auf ihre Hände, und auch Jean sah hin. Sie waren sauber, kein Blut mehr, nur noch ein paar feine Schnitte, die vielleicht nicht einmal Narben hinterlassen würden.

«Prima!»

«Gehen wir.»

«Also dann. Bye.»

«Jean!»

«Bye.»

Mit dem Gaspedal spielend, den Blick im Rückspiegel, fragte Jack: «Wer war das?»

«Ach, nur so ein Mädchen. Ich hab geglaubt, sie von früher zu kennen. Als ich in dem Wohnblock an der Woodlawn Street lebte. Diese Sozialsiedlung dort.»

«Welche Sozialsiedlung?»

«An der Woodlawn Street.»

«Da gab's keine Blöcke», sagte Jack. «Die waren in der Beacon. Jetzt sind sie abgerissen, aber an der Woodlawn Street waren die nie. Beacon Street, gleich bei dem alten Spielplatz.»

«Bist du da sicher?»

«Na sicher bin ich sicher. Dein Gedächtnis läßt nach, altes Mädchen.»

Im Schweigen des Ozeans singt eine Frau, schwarz wie verkohltes Holz. Eine jüngere Frau neben ihr hat den Kopf in ihren Schoß gebettet. Kaputte Finger spielen in teebraunem Haar. Alle Farben der Meeresmuscheln – goldener Weizen, Rosen, Perlmutt – verschmelzen im Gesicht der jüngeren Frau. Ihre smaragdgrünen Augen ruhen voller Liebe und Verehrung auf dem schwarzen Gesicht, das umgeben ist vom Blau des Himmels. Rund um die beiden glitzert überall auf dem Strand der Abfall, den die Wellen ausgespien haben. Weggeworfene Kronenkorken funkeln neben einer verrotteten Sandale. Ein kaputtes Kofferradio reitet auf der leisen Brandung.

Nichts kann tröstlicher sein, und davon handelt Piedades Lied, auch wenn die Worte Erinnerungen wecken, die keine von den beiden je gehabt hat: ans Altwerden an der Seite der anderen; an den Gleichklang von Worten und an geteiltes Brot, noch dampfend vom Feuer; an die von keiner Unsicherheit getrübte Freude, heimzukommen, um daheim zu sein – die Wohltat, zurückzukehren zu angebahnter Liebe.

Als der Ozean sich hebt und einen Rhythmus von Wellen an den Strand wirft, blickt Piedade auf, um zu sehen, was da gekommen ist. Wieder ein Schiff vielleicht, aber anders diesmal, einlaufend in den Hafen mit seinen Passagieren und Matrosen, die gerettet und verloren sind und alle zittern, denn sie waren lange in Not. Jetzt werden sie ausruhen, ehe sie die endlose Arbeit auf sich nehmen, die zu leisten sie hierher gesandt wurden, herunter ins Paradies.